I0611276

Todos los libros de Linkgua Ediciones cuentan con modelos de Inteligencia Artificial entrenados por hispanistas. Pregúntale al chat de tu libro lo que desees acerca de la obra o su autor/a.

Para **ebooks**: Accede a nuestro modelo de IA a través de este enlace.

Para **libros impresos**: Escanea el código QR de la portada con tu dispositivo móvil.

Obtén análisis detallados de nuestros libros, resúmenes, respuestas a tus preguntas y accede a nuestras ediciones críticas generativas para una experiencia de lectura más enriquecedora.

La transparencia y el respeto hacia la autoría de las fuentes utilizadas son distintivos básicos de nuestro proyecto. Por ello, las respuestas ofrecen, mediante un sistema de citas, las fuentes con las que han sido elaboradas.

Garci Rodríguez de Montalvo

Amadís de Gaula

Parte IV

Barcelona **2024**
Linkgua-ediciones.com

Créditos

Título original: Amadís de Gaula.

© 2024, Red ediciones S.L.

e-mail: info@linkgua.com

Diseño de cubierta: Michel Mallard.

ISBN tapa dura: 978-84-9897-270-2.
ISBN ebook: 978-84-9897-798-1.

Sumario

Brevísima presentación

La vida
Garci Rodríguez de Montalvo. España.
Vivió a finales del siglo XV o principios del XVI. Fue Regidor de Medina del Campo.

Libros de caballería
Este es el más famoso de los libros de caballería. La edición más antigua conocida es la de Zaragoza de 1508, aunque el texto original es del siglo XIV, y es referido por Pero López de Ayala y Pero Ferrús. El propio Montalvo admite haber reescrito los tres primeros libros y ser el autor del cuarto.

Se cree que la versión original de Amadís es portuguesa. Se ha atribuido a diversos autores, la Crónica portuguesa de Gomes Eanes de Azurara, escrita en 1454, menciona como su autor a Vasco de Lobeira que fue armado caballero en la batalla de Aljubarrota (1385). Otras fuentes dicen que el autor fue Joäo de Lobeira, y que se trata de una refundición de una obra anterior, tal vez de principios del siglo XIV. Pero no se conoce ninguna versión del texto portugués original.

La novela se inicia con el relato del amor secreto del rey Perión de Gaula y de la infanta Elisena de Bretaña del que nació Amadís que fue abandonado en una barca. El niño fue criado por el caballero Gandales y recorre el mundo en busca de su origen en una trama de aventuras fantásticas, protegido por la hechicera Urganda, y perseguido por el mago Arcaláus el encantador.

Libro cuarto

Aquí comienza el cuarto libro del noble y virtuoso caballero Amadís de Gaula, hijo del rey Rerión y de la reina Elisena, en que trata de sus proezas y grandes hechos de armas que él y otros caballeros de su linaje hicieron

Capítulo 82. Del muy grande duelo que hizo la reina Sardamira sobre la muerte del príncipe Salustanquidio

Contado os ha la parte tercera de esta gran historia en el fin y cabo de ella, cómo el rey Lisuarte, contra la voluntad de todos los grandes y pequeños de sus reinos y de otros muchos que su servicio deseaban, entregó a los romanos su hija Oriana para la casar con el Patín, emperador de Roma, y cómo fue por Amadís y sus compañeros, que en la Ínsula Firme juntos se hallaron, en la mar tomada, y muerto el príncipe Salustanquidio, y presos Brondajel de Roca, mayordomo mayor del emperador, y el duque de Ancona, y el arzobispo de Talancia y otros muchos de los suyos muertos y presos y destrozada toda la flota en que la llevaban, y ahora os diremos lo que de esto sucedió. Sabed que vencida esta gran batalla Amadís, con otros caballeros de su parte, dejando a Oriana y a la reina Sardamira y a todas las otras dueñas y doncellas que con ella estaban en su nao y ciertos caballeros que les guardasen, entraron en otra nave y fueron a mandar poner recaudo en la flota de los romanos y en el despojo, que muy grande era, y los presos que demás de ser muchos, la mayor parte eran de gran valor, que tales convenía enviar en semejante embajada, y llegados a la fusta donde el príncipe Salustanquidio muerto estaba, oyeron grandes voces y llantos, y sabida la causa de ello era que los suyos, así caballeros como otra gente, estaban alderredor de él haciendo el mayor duelo del mundo, contando sus bondades y grandeza, así que los de Agrajes, que la fusta ocupada tenían, no los podían quitar ni apartar de allí. Amadís mandó que a otra nave los pasasen porque cesase el duelo que hacían, mandó poner el cuerpo de Salustanquidio en una arca para la hacer dar la sepultura que a tal señor convenía, comoquiera que enemigo fuese, pues como bueno muriera en servicio de su señor. Y esta fue la causa que así de él como de los otros vivos quedaron hubieron compasión, mandando expresamente que la vida les fuese dada. Lo cual en los virtuosos caballeros acaecer debe, que apartada la ira y la saña la razón quedando libre de conocimiento al juicio, que siga la virtud.

El murmullo de este llanto fue tan grande que la nueva llegó a la nao donde Oriana estaba, como aquella gente hacían aquel duelo por aquel príncipe, de guisa que polla reina Sardamira fue sabido, porque aunque hasta entonces supiese y por sus ojos hubiese visto ser toda la flota de su parte destruida y muchos muertos y presos, no había llegado a su noticia la muerte de aquel caballero, y como lo oyó salió con el gran pesar de todo su sentido, y olvidando el miedo y gran temor que hasta allí tuviera, deseando más la muerte que la vida, con mucha pasión y gran alteración, torciendo sus manos una con otra, llorando muy fuertemente, se dejó caer en el suelo, diciendo estas palabras:

—¡Oh, príncipe generoso, de muy alto linaje, luz y espejo de todo el imperio romano, qué dolor y pesar será la tu muerte a muchos y muchas que te amaban y servías y de ti esperaban grandes bienes y mercedes, o qué nueva tan dolorida será para ellos cuando supieren la tu malaventura y desastrado fin! ¡Oh, gran emperador de Roma, qué angustia y dolor habrás en saber la muerte de este príncipe, tu primo, a quien tanto tú amabas, y le tenías como un fuerte escudo de tu imperio, y la destrucción de tu flota con muertes tan mancilladas de tus nobles caballeros. Y sobre todo, haberte tomado por fuerza de armas, en tan gran deshonra tuya, la cosa del mundo que más amabas y deseabas. Bien puedes decir que si la fortuna de un caballero andante que las venturas seguía y de tan pequeño estado te ensalzó a te poner en tan alta cumbre, como es la silla y cetro y corona imperial, que con duro azote quiso abajar tu honra hasta la poner en el abismo y centro de la tierra, que de este tal golpe no se te puede seguir sino uno de dos extremos: o disimular quedando el más deshonrado príncipe del mundo, o lo vengar poniendo tu persona y gran estado en mucha congoja y fatiga de espíritu y al cabo tener de ello la salida muy dudosa, que por cierto en lo que yo he visto después que en la Gran Bretaña mi desastrada ventura me trajo, no hay en el mundo tan alto emperador ni rey a quien estos caballeros y los de su linaje, que muchos y poderosos son, no den guerra y batalla, y creído tengo comoquiera que de ellos tanto mal y dolor me ha venido, ser la flor de toda la caballería del mundo. Y más llora ya mi afligido corazón los vivos y los males que de esta desventura adelante se esperan, que los muertos que ya su deuda han pagado.

Oriana que así la vio hubo de ella piedad, porque la tenía por muy cuerda y de buen talante, sino la primera vez que la habló en el hecho del emperador, de que ella hubo gran enojo y le rogó que en ello más no le hablase, siempre le halló con mucho comedimiento, y como persona de gran discreción para nunca más la enojar antes diciéndole cosas con que placer le diese, y llamó a Mabilia y díjole:

—Mi amiga, poned remedio en aquel llanto de la reina, y consolarla como vos lo sabéis hacer, y no miréis a cosa que diga ni haga, porque como veis está casi fuera de sentido, teniendo mucha razón de se quejar más a lo que yo soy obligada y a lo que debe hacer el vencedor al vencido teniéndolo en su poder.

Mabilia, que era de muy gentil gracia, llegó a la reina, e hincando los hinojos, tomándola por las manos le dijo:

—Noble reina y señora, no te conviene a persona de tan alto linaje como vos así de vencer y sojuzgar de la fortuna, aunque todas las mujeres naturalmente seamos de flaca complexión y corazón, mucho bien parece en los antiguos ejemplos de aquéllas que con fuertes ánimos quisieron pagar la deuda a sus antecesores, mostrando en las cosas adversas la nobleza del linaje y sangre donde vienen. Y comoquiera que ahora sintáis este tan gran golpe de la contraria fortuna vuestra, acuérdeseos que ella misma os puso en gran honra y alteza, no para que más tiempo de ello gozar pudieseis de cuanto la su movible voluntad os otorgase, y más a su cargo y culpa que vuestra la habéis, porque siempre le plugo y place de trabucar y ensayar estos semejantes juegos, y con esto debéis mirar que sois en poder de esta noble princesa que con mucho amor y voluntad que os tiene se duele de vuestra pasión, teniendo en la memoria de os hacer aquella compañía y cortesía que vuestra virtud y real estado demanda.

La reina le dijo:

—Oh, muy noble y graciosa infanta, aunque la discreción de vuestras palabras es de tanta virtud que a todo desconsuelo consolar podrían por grande que él fuese, la mi desastrada suerte es tanto grado que mis apasionados y flacos espíritus no la pueden sufrir, y si alguna esperanza para esta tan grande desesperación a la memoria me ocurre, no es otra sino verme como decís en poder de esta tan alta y noble señora, que por su gran virtud no consentirá que mi estima y fama sea menoscabada, porque éste es el mayor tesoro que toda mujer más guardar debe y haber temor de lo perder.

Entonces la infanta Mabilia, con grandes promesas la hizo cierta y segura, que así como ella lo quería, Oriana lo mandaría cumplir, y levantándola por las manos la hizo sentar en un estrado donde muchas de aquellas señoras que allí estaban le vinieron a hacer compañía.

Capítulo 83. Cómo con acuerdo y mandamiento de la princesa Oriana aquellos caballeros la llevaron a la Ínsula Firme

Después que Amadís y aquellos caballeros salieron de la fusta de Salustanquidio y vieron cómo la flota de los romanos era en poder de los suyos sin ninguna contradicción, juntáronse todos en la nave de don Florestán y hubieron su acuerdo que pues el querer de Oriana y el parecer de ellos era que se fuesen a la Ínsula Firme, que sería bueno ponerlo luego por obra, y mandaron poner todos los presos en una fusta, y que Gavarte del Val Temeroso y Landín, sobrino de don Cuadragante, con copia de caballeros, los guardasen y pusiesen a recaudo y en otra nave mandaron poner el despojo que muy grande era y lo guardasen don Gandales, amo de Amadís, y Saramón, que dos muy cuerdos y fieles caballeros eran, y en todas las otras naves repartieron gente de armas y marineros para que las guiasen, y ellos se quedaron cada uno en las suyas así como de la Ínsula Firme salieron.

Esto aparejado rogaron a don Bruneo de Bonamar y a Angriote de Estravaus que lo hiciesen saber a Oriana y les trajesen su querer de lo que mandaba, porque así se cumpliese.

Estos dos caballeros entraron en una barca y pasaron a la nave donde ella estaba, y entraron en su cámara e hincaron los hinojos ante ella y dijéronle:

—Buena señora, todos los caballeros que aquí son ayuntados en vuestro acorro para seguir vuestro servicio, os hacen saber cómo toda la flota es aparejada y en disposición de mover de aquí, quieren saber vuestra voluntad, porque aquélla cumplirán con toda afición.

Oriana les dijo:

—Mis grandes amigos, si este amor que todos demostráis, y a lo que por mí os habéis puesto, yo en algún tiempo no hubiese lugar de galardonarlo, desde ahora desesperaría de mi vida, mas yo tengo fucia en Nuestro Señor que por la su merced querrá que así como en la voluntad lo tengo, por obra lo pueda cumplir, y decid a estos nobles caballeros que el acuerdo que sobre eso se tomó se debe poner en obra, que es ir a la Ínsula Firme y allí llegados tomar se ha consejo de lo que se debe hacer, que esperanza tengo en Dios, que Él es justo juez y conoce todas las cosas que esto que ahora parece en tanta rotura lo guiara y reducirá en mucha honra y placer, porque de las cosas justas y verdaderas como ésta lo es, aunque el comienzo se muestra áspero y trabajoso, como al presente parece, de la fin no se debe esperar sino buen fruto, y de las contrarias aquello que la falsedad y deslealtad suele dar.

Con esta respuesta se tornaron estos dos caballeros, y sabida por aquéllos que la esperaban, mandaron tocar las trompetas de las cuales la flota muy guarnida estaba y con mucha alegría y gran grita de la más baja gente de allí movieron.

Todos aquellos grandes señores y caballeros iban muy alegres y con gran esfuerzo, y puesto en sus voluntades de no se partir de consuno ni de aquella princesa hasta dar cabo y buena cima en aquello que comenzado habían y como todos fuesen de gran linaje y en gran hecho de armas, crecíales el esfuerzo y corazones en saber el gran derecho que de su parte tenían y por se ver en discordia con dos tan altos príncipes donde no esperaban sino ganar mucha honra, comoquiera que las cosas prósperas o adversas les viniesen, y que ellos harían en esta demanda si en rotura pasase cosas de grandes hazañas, donde para siempre loados fuesen y en el mundo de ellos quedase perpetua memoria. Y como iban todos armados de armas muy ricas y eran muchos y aún a los que a sus grandezas y grandes proezas noticia no hubiese, les parecía una compaña de un gran emperador, y por cierto era lo que a duro se podrían hallar en ninguna casa de príncipe por grande que fuese tantos caballeros juntos de tal linaje y de tanto valor.

Pues qué se puede de aquí decir, sino que tú, rey Lisuarte, debieras pensar que de infante desheredado la ventura te había puesto en grandes reinos y señoríos dándote seso, esfuerzo, virtud, templanza, y la preciosa franqueza más cumplidamente que a ninguno de los mortales que en tu tiempo fuese, y por te poner la diadema o corona preciosa hacerte señor de tal caballería por la cual en todas las partes del mundo eras preciado y en gran estima tenido, y no se sabe si por la misma ventura ser tornada en desventura, o por tu mal conocimiento lo has perdido, recibiendo tan gran revés en tu gran estima y honrada fama que la satisfacción de esto en la mano de Dios es para te la dar o quitar, pero a la mi fe antes entiendo que para que con ella vivas lastimado y menoscabado de aquella alteza en que puesto estabas, que tanto más lo sentirás cuanto más los tiempos prósperos hubiste sin ninguna contradicción que mucho te doliese. Y si de esto tal te quejares, quéjate de ti mismo que quisiste sojuzgar las orejas a hombres de poca virtud y menos verdad, creyendo antes lo que de ellos oíste, que lo que tú con tus propios ojos veías, y juntos con esto ninguna piedad y conciencia diste tanto lugar a tu albedrío, que no imprimiendo en tu corazón los amonestamientos que muchos te hicieron ni los doloridos llantos de tu hija, la quisiste poner en destierro y en toda tribulación habiendo Dios adornado de tanta hermosura, de tanta nobleza y virtud sobre todas las de su tiempo, y si en algo de su honra se puede trabar según su bondad y sano pensamiento, y la fin que de ello redundó, más se debe atribuir a permisión de Dios que lo quiso y fue su voluntad que a otro yerro ni pecado. Así, que si la fortuna volviendo la rueda te fuere contraria, tú la desataste donde ligada estaba.

Pues tornado al propósito así como oís, fue la flota navegando por la mar, y a los siete días amanecieron en el puerto de la Ínsula Firme, donde en señal de alegría fueron tirados muchos tiros de lombardas.

Cuando los de la ínsula vieron allí arribadas tantas fustas fueron maravillados y todos con sus armas ocurrieron a la mar, más desde que llegados conocieron ser de su dueño Amadís por los pendones y divisas que en las gavias traían, que eran los mismos que de allí habían llevado, luego, echando los bateles salió gente y don Gandales con ellos, así para hacer el aposentamiento como para que de barcas se hiciese una puente desde la tierra hasta la fusta por donde Oriana y aquellos señores salir pudiesen.

Capítulo 84. Cómo la infanta Grasinda, sabida la victoria que Amadís hubiera, se atavió, acompañada de muchas caballeros y damas, para salir a recibir a Oriana

De esto que os digo, la muy hermosa Grasinda que allí había quedado supo la venida y todas las cosas como pasaron y luego con mucha diligencia se aparejó para recibir a Oriana, que por las grandes nuevas que de ella sonaban por todas partes deseaba mucho ver más que a persona que en el mundo fuese. Y así como dueña de gran guisa y muy rica que ella era se quiso mostrar, que luego se vistió saya y cota con rosas de oro sembradas, puesta por extraña arte guarnecidas y cercadas de perlas y piedras preciosas de gran valor, que hasta entonces no lo había vestido ni mostrado a persona, porque la tenía para se probar en la cámara defendida como después lo hizo y encima de sus hermosos cabellos no quiso poner, salvo la corona que muy rica era, que por su hermosura y gran bondad del Caballero Griego había ganado de todas las doncellas que a la sazón en la corte del rey Lisuarte se hallaron con mucha victoria del uno y del otro, y cabalgó en un palafrén blanco guarnecido de silla y freno y las otras guarniciones todo cubierto de oro esmaltado de labores hechas con gran arte, que esto tenía ella para que si su ventura la dejase acabar aquella aventura de la cámara defendida y se tornar para la corte del rey Lisuarte con estos ricos y grandes atavíos, y se hacer conocer con la reina Brisena, y con Oriana su hija y con las otras infantas y dueñas y doncellas, y con gran gloria de volver a su tierra; mas esto tenía y estaba muy alejado de lo acabar como lo cuidaba, porque aunque ella muy guarnecida y hermosa al parecer de muchos fuese y mucho más al suyo, no se igualaba, con gran parte, con la muy hermosa reina Biolanja, que ya aquella aventura probado había sin la poder acabar. Pues con este gran atavío que oís que esta señora Grasinda llevaba, movió de su posada, y con ella sus dueñas y doncellas ricamente vestidas, y diez caballeros suyos a pie que de las riendas la llevaban sin otro alguno a ella llegar, y así fue a la ribera de la mar, donde con mucha prisa se había acabado de hacer la puente que ya oísteis, hasta la nave donde Oriana venía, y allí llegada estuvo queda a la entrada de la puente, esperando la salida de Oriana, la cual estaba ya aparejada y todos aquellos caballeros pasados a su fusta para la acompañar y vestida más convenible a su forma y honestidad a ella conforme que en acrecentamiento de su hermosura, vio esta dueña y preguntó a don Bruneo si era aquélla la dueña que viniera a la corte del rey su padre y ganara la corona de las doncellas.

Don Bruneo le dijo que aquélla era y que la honrase y allegase, que era una de las buenas dueñas del mundo de su manera, y contóle mucho de su hecho y de las grandes honras que de ella Amadís, Angriote y él habían recibido. Oriana le dijo:

—Mucha razón es que vosotros y vuestros amigos la honren y amen mucho, y yo así lo haré.

Entonces la tomaron por los brazos don Cuadragante y Agrajes, y a la reina Sardamira don Florestán y Angriote, y a Mabilia, Amadís solo, y a Olinda, don Bruneo y Dragonís, y a las otras infantas y dueñas y otros caballeros, y todos venían armados y muy alegres, riendo por la esforzar y dar placer.

Así como Oriana llegó cerca de tierra, Grasinda se apeó del palafrén e hincó las rodillas al cabo de la puente, y tomóle las manos para se las besar; mas Oriana las tiró a sí y no se las quiso dar, antes la abrazó con mucho amor, como aquélla que por costumbre tenía de ser muy humilde y graciosa con quien lo debía ser. Grasinda, como tan cerca la vio y miró la su gran hermosura, fue muy espantada, y aunque mucho se la habían lado, según la diferencia por la vista, hallaba no pudiera creer que persona mortal pudiese alcanzar tan gran belleza, y así como estaba de hinojos que nunca Oriana la pudo hacer levantar, le dijo:

—Ahora, mi buena señora, con mucha razón de no dar muchas gracias a nuestro señor y le servir la gran merced que me hizo en no estar vos en la corte del rey vuestro padre a la sazón que yo a ella vine, porque ciertamente, aunque en mi guarda y amparo traía el mejor caballero del mundo, según mi demanda ser por razón de hermosura, digo que él se pudiera ver en gran peligro si en las armas ayuda Dios al derecho como se dice, y yo fuera en ventura de ganar honra que gané, que según la gran extremidad y ventaja tiene vuestra hermosura a la mía, no tuviera en mucho aunque el caballero que por vos se compartiera fuera muy flaco que mi demanda no hubiera a la fin que hubo.

Entonces miró contra Amadís y díjole:

—Señor, si de esto he dicho recibís injuria, perdonadme, porque mis ojos nunca vieron lo semejante que delante sí tienen.

Amadís, que muy ledo estaba porque así loaban a su señora, dijo:

—Mi señora, a gran sinrazón tenía haber por mal lo que a esta noble señora habéis dicho, que si de ello me quejase sería contra la mayor verdad que nunca se pudo decir.

Oriana, que algún tanto con vergüenza estaba de así se oír loar, y más con pensamiento de la fortuna que a la sazón tenía que de se preciar de su hermosura, respondió:

—Mi señora, no quiero responder a lo que me habéis dicho, porque si lo contradijese erraría contra persona de tan buen conocimiento, y si lo afirmase sería gran vergüenza y denuesto para mí; solamente quiero que sepáis que tal cual yo soy seré muy contenta de acrecentar en vuestra honra, así como lo puede hacer una doncella pobre desheredada como yo.

Entonces rogó Agrajes que la tomase y la pusiese cabe Olinda, y la acompañase, y ella quedó con don Cuadragante, y él así lo hizo.

Y salidos todos de la puente pusieron a Oriana en un palafrén, el más ricamente guarnecido que nunca se vio, que su madre la reina Brisena le había dado para cuando en Roma entrase, y la reina Sardamira en otro, y así en todas las otras, y Grasinda en el suyo, y por mucho que Oriana porfió, nunca pudo excusar ni quitar a todos aquellos señores y caballeros que a pie no fuesen con ella, de lo cual mucho empacho llevaba; pero ellos consideraban que toda la honra y servicio que le hiciesen a ella en loor suyo se tornaba; así como oís entraron en la ínsula por el castillo y llevaron aquellas señoras con Oriana a la torre de la huerta, donde don Gandales le había hecho aparejar sus aposentamientos, que era la más principal cosa de toda la ínsula, que aunque en muchas partes de ella hubiese casas ricas y de grandes labores, aquella torre donde Apolidón había dejado los encantamientos que en la parte segunda más largo lo recuenta era la su principal morada donde más continuo su estancia era, y por esta causa obró en ella tantas cosas, y de tanta riqueza, que el mayor emperador del mundo no se atrevería ni emprendería otra semejante hacer.

Había en ella nueve aposentamientos de tres en tres a la par, unos encima de otros, cada uno de su manera, y aunque algunos de ellos fuesen hechos por ingenio de hombres que muchos habían, todo lo otro era por la arte y gran sabiduría de Apolidón, tan extrañamente labrados que persona del mundo no sería bastante de lo saber ni poder estimar, ni menos entender su gran sutileza. Y porque gran trabajo sería contar todo lo por menudo, solamente se dirá cómo esta torre estaba sentada en medio de una huerta, era cercada de alto muro de muy hermoso canto y betún, la más hermosa de árboles y otras hierbas de todas naturalezas, y fuentes de aguas muy dulces que nunca se vio. Muchos árboles había que todo el año tenían fruta, otros que tenían flores hermosas; esta huerta tenía por de dentro pegado al muro unos portales ricos cerrados todos con redes doradas, desde donde aquella verdura se parecía, y por todos ellos se andaba toda alrededor, sin que salir pudiesen de ellos, sino por algunas puertas. El suelo era solado de piedras blancas como el cristal, y otras coloradas y claras como rubíes y otras diversas maneras, las cuales Apolidón mandara traer de unas ínsulas que son a la parte de Oriente, donde se crían las piedras preciosas y se hallan en ellas mucho oro y otras cosas extrañas y diversas de las que acá en las otras tierras parecen, las cuales cría el gran hervor del Sol que allí continuo hiere, pero no son pobladas salvo de bestias fieras, de guisa que hasta aquel tiempo desde gran sabidor Apolidón, que con su ingenio hizo tales artificios, en que sus hombres sin temor de se perder pudieron a ellas pasar, donde los otros comarcanos tomaron aviso, ninguno antes a ellas había pasado, así que desde entonces se pobló el mundo de muchas cosas de las que hasta allí no se habían visto, y de allí hubo Apolidón grandes riquezas. A las cuatro partes de esta torre venían de una alta sierra cuatro fuentes que la cercaban, traídas por caños de metal, y el agua de ellas salía tan alta por unos pilares de cobre dorados y por barcas de animalias que desde las ventanas primeras bien podían tomar el agua que se recogía en unas pilas redondas doradas que engastadas en los mismos pilares estaban. De estas cuatro fuentes se regaba toda la huerta.

Pues en esta torre que oís fue aposentada la infanta Oriana y aquellas señoras que oísteis, cada una en su aposentamiento, así como la merecía, y la infanta Mabilia se los mandó repartir. Aquí eran servidas de dueñas y doncellas de todas las cosas abastadamente que Amadís les mandara dar, y ningún caballero en la huerta, ni donde ellas posaban, entraba, que así le plugo a Oriana que se hiciese, y así lo envió a rogar a aquellos señores todos, que lo tuviesen por bien, por cuanto ella quería estar como en orden hasta que con el rey su padre algún asiento de concordia y paz se tomase.

Todos se lo tuvieron a mucha virtud y loaron su buen propósito, y le enviaron a decir que así en aquello como en todo lo otro que su servicio fuese, no habían de seguir si no su voluntad.

Amadís, comoquiera que su cuitado corazón a una parte ni a otra hallase asiento ni reparo, si no cuanto en la presencia de su señora se hallaba, porque aquél era todo el fin de su descanso, y sin él las grandes cuitas y mortales deseos continuo le tormentaban, como muchas veces en esta grande historia habéis oído, queriendo más el contentamiento de ella y temiendo más el menoscabo de su honra, que cien mil veces su muerte, de él más que ninguno mostró contentamiento y placer de aquello que aquella señora por bueno y honesto tenía, tomando por remedio de sus pasiones y cuidados tenerla ya en su poder en tal parte en donde al restante del mundo no temía, y donde antes que la perdiese perdería su vida en que cesarían y serían resfriadas aquellas grandes llamas que a su triste corazón continuamente abrasaban.

Todos aquellos señores y caballeros y la otra gente más baja fueron aposentados a sus guisas en aquellos lugares de la ínsula que más a sus condiciones y calidades conformes eran, donde muy abastadamente se les daban las cosas necesarias a la buena y sabrosa vida, que aunque Amadís siempre anduvo como un caballero pobre, halló en aquella ínsula grandes tesoros de la renta de ella y otras muchas joyas de gran valor que la reina su madre y otras grandes señoras le habían dado. que por las no haber menester fueron allí enviadas, y demás de esto todos los vecinos y moradores de la ínsula, que muy ricos y muy honrados eran, habían a muy buena dicha de le servir con grandes provisiones de pan y carnes y vinos y las otras cosas que darle podían.

Pues así como oís fue traída la princesa Oriana a la Ínsula Firme con aquellas señoras y aposentada, y todos los caballeros que en su servicio y socorro estaban.

Capítulo 85. Cómo Amadís hizo juntar aquellos señores, y el razonamiento que les hizo y lo que sobre ello acordaron

Amadís, comoquiera que gran esfuerzo mostrase como lo él tenía, mucho pensaba en la salida que de este gran negocio podría ocurrir, como aquél sobre quien lo cargaba, aunque allí estuviesen muchos príncipes y grandes señores y caballeros de alta guisa, y tenía ya su vida condenada a muerte o salir con aquella gran empresa que a su honra amenazaba y en gran cuidado ponía, y cuando todos dormían él velaba pensando en el remedio que ponerse debía, y con este cuidado con acuerdo y consejo de don Cuadragante y de su primo Agrajes, hizo llamar a todos aquellos señores que en la posada de don Cuadragante se juntasen en una gran sala que en ella había que de las más ricas de toda la ínsula era. Y allí venidos todos, que ninguno faltó, Amadís se levantó en pie, teniendo por la mano al maestro Helisabad, a quien él siempre mucha honra hacía, y hablóles en esta guisa:

—Nobles príncipes y caballeros, yo os hice aquí juntar por traer a vuestras memorias cómo por todas las partes del mundo vuestra fama corre se sabe los grandes linajes y estados de donde vosotros venís, y que cada uno de vos en sus tierras podía vivir con muchos vicios y placeres, teniendo muchos servidores, con otros grandes aparejos que para recreación de la vida viciosa y holgada se suelen procurar y tener, allegando riquezas a riquezas. Pero vosotros, considerando haber tan gran diferencia en el seguir de las armas, o en los vicios y ganar los bienes temporales como es entre el juicio de los hombres y las animalias brutas, habéis desechado aquello que muchos codician, y tras que muchos se pierden, queriendo pasar grandes fortunas por dejar fama toda, siguiendo este oficio militar de las armas, que desde el comienzo del mundo hasta este nuestro tiempo ninguna buena ventura de las terrenales al vencimiento y gloria suya se pudo ni puede igualar, por donde hasta aquí, ningunos otros intereses ni señoríos habéis cobrado sino poner vuestras personas llenas de muchas heridas en grandes trabajos peligrosos hasta las llegar mil veces punto y estrecho de la muerte, esperando y deseando más la gloria y fama que otra alguna ganancia que de ello venir pudiese, en galardón de lo cual si lo conocer queréis, la próspera y favorable fortuna vuestra ha querido traer a vuestras manos una tan gran victoria como al presente tenéis. Y esto no lo digo por el vencimiento hecho a los romanos, que según la diferencia de vuestra virtud a la suya no se debe tener en mucho; mas por ser por vosotros socorrida y remediada esta tan alta princesa y de tanta bondad que no recibiese el mayor desaguisado y tuerto, que ha grandes tiempos que persona de tan gran guisa recibió, por causa de lo cual demás de haber mucho acrecentado en vuestra fama habéis hecho gran servicio a Dios usando de aquello para que nacisteis, que es socorrer a los corridos, quitando los agravios y fuerza que les son hechas, y lo que en más se debe tener y más contentamiento nos debe dar es haber descontentado y enojado a dos tan altos y poderosos príncipes, como es el emperador de Roma y el rey Lisuarte, con los cuales si a la justicia y razón llegar no se quisieren, nos convendrá tener grandes debates y guerras. Pues de aquí, nobles señores, ¿qué se puede esperar? Por cierto, otra cosa no, salvo como aquéllas que la razón y la verdad mantienen en mengua y menoscabo suyo de los que la desechan y menosprecian, ganar nosotros muy grandes victorias que por todo el mundo suenen, y si de su grandeza algo se puede tener, pues no estamos tan despojados de otros muchos y grandes señores parientes y amigos que ligeramente no podamos henchir estos campos de caballeros y gentes en tan gran número que ningunos contrarios, por muchos que sean, puedan ver con una jornada la Ínsula Firme. Así que, buenos señores, sobre esto cada uno diga su parecer, no de lo que quiere, que mucho mejor que yo conocéis y queréis la virtud y a lo que sois obligados, mas de lo que para sostener esto y lo llevar adelante con aquel esfuerzo y discreción se debe hacer.

Con mucha voluntad, aquella graciosa y esforzada habla que por Amadís se hizo de todos aquellos señores oída fue, los cuales, considerando haber entre ellos tantos que muy bien según su gran discreción y esfuerzo responder sabrían, por una pieza estuvieron callados, convidándose los unos a los otros que hablasen. Entonces don Cuadragante dijo:

—Mis señores, si por bien lo hubiereis, pues que todos calláis, diré lo que mi juicio a conocer y responder me da.

Agrajes dijo:

—Señor don Cuadragante, todos os lo rogamos que así lo hagáis, porque según quien vos sois, y las grandes cosas que por vos han pasado, y con tanta honra al fin de ellas llegasteis, a vos más que a ninguno de nosotros conviene la respuesta.

Don Cuadragante le agradeció la honra que le daba, y dijo contra Amadís:

—Noble caballero, vuestra gran discreción y buen comedimiento ha tanto contentado nuestras voluntades, y así habéis dicho lo que hacer se debe, que haber de responder replicando a todo sería cosa de gran prolijidad y enojo a quien lo oyese, y solamente será por mí dicho lo que al presente remediarse debe, lo cual es que pues vuestra voluntad en lo pasado no ha sido proseguir pasión ni enemistad, sino solamente por servir a Dios y guardar lo que como caballero tenéis jurado, que es quitar las fuerzas especialmente de las dueñas y doncellas que fuerza ni reparo tienen, sino de Dios y vuestro, que sea esto por vuestros mensajeros manifestado al rey Lisuarte, y de vuestra parte sea requerido haya conocimiento del yerro pasado y se pongan en justicia y razón con esta princesa su hija, desatando la gran fuerza que por él se le hace, dando tales seguridades, que con mucha causa y certenidad de no ser nuestras honras menoscabadas se la podamos y debamos restituir, y de lo que de él a nosotros toca no le hacer mención alguna, porque esto acabado, si acabarse puede, yo fío tanto en vuestra virtud y esfuerzo grande, que aun él nos demandará la paz, y se tendrá por muy contento si por vos le fuere otorgada, y entretanto que la embajada va, por cuanto no sabemos cómo las cosas sucederán, y quién demandarnos quisiera nos halle, no como caballeros andantes, mas como príncipes y grandes señores, sería bien que nuestros amigos y parientes, que muchos son, por nosotros sean requeridos, para que cuando llamarse convenga, puedan venir a tiempo que su trabajo haya aquel afecto que debe.

Capítulo 86. Cómo todos los caballeros fueron muy contentos de todo lo que don Cuadragante propuso

De la respuesta de don Cuadragante fueron muy contentos aquellos caballeros, porque su parecer no quedaba nada por decir. Y luego fue acordado que Amadís lo hiciese saber al rey Perión su padre, pidiéndole toda la ayuda y favor, así de él y de los suyos como de los otros que sus amigos y servidores fuesen, para cuando llamado fuese. Asimismo enviase a todos los otros que él sabía que le podían y le querían acudir, que muchos eran, por los cuales grandes cosas en su honra y provecho hiciera con gran peligro de su persona. Y que Agrajes enviase o fuese al rey de Escocia, su padre, a lo semejante, y don Bruneo enviase al marqués, su padre, y a Branfil, su hermano, que con gran diligencia aparejase toda la más gente que haber pudiese, yo no partiese de allí hasta saber su mandado, y que así lo hiciesen todos los otros caballeros que allí estaban, que estados y amigos tenían.

Don Cuadragante dijo que enviaría a Landín, su sobrino, a la reina de Irlanda, y que creía que si el rey Cildadán, su marido, acudía al rey Lisuarte con el número de la gente que le era obligado, que ella daría lugar a todos los de su reino que le quisiesen venir a servir, y que así de aquellos como de sus vasallos y otros amigos suyos se llegaría buena gente. Esto así acordado rogaron a Agrajes y a don Florestán que lo hiciesen saber a la infanta Oriana, porque sobre todo mandase lo que más su servicio fuese, y así se salieron todos juntos del ayuntamiento con mucho esfuerzo, especial los que eran de más baja condición, que en alguna manera tenían este negocio por muy grave, temiendo la salida de él más que lo mostraban, y como ahora veían el gran cuidado y proveimiento de los grandes, y que por razón de ello gran socorro se esperase, crecíales el esfuerzo y perdían todo temor. Y llegando a la puerta del castillo por aquélla que toda la ínsula se mandaba, vieron por la cuesta subir un caballero armado en su caballo y cinco escuderos con él que las armas le traían y otros atavíos de su persona. Todos estuvieron quedos hasta saber quién sería, y como de más cerca lo vieron, conocieron que era don Brián de Monjaste, de que muy gran placer se les siguió porque de todos era amado y tenido por buen caballero, y por cierto tal era que dejando aparte ser de tan alto lugar como hijo de Ladasán, rey de España, él por su persona en discreción y esfuerzo era tenido en todas partes donde le conocían en gran reputación, y demás de esto era el caballero del mundo que más a sus amigos amase, y nunca con ellos estaba sino en burlas de placer, como aquél que muy discreto y de linda crianza era, y así ellos le amaban y holgaban mucho con él, y todos juntos descendieron por la cuesta ayuso a pie, como estaban, y él cuando los vio mucho fue maravillado, y no pudo pensar que ventura los hiciera juntar, aunque algo le habían dicho después que de la mar salió en aquella tierra y apeóse del caballo, y fue contra ellos, los brazos tendidos y dijo:

—Juntos os quiero abrazar, que a todos tengo por uno.

Entonces llegaron los que delante iban y tras ellos Amadís.

Y cuando don Brián lo vio si hubo de ello gran placer, esto no es de contar, porque de más del gran deudo que con él tenía, como ser hijos de dos hermanos que la madre de este don Brián, mujer del rey de España era hermano del rey Perión, que era el caballero del mundo que más amaba y díjole riendo:

—¿Aquí sois vos? Pues en vuestra busca venía yo, que aunque todas las venturas nos faltasen, tendríamos harto que hacer en os buscar según os escondéis.

Amadís le abrazó y díjole:

—Decid lo que quisiereis, que venido sois en parte donde presto tomaré la enmienda, y estos señores os mandan que subáis en vuestro caballo, y os metáis en esta ínsula donde una prisión está aparejada para los semejantes que vos.

Entonces llegaron todos los otros a lo abrazar, y aunque contra su voluntad, lo hicieron subir en su caballo, y ellos a pie se fueron con él por la cuesta arriba, hasta que llegaron a la posada de Amadís, donde descabalgó, y sus primos Agrajes y don Florestán lo desarmaron y lo mandaron traer un manto de escarlata que se cubriese, y como desarmado fue y enderredor de sí vio tantos y tan nobles caballeros de quien sus bondades y proezas sabía, díjoles:

—Compaña de tantos buenos no pudo sin gran misterio y causa ser aquí allegada: decídmelo, señores, que mucho lo deseo saber, porque algo he oído después que en esta tierra entré.

Todos rogaron a Agrajes que por él la relación le fuese hecha, el cual como aquél que en todo lo pasado presente había sido, y así en ello y en lo porvenir gran gana tuviese de lo acrecentar y favorecer se lo dijo todo, así como la historia lo ha contado, culpando al rey Lisuarte y loando y aprobando con gran afición lo que aquellos caballeros habían hecho y querían adelante hacer.

Cuando Brián de Monjaste esto oyó, en mucho lo tuvo como persona de gran discreción que antes a la salida que a. la entrada mira, y si por hacer estuviera, no sabiendo el secreto de los amores de Amadís, pudiera ser que su consejo fuera al contrario, y a lo menos que por otras vías más honestas se templara el negocio sin venir en tanto rigor como al presente estaba, que según el conocimiento él tenía del rey Lisuarte en ser tan sospechoso y guardador de su honra, y la injuria fuese tan crecida, bien consideró que así tan crecida se había de buscar la venganza, pero viendo la cosa ser llegada en tal estado que más ayuda que consejo se requería especial siendo el cabo de ello Amadís con mucha afición aprobó lo hecho, loando la gran virtud que con Oriana habían usado, haciéndoles cierta su persona con la más gente de su padre que él haber pudiese para lo sostener, y díjoles que quería ver la infanta Oriana porque de él supiese cómo enteramente había de seguir su servicio.

Amadís le dijo:

—Señor primo, vos veníais de camino y estos señores no han comido, y en tanto que vuestra venida se les envía decir, reposar y comer, y a la tarde se podrá mejor hacer.

Don Brián lo tuvo por bueno, y con esto aquellos señores de él, despedidos se fueron a sus posadas, y la tarde venida, Agrajes y don Florestán que señalados por aquéllos estaban para hablar con Oriana como dicho es, tomaron consigo a don Brián y todos tres se fueron ricamente vestidos a donde Oriana estaba y halláronla que los esperaba en el aposento de la reina Sardamira, acompañada de todas aquellas señoras que habéis oído, y la historia os ha recontado. Pues llegados allí, don Brián se fue a Oriana e hincó los hinojos por le besar las manos, mas tirólas ellas a sí y no se las quiso dar, antes lo abrazó y lo recibió con mucha cortesía, así como en aquélla toda la nobleza del mundo se hallaba, y díjole:

—Mi señor don Brián, vos seáis muy bien venido, que aunque según vuestra nobleza y virtud, en cualquier tiempo ser muy bien recibido merecía en este presente mucho más lo debe ser, y porque tengo creído que aquellos nobles caballeros amigos vuestros os habrán hecho relación de todo lo pasado, remitiéndome a ellos será excusado decir yo ninguna cosa ni tampoco traeros a la memoria lo que en ello haber debéis, porque según lo habéis usado y acostumbrado, mas para dar consejo que para lo pedir, hasta vuestra discreción.

Don Brián le dijo:

—Mi señora, la causa de mi venida ha sido como ha mucho tiempo que me yo partiese de la batalla que el rey vuestro padre hubo con los siete reyes de las ínsulas y en España me fuese a mi padre, estando en una cuestión que él tenía con los africanos, supe cómo mi primo y señor Amadís era ido en tierras extrañas, donde de él ningunas nuevas se sabían, y como éste sea la flor y espejo de todo mi linaje, y aquél a quien yo más precio y amor tenga, tanto dolor me puso su ausencia en mi corazón que trabajé como en aquel debate algún asiento se diese, por me poner en demanda de lo buscar. Y considerando que en esta ínsula suya antes que en otra alguna parte podría algunas nuevas hallar de mi primo, vine por aquí donde mi buena dicha y ventura me guió, así por lo haber hallado como ser venido en tiempo que el deseo que siempre tuve de os servir por obra pueda parecer, y como señora habéis dicho, ya sé lo que ha pasado, y aun pienso algo de lo que de ello puede redundar, según la dura condición del rey vuestro padre, y comoquiera que venga y la ventura lo guiare, mi persona está con toda voluntad ofrecida y aparejada al remedio de ello.

Oriana le dio muchas gracias por ello.

Capítulo 87. Cómo todos los caballeros tenían mucha gana del servicio y honra de la infanta Oriana

Gran razón es que se sepa y no quede en olvido por qué causa estos caballeros y otros muchos que adelante se dirán, con tanto amor y voluntad deseaban el servicio de esta señora, poniéndose en el extremo de las afrentas como con tan altos príncipes puestos estaban. ¿Sería por ventura, por las mercedes que de ella habían recibido? ¿O porque sabían el secreto y cabo de los amores de ella y Amadís, y por causa suya a ello se disponían? Por cierto digo que ni lo uno ni otro hizo a ello mover sus voluntades, porque comoquiera que ella fuese de tan alto estado, el tiempo no le había dado lugar que a ninguno pudiese hacer mercedes, pues otra cosa no poseía más que una pobre doncella; pues en lo que en sus amores y de Amadís toca, ya la grande historia si leído habéis, os da testimonio del secreto de ellos, pues por alguna causa será. ¿Sabéis cuál? Porque esta infanta siempre fue la más mansa y de mejor crianza y cortesía, y sobre todo, la templanza humildad que en su tiempo se halló, teniendo memoria de honrar y bien tratar a cada uno según lo merecía, que éste es un lazo y una red en que los grandes que así lo hacen prenden muchos de los que poco cargo tienen de su servicio, como cada día lo vemos que sin otro interés a alguno de sus bocas son loados, de sus voluntades muy amados, obligados a lo servir como estos señores hacían a aquella noble princesa.

Pues, ¿qué se dirá aquí de los grandes que mucha esquiveza y demasiada presunción tienen con aquéllos que no la debían tener? Yo os lo diré que queriéndose con los menores poner en respuestas desabridas con gestos sañudos, teniendo en poco sus cortesías y profetas, son en menos tenidos, menos acatados, maltratados de sus lenguas, deseando que algún revé? les viniese para los deservir y enojar. ¡Oh, yerro tan grande!, y qué poco conocimiento, por merced tan pequeña como dar la habla graciosa, el gesto amoroso que tampoco cuesta, perder de ser queridos, amados y servidos de aquéllos a quien nunca merced ni bien hicieron. ¿Queréis saber lo que muchas veces a estos desdeñosos despreciadores acaece? Yo os lo diré; que como aquéllos que lo suyo dependen y gastan, no mirando lugares ni tiempos, dándolo donde no deben, son tenidos en lugar de francos o liberales por torpes y por indiscretos, así éstos por el semejante dejando de honrar aquéllos que por virtud les sería reputado, humíllanse y sojúzganse a otros mayores, por ventura sus iguales, que más por servicio y poco esfuerzo que por virtud es tenido.

Pues al propósito tomando, acabada la habla de Brián de Monjaste y hecha reverencia a la reina Sardamira, y a aquellas infantas con Grasinda, Agrajes y don Florestán llegaron a Oriana y con mucho acatamiento todo lo que aquellos caballeros les encomendaron le dijeron, lo cual habiendo por gran acuerdo, los remitió, y dejó el cargo de lo que hacerse debía, pues el acto y efecto de ello más de caballeros que de doncellas era, enviándoles mucho a rogar, que siempre tuviesen en la memoria cumpliendo con sus honras de querer y allegar la paz con el rey su padre, por lo que a ella y a su fama tocaba. Esto hecho, Oriana dejando a don Florestán y a Brián de Monjaste con la reina Sardamira y aquellas señoras, tomó por la mano a Agrajes, y con él a una parte da la sala se fue a sentar y así le dijo:

—Mi buen señor y verdadero hermano Agrajes, aunque la fucia y esperanza que en vuestro primo Amadís y en aquellos nobles caballeros que yo tengo sea muy grande, que con tanto cuidado y gran diligencia mirando por sus honras cumplirán muy enteramente con lo que a mí toca, muy mayor la tengo en vos, como sea cierto haberme criado mucho tiempo en la casa del rey vuestro padre, donde así de él como de la reina vuestra madre recibí muchas honras y placeres, y sobre todo haberme dado a la infanta Mabilia, vuestra hermana, de la cual puedo bien decir que si Dios Nuestro Señor me dio el primero ser de la vida, así después de Él, esta me la ha dado muchas veces, que si su gran discreción y consuelos no fuese según mis dolores, y sobre todo la mi contraria fortuna que después que los romanos en casa de mi padre vinieron me ha fatigado. Si su remedio me faltara, imposible fuera sostener la vida, y así por esto como por otras causas muchas que decir podría, a que si Dios lugar me diese para lo satisfacer, soy tan obligada, y creyendo que así como en mis entrañas lo tengo, conocéis que venido el tiempo por obra lo pondría como dicho tengo, me da causa a que los secretos de mi apasionado corazón antes a vos que a otro ninguno se digan y así lo haré, que a lo que a todos será encubierto a vos solo manifestado será, y por el presente solamente os encargo con la mayor afición que yo puedo que dejando aparte la saña y sentimiento que de mi padre tengáis, se ponga toda la paz y concordia por vuestra mano y consejo entre él y vuestro primo Amadís, porque según su grandeza de corazón y la enemistad de tanto acá tan endurecida, no dudo sino que ninguna razón que se atreviese de buen amor le pueda satisfacer y si por vos, mi verdadero hermano y amigo, en esto algún remedio se puede poner, no solamente muchos de grandes muertes serán quitados y reparados, más mi honra y fama que por ventura en muchas partes está en disputa, será aclarada con aquel remedio que a su honestidad se conviene.

Oído esto por Agrajes, con mucha cortesía y humildad así respondió:

—Con mucha razón se puede y debe otorgar todo lo que por vos, señora, se ha dicho, y según lo que del rey mi padre y mi madre conocéis, su deseo es en cuanto pudiese ayudar a crecer vuestra honra y gran estado como ahora por obra parecerá, pues de mi hermana Mabilia y de mí no será menester decirlo que las obras dan testimonio de muy enteramente querer y desear vuestro servicio, y viniendo a lo que me manda, digo que verdad es, señora, que más que otro ninguno, soy en más descontentamiento del rey y vuestro padre, que así como soy testigo de los grandes y señalados servicios que Amadís, mi primo, y todo su linaje le hicimos, como a todo el mundo es notorio, es así lo soy del gran desconocimiento y desagradecimiento suyo, que por nosotros nunca merced le fue pedida, si no fue la Ínsula de Mongaza para mi tío don Galvanes, la cual fue ganada a la más honra de su corte y al mayor peligro de la vida de quien la ganó que pensar ni decirse podría, así como vos, mi buena señora, por vuestros ojos visteis, y que no bastásemos todos, ni la bondad y gran merecimiento de mi tío para que alcanzarse pudiese una tan pequeña cosa, quedando en su vasallaje y señorío, antes sacudirse de nosotros desechando nuestra suplicación con tanta descortesía como si de servidores que éramos le fuéramos enemigos. Y por esto negar no puedo que en cuanto en mí fuese, no habría gran placer de ayudar a que él en tal estrecho y necesidad fuese puesto, que arrepintiéndose de lo hecho diese a todo el mundo a conocer la gran pérdida que en nosotros hizo, sabiéndose la honra que nuestros servicios le daban; pero así como negando y apremiando hombre su voluntad gana ante Dios más mérito, haciéndolo en su servicio, así yo, señora, cumpliendo con el vuestro, quiero negar y forzar mi saña, porque en esto que tan grave me es, pueda conocer en las otras cosas que tanto obligado me tiene para la servir; pero esto será con mucha templanza, porque como yo sea entre estos señores tenido por muy principal y acrecentador de vuestra honra, sería gran causa de poner flaqueza en muchos de ellos si en mí la sintiese.

—Así lo pido yo, mi buen amigo —dijo Oriana—, que bien conozco según la calidad de lo pasado, y con quien ese gran debate es, que no solamente es menester del fuerte esfuerzo hacer flaco, mas del muy flaco con mucho cuidado hacer fuerte, y porque muy mejor que yo lo sabría pedir, sabréis vos lo que conviene y en qué tiempos puede aprovechar y dañar, yo os lo remito con aquel verdadero amor que entre nosotros está.

Así acabaron su habla y se tornaron adonde aquellas señoras y caballeros estaban. Agrajes no podía partir los ojos de su señora Olinda, como aquélla que de él con mucha afición era muy amada, lo cual así se debe creer, pues que por su causa mereció pasar por el arco encantado de los leales amadores, así como el segundo libro de esta historia lo ha contado, mas como él fuese de noble sangre y crianza que los tales no con mucha premia son obligados, desechando la pasión y afición a seguir la virtud, y sabiendo la vida honesta de Oriana le placía tener, determinado estaba de sojuzgar su voluntad, aunque en ello mucha graveza sintiese hasta ver en qué los negocios comenzados paraban. Así estuvieron una pieza hablando en muchas cosas, esforzando su partido quitándole el temor que las mujeres en actos tan extraños para ellas, como aquél en que estaban suelen tener, pues despedidos de ella y dada la respuesta de Oriana a aquéllos que a ella les habían enviado con mucha diligencia comenzaron a poner en obra lo que acordado habían y despachar los embajadores que al rey Lisuarte fuesen, lo cual fue encomendado por todos a don Cuadragante y don Brián de Monjaste, que eran tales que a tal embajada convenían.

Capítulo 88. Cómo Amadís habló con Grasinda, y lo que ella respondió

Amadís se fue a la posada de Grasinda, que él mucho amaba y preciaba, así por quien ella era como por las muchas honras que había recibido, y no pensaba que pagadas fuesen, aunque por ella había hecho lo que la historia ha contado, considerando haber muy gran diferencia entre los que por su virtud hacen las proezas no habiendo mucho conocimiento de aquéllos que las reciben, o los que después de recibidas las satisfacen y pagan, porque lo primero es de corazón generoso, y lo segundo como quiera que sea buen conocimiento y agradecimiento, pero es deuda conocida que se paga; y sentado con ella en un estrado así le dijo:

—Mi señora, si así como yo deseo y querría por mí no se os hace el servicio y placer que vuestra virtud merece, séame perdonado, porque el tiempo que veis es la culpa de ello, y porque vuestra noble condición así lo juzgará dejando esto aparte acordé de os hablar y pedir por merced me digáis el cabo de vuestro querer y voluntad, porque ha mucho tiempo que de vuestra tierra salísteis y no sé si en ello vuestro ánimo recibe alguna congoja, porque sabido se ponga vuestro mandado en ejecución.

Grasinda le dijo:

—Mi señor, si yo tuviese creído que vuestra compañía y amistad no se me haya seguido la mayor honra que de ninguna cosa me podría venir, y ser pagado y satisfecho todo el servicio y placer que en mi casa os hicieron, si alguno fue que contentamiento os diese, sería de juzgar por la persona del peor conocimiento del mundo, y porque esto es muy cierto y sabido por todos, quiero, mi señor, que mi voluntad entera, así como la tengo os sea manifiesta. Yo veo que aunque aquí son juntos tantos príncipes y caballeros de gran valor a este socorro de esta princesa, que vos, mi buen señor, sois aquél a quien todos miran y catan. De manera que en vuestro seso y esfuerzo está toda la esperanza y buena ventura que esperan, y según vuestro gran corazón y condición no podéis excusaros de no tomar el cargo de todo enteramente, porque a ninguno así justo ni debido como a vos viene, donde será forzado que vuestros amigos y valedores acudan y procuren de sostener vuestra honra y gran estado, y porque yo en la voluntad principalmente por uno de ellos me tengo, quiero que así en la obra parezca mi deseo. Y tengo acordado que el maestro Helisabad se vaya a mi tierra, y con mucho cuidado todos mis vasallos y amigos, con una gran flota tenga apercibidos y aparejados para cuando menester fueren que vengan, señor, a servirnos en lo que les mandéis, y entretanto quedaré yo en compañía y servicio de esta señora con las otras que consigo tiene, y de ella ni de vos me partiré hasta que al cabo de este negocio me diga lo que hacer debo.

Cuando Amadís esto le oyó, abrazóla riendo y dijo:

—Yo creo que si toda la virtud y la nobleza que en el mundo hay se perdiese, que en vos mi buena señora se podría cobrar; y pues así os place, así se haga, es menester que por servicio vuestro y ruego mío el maestro Helisabad, aunque en ello fatiga reciba, vaya al emperador de Constantinopla con mi mandado, que según la graciosa proferta por él me fue dado, y el mal contentamiento que muchos me dijeron cuando aquellas fui, que del emperador de Roma tiene, y sabiendo que la cuestión principalmente con él es, por dicho me tengo que usando de su gran fama y virtud acostumbrada me mandará ayudar como si mucho servido le hubiese.

Grasinda dijo que lo tenía por muy buen acuerdo, y que el maestro, según la gran afición le tenía, que excusado era su mandamiento, para lo que su servicio fuese, y que este tal camino con mensaje de tal persona, más por honra y descanso lo tendría que por trabajo.

Amadís le dijo:

—Mi señora, pues vuestra voluntad es de quedar con esta señora, razón será que así como las otras infantas y grandes señoras como vos sois, están cabe ella y en su aposentamiento, así vos lo estéis, y de ella recibáis aquella honra y cortesía que vuestra gran virtud merece.

Y luego mandó llamar a su amo don Gandales y le rogó que fuese a Oriana y le dijese la gran voluntad que aquella señora a su servicio tenía, y cómo lo ponía por obra, y le suplicase de su parte la tomase consigo, y le hiciese aquella honra que a las más principales de aquéllas hacía, lo cual así fue hecho que Oriana la recibió con aquel amor y voluntad que acostumbraba de acogerse y recibir las tales personas, pero no tanto por el servicio presente como por el pasado que a Amadís había hecho en le dar tal aparejo para pasar en Grecia, y sobre todo el maestro Helisabad, que después de Dios, como la historia lo ha contado en la tercera parte, dio la vida a él y a ella, que un día no pudiera vivir ella después de su muerte, y esto fue le sanó de las grandes heridas que hubo cuando mató al Endriago.

Esto así hecho, después que Grasienda dio todo el despacho que necesario era al maestro Helisabad para hacer lo susodicho, y le rogó y mandó que sabiendo lo que Amadís quería que por él hiciese, lo pusiese así en obra que en semejante cosa de tan gran hecho se debía poner. El maestro le respondió que por falta de no poner su persona a todo peligro y trabajo, no se dejaría de cumplir lo que le mandasen. Amadís se lo agradeció mucho y luego acordó de escribir una carta al emperador, la cual decía así:

CARTA DE AMADÍS AL EMPERADOR DE CONSTANTINOPLA

Muy alto emperador. Aquel Caballero de la Verde Espada, que por su propio nombre Amadís de Gaula es llamado, manda besar vuestras manos, y le traer a la memoria aquel ofrecimiento que más por su gran virtud y nobleza que por mis servicios le plugo que me hacer, y porque ahora es venido el tiempo en que principalmente a vuestra grandeza, y a todos mis amigos y valedores que justicia y razón querrán seguir con el maestro Helisabad más largo lo dirá he menester, le suplico le mande dar fe y haya su embajada aquel efecto que yo con mi persona y todos los que han de guardarle y seguir pondrían en vuestro servicio.

Acabada la carta y dada por extenso la creencia al maestro como adelante parecerá, tomando licencia de él y de su señora Grasinda, se metió a la mar para hacer su viaje, el cual acabó tan cumplidamente como en su tiempo se dirá.

Capítulo 89. Cómo Amadís envió otro mensajero a la reina Briolanja

La historia dice que después que Amadís hubo despachado al maestro Helisabad y aposentado a Grasinda con la infanta Oriana, que mandó llamar a Tantiles, el mayordomo de la hermosa reina Briolanja, y díjole:

—Mi buen amigo, yo querría que por mi tomaseis el trabajo y cuidado que en las cosas que a vos tocasen tomaría, y esto es que mirando en el punto que mi honra tengo, y cuanto con buen recaudo y aparejo acrecentarse puede, y con el contrario lo que menoscabarse podría, vais a vuestra señora y como quien todo lo ha visto, le digáis lo que conviene, trabajando mucho como toda su gente y amigos mande aparejar para cuando menester será, y decidle que ya sabe que lo que a mí toca, suyo es, pues que perdiéndolo yo, de su servicio se pierde.

Tantiles le respondió:

—Así, señor, como lo mandáis se hará luego por mí, y podéis ser bien cierto que no pudiera venir cosa en que la reina mi señora hubiese tanto placer como en ser llegado al tiempo en que conozcáis el gran amor y voluntad que tiene para seguir todo lo que de ella y de todo su reino mandar quisiereis, y de lo que a esto toca, perder cuidado, que yo vendré cuando menester será con aquel recaudo y aparejo que gran señora tal como lo es esta, debe enviar a quien después de Dios le dio todo su reino.

Amadís se lo agradeció mucho y diole una carta de creencia que para con él, como persona que todo su estado gobernaba, bastaba. Él se metió luego a la mar en una nave que allí había venido, e hizo lo que adelante se dirá.

Esto hecho, Amadís se apartó con Gandalín y díjole:

—Mi amigo Gandalín, si yo he menester amigos y parientes en esta necesidad que sin la poder excusar me ha puesto, tú lo ves, y aunque mucha graveza siento verte alongado de mí, la razón me obliga que lo haga; ya ves cómo por todos estos caballeros es acordado que sean todos nuestros amigos requeridos y apercibidos, porque con tiempo puedan venir a sostener nuestras honras, y aunque en muchos por quien yo mucho he hecho, como tú sabes, tengo gran esperanza, que querrán pagar la deuda en que me son, mucho más la tengo en el rey Perión mi padre, que éste, con razón o sin ella ha de acudir a lo que me tocare, y porque tú mejor que otro y más sin empacho le dirás que tanto esto me toca, y cómo en la voluntad y pensamientos de todos, aunque aquí haya tantos caballeros famosos y de gran linaje, a mí solo como más principal lo atribuyen, será bien que a él te partas luego, y le digas lo que has visto y sabes que conviene a la necesidad en que me dejas, y a vueltas de las otras cosas le dirás cómo yo no temo fuerza ninguna de todo el restante del mundo, según esta fuerza es, pero que harta fuerza sería para él si yo que su hijo y el mayor soy, no pudiese responder a estos dos príncipes si contra mí viniesen en la forma y manera que ellos me llamasen, y porque entiendo que estás al cabo de ello, no será menester que más te diga, sino antes que te partas vayas hablar con mi cohermana Mabilia si manda algo para su tía y Melicia mi hermana, y verás a mi señora Oriana qué tal está, porque aunque a los otros se encubra, a ti solo descubrirá su querer y voluntad, y esto hecho partirte has luego con esta creencia que por escrito te doy, la cual dice así:

—Dirás al rey mi señor que ya su merced sabe cómo después que Dios quiso que por su mano yo fuese caballero, nunca mi pensamiento fue de seguir otro estado sino de caballero andante, y a todo mi poder quitar los tuertos y desaguisados de muchos que lo reciben, especialmente de las dueñas y doncellas que ante que otros algunos acorridas deben ser, y por esto he puesto mi persona a muchos trabajos y peligros, sin que de ello otro interés esperase, sino servir a Dios y cobrar prez y fama entre las gentes, y con este deseo cuando de su reino partí quise andar por las tierras extrañas, buscando los que mi acorro y defensa habían menester, viendo lo que visto no había, donde por muchas venturas pasé como tú le puedes bien decir, si saberlo quisiere, y que al cabo de mucho tiempo, viniéndome a esta ínsula, supe cómo el rey Lisuarte, no catando al temor de Dios, ni a consejo de sus naturales ni de otros que lo no son, que su honra y servicio deseaban, antes con toda crueldad y gran menoscabo de su fama, quiso desheredar a la infanta Oriana su hija, que después de sus días ha de ser señora de sus reinos, por heredar a otra hija menor, que por ningún derecho le venía, dándola al emperador de Roma por mujer. Y como se querellase esta princesa a todos cuantos la veían, y a los otros por sus mensajeros con muchos llantos y angustias por ella hechas que de ella hubiesen piedad, y no consintiesen que a tan gran sin razón desheredada fuese. Aquel justo juez amparador de todas las cosas la oyó, y por su voluntad y permisión fueron juntos en esta ínsula muchos príncipes y grandes caballeros para el remedio de ella, donde yo cuando vine los hallé y de ellos supe esta fuerza tan grande que pasaba y con acuerdo y consejo suyo se consideró, que pues a las cosas de esta calidad más que a otras ninguna son los caballeros más obligados, en esta que tan señalada era se pusiese remedio, porque lo que hasta aquí con mucho peligro y trabajo de nuestras personas habíamos ganado, en una sola no se perdiese, pues razón no lo mandaba, porque según la grandeza de su calidad, más a cobardía y poco esfuerzo que a otra causa juzgarse debía, y así se hizo, que desbaratada la flota de los romanos y muertos muchos y los otros presos, fue por nosotros tomada y socorrida esta princesa con todas sus dueñas y doncellas, sobre que tenemos acordado de enviar a don Cuadragante de Irlanda y a mi cohermano don Brián de Monjaste al rey Lisuarte a le requerir de nuestra parte se quiera poner en toda razón, y que si caso fuere que no la quiera, antes el rigor será menester principalmente su ayuda y después de todos aquellos que nuestros amigos son, la cual le suplico esté presta con toda la más gente que haber se pudiere para cuando fuere llamada, y a la reina mi señora besa las manos por mí, y le suplico mande venir aquí a mi hermana Melicia, que tenga compañía a Oriana, y porque su nobleza y gran hermosura sea conocida de muchos por vista, así como lo es por fama.

Esto hecho, díjole:

—Adereza para te ir en una fusta de esas que mejor proveída hallaréis, y lleva quien te guíe, y habla con mi cohermana Mabilia antes como te dije.

Gandalín le dijo que así lo haría.

Agrajes habló con don Gandales, amo de Amadís, para que se partiese a Escocia al rey su padre, y con éste bien se pudo excusar el trabajo de escribir porque era tanto suyo y de tan largo tiempo y tan fiable en todas las cosas que allí más por deudo y consejero que por vasallo era tenido, pues de creer es que este caballero con toda afición y diligencia procuraría el efecto de este viaje tocando tanto a su criado Amadís, que era la cosa del mundo que más amaba y cómo lo hizo adelante se dirá.

Capítulo 90. De cómo don Cuadragante habló con su sobrino Landín y le dijo que fuese a Irlanda y hablase con la reina, su sobrina, para que diese lugar a alguno de sus vasallos le viniesen a servir

Don Cuadragante habló con Landín, su sobrino, que muy buen caballero era, y díjole:

—Amado sobrino, menester es que con toda diligencia partáis y seáis en Irlanda, y habléis con la reina mi sobrina, sin que el rey Cildadán ninguna cosa sepa, porque según lo que tiene jurado y prometido al rey Lisuarte, no sería razón que ninguna cosa de esto se le diga, contándole en lo que estoy puesto, y, aunque aquí haya muchos caballeros de gran guisa, en mí, por quien soy y del linaje donde vengo, se tiene mucha esperanza y se hace gran cuenta, como vos, sobrino, lo veis, que le pido mucho a su merced dé lugar a los que de sus vasallos me querrán venir a servir, y que crea que la revuelta es acá tan grande que de estas semejantes cosas muchas veces acaece trabucarse los estados y señoríos, de suerte y forma que los señores por vasallos quedan y los vasallos por señores, y que por esto no dude de mandar esto que le suplico, y así con los que de éstos haber pudiereis, como de mis vasallos y amigos, adereza, una flota, la mayor que ser pudiere, y con ella haréis prestos para cuando mi llamamiento veáis.

Landín le respondió que, con ayuda de Dios, él pondría tal recaudo de que fuese contento y se mostraría de su valor y grandeza.

Con esto se despidió de él, y en una nave de las que a los romanos tomaron se metió en la mar, y lo que recaudó de este camino adelante se dirá.

Don Bruneo de Bonamar habló con Lasindo, su escudero, que luego partiese para su padre, el marqués, y para Branfil, su hermano, con su carta, y que muy ahincadamente hablase con su hermano y de su parte le rogase que, sin en otra cosa entremeter, trabajase en juntar la más gente que ser pudiese de allí hasta ver su mandado, y demás de esto le dijo:

—Lasindo, mi buen amigo, aunque tú veas aquí tantos caballeros y de tan gran cuenta, bien debes creer que toda la mayor parte de este hecho es de Amadís, pues si yo tengo razón de ayudar, dejando aparte el grande amor que conmigo tiene, que a ello mucho me obliga, ya tú sabes que éste es hermano de mi señora Melicia; éste es el que ella ama y precia más que a ninguno de su linaje, pues si éste es el que ella ama y precia más que a ninguno de su linaje, pues so éste mi enemigo fuese, a mí no me convenía otra cosa sino seguir su voluntad y mandamiento, porque esto sería seguir el servicio y voluntad suya y de ella, pues siendo al contrario en ser el hombre del mundo que yo más amo, con más afición y voluntad me tengo de aparejar a sostener su honra y estado, especial en este caso en que ninguno más que yo esta puesto, ni más que a mí le toca, y todo esto, mi buen amigo, dejando aparte lo de mi señora, puedes hablar con mi padre y con mi hermano, porque les hará mover a lo que con gran razón se debe cumplir con mi honra, aunque de Branfil, mi hermano, cierto soy yo que antes querría estar aquí y haber sido en lo pasado que ganar un gran señorío, porque su condición y deseo más inclinado es ganar prez y fama de caballero que a otras cosas de las que otros, mirando más a los vicios que a la virtud, desean.

Lasindo le dijo:

—Señor, para mí de lo que sé que es necesario, yo confío en Dios que de allí os traeremos tal aparejo que vuestra señora sea muy servida y vuestro estado puesto en mucha más honra.

Con esto se partió en otra fusta, y lo que hizo la historia lo contará cuando tiempo fuere, que este Lasindo era muy buen escudero y de gran linaje e iba con toda afición y voluntad, y así puso en obra su viaje en servicio de su señor, que con mucha honra suya acrecentó en el negocio grande ayuda.

Capítulo 91. Cómo Amadís envió al rey de Bohemia

Amadís, como aquél que sobre sí tenía tan gran carga, especial tocando a su señora, nunca pensamiento apartaba le proveer en lo que menester era acordado enviar a Ysanjo, caballero muy honrado y de muy gran discreción, el cual halló por gobernador en la Ínsula Firme al tiempo que la ganó, el cual cargo le había sucedido de sus antecesores, como más largo lo cuenta el segundo libro de esta historia, y apartado con él le dijo:

—Mi buen señor y gran amigo, conociendo vuestra virtud y buen seso y el deseo que siempre, desde que me conocisteis, habéis tenido de guardar mi honra y el que yo de lo galardonar tengo cuando el caso viniese, he acordado de os poner en un poco de trabajo, porque según a quien os envío no se requiere sino semejante mensajero, y esto es que habéis de ir luego al rey Tafinor de Bohemia con una mi carta y más la creencia que os será remitida, en que muy por entero le diréis este caso como pasa y cuánta fucia y esperanza tengo en la su merced, y yo fío en Dios que de vuestra embajada se nos seguirá gran provecho, porque aquél es muy noble rey y con mucho amor y afición me quedó ofrecido al tiempo que de su casa me partí.

Ysanjo le respondió:

—Señor, para mucho más que vuestro servicio sea mi voluntad aparejada está, que este camino más por honra que por pena mi trabajo lo tengo, y en cuanto en mí fuese podéis, señor, ser cierto que así en esto como en todo lo que acrecentamiento de vuestro estado fuere tengo de poner mi persona hasta el punto de la muerte, y por esto, señor, no es menester sino que el despacho se haga, que mi partida será cuando por bien tuviereis.

Amadís se lo agradeció con mucho amor, conociendo con la voluntad que le respondía, que en no menos la buena voluntad reputarse debe que la buena obra, porque de allí nace, y aquél es el fundamento de ella. Pues con este concierto, Amadís escribió una carta al rey, la cual así decía:

—Noble rey Tafinor de Bohemia, si en el tiempo que en vuestra casa como caballero andante estuve algún servicio os hice, yo me tengo por muy bien pagado de ello, según las honras y buenas obras, así de vuestra persona como de todos los vuestros yo he recibido, y si ahora envío a requerir a la merced vuestra, pidiendo ayuda en mi necesidad, no es teniendo en la memoria otra cosa sino conocer vuestro noble deseo y mucha virtud, que siempre en aquel poco tiempo que en vuestra corte me hallé la vi aparejada a seguir toda cosa justa conforme a toda virtud y buena conciencia, y porque este caballero de mi parte dirá el caso más por extenso como pasa, le pido, después de le mandar, darse haya aquel efecto su embajada que habría la de vuestra parte a mí enviado fuese.

Acabada la carta y dicha la creencia, Ysanjo hizo aparejar una nave y luego, como le era mandado, se partió, y muy bien se puede decir ser su camino bien empleado, según la gente que este buen rey envió a Amadís, como adelante se dirá.

Capítulo 92. De cómo Gandalín habló con Mabilia y con Oriana, y lo que le mandaron que dijese a Amadís

Cuenta la historia que partidos estos mensajeros como habéis oído, Gandalín estaba muy aquejado por ir donde su señor le mandaba, y porque le mandó que no partiese hasta ver su cohermana Mabilia, fuese luego al aposentamiento de Oriana, donde hombre alguno entrar no podía sin su especial mandado, que era aquella torre que ya oísteis, la cual no era guardada ni cerrada sino por dueñas y doncellas, y llegando a la puerta de la huerta, dijo que dijesen a Mabilia cómo estaba allí Gandalín, que se partía para Gaula, y que la quería ver antes que se partiese.

Sabida por Mabilia, díjole a Oriana, y cuando lo oyó plúgole mucho de ello y mandó que entrase, y como llegó donde Oriana estaba hincó los hinojos ante ella y besóle las manos y luego se fue a Mabilia, y díjole lo que su señor le había mandado. Mabilia dijo a Oriana, tan alto que todos lo oyeron:

—Señora, Gandalín parte para Gaula, ver si le mandáis que diga algo a la reina y a Melicia, mi cohermana.

Oriana le dijo que había placer de les enviar con él su mandado, y llegóse donde ellos estaban apartados de todos los otros, y díjoles:

—¡Ay, amigo Gandalín!, ¿qué te parece de mi contraria fortuna?; que la cosa del mundo que más deseaba era estar en parte donde nunca pudiese de mis ojos partir a tu señor, y que mi dicha me haya puesto en su poder en caso de tal calidad que le no ose ver sin que su honra y la mía mucho menoscabada sean; pues creed que mi cuitado corazón siente de ello tan gran fatiga que si sentirlo pudiese muy gran piedad habrías de mí, y porque de esto se le dé la cuenta, así para su consuelo como para disculpa mía, decirle has que tenga manera como él y todos esos caballeros me vengan a ver, y buscarse ha medio como delante todos, no oyendo alguno lo que pasa, le pueda hablar, y esto será con achaque de esta tu partida.

Gandalín le dijo:

—¡Oh, señora, cuánta razón tenéis de tener en la memoria el remedio que a este caballero conviene y que tantas fortunas en este. camino que hicimos he tenido por le sostener la vida! Si yo lo pudiese decir, mucho mayor dolor y angustia vuestro espíritu recibiría de lo que sienten, que es cierto, señora, que las grandes cosas que en armas hizo y pasó por aquellas tierras extrañas, que fueron tales y tantas que no solamente ser hechas por otro más ni pensadas no pusieron en su vida de mil veces, la una el estrecho de la muerte que vuestra membranza y apartamiento de vuestra vista le ponía, y porque hablar en esto es muy excusado, pues que cabo no tiene, solamente queda que hayáis, señora, de él piedad y le consoléis; pues que según yo he visto, y lo creo, verdaderamente en su vida está la vuestra.

Oriana le dijo:

—Mi buen amigo, eso puedes tú decir con gran verdad, que sin él no podría yo vivir ni lo querría, que la vida me sería muy más penosa y grave que la muerte, y en esto no hablemos más, sino que luego te vayas a él y le digas lo que te mando.

—Así se hará, señora y se pondrá en obra.

Con esto se despidió de ellas y fuese para su señor, pero antes le mandó Oriana delante todas las que allí estaban, que no se partiese hasta que le mandase dar una carta para la reina Elisena y otra para su hija Melicia, y él dijo que así lo haría, y que le suplicaba le mandase luego despachar, porque ya todos los otros mensajeros eran idos y no quedaba otro alguno sino él. Así se despidió y se fue a Amadís, y díjole todo lo que Oriana le dijera y la respuesta suya, y cómo le enviaba mandar que él y aquellos señores todas la fuesen a ver con algún achaque, porque le quería hablar.

Amadís cuando aquello oyó, estuvo una pieza cuidando y díjole:

—¿Sabes cómo se podría eso mejor hacer? Habla con mi hermano Agrajes y dile cómo hablando tú con Mabilia si mandaba algo para Gaula, te dijo que le parecía que sería bueno que él tuviese manera con todos estos señores que aquí están cómo fuesen a ver y esforzar a Oriana, porque según la gravedad del caso en que estaba y tan extraña para ella, que necesario le era su visita y esfuerzo demás lo que tuvieres que será necesario decirle, y por este le dijo:

—Dime, ¿qué te pareció de mi señora, está triste en se ver así?

Gandalín le dijo:

—Ya, señor, sabéis su gran cordura, y cómo con ella no puede mostrar sino la virtud de su noble corazón, pero ciertamente me pareció su semblante más conforme a tristeza que alegría.

Amadís alzó las manos al cielo y dijo:

—¡Oh, Señor, muy poderoso!, plégaos de me dar lugar que yo pueda dar el remedio que a la honra y servicio de esta señora conviene y mi muerte o mi vida pase como la ventura lo guiare.

Gandalín le dijo:

—Señor, no toméis congoja, que así como en las otras cosas siempre Dios por vos hizo y adelantó más vuestra honra que de otro caballero ninguno, así en esta que con tanta razón y justicia habéis tomado lo hará.

Así se partió Gandalín de Amadís y se fue a Agrajes, y le dijo todo lo que su señor mandó y lo que más vio que cumplía. Agrajes le dijo:

—Mi amigo Gandalín, mucha razón es que así se haga como mi hermana lo manda, y luego se cumplirá, que si hasta aquí no se ha hecho, no es la causa salvo conocer estos caballeros la voluntad de Oriana se conforme a tener la vida más honesta que ser pudiere, y bien será que lo vamos a decir a Amadís, mi cohermano.

Y tomándole consigo se fue a la posada de Amadís y le dijo aquello que Mabilia, su hermana, le mandó por Gandalín decir. Él respondió como si nada supiera que lo remitía a su parecer.

Entonces Agrajes habló con aquellos caballeros y tuvo manera que sin saber que Oriana lo quería la fuesen a ver y consolar, diciéndoles que en los semejantes casos aun los muy esforzados había menester consuelo, que más se debía hacer a las débiles mujeres. Todos lo tuvieron por bien y les plugo mucho de ello, y acordaron de la ver otro día en la tarde, y así lo hicieron, que vestidos de muy ricos paños de guerra y en sus palafrenes bien guarnidos y con sus espadas todas guarnidas de oro llegaron al aposentamiento donde Oriana estaba, y como todos eran mancebos y hermosos, parecían también que maravilla era, y ya Agrajes había enviado a decir a Oriana cómo la querían ver, y ella envió por la reina Sardamira, y por Grasinda, y por todas las infantas y dueñas y doncellas de gran guisa que con ella estaban, porque con ellas juntas estuviesen para los recibir.

Capítulo 93. Cómo Amadís y Agrajes y todos aquellos caballeros de alta guisa que con el estaban fueron ver y consolar a Oriana, y aquellas señoras que con ella estallan

Llegando aquellos caballeros donde Oriana estaba, saludáronla todos con gran reverencia y acatamiento, y después a todas las otras, y ella los recibió con muy buen talante, como aquélla que de muy noble condición y crianza era. Amadís dijo a don Cuadragante y a Brián de Monjaste que se fuesen para Oriana, y él se fue a Mabilia, y Agrajes a donde Olinda estaba con otras dueñas, y don Florestán a la reina Sardamira, y don Bruneo y Angriote a Grasinda, que ellos mucho amaban y preciaban, y los otros caballeros a las otras dueñas y doncellas, cada uno a la que más le agradaba y de quien esperaba recibir más honra y favor. Así estuvieron todos hablando con mucho placer en las cosas que más les agradaban.

Entonces, Mabilia tomó por la mano a su primo Amadís y a una parte de la sala se fue con él, y díjole que todos lo oyeron:

—Señor, mandad llamar a Gandalín, porque en presencia vuestra le mande lo que diga a la reina mi tía y a Melicia mi prima, y aquello le encargar vos, pues con vuestro mandado va al rey Perión de Gaula.

Oriana, cuando esto oyó, dijo:

—Pues también quiero yo que lleve mi mandado a la reina y a su hija con el vuestro.

Amadís mandó llamar a Gandalín, el cual en la huerta estaba con otros escuderos, que él bien sabía que lo habían de llamar, y desde que fue venido fuese a la parte de la sala donde él y Mabilia estaban, y hablaron con él una gran pieza, y Mabilia dijo contra Oriana:

—Señora, yo he despachado con Gandalín, ved si le mandáis algo.

Oriana se volvió contra la reina Sardamira y díjole:

—Señora, tomad con vos a don Cuadragante mientras yo voy a despachar aquel escudero.

Y tomando por la mano a don Brián de Monjaste se fue donde Mabilia estaba, y como a ella llegó, don Brián de Monjaste le dijo, como aquél que muy gracioso y comedido era en todas las cosas que a caballero convenían:

—Pues que estoy elegido para ser embajador a vuestro padre, no quiero ser presente a embajada de doncellas, que he recelo según vosotras sois engañosas, y la gracia que en todo lo que habéis, gana tenéis que me pondréis en más cortesía de lo que conviene a lo que estos caballeros me han mandado que diga.

Oriana le dijo, riendo muy hermosamente:

—Mi señor don Brián, por eso os traje yo aquí conmigo, porque viéndolo de nosotras templéis algo de vuestra saña con mi padre, mas he miedo que vuestro corazón no está tan sojuzgado ni aficionado a las cosas de las mujeres que en ninguna guisa puedan, quitar ni estorbar nada de vuestro propósito.

Esto le decía aquella muy hermosa princesa en burla, con tanta gracia que era maravilla, porque don Brián, aunque mancebo fuese y muy hermoso, más se daba a las armas y cosas de palacio con los caballeros que sojuzgarse ni aficionarse a ninguna mujer, comoquiera que en las cosas que ellas su defensa y amparo habían menester, ponía su persona a toda afrenta y peligro por les hacer alcanzar su derecho, y a todas amaba y de todas era muy amado, pero no ninguna en particular. Don Brián le dijo:

—Mi señora, aun poco eso me quiero quitar de vosotras y de vuestras lisonjas, por no perder en poco tiempo lo que en tan grande he ganado —y así riendo todos, se partió de Oriana y se tornó donde Grasinda estaba, que mucho deseaba conocer por lo que de ella le habían dicho.

Cuando Amadís se vio ante su señora, que tanto amaba y que tanto tiempo había que la no viera, que no contaba por vista la de la mar, porque tan gran revuelta y entre tanta gente había sido como lo ha contado la historia tercera, todas las carnes y el corazón le temían con placer en ver la su gran hermosura y a su parecer con más alegría que él la esperaba hallar, y estaba tan fuera de sí que decir ni hablar cosa alguna podía, de manera que Oriana, que los ojos de él no partía, lo conoció luego y llegóse a él, y tomóle las manos por debajo del manto y apretóselas en señal de le mostrar mucho amor, como si le abrazase, y díjole:

—Mi verdadero amigo sobre cuantos en el mundo son, aunque mi ventura me haya traído a la cosa que en este mundo más deseaba, que es estar en vuestro poder donde nunca mis ojos, así como el corazón, de vos apartar pudiese, ha querido mí gran desdicha que en tal manera sea que ahora más que nunca me convenga apartar de vuestra conversación, porque este caso tan señalado y tan publicado que por el mundo será sea a todos manifiesto con aquella fama que a la grandeza de mi estado y a la virtud a que ella me obliga se debe, y parezca que vos, mi amado amigo, más por seguir aquella nobleza que siempre procurasteis en socorrer a los cuitados y necesitados que socorro han menester, manteniendo siempre razón y justicia, que por otra causa alguna, vos movisteis una tan grande y señalada empresa como al presente parece, porque si la causa principal de nuestros amores publicada fuese, así de los vuestros como de los contrarios en diversas maneras sería juzgado. Y por esto es necesario que lo que con mucha congoja y grandes fatigas hasta aquí hemos encubierto, de aquí adelante con aquellas mismas y, y aunque mayores fuesen, los obtengamos, y tomemos por remedio ser en nuestra libertad tomar aquélla que más a la voluntad de nuestros deseos pueda satisfacer en cualquier tiempo que más nos agrade, pero esto sea cuando remedio ninguno hallarse pudiere, y así pasemos hasta que a Dios plega de lo traer aquel fin que deseamos.

Amadís le dijo:

—Ay, señora, por Dios!, no se me dé a mi cuenta ni excusa para lo que a vuestro servicio tocare, que yo no nací en este mundo sino para ser vuestro y os servir mientras esta ánima en el cuerpo tuviere, que a mí no hay otro querer ni otra buenaventura sino seguir lo que vuestra voluntad sea, y lo que yo, señora, pido en galardón de mis mortales cuitas y deseos no es al salvo que ninguna de vuestra memoria se aparte el cuidado de me mandar en que la sirva, que esto será gran parte del remedio y descanso que a mi apasionado corazón conviene.

Y cuando esto Amadís decía, Oriana le estaba mirando, y veíale caer las lágrimas de los ojos que todo el rostro le mojaban, y díjole:

—Mi buen amigo, así lo tengo yo, como me lo decís, y no es nuevo para mí creer que en todo seguiríais mi voluntad, pues como yo querría contentar y satisfacer a la vuestra, aquel Señor a quien nada se esconde lo sabe; mas conviene, como dicho tengo, que por ahora se sufra, y entretanto que él lo remedia, si mi amor queréis con aquella afición que siempre quisisteis, os pido que las ansias y fatigas de vuestro corazón sean por vos apartadas, que no puede ya mucho tardar que de una manera que de otra no se sepa nuestro secreto, y con paz o con guerra, no seamos juntos en aquella forma que tanto tiempo hemos deseado, y porque hemos hablado gran pieza, quiérome tornar a aquellos señores caballeros, que no tomen alguna sospecha, y vos, señor, limpiad esas lágrimas de los ojos lo más encubierto que se pueda, y quedar con Mabilia, que ella os dirá algunas cosas que vos, mi señor, no sabéis, ni hasta aquí ha habido lugar para os las decir, con que mucho placer y alegría vuestro corazón sentirá.

Entonces mandó llamar a don Cuadragante y a don Brián de Monjaste y con ellos se tornó donde antes estaba. Amadís se quedó con Mabilia, y allí le contó ella todo el hecho de Esplandián, cómo era su hijo de Oriana, y todas las cosas que acaecieron, así en su nacimiento como en su crianza, y cómo la doncella de Dinamarca y Durín, su hermano, llevándolo a criar a Miraflores, lo perdieron y lo tomó la leona, y la crianza que el ermitaño en él hizo, todo se le contó muy por extenso que no faltó nada, como la tercera parte de esta gran historia lo cuenta.

Amadís, cuando esto le oyó, fue muy alegre de lo oír, que más no podía ser, y estuvo una gran pieza que no la habló, y después que aquella alteración de alegría que su corazón sintió le fue pasada, díjole así:

—Mi señora y buena cohermana, sabed que estando yo con esta muy noble dueña Grasinda en aquel tiempo que allí llegaron aquellos caballeros, Angriote de Estravaus y don Bruneo, acaso me contó Angriote todo el hecho de Esplandián, mas no me supo decir cuyo hijo era, y luego me ocurrió a la memoria la carta que con mi amo Gandales a esta ínsula me enviaste, por la cual me hacíais saber que había acrecentado en mi linaje, y pensé, según en el tiempo que me escribiste y en cual me lo dijo, y que no se sabía de dónde ni cuyo hijo fuese aquel doncel que podría ser mi hijo y de Oriana, pero esto fue por sospecha y no por otra alguna certenidad, mas ahora que lo sé cierto, creed, señora y amada prima, que soy más alegre de ello que si de la mitad del mundo me hiciesen señor, y esto no lo digo yo por ser el doncel tal y tan extraño, mas por ser hijo de tal madre que, como Dios la señaló y apartó, así en hermosura como en todas las otras bondades que buena señora debe tener, de todas las que en este mundo son nacidas, así quiso que las cosas que de ella proceden, de dulzura y de amargura sean extremadas de ellas otras, que yo, como aquél que por la experiencia lo pruebo y siento, lo puedo muy bien decir. ¡Oh, mi señora cohermana si supiese contaros las angustias y grandes congojas que en este tiempo que no me habéis visto mi corazón cautivo ha pasado, que sin duda podéis creer que en comparación de ellas todos los peligros y afrentas que por aquellas tierras extrañas pasé no se deben juzgar sino como el miedo y espanto que se sueña, o el que en efecto y verdad pasa, y Dios, queriendo haber piedad de mí, me quiso traer a tiempo que a ella dé gran afrenta, y a mí de la más dolorosa muerte que nunca caballero murió quitase, donde ya mi corazón, que hasta aquí en ninguna parte descanso ni reposo hallaba, estaba seguro, porque de esto no puede redundar sino ganarla del todo a la satisfacción de sus deseos y míos, o perder la vida donde con ella todas las cosas temporales fenecen. Y pues mi buena ventura ha querido remediar y socorrer mis fatigas, es gran razón que todos seamos en reparar las suyas, que como persona que nunca en tal se dio, ni a ella es dado saber en qué cae, entiendo que no estará sin las tener muy grandes, y vos, si señora, que en los tiempos pasados habéis sido el mayor reparo de su vida en este presente la aconsejar y esforzar, poniéndole delante que ni ante Dios ni su padre no es encargo de esto que pasó, ni con razón por ninguna persona del mundo puede ser culpada, pues si teme el gran poder de su padre con el del emperador de Roma, podéis, mi señora, decirle, que tantos y tales somos en su servicio que si su enojo no temiese yo, los buscaría en sus reinos, y esto podrá muy bien ver tanto que don Cuadragante y don Brián de Monjaste vengan de este camino que a su padre van, donde sabremos si quiere la paz o tenemos guerra, y entretanto siempre me avisad de aquello en que más placer y servicio haya, porque así como su voluntad fuese se cumpla.

Mabilia le dijo:

—Mi señor, si quisiese contaros lo que yo ha pasado, después que de esta tierra partisteis, por la consolar y remediar sus angustias y dolores, especial después que los romanos a casa de su padre vinieron, sería cosa de nunca acabar, y por esto y porque enteramente conocéis el gran amor que os tiene, os dejaré de más en ello, hablar, y esto que, mi señor, mandáis yo lo hago siempre, aunque su discreción es tan crecida, que así en las cosas en que se ha criado, conformes a la calidad y flaqueza de las mujeres, como en todas las otras que para nosotras son muy nuevas y extrañas, las conoce y siente con aquel ánimo y corazón que a su real estado se requiere, y si no es en lo vuestro, que la hace salir de todo sentido, en todo lo otro ella basta para consolar a todo el mundo, y de las cosas que ella habría placer seréis de mí avisado.

Con esto acabaron su hablar y se tornaron donde Oriana estaba.

Gandalín se despidió de ellos y fue a entrar en la mar para ir a Gaula, del cual se dirá en su tiempo.

Después que estos señores estuvieron gran pieza con la princesa Oriana y con aquellas señora que con ella estaban hablando en muchas cosas de gran solaz, y mucho esforzando su partida, despidiéronse de ellas y tornaron a sus posadas, donde con mucho placer y alegría estaban todos, teniendo las cosas necesarias muy abastadamente, y viendo todas las cosas maravillosas de aquella ínsula, las cuales otras semejantes que ellas en ninguna parte del mundo se podrían ver, hechas y ordenadas por aquel gran sabidor Apolidón, que siendo señor de ella allí las dejó.

Mas ahora dejará la historia de hablar de ellos por contar del rey Lisuarte, que de esto nada sabía.

Capítulo 94. Cómo llegó la nueva de este desbarato de los romanos y la tomada de Oriana al rey Lisuarte, y de lo que en ello hizo

Salió el rey Lisuarte el día que entregó su hija a los romanos con ella una pieza de la villa, e íbala consolándola algo con gran piedad, como padre, y otras veces con pasión demasiada por le quitar esperanza que su propósito por ninguna manera se podía mudar, mas lo uno y lo otro poco consuelo ni remedio le daba, y sus llantos y dolores eran tan grandes, que no había hombre en el mundo que le no moviese a piedad, y comoquiera que el rey, su padre, en aquel caso había estado muy duro y muy crudo, no pudo negar aquel amor paternal que a su hija tan acabada debía, y las lágrimas le vinieron a los ojos sin su grado, y sin más le decir se volvió, muy triste que en el semblante mostraba, y antes habló con Salustanquidio y con Brondajel de Roca, encomendándosela mucho, y tomóse a su palacio, donde grandes llantos, así en hombres como en mujeres halló por la partida de Oriana, que no bastó para el remedio de ello el mandamiento muy estrecho que por él se les hizo, parque esta infanta era la más querida y más amada de todos que nunca persona en la Gran Bretaña lo fue.

El rey miró por el palacio y no vio caballero ninguno, como ver solía, sino fue a Brandoibás, que le dijo cómo la reina estaba en su cámara llorando con mucho dolor. Él se fue para ella, y no halló en su aposentamiento ninguna de las dueñas e infantas y otras doncellas de que muy acompañada estar solía, y como así lo vio todo tan desierto y mudado de como solía, así de caballeros como de mujeres, y los que en él estaban, con tan gran tristeza, hubo tan gran pesar que el corazón se le cubrió de una nube oscura, de manera que por una pieza no habló, y entró en la cámara donde la reina estaba, y cuando ella lo vio entrar cayó amortecida en un estrado sin ningún sentido. El rey la levantó y la llegó a sí, teniéndola en sus brazos hasta que en acuerdo fue tornada, y como ya en mejor disposición la viese y más reposada, díjole:

—Dueña, no conviene a vuestra discreción ni virtud mostrar tanta flaqueza por ninguna adversidad, cuanto más por esto en que tanta honra y provecho se recibe, y si mi amor y amistad queréis vos haber, cese de manera que esto sea lo postrimero, que vuestra hija no va tan despojada que no se pueda tener por la mayor princesa que nunca en su linaje hubo.

La reina no le pudo responder ninguna cosa, sino así como estaba se dejó caer de rostro sobre una cama, suspirando con gran cuita de su corazón. El rey la dejó y se tornó a su palacio, donde no halló a quien hablar sino fue al rey Arbán de Norgales y a don Grumedán, los cuales demostraban en sus gestos y semblantes la tristeza que en sus corazones tenían, y aunque el rey, muy cuerdo y sufrido y mejor que otro hombre supiese disimular todas las cosas, no pudo tanto consigo que bien no mostrase en su gesto y habla el dolor que en lo secreto tenía, y luego pensó que sería bien de se apartar por las florestas con sus cazadores hasta dar lugar al tiempo que curase aquello que por entonces mal remedio tenía, y mandó al rey Arbán que le hiciese llevar tiendas y todo el aparejo que para la caza convenía a la floresta, porque se quería ir a correr monte luego otro día de mañana, y así se hizo, que esta noche no quiso dormir en la cámara de la reina, por no le dar más pasión de la que tenía, y otro día, en oyendo misa, se fue a su caza, en la cual como solo se hallase mucho más la tristeza y pensamiento le agraviaban, de manera que en ninguna parte hallaba descanso, que como éste fuese un rey tan noble, tan gracioso, codicioso de tener los mejores caballeros que haber pudiese, como ya los tuviera, y con ellos le haber venido todas las honras y buenas dichas y venturas a la medida de sus deseos, y ahora en tan poco espacio verlo todo trocado y tanto al contrario de lo que solía y su condición deseando, no tuvo tanto poder su discreción ni fuerte corazón que muchas veces no le pusiese en grandes congojas. Pero como muchas veces acaece cuando la fortuna comienza a mandar sus veces, no se contenta con los enojos que los hombres de su propia voluntad toman, antes ella con mucha crueldad deseándolos aumentar y crecer, siguiendo la orden de su estilo, que es en ninguna cosa ser ordenada, allí donde este rey estaba lo quiso mostrar, que olvidando aquel pesar que aparecer de ella por tan liviana causa y de su grado había tomado se doliese dé otro más duro azote de que él no sabía, que venidos algunos de los romanos que de la Ínsula Firme habían huido y sabiendo cómo el rey allí estaba, se fueron para él y le contaron todo lo que les había acaecido, así como la historia lo ha contado, que no faltó ninguna cosa como aquéllos que presentes habían sido a todo ello.

Cuando el rey esto oyó, comoquiera que el dolor fuese muy grande, como de cosa tan extraña para él y que tanto le tocaba, con buen semblante, no mostrando ningún pesar, como los reyes suelen hacer, les dijo:

—Amigos, de la muerte de Salustanquidio y de la pérdida de vosotros me pesa mucho, que de lo que a mí toca usado soy de recibir afrentas y darlas a otros, y no os partáis de mi corte, que yo os mandaré remediar de todo lo que menester hubiereis.

Ellos le besaron las manos y le pidieron por merced que se le acordase de los otros sus compañeros y de aquellos señores que con ellos estaban presos. Él les dijo:

—Amigos, de eso no tengáis cuidado, que ello se remediará como a la honra de vuestro señor y mía cumple.

Y mandóles que a la villa se fuesen, donde la reina estaba y que nada dijesen de aquello hasta que él fuese, y ellos así lo hicieron. El rey anduvo cazando tres días con el cuidado que podéis entender, y luego se tornó donde la reina estaba, y al parecer de todos, con alegre semblante, aunque el corazón sentía lo que en tal caso debía sentir, y él, descabalgando, se fue a la cámara de la reina, y como ella era una de las nobles y cuerdas del mundo, por no le dar más pasión, viendo que con ella poco se remediaba su deseo, mostrósele mucho más consolada.

Pues el rey, llegado, mandó que todos saliesen fuera de la cámara, y sentándose con ella en su estrado así le dijo:

—En las cosas de poca sustancia, que por accidente vienen, tienen las personas alguna facultad y licencia para mostrar alguna pasión y melancolía, porque así como sobre pequeña causa vienen, así livianamente, con pequeño remedio, se pueden de ello partir; pero en las muy graves que mucho duelen, especialmente en los casos de honra, es, por el contrario, que de estas tales ha de ser y se ha de mostrar la graveza pequeña y la venganza y el rigor muy grande, y viniendo al caso, vos, reina, habéis sentido mucho la ausencia de vuestra hija, como es costumbre de las madres, y sobre ello habéis mostrado mucho sentimiento, así como en semejantes casamientos por otros muchos se suele hacer; pero por dicho me tenía que en breve tiempo se pusiera en olvido, mas lo que le esto sucede es de calidad que no mostrando sobrado enojo con mucha diligencia y corazón grande se ha de buscar la enmienda de ello. Sabed que los romanos que a vuestra hija llevaron con toda su flota son destruidos, y presos y muertos muchos de ellos, con su príncipe Salustanquidio, y ella, con todas sus dueñas y doncellas, tomadas por Amadís y por los caballeros que en la Ínsula Firme están, donde con mucha victoria y placer la tienen, así que bien se puede decir que cosa tan señalada en grandeza como ésta no es en memoria de hombres que en el mundo haya pasado, y por esto es menester que vos, y yo, con sobrado esfuerzo, como rey y caballero, pongamos el remedio que más con obra que con demasiado sentimiento a vuestra honestidad y a mi honra ponerse debe.

Oído esto por la reina, estuvo una pieza que no respondió, y como ésta fuese una de las dueñas del mundo que más a su marido amase, pensó que en cosa tal como ésta y con tales hombres más era menester de poner concordia que de encender la discordia, y dijo:

—Señor, aunque vos tengáis en mucho lo que ha pasado y sabéis de vuestra hija, si lo juzgareis considerando aquel tiempo que fuisteis caballero andante, pensaréis que según los clamores y dolores de Oriana y de todas sus doncellas y el gran espacio de tiempo que en ello duraron, donde se dio cuenta de ser por muchas partes publicados, que pareciendo en voz de todos, aunque no lo fuese, una grandísima fuerza que no se debe hombre maravillar, que aquellos caballeros, como hombres que otro estilo no tengan sino acorrer dueñas y doncellas cuando algún tuerto y desafuero reciben, se atreviesen a lo que han hecho, y comoquiera, señor, que vuestra hija sea, ya la entregasteis a aquéllos que por parte del emperador por ella vinieron, y la fuerza o injuria más a él que a vos toca, y ahora al comienzo se debe tomar con aquella templanza que no parezca ser vos el cebo de esta afrenta, que de otra manera haciéndose muy mal se podrá disimular.

El rey le dijo:

—Ahora, dueña, tened vos memoria de lo que a vuestra honestidad, como dicho tengo, conviene, que en lo que a mí toca, con ayuda de Dios, se tomará la enmienda que a la grandeza de vuestro estado y mío se requiere.

Con esto se partió de ella y se fue a su palacio, y mandó llamar al rey Arbán de Norgales, y a don Grumedán, y a Guillán el Cuidador, que ya de su dolencia mejor estaba, y apartado con ellos les dijo todo el negocio de su hija y de lo que con la reina había pasado, porque estos tres eran los caballeros de todo su reino de quien él más se confiaba, y rogóles y mandóles que mucho en ello pensasen y le dijesen su parecer, porque tomase lo que más a su honra cumpliese y que por entonces sin más deliberación no quería que nada le respondiesen.

Así estuvo el rey pensando algunos días en lo que debía hacer.

La reina quedó con gran pensamiento y congoja por ver la rigurosidad del rey, su marido, y tenerla contra aquéllos que bien sabía que antes perdieran las vidas que un punto de sus honras, lo cual asimismo del rey se esperaba, así que ningunas afrentas que le hubiesen venido, aunque muy grandes fueron, como esta gran historia os lo ha contado, en comparación de ésta no las tenía en ninguna cosa.

Pues estando en su cámara revolviendo en su sentido muchas e infinitas cosas para procurar el remedio de tanta rotura, entró una doncella, que le dijo cómo Durín, hermano de la doncella de Dinamarca, era allí llegado de la Ínsula Firme, y que la quería hablar. La reina mandó que entrase, y él hincó los hinojos y le besó las manos y le dio una carta de Oriana, su hija, que parece ser que como Oriana vio la determinación de los caballeros de la

Ínsula Firme, que fue de enviar a don Cuadragante y a Brián de Monjaste al rey, su padre, con el mandado que ya oísteis, acordó que sería bueno para enderezar su embajada que antes que ellos llegasen a la corte del rey, su padre, de escribir a la reina, su madre, con este Durín una carta, y así lo hizo.

Pues recibida la reina la carta, viniéronla las lágrimas a los ojos con soledad de su hija, y porque no la podía cobrar si Dios por su misericordia no lo remediase, sin gran peligro y afrenta del rey su señor, y así estuvo una pieza callada que no pudo decir a Durín ninguna cosa, y antes que más le preguntase abrió la carta para la leer, la cual decía así.

Capítulo 95. De la carta que la infanta Oriana envió a la reina Brisena, su madre, desde la Ínsula Firme, donde estaba

—Muy poderosa reina Brisena, mi señora madre: yo, la triste y desdichada Oriana, vuestra hija, con mucha humildad mando besar vuestros pies y manos.

—Mi buena señora, ya sabéis cómo la mi adversa fortuna, queriéndome ser más contraria y enemiga que a ninguna mujer de las que fueron ni serán, no lo mereciendo yo, dio causas a que de vuestra presencia y reinos desterrada fuese con toda crueldad del rey, mi señor y mi padre, y tanto dolor y angustia de mi triste corazón que yo misma me maravilla cómo solo un día de vida pude sostener. Pues no contenta de mi gran desventura con lo primero, viendo cómo antes a la cruel muerte que a contradecir el mandamiento del rey, mi padre, con la obediencia que, con razón o sin ella, le debo, estaba dispuesta a lo cumplir, quiso darme el remedio muy más cruel para mí que la pasión y triste vida que en lo primero tener esperaba, porque en fenecer yo sola, fenecía una triste doncella, que según sus grandes fortunas mucho más conveniente y apacible la muerte le fuera que la vida. Más de lo que ahora se espera, si después de Dios, vos, señora habiendo piedad de mí no procuráis el remedio, no solamente yo, más muchas otras gentes que culpa no tienen, con muy crueles y amargas muertes fenecerán sus vidas. Y la causa de ello es que por permisión de Dios, que sabe la gran sinrazón y agravio que se me hace, a porque mi fortuna, como dicho tengo, lo ha querido, los caballeros que en la Ínsula Firme se hallaron, desbaratando la flota de los romanos con grandes muertes y prisiones de los que defenderse quisieron, yo fui tomada con todas mis dueñas y doncellas y llevada a la misma ínsula, donde con tanta reverencia y honestidad como si en vuestra real casa estuviera me tienen y soy tratada. Y porque ellos envían al rey, mi señor y mi padre, ciertos caballeros con intención de paz, si en lo que a mí toca algún medio se diese, tardé de antes que ellos allá llegasen escribir esta carta, por la cual y por las muchas lágrimas que con ella se derramaron y sin ella se derraman, suplico yo a vuestra gran nobleza y virtud ruegue a mi padre, que haya mancilla y compasión de mí, dando más lugar al servicio de Dios que a la gloria y honra perecerá de este mundo y no quisiera poner en condición el gran estada en que la movible fortuna hasta aquí, con mucho favor, le ha puesto. Pues qué mejor él que otro alguno sabe la gran fuerza y sin justicia que sin lo yo merecerse me hizo.

Acabada la carta de leer, la reina mandó a Durín que sin su respuesta no se partiese, porque convenía antes hablar con el rey, y le dijo que así lo haría como mandaba, y díjole cómo todas las infantas y dueñas y doncellas que con su señora quedaban le besaban las manos.

La reina envió a rogar al rey que sin otro alguno se viniese a su cámara, porque le quería hablar, y él así lo hizo, y como en la cámara solos quedaron, hincó la reina los hinojos delante de él, llorando, y díjole:

—Señor, leed esta carta que vuestra hija Oriana me ha enviado, y habed piedad de ella y de mí.

El rey la levantó por las manos y tomó la carta y leyóla, y por darle algún contentamiento díjole:

—Reina, pues que Oriana escribe aquí que aquellos caballeros envían a mí, podrá ser tal la embajada que con ella se satisfaga la mengua recibida, y si tal no fuere, habed vos por mejor que con algún peligro sea sostenida mi honra, que sin él sea menoscabada mi fama.

Y rogándola mucho que remitiéndolo todo a Dios, en cuya mano y voluntad estaba, se dejase de tomar más congojas, y con esto se partió de ella y se tornó a su palacio. La reina mandó llamar a Durín y díjole:

—Amigo Durín, vete y di a mi hija que hasta que esos caballeros vengan, como su carta escribe, y se sepa la embajada que traen, que no hay que le pueda responder, ni el rey, su padre, se sabe determinar, y que venidos, si camino de concordia se puede hallar, que con todas mis fuerzas lo procuraré, y salúdamela mucho y a todas sus dueñas y doncellas. Y dile que ahora es tiempo en que se debe mostrar quién es, lo principal en su fama, que sin ésta ninguna cosa que de preciar ni estimar fuese le quedaría, y lo otro en sufrir las angustias y pasiones como persona de tan alto lugar, que así como Dios, los estados y grandes señoríos a las personas da, así sus angustias y cuidados son muy diferentes en grandeza de las otras más bajas personas, y que la encomiendo yo a Dios que la guarde y traiga con mucha honra a mi poder.

Durín le besó las manos y se tornó por su camino, del cual no se dirá más porque en este viaje no llevo concierto alguno, ni Oriana con la respuesta de la reina, su madre, quedó con esperanza de lo que ella deseaba.

La historia dice que el rey Lisuarte, estando un día después de haber oído misa en su palacio con sus ricos hombres, queriendo comer, que entró por la puerta un escudero y dio una carta al rey, la cual era de creencia, y el rey tomó y, leyéndola presto, le dijo:

—Amigo mío, ¿qué es lo que queréis y cuyo sois?

—Señor —dijo él—, yo soy de don Cuadragante de Irlanda, que vengo a vos con su mandado.

—Pues decid lo que queréis —dijo el rey—, que de grado os oiré.

El escudero dijo:

—Señor, don Cuadragante y Brián de Monjaste son llegados de la Ínsula Firme en vuestro reino con mandado de Amadís de Gaula y de los príncipes y caballeros que con él están, y antes que en vuestra corte entrasen quisieron que lo supieseis, porque vi ante vos pueden venir seguros deciros han su embajada y si no publicarlo han por muchas partes y volverse han a donde vinieron. Por ende, señor, respondedme lo que os placerá porque no se detengan.

Oído esto por el rey estuvo un poco sin nada decir, lo cual todo gran señor debe hacer por dar lugar al pensamiento y considerando que de las embajadas de los contrarios siempre se sigue más provecho que otro inconveniente alguno, porque si lo que traen es su servicio, témanlo, y si al contrario, les quedan grandes avisos. Y también porque parece poco sufrimiento rehusar de no oír a los semejantes. Dijo al escudero:

—Amigo, decid a esos caballeros que con toda seguridad, mientras en mi reino estuvieren, pueden venir a mi corte, y que yo les oiré todo lo que decirme querrán.

Con esto se tornó el mensajero, y sabida la respuesta del rey, salieron de la nave don Cuadragante y Brián de Monjaste, armados de muy ricas armas, y al tercero día llegaron a la villa cuando el rey acababa de comer. Y como iban por las calles muchos los miraban todos, que muy bien los conocían, y decían unos a otros:

—¡Malditos sean los traidores, que con sus mezclas falsas hicieron perder tales caballeros y otros muchos de gran valor a nuestro señor el rey.

Pero otros, que más sabían de cómo había pasado toda la culpa, cargaban al rey, que quiso sojuzgar su discreción a hombres escandalosos y envidiosos. Así fueron por la villa hasta que llegaron al palacio, y entrados en el patio descabalgaron de sus caballos y entraron donde el rey estaba y saludáronlo con mucha cortesía, y él los recibió con buen talante. Y don Cuadragante le dijo:

—A los grandes príncipes conviene oír los mensajeros que a ellos vienen, quitada y apartada de sí toda pasión, porque si la embajada que les traen les contenta mucho, alegres deben ser haberla graciosamente recibido, y si al contrario, mas con fuertes ánimos y recios corazones deben poner el remedio que con respuestas desabridas, y a los embajadores se requiere decir honestamente lo que les es encomendado sin temer ningún peligro que de ello les pueda venir. La causa de nuestra venida a vos, rey Lisuarte, es por mandado y ruego de Amadís de Gaula y de otros muchos grandes caballeros que en la Ínsula Firme quedan, los cuales os hacen saber cómo andando por las tierras extrañas buscando las aventuras peligrosas, tomando las justas y castigando las contrarias, así como la grandeza de su virtud y fuertes corazones requieren, supieron de muchos como vos, mas por seguir voluntad que razón y justicia, no curando de los grandes amonestamientos de los grandes de vuestros reinos, ni de las muchas lágrimas de la gente más baja, ni habiendo memoria de lo que a Dios de buena conciencia se debe, quisisteis desheredar a vuestra hija Oriana, sucesora de vuestros reinos después de vuestra vida, por heredera otra vuestra hija menor, la cual, con muchos llantos y dolores muy doloridos, sin ninguna piedad entregasteis a los romanos, dándola por mujer al emperador de Roma contra todo derecho y fuera de la voluntad, así suya como de todos vuestros naturales. Y como estas tales cosas sean muy señaladas ante Dios y Él sea el remediador de ellas, quiso permitir que, sabido por nosotros, pusiésemos remedio en cosa que tan agravio se hacía contra su servicio, y así se hizo no con voluntad ni intención de injuriar, mas de quitar tan gran fuerza y desafuero, de la cual sin mucha vergüenza nuestra no nos podíamos partir, que vencidos los romanos que la llevaban fue por nosotros tomada y llevada con tan gran acatamiento y reverencia (como a la su nobleza y real estado convenía) a la Ínsula Firme, donde acompañada de muchas nobles señoras y grandes caballeros la dejamos. Y porque nuestra intención no fue sino servir a Dios y mantener derecho, aquellos señores y grandes caballeros, acuerdan de os requerir, que en lo que aquella noble infanta toca, queráis dar algún medio, como cesando el grande agravio y tan conocida fuerza, sea restituida en vuestro amor con aquellas firmezas que a la verdad y buena coincidencia se requieren dar, y si por ventura vos, rey, algún sentimiento de nosotros tenéis quede para su tiempo, porque no sería razón que lo cierto de aquella princesa con lo dudoso de nosotros se mezclase.

El rey, después que don Cuadragante hubo acabado su razón, respondió en esta guisa:

—Caballeros, porque las demasiadas palabras y duras respuestas no acarrean virtud, ni de los corazones flacos hacen fuertes, será mi respuesta breve, y con más paciencia que vuestra demanda lo merece. Vosotros habéis cumplido aquello que, según vuestro juicio, más a vuestras honras satisface con más sobrada soberbia que con demasiado esfuerzo, porque no a gran gloria se debe contar saltear y vencer a los que sin ningún recelo y con toda seguridad caminan, no teniendo en las memorias como yo, siendo lugarteniente de Dios, a Él y no a otro ninguno, soy obligado de dar la cuenta de lo que por mí fuere hecha, y cuando la enmienda de esto tomada fuere se podrá hablar en el medio que por vos se pide, y por que lo demás serán sin ningún fruto no es menester replicación.

Don Brián de Monjaste le dijo:

—Ni a nosotros otra cosa conviene sino que sabida nuestra voluntad y la cuenta que de lo pasado a Dios debemos, pongan cada una de las partes en ejecución aquello que más a su honra cumple.

Y despedidos del rey, cabalgaron sus caballos y salieron del palacio, y don Grumedán con ellos, a quien el rey mandó que los aguardase hasta que de la villa saliesen.

Cuando don Grumedán se vio con ellos fuera de la presencia del rey, díjoles:

—Mis buenos señores, mucho me pesa de lo que veo, porque yo, conociendo la gran discreción del rey y la nobleza de Amadís y de todos vosotros y los grandes amigos que aquí tenéis mucha esperanza tenía que este enojo habría algún buen fin, y paréceme que siendo todo al contrario, ahora más que nunca dañado lo veo: hasta que a Nuestro Señor plega poner en ello aquella concordia que menester es, pero tanto os ruego que me digáis cómo se halló en la Ínsula Firme Amadís a tal tiempo, que mucho ha que de él no se supieron nuevas ningunas, aunque muchos de sus amigos lo han buscado con grandes afanes por tierras extrañas.

Don Brián de Monjaste le dijo:

—Mi señor don Grumedán, en lo que decís del rey y de nosotros, no será menester a vos, que tan sabido lo tenéis, daros la cuenta muy larga, sino que conocida está la gran fuerza que el rey a su hija hizo, y la razón que a nosotros nos obliga de la quitar, y ciertamente, dejando su enojo y nuestro aparte placer, hubiéramos que algún medio se tomara en lo que a él y a la infanta Oriana toca, pues más todavía con mucho rigor le place proceder contra nosotros más que con justa causa, él verá que la salida de ella le será más trabajosa que la entrada lo parece. Y a lo que, mi buen señor, preguntáis de Amadís, sabréis que hasta que él de esta corte fue, llamándose el Caballero Griego, y llevó consigo aquella dueña por quien los romanos fueron vencidos y la corona ganada de las doncellas, nunca ninguno de nosotros supimos nuevas de él.

—¡Santa María Val! —dijo don Grumedán—, ¿qué me decís? ¿Es verdad que el Caballero Griego que aquí vino era Amadís?

—Verdad sin duda ninguna es —dijo don Brián.

—Ahora os digo yo —dijo don Grumedán— que me tengo por hombre de mal conocimiento, que bien debiera yo pensar que caballero que tales extrañezas hacía en armas sobre los otros, que no debiera ser sino él. Ahora os pregunto:

—Los dos caballeros que aquí dejó que me ayudasen en la batalla que tenía aplazada con los romanos, ¿quiénes eran?

Don Brián le dijo riendo:

—Vuestros amigos Angriote de Estravaus y don Bruneo de Bonamar.

—A Dios merced —dijo él—, que si yo los conociera no temiera tanto mi batalla como la temía, y ahora conozco que gané en ella muy poca prez, pues que con tales ayudadores no tuviera en mucho vencer a dos tantos de los que fueron.

—¡Así Dios me valga! —dijo don Cuadragante—, yo creo que si por vos vuestro corazón se juzgase, vos solo bastabais para ellos.

—Señor —dijo don Grumedán—, cualquier que yo sea soy mucho en el amor y voluntad de todos vosotros, si a Dios pluguiese de dar algún cabo bueno en esto sobre que venís.

Así fueron hablando hasta salir de la villa, y una pieza más adelante y queriéndose don Grumedán despedir de ellos, vinieron venir a Espladián, el hermoso doncel, de caza, y Ambor, hijo de Angriote de Estravaus con él, y él traía un gavilán y cabalgando en un palafrén muy hermoso y ricamente guarnido, que la reina Brisena le había dado, y vestido de ricos paños, que así por su hermosura tan extremada como por lo que de él Urganda la Desconocida había escrito al rey Lisuarte, como la tercera parte de esta historia más largo lo cuenta, el rey y la reina le mandaban dar cumplidamente lo que menester había, y cuando llegó donde ellos estaban, saludólos, y ellos a él. Brián de Monjaste preguntó a don Grumedán quién era aquel tan hermoso doncel, y él dijo:

—Mi señor, éste se llama Esplandián y fue criado por grande ventura y muy grandes cosas; de él escribió Urganda al rey de lo que él será.

—¡Válgame Dios! —dijo don Cuadragante—. Mucho hemos a la Ínsula Firme oído decir de este doncel, y bien será que lo llaméis y oiremos lo que dice.

Entonces don Grumedán lo llamó, que ya era pasado, y díjole:

—Buen doncel, tornad y enviaréis encomiendas al Caballero Griego, que con vos de tanta cortesía hubo en daros los romanos que para matar tenía.

Entonces Esplandián se tornó y dijo:

—Mi señor, mucho alegre sería en saber de aquel tan noble caballero donde se las pudiese enviar como vos lo mandáis y él lo merece.

—Estos caballeros van donde él está —dijo don Grumedán.

—Dice os verdad —dijo don Cuadragante—, que nosotros llevaremos vuestro mandado al que se llamaba el Caballero Griego, y ahora se llama Amadís.

Cuando Esplandián oyó esto dijo:

—Cómo, señores, ¿es este Amadís de que todos tan altamente hablan de sus grandes caballerías y tan extremado es entre todos?

—Sí, sin falta —dijo don Cuadragante—; éste es.

—Y os digo

ciertamente —dijo Esplandián— que en mucho se debe tener su gran valor, pues tan señalado es entre tantos buenos, y la envidia que de él se tiene pone osadía a muchos de se hacer sus iguales, pues no menos debe ser loado por su gran mesura y cortesía, que, aunque yo le tomé con gran ira y saña, no dejó por eso de me hacer gran honra, que me dio aquellos caballeros que vencido tenía, de que gran enojo había recibido, lo cual mucho le agradezco, y plega a Dios de me llegar a tiempo, que con tanta honra como lo él hizo, con otra tal se lo puede pagar.

Mucho fueron contentos aquellos caballeros de lo que le oyeron decir, y por extraña cosa tenían la su gran hermosura y lo que de él les había dicho don Grumedán, y, sobre todo, la gracia y discreción con que con ellos hablaba, y don Brián de Monjaste le dijo:

—Buen doncel, Dios os haga hombre bueno, así como os hizo hermoso.

—Muchas mercedes —dijo él— por lo que me decís, mas si algún bien me tiene guardado ahora lo quisiera, para poder servir al rey mi señor que tanto ha menester el servicio de los suyos, y, señores, a Dios quedéis encomendados, que ha gran pieza que de la villa salí.

Y don Grumedán se despidió de ellos y se fue con él, y ellos se fueron a entrar en su nave para se tornar a la Ínsula Firme. Mas ahora deja la historia de hablar de ellos y torna al rey Lisuarte.

Capítulo 96. De cómo el rey Lisuarte demandó consejo al rey Arbán de Norgales y a don Grumedán y a Guilán el Cuidador, y lo que ellos respondieron

Después que aquellos caballeros del rey Lisuarte se partieron, mandó llamar al rey Arbán de Norgales, y a don Grumedán, ya Guillan el Cuidador, y díjoles:

—Amigos, ya sabéis en lo que estoy puesto con estos caballeros de la Ínsula Firme y la gran mengua que de ellos he recibido, y, ciertamente, si yo no tomase la enmienda de manera que aquel gran orgullo que tiene sea quebrantado, no me tendría por rey, ni pensaría que por tal ninguno me tuviese, y por dar aquella cuenta de mí que los cuerdos deben dar, que es hacer sus cosas con gran consejo y mucha deliberación, quiero, como os hube dicho, me digáis vuestro parecer, porque sobre ello yo tome lo que más a mi servicio cumple.

El rey Arbán, que era buen caballero y muy cuerdo, y que mucho deseaba la honra del rey, le dijo:

—Señor, estos caballeros y yo hemos mucho pensado y hablado como nos lo mandasteis, por os dar el mejor consejo que nuestros juicios alcanzaren, y hayamos que pues vuestra voluntad es de no venir en ninguna concordia con aquellos caballeros, que con mucha diligencia y gran discreción se debe buscar el aparejo para que sean apremiados y su locura refrenada, que nosotros, señor, de una parte vemos que los caballeros en la Ínsula Firme están son muchos, y muy poderosos en armas, como vos lo sabéis, que ya por la bondad de Dios todos ellos fueron mucho tiempo en vuestro servicio, y demás de lo que ellos pueden y valen somos certificados que han enviado a muchas partes por grandes ayudas, las cuales creemos que hallarán, porque son de gran linaje, así como hijos y hermanos de reyes y de otros grandes hombres; y pues sus personas han ganado otros muchos amigos, y cuando así vienen gentes de muchas partes prestamente se allega gran hueste, y de la otra parte, señor, vemos vuestra casa y corte muy despojada de caballeros, más que en ningún tiempo que en la memoria tengamos, y la grandeza de vuestro estado ha traído en os poner en muchas enemistades que ahora mostrarán las malas voluntades que contra vos tienen, que muchas dolencias de éstas acostumbran a descubrir las necesidades que con las bonanzas están suspensas y callas, y así por estas causas como por otras muchas que decirse podrían sería bien que vuestros servidores y amigos sean requeridos y se sepa lo que en ellos tenéis, en especial el emperador de Roma, a quien ya más que a vos toca esto, como la reina os dijo, y visto el poder que se os apareja así, señor, podéis tomar el rigor o el partido que se os ofrece.

El rey se tuvo por bien aconsejado y dijo que así lo quería hacer, y mandó a don Guilán que él tomase cargo de ser el mensajero para el emperador, que a tal caballero como él convenía tal embajada. Él le respondió:

—Señor, para eso y mucho más está mi voluntad presta a os servir, y a Dios plega por la su merced que así como lo yo deseo se cumpla en acrecentamiento de vuestra honra y gran estado, y el despacho sea presto, que vuestro mandamiento será puesto luego en ejecución.

El rey le dijo:

—Con vos no será menester sino creencia, y es ésta que digáis al emperador cómo él de su voluntad me envió a Salustanquidio y Brondajel de Roca, su mayordomo, con otros asaz caballeros que con ellos vinieron a demandar mi hija Oriana para se casar con ella, que yo por le contentar y le tomar en mi deudo contra la voluntad de todos mis naturales, teniendo a ésta por señora de ellos después de mis días, me dispuse a se la enviar, comoquiera que con mucha piedad mía y mucho dolor y angustia de su madre por la ver apartar de nosotros en tierras tan extrañas, y que recibida por los suyos con sus dueñas y doncellas, y entrados en la mar fuera de los términos de mis reinos, Amadís de Gaula, que con otros caballeros sus amigos salieron con otra flota de la Ínsula Firme, y que desbaratados todos los suyos, y muerto Salustanquidio, fue por ellos tomada su hija con todos los que vivos quedaron y llevada a la misma ínsula, donde la tienen, y que ha enviado a mí sus mensajeros, por los cuales me profieren algunos partidos, pero yo conociendo que a él más que a mi toca este negocio no he querido venir con ellos en ninguna contratación hasta se lo hacer saber, y que sepa que con lo que yo más satisfecho sería es que allí donde ellos la tienen por nosotros cercados fuesen, de tal suerte, que diésemos a todo el mundo a conocer que ellos como ladrones y salteadores aquello hicieron, y nosotros como grandes príncipes habíamos castigado este insulto tan grande, que tanto nos toca. Y vos decidle lo que en este caso os pareciese allende de esto, y si en esto acuerda que se pongan luego en ejecución, porque las injurias siempre crecen con la dilación de la enmienda que de ellas se debe tomar.

Don Guilán le dijo:

—Señor, todo se hará como lo mandáis, y a Dios plega que mi viaje haya aquel efecto que en mi voluntad está de os servir.

Y tomando una carta por do creído fuese, se partió a entrar en la mar, y lo que hizo la historia lo contará adelante.

Esto hecho mandó el rey llamar a Brandoibás, y mandóle que fuese a la Ínsula de Mongaza a don Galvanes, que luego con toda la gente de la ínsula para él se viniese, y dende se pasase a Irlanda al rey Cildadán y le dijese otro tanto, y trabajase con el mayor aparejo de guerra que haber pudiese, se viniese a él donde supiese que estaba; asimismo mandó a Finispinel que fuese a Gasquilán, rey de Suecia, y le dijese en lo que estaba, y pues que era caballero tan famoso y tanto se agradaba y procuraba hazañas, que ahora tenía tiempo de mostrar la virtud y ardimiento de su corazón; y así envió a otros muchos sus amigos aliados y servidores, y a todo su reino, que estuviesen apercibidos para cuando estos mensajeros tornasen, y mandó buscar muchos caballos y armas por todas partes para hacer la más gente de caballo que pudiese.

Mas ahora dejaremos esto, que no se dirá más hasta su tiempo, por decir lo que Arcalaus el Encantador hizo. Cuenta la historia que estando Arcalaus el Encantador en sus castillos esperando siempre de hacer algún mal, como él y todos los malos de costumbre lo tienen, llególe esta gran nueva de la discordia y gran rotura que entre el rey Lisuarte y Amadís estaba, y si de ello hubo placer, no es de contar, porque eran los dos hombres del mundo a quien él más desamaba, y nunca de su pensamiento ni cuidado se partía, pensar en cómo sería causa de su destrucción, y pensó qué podría hacer en tal coyuntura como ésta con que dañar les pudiese, que su corazón no se podía otorgar de ser en ayuda de ninguno de ellos, y como en todas las maldades era muy sutil, acordó de trabajar en que se juntase otra tercera hueste, así de los enemigos del rey Lisuarte como de Amadís, y ponerla en tal parte que si batalla hubiesen que muy ligeramente pudiesen los de su parte vencer y destruir los que quedasen, y con este pensamiento, y deseo cabalgó en su caballo, y tomando consigo los servidores que menester había, y fuese por sus jornadas así por tierra como por la mar al rey Arábigo, que tan maltratado había quedado de la batalla que él y los otros seis reyes, sus compañeros, hubieron con el rey Lisuarte, como lo cuenta la parte tercera de esta historia del gran daño y mengua que en ella, de Amadís y de su linaje, había recibido, y como a él llegó, le dijo:

—¡Oh, rey Arábigo!, si aquel corazón y esfuerzo que a la grandeza de tu real estado se requiere tener tienes, y aquella discreción con que gobernarlo debes, aquella contraria fortuna que el tiempo pasado te fue enemiga, con mucho arrepentimiento de ello te quiere dar la enmienda tal que con doblada victoria el gran menoscabo de tu honra sea satisfecho, lo cual si sabio eres conocerás ser en tu mano el remedio. Tú, rey, sabrás como yo, estando en mis castillos con gran cuidado de pensar en tu pérdida y buscar cómo reparada fuese, porque del acrecentamiento de tu real estado ocurre a mi como a servidor tuyo muy grandísimo provecho, supe por nueva muy cierta cómo los tus grandes enemigos y míos, el rey Lisuarte y Amadís de Gaula, con en todo el extremo de rotura el uno contra el otro, y sobre causa de tal calidad que ningún medio ni remedio se espera ni puede haber sino gran batalla y cuestión con destrucción del uno de ellos, o por ventura de entrambos, y si mi consejo quisiereis tomar es cierto que no solamente será remedio de la pérdida que por el pasado de mí hubiese, mas para que con muchos más señoríos tu estado será crecido, y después de todos aquéllos que tus servicios queremos.

El rey Arábigo, cuando esto le oyó y vio a Arcalaus llegar de tan lueñas tierras y con tanta prisa, dijo:

—Amigo Arcalaus, la grandeza del camino y la fatiga de vuestra persona me dan causa a que vuestra venida en mucho tenga, y creer todo aquello que me dijereis, y quiero que por extenso me sea declarado esto que me decís, porque mi voluntad nunca por tiempo adverso dejará de seguir lo que a la grandeza de mi persona conviene.

Entonces, Arcalaus le dijo:

—Sabrás, rey, que el emperador de Roma, queriendo tomar mujer, envió al rey Lisuarte que le diese a su hija Oriana, el cual, viendo su grandeza, aunque esta infanta es su derecha heredera de la Gran Bretaña, se la dispuso a se la dar, y entrególa a un primo cohermano del mismo emperador llamado Salustanquidio, príncipe muy poderoso, y llevándola con gran compaña de romanos por la mar, salió a ellos Amadís de Gaula con muchos caballeros sus amigos, y muerto este príncipe y destruida toda su flota, y presos, y muertos otros muchos de los que en ella hallaron, fue robada y tomada Oriana, y llevada a la Ínsula Firme, donde la tienen. La mengua que de esto viene al rey Lisuarte y al emperador ya lo puedes conocer. Y quiero que sepas que este Amadís de quien te hablo es uno de los caballeros de las armas de las sierpes que contra ti fueron, y contra los otros seis reyes que contigo estuvieron en la gran batalla que con el rey Lisuarte hubiste, y éste fue el que el yelmo dorado traía, que por virtud de su alta proeza y gran esfuerzo la victoria de las tus manos fue quitada. Así que, por esto que te digo, el rey Lisuarte de un cabo, y Amadís de otro, llaman la más gente que pueden, donde con razón se debe y puede juzgar por el mismo emperador por vengar tu gran lástima de su corazón y menguada de su honra vendrá en persona, pues de aquí puedes juzgar habiendo batalla que daño de ella les puede ocurrir, y si tú quieres llamar tus compañas, yo te daré por ayudador a Barsinán, señor de Sansueña, hijo del otro Barsinán que el rey Lisuarte hizo matar en Londres, y darte he más a todo el gran linaje del buen caballero Dardán el Soberbio, que Amadís en Vindilisora mató, que será gran compañía de muy buenos caballeros, y asimismo haré venir al rey de la Profunda Ínsula que contigo escapó de la batalla, y con toda esta gente nos podremos poner en tal parte, donde por mí serán guiados, que dada la batalla por ellos, así a los vencidos como a los vencedores llevarán muy seguramente en las manos sin ningún peligro de tus gentes, pues que puede de aquí redundar, sino que de más de ganar tan gran victoria, toda la Gran Bretaña te será sujeta, y tu real estado puesto en la más alta cumbre que de ningún emperador del mundo. Ahora mira, rey poderoso, si por tan pequeño trabajo y peligro quieres perder tan gran gloria y señorío.

Cuando el rey Arábigo esto oyó, mucho fue alegre, y díjole:

—Mi amigo Arcalaus, gran cosa es esta que me habéis dicho, y comoquiera que mi voluntad tenga de no tentar más la fortuna, gran locura sería dejar las cosas que con mucha razón a dar grande honra y provecho se ofrecen, porque si como se espera salen, y la misma razón las guía, reciben los hombres aquel fruto que su trabajo merece, y si al contrario les sale, hacen aquello que por virtud son obligados, dando la cuenta de sus honras que darse debe, no teniendo en tanto las desventuras pasadas que el remedio de ellas cuando el caso se ofrece dejen de probar sin los tener sumidos, y abatidos, y deshonrados todos los días de su vida. Y pues que así es lo que en mí será de mis gentes y amigos, perded cuidado, en lo otro proveed con aquella afición y diligencia que veis que para semejante caso conviene.

Arcalaus, tomada esta palabra del rey, se partió para Sansueña y habló con Barsinán, trayéndole a la memoria la muerte de su padre y de su hermano Gandalot, el que venció don Guilán el Cuidador, el cual le mandó despeñar de una torre, al pie de la cual su padre fuera quemado, y asimismo le dijo cómo en aquel tiempo le tenía su hecho acabado para que su padre fuese rey de la Gran Bretaña, que tenía preso al rey Lisuarte y a su hija, y cómo por el traidor de Amadís le fuera todo quitado, que ahora tenía tiempo de no solamente ser vengado de sus enemigos a su voluntad, mas que aquel gran señorío que su padre errado había, él estaba en disposición de lo cobrar, y que tuviese corazón, que sin él las grandes cosas pocas veces se podían alcanzar, y que si la fortuna a su padre fue tan contraria, que de ello arrepentida a él quería hacer la satisfacción del daño recibido. Y asimismo le dijo cómo el rey Arábigo con todo su poder se aparejaba, porque veía la cosa tan vencida que se no podía errar en ninguna manera, y todas las otras ayudas que para este negocio tenía ciertas, y otras cosas muchas como aquél que tal oficio siempre había usado y muy gran maestro de maldades había salido. Como Barsinán fuese mancebo muy orgulloso, y en lo malo a su padre pareciese, con poca premia y trabajo le trajo a todo lo que quiso, y con corazón muy ardiente y soberbia demasiada le respondió:

—Que con toda afición y voluntad sería en este viaje, llevando consigo toda la más gente de su señoría, y de fuera de todos los que seguirle quisiesen.

Arcalaus, cuando oyó estas razones, fue alegre de cómo hallaba aparejo al contentamiento de su voluntad, y díjole que fuese todo apercibido para cuando el aviso le enviase, porque esto era necesario que fuese mirado con diligencia.

Y desde allí fue prestamente y con corazón alegre al rey de la Profunda Ínsula, y razonó con él muy gran pieza, y tanto le dijo y tales desazones le dio que así como a éstos le hizo mover y apercibir toda su gente muy en orden, como aquél que de lo tal necesidad tenía. Esto hecho, se tornó a su tierra y habló con los parientes de Dardán el Soberbio, por cuanto creía a todos con la semejante, había venir mucho provecho, y lo más secreto que pudo se concertó con ellos, diciéndoles el grande aparejo que tenían. Así estuvo esperando al tiempo para poner en obra lo que habéis oído.

Mas ahora no habla la historia de él hasta su tiempo y torna a contar lo que le acaeció a don Cuadragante y a don Brián de Monjaste después que de la corte del rey Lisuarte partieron.

Capítulo 97. Cómo don Cuadragante y Brián de Monjaste con fortuna se perdieron en la mar, y cómo la ventura les hizo hallar a la reina Briolanja, y lo que con ella les acaeció

Don Cuadragante y don Brián de Monjaste, después que de don Grumedán se partieron, como la historia lo ha contado, anduvieron por su camino hasta que llegaron al puerto donde su nao tenían, en la cual entraron por se ir a la Ínsula Firme con la respuesta que del rey Lisuarte llevaban, y todo aquel día les fue la mar muy agradable, con viento próspero para su viaje; mas la noche venida, la mar se comenzó a embravecer con tanta fortuna y tan reciamente que del todo pensaron ser perdidos y anegados, y fue la tormenta tan grande que los marineros perdieron el tino que llevaban con tanto desconcierto que la fusta iba por la mar sin ningún gobernante, y así anduvieron toda la noche con harto temor, porque a semejante caso no bastan armas ni corazón. Y cuando el alba del día pareció, los marineros pudieron más reconocer, y hallaron que estaban mucho allegados al reino de Sobradisa, donde la muy hermosa reina Briolanja reina era, y en aquella hora la mar comenzó en más bonanza, y queriendo volver su derecho camino, aunque a muy gran traviesa habían de tornar, vieron a su diestra venir una nao muy grande a maravilla, y como su nao fuese muy ligera que de aquélla no podría recibir ningún daño, aunque de enemigos fuese, acordaron de la esperar, y como cerca fueron y la vieron más a su voluntad, parecióles la más hermosa que nunca vieron, así de grandeza como de rico atavío, que las velas y cuerdas eran todas de seda y guarnecida todo lo que ver se podía de muy ricos paños, y a bordo de ella vieron caballeros y doncellas que estaban hablando, muy ricamente vestidas.

Mucho fueron maravillados don Cuadragante y Brián de Monjaste de la ver, y no podían pensar quién en ella viniese, y luego mandaron a un escudero de los suyos que en un batel fuese a saber cuya era aquella gran nao y quién en ella venía.

El escudero así lo hizo, y preguntando a aquellos caballeros que por cortesía se lo dijesen, ellos respondieron que allí venía la reina Briolanja, que pasaba a la Ínsula Firme.

—A Dios merced —dijo el escudero—, con tan buenas nuevas que mucho placer habrán de las saber aquéllos que acá me enviaron.

—Buen escudero —dijeron las doncellas—, decidnos, si os place, ¿quién son estos que decís?

—Señoras —dijo él—, son dos caballeros que este mismo camino llevan que vosotras, y la fortuna de la mar los ha echado a esta parte, donde según lo que hallan será para su trabajo gran descanso, y porque ellos se os mostrarán, tanto que yo vuelva, no es menester de mi saber más.

Con esto que oís se tornó, y díjoles:

—Señores, mucho os debe placer con las nuevas que traigo, y por bien empleada se debe tener la tormenta pasada y el rodeo del camino, pues tenéis tan compaña para ir donde queréis. Sabed que en la nao viene la reina Briolanja, que a la Ínsula Firme va.

Mucho fueron alegres aquellos dos caballeros con lo que el escudero les dije, y luego mandaron enderezar su nao para se llegar a la nao, y cuando ellos más cerca fueron las doncellas los conocieron, que ya otra vez los vieron en la corte del rey Lisuarte, cuando la reina, su señora, allí algún tiempo estuvo, y muy alegres lo fueron a decir a su señora, cómo allí estaban dos caballeros mucho amigos de Amadís, que el uno era don Cuadragante y el otro don Brián de Monjaste.

La reina, cuando lo oyó, fue muy alegre, y salió de su cámara con las dueñas que consigo tenía para los recibir, que Tantiles, su mayordomo, le había dicho cómo los dejaba en la Ínsula Firme de camino para ir al rey Lisuarte. Y cuando ella salió, ya ellos estaban dentro de la nao, y fueron para le besar las manos; mas ella no quiso, antes los tomó a entrambos cada uno con su brazo, y así los tuvo un rato abrazados con mucho placer, y desde que se levantaron los tornó a abrazar y díjoles:

—Mis buenos señores y amigos, mucho agradezco a Dios porque los halle, que no pudiera venir ahora cosa con que más me pluguiera que con vosotros si no fuese ver Amadís de Gaula, aquél a quien yo con tanto derecho y razón debo amar como vosotros sabéis.

—Mi buena señora —dijo don Cuadragante—, gran razón venir ahora cosa con que más me pluguiera que con vosotros habéis Dios os lo agradezca, y nos lo serviremos en lo que mandareis.

—Muchas mercedes —dijo ella—. Ahora me decid cómo apostasteis en esta tierra.

Ellos le dijeron cómo habían partido de la Ínsula Firme con mandado de aquellos señores que allí estaban para el rey Lisuarte, y todo lo que con él habían pasado, y cómo quedaban sin ningún concierto en toda rotura que no faltó nada, y que queriéndose tornar, la gran tormenta de esa noche los había echado a aquella parte, donde daban por muy bien empleada su fatiga y su trabajo, pues que en aquel camino la podían servir y guardar hasta la poner donde quería. La reina les dijo:

—Pues yo no he estado muy segura sin grande espanto de la tormenta que decís, que ciertamente nunca pensé que pudiéramos guarecer, pero como ésta mi nao es muy gruesa y grande, y las áncoras y maromas muy recias, plugo a la voluntad de Dios que nunca la fortuna las pudo quebrar ni arrancar, y en esto del rey Lisuarte que me decís, yo supe de mi mayordomo Tantiles como vosotros ibais a él con esta embajada, y bien me tuve por dicho que como éste sea un rey tan entero, y que tan cumplidamente la fortuna le ha favorecido y ensalzado en todas las cosas, que teniendo en mucho el caso de Oriana querrá antes tentar y probar su poder que dar forma de ningún asiento, y por esta causa yo acordé de juntar todo mi reino y todos mis amigos que de fuera de él son, y con mucha afición les rogar y mandar que estén prestos y aparejados de guerra para cuando mi carta vean, y a todos dejo con gran voluntad de me servir, y mi mayordomo con ellos, para que los guíe y traiga, y entretanto, pensé que sería bien de ir yo a la Ínsula Firme a estar con la princesa Oriana y pasar con ella la ventura que

Dios diere; esta es la causa por donde aquí me halláis, y soy muy alegre por que iremos juntos.

—Mi señora —dijo don Brián de Monjaste—, de tal señora y hermosa como vos no se espera sino toda virtud y nobleza, así como por obra parece.

La reina les rogó que mandasen ir su nao cabe la suya, y ellos se fuesen con ella, y así se hizo, que los aposentaron en una muy rica cámara y siempre con ella y a su mesa. comían, hablando en las cosas que más le agradaban.

Pues así como os digo fueron por su mar adelante contra la Ínsula Firme. Ahora sabed aquí que al tiempo que Abiseos, tío de esta reina, fue muerto con los dos sus hijos en venganza de la muerte que él hizo a su hermano el rey padre de Briolanja y le había tomado el reino, por Amadís y Agrajes, como más largamente lo cuenta el primero libro de esta historia, que quedó otro hijo pequeño que un caballero mucho suyo le criaba. Este mozo era ya caballero muy recio y esforzado, según había parecido en las cosas degrandes afrentas que se halló, y como hasta allí había sido muy mozo, no pensaba, ni discreción le daba lugar, sino en seguir más las armas que en procurar las cosas de provecho, y como ya de mayor edad fuese, hubo alguno de los servidores de su padre que huidos andaban, que a la memoria le. trajeron la muerte de su padre y de sus hermanos, y como aquel reino de Sobradisa de derecha era suyo, y aquella reina se lo tenía forzosamente, y que si el corazón tuviese para él reparo de cosa que tanto le cumplía como para las otras cosas que con poco trabajo podría recobrar aquella gran pérdida y ser gran señor, ahora tornando al reino o sacando tal partido que honradamente como hijo de quien era pudiese pasar. Pues esto caballero, que Trión había nombre, como ya fuese codicioso de señorear, siempre estaba pensando en esto que acuelles criados de su padre le decían, y aguardando tiempo convenible para el remedio de su deseo, como ahora supiese esta gran discordia que entre el rey Lisuarte y Amadís de Gaula estaba, pensó que tanto tendría que hacer Amadís en aquello que de lo otro no tendría memoria, y puesto que la tuviese, que su gran poder no bastaría para socorrer a todas partes, según con tan grandes hombres estaba revuelto, que este caballero era el mayor estorbo que él hallaba. Y sabiendo la partida de la reina Briolanja, como tan desacompañada fuese, que en toda su nao no llevaba veinte hombres de pelea, y ninguno de ellos de mucha afrenta, salió luego de un castillo muy fuerte que de su padre Abiseos le había quedado, del cual, y no de más, era señor cuando a su hermano el rey mató, y fue por causa de sus amigos; y no les diciendo el caso allegó hasta cincuenta hombres bien armados, y algunos ballesteros y arqueros, y guarneciendo dos navíos se metió a la mar con intención de prender a la reina, y con ello sacar gran partido, y si tal tiempo viese le tomar todo el reino. Y sabiendo la vía que llevaba, una tarde le salió a la delantera sin sospecha que de él se tuviese, y como de lejos los de la nao viesen aquellos dos navíos, dijéronlo a la reina y salieron luego don Cuadragante y Brián de Monjaste al borde de la nao y vieron cómo derechamente venían contra ellos, e hicieron armas esos que ende estaban, y ellos se armaron y no curaron sino ir su camino, y así los otros que venían llegaron tan cerca que bien se podía oír lo que dijesen. Entonces, Trión dijo en una voz alta:

—Caballeros que en esta nao venís, decid a la reina Briolanja que está aquí Trión, su primo, que la quiere hablar, y que mande a los suyos que se no defiendan, si no que uno de ellos no escapará de ser muerto.

Cuando la reina esto oyó, hubo gran miedo y espanto, y dijo:

—Señores, éste es el mayor enemigo que yo tengo, y pues ahora se atrevió a hacer esto no es sin gran causa y sin gran compaña.

Don Cuadragante le dijo:

—Mi buena señora, no temáis nada, que placiendo a Dios muy presto será castigado de su locura.

Entonces mandó a uno que le dijese que si él solo quería entrar donde la reina estaba que de grado lo recibieran. Y dijo él:

—Pues así es, yo la veré mal su grado y de todos vosotros.

Entonces mandó a un caballero criado de su padre que con la una nao acometiese la nao por la otra parte y que pugnase de la entrada, y él así lo hizo. Como don Brián de Monjaste los vio apartar, dijo a don Cuadragante que tomase de aquella gente la que le pluguiese y guardase la una parte, y que él con tá otra defendería la otra parte, y así lo hicieron, que don Cuadragante quedó a la parte donde Trión quería combatir, y Brián de Monjaste a la del otro caballero. Don Cuadragante mandó a los suyos que estuviesen delante, y él quedó lo más encubierto que pudo tras ellos, y díjoles que si Trión quisiese entrar que se lo no estorbasen.

Estando así el negocio, la nao fue acometida por ambas partes y muy reciamente, porque los que la combatían sabían muy bien cómo ella no había
defensa ni peligro para ellos, que de los caballeros de la Ínsula Firme ninguna cosa sabían, y como llegaron Trión con la soberbia grande que traía, y la
gana de acabar su hecho, en llegando saltó en la nao sin ningún recelo, y la
gente de la reina se comenzó a retraer como les era mandado. Don Cuadragante, como dentro lo vio, pasó por los suyos, y como era muy grande de
cuerpo, como la historia os lo ha contado en la parte segunda, y vio Trión,
bien conoció que aquél no era de los que él sabía, pero por eso no perdió el
corazón, antes se fue para él con mucho denuedo, y diéronse tan grandes
golpes por cima de los yelmos que el fuego salía de ellos y de las espadas;
mas como don Cuadragante era de mayor fuerza y le dio a su voluntad, fue
Trión tan cargado del golpe, que la espada se le cayó de la mano, y cayó de
rodillas en el suelo, y don Cuadragante miró y vio cómo los contrarios entra-
ban en la nao a más andar, y dijo a los suyos:

—Tomad este caballero—; entonces pasó a los otros, y al primero que
delante si halló diole por cima de la cabeza tan gran golpe que no hubo menester maestro. Los otros, cuando vieron preso a su señor y aquel caballero
muerto, y los grandes golpes que don Cuadragante daba a unos y a otros,
pugnaron cuanto pudieron por se tomar a su nao, y con la prisa que don
Cuadragante y los suyos les dieron, algunos se salvaron y otros murieron
en el agua, así que en poca de hora fueron todos vencidos y echados de la
nao que ya como suya tenían; entonces miró a la otra parte, donde Brián se
combatía, y vio cómo estaba dentro en la nao con los enemigos, y que hacía
gran estrago en ellos, y envióle de los que él tenía que le fuesen ayudar, y él
quedó con los otros esperando a los contrarios si le querían acometer, y con
esta ayuda que a don Brián le llegó y con los que él tenía, muy prestamente
fueron todos vencidos, porque aquel caballero, su capitán, fue allí muerto, y
vieron cómo la nao de Trión se apartaba como cosa vencida; entonces los
que estaban vivos demandaban merced, y don Brián mandó que ninguno
muriese, pues no se defendían, y así se hizo que los tomaron presos y se
apoderaron de la nao.

La reina Briolanja, en toda esta revuelta, estuvo metida en su cámara con
todas sus dueñas y doncellas, rogando a Dios hincada de rodillas que le

guardase de aquel peligro, y aquellos caballeros que la ayudaban y defendían. Así estando llegó uno de los suyos y dijo:

—Señora, salid fuera y veréis cómo Trión es preso y toda su compaña maltratada y desbaratada, que estos caballeros de la Ínsula Firme han hecho grandes maravillas de armas, las cuales ningunos pudieran hacer.

Cuando la reina esto oyó fue tan alegre como podéis pensar, y alzó las manos y dijo:

—Señor Dios todopoderoso, bendito seáis, porque en tal tiempo, y por tal ventura, me trajisteis a estos caballeros, que de Amadís y sus amigos no me puede venir sino toda buena ventura.

Y salida de la cámara vio cómo los suyos tenían preso a Trión, y que don Cuadragante guardaba que los enemigos no llegasen a combatir, y vio cómo de la nao que don Brián de Monjaste había ganado estaban los suyos apoderados; y llegóse a don Cuadragante y díjole:

—Mi señor, mucho agradezco a Dios y a vos lo que por mí habéis hecho, que ciertamente yo estaba en gran peligro de mi persona y de mi reino.

Él le dijo:

—Mi buena señora, veis ende a vuestro enemigo; mandad de él hacer justicia.

Trión cuando esto oyó no estuvo seguro de la vida, e hincó los hinojos ante la reina, y dijo:

—Señora, demándoos merced que no muera, y mirad a vuestra gran mesura y que soy de vuestra sangre, y si os he enojado, algún tiempo os lo podré servir.

Como la reina era muy noble, hubo piedad de él, y dijo:

—Trión, no por lo que os merecéis, mas por lo que a mí toca, yo os aseguro la vida hasta que más con estos caballeros sobre ello vea.

Y mandó que lo metiesen en su cámara y lo guardasen.

Así estando, don Brián de Monjaste se vino a la reina, y ella lo fue abrazar, y díjole:

—Mi buen señor, ¿qué tal venís?

Él le dijo:

—Señora, muy bueno y mucho alegre de haber habido tal dicha que en alguna cosa os pudiese servir; una herida traigo, mas merced a Dios no es peligrosa.

Entonces mostró el escudo, y vieron cómo una saeta se lo había pasado con parte del brazo en que lo tenía. La reina, con las sus hermosas manos, se la quitó lo más paso que pudo, y le ayudó a desarmar, y curándosela como otras muchas veces otras mayores le habían curado, que sus escuderos, así de él como de todos los otros caballeros andantes, siempre andaban apercibidos de las cosas que para de presto eran necesarias a las heridas.

Todos fueron muy alegres de aquella buena dicha que les vino, y cuando quisieron ir tras la nao de Trión vieron cómo iba lejos, y dejáronse de ella. Y alzaron sus velas y fuéronse su camino derechamente a la Ínsula Firme, sin ningún entrevalo que les viniese. Acaeció, pues, que a la hora que ellos al puerto llegaron, que Amadís y todos los más de aquellos señores andaban en sus palafrenes holgando por una gran vega que debajo de la cuesta del castillo estaba, como otras muchas veces lo hacían, y como viesen aquellas fustas al puerto llegar fuéronse hacia allá por saber cuyas fuesen, y llegando a la mar hallaron los escuderos de don Cuadragante y de don Brián de Monjaste que salían de un batel e iban a les hacer saber su venida, y de la reina Briolanja, porque la saliesen a recibir, y como vieron a Amadís y aquellos caballeros, dijéronles e} mandado de sus señores, con que muy alegres fueron, y llegáronse todos a la ribera de la mar, y los otros desde la nao se saludaron con mucha risa y gran alegría, y don Brián de Monjaste les dijo:

—¿Qué os parece cómo venimos más ricos que fuimos? No lo habéis así hecho vosotros, sino estar encerrados como gente perdida.

Todos se comenzaron a reír, y le dijeron que pues tan ufano venía que mostrase la ganancia que había hecho; entonces echaron en la mar una barca asaz grande, y entraron en ella la reina y ellos ambos y otros hombres que los pusieron en tierra, y todos aquellos caballeros se apearon de sus palafrenes y fueron a besar las manos a la reina; mas ella no las quiso dar; antes los abrazó con mucho amor. Amadís llegó a ella y quísole besar las manos, mas cuando lo vio tomóle entre sus muy hermosos brazos, y así lo tuvo un rato que nunca le dejó, y las lágrimas le vinieron a los ojos, que le caían por sus muy hermosas haces con el placer que hubo en lo ver, porque desde la batalla que el rey Lisuarte hubo con el rey Cildadán, que lo vio en Fenusa, aquella villa donde el rey estaba, no lo había visto, y aunque ya su pensamiento fuese apartado de pensar de lo haber por casamiento, ninguna esperanza de ello tuviese. Éste era el caballero del mundo que ella más amaba, y por quien antes pondría su persona y estado en peligro de lo perder, y cuando le dejó no le pudo hablar; tanto estaba turbada de la gran alegría.

Amadís le dijo:

—Señora, muchas gracias a Dios doy que me trajo donde os pudiese ver, que mucho lo deseaba, y ahora más que en otro tiempo, porque con vuestra vista daréis mucho placer a estos caballeros y mucho más a vuestra buena amiga la infanta Oriana, que creo que ninguna persona le pudiera venir que tanta alegría le diese como vos, mi buena señora, la daréis.

Ella respondió y le dijo:

—Mi buen señor, por eso partí yo de mi reino principalmente por os ver, que era la cosa del mundo que yo más deseaba, y Dios sabe la congoja que hasta aquí he tenido en pasar tan largo tiempo sin que de vos, mi señor, yo pudiese saber ningunas nuevas, aunque mucho lo he procurado, y ahora, cuando mi mayordomo me dijo de vuestra ventura y me dio vuestra carta, luego pensé, dejando todo lo que mandasteis a buen recaudo, de me venir a vos, y a esta señora que decís, porque ahora es tiempo que sus amigos y servidores le muestren el deseo y amor que le tienen; mas si no fuera por Dios y por estos caballeros que por gran ventura conmigo juntó, mucho peligro y enojo de mi persona pudiera pasar en este viaje, lo cual ellos dirán, como quien lo remedió por su gran esfuerzo, y esto quede para más espacio.

Después que la reina salió salieron todas sus dueñas y doncellas y caballeros, y sacaron las bestias que traían, y para la reina un palafrén tan guarnido como a tal señora convenía, y cabalgaron todos y todas, y fuéronse al castillo donde Oriana estaba, la cual, como su venida supo, hubo tan gran placer que fue cosa extraña, y rogó a Mabilia y a Grasinda y a las otras infantas que a la entrada de la huerta la saliesen a recibir, y ella quedó con la reina Sardamira en la torre. Cuando la reina Sardamira vio el placer que todos mostraban con las nuevas que les trajeron, dijo a Oriana:

—Mi señora, ¿quién es esta que viene que tanto placer ha dado a todos?

Oriana le dijo:

—Es una reina, la más hermosa, así de su parecer como de su fama, que yo en el mundo sé, como ahora la veréis.

Cuando la reina Briolanja llegó a la puerta de la huerta y vio tantas señoras y tan bien guarnidas, mucho fue maravillada, y hubo el mayor placer del mundo por haber allí venido, y volvióse contra aquellos caballeros, y díjoles:

—Mis buenos señores, a Dios seáis encomendados, que aquellas señoras me quitan, que no quiera vuestra compañía más —y riendo muy hermosamente se hizo apear y se metió con ellas y luego la puerta fue cerrada.

Todas vinieron a ella y la saludaron con mucha cortesía, y Grasinda fue mucho maravillada de su hermosura y gran apostura, y si a Oriana no hubiera visto, que ésta no tenía par, bien creyera que en el mundo no había mujer que tan bien como aquélla pareciese. Así la llevaron a la torre donde Oriana estaba, y cuando se vieron, fueron la una a la otra los brazos tendidos, y con mucho amor se abrazaron. Oriana la tomó por la mano y llególa a la reina Sardamira, y díjole:

—Reina señora, hablad a la reina Sardamira y hacedle mucha honra, que bien lo merece.

Y ella así lo hizo, que con gran cortesía se saludaron guardando cada una de ellas lo que a sus reales estados convenía, y tomando a Oriana en medio se sentaron en su estrado, y todas las otras señoras alrededor de ellas. Oriana dijo a la reina Briolanja:

—Mi buena señora, gran cortesía ha sido la vuestra en me venir a ver de tan lejos tierras, y mucho os lo agradezco, porque tal camino no se pudo hacer sino con sobra de mucho amor.

—Mi señora —dijo la reina—, a gran desconocimiento y a muy mal comedimiento me debiera ser contado si en este tiempo en que estáis no diese a entender a todo el mundo el deseo que tengo de vuestra honra y del crecer vuestro estado, especialmente siendo este cargo tan principal de Amadís de Gaula, a quien yo tanto amo y debo, como vos, mi señora, sabéis. Y cuando esto supe de Tantiles, que aquí se halló, luego mandé apercibir todo mi reino que vengan a lo que él mandare, y parecióme que entretanto debía hacer este camino para os acompañar y ver a el que mucho deseaba ver, más que a ninguna persona de este mundo, y estar mi señora con vos hasta que vuestro negocio se despache, que a Nuestro Señor plega que sea como vos lo deseáis.

—Así le plega a Él —dijo Oriana—; por su santa piedad y esperanza tengo que don Cuadragante y don Brián de Monjaste traerán algún asiento con mi padre.

Briolanja, que sabía la verdad que ninguno traían, no se la quiso decir. Así estuvieron hablando con gran pieza en las cosas que más placer les daban, y cuando fue hora de cenar la doncella de Dinamarca dijo a Oriana:

—Acuérdeseos, señora, que la reina viene de camino y querrá cenar y descansar, y es ya tiempo que os paséis a vuestro aposentamiento y la lleveis con vos y sus doncellas, pues es vuestra huésped.

Oriana le preguntó y dijo si estaba todo aderezado. Ella le dijo que sí. Entonces tomó a la rema Briolanja por la mano, y despidióse de la reina Sardamira, y de Grasinda, las cuales se fueron a sus aposentamientos, y fuese con ella a su cámara, mostrándole mucho amor.

Y desde que fueron llegadas, Briolanja preguntó quién era aquella tan bien guarnida y hermosa dueña que cabe la reina Sardamira estaba. Mabilia le dijo cómo se llamaba Grasinda, y que era muy noble dueña y muy rica, y díjole la causa porque había venido a la corte del rey Lisuarte, y la grande honra que allí Amadís le hizo ganar y la honra que ella le hizo no le conociendo, y contóle muy por extenso todo lo que había pasado con Amadís, que ella mucho amaba llamándose el Caballero de la Verde Espada, y cómo llegó al punto de la muerte cuando mató al Endriago y le sanó un maestro que esta dueña le dio, el mejor que en gran tierra se podría hallar. Todo se lo contó, que no faltó ninguna cosa. Cuando la reina esto oyó, dijo:

—Mezquina de mí, porque antes no lo supe, que llegó a me hablar y pasé por ella muy livianamente, pero remedio habrá, que aunque su merecimiento no lo mereciese, solo por haber hecho tanta honra con tanto provecho a Amadís soy yo mucho obligada de la honrar y hacer placer todos los días de mi vida, porque después de Dios no tengo yo otro reparo de mis trabajos, ni que a mi corazón contentamiento dé, sino este caballero, y en cenando la mandad llamar, porque quiero que me conozca.

Oriana dijo:

—Reina, mi amiga: no sola sois vos la que por esta causa honrarla debe, que veisme aquí que si por ese caballero que habéis dicho no fuese, yo sería hoy la más perdida y desventurada mujer que nunca nació, porque estaría en tierras extrañas con tanta soledad que no me fuera sino la muerte, y desheredada de aquello de que Dios me hizo señora, y como ya habéis sabido, este noble caballero socorredor y amparador de los corridos sin a ello le mover otra cosa sino su noble virtud, se ha puesto en esto que veis, porque mi justicia sea guardada.

—Amiga señora —dijo la reina—, no hablemos en Amadís, que éste nació para semejantes cosas, que así como Dios lo extremó y apartó en gran esfuerzo de todos los del mundo, así quiso que fuese en todas las otras bondades y virtudes.

Pues asentadas a la mesa, fueron de muchos manjares y diversos servidas, así como convenía a tan grandes princesas, y hablando en muchas cosas que les agradaban y desde que hubieron cenado, mandaron a la doncella de Dinamarca que fuese por Grasinda y le dijese que la reina le quería hablar. La doncella así lo hizo, y Grasinda vino luego con ella, y cuando entró donde ellas estaban, la reina Briolanja la fue a abrazar, y díjole:

—Mi buena amiga, perdonadme que no supe quien erais cuando aquí vine, que si lo supiera con más amor y afición os recibiera, porque vuestra virtud lo merece, y por la gran honra y buena obra que de vos Amadís recibió, somos sus amigos mucho obligados a os lo agradecer, y de mi os digo que nunca en tiempo seré que lo pueda pagar que no lo haga, porque aunque de lo mío lo dé de lo suyo le doy de todo lo que yo tengo.

—Mi buena señora —dijo Grasinda—, si alguna honra hice a este caballero que decís, yo soy tan satisfecha y contenta de ella como nunca persona lo fue de persona a quien placer hubiese hecho, y lo que me decís agradezco yo mucho más a vuestra virtud que a la deuda en que él me desea, que pluguiese a Dios que lo demás en que él me ha pagado lo que de mi recibió dé lugar a que se lo sirva.

Entonces Mabilia le dijo:

—Mi buena señora, decidnos si os pluguiere cómo hubisteis conocimiento de Amadís, y por qué causa en vos halló tan buen acogimiento, pues que no lo conocíais ni sabíais su nombre.

Ella se lo contó todo, como la tercera parte de esta historia más largo lo cuenta. Y mucho rieron de Brandasidel, el que hizo ir en el caballo cabalgando aviesas, la cola en la mano, y díjoles cómo lo había tenido mal llagado en su casa algunos días, y cómo antes que en aquella tierra fuese había oído decir de él muy grandes y extrañas cosas en armas que había hecho por todas las ínsulas de Romania y de Alemania, donde todos los que las sabían eran maravillados de cómo por un solo caballero fueron tales cosas tan peligrosas acabadas, y de los tuertos y grandes agravios que había enmendado por muchas dueñas y doncellas, y otras personas que su ayuda y acorro hubieron menester, y cómo lo había conocido por el enano y por la verde espada que traía, cuyo nombre él se llamaba, y asimismo les contó toda la batalla que con don Cuadragante hubo, y la que después pasó con los otros once caballeros, y que por los vencer quitó al rey de Bohemia de muy cruda guerra con el emperador de Roma, y otras muchas cosas les contó que de él en aquellas partes había sabido, que serían largas de escribir, y entonces les dijo:

—Por estas cosas que de él oía, y por lo que de él vi, en presencia quiero, señoras, que sepáis lo que conmigo misma me aconteció. Yo fui tan pagada de él y de sus grandes hechos que, como quiera que yo fuese para en aquella tierra asaz rica y gran señora, y él anduviese como un pobre caballero, sin que de él más noticia hubiese sino lo dicho, tuviera por bien de lo tomar en casamiento y pensara yo que en tener su persona ninguna reina de todo el mundo me fuera igual. Y como le vi tan mesurado y con grandes pensamientos y congojas, y sabiendo la fortaleza de su corazón, sospeché que aquello no le venía sino por causa de alguna mujer que él amase, y por más me certificar hablé con Gandalín, que me pareció muy cuerdo escudero, y preguntéselo, y él, conociendo dónde mi pensamiento tiraba, por una parte me lo negó y por otra me dio a entender que no sería cuita por él, sino por alguna que amase. Y bien vi yo que lo dijo porque me quitase de aquel pensamiento y no procediese más adelante, pues que de ello no habría fruto ninguno; yo se lo agradecí mucho, y de aquella hora delante me aparté de más pensar en ello.

Briolanja cuando esto le oyó miró contra Oriana riendo, y díjole:

—Mi señora, paréceme que este caballero, por más partes que yo pensaba, anda sembrando esta dolencia, y acuérdeseos lo que os hube dicho en este caso en el castillo de Miraflores.

—Bien se me acuerda —dijo Oriana. Esto fue que la reina Briolanja, yendo a ver a Oriana a este castillo de Miraflores, como el segundo libro lo dice, le dijo casi otro tanto que con Amadís le había acaecido.

Pues así en aquello como en otras cosas estuvieron hablando hasta que fue hora de dormir, y Grasinda se despidió de ellas, y se tomó a su cámara y ellas quedaron en la suya, y a la reina Briolanja hicieron en la cámara de Oriana una cama cabe la suya, porque ella y Mabilia dormían juntas y así se echaron a dormir donde aquella noche descansaron y holgaron.

Capítulo 98. De la embajada que don Cuadragante y Brián de Monjaste trajeron al rey Lisuarte, y lo que todos los caballeros y señores que allí estaban acordaron sobre ello

Otro día de mañana todos aquellos señores y caballeros se juntaron a oír misa, y a la embajada que don Cuadragante y don Brián de Monjaste del rey Lisuarte traían. Y la misa oída, estando allí todos juntos, don Cuadragante les dijo:

—Buenos señores, nuestro mensaje y la respuesta de él fue tan breve que os no podemos decir gran cosa, sino que debéis dar grandes gracias a Dios porque con mucha justicia y razón y ganando gran prez y fama podéis experimentar la virtud de vuestros nobles corazones y que el rey Lisuarte no quiere otro medio sino el rigor.

Y con esto les dijo todo lo que con él habían pasado, y cómo sabían cierto que enviaba al emperador de Roma y a otros sus amigos Agrajes, a quien nada de esto pesaba, aunque por el mandado y ruego de Oriana hasta allí mucho se temple, dijo:

—Por cierto, buenos señores, yo tengo creído que según el estado en que este negocio está, muy más difícil cosa sería buscar seguridad para esta princesa y para la fama de nuestras honras que remedio para esta guerra. Y hasta aquí porque ella con gran afición me mandó y rogó que en lo que pudiese temple vuestras sañas y la mía, me he excusado de hablar tanto como mi corazón deseaba. Pero ahora que se sabe el cabo de su esperanza, que era pensar que con el rey su padre se podría tomar algún medio y no se halla, yo quedo libre de lo que más por la servir que por mi voluntad le había prometido, y digo, señores, que en cuanto a mi querer y gana toca, que soy mucho más alegre de lo que traéis que si el rey Lisuarte otorgara lo que de vuestra parte le pedisteis, porque pudiera ser que so color de paz y concordia se pusiera con nosotros en contrataciones cautelosas, donde pudiéramos recibir algún engaño, porque el rey Lisuarte y el emperador, como poderosos, con poca pena pudieran muy presto allegar sus gentes, lo que nosotros así no pudiéramos hacer, por cuanto las nuestras han de venir de muchas partes y muy apartadas tierras, y aunque el peligro de nuestras personas por estar en esta fortaleza tan fuerte fuera seguro y sin daño, haciéndonos alguna sobra, no lo fuera el de nuestras honras. Y por esto, señores, tengo por mejor la guerra conocida que los tratos y concordia simulada, pues que por ello, como he dicho, a nosotros más que a ellos daño venir podría.

Todos dijeron que decía gran verdad, y que luego se debía poner recaudo en que la gente viniese y darle la batalla dentro en su tierra.

Amadís, que muy sospechoso estaba y con gran recelo que la concordia por alguna manera se podría hacer, y habría de entregar a su señora, y aunque su honra de ella y la de todos ellos se asegurase y guardase por entero, que el deseo de su cuitado corazón quedaba en tanta extremidad de dolor y tristeza, poniéndola en parte donde la ver no pudiese, que sería ya imposible de poder sostener la vida. Cuando oyó lo que los mensajeros traían y lo que su cohermana Agrajes dijo, aunque del mundo todo le hicieran señor, no le pluguiera tanto porque ninguna afrenta ni guerra ni trabajo no lo tenía en nada en comparación de tener a su señora como la tenía, y dijo:

—Señor primo, siempre vuestras cosas han sido de caballero, y así las tienen todos aquéllos que os conocen, y mucho debemos agradecer a Dios los que de vuestro linaje y sangre somos por haber echado entre nosotros caballeros que en las afrentas tal recaudo de su honra y en las cosas de consejo con tanta discreción la acrecienta, y pues que así vos como estos señores os habéis determinado en lo mejor, a mí excusado será sino seguirlo que vuestra grande voluntad y suya fuere.

Angriote de Estravaus, como era un caballero cuerdo y muy esforzado y que mucho lealmente a Amadís amaba, bien conoció que aunque no se adelantaba a hablar y se remitía a la voluntad de todos que bien le placía de la discordia, y esto más lo atribuía él a su gran esfuerzo, que no se contentaba sino con las semejantes afrentas como aquélla era, que no otra cosa alguna que de él supiese, y dijo:

—Señores, a todos debe placer con lo que vuestros mensajeros trajeron, y con lo que Agrajes dijo, porque aquello es lo cierto y seguro, pero dejando lo uno y otro aparte, digo, señores, que la guerra no es mucho más honrosa que la paz. Y porque las cosas que para esto podría decir son tantas que diciéndolas mucho enojo os daría, solamente quiero traeros a la memoria que desde que fuisteis caballeros hasta ahora siempre vuestro deseo fue buscar las cosas peligrosas y de mayores afrentas, porque vuestros corazones con ellas extremadamente de los otros fuesen ejercitadas, y ganasen aquella gloria que por muchos es deseada y alcanzada por muy pocos, pues si esto con mucha afición y aflicción de vuestros ánimos es procurado, ¿cuándo ni en cuál tiempo de los pasados tan cumplidamente lo alcanzasteis como en el presente? Que por cierto, aunque en cualidad de éste a muchas dueñas y doncellas hayáis socorrido, en cuantidad no es en memoria que por vosotros ni por vuestros antecesores haya sido otro semejante alcanzado, ni aún será en los venideros tiempos sin que muchos de ellos pasen. Y pues que la fortuna ha satisfecho nuestro deseo tan cumplidamente, dando causas que así como nuestras ánimas en el otro mundo son inmortales, lo sean nuestras famas en éste en que vivimos, póngase tal recaudo como lo que ella a ganar nos ofrece, por nuestra culpa y negligencia no se pierda.

Habido por bueno todo lo que estos caballeros dijeron, y poniendo en obra su parecer, acordaron de enviar luego a llamar toda la gente de su parte, y con esto se fueron a comer.

Y deja la historia por ahora de hablar de ellos, y torna a los mensajeros que habían enviado como dicho es y la historia lo ha contado.

Capítulo 99. Cómo el maestro Helisabad llegó a la tierra de Grasinda y de allí pasó al emperador de Constantinopla con el mandado de Amadís, y de lo que con él recaudó

Dice la historia que el maestro Helisabad anduvo tanto por la mar hasta que llegó a la tierra de Grasinda, su señora, y allí mandó llamar a todos los mayores del señorío y mostróles los poderes que de ella traía, y rogóles muy ahincadamente que luego aquello se cumpliese, los cuales, con gran voluntad, le respondieron que todos estaban prestos para lo cumplir mucho mejor que si ella presente estuviese, y luego dieron orden como se hiciese gente de caballo y ballesteros y arqueros y otros hombres de guerra, y se aderezasen muchas fustas y otras se hiciesen de nuevo. Y como el maestro vio el buen aparejo, dejó para el recaudo de ello un caballero, su sobrino, mancebo que Libeo se llamaba, y rogándole que con mucho cuidado en ello trabajase, se metió a la mar y se fue al emperador de Constantinopla. Y como llegó, se fue al palacio, y dijéronle cómo estaba hablando con sus hombres buenos.

El maestro entró en la sala y llegó a besar las manos, las rodillas en el suelo; el emperador lo recibió benignamente, porque de antes lo conocía y tenía por buen hombre. El maestro le dio la carta de Amadís, y como el emperador la leyó, mucho fue maravillado que el Caballero de la Verde Espada fuese Amadís de Gaula, a quien grandes días mucho habían deseado conocer, por las cosas extrañas que muchos de los que le habían visto le dijeron de él, y díjole:

—Maestro, mucho soy quejoso de vos si supisteis el nombre de este caballero, que no me lo dijisteis, porque corrido estoy que hombre de tan alto estado y linaje y tan sonado por todo el mundo a mi casa viniese y no recibiese en ella la honra que él merecía, sino solamente como un caballero andante.

El maestro le dijo:

—Señor, yo juro por las órdenes que tengo que hasta que él se dejó de llamar el Caballero Griego y se hizo conocer a Grasinda, mi señora, y a nosotros todos, nunca supe que él fuese Amadís.

—¿Cómo —dijo el emperador—, el Caballero Griego se llamó después que de aquí fue?

El maestro le dijo:

—¿Luego, señor, no han llegado a vuestra corte las nuevas de lo que hizo llamándose el Caballero Griego?

—Ciertamente —dijo el emperador—, nunca lo oí, si ahora no.

—Pues oiréis grandes cosas —dijo él—, si a la vuestra merced pluguiere que las diga.

—Mucho lo tengo por bien —dijo el emperador— que lo digáis.

Entonces el maestro le contó de cómo después que de allí habían partido, llegaron donde su señora Grasinda estaba y cómo por el don de que el Caballero de la Verde Espada le había prometido la llevó por la mar a la Gran Bretaña, y por cuál razón y cómo antes que allá llegasen mandó que lo no llamasen sino el Caballero Griego, y las batallas que en la corte del rey Lisuarte hizo con Salustanquidio y los otros dos caballeros romanos que contra él habían tomado la batalla por las doncellas, y cómo los venció tan ligeramente, y asimismo le contó las grandes soberbias que los romanos antes que a la batalla saliese decían, y cómo dijeron al rey Lisuarte que a ellos les diesen aquella empresa contra el Caballero Griego, que en sabiendo que se había de combatir con ellos no los osaría esperar, porque los griegos temían como al fuego los romanos, y también le contó la batalla de don Grumedán, y cómo el Caballero Griego le dejó allí dos caballeros, sus amigos, y cómo vencieron a los tres romanos. Todo se lo contó que no faltó nada, así como aquél que presente había sido a todo ello.

Todos cuantos allí estaban fueron mucho maravillados de tal bondad de caballero y muy alegres de cómo había quebrantado la gran soberbia de los romanos con tanta deshonra suya. El emperador le estuvo loando mucho y dijo:

—Maestro, ahora me decid la creencia, que yo os oiré.

El maestro le dijo todo el negocio del rey Lisuarte y de su hija, y por cuál causa fue tomada en la mar por Amadís y por aquellos caballeros, y las cosas que los naturales del rey habían pasado con el rey Lisuarte, y de cómo Oriana se había enviado a quejar a todas partes de aquella tan gran sin justicia que el rey, su padre, con tanta crueldad le hacía, desheredándola sin ninguna causa de un reino tan grande y tan honrado, donde Dios la había hecho heredera, y cómo no curando de conciencia ni usando de ninguna piedad, queriendo heredar en sus reinos otra hija menor, la entregó a los romanos con muchos llantos y dolores, así de ella como de todos cuantos la veían, y cómo sobre estas quejas y grandes clamores de aquella princesa se juntaron muchos caballeros andantes de gran linaje y de muy alto hecho de armas, de los cuales le contó todos los nobles de los más de ellos, y cómo allí en la Ínsula Firme los había hallado Amadís, que de esto nada sabía. Y allí él con ellos hubieron consejo de cómo esta infanta Oriana fuese socorrida y ante ellos no pasase tan gran fuerza como aquélla, que si era verdad que ellos fueron obligados a reparar las fuerzas que a las dueñas y doncellas se hacían, y por ellas habían sufrido hasta allí muchos afanes y peligros, que mucho más les obligaba aquélla tan señalada y tan manifiesta a todo el mundo, y que si aquélla no socorriesen, que no solamente perderían la memoria del socorro y amparo que a las otras habían hecho, más que quedaban deshonrados para siempre, y no les cumplía aparecer donde hombres buenos hubiese. Y contóle cómo fue la flota por la mar y la gran batalla que con los romanos hubieron, y cómo al cabo fueron vencidos y muerto Salustanquidio, el primo del emperador, y preso Brondajel de Roca, y el duque de Ancona, y el arzobispo de Talancia, y los otros presos y muertos, y cómo llevaron aquella princesa con todas sus dueñas y doncellas y la reina Sardamira a la Ínsula Firme, y que desde allí había enviado mensajeros al rey Lisuarte requiriéndole que dejando de hacer tan gran crueldad y sin justicia a su hija, la quisiese tornar a su reino sin rigor ninguno, y que dando tal seguridad cual en tal caso convenía, a vista de otros reyes, se la enviaría luego con todo el despojo y presos que habían tomado. Y que lo que él de parte de Amadís le suplicaba era que, si caso fuere, que el rey Lisuarte no se quisiese llegar a lo justo, estando todavía en su mal propósito de no querer de él salir, y el emperador de Roma viniese en su ayuda con gran ayuntamiento de gentes contra ellos, que a su merced, como a uno de los más principales ministros de Dios que en la tierra había dejado para mantener justicia, cuanto más ser tan conocido este gran agravio que a esta tan virtuosa princesa se le hacía, que muy justa causa era de ser de él socorrida, y allende de esto dar algún socorro a aquel noble caballero Amadís para apremiar a los que a la justicia no quisiesen, y ayudase a que no pasase tan gran fuerza y tuerto como en aquello se hacía, y que demás de servir a Dios en ello y hacer lo que debía, Amadís y todo su linaje y amigos le serían obligados a se lo servir todos los días de su vida.

Cuando esto oyó el emperador, bien vio que el caso era grande y de gran hecho, así por ser de la cualidad que era como porque sabía la gran bondad del rey Lisuarte, y en cuanto su honra y fama siempre había tenido, y también porque conocía la soberbia del emperador de Roma, que era más hecho a su voluntad que a seguir seso ni razón, y bien creyó que esto no se podía curar sino con gran afrenta, y en mucho lo tuvo, pero considerando la gran justicia que aquellos caballeros tenían, y cómo Amadís había venido de tan lueñe tierra a le ver y le había dado palabra, aunque liviana fuese, y no dicha a aquella parte que la él tomó, quiso mirar a su grandeza, acordándose de algunas soberbias que el emperador de Roma en algunos tiempos pasados le había hecho, y respondió al maestro Helisabad y díjole:

—Maestro, grandes cosas me habéis dicho, y de tan buen nombre como vos sois todo se puede y debe creer. Y pues que el esforzado Amadís ha menester mi ayuda, yo se la daré tan cumplidamente que aquella palabra que él de mí tomó, aunque en alguna manera liviana pareciese, la hallé muy verdadera y muy cumplida, como palabra de tan gran hombre como yo soy, dada a tan honrado caballero y tan señalado como él es, porque nunca en cosa me ofrecí que al cabo no acabase.

Y todos cuantos allí estaban hubieron muy gran placer de lo que el emperador respondió, y sobre todos Gastiles, su sobrino, aquél que ya oísteis, que fue por Amadís llamándose el Caballero de la Verde Espada, cuando mató al Endriago, y luego se hincó de rodillas ante el emperador, su tío, y dijo:

—Si a la vuestra merced pluguiere y mis servicios lo merecen, hágaseme por vos esta señalada merced que sea yo enviado en ayuda de aquel noble y virtuoso caballero que tanto ha honrado la corona de vuestro imperio.

El emperador, cuando oyó esto, le dijo:

—Buen sobrino, yo os lo otorgo y así me place que sea, y desde ahora os mando a vos y al marqués Saluder que toméis cargo de guarnecer una flota que sea tal y tan buena como a la grandeza de mi estado requiere, porque en otra manera no me podría venir de ello honra, y si fuere menester, vos y él iréis en ella y podréis dar batalla al emperador de Roma como cumple.

Gastiles le besó las manos y se lo tuvo en muy gran merced, y así como él lo mandó lo hicieron él y el marqués.

Cuando el maestro Helisabad esto vio, bien podréis pensar el placer que de ello sintiera, y dijo al emperador:

—Señor, por esto que habéis dicho os beso las manos de parte de aquel caballero, y por ser yo el que tal recaudo llevo le beso los pies, y porque por el presente me queda mucho de hacer, sea la vuestra merced de me dar licencia, y si el emperador de Roma allegare su gente, pues que es hombre de muy gran sentimiento para semejantes casos, y si él las llegare que asimismo, por consiguiente, vos mandéis llamar las vuestras, porque a un tiempo lleguen a los que esperaren.

El emperador le dijo:

—Maestro, id con Dios, y de eso dejad a mí el cargo, que si menester fuere, allá veréis quién yo soy y en lo que a Amadís tengo.

Así el maestro se despidió del emperador, y se tomó a la tierra de su señora Grasinda.

Capítulo 100. De cómo Gandalín llegó en Gaula y habió al rey Perión lo que su señor le mandó, y la respuesta que hubo

Gandalín llegó en Gaula donde con mucho placer fue recibido por las buenas nuevas que de Amadís llevaba, de quien mucho tiempo había que no las habían sabido, y luego apartó al rey y díjole todo cuanto su señor le mandó que dijese, así como ya oísteis. Y como éste fuera un rey tan esforzado que ninguna afrenta por grande que fuese temía, en especial tocando aquel hijo que era un espejo luciente en todo el mundo y que él tanto amaba, dijo:

—Gandalín, esto que de parte de tu señor me dices se hará luego, y si antes que yo le vieres, dile que no le tuviera por caballero, si aquella fuerza dejara pasar, porque a los grandes corazones es dado las semejantes empresas, y yo te digo que si el rey Lisuarte no se quisiere llegar a la razón, que será por su daño, y cata que te mando que nada de esto no digas a mi hijo Galaor que aquí tengo doliente, tanto que muchas veces le he tenido más por muerto que por vivo, y aún ahora tiene mucho peligro; ni a su compañero Norandel que por le ver es aquí venido, que a él yo se lo diré.

Gandalín le dijo:

—Señor, como mandáis se hará y mucho me place por ser de ello avisado, que yo no mirare en ello y pudiera errar.

—Pues vete a lo ver —dijo el rey— y dile nuevas de su hermano, y guarda no te sienta nada a lo que vienes.

Gandalín se fue a la cámara donde Galaor estaba tan flaco y tan malo que él fue maravillado de lo ver, y como entró hincó los hinojos por le besar las manos, y Galaor le miró y conoció que era Gandalín, y las lágrimas le vinieron a los ojos con placer y dijo:

—Mi amigo Gandalín, tú seas bien venido, ¿qué me decís de mi señor y mi hermano Amadís?

Gandalín le dijo:

—Señor, él queda en la Ínsula Firme, sano y bueno, y con mucho deseo de vuestra vista, y no sabe, señor, de vuestro mal, ni yo no lo sabía hasta que el rey mi señor me lo dijo, que yo vine aquí con su mandado para le hacer saber al rey y a la reina su venida, y cuando él sepa el estado de vuestra salud mucho pesar de ello habrá, como de aquél a quien ama y precia más que a persona de su linaje.

Norandel que allí estaba le abrazó y le preguntó por Amadís que tal venía, y él le dijo lo que había dicho a don Galaor, y le contó algunas cosas de las que en las ínsulas de Romania y en aquellas extrañas tierras les habían acaecido. Norendel dijo a don Galaor:

—Señor, razón es que con tales nuevas como éstas toméis esfuerzo y desechéis vuestro mal, porque vamos a ver aquel caballero, que así Dios me ayude le es tal aunque por al no fuese, sino por le ver todos los que algo valen deberían tener en poco el trabajo de su camino, aunque muy largo fuese.

Estando así hablando y preguntando Galaor a Gandalín muchas cosas, entró el rey y tomó a Norandel por la mano, y hablando entre otras cosas le sacó de la cámara y cuando fueron donde don Galaor no lo pudiese oír, el rey le dijo:

—Mi buen amigo, a vos conviene que luego os vayáis a vuestro padre el rey, porque según he sabido os habrá menester y a todos los suyos, y no os empachéis en otras demandas, porque yo sé cierto que será muy servido con vuestra ida, y de esto no digáis nada a don Galaor, vuestro amigo, porque sería ponerle en gran alteración de que mucho daño venir le podría según su flaqueza.

Norandel le dijo:

—Mi señor, de tan buen hombre como vos sois, no se debe tomar sino consejo sin más preguntar la causa, porque cierto soy que así será como lo decís, y yo me despediré esta noche de don Galaor y mañana entraré en la mar, que allí tengo mi fusta que cada día espera.

Esto hizo el rey porque Norandel cumpliese lo que a su padre obligado era, y también porque no viese que él mandaba aderezar su gente y apercibir sus amigos.

Así estuvieron aquel día más alegres con don Galaor, porque lo él estaba con las nuevas de su hermano. Gandalín dijo a la reina lo que Amadís le suplicaba, y ella le dijo que todo se haría como él lo enviaba a decir.

—Mas, Gandalín —dijo la reina—, mucho estoy turbada de estas nuevas, porque entiendo que mi hijo estará en gran cuidado, y después en gran peligro de su persona.

—Señora —dijo Gandalín—, no temáis, que él habrá tanta gente que el rey Lisuarte ni el emperador de Roma no le osen acometer.

—Así plega a Dios —dijo la reina.

Venida la noche, Norandel dijo a don Galaor:

—Mi señor, yo acuerdo de me ir, porque veo que vuestra dolencia es larga, y para yo no aprovechar en ella mejor sería que en otras cosas entienda, porque como vos sabéis ha poco que soy caballero, y no he ganado tanta honra como me sería menester para ser tenido entre los buenos por hombre de algún valor, y lo que supe de vuestro mal me estorbó de un camino en que estaba puesto cuando de casa de mi padre el rey salí, y ahora me conviene de ir a otra parte donde es menester mi ida, y Dios sabe el pesar que mi corazón siente en no poder andar en vuestra compañía. Mas placiendo a Dios en este comedio de tiempo en que yo cumplo lo que excusar no puedo, seréis más mejorado, y yo tendré cargo de me venir a vos, e iremos juntos a buscar algunas venturas.

Don Galaor como esto oyó suspiró con gran congoja, y díjole:

—El dolor que yo, mí buen señor, siento en no poder ir con vos no lo sé decir, mas así pues place a Dios no se puede otra cosa hacer, y conviene que su voluntad se cumpla así como Él quiere y a Dios vais encomendado. Y si caso fuere que vais al rey vuestro padre y mi señor, besadle las manos por mi y decidle que quedo a su servicio, aunque más muerto que vivo, como vos, señor, veis.

Norandel se fue a su cámara, y muy triste por el mal de don Galaor, su leal amigo, y otro día de mañana oyó misa con el rey Perión; y despidióse de la reina y de su hija, y de todas las dueñas y doncellas, y la reina lo encomendó a Dios, y su hija y todas las otras dueñas y doncellas le encomendaron a Dios, como aquéllas que mucho lo amaban, y así entró luego en la mar.

Y aquí no cuenta cosa de que le acaeciese, sino que con muy buen tiempo llegó en la Gran Bretaña, y se fue donde el rey su padre estaba, y fue allí de él como de los otros todos muy bien recibido como buen caballero que él era.

Capítulo 101. Cómo Lasindo, escudero de don Brumo de Bonamar, llegó con el mandado de su señor al marqués y a Branfil, y lo que con ellos hizo

Lasindo, escudero de don Bruneo de Bonamar, llegó adonde el marqués estaba, y cómo le dijo el mandado de su señor a él y a Branfil. Branfil se congojó tanto por no se hallar en lo pasado con aquellos caballeros y no haber sido en la tomada de Oriana que se quería matar, e hincó los hinojos delante de su padre, y muy ahincadamente le pidió por merced que mandase poner en obra lo que su hermano enviaba a demandar. El marqués, como era buen caballero y sabía la gran amistad que sus hijos tenían con Amadís y con todo su linaje, de que gran honra y estima les crecía, díjole:

—Hijo, no te congojes, que yo lo haré cumplidamente, y te enviaré si menester es con tan buena compaña, que la tuya no sea la peor.

Branfil le besó las manos por ello y luego se dio orden como la flota se aderezase, y la gente para ella, que este marqués era muy gran señor y muy rico, y había en su gran señorío muy buenos caballeros, y de otra gente de guerra mucha y bien armada.

Capítulo 102. Cómo Ysanjo llegó con el mandado de Amadís al buen rey de Bohemia, y el gran recaudo que en él halló

Ysanjo, el caballero de la Ínsula Firme, llegó al reino de Bohemia y dio la carta de Amadís y la creencia al rey Tafinor. No os podrá hombre decir el placer que con él hubo cuando lo vio, y dijo:

–Caballero, vos seáis bien venido, y mucho agradezco a Dios este mensaje que me traéis, y por lo que se hará podréis ver con la voluntad que se recibe, y si vuestro camino es bien empleado –y llamando a su hijo Grasandor le dijo:

–Hijo Grasandor, si yo soy obligado a tener conocimiento de las grandes ayudas y provechos que el Caballero de la Verde Espada me hizo, estando en el mi reino, tú lo sabes, que de más de ser por él guardada y acrecentada la honra de mi real corona, él me quitó de la más cruda y peligrosa guerra que nunca rey tuvo, así por la tener con hombre tan poderoso como el emperador de Roma, como por él ser en sí mismo tan soberbio y fuera de toda razón, donde no se esperaba otro fin sino ser yo y tú perdidos y destruidos, y por ventura al cabo muertos, y aquel noble caballero que Dios mi bien a mi casa trajo lo reparó todo a mi honra y de mi reino como tú viste. Y así como testigo de ello te mando que veas esta carta que me envía, y lo que este caballero de su parte me ha dicho, y con toda diligencia te apareja para que aquel gran beneficio que de aquel caballero recibimos de nosotros sea satisfecho, y sabe que este caballero se llama Amadís de Gaula, aquél de quien tales cosas tan famosas por todo el mundo se cuentan, y por no ser conocido se llamó el Caballero de la Verde Espada.

Grasandor tomó la carta y oyó lo que Ysanjo le dijo, y respondió a su padre diciendo:

–¡Oh, señor!, qué descanso tan grande recibe mi corazón en que aquel noble caballero haya menester el favor y ayuda de vuestro real estado, y en ver el conocimiento y agradecimiento que de las cosas pasadas y por él hechas vos, señor, tenéis. Solamente queda para satisfacción de mi voluntad que a la merced vuestra plega que quedando el conde Galtines para llevar la gente si menester fuere, a, mí me dé licencia con veinte caballeros que luego me vaya a la Ínsula Firme, porque aunque en esta cuestión algún atajo se dé, gran honra será para mí estar en compaña de tal caballería como ayuntada allí está.

El rey le dijo:

—Hijo, yo tuviera por bien que esperaras a ver el fin de esto y llevaras aquel aparejo que a la honra mía y tuya convenía llevar, mas pues así esto te place, hágase como lo pides y escoge los caballeros que más te placerá, y yo mandaré que luego sea aparejada una nao en que vayas, y a Dios plega te dar tan buen viaje y tanto en honra de aquel noble caballero que con todo nuestro estado le paguemos la deuda que él con su persona sola nos dejó.

Esto se hizo luego, y este Grasandor, infante heredero de este rey Tafinor de Bohemia, tomó consigo los veinte caballeros que le más contentaron y se metió a la mar y fue su vía de la Ínsula Firme.

Capítulo 103. De cómo Landín, sobrino de don Cuadragante, llegó en Irlanda, y de lo que con la reina recaudó

Con el mandado de su señor llegó Landín, sobrino de don Cuadragante, en Irlanda, y secretamente habló con la reina, y díjole el mandado de su señor, y como ella oyó tan gran revuelta y tan peligrosa, comoquiera que sabía ser su padre el rey Abiés de Irlanda muerto por la mano de Amadís, como el libro primero de esta historia lo cuenta, y siempre en su corazón aquel rigor y enemistad que en semejante caso se suele tener con él tuviese, consideró que mucho mejor era acorrer y poner remedio en los daños presentes que en los pasados, que casi olvidados estaban, y habló con algunos de quien se fiaba, y con ellos tuvo tal manera que sin que el rey su marido lo supiese, don Cuadragante, su tío, fuese mucho ayudado, con intención que crecida la parte de Amadís, el rey Lisuarte sería destruido, y su marido, el rey Cildadán, con su reino salido de le ser sujeto y tributario.

Pues así como os habemos contado todas estas gentes quedaron apercibidas con aquella voluntad y deseo que se requiere tener a los vencedores.

Mas ahora deja la historia de hablar de ellos por contar lo que los mensajeros del rey Lisuarte hicieron.

Capítulo 104. De cómo don Guilán el Cuidador llegó en Roma con el mandado del rey Lisuarte, su señor, y de lo que hizo en su embajada con el emperador Patín

Don Guilán el Cuidador anduvo tanto por sus jornadas que a los veinte días después que de la Gran Bretaña partió fue en Roma con el emperador Patín, el cual halló con muchas gentes y grandes aparejos para recibir a Oriana, que cada día esperaba porque Salustanquidio, su primo, y Brondajel de Roca le habían escrito cómo ya tenían despachado, y que presto serían con él con todo recaudo, y estaba mucho maravillado cómo tardaran, y don Guilán entró así armado como venía sino las manos y la cabeza, en el palacio, y fuese donde el emperador estaba, e hincó los hinojos, y besóle las manos, y diole la carta que le llevaba, y el emperador le conoció muy bien, que muchas veces lo viera en casa del rey Lisuarte, al tiempo que él allí estuvo, cuando se volvió muy mal herido del golpe que Amadís le dio de noche en la floresta, como el libro segundo de esta historia lo cuenta, y díjole:

—Don Guilán, vos seáis muy bien venido; entiendo que veis con Oriana, vuestra señora; decidme donde queda, y mi gente que la trae.

—Señor —dijo él—, Oriana y vuestra gente quedan en tal parte donde a vos ni a ellos convenía.

—¿Cómo es eso? —dijo el emperador.

Él le dijo:

—Señor, leed esta carta, y cuando os pluguiere deciros he a lo que vengo, que mucho hay más de lo que pensar podéis.

El emperador leyó la carta y vio que era de creencia, y como en todas las cosas fuese muy liviano y desconcertado, sin más mirar a otro consejo le dijo:

—Ahora me decid la creencia de esta carta delante de todos estos que aquí están, que no me podría más sufrir.

Don Guilán le dijo:

—Señor, pues así os place, así sea. El rey Lisuarte, mi señor, os hace saber cómo Salustanquidio y Brondajel de Roca y otros muchos caballeros con ellos llegaron en su reino, y de vuestra parte le demandaron a su hija Oriana para ser vuestra mujer, y él conociendo, vuestra virtud y grandeza, aunque esta princesa fuere su derecha heredera y la cosa del mundo que él y la reina su mujer más amasen, por os tomar por hijo y ganar vuestro amor, contra la voluntad de todos los de su reino se la dio con aquella compaña y atavíos que a la grandeza de vuestro estado y suyo convenía. Y que entrados en la mar fuera de los términos de su reino, salió Amadís de Gaula con otros muchos caballeros con otra flota, y desbaratados los vuestros y muertos muchos con el príncipe Salustanquidio, y presos Brondajel de Roca, y el arzobispo de Talancia, y el duque de Ancona, y otros muchos con ellos, fue Oriana tomada y todas sus dueñas y doncellas, y la reina Sardamira y todos los presos y despojo fueron llevados a la Ínsula Firme, donde la tienen. Y que desde allí le han enviado mensajeros con algunos conciertos, pero que los no ha querido oír hasta que vos, señor, a quien este hecho tanto toca, lo sepáis, y vea cómo lo sentís, haciéndole saber que si así como a él le parece que deben ser castigados, si os parece a vos que sea tan breve que el tiempo largo no haga la injuria mayor.

Cuando el emperador esto oyó fue muy espantado, y dijo con gran dolor de su corazón:

—¡Oh, cautivo emperador de Roma!, si tú esto no castigas, no te cumple sola una hora en este mundo de vivir —y tornó y dijo—: ¿Es cierto que Oriana es tomada y mi primo muerto?

—Cierto sin ninguna duda —dijo don Guilán—, que todo ha pasado como os he dicho.

—Pues ahora, caballero, os volved —dijo el emperador— y decid al rey vuestro señor que esta injuria y la venganza de ella yo tomo a mi cargo, y que él no entiende en otra cosa si no en mirar lo que yo haré, que si deudo con él yo quiero, no es para darle trabajo ni cuidado, sino para le vengar de quien enojo le hiciere.

—Señor —dijo don Guilán—, vos respondéis como gran señor que sois y caballero de gran esfuerzo, pero entiendo que lo habéis con tales hombres que bien será menester lo de allá con lo de acá. Y el rey mi señor hasta ahora está bien satisfecho de todos los que enojo le han hecho, y así lo estará de aquí en adelante. Y pues tan buen recaudo en vos, señor, halló, yo me partiré, y mandad poner en obra lo que cumple y muy presto, con tal aparejo como es menester para tomar venganza sin que el contrario se reciba.

Con esto se despidió don Guilán del emperador, y no muy contento, que como éste fuese un muy noble caballero y muy cuerdo y esforzado, y viese con tan poca autoridad y liviandad hablar aquel emperador, gran pesar en su corazón llevaba de ver al rey su señor en compañía de hombre tan desconcertado, donde no le podía venir si por muy gran dicha no fuese, sino toda mengua y deshonra. Y así se volvió por su camino llorando muchas veces la gran pérdida que el rey su señor, por su culpa, había hecho en perder a Amadís y a todo su linaje, y a otros muchos que tanto valían y por su causa estaban en su servicio y ahora le eran tan grandes enemigos.

Pues con mucho trabajo llegó a la Gran Bretaña y fue recibido del rey y de todos los de la corte. Y luego habló con el rey y le dijo todo lo que en el emperador hallado había, y cómo se aparejaba para venir con gran prisa, y con esto le dijo:

—Quiera Dios, señor, que del deudo de este hombre os venga honra, que así Dios me ayude muy poco contento vengo de su autoridad, y no puedo creer que gente que tal caudillo traiga haga cosa que buena sea.

El rey le dijo:

—Don Guilán, mucho soy alegre de veros venido y bueno y con salud, y teniendo yo a vos y a otros tales que me han de servir, solamente habremos menester la gente del emperador, que aunque él no la rija ni la guíe, vosotros bastáis para gobernar a él y a mí, y pues él así lo toma, menester es que acá nos halle con tal recaudo que viéndolo no tenga en tanto su poder como lo ahora tiene.

Así estuvo el rey aderezando todas las cosas que convenían con mucha diligencia, que bien sabía que sus contrarios no dejaban de llamar cuantas gentes podían haber, que él supo cómo el emperador de Constantinopla, y el rey de Bohemia, y el rey Perión y otros muchos llamaban sus gentes para las enviar a la Ínsula Firme, y por cierto tenía, según la bondad de Amadís y de todos aquellos caballeros que con él estaban, que viéndose con aquellos tan grandes poderes no se podrían sufrir de lo no buscar dentro en su reino. Y por esta causa nunca cesaba de buscar ayudas de todas las partes, pues veía que le serían menester, y también supo cómo el rey Arábigo y Barsinán, señor de Sansueña, y otros muchos con ellos, aderezaban gran armada, y no podían pensar adonde acudirían. Estando en esto llegó Brandoibás, y díjole cómo el rey Cildadán se aparejaba para cumplir su mandado, y que don Galvanes le suplicaba que le no mandase ser contra Amadís y Agrajes, su sobrino, y que si de esto contento no fuese, que él le dejaría libre y desembargada la Ínsula de Mongaza, como había quedado al tiempo que de él la recibió, que mientras él la tuviese fuese su vasallo, y cuando no lo quisiese ser que dejándole la ínsula quedase libre. El rey, como era muy cuerdo, aunque su necesidad fuese grande, bien vio que don Galvanes tenía razón, y envióle a decir que quedase, que aunque en aquella jornada no le sirviese, después vendría tiempo en que se pudiese enmendar. Pues dende a pocos días llegó Filispinel, del rey Gasquilán de Suesa, y dijo al rey cómo le había recibido muy bien, y que con gran voluntad le vendría ayudar y combatirse con Amadís, por cumplir lo que tanto deseaba. Sabido por el rey gran aparejo tenía, acordó de no dilatar y mandó llamar a su sobrino Giontes, y dijo:

—Sobrino, es menester que luego vayáis lo más presto que ser pudiere al Patín, emperador de Roma, y le digáis que yo estoy contento de lo que de su parte don Guilán me dijo, y que yo voy a la mi villa de Vindilisora, porque es cerca del puerto donde él ha de desembarcar, y que allí llegaré todas mis compañas y estaré en el campo en el real esperando su venida, que le ruego yo mucho que sea lo más presto que él pudiere, porque según su gran poder y el mío, si luego en el comienzo a nuestros contrarios sobramos de gentes, muchas ayudas les faltarán de las que vendrían poniendo dilación, y vos, sobrino, no os partáis de él hasta venir en su compaña, que vuestra ida le pondrá mayor gana y cuidado para su venida.

Giontes le dijo:

—Señor, por mi no quedará de ser cumplido lo que mandáis.

El rey se partió luego para Vindilisora y mandó llamar todas sus gentes. Y Giontes se metió a la mar en una fusta guarnida y aderezada de lo que para semejante viaje convenía, así de marineros como de viandas para ir a Roma.

Capítulo 105. Cómo Grasandor, hijo del rey de Bohemia, se encontró con Giontes y lo que le avino con él

Dicho os habemos cómo Grasandor se partió de casa de su padre el rey de Bohemia en una fusta con veinte caballeros, para se ir a la Ínsula Firme. Pues navegando por la mar la ventura que le guió topóse una noche con

Giontes, sobrino del rey Lisuarte, que con su mandado iba a Roma al emperador, como ya oísteis, y viéndose cerca los unos de los otros, Grasandor mandó a sus marineros que enderezasen contra aquella nao para la tomar, y Giontes, como no llevaba otra compaña sino la que necesaria era para el gobernar de la fusta, y algunos otros servidores, e iba en cosa que tanto cumplía al rey su señor, no pensó en al sino en se quitar de toda afrenta y cumplir su viaje según le era mandado, mas tanto no se pudo arredrar, que tomando no fuese y traído ante Grasandor así armado como estaba y preguntóle quién era y él le dijo que era un caballero del rey Lisuarte, que iba con su mandado al emperador de Roma, y que si él por cortesía le mandase soltar, y pudiese cumplir su camino que mucho se lo agradecería, pues que causa ni razón ninguna había para lo detener. Grasandor le dijo:

—Caballero, como quiera que yo espere de ser muy presto contra ese rey que decís en ayuda de Amadís de Gaula, y por esto no sea obligado a tratar bien a ninguno de los suyos, quiero usar con vos de toda mesura y dejaros ir, a tal partido que me digáis vuestro nombre, y el mandado que al emperador lleváis.

Giontes le dijo:

—Si por no deciros mi nombre y a lo que voy ganase más honra, y el rey mi señor fuese más servido, excusado sería preguntármelo, pues que sería en vano: pero porque mi embajada es pública y en decirla con quien yo soy cumplo más lo que debo, haré lo que me pedís, sabed que a mí llaman Giontes, y soy sobrino del rey Lisuarte, y el mensaje que llevo es traer al emperador con todo su poder lo más presto que pueda para que se junte con el rey mi tío; y vayan contra aquéllos que a la infanta Oriana tomaron en la mar, como entiendo que habéis sabido, porque cosa tan grande no se puede excusar de ser publicada en muchas partes. Ahora os he dicho lo que saber queréis; dejadme ir, si os pluguiere, mi camino.

Grasandor le dijo:

—Vos lo habéis dicho como, caballero. Yo os suelto que os vayáis do quisiereis, y venid presto con ese que decís que prestos hallaréis los que buscáis.

Así se fue Giontes su camino, y Grasandor mandó a uno de aquellos caballeros que con él iban que en una barca que allí llevaban, se tornase a su padre y le dijese aquellas nuevas, y que pues el hecho estaba en tal estado, que le pedía por merced se avisase cuando el emperador o su gente moviese para ir al rey Lisuarte, y que sin otro llamamiento que le fuese hecho, enviase toda su gente a la Ínsula Firme con el conde Galtines, porque lo suyo siendo lo primero en mucho más sería tenido. Y así se hizo, que este rey de Bohemia sabido por él esta nueva, luego mandó partir su flota con mucha gente y bien armada, como aquél que con mucha afición y amor estaba de acrecentar la honra y provecho de Amadís. Grasandor tiró por su mar adelante y sin ningún entrevalo llegó al puerto de la Ínsula Firme, y como algunos de los de la Ínsula Firme los vieron, dijéronlo a Amadís, y él mandó que fuesen a saber quién venía en la nao, y así se hizo, y cuando le dijeron que era Grasandor, hijo del rey de Bohemia, hubo muy gran placer, y cabalgó y fuese a la posada de don Cuadragante, y tomaron consigo a Agrajes y fuéronlo a recibir, y cuando llegaron al puerto ya era salido de la mar Grasandor y sus caballeros, y estaban todos a caballo, y cuando él vio venir a Amadís contra sí adelantóse de los suyos y fuelo a abrazar, y Amadís a él, y díjole:

—Mi señor Grasandor, vos seáis muy bien venido, y mucho placer he con vuestra vista.

—Mi buen señor —dijo él—, a Dios plega por la su merced que siempre conmigo placer hayáis, y que sea tan crecido como yo lo traigo en saber que el rey mi padre y yo os podamos pagar algo de aquella gran deuda en que nos dejasteis, y bien será que sepáis unas nuevas que en el camino por do vengo hallé y con tiempo pongáis el remedio que cumple.

Entonces les contó todo lo que de Giontes supo, así como ya oísteis que lo aprendió y cómo desde allí envió a su padre, para que en sabiendo que la gente del emperador movía que él sin otro llamamiento enviase luego toda su gente, en lo cual no pusiese duda alguna, sino que vendría antes que la de los contrarios, y que de allí perdiese cuidado del llamamiento, don Cuadragante dijo:

—Si todos nuestros amigos con tal voluntad nos ayudan como este señor, no temeremos mucho esta afrenta.

Así se fueron al castillo y Amadís llevó a su posada a Grasandor e hizo aposentar los suyos, y mandóles dar todo lo que hubiesen menester, y envió a todos aquellos señores que viniesen a ver a aquel príncipe tan honrado que les era venido, y así lo hicieron, que luego vinieron todos a la posada de Amadís así vestidos de paños de guerra muy preciados, como siempre en los lugares que algún reposo tenían lo habían acostumbrado; y cuando Grasandor les vio y tantos caballeros, y de quien su fama por todas partes del mundo tan sonada era, mucho fue maravillado y por muy honrado se tuvo en se ver en compañía de tales hombres. Todos llegaron con mucha cortesía a lo abrazar y él a ellos, y le mostraron mucho amor. Amadís les dijo:

—Buenos señores, bien será que sepáis lo que este caballero nos dijo de lo que del rey Lisuarte supo.

Entonces se lo contó todo como ya lo oísteis, y todos dijeron que sería bien que fuesen enviados otros mensajeros a llamar la gente que apercibida estaba, y así se hizo, y porque muy larga y enojosa sería esta escritura si por extenso se dijesen las cosas que en estos viajes pasaron, solamente os contaremos que llegados estos mensajeros a donde iban las gentes, por sus señores fueron llamados, y metidos en sus naos caminaron todos a la Ínsula Firme, cada uno con los que aquí se dirá:

El buen rey Perión trajo de los suyos, y de sus amigos, tres mil caballeros. El rey Tafinor de Bohemia envió con el conde Galtines mil y quinientos. Tantiles, mayordomo de la reina Briolanja, trajo mil y doscientos caballeros. Branfil, hermano de don Bruneo, trajo seiscientos caballeros. Landín, sobrino de don Cuadragante, trajo de Irlanda seiscientos caballeros. E] rey Ladasán de España envió a su hijo don Brián de Monjaste dos mil caballeros. Don Gandales trajo del rey Languines de Escocia, padre de Agrajes, mil y quinientos caballeros. La gente del emperador de Constantinopla que trajo Gastiles su sobrino, fueron ocho mil caballeros.

Todas estas gentes que la historia cuenta llegaron a la Ínsula Firme, y el primero que allí vino fue el rey Perión de Gaula, por la prisa que se dio y porque su tierra estaba más cerca que ninguna de las otras, y si él fue bien recibido de sus. hijos y de todos aquellos señores, no es necesario decirlo, y asimismo el gran placer que él con ellos hubo, y por él fue acordado que toda la gente de la Ínsula Firme saliesen con sus tiendas y aparejos a una vega que debajo de la cuesta del castillo estaba muy llana y muy hermosa, cercada de muchas arboledas, y en que había muchas fuentes, y así se hizo que desde allí adelante todos estaban en real en el campo, y así como la gente venía, así luego era allí aposentada. Y desde que todos fueron juntos, ¿quién os podría decir qué caballeros, qué caballos y armas allí eran? Por cierto podréis creer que en memoria de hombres no era, que gente tan escogida y tanta como aquélla fuese en ninguna sazón junta en ayuda de ningún príncipe como esta lo fue.

Oriana a quien mucho pesaba de esta discordia, no hacía sino llorar y maldecir su ventura, pues que la había traído a tal estado que tan gran perdición de gentes (si Dios no lo remediase) a su causa fuese venida, pero aquellas señoras que con ella estaban con mucha piedad y amor le daban consuelo, diciendo que ni ella ni los que en su servicio estaban eran en cargo de nada de esto ante Dios ni ante el mundo, y aunque no quiso la hicieron subir a lo más alto de la torre, de donde toda la vega y gente se parecía, y cuando ella vio todo aquel campo cubierto de gentes, y tantas armas relucir y tantas tiendas, no pensó sino que todo el mundo era así asonado y cuando todas estaban mirando que en otra cosa no entendían, Mabilia se llegó a Oriana y le dijo muy paso:

—¿Qué os parece, señora, hay en el mundo quien tal servidor ni amigo como vos tenéis, tenga?

Oriana dijo:

—¡Ay, mi señora y verdadera amiga! Qué haré que mi corazón no puede sufrir en ninguna manera lo que veo, que de esto no me puede redundar sino mucha desventura, que de un cabo está este que decía, que es la lumbre de mis ojos y el consuelo de mi triste corazón, sin el cual sería imposible poder yo vivir, y del otro está mi padre, que aunque muy cruel he hallado, no le puedo negar aquel verdadero amor que como hija le debo, pues cuitada de mí, ¿qué haré?, que cualquier de éstos que se pierda siempre seré la más triste y desventurada todos los días de mi vida, que nunca mujer lo fue.

Y comenzó a llorar apretando las manos una con otra. Mabilia la tomó por ellas y díjole:

—Señora, por Dios os pido que dejéis estas congojas y tengáis esperanza en Dios, el cual muchas veces por mostrar su gran poder trae las cosas semejantes de gran espanto, con muy poca esperanza de se poder remediar, y después con pensado consejo les pone el fin al contrario de lo que los hombres piensan, y así señora puede acaecer en esto si a Él le pluguiere, y puesto caso que la rotura por Él permitida esté, habéis de mirar que una fuerza tan grande como es la que os hacen, que sin otro mayor no se podía remediar. Pues dad gracias a Dios que no es cargo vuestro, como estos señores os han dicho.

Oriana como muy cuerda era, bien entendió que decía verdad, y algún tanto fue consolada. Pues así estuvieron gran pieza mirando, y después acogiéronse a sus aposentamientos.

El rey Perión desde que vio toda la gente aposentada, tomó consigo a Grasandor, hijo del rey de Bohemia, y a Agrajes, y dijo que quería ver a Oriana, y así fue con ellos al castillo, y mandó a Amadís y a don Florestán que quedasen con la gente.

Oriana, cuando supo la venida del rey, mucho le plugo porque después que él por su rango hizo caballero a Amadís de Gaula, llamándose el Doncel del Mar, estando en casa del rey Languines de Escocia, padre de Agrajes, así como el primer libro de esta historia lo cuenta, nunca lo había visto, y juntó consigo todas aquellas señoras para lo recibir.

Pues el rey y aquellos caballeros llegados a su aposentamiento entraron donde Oriana estaba, y el rey la saludó con mucha cortesía, y ella a él muy humildemente, y después a la reina Briolanja y a la reina Sardamira y a todas las otras infantas y señoras, y Mabilia vino a él e hincó los hinojos y quísole besar las manos, mas las tiró a sí, y abrazóla con muy crecido amor y díjole:

—Mi buena sobrina, muchas encomiendas os traigo de la reina vuestra tía y de vuestra prima Melicia, como aquélla a quien mucho aman y precian, y Gandalín os traerá su mandado, que quedó para venir con Melicia, que será ahora aquí con vos y hará compañía a esta señora que también lo merece.

Mabilia le di]o:

—Dios se lo agradezca por mí, lo que, señor, me decís, y yo se lo serviré en lo que a mi mano venga, y mucho soy leda de la venida de mi prima, y así lo será esta princesa que ha gran tiempo que la desea ver por las buenas nuevas que de ella se dicen.

El rey se tornó a Oriana y díjole:

—Mi buena señora, la razón que me ha dado causa de sentir y me pesar mucho de vuestra fatiga, aquella misma con mucho deseo me obliga de procurar el remedio de ella, y por esto soy aquí venido donde a nuestro Señor plega me dé lugar que las cosas de vuestro servicio y honra sean acrecentadas como yo deseo, y vos mi buena señora deseáis, y mucho maravillado estoy del rey vuestro padre, siendo tan cuerdo y tan cumplido en todas las buenas maneras que rey debe tener, que en este caso que tanto a su honra y fama toda, tan cruda y cortadamente se haya habido, y ya que lo primero tanto errado fuese, debiéralo enmendar en lo segundo, que me dicen estos señores que con mucha cortesía le han requerido, y que no los quiso oír, y si alguna excusa para su disculpa tiene, no es ál, salvo que los grandes yerros tienen esta dolencia, que no saben volver las espaldas para se tornar al buen conocimiento, antes estando rigurosos en su porfía, piensan con otros yerros, e insultos mayores dar remedio a los primeros, pues el provecho y honra que de esto se le apareja, Dios, que es el verdadero sabedor y juez de la gran sin justicia que os hace, lo sabe; que en esta cosa tan señalada muy señaladamente mostrará su poder, y vos, mi señora, en Él tened mucha esperanza que Él os ayudará y tornará en aquella grandeza que vuestra justicia y gran virtud merece.

Oriana, como muy entendida era y todas las cosas mejor que otra mujer conociese, miraba mucho al rey y parecióle también así en su persona como en su habla que nunca vio otro que así le pareciese, y bien conoció que aquél merecía ser padre de tales, hijos, y que con mucha razón era loado, y corría, su fama por todas las partes del mundo, por uno de los mejores. caballeros que en él había, y fue tan consolada en lo ver que si el amor que a su padre había tan grande no fuera, que en muy grandes congojas y cuidados la tenía puesta, no tuviera en nada que todo el mundo fuera contra ella, teniendo de su padre tal caudillo con la gente que él gobernar esperaba, y díjole:

—Mi señor, ¿qué gracias os puede dar de esto que me habéis dicho una pobre cautiva, desheredada doncella como yo lo soy? Por cierto no en otras ningunas sino las que os han dado todas aquéllas a quien con mucho peligro hasta aquí socorrido habéis que con servir a Dios en ello y ganar aquéllas gran fama y prez que entre las gentes habéis ganado. Una cosa demando que por mi se haga, además de tan grandes beneficios que de vos mi buen señor recibo, que es que en todo lo que la concordia se pudiere poner se ponga con el rey mi padre, porque no solamente nuestro señor será servido en se excusar muertes de tantas gentes, mas yo me tendría por la más bien aventurada mujer del mundo si acabarse pudiese.

El rey le dijo:

—Las cosas son llegadas en tal estado, que muy dificultoso sería poderse hallar la igualeza de las partes. Pero muchas veces acaece que en el extremo de las roturas se halla la concordia, que con mucho trabajo hasta allí hallar no se pudo, y así en esto puede acaecer, y si tal se hallase podéis vos, mi buena señora, ser cierto, que así por el servicio de Dios como por el vuestro con toda afición será por mi voluntad otorgado, como aquél que desea mucho serviros.

Oriana se lo agradeció con mucha humildad, como aquélla en quien toda virtud reinaba más que en otra mujer.

En este comedio que el rey Perión con Oriana hablaba, Agrajes y Grasandor hablaban con la reina Briolanja y con la reina Sardamira y Olinda y las otras señoras, y cuando Grasandor vio a Oriana y aquellas señoras tan extremadas en hermosura y gentileza de todas cuantas él había visto ni oído, estaba tan espantado que no sabía qué decir, y no podía creer sino que Dios por su mano las había hecho, y comoquiera que a la hermosura de Oriana, y la reina Briolanja y Olinda, ninguna se podía igualar si no fuese Melicia, que por venir estaba, también le pareció el buen donaire y gracia y gentileza de la infanta Mabilia, y su gran honestidad que desde aquella hora adelante nunca su corazón fue otorgado de servir ni amar a ninguna mujer como aquélla, y así fue preso su corazón que mientras más la miraba más afición le ponía, como en semejantes tiempos y actos suele acaecer.

Pues estando así, casi como turbado, como caballero mancebo que nunca del reino de su padre había salido, preguntó a Agrajes que por cortesía le quisiese decir los nombres de aquellas señoras que allí con Oriana estaban. Agranjes le dijo quiénes eran todas, y la grandeza de sus estados, y como aún Mabilia estuviese con el rey Perión y con Oriana, también le preguntó por ella, y Agrajes le dijo cómo era su hermana y que creyese que en el mundo no había mujer de mejor talante ni más amada de cuantos la conocían. Grasandor calló, que no dijo nada y bien juzgó por su corazón que Agrajes decía verdad, y así era, que todos cuantos esta infanta Mabilia conocían, la amaban por la grande humildad y gracia que en ella había.

Así estando con mucho placer por se lo dar a Oriana, que alegrar no se podía, la reina Briolanja dijo a Agrajes:

—Mi buen señor y gran amigo, yo he menester de hablar con don Cuadragante y Brián de Monjaste delante vos sobre un caso, y ruégoos mucho que lo hagáis venir antes que os vayáis.

Agrajes le dijo:

—Señora, eso luego se hará.

Y mandó a uno suyo que los llamase, los cuales vinieron, y la reina los apartó con Agrajes y les dijo:

—Mis señores, ya sabéis el peligro en que me vi, donde después de Dios la bondad de vosotros me libró, y cómo metisteis en mi poder a aquél mi primo Trión, el cual yo tengo preso y pensando mucho qué haré de él, de un cabo veo ser este hijo de Abiseos, mi tío, que a mi padre a tan gran tuerto y traición mató, y que la simiente de tal mal hombre debería perecer porque sembrada por otras partes no pudiesen nacer de ella semejantes traiciones, y de otro constriñéndome el gran deudo que con él tengo, y que muchas veces acaece ser los hijos muy diversos de los padres y que el acometimiento que éste hizo fue como mancebo por algunos malos consejeros como le he sabido, no me sé determinar en lo que haga, y por esto os hice llamar, para que, como personas que en esto y en todo vuestra gran discreción alcanza lo que hacer se debe, me digáis vuestro parecer.

Don Brián de Monjaste le dijo:

—Mi buena señora, vuestro buen seso ha llegado tanto al cabo lo que en este caso decir se podría, que no queda que aconsejar salvo traeros a la memoria que una de las causas por donde los príncipes y grandes son loados, y sus estados y personas seguras, es la clemencia, porque con ésta sigue la doctrina de aquél cuyos ministros son, al cual haciendo las personas lo que deben, se debe referir todo lo restante, y sería bien que porque más vuestra duda se aclarase en determinar el un camino de los que, señora, habéis dicho, lo mandaseis aquí venir y hablando con él por la mayor parte se podría juzgar algo de lo que vendría, o venir por el cabo en ausencia suya se podría.

Todos lo tuvieron por bien, y así se hizo, que la reina rogó al rey Perión que se detuviese alguna pieza hasta que con aquellos caballeros tomasen conclusión de un caso en que mucho le iba.

Venido Trión, pareció ante la reina con mucha humildad, y con tal presencia que bien daba a entender el gran linaje donde venía. La reina le dijo:

—Trión, si yo tengo causa de os perdonar o mandar poner en ejecución la venganza del yerro que me hicisteis, vos lo sabéis, pues también os es notorio lo que vuestro padre al mío hizo. Pero comoquiera que las cosas hayan pasado, conociendo que el mayor deudo que en este mundo yo tengo sois vos, soy movida no solamente a haber piedad de vuestra juventud, habiendo en vos el conocimiento que de razón haber debéis, mas a os tener en aquel grado y honra que si de enemigo que me habéis sido me fueseis amigo y servidor. Pues yo quiero que delante de estos caballeros me digáis vuestra voluntad, y sea tan enteramente que buena o al contrario parezca, sin tener en vuestra boca sino aquella verdad que hombre de tan alto lugar debe.

Trión, que otra peor nueva esperaba, dijo:

—Señora, en lo que a mi padre toca, no sé responder, porque la tierna edad en que yo quedé me excusa en lo mío, cierto es que así por mi querer y voluntad, como por la de otros muchos que me aconsejaron, yo quisiera poneros en tal estrecho y a mí en tanta libertad que pudiera alcanzar el estado que la grandeza de mi linaje demanda, pero pues que la fortuna así en lo primero de mi padre y mis hermanos como en esto segundo me ha querido ser tan contraria no queda para mí reposo, salvo conociendo ser vos la derecha heredera de aquel reino que de nuestros abuelos quedó, y la gran piedad y merced que me hacéis, alcance con muchos servicios y por vuestra voluntad lo que por fuerza mi corazón alcanzar deseaba.

—Pues si vos, Trión —dijo la reina—, así lo hacéis, y me sois leal vasallo, yo os seré no solamente prima, más hermana verdadera, y de mí alcanzaréis aquellas mercedes con que vuestra honra sea satisfecha, y vuestro estado contento.

Entonces, Trión hincó los hinojos y besóle las manos, y de allí adelante este Trión le fue a esta reina tan leal en todas las cosas, que así como ella misma todo el reino mandaba. Donde los grandes deben tomar ejemplo para ser inclinados a perdón y piedad en muchos casos que se requiere tener con todos, y muy mejor con sus deudos, agradeciendo a Dios que siendo en una sangre y de un abalorio, los hizo señores de ellos, y a ellos sus vasallos, y aunque algunas veces yerren, sufrir el enojo, considerando el gran señorío que sobre ellos tienen. La reina le dijo:

—Pues apartando de mí todo enojo, y dejándoos en vuestro libre poder, quiero que tomando cargo de gobernar y mandar esta mi gente hagáis aquello que la voluntad de Amadís fuere.

Mucho loaron aquellos caballeros lo que esta muy hermosa y apuesta reina hizo. Y de allí adelante este caballero por ellos fue muy allegado y honrado, como adelante más largamente se dirá, y por todos los otros que su bondad y gran esfuerzo conocieron.

El rey Perión se despidió de Oriana y de aquellas señoras, y con aquellos caballeros se tornó al real. Y la reina Briolanja encargó mucho a Agrajes que hiciese conocer a Trión su primo con Amadís y le dijese todo lo que con él había pasado, y así se hizo, que todo se lo contó por extenso.

Pues llegado el rey Perión al real halló que entonces llegaba allí Balais de Carsante con veinte caballeros de su linaje muy buenos y muy bien armados y aparejados para servir y ayudar a Amadís y quiero que sepáis que este caballero fue uno de los caballeros que Amadís sacó de la cruel prisión de Arcalaus el Encantador con otros muchos, y el que cortó la cabeza a la doncella que junto a Amadís y su hermano don Galaor para que se matasen, y por cierto, si por éste no fuera, al uno de ellos convenía morir o entrambos, así como primer libro de esta historia lo cuenta. Este Balais dijo al rey y a aquellos caballeros cómo el rey Lisuarte estaba en real cerca de Vindilisora y que, según le habían dicho, que podría tener hasta seis mil de caballo y otras gentes de pie, y que el emperador de Roma era llegado al puerto con gran flota, y toda la gente salía de la mar y asentaban su real cerca del rey Lisuarte, y que asimismo era venido Gasquilán, rey de Suesa, y que traía ochocientos caballeros de muy buena gente, y el rey Cildadán era ya allá pasado con doscientos caballeros, y que creía que en esos quince días, no movieran de allí, porque la gente venía muy fatigada de la mar. Esto pudo muy bien saber este Balais de Carsante, porque un castillo muy bueno que él tenía era en el señorío del rey Lisuarte, y estaba en tal comarca donde sin mucho trabajo podría saber las nuevas de la gente.

Así pasaron aquel día holgando por aquellos campos, aderezando todos sus armas y caballos para la batalla, aunque las armas todas eran hechas de nuevo, tan ricas y tan lucidas, como adelante se dirá.

Otro día, de gran mañana, llegó al puerto el maestro Helisabad con la gente de Grasinda en que venían quinientos caballeros y arqueros. Cuando Amadís lo supo tomó a Angriote y a don Bruneo, y fue a los recibir con aquella voluntad y amor que la razón le obligaba, e hicieron salir toda la gente de la mar y aposentáronla en el real con la otra y Libeo, sobrino del maestro, con ella como su capitán. Y ellos tomaron al maestro entre sí y con mucho placer lo llevaron al rey Perión y Amadís le dijo quién era y lo que por él había hecho, como la tercera parte de esta historia lo cuenta en la muerte del Endriago, y cómo no les pudiera venir a tal tiempo persona que tanto les aprovechase. El rey lo recibió bien y de buen talante, y díjole:

—Mi buen amigo, quede para después de la batalla, si vivos fuéremos, la disputa a quien debe agradecer más Amadís mi hijo, a mí, que después de Dios de nada lo hice, o a vos, que de muerto lo tornasteis vivo.

El maestro le besó las manos, y con mucho placer le dijo:

—Señor, sea así como lo mandáis, que hasta que más se vea no quiero daros la ventaja de a quién es más obligado.

Todos hubieron placer de lo que el rey dijo y de la respuesta del maestro Helisabad, y luego dijo al rey:

—Mi señor, yo os traigo dos nuevas que os cumplen saber, y son: que el emperador de Roma es ya partido con su flota, en la cual, según soy certificado de personas que allá envié, lleva diez mil caballos, y así mismo me llegó mandado de Gastiles, sobrino del emperador de Constantinopla, como ya era dentro en la mar con ocho mil caballos que su tío envió en ayuda de Amadís, y que a su creer este tercero día será en el puerto.

Todos cuantos lo oyeron fueron mucho alegres y muy esforzados con tales nuevas, especial la gente de más baja condición, pues así como oís estaba el rey Perión con toda aquella compaña, atendiendo la gente que venía y aderezando las cosas necesarias a la batalla.

Capítulo 106. Cómo el emperador de Roma llego a la Gran Bretaña con su flota, y de lo que él y el rey Lisuarte hicieron

Dice la historia que Giontes, sobrino del rey Lisuarte, después que de Grasandor se partió, como habéis oído, él se fue derechamente a Roma, y así con su prisa como con la que el emperador se daba, muy prestamente fue armada gran flota y guarnecida de aquellos mil caballeros que ya os contamos, y luego el emperador se metió en la mar, y sin ningún embargo que en el camino hubiese, llegó en la Gran Bretaña a aquel puerto de la comarca de Vindilisora, donde sabía que el rey Lisuarte estaba, y como él lo supo, cabalgó con muchos hombres buenos, y con aquellos dos reyes, el rey Cildadán, y fuelo a recibir y cuando llegó ya toda la más de la gente era de la mar salida, y el emperador con ella; y como se vieron fuéronse a abrazar y recibiéronse con mucho placer. El emperador le dijo:

—Si alguna mengua o enojo vos, rey, habéis por mi causa recibido, yo estoy aquí que con doblada victoria vuestra honra será satisfecha, y así como yo solo fui la causa de ello, así querría que solo con los míos se me diese lugar para tomar la venganza, porque a todos fuese ejemplo y castigo que a tan alto hombre como yo soy ninguno se atreviese a enojar.

El rey le dijo:

—Mi buen amigo y señor, vos y vuestra gente venís maltratados de la mar, según el largo camino; mandadlos salir aposentar y refrescarán del trabajo pasado, y entre tanto habremos aviso de nuestros enemigos y sabido podréis tomar el lugar y consejo que más os placerá.

El emperador quisiera que luego fuera la partida, mas el rey, que mejor que él sabía lo que necesario era, y con quien había la cuestión, detúvolo hasta el tiempo convenible, que bien veía que en aquella batalla estaba todo su hecho.

Así estuvieron en aquel real bien ocho días allegando la gente que de cada día venía al rey.

Pues acaeció que andando un día el emperador y los reyes y otros muchos caballeros cabalgando por aquellas vegas y prados alrededor del real, que vieron venir un caballero armado en su caballo y un escudero con él que le traía las armas, y si alguno me preguntase quién era yo le diría que Enil, el buen caballero, sobrino de don Gandales, y como al real llegó preguntó si estaba allí Arquisil, un pariente del emperador Patín, y fuele dicho que sí, y que cabalgaba con el emperador, y cuando esto oyó fue muy alegre, y fuese donde vio andar la gente, que bien pensó que allí estaría, y cuando a ellos llegó, halló que el emperador y aquellos reyes estaban hablando en un prado cerca de una ribera en las cosas que a la batalla pertenecían, y Enil supo que con ellos estaba Arquisil, y él se fue para ellos y saludólos muy humildemente, y ellos le dijeron que fuese bien venido, y qué demandaba. Enil, cuando esto oyó, dijo:

—Señores, vengo de la Ínsula Firme con mandado de aquel noble caballero Amadís de Gaula, mi señor, hijo del rey Perión, a un caballero que se llama Arquisil.

Cuando esto oyó Arquisil que por él preguntaba, dijo:

—Caballero, yo soy el que vos demandáis; decid lo que quisiereis, que oído será.

Enil le dijo:

—Arquisil, Amadís de Gaula os hace saber cómo llamándose el Caballero de la Verde Espada, estando en la corte del rey Tafinor de Bohemia, llegó allí un caballero llamado don Garadán con otros once caballeros a le acompañar, de los cuales vos fuisteis el uno, y que él hubo batalla con el dicho don Garadán, en la cual fue vencido y muerto como vos visteis. Y que luego, otro día, la hubo con vos y con vuestros compañeros él y otros caballeros como se asentó, y que siendo vos y ellos vencidos os tomó en su prisión. De la cual, a ruego vuestro, se hizo libre, y que le prometisteis como leal caballero que cada que por él fueseis requerido os tomaríais en su poder, y ahora por mi os llama que cumpláis lo que hombre de tan alto lugar y tan buen caballero como vos sois debe cumplir.

Arquisil dijo:

—Cierto, caballero, en todo lo que habéis dicho, habéis dicho verdad, que así pasó como decís; solamente queda si aquel caballero que se llamaba de la Verde Espada, si es Amadís de Gaula.

Algunos caballeros de los que allí estaban le dijeron que sin duda lo podía creer. Entonces, Arquisil dijo al emperador:

—Oído habéis, señor, lo que este caballero me pide, de que no me puedo excusar, sino cumplir lo que soy obligado, porque podéis creer que él me dio la vida y me quitó que no me matasen aquéllos que gran voluntad lo tenían, y por esto, señor, suplico no os pese de mi ida, que si la dejase en tal caso no era razón que hombre tan poderoso y de tan alto linaje como vos me tuviese por su deudo ni en su compañía.

El emperador, como era muy acelerado y las más veces miraba más al contentamiento de su pasión o afición que a la honestidad de la grandeza de su estado, dijo:

—Vos, caballero, que de parte de Amadís habéis venido, decidle que harto debe estar de me hacer los enojos que los pequeños suelen a los grandes hacer, que de otra manera bien apartado está, y que venido es el tiempo en que él sabrá quién yo soy, y lo que puedo, y que me no escapará en ninguna parte, ni en esa cueva de ladrones en que se acoge, que no me pague lo que me ha hecho con las setenas a la satisfacción de mi voluntad; y vos, Arquisil, cumplid lo que os piden, que no tardará mucho que vos no meta en mano este de quien soy preso, para que hagáis de ello lo que os placerá.

Enil, cuando aquello oyó, fue sañudo, pospuesto todo temor dijo:

—Bien creo, señor, que Amadís os conoce, que ya otra vez os vio más como caballero andante que como gran señor, y asimismo vos a él, que no os partisteis de su presencia tan livianamente. Pues en lo de ahora, así como vos venís de otra forma, así él viene a os buscar, lo pasado júzguelo quien lo sabe, y Dios lo por venir, que a él sin otro alguno es dado.

Como el rey Lisuarte aquello oído hubo, receló que por mandado del emperador aquel caballero algún daño recibiese, de lo cual él sentiría gran pesar, y así lo había habido de todo lo que le había oído decir, porque muy apartado era de su condición, sino como rey honesto en la palabra y en la obra muy riguroso, antes que el emperador nada dijese, tomóle por la mano y díjole:

—Vamos a nuestras tiendas, que es tiempo de cenar, y este caballero goce de la libertad que los mensajeros suelen y deben tener.

Así se fue el emperador tan sañudo, como si el enojo fuera con otra tan grande como él. Arquisil llevó a Enil a su tienda, e hízole mucha honra, y luego se armó y cabalgando en su caballo fue con él. Pues aquí no cuenta de cosa que le acaeciese, sino que llegaron a la Ínsula Firme en paz y concordia, y como cerca del real fueron y Arquisil vio tanta gente, que ya la del emperador de Constantinopla era llegada, fue mucho maravillado de lo ver. Y calló, que no dijo nada, antes mostró que no lo miraba. Y Enil lo llevó a la tienda de Amadís, donde así de él como de otros muchos nobles caballeros fue muy bien recibido. Pues así estuvo Arquisil cuatro días que Amadís le traía consigo, y le mostraba toda la gente, y los señalados caballeros, y decíale sus nombres, los cuales, por sus bondades y grandes hechos de armas, eran muy conocidos por todas partes del mundo. Mucho se maravillaba de ver tal caballería, en especial de aquellos muy hermosos caballeros, que bien creía que si algún revés el emperador había de haber no era sino por éstos, que de la otra gente no temía mucho ni se curaba de ellos, si tales caudillos no tuviesen, que el esfuerzo todos los de su parte, y bien vio que el emperador su señor había menester grande aparejo para les dar batalla, y teníase por malaventurado ser en tal tiempo preso, que si muy lejos estuviese oyendo decir de una cosa tan señalada y tan grande como aquélla, vendría ser en ella, pues en ella estando y no lo poder ser, teníase por el más desventurado caballero del mundo, y cayó en tal pensamiento que si lo sentir ni querer las lágrimas le caían por las haces, y con esta gran congoja acordó de tentar la virtud y nobleza de Amadís. Así fue que estando el esforzado Amadís y otros muchos grandes señores y esforzados caballeros en la tienda del rey Perión, y Arquisil con ellos, que aún no era dicho dónde había de tener prisión, él se levantó donde estaba y dijo al rey:

—Señor, la vuestra merced sea de me oír delante estos caballeros con Amadís de Gaula.

El rey le dijo que de grado le oiría todo lo que él tuviese por bien de decir. Entonces Arquisil contó allí todo lo que le aconteció en la batalla que don Garadán y él y otros sus compañeros hubieron con Amadís y con los caballeros del rey de Bohemia y cómo fueron vencidos y maltratados, y muerto don Garadán, y cómo Amadís, por su gran mesura, le quitó a él de las manos de aquéllos que gran sabor e intención tenían de lo matar, y cómo a ruego y petición suya le soltó y dejó ir y pudiese dar algún reparo a sus amigos, que llagados estaban, dejándole en prenda su fe y su palabra como su preso, de lo acudir cada que por él fuese requerido, como más largo lo cuenta la parte tercera de esta historia, y que ahora fuera por Amadís llamado, y era venido, como todos veían, para cumplir su palabra y estar en aquella parte donde por él le fuese mandado y señalado; pero que si Amadís, usando con él de aquella liberalidad que su gran mesura y virtud con todos los a su gracia y ayuda habían menesteres acostumbrado, tenía en le dar licencia para que en aquella batalla que se esperaba dar tan señalada en el mundo pudiese al emperador su señor servir como debía, que él prometía, como leal y buen caballero, delante de él y de todos los que allí presentes serían, si vivo quedase, de venir donde le fuese mandada a cumplir su prisión. Amadís, que a la sazón en pie con él estaba, por le honrar, le respondió:

—Arquisil, mí buen señor, si yo hubiese de mirar a las soberbias y demasiadas palabras del emperador vuestro señor, con mucho rigor y gran crueldad trataría todas sus cosas sin temer que por ello en ninguna desmesura cayese; mas como vos sin cargo seáis y el tiempo nos haya traído a tal estado que la virtud de cada uno de nos será manifiesta, tengo por bien de venir en lo que pedido habéis y doy os licencia que podáis ser en esta batalla, de la cual sin peligro saliendo seáis en esta ínsula dentro de diez días a cumplir lo que por mí y los de mi parte os fuere mandado.

Arquisil se lo agradeció mucho y así lo prometió.

Algunos podrán decir que por cuál razón se hace tanta mención de un caballero tal como éste, tan poco nombrado en esta tan gran historia. Digo que la causa de ello es así, porque en lo pasado éste con mucho esfuerzo, trató todas las afrentas que por él pasaron, como adelante oiréis, por su gran linaje y noble condición llegó a ser emperador de Roma y siempre tuvo a Amadís, que fue la principal causa de alcanzar un tan gran señorío, en lugar de verdadero hermano, como cuando sea tiempo y sazón más largo se recontará.

Pues de allí salidos aquellos señores, recogidos en sus tiendas y albergues, Arquisil se armó, y cabalgando en su caballo se despidió de Amadís y todos los que con él estaban y se tornó por el camino que viniera, y no cuenta la historia de cosa que le acaeciese, sino que llegó a la hueste del emperador, donde dio a todos mucho placer con su venida, y aunque muchas cosas le preguntaron, no quiso decir sino solamente la gran cortesía que de aquel noble caballero Amadís había recibido, que bien podéis creer que sus cortesías eran tales y tantas que apenas en ningún caballero en aquel tiempo se podrían hallar. Y quiero que sepáis que la causa porque estos caballeros caminaban tan largos caminos sin aventura hallar, como en los tiempos pasados, era porque no entendían todos en otra cosa salvo en aderezar y aparejar las cosas necesarias para la batalla, que entremeterse en las otras demandas que a ésta empachasen les semejaba según la grandeza de aquella afrenta, que era cosa de menos valor.

Llegado Arquisil al real, habló con el emperador aparte, y díjole la verdad de todo, así de la gran gente de sus contrarios como de los caballeros señalados que allí estaban, de los cuales le contó por nombre todos los más de ellos, y cómo Amadís de Gaula le había dado licencia para ser en aquella batalla, y en ello no le penaba mucho, y que lo que había sabido era que en sabiendo que él movía de allí con la hueste, movería luego para él sin ningún temor y de que todo le avisaba porque hiciese lo que más cumplía a su servicio.

El emperador cuando esto oyó, aunque muy soberbio y desconcertado fuese, como oído habéis, y así lo era cierto en todas las cosas que hacía, conociendo la bondad de este caballero, por la cual él le tenía mucho amor y que no le diría sino la verdad, cuando esto oyó fue desmayado, así como lo suelen ser todos aquéllos que su esfuerzo dependen más en palabras que en obras, y no quisiera ser puesto en aquella demanda, que bien conoció la gran diferencia de la una gente a la otra y nunca él pensó, según el gran poder suyo, junto con el del rey Lisuarte, que Amadís tuviera facultad ni aparejo para salir de la Ínsula Firme y que allí lo cercaran, así por la tierra como por la mar, de manera que, o por hambre o por otro castigo alguno, pudiera cobrar a Oriana y la falta y mengua que sobre su honra tenía, y de allí adelante, mostrando más esperanza y esfuerzo que en lo secreto tenía, procuró de se conformar con la voluntad del rey Lisuarte y de aquellos hombres buenos.

Así estuvieron en aquel real quince días, tomando alarde y recibiendo los caballeros que de cada día les venían, así que hallaron que eran por todos estos que se siguen: el emperador trajo diez mil de caballo. El rey Lisuarte, mil quinientos; Gasquilán, rey de Suesa, ochocientos. El rey Cildadán, doscientos.

Pues todo aderezado, mandó el emperador y los reyes que el real moviese y la gente fuese detenida en aquella gran vega por donde habían de caminar, y así se hizo, que puestos todos en sus batallas, el emperador hizo de su gente tres haces. La primera dio a Floyán, hermano del príncipe Salustanquidio, con dos mil y quinientos caballeros. La segunda dio a Arquisil, con otros tantos. Y él quedó con los cinco mil para les hacer espaldas, y rogó al rey Lisuarte que tuviese por bien que él llevase la delantera, y así se hizo, aunque él más quisiera llevarla a su cargo, porque no tenía en mucho aquella gente y había miedo que del desconcierto de ellos les podría venir algún gran revés; pero otorgólo por le dar aquella honra. Lo cual, en semejantes casos, es mal mirado, que apartada toda afición se debe seguir lo que la razón guía.

El rey Lisuarte hizo de sus gentes dos haces; en la una puso con el rey Arbán de Norgales tres mil caballeros y que fuesen con él Norandel, su hijo, y don Guilán el Cuidador, y don Cendil de Ganota, y Brandoibás, y dio de su gente mil caballeros al rey Cildadán y a Gasquilán, con tres mil que ellos tenían, que fuese otra haz, y los otros tomó consigo y dio él su estandarte al bueno de don Grumedán, que con mucho pesar y angustia de su corazón miraba aquel troque tan malo que el rey Lisuarte había hecho en dejar la gente que contraria tenía por la que llevaba.

Pues hecho esto y concertadas las haces, movieron por el campo tras el fardaje que iba a sentar real con los aposentadores. ¿Quién os podría decir los caballos y armas tan ricas y tan lucidas y de tantas maneras como allí iban? Por cierto, muy gran trabajo sería en lo contar, solamente se dirán de ellas que el emperador y los reyes y otros algunos señalados caballeros llevaban; pero esto será cuando el día de la batalla se armaren para entrar en ella. Mas ahora no hablaremos de ellos hasta su tiempo, y contar se ha lo que hizo el rey Perión y aquellos señores que con él estaban en el real cabe la Ínsula Firme.

Capítulo 107. Cómo el rey Perión movía la gente del real contra sus enemigos, y cómo repartió las haces para la batalla

Dice la historia que este rey Perión, como fuese un caballero muy cuerdo y de grande esfuerzo y hasta allí siempre la fortuna le había ensalzado en lo guardar y defender su honra, y se viese en una tan señalada afrenta, en que su persona e hijos y todos los más de su linaje se habían de poner y conociese al rey Lisuarte por tan esforzado y vengador de sus injurias, que al emperador ni a su gente no lo preciaba tanto como nada, en saber su condición, que siempre estaba pensando en lo que menester era porque bien se tenía por dicho que si la fortuna contraria le fuese que aquel rey como can rabioso no daría a su voluntad contentamiento con el vencimiento primero, antes con mucha diligencia y rigor, no teniendo en nada ningún trabajo, los buscaría donde quiera que fuesen, como él tenía pensado siendo vencedor de lo hacer, y a vueltas de las otras cosas que eran necesarias de proveer, tenía siempre personas en tales partes de quien supiese lo que sus enemigos hacían, de los cuales luego fue avisado cómo la gente venía ya contra ellos y en qué orden.

Pues sabido esto, luego otro día de mañana se levantó y mandó llamar todos los capitanes y caballeros de gran linaje, y díjoselo, y como su parecer era que el real se levantase y la gente junta en aquellos prados se hiciese esparcimiento de las haces por que todos supiesen a qué capitán y seña habían de acudir, y que hecho esto moviesen contra sus enemigos con gran esfuerzo y mucha esperanza de los vencer con la justa demanda que llevaban. Todos lo tuvieron por bien, y con mucha afición le rogaron que así por su dignidad real y gran esfuerzo y discreción tomase a su cargo de lo regir y gobernar en aquella jornada, y que todos le serían obedientes, él le otorgó, que bien conoció que pendían lo justo y no se podía con razón excusar de ello.

Pues mandándolo poner en obra, el real fue levantado y la gente toda armada y a caballo puesta en aquella gran vega. El buen rey se puso en medio de todos, en un caballo muy hermoso y muy grande, y armado de muy ricas armas y tres escuderos que las armas llevaban y diez pajes en diez caballos, todos de una divisa que por la batalla anduviesen y socorriesen a los caballeros con ellos que menester los hubiesen, y como él era ya de tanta edad que los más de la cabeza y barba tuviese blanco y el rostro encendido con el calor de las armas, y de la grandeza de corazón, y como todos sabían su gran esfuerzo parecía también y tanto esfuerzo dio a la gente que lo estaba mirando que les hacía perder todo pavor, que bien cuidaban que, después de Dios, aquel caudillo sería causa de les dar la gloria de la batalla, y así estando miró a don Cuadragante y díjole:

—Esforzado caballero, a vos encomiendo la delantera, y tú, mi hijo Amadís, y Angriote de Estravaus, y don Gavarte de Val Temeroso, y Enil, y Balais de Carsante, y Landín, que le hagáis compañía con los quinientos caballeros de Irlanda y mil quinientos de los que yo traje. Y vos, mi buen sobrino Agrajes, tomad la segunda haz, y vayan con vos don Bruneo de Bonamar y Branfil, su hermano, con la gente suya y con la vuestra, en que seréis mil seiscientos caballeros. Y vos, honrado caballero Grasandor, que toméis la haz tercera. Y tú, mi hijo don Florestán, y Dragonís, y Landín de Fajarque, y Elián el Lozano, con la gente de vuestro padre el rey y con Trión y la gente de la reina Briolanja, que seréis dos mil y setecientos caballeros, le haced compañía.

Y dijo a don Brián de Monjaste:

—Y vos, honrado caballero, mi sobrino, habed la cuarta haz con vuestra gente y con tres mil caballeros de los del emperador de Constantinopla, así que llevaréis cinco mil caballeros, y vayan con vos Manciám de la Puente de la Plata, y Sadamón, y Urlandín, hijo del conde de Urlanda.

Y mandó a don Gandales que tomase mil caballeros de los suyos y socorriese a las mayores prisas. Y el rey tomó consigo a Gastiles con la gente que del emperador le quedaba y púsose debajo de su seña y rogó a todos que así mirasen por ella como si el emperador allí en persona estuviese.

Concertadas las haces como habéis oído, movieron todos en sus órdenes por aquel campo, tocando muchas trompetas y otros muchos instrumentos de guerra. Oriana y las reinas y las infantas y dueñas y doncellas estábanlos mirando y rogaban a Dios de corazón les ayudase y si su voluntad fuese los pusiese en paz.

Mas ahora deja la historia de hablar de ellos, que se iban a juntar contra sus enemigos como oís, y torna a Arcalaus el Encantador.

Capítulo 108. Cómo, sabido por Arcalaus el Encantador todas estas gentes se aderezaban para pelear, envió a más andar a llamar al rey Arábigo y sus compañas

Arcalaus el Encantador, así como oído habéis, tenía apercibido al rey Arábigo y a Barsinán, señor de Sansueña, y al rey de la Profunda Ínsula, que había huido de la batalla de los siete reyes y a todos los parientes de Dardán el Soberbio, y como supo que las gentes eran venidas al rey Lisuarte y a Amadís, envió con mucha prisa un caballero su pariente, que se llamaba Garín, hijo de Grumén, el que Amadís mató, cuando a él y a otros tres caballeros con Arcalaus el Encantador les tomó a Oriana, así como el libro primero de la historia lo cuenta, y mandóle que no holgase día ni noche hasta lo hacer saber a todos estos reyes y caballeros y les diese mucha prisa en su venida, y él quedó en sus castillos, llamando a sus amigos y los del linaje de Dardán y allegando la más gente que podía. Pues este Garín llegó al rey Arábigo, el cual halló en la gran su ciudad llamada Arábiga, que era la más principal de todo su reino, del nombre de la cual todos los reyes de allí se llamaban Arábigos, y porque su señorío alcanzaba gran parte en la tierra de Arabia, y habla con él todo lo que Arcalaus le hacía saber y con todos los otros que sus gentes tenían apercibidas, y sabido por ellos aquella nueva, luego, sin más tardar, las llamaron, y fueron todos, unos y otros, juntos y asonados cerca de una villa muy buena del señorío de Sansueña, la cual había nombre Califán, y asentaron sus tiendas en aquellos campos, y serían por todas hasta doce mil caballeros, y allí concertaron toda su flota, que fue asaz grande y de buena gente, con las más viandas que haber pudieron, como aquéllos que iban a reino extraño, y con mucho placer y tiempo aderezado fueron por su mar adelante, y a los ocho días aportaron en la Gran Bretaña, a la parte donde Arcalaus tenía un castillo muy fuerte, puerto de mar. Arcalaus tenía ya consigo seiscientos caballeros muy buenos, que todos los más de ellos desamaban mucho al rey Lisuarte y a Amadís, porque como a malos siempre lo habían corrido y muerto muchos de sus parientes, y éstos todos los más andaban huidos.

Cuando aquella flota allí aportó no os podría decir el gran placer que los unos con los otros hubieron, y sabido por las espías de Arcalaus cómo ya las gentes del rey Lisuarte y de Amadís iban unas contra otras y el camino que llevaban, luego ellos movieron con toda su compaña. La delantera hubo Barsinán, que era mancebo y recio caballero, muy deseoso de vengar la muerte de su padre y de su hermano Gandalor y de mostrar el esfuerzo y ardimiento de su corazón con dos mil caballeros y algunos arqueros y ballesteros. Arcalaus hubo la segunda haz, que podéis creer que en esfuerzo y gran valentía no era peor que él, antes, aunque la media mano derecha tenía perdida, en gran parte no se hallaría mejor caballero en armas que él era ni más valiente, sino que sus malas obras y falsedades le quitaban todo el prez que su esfuerzo ganaba, éste llevaba los seiscientos caballeros. El rey Arábigo le dio dos mil y cuatrocientos de los suyos. La tercera haz hubo el rey Arábigo y el otro rey de la Profunda Ínsula, con toda la otra gente, y llevaba consigo seis caballeros parientes de Brotajar Danfania, el que Amadís mató en la batalla de los siete reyes, cuando traía el yelmo dorado, así como lo cuenta el tercer libro de esta historia, y este Brontajar Danfania era tan valiente así de cuerpo como de fuerza que con él esperaban vencer los de su parte, y ciertamente así lo fuere sino porque Amadís vio el gran daño que en las gentes del rey Lisuarte hacía, y que mucho durase que él bastaba para dar la honra de la batalla a los de su parte, y fue para él y de un solo golpe le tullió, de manera que cayó en el campo, donde fue muerto. Estos seis caballeros que os cuento vinieron de la Ínsula Sagitaria, donde se dice que al comienzo los sagitarios hacían su habitación y eran tan grandes de cuerpo y de fuerza como aquéllos que de derecho linaje venían de los mayores y más valientes gigantes que en el mundo hubo. Pues éstos supieron esta gran batalla que se ordenaba y pusieron en sus voluntades de ser en ella, así por vengar la muerte de aquel Brontajar, que era el más principal hombre de su linaje, como por se probar con aquellos caballeros que de tan gran fama oían, y por esta causa se vinieron al rey Arábigo, al cual mucho plugo con ellos y rogóles que fuesen en su batalla, y así lo otorgaron contra su voluntad, que más quisieran que los mandara poner en la delantera. En este comedio llegó aquí el duque de Bristoya, que como quiera que él fuera por Arcaláus requerido, no había osado mostrarse, temiendo por liviana cosa lo que le decía, mas cuando vio el gran aparejo de gente que habían juntado, tuvo por buen partido de se ir para ellos, por vengar, si podía, la muerte de su padre, que mataron don Galvanes y Agrajes con Olivas, así como el libro primero de esta historia lo cuenta, y por cobrar su tierra, que el rey Lisuarte le había tomado, diciendo que su padre muriera por aleve, y consideró que si al rey Lisuarte le fuese mal, que él podría ser restituido en lo suyo y si Amadís, que se vengaban de aquéllos que tanto mal le habían hecho, y como llegó, y el rey Arábigo y aquellos señores lo vieron y les dijeron quién era, gran placer hubieron con él y mucho los esforzó con su venida, porque en más tenían aquél que era natural de la tierra y tenía en ella algunas villas y castillos con lo que traía, que a otro que extraño fuese con mucho más. Este duque fue sobresaliente con los suyos y con quinientos caballeros que el rey Arábigo le dio, pues con tal compaña, como oís, y en tal orden partieron aquellas compañas por una traviesa con las mayores guardas que poner pudieron, con acuerdo de se poner en tal parte donde estuviesen seguros y saliesen cuando fuese razón a dar en sus enemigos.

Capítulo 109. Cómo el emperador de Roma y el rey Lisuarte se iban con toda su compaña contra la Ínsula Firme a buscar sus enemigos

La historia dice que el emperador de Roma y el rey Lisuarte partieron del real que cabe Vindilisora tenían con todas aquellas compañas que dicho os habemos, y acordaron de andar mucho espacio de camino, porque las gentes y caballos fuesen holgados, y aquel día no anduvieron más de tres leguas y asentaron su real cerca de una floresta, en un gran llano, y holgaron allí aquella noche, y otro día al alba partieron en su orden, como os contamos, y así continuaron su camino, hasta que supieron de algunas personas de la tierra cómo el rey Perión y sus compañas venían contra ellos y que los dejaban dos jornadas de donde ellos estaban. Y luego el rey Lisuarte mandó proveer que Ladasín el Esgrimidor que se llamaba, primo hermano de don Guilán, con cincuenta caballeros, fuesen descubriendo la tierra siempre delante de la hueste tres leguas, y al tercero se toparon con la guarda del rey Perión, que asimismo lo había proveído con Enil y cuarenta caballeros con él, y allí pasaron los corredores unos y otros y cada uno lo hizo saber a los suyos. Y no osaban pelear, porque así les era mandado, y las huestes llegaron de un cabo y de otro, que no había en medio más espacio de una legua de un campo grande y muy llano. En estas huestes venían muchos caballeros, grandes sabidores de guerra, de manera que muy poca ventaja se podían llevar los unos a los otros, y no pareció sino que de acuerdo de las partes la una gente y la otra hicieron fortalecer con muchas cavas y otras defensas sus reales para allí se socorrer si mal les fuese.

Así estando estas huestes como oís, llegó Gandalín, escudero de Amadís, que con Melicia de Gaula a la Ínsula Firme había venido y habíase aquejado mucho por llegar antes que la batalla se diese, y la causa de ello fue ésta:

Ya sabéis cómo Gandalín era hijo de aquel buen caballero don Gandales, que Amadís crió, y su hermano de leche, y desde el día que Amadís fue caballero, llamándose Doncel del Mar, supo que no era su hermano, que hasta allí por hermanos se habían tenido, y desde aquella hora siempre Gandalín le aguardó como su escudero. Y comoquiera que por él muchas veces había sido importunado que le hiciese caballero, Amadís no se atrevió a lo hacer, porque éste era el mayor remedio de sus amores, éste era el que muchas veces le quitó de la muerte, que según las angustias y mortales deseos que por su señora Oriana pasaba y continuo atormentaban y afligían su corazón, si en este Gandalín no hallara el consuelo que siempre halló mil veces fuera muerto, que como éste fuese el secreto de todo y con otro ninguno pudiese hablar, si por alguna manera de sí lo apartara, no era otra cosa salvo apartar de sí la vida, y como él supiese que haciéndole caballero no podían estar en uno, porque luego le convendría ir a buscar las venturas donde honra ganase, aunque la razón a ello le obligaba, como esta gran historia lo ha contado, así por la parte de su padre, que le crió y sacó de la mar, como por él, que le sirvió mejor que nunca caballero de escudero fue servido, no se atrevía a lo apartar de sí, y Gandalín, habiendo este conocimiento, que muy cuerdo era, y con el demasiado amor que le tenía, comoquiera que mucho desease ser caballero, por se mostrar hijo del buen caballero Gandales y criado de tal hombre, no le osaba ahincar mucho por le ver en tan gran necesidad; pero ahora, viendo cómo ya tenía en su poder a su señora Oriana, que por grado o por la fuerza no había de quitar de si sin la vida perder, acordó que con mucha razón le podía demandar caballería, y en especial en una cosa tan grande y tan señalada como aquella batalla sería, y con este pensamiento, después de le haber dado las encomiendas de la reina, su madre y de le haber dicho de la venida de su hermana Melicia y del placer que Oriana y Mabilia y todas aquellas señoras con ella habían habido, y cómo era la más hermosa cosa del mundo ver juntas a Oriana y a la reina Briolanja y Melicia, en quien toda la hermosura del mundo encerrada estaba, y asimismo cómo don Galaor, su hermano, algo mejor quedaba y las encomiendas que de él le traían. Tomóle un día por aquel campo donde ninguno oírles pudiese y díjole:

—Señor, la causa porque yo he dejado de os pedir con aquella afición y voluntad que me convenía que me hicieseis caballero, porque pudiese cumplir con la honra y gran duda que a mi padre y mi linaje debo, vos lo sabéis, que aquel deseo que siempre he tenido de os servir y el conocimiento de la necesidad con que siempre habéis estado de mis servicios han dado lugar que, aunque mi honra hasta aquí haya sido menoscabada, que antes a lo vuestro socorriese que a lo mío, que tan tenido era; ahora que puedo ser excusado, porque en vuestro poder veo aquélla que tanta congoja os daba, ni para conmigo ni menos para con otros ninguna excusa que honesta fuese podría hallar, dejando de seguirla orden de caballería. Porque os suplico, señor, por me hacer merced que hayáis placer de me la dar, pues sabéis; cuánta deshonra no la teniendo de aquí adelante se me seguirá, que en cualquier manera y parte donde yo fuere soy vuestro, para os servir con el amor y voluntad que de mi siempre conocisteis.

Cuando Amadís esto le oyó fue tan turbado que por una pieza no pudo hablar, y díjole:

—¡Oh, mi verdadero amigo y hermano, que tan grave es a mí cumplir lo que pedís! Por cierto, no en menos grado lo siento que si mi corazón de mis carnes se apartase, y si con algún camino de razón apartarlo pudiese, con todas mis fuerzas los haría, mas tu petición veo ser tan justa que en ninguna manera se puede negar, y siguiendo más la obligación en que te soy que la voluntad de mi querer, yo me determino que así como lo pides se haga, solamente me pena por no haber antes sabido, porque con aquellas armas y caballo que tu honra mereciese cumpliera esta honra que tomar quieres.

Gandalín hincó los hinojos por le besar las manos, mas Amadís lo alzó y lo tuvo abrazado, viniéndole las lágrimas a los ojos con el mucho amor que le tenía, que ya tenía en sí figurada la gran soledad y tristeza en que se vería no le teniendo consigo, y díjole:

—Señor, de eso no hayáis cuidado, que don Galaor, con su bondad y mesura, diciéndole yo cómo quería ser caballero, me mandó dar su caballo y todas sus armas, pues que a él poco, con su mal, le aprovechaban, y yo se lo tuve en merced y le dije que tomaría el caballo porque era muy bueno y la loriga y el yelmo; mas que las otras armas habían de ser blancas, como a caballero novel convenían; dábame su espada, y yo, señor, le dije que vos me daríais una de las que la reina Menoresa en Grecia os diera, y mientras allí estuve hice hacer todas las otras armas que convienen, con sus sobreseñales, y aquí lo tengo todo.

—Pues que así es —dijo Amadís—, bien será que la noche antes del día que la batalla hubiéremos de haber veles armado en la capilla de la tienda del rey, mi padre, y otro día cabalga en tu caballo así armado, y cuando quisiéremos romper contra nuestros enemigos, el rey te hará caballero, que ya sabes que en todo el mundo no se podría hallar mejor hombre ni de quién más honra recibas en este acto.

Gandalín le dijo:

—Señor, todo cuanto decís es verdad, y apenas hallaría hombre otro tal caballero como el rey; pero yo no seré caballero sino de vuestra mano.

—Pues que así queréis —dijo Amadís—, así sea, y haz lo que te digo.

—Todo se hará como lo mandáis —dijo él—, que Lasindo, escudero de don Bruneo, me dijo ahora cuando llegué que ya tenía otorgado de su señor que le hiciese caballero, y él y yo velaremos las armas juntos, y Dios por su piedad me guíe como yo pueda cumplir las cosas de su servicio y las de mi honra, así como la orden de caballería lo manda, y que en mí parezca la crianza que de vos he recibido.

Amadís no le dijo más, porque sentía gran congoja en le oír aquello y muy mayor en pensar que había de llegar a efecto.

Así, se fue Amadís donde el rey, su padre, andaba haciendo fortalecer el real y aderezar las cosas convenientes a la batalla, como sus enemigos hacían, así estuvieron las huestes dos días que en otra cosa no entendían, salvo en aderezar todas las gentes que tenía cada uno en su cargo por estar prestos para la batalla. Y al segundo día, en la tarde, llegaron las espías del rey Arábigo, suso en la montaña que cerca de allí estaba, y no se quisieron mostrar, porque así les fue mandado, y vieron los reales tan cerca como os dijimos uno de otro y luego lo hicieron saber al rey Arábigo, el cual, con todos aquellos caballeros acordó que los escuchas se tornasen donde bien pudiesen ver lo que se hacía y ellos quedasen encubiertos lo más que ser pudiese y en tal parte que, aunque aquellas gentes se aviniesen y los quisiesen demandar, que no los temiesen, que por la sierra se pudiesen acoger a sus naos, si en tal estrecho fuesen que lo hubiesen menester, y si ellos peleasen, que saldrían de allí sin sospecha y darían sobre los que quisiesen a su salvo. Y así lo hicieron, que se pusieron en un lugar muy áspero y fuerte y tomaron todos los pasos y subidas de la montaña y fortaleciéronlo de manera que tan seguros estaban como en una fortaleza, y allí esperaron el aviso de sus escuchas, pero no se pudieron ellos encubrir tanto que antes que allí llegasen que el rey Lisuarte no fuese avisado de cómo desembarcaran en su tierra y la gente que venían, y por esta causa mandó alzar todas las viandas, así de ganados como de todo lo otro, a la parte de aquella comarca, y que la gente de las aldeas y lugares flacos se acogiesen a las ciudades y villas y las velasen y rondasen y se no partiesen de allí hasta que la batalla pasase, y dejó en ellas algunos de los caballeros que la hacían hasta mengua para en lo que estaba. Mas no supo más de lo que habían hecho ni dónde habían parado.

El rey Perión también supo de aquella gente y recelábase de ellos, mas no sabía dónde estaban. Así que a ambas las partes ponían temor. Pues estando así la cosa como oís, al cabo de tres días que los reales se asentaron, el emperador Patín se aquejaba mucho porque la batalla se diese, que vencido o vencedor, no veía la hora de ser tornado a su tierra, porque así acontece muchas veces a los hombres accidentales, que apresuradamente hacen sus cosas que tan presto las aborrecen como éste con su liviandad hacía.

Amadís y Agrajes y don Cuadragante y todos los otros caballeros asimismo aquejaban mucho al rey Perión que la batalla se diese y que Dios fuese juez de la verdad. Pues el rey no la quería menos que todos, mas habíalo detenido hasta que las cosas estuviesen en disposición cual convenía, y luego mandaron pregonar que todos al alba del día oyesen misa y se armasen y cada gente acudiese a su capitán, porque la batalla se daría luego, y asimismo se hizo por los contrarios que luego lo supieron.

Pues venida el alba, las campanas sonaron, y tan claros se oían los unos a los otros como si juntos estuviesen. La gente se comenzó a armar y a ensillar sus caballos y por las tiendas a oír misa y cabalgar todos y se ir para sus señas. ¿Quién sería aquél de tal sentido y memoria que, puesto caso que lo viese y mucho en ello metiese todas sus mientes, que pudiese contar ni escribir las armas y caballos con sus divisas y caballeros que allí juntos eran? Por cierto mucho loco sería y fuera de todo saber el hombre que este pensamiento en sí tomase, y por esto, dejando lo general, algo de lo particular se dirá aquí, y comenzaremos por el emperador de Roma, que era valiente de cuerpo y fuerza y asaz buen caballero, si su gran soberbia y poca discreción no se la gastasen. Éste se armó de unas armas negras, así el yelmo como el escudo y sobreseñales, salvo que en el escudo llevaba figurada una doncella de la cinta arriba, a semejanza de Oriana, hecha de oro, muy bien labrada y guarnida de muchas piedras y perlas, de gran valor, pegada en el escudo con clavos de oro, y por sobre lo negro de las sobrevistas llevaba tejidas unas cadenas muy ricamente bordadas, las cuales tomó por divisa y juró de nunca las dejar hasta que en cadenas llevase preso a Amadís y a todos los qué fueron en le tomar a Oriana. Y cabalgó en un caballo hermoso y grande y su lanza en la mano, así salió del real y se fue donde estaba acordado que se juntasen sus gentes. Luego, tras él, salió Floyán, hermano del príncipe Salustanquidio, armado de unas armas amarillas y negras a cuarterones, y no había otra cosa en ellas, salvo que iba muy señalado entre los suyos. Tras él salió Arquisil. Éste llevaba unas armas azules y blancas, de plata de por medio, y todas sembradas de unas rosas de oro, así que iba muy señalado. El rey Lisuarte llevaba unas armas negras y águilas blancas por ellas y una águila en el escudo, sin otra riqueza alguna. Pero al cabo bien salieron de gran valor, según lo que su dueño en aquella batalla hizo. El rey Cildadán llevó unas armas todas negras, que después que fue vencido en la batalla de los ciento por ciento que con el rey Lisuarte hubo, donde quedó su tributario, nunca otras trajo; de Gasquilán, rey de Suesa, no se dirá las armas que llevaba hasta su tiempo, como adelante oiréis. El rey Arbán de Norgales y don Guilán el Cuidador y don Grumedán no quisieron llevar sino armas más de provecho que de parecer, mostrando la tristeza que tenían en ver al rey su señor puesto en mucha afrenta con aquéllos que ya fueron en su casa y a su servicio y que tanta honra le habían dado.

Ahora os diremos las armas que llevaba el rey Perión, y Amadís, y algunos de aquellos grandes señores que de su parte estaban. El rey Perión se armó de unas armas, el yelmo y escudo limpios y muy claros, de muy buen acero, y las sobreseñales, de una seda colorada de muy viva color, y en un gran caballo, que le dio su sobrino don Brián de Monjaste, que su padre, el rey de España, le envió veinte de ellos muy hermosos que por aquellos caballeros repartió, y así salió con la seña del emperador de Constantinopla. Amadís fue armado de unas armas verdes, tales cuales las llevaba al tiempo que mató a Famongomadán y a Basagante, su hijo, que eran los dos más fuertes gigantes que en el mundo se hallaban; todas sembradas muy bien de leones de oro, y con estas armas tenía mucha afición, porque las tomó cuando salió de la Peña Pobre, y con ellas fue a ver a su señora al castillo de Miraflores, como el segundo libro de esta historia lo cuenta. Don Cuadragante sacó unas armas pardillas y flores de plata por ellas y en un caballo de los de España. Don Bruneo de Bonamar no quiso mudar las suyas, que eran una doncella figurada en el escudo y un caballero hincado de rodillas y delante, que parecía que le demandaba merced. Don Florestán, el bueno y gran justador, llevó unas armas coloradas con flores de oro por ellas y un caballo grande de los de España. Agrajes, sus armas eran de un fino rosado, y en el escudo, una mano de una, doncella que tenía un corazón apretado con ella. El bueno de Angriote no quiso mudar sus armas, de veros azules y de plata, y todos los otros, de que no se hace mención por no dar enojo a los que lo leyeren, llevaban armas muy ricas, de sus colores, como más les agradaba, y así salieron todos al campo, en buen orden.

Pues la gente, toda junta, cada uno con sus capitanes, según habéis oído, movieron muy paso por el campo a la hora que el Sol salía, que les daba en las armas, y como todas eran nuevas y frescas y lucidas, resplandecían de tal manera que no era sino maravilla de los ver. Pues a esta hora llegaron Gandalín y Lasindo, escudero de don Bruneo, armados de armas blancas, como convenía a caballeros noveles. Gandalín se fue donde su señor Amadís estaba, y Lasindo, a don Bruneo. Cuando Amadís le vio así venir, salió de la batalla a él y rogó a don Cuadragante que detuviese la gente hasta que él hiciese aquél su escudero caballero, y tomóle consigo y fuese donde el rey Perión, su padre, estaba, y por el camino le dijo:

—Mi verdadero amigo, yo te ruego mucho que hoy en esta batalla te quieras haber con mucho tiento y no te partas de mí, porque cuando menester sea te pueda socorrer, que, aunque has visto muchas batallas y grandes afrentas, y a tu parecer piensas que sabrás hacer lo que cumple y que no te falte para esto sino solamente el esfuerzo, no lo creas, que muy gran diferencia es entre el mirar y el obrar, porque cada uno piensa viendo las cosas que muy mejor recaudo en ellas daría que el que las trata, si en el caso estuviese, y después que en ello se ve, muchos embarazos delante se le ponen, que por no lo haber usado se ofenden y grandes mudanzas hallan, que de antes no las tenían pensadas, y esto es porque todo está en la obra, aunque algo por la vista aprender se puede, y como tu comienzo sea en un tal alto hecho de armas como al presente tenemos y de tantos te hayas de guardar, es menester que, así para guardar tu vida como tu honra, que más preciada es y en más tener se debe, que con mucha discreción y buen saber, no dando lugar al esfuerzo que el seso te turbe, te hayas y acometas a nuestros enemigos, y yo tendré mucho cuidado de mirar por ti en cuanto pudiere, y así lo haz tú por mí cada que vieres que es menester.

Gandalín, cuanto esto le oyó, le dijo:

—Mi señor, todo se hará como mandáis en cuanto yo pudiere y el saber me alcanzare, a Dios le plega que así sea, que harto será para mi ponerme en los lugares donde vuestro socorro haya menester.

Así llegaron donde el rey Perión estaba, y Amadís le dijo:

—Señor, Gandalín quiere ser caballero, y mucho me pluguiera que fuera de vuestra mano; pero pues él place de lo ser de la mía, vengo os a suplicar que de vuestra mano haya la espada, porque cuando le fuere menester haya memoria de esta grande honra que recibe y de quién se la da.

El rey miró a Gandalín y conoció el caballo de don Galaor, su hijo, y las lágrimas le vinieron a los ojos y dijo:

—Gandalín, amigo, que tal dejaste a don Galaor cuando de él te partiste.

Y él le dijo:

—Señor, mucho mejorado de su dolencia, mas con dolor y pesar de su corazón, que por mucho que se le encubrió vuestra partida, bien la supo, aunque no la causa de ella, y a mí me conjuró que le dijese la verdad si lo sabía, y yo le dije, señor, que lo que yo aprendiera de ello que ibais a ayudar al rey de Escocia, padre de Agrajes, que tenía cuestión con unos vecinos suyos, y no le quise decir la verdad, porque en tal caso y en tal afrenta como es ésta, pensé que aquello era lo mejor.

El rey suspiró muy de corazón como aquél a quien amaba y en sus entrañas tenía, y pensaba que después de Amadís no había en el mundo mejor caballero que él, así de esfuerzo como de todas las otras maneras que buen caballero debía tener, y dijo:

—¡Oh, mi buen hijo!, a Nuestro Señor plega que no vea yo la tu muerte, y con honra te vea quitado de esta gran afición que con el rey Lisuarte tienes, porque quedando libremente puedas ayudar a tus hermanos y a tu linaje.

Entonces Amadís tomó una espada que le traía Durín, hermano de la doncella de Dinamarca, a quien había mandado que le aguardase, y diola al rey y le hizo caballero a Gandalín, besándole y poniéndole la espuela diestra y el rey le ciñó la espada, y así se cumplió su caballería por la mano de los mejores caballeros que nunca armas trajeron, y tomándole consigo se volvió a don Cuadragante, y cuando a él llegaron salió a abrazar a Gandalín por le dar honra, y díjole:

—Mi amigo, a Dios plega que vuestra caballería sea en vos también empleada como hasta aquí ha sido la virtud y buenas maneras que buen escudero debía tener, y creo que así será, porque el buen comienzo todas las más veces traen buena fin.

Gandalín se le humilló, teniéndole en merced la honra que le daba.

Lasindo fue caballero por la mano de su señor y Agrajes le dio la espada. Y podéis creer que estos dos noveles hicieron en su comienzo tanto en armas en esta batalla y sufrieron tantos peligros y trabajos, que para todos los días de su vida ganaron honra y gran prez, así como la historia os lo contará más largamente adelante. Yendo las batallas como digo, no anduvieron mucho, que vieron a sus enemigos contra ellos venir en aquella orden que de suso oísteis, y cuando fueron cerca los unos de los otros, Amadís conoció que la seña del emperador de Roma traía la delantera, y hubo gran placer, porque con aquéllos fuesen los primeros golpes, que comoquiera que al rey Lisuarte desamase, siempre tenía en la memoria haber sido en su corte y de las grandes honras que de él había recibido, y sobre todo lo que más temía y dudaba, ser padre de su señora, a quien él tanto temor tenía de dar enojo, y en el su corazón llevaba puesto, si hacerlo pudiese sin mucho peligro suyo, de se apartar de donde el rey Lisuarte anduviese, por no topar con él ni dar ocasión de lo enojar. Aunque él bien sabía; según las cosas pasadas, que aquella cortesía no la esperaba de él, sino que como a mortal enemigo le buscaría la muerte. Pero de Agrajes os digo que su pensamiento estaba muy alejado del de Amadís, que nunca rogaba a Dios sino que le guiase para que él pudiese llegarlo a la muerte y destruir todos los suyos, que siempre tenía delante sus oídos la descortesía y poco conocimiento que les había hecho en lo de la Ínsula de Mongaza y lo que contra su tío, don Galvanes, y los de su parte había hecho, que aunque la misma ínsula le había dado, más por deshonra que por honra quedaba con él. Y si él en aquel tiempo así se hallara no la consintiera tomar a su tío, antes le diera otro tanto en el reino de su padre, y con esta gran rabia que tenía muchas veces se hubiera de perder en aquella batalla, por se meter en las mayores prisas, por matar a prender al rey Lisuarte, mas como el otro fuese esforzado y usado en aquel menester no daba mucho por él ni dejaba de se combatir en todas las otras partes donde convenía, como adelante se dirá.

Estando las batallas para romper unas con otras, solamente esperando el son de las trompetas y añafiles, Amadís, que en la delantera estaba, vio venir un escudero en un caballo a más andar de la parte de los contrarios, y a grandes voces preguntaba si estaba allí Amadís de Gaula. Amadís le dio de la mano que se llegase a él. El escudero así lo hizo, y llegando a él le dijo:

—Escudero, ¿qué queréis?, que yo soy el que vos demandáis.

El escudero lo miró y a su parecer en toda su vida había visto caballero que así pareciese armado ni a caballo, y díjole:

—Buen señor, yo creo bien lo que me decís, que vuestra presencia da testimonio de vuestra gran fama.

—Pues ahora decid lo que queréis —dijo Amadís.

El escudero le dijo:

—Señor, Gasquilán, rey de Suesa, mi señor, os hace saber cómo en el tiempo pasado, cuando el rey Lisuarte tenía guerra con vos y con don Galvanes y otros muchos caballeros que de vuestra parte y de la suya estaban sobre la Ínsula de Mongaza, que él vino a la parte del rey Lisuarte con pensamiento y deseo de se combatir con vos, no por enemistad que os tenga, sino por la gran fama que oyó de vuestras grandes caballerías, en la cual guerra estuvo, hasta que mal herido se volvió a su tierra, sabiendo que vos no estabais en parte donde este su deseo efecto pudiese haber, y que ahora el rey Lisuarte le hizo saber de esta guerra en que estáis, donde según la causa de ella no se podrá excusar gran cuestión o batalla, y que él es venido a ella con aquél la misma gana, y díceos, señor, que antes que las batallas se junten rompáis con él dos o tres lanzas, que él de grado lo hará, porque si las batallas se juntan no os podrá topar a su voluntad, que habrá estorbo de otros muchos caballeros.

Amadís le dijo:

—Buen escudero, decid al rey vuestro señor que todo lo que por vos me envía decir yo lo supe en aquel tiempo que en aquella guerra no pudo ser, y que esto que él quiere, antes lo tengo a grandeza de esfuerzo que otra enemistad ni mal querencia, y que, aunque mis obras no sean tan cumplidas como la fama de ellas, yo me tengo por muy contento en que hombre de tan gran guisa y de tanto nombre me tenga en tan buena posesión, y que pues esta demanda es más voluntaria que necesaria, querría, si a él pluguiese, que mi bien o mi mal lo probase en cosa de más su honra y provecho; pero si a él lo que me envía a decir más le agrada, que yo lo haré como lo pide.

El escudero dijo:

—Señor, el rey . mi señor, bien lo sabe lo que os acaeció con Madarque el Jayán de la Ínsula Triste, su padre, y cómo le vencisteis por salvar al rey Cildadán y a don Galaor, vuestro hermano, y que comoquiera que esto le tocase como cosa de padre a quien tanto deudo es, que sabiendo la gran cortesía que con él usasteis, antes sois digno de gracias que de pena, y que si él a gana de se probar con vos, no es a salvo la grande envidia que de vuestra bondad tiene, que hace cuenta que si os vence será un loor y fama sobre todos los caballeros del mundo, y si él fuere vencido, que no le será de nuestro grande ni vergüenza serlo por mano de quien tantos caballeros y gigantes y otras cosas fieras fuera de la naturaleza de los hombres ha vencido.

—Pues que así es —dijo Amadís—, decidle que sí, como he dicho, esto que pide más le contenta, que yo estoy presto de lo hacer.

Capítulo 110. Cómo da cuenta por qué causa este Gasquilán, rey de Suesa, envió a su escudero con la demanda que oído habéis a Amadís

Cuenta la historia por qué este caballero vino dos veces a buscar a Amadís por se combatir con él, que sin razón sería que un tan gran príncipe como éste que con tal empresa viniese de tan lueñe tierra como lo era su reino, no fuese sabido y publicado su buen deseo. Ya la historia tercera os ha contado cómo este Gasquilán es hijo de Madarque el Jayán de la Ínsula Triste y de la hermana de Lancino, rey de Suesa, por parte del cual allí tomado por rey, porque él murió sin heredero, y como éste fuese valiente de cuerpo, como hijo de jayán, y de gran fuerza, en muchas cosas dé armas que se probó las pasó todas a su honra, tan enteramente que en todas aquellas partes no se hablaba de ninguna bondad de caballero tanto como de la suya, aunque era mancebo. Éste fue enamorado en gran manera de una princesa muy hermosa, llamada la hermosa Pinela, que después de la muerte del rey, su padre, por señora de la Ínsula Fuerte quedó que con el reino de Suesa confinaba, y por su amor emprendió grandes cosas y afrentas y pasó muchos peligros de su persona para la atraer a que le amase; mas ella, conociendo ser de linajes de gigantes y muy follón y soberbio, nunca fue otorgada a le dar esperanza ninguna de sus deseos, pero alguno de los grandes de su señorío, temiendo la grandeza y soberbia de este Gasquilán, que viendo no tener remedio en sus amores y el gran amor no se tomase en desamor y enemistad, como algunas veces acaece, y que donde estaban en paz no se les volviese en cruel guerra, tuvieron por bien de aconsejarle que no así esquivase tan crudamente sus embajadas y con alguna infintosa esperanza le detuviese lo más que pudiese ser, pues con este acuerdo cuando esta señora se vio muy aquejada de él, envióle decir que pues Dios le había hecho señora de tan gran tierra su propósito era, y así lo había prometido a su padre, al tiempo de su finamiento, de no casar sino con el mejor caballero que se pudiese hallar en el mundo, aunque de gran estado no fuese, y que ella había procurado mucho por saber quién lo fuese, enviando sus mensajeros a muchas tierras extrañas, los cuales le habían traído nuevas de uno que se llamaba Amadís de Gaula, que éste era extremado entre todos los del mundo por el más esforzado y valiente caballero, acabando y emprendiendo las cosas peligrosas que los otros acometer no osaban, y que si él, pues tan valiente y tan esforzado era, con este Amadís se combatiese y lo venciese, que ella cumpliese su deseo y la promesa que a su padre hizo, le daría su amor y le haría señor de sí y de su reino, que bien creía que después de aquél rio le quedaría par de bondad. Esto respondió esta hermosa princesa que se quitar de sus recuestas, y también porque, según de los suyos que Amadís vieron y oyeron sus grandes hechos, supo que no era igual la bondad de Gasquilán a la suya con gran parte. Como esto fuele dicho a Gasquilán, así por el gran amor que a esta princesa tenía como la presunción y soberbia suya, le pusieron en buscar manera como esto que le era mandado pudiese poner en obra, y por esta causa que oís vino estas dos veces de su reino a buscar Amadís. La primera a la guerra de la Ínsula de Mongaza, donde volvió herido de un gran golpe que don Florestán le dio en la batalla que con él y con el rey de Arbán de Norgales hubieron; la segunda, ahora en esta cuestión del rey Lisuarte, porque hasta allí nunca pudo saber nuevas de Amadís, porque él anduvo desconocido, llamándose el Caballero de la Verde Espada por las ínsulas de Romania y por Alemania y Constantinopla, donde hizo las extrañas cosas en armas que la parte tercera de esta historia cuenta.

El escudero de este Gasquilán tornó a él con la respuesta de Amadís, tal cual la habéis oído y como se la dijo, díjole:

—Amigo, ahora traes aquello que yo mucho tengo deseado, y todo viene a mi voluntad y yo entiendo ganar el amor de mi señora si yo soy aquel Gasquilán que tú conoces.

Entonces demandó sus armas, las cuales eran de esta manera: el campo de las sobreseñales y sobrevistas, pardillo y grifos dorados por él, el yelmo y escudo eran limpios como un espejo claro, y en medio del escudo, clavado con clavos de oro, un grifo guarnecido de muchas piedras preciosas y perlas de gran valor. El cual tenía en sus uñas un corazón, que con ellas le atravesaba todo, dando a entender por el grifo y su gran fiereza la esquiveza y gran crueldad de su señora, que así como tenía aquel corazón atravesado con las uñas, así el suyo le estaba de los grandes cuidados y mortales deseos que de ella continuamente le venía, y estas armas pensaba él traer hasta que a su señora hubiese, y también, porque considerando traerlas en su rememoranza, le daba esfuerzo y gran descanso en sus cuidados.

Pues armado como oís, tomó una lanza en la mano, gruesa y de hierro grande y limpio, y fuese donde el emperador estaba y pidióle por merced que mandase a su gente que no rompiese hasta que él hubiese una justa que tenía concertada con Amadís y que no le tuviese por caballero si del primer encuentro no se lo quitase de su estorbo. El emperador, que mejor que él lo conocía y le había probado, aunque no lo mostró, bien tenía creído que más duro le sería de acabar de lo que pensaba. Así se partió de él y pasó por las batallas, todos estuvieron quedos por mirar la batalla de estos dos tan famosos caballeros y tan señalados. Así llegó Gasquilán a la parte donde Amadís estaba aparejado para lo recibir, y aunque él sabía que éste fuese un valiente caballero, teníalo por tan follón y soberbio que no tenía mucho su valentía, porque a estos tales en el tiempo que más piensan hacer y más menester lo han, allí Dios les quebranta su gran soberbia, porque los semejantes tomen ejemplo, y como lo vio venir enderezó su caballo contra él y cubrióse de su escudo lo mejor que supo y diole de las espuelas y fue lo más recio que pudo ir contra él, y Gasquilán, allí mismo, iba muy desapoderado cuanto el caballo lo podía llevar, y encontráronse en los escudos de manera que las lanzas fueron en pedazos por el aire, y al juntar uno con otro fue el golpe tan duro, que todos pensaron que ambos eran hechos piezas, y Gasquilán fue fuera de la silla, y como era valiente de cuerpo y el golpe fue muy grande, dio tan gran caída en el campo duro que quedó tan desacordado que no se pudo levantar y hubo el brazo diestro sobre que cayó quebrado, y allí quedó en el campo, tendido como muerto; el caballo de Amadís hubo la una espalda quebrada y no se pudo tener, y Amadís fue ya cuanto desacordado, pero no de manera que de él no saliese luego antes que cayese con él, y así a pie se fue donde Gasquilán yacía por ver si era muerto.

El emperador de Roma, que la batalla miraba, como le vio muerto, que así él como todos los otros lo pensaron, y, Amadís, a pie, dio voces a Floyán, que la delantera tenía, que socorriese con su batalla, y así lo hizo, y como don Cuadragante esto vio, puso las espuelas a su caballo y dijo a los suyos:

—Heridlos, señores, y no dejéis ir ninguno a vida.

Entonces fueron los unos y otros a su encuentro, mas Gandalín, como vio a su señor Amadís a pie y que las haces rompían, hubo gran recelo de él y fue delante todos; una pieza por le acorrer, y vio venir a Floyán delante todos los suyos y fuese para él y encontráronse ambos de recios golpes, y Floyán cayó del caballo y Gandalín perdió las estriberas ambas, mas no cayó. Entonces llegaron muchos romanos por socorrer, y Floyán, y don Cuadragante a Amadís, y cada uno puso al suyo a caballo, que en otra cosa no entendieron; pero como los romanos llegaron muchos y muy presto cobraron a Gasquilán, que algo más acordado estaba, y sacáronlo de la prisa a gran trabajo. Don Cuadragante, en su llegada, antes que la lanza perdiese, derribó a tierra cuatro caballeros, y del primero que derribó fue tomado el caballo por Angriote de Estravaus y se lo trajo prestamente a Amadís, y Gavarte de Val Temeroso y Landín siguieron la vía de don Cuadragante e hicieron mucho daño en los enemigos, como aquéllos que en tal menester eran usados. Éstos que os digo llegaron delante de su haz, pero cuando la una y la otra batalla se juntaron, el ruido y las voces fueron tan grandes que no se oían unos a otros, y allí veríais caballos sin señores y los caballeros de ellos muertos y de ellos heridos, y pasaban sobre ellos los que podían, y Floyán, como era valiente y deseoso de ganar honra y de vengar la muerte de Salustanquidio, su hermano, como a caballo se vio, tomó una lanza y fue contra Angriote, que le vio hacer cosas extrañas en armas, y encontróle por un costado tan reciamente qué por muy poco no lo derribó del caballo y quebró la lanza y puso mano a su espada y fue herir a Enil, que delante sí halló, y diole por encima del yelmo tan gran golpe que las llamas salieron de él, y pasó tan recio por entrambos al través de las batallas que ninguno de ellos le pudo herir, tanto que se maravillaron de su ardimiento y gran prez, antes que a los suyos llegasen topó con un caballero de Irlanda, criado de don Cuadragante, y diole tal golpe por cima del hombro que le cortó hasta la carne y los huesos y fue tan maltratado que le fue forzado de salir de la batalla. Amadís, en este tiempo, tomó consigo a Balais de Carsante y a Gandalín, y con gran saña, viendo que los romanos también se defendían, entró lo más recio que pudo por el un costado de la haz y aquéllos que le seguían, y dio tan grandes golpes de espada que no había hombre que lo viese que mucho no fuese espantado y mucho más lo fueron aquéllos que le esperaban, que tan gran miedo les puso que ninguno le osaba atender, antes se metían entre los otros, como hace el ganado cuando de los lobos son acometidos, y yendo así, sin hallar defensa, salió al encuentro un hermano bastardo de la reina Sardamira, que Flamíneo había nombre, muy caballero en armas, y como vio a Amadís hacer tales maravillas y que ninguno lo osaba esperar, fue para él y encontróle en el escudo con su lanza que se lo falló, y la lanza fue quebrada en piezas, y al pasar Amadís le cuidó herir en el yelmo, mas como pasó recio no pudo, e hirió al caballo en el lomo, junto con los arzones de zaga, y cortóle todo lo más del cuerpo y dio con él en el suelo gran caída, tanto que pensó que le había abierto por las espaldas. Don Cuadragante y los otros caballeros que por la otra parte se combatían, apretaron tanto los contrarios que si no fuera porque llegó Arquisil con la segunda haz en su socorro todos fueran destrozados y vencidos, mas como éste llegó todos fueron reparados y cobraron gran esfuerzo y por su llegada cayeron a tierra de los caballos más de mil caballeros de los unos y de los otros. Este Arquisil se encontró con Landín, sobrino de don Cuadragante, y diéronse tan grandes golpes de las lanzas y los caballos uno con otro que ambos cayeron en tierra. Floyán, que a todas partes andaba, había socorrido con cincuenta caballeros a Flamíneo, que estaba a pie, y le diera un caballo, que Amadís, después que lo derribó, no miró por él, porque vio venir la segunda haz, y por ser el primero en la recibir dejólo en poder de Gandalín y de Balais, los cuales pensaron que muerto quedaba, y fueron herir en la haz de Arquisil, porque los suyos en su llegada no recibiesen daño, que llegaban muy holgados, y como Floyán vio a pie a Arquisil, que se combatía con Landín, dio muy grandes voces diciendo:

—¡Oh, caballeros de Roma, socorred a vuestro capitán!

Entonces él arremetió muy bravo, y más de quinientos caballeros con él, y si no fuera por Angriote, y por Enil, y Gavarte de Val Temeroso, que lo vieron y dieron voces a don Cuadragante, que con mucha prisa socorrieron y muchos caballeros de los suyos con ellos, Landín fuera aquella hora muerto o preso, mas como éstos llegaron hirieron tan reciamente que era maravilla de lo ver. Flamíneo, que como dicho es, estaba ya a caballo, tomó los más que pudo y socorrió como buen caballero a los suyos. ¿Qué os diré? La prisa fue allí tan grande y tantos muertos y derribados que todo aquel campo donde ellos se combatían estaba ocupado de los muertos y de los heridos; mas los romanos, como eran muchos, tomaron a Arquisil, a pesar de sus enemigos, y don Cuadragante y sus compañeros a Landín, y así salvó cada uno al suyo y los hicieron cabalgar en sendos caballos, que muchos había por allí sin señores.

Amadís andaba a la otra parte, haciendo maravillas de armas, y como ya lo conocían todos, los más le dejaban la carrera por donde quería ir; pero todo era menester, que como los romanos eran mucho más, si no fuera por los caballeros señalados de la otra parte, a su voluntad los trajeran. Mas luego socorrió a Agrajes y don Bruneo de Bonamar con su haz, y llegaron tan recios y tan juntos que como los romanos anduviesen todos barajados muy prestamente, los hicieron dos partes, de manera que ningún remedio tenían si el emperador con su batalla, en que traía cinco mil caballeros, no socorriera. Esta gente, como era mucha, dio tan gran esfuerzo a los suyos que muy prestamente cobraron todo lo que habían perdido.

El emperador llegó en su gran caballo y armado como es dicho, y como era grande de cuerpo y venía delante de los suyos, pareció tan bien a todos los que lo veían que era maravilla y fue mucho mirado, y al primero que delante halló fue Balais de Carsante, y encontróle en el escudo tan reciamente, que quebró la lanza y topóle con el caballo que venía muy holgado, y como el de Balais cansado anduviese, no pudo sufrir el duro golpe y cayó con su señor de tal manera que fue muy quebrantado. El emperador, cuando tal encuentro hizo, tomó en sí gran orgullo y metió mano a la espada y comenzó a decir a grandes voces:

—¡Roma! ¡Roma! ¡A ellos, mis caballeros, no os escape ninguno!

Y luego se metió por la prisa dando muy grandes y fuertes golpes a todos los que delante sí hallaba, a guisa de buen caballero, y yendo así haciendo gran daño encontróse con don Cuadragante, que asimismo andaba con la espada en la mano, hiriendo y derribando cuantos alcanzaba. Y como se vieron, fue el uno contra el otro muy recio, las espadas altas en las manos, y diéronse tales golpes por cima de los yelmos que el fuego salió de ellos y de las espadas; mas como don Cuadragante era de más fuerza, el emperador fue tan cargado del golpe que perdió las estriberas y húbose de abrazar al cuello del caballo y quedó ya cuanto desacordado.

Acaeció que aquella hora se halló allí Constancio, hermano de Brondajel de Roca, que era buen caballero mancebo, y como vio al emperador su señor en tal guisa, hirió al caballo de las espuelas y fue para don Cuadragante con la lanza sobre mano y dióle una gran lanzada en el escudo que se lo falsó e hirólo un poco en el brazo, y en tanto que don Cuadragante volvió a lo herir con la espada, el emperador hubo lugar de se tornar a la parte donde los suyos estaban. Constancia, como vio que era en salvo, no paró más antes, como llegaba holgado, él y su caballo, salióse muy presto y fue a la parte donde Amadís andaba, y cuando vio las cosas extrañas que hacía y los caballeros que dejaba por el suelo por doquier que iba, fue tan espantado que no podía creer que fuese sino algún diablo que allí era venido para los destruir. Y estándole mirando, vio cómo salió a él un caballero que fue gobernador del principado de Calabria por Salustanquidio, e hirióle de la espada en el cuello del caballo, y Amadís le dio por cima del yelmo tal golpe, que así el yelmo como la cabeza le hizo dos partes y luego cayó muerto en el suelo, de que Constancio hubo gran dolor, porque muy buen caballero era, y luego llamó a Floyán a grandes voces, y dijo:

—¡A éste, a éste tullid o matad, que éste es el que nos destruye sin ninguna piedad!

Entonces, ambos juntos, viniéronle a él y diéronle grandes golpes de las espadas. Mas Amadís a Constancia, que delante halló, dio tal golpe en el brocal del escudo que se lo hizo dos pedazos, y no se detuvo allí la espada, antes llegó al yelmo, y el golpe fue tan grande que Constancia fue aturdido que cayó del caballo abajo.

Como los romanos, que a Floyán aguardaban, lo vieron con Amadís, y a Constancio en el suelo, juntáronse más de veinte caballeros y dieron en él, mas no le pudieron derribar del caballo y no osaban parar con él, que al que alcanzaba no había menester más de un golpe.

Estando así la batalla en que los romanos, como eran muchos en demasía, tenían algo de la ventaja, socorrió Grasandor y el esforzado de don Florestán, y llegaron a tiempo, que los romanos tenían cercados a Agrajes y a don Bruneo y a Angriote, que les habían muerto los caballos y habíanlos socorrido Lasindo y Gandalín y Gavarte de Val Temeroso y Branfil, que acaso se hallaron juntos, mas la muchedumbre de la gente que sobre ellos estaba era tanta, que éstos que digo, aunque muchos caballeros derribaron y mataron y pasaron mucho peligro, no pudieron llegar a ellos, y como don Florestán llegó y vio allí tan gran prisa, bien cuidó que no sería sin mucha causa, y como llegó conoció aquellos caballeros que socorrían a Agrajes y a sus compañeros, y como Lasindo lo vio, dijo:

—¡Oh, señor don Florestán, socorred aquí, sino perdidos son vuestros amigos!

Como él esto oyó, dijo:

—Pues llegaos a mí e hiramos los que no osaran atender.

Entonces se metió por la gente derribando y matando cuantos alcanzaba, hasta que la lanza quebró y puso mano a su espada, y dio tan grandes golpes con ella que espanto ponía a todos los que allí estaban, y aquellos caballeros que os dije fueron teniendo con él hasta que llegaron donde Agrajes y sus compañeros estaban a pie, como habéis oído. ¿Quién os podría decir lo que allí pasaron en aquel socorro y lo que habían hecho los que estaban cercados? Por cierto no se puede contar, que tan pocos como ellos eran se pudiesen defender a tantos como los querían matar, pero aun con todo, todos ellos estaban en muy gran peligro de sus vidas si la aventura no trajera allí a Amadís, al cual Floyán y los suyos habían dejado, porque de los veinte caballeros que os dije que socorrieron a Constancio, había él muerto y derribado los seis, y como vio que lo dejaban y se apartaban de él y oyó las grandes voces que en aquella prisa se daban, acudió allí, y como llegó luego los conoció en las armas y comenzó a llamar a los suyos, y juntáronse con él más de cuatrocientos caballeros, y como allí fuese la mayor prisa que en todo el día había sido, acudieron también de la parte de los romanos Floyán y Arquisil y Flamíneo, con la más gente que pudieron, y comenzóse la más brava batalla y más peligrosa que hombre vio. Allí vierais hacer maravillas a Amadís, las cuales nunca fueron vistas ni oídas que caballero pudiese hacer, tanto que así a los contrarios como a los suyos hacía mucho maravillar, así de los que mataba como de los que derribaba.

Como las voces eran muchas y el ruido muy grande, así el emperador como todos los más que en la batalla andaban, acudieron allí. Don Cuadragante, que a otra parte andaba, fuele dicho por un ballestero de caballo la cosa cómo estaba, y luego a gran prisa, juntó consigo más de mil caballeros que le aguardaban de su haz, y dijoles:

—Ahora, señores, parezca vuestra bondad y seguidme, que mucho es menester nuestro socorro.

Todos fueron con él, y él delante, y cuando llegaron a la prisa había tanta gente de un cabo y del otro que apenas podían llegar a los enemigos, y como esto él vio, con su gente, como la traía junta, que era muy buena y de buenos caballeros, dio por el un costado tan reciamente que en su llegada fueron por el suelo más de doscientos caballeros, y bien os digo que los que a él derecho golpe alcanzaba, que no había menester maestro Amadís, cuando vio a don Cuadragante, lo que él y su gente hacían, fue maravillado, y metióse tan desapoderadamente por los contrarios, dando tales golpes y tan pesados, que no dejaba hombre en silla. Pero aquella hora, Arquisil y Floyán y Flamíneo y otros muchos con ellos se combatían tan esforzadamente que pocos había que mejor lo hiciesen, y pugnaban cuanto podían de llegar a la muerte de Agrajes y sus compañeros que con él a pie estaban, y a don Florestán, y a los otros que os dijimos que cabe ellos estaban para los defender. Que después que pasaron la gran prisa de la gente y llegaron a ellos, nunca por gente que viniese ni por golpes que les diesen los pudieron de allí quitar, y como vieron éstos lo que los suyos hacían y a tan gran daño en sus enemigos apretaron tan recio a los romanos, así por la parte de don Cuadragante como de la de Amadís y de don Gandales que sobrevino con hasta ochocientos caballeros de los que traía encargo, que, a mal de su grado, aunque el emperador daba muy grandes voces, que después de don Cuadragante le dio aquel gran golpe de la espada, más atendió en gobernar la gente que en pelear, los hicieron perder el campo de manera que Agrajes y Angriote y don Bruneo, que mucho afán y peligro habían pasado, pudieron cobrar caballos en que cabalgaron y luego se metieron en la prisa contra los romanos que iban de vencida, y así los llevaron hasta dar en la batalla del rey Arbán de Norgales, tal hora que era ya puesto el Sol, y por esto el rey Arbán los recogió consigo y no quiso romper, que así se lo envió mandar el rey Lisuarte por ser la hora tal y porque de sus contrarios quedaba mucha gente por entrar en la vuelta y hubo recelo de recibir de ellos algún revés, que bien cuidaba que para los primeros bastaba el emperador con los suyos, y así por esto como por la noche, que sobrevino, que fue la causa más principal, recogieron a los romanos y los contrarios se detuvieron, que los no siguieron más, de manera que la batalla se partió, con mucho daño de ambas partes, aunque los romanos recibieron la mayor.

Amadís y los de su parte, como por ellos quedó el campo, hicieron llevar todos los heridos de los suyos, y su gente despojó todos los otros, y quedaron en el campo los heridos y muertos de la parte de los romanos, que los no quisieron matar, de los cuales muchos murieron por no ser socorridos.

Pues vueltas las gentes, así de un cabo de otro, a sus reales, hubo algunos hombres de orden que en las batallas venían para reparar las ánimas de los que menester lo hubiesen, que como vieron tan gran destrozo y las voces que los heridos daban demandando piedad y misericordia, acordaron así de un cabo como de otro de se poner por servicio de Dios en trabajar, porque alguna tregua hubiese en que los heridos se reparasen y los muertos fuesen enterrados, y así lo hicieron, que éstos hablaron con el rey Lisuarte y con el emperador, y los otros que eran con el rey Perión, y todos tuvieron por bien que la tregua se asentase por el día siguiente.

Aquella noche pasaron con grandes guardas y curaron de los heridos, y los otros descansaron del gran trabajo que habían pasado. Venida la mañana fueron muchos a buscar a sus parientes, y otros a sus señores, y allí vierais los llantos tan grandes de ambas partes, que de oírlo pone gran dolor, cuanto más de lo ver; todos los vivos llevaron al real del emperador, y los muertos, fueron enterrados de manera que el campo quedó desembargado.

Así pasaron aquel día aderezando sus armas y curando de sus caballos, y a don Cuadragante curaron de la herida del brazo y vieron que era poca cosa; pero a un otro caballero que la tuviera que no fuera tal como él, no se pusiera en armas ni en trabajo. Él no quiso por eso dejar de ayudar a sus compañeros en la batalla siguiente. Venida la noche, todos se acogieron a sus albergues, y al alba del día se levantaron al son de las trompetas y oyeron misa, y luego toda la gente fue armada y puesta a caballo, y cada capitán recogió los suyos, y así de la una parte como de la otra fue acordado que las delanteras tomasen las batallas que no habían peleado, y así se hizo.

Capítulo 111. De cómo sucedió en la segunda batalla a cada una de las partes, y por qué causa la batalla se partió

Puso en la delantera el rey Lisuarte al rey Arbán de Norgales y a Norandel y a don Guilán el Cuidador, y los otros caballeros que ya oísteis, y él con su batalla y el rey Cildadán les hicieron espaldas, y tras ellos el emperador y todos los suyos, cada uno en su haz y con sus capitanes, según y por la orden que tenían.

El rey Perión dio la delantera a su sobrino don Brián de Monjaste, y él y Gastiles, con la seña del emperador de Constantinopla, les hacían espaldas, y todas las otras batallas en su concierto, de manera que las que más desviadas estuvieron el primer día que pelearon ahora iban más cerca. Con esta orden movieron los unos y los otros, y cuando fueron cerca, tocaron las trompetas de todas partes y las haces de Brián de Monjaste y del rey Arbán de Norgales se juntaron tan bravamente que de la primera fueron por el suelo más de quinientos caballeros sueltos por el campo.

Don Brián se halló con el rey Arbán, y diéronse muy grandes encuentros, así que las lanzas fueron quebradas, mas otro mal no se hicieron y metieron mano a sus espadas y comenzáronse a herir por todas las partes que más daño se podían hacer, como aquéllos que muchas veces lo habían hecho y usado. Norandel y don Guilán hirieron juntos en la gente de sus contrarios, y como eran muy valientes y muy esforzados, hicieron mucho daño, y más hicieran si no por un caballero, pariente de don Brián, que con la gente de España había venido, que había nombre Fileno, que tomó consigo muchos de los españoles, que eran buena gente de guerra, e hirió tan recio a aquella parte donde don Guilán y Norandel andaban, que así a ellos como a todos los que delante sí tomaron los llevaron una pieza por el campo, pero allí hacían cosas extrañas Norandel y don Guilán por reparar los suyos al rey Arbán, y a don Brián departieron de su batalla, así los unos como los otros, por la gran prisa que a la otra parte había, y cada uno de ellos comenzó esforzar los suyos, hiriendo y derribando en los contrarios, pero como la gente de España fuese más mejor encabalgados, hubieron tan gran ventaja que si no fuera porque el rey Lisuarte y el rey Cildadán socorrieron con sus haces, no les tuvieran campo y todos fueran perdidos; mas en la llegada de estos reyes fue todo reparado.

El rey Perión, como vio la seña del rey Lisuarte, dijo a Gastiles:

—Ahora, mi buen señor, movamos, y todavía mirad por esta seña, que yo así lo haré.

Entonces fueron derrancadamente contra sus enemigos. El rey Lisuarte lo recibió como aquél a quien nunca falleció corazón ni esfuerzo, que sin duda podéis creer que en su tiempo nunca hubo rey que mejor ni más denodadamente su cuerpo aventurase en las cosas que a su honra tocaban, así como por esta gran historia podéis ver en todas las batallas y afrentas en que se halló. Pues envueltas así estas gentes, en número tan crecido ¿quién os podría contar las caballerías que allí se hicieron? Sería imposible al que verdad quisiese decir que tantos buenos caballeros fueron allí muertos y llagados, que casi los caballos no podían andar sino sobre ellos. De este rey Lisuarte digo que como hombre lastimado, no teniendo su vida tanto como en nada, se metía entre sus enemigos tan esforzadamente que pocos hallaba que le osasen atender. El rey Perión, yendo por otra parte, haciendo maravillas, acaso se encontró con el rey Cildadán, y como se conocieron, no quisieron acometerse, antes pasaron el uno por el otro y fueron herir en los que delante sí hallaron y derribaron muchos caballeros muertos y llagados a tierra.

Como el emperador vio tan gran revuelta y le pareció estar los de su parte en gran peligro, mandó a sus capitanes que con todos sus haces rompiesen lo más denodadamente que ser pudiese, y que él así lo haría, lo cual fue hecho, que todas las batallas juntas con el emperador dieron en los contrarios, mas antes que ellos llegasen las otras de la parte contraria que los vieron venir, asimismo todos juntos derrancaron por el campo, así que todos fueron mezclados unos con otros de manera que no podían haber concierto ni aguardar ninguno a su capitán. Mas andaban tan envueltos y tan juntos que se no podían herir ni aun con las espadas, y trabábanse abrazos y derribábanse de los caballos, y más eran los que murieron de los pies de ellos que de las heridas que se daban. El estruendo y el ruido era tan grande, así de las voces como del reteñir de las armas, que todos aquellos valles de la montaña hacían reteñir, que no parecían sino que todo el mundo era allí asonado, y por cierto así lo podéis creer, que no el mundo, mas todo lo más de la cristiandad y la flor de ella estaba allí donde tanto en ella se recibió aquel día que por muchos y largos tiempos no se pudo reparar.

Así que esto se puede dar por ejemplo a los reyes y grandes señores que antes que las cosas hagan miren y piensen primero con la buena conciencia, mirando mucho los inconvenientes que de ello se pueden seguir, porque no a su cargo y por sus yerros y aficiones laceren y mueran los que culpa no tienen, como muchas veces acaece, que puede ser que la inocencia de estos tales lleve sus ánimas a buen lugar. Así que por mayor muerte y muy más peligrosa se puede contar, aunque al presente las vidas les queden a los causadores de tal destrucción como ésta a que dio ocasión este rey Lisuarte, aunque muy discreto y sabio en todas las cosas era, como oído habéis, pero causolo esto no querer estar a consejo de otro alguno, sino del suyo propio.

Pues dejando todo esto aparte, que según la gran soberbia y la ira que sobre nosotros están muy enseñoreadas, para nos poner en muchas pasiones y en grandes tribulaciones donde creo que los amonestamientos son excusados, tornaremos al propósito y digo que, como las batallas así anduviesen y muriesen muchas gentes, la prisa era tan grande que no se podían valer los unos a los otros, que todos estaban con quien pelear. Agrajes siempre tenía el cuidado de mirar por el rey Lisuarte, y no le había visto con la gran prisa y muchedumbre de gente, y yendo por entre las batallas viole que acababa de derribar de un encuentro a Dragonís, en que quebró la lanza y tenía la espada en la mano por lo herir, y Agrajes fue para él con su espada, y díjole:

—A mí, rey Lisuarte, que yo soy el que más te desama.

Él, como lo oyó, volvió la cabeza y fue para él, y Agrajes a él, y tan recios llegaron el uno al otro que no se pudieron herir, y Agrajes soltó la espada en la cadena con que la traía y abrazóse con él, y como ya es dicho en otras partes de esta historia, este Agrajes fue el más acometedor caballero y de más vivo corazón que en su tiempo hubo, y así la fuerza como el esfuerzo le ayudara, no hubiera en el mundo mejor caballero que él, y así era uno de los buenos que en gran parte se podrían hallar. Pues estando abrazados, cada uno pugnaba por derribar al otro, y Agrajes se viera en gran peligro, porque el rey era más valiente de cuerpo y de fuerza, si no por el buen rey

Perión que sobrevino, con el cual vinieron don Florestán y Landín y Enil y otros muchos caballeros, y cuando así vio a Agrajes, pugnó de lo socorrer, y de la otra parte acudió don Guilán el Cuidador, y Norandel, y Brandoibás y Giontes, sobrino del rey, que éstos, aunque en otras partes hacían sus entradas y grandes caballerías, siempre tenían ojo a mirar por el rey, que así lo tenían en cargo. Pues como éstos llegaron, hicieron de las espadas, que las lanzas quebradas eran todas, tan bravamente, que cosa extraña era de ver, y llegábase de entrambas partes por socorrer cada uno al suyo; mas el rey y Agrajes estaban tan asidos que no los podían quitar ni tampoco derribarse el uno al otro, porque los de su parte los tenían en medio y los sostenían que no cayesen. Como aquí fuese la más prisa de la batalla y el mayor ruido de las grandes voces, ocurrieron allí muchos caballeros de cada una de las partes, entre los cuales vino don Cuadragante, y como llegó y vio la revuelta y al rey abrazado con Agrajes, metióse muy recio por todos y echó mano del rey tan bravamente que por poco hubiera derribado a entrambos, que no osó herir al rey por no dar a Agrajes, y aunque le dieron muchos golpes los que al rey defendían, nunca lo soltó. El rey Arbán de Norgales, que venía con el emperador de Roma que había pieza que no había visto al rey, llegó allí, y como lo vio en tan gran peligro, fue muy desapoderado y abrazóse con don Cuadragante muy apretadamente; así estaban todos cuatro abrazados, y alrededor de ellos el rey Perión y los suyos, y de la otra parte Norandel y don Guilán y los suyos, que nunca cesaban de combatir. Pues así estando la cosa en tan gran revuelta y peligro, sobrevino de la parte del rey Lisuarte el emperador y el rey Cildadán con más de tres mil caballeros, y de la otra Gastiles y Grasandor con otras muchas compañas, y llegaron unos y otros tan recios a la prisa y con gran estruendo, que por fuerza hicieron derramar los que se combatían y los que estaban abrazados tuvieron por bien de se soltar y quedaron todos cuatro a caballo, pero muy cansados, que casi en las sillas tener no se podían, y tanta fue la gente que a la parte del rey Lisuarte cargó que en muy poco estuvo el negocio de se perder si no fuera por la grande bondad del rey Perión y de don Cuadragante y de don Florestán y los otros amigos, que como esforzados caballeros sufrieron tanto que fue gran maravilla.

Así estando en esta prisa como oís, llegó aquel muy esforzado caballero Amadís, que había andado a la diestra parte de la batalla y había muerto de un solo golpe a Constancia y desbaratado todo la más de aquella parte y traía en su mano la su buena espada tinta de sangre hasta el puño, y vinieron con él el conde Galtines y Gandalín y Trión, y como vio tanta gente sobre su padre y sobre los suyos, vio estar al emperador delante combatiéndose como en cosa que ya por vencida tenía; puso las espuelas a su caballo, que entonces había tomado a un doncel de los de su padre que venía holgado, y metióse tan recio y tan denodadamente por la gente, que era maravilla de lo ver. Floyán que lo conoció en la sobreseñales, hubo recelo que si al emperador llegase que todos no serían tan poderosos de se lo defender ni amparar, y lo más presto que pudo se puso delante, aventurando su vida por salvar la del emperador. Don Florestán, que a aquella parte se halló, entraba a la parte con Amadís, y como vio a Floyán, fue para él lo más presto que pudo y diéronse muy grandes golpes de las espadas por cima de los yelmos, mas Floyán fue desacordado que se no pudo tener en el caballo, y cayó en tierra, y allí fue muerto, así del grande golpe como de la mucha gente que sobre él anduvo. Amadís no curó de su batalla, antes, como llevaba los ojos puestos en el emperador, y más en el corazón de lo matar si pudiese, que ya entre los suyos estaba, metióse con muy gran rabia entre ellos por le herir, y comoquiera que de todas partes grandes golpes le diesen, por se le defender nunca tanto pudieron hacer los contrarios que le estorbasen de se juntas con él, y como a él llegó, alzó la espada e hirióle de toda su fuerza y dio tan gran golpe por encima del yelmo que le desapoderó de toda su fuerza y le hizo caer la espada de la mano, y como Amadís vio que iba a caer del caballo, diole muy prestamente otro golpe por cima del hombro que le cortó todas las armas y la carne hasta el hueso, de manera que todo aquel cuarto con el brazo le quedó colgando y cayó del caballo tal que desde a poco fue muerto. Cuando los romanos, que muy cerca de él estaban, lo vieron, dieron muy grandes voces, de manera que se llegaron muchos y tornóse a avivar la batalla, que anduvieron allí muy presto Arquisil y Flamíneo y llegaron con otros muchos caballeros donde Amadís y don Florestán estaban, y diéronle muy grandes y fuertes golpes de todas partes; mas el conde Galtines y Gandalín y Trión dieron voces a don Bruneo y Angriote que se juntasen con ellos para los socorrer, y todos cinco, a pesar de todos, llegaron en su ayuda haciendo mucho daño. El rey Perión estaba con don Cuadragante, y Agrajes y otros muchos caballeros a la parte del rey Lisuarte y del rey Cildadán, y otros muchos que con ellos estaban, y combatíanse muy reciamente, así que de allí fue la más brava batalla que en todo el día había sido y mayor mortandad de gente; mas a esta hora sobrevino don Brián de Monjaste y don Gandales, que habían recogido de los suyos hasta seiscientos caballeros, y dieron en los enemigos tan bravamente a la parte donde Amadís y sus compañeros estaban que a mal de su grado los retrajeron una gran pieza a estas grandes voces que entonces se dieron. Arbán, rey de Norgales, volvió la cabeza y vio cómo los romanos perdían el campo, y dijo al rey Lisuarte:

—Señor, retraeos; si no, perderos habéis.

Cuando el rey esto oyó, miró y bien conoció que decía verdad. Entonces dijo al rey Cildadán que le ayudase a retraer los suyos en son que se no perdiesen, y así lo hicieron, que siempre vueltos a los contrarios y dándose muy grandes golpes con ellos se retrajeron hasta se poner en igual de los romanos, y allí se detuvieron todos, porque Norandel y don Guilán y Cendil de Ganota y Ladasín y otros muchos con ellos se pasaron a la parte de los romanos, que era lo más flaco para los esforzar; pero todo era nada que ya la cosa iba de vencida.

Estando la batalla en tal estado como oís, Amadís vio cómo la parte del rey Lisuarte iba perdida sin ningún remedio, y que si la cosa pasase más adelante que no sería en su mano de lo poder salvar ni aquellos grandes amigos suyos que con él estaban, y sobre todo le vino a la memoria ser éste padre de su señora Oriana, aquélla que sobre todas las cosas del mundo amaba y temía y las grandes honras que él y su linaje los tiempos pasados habían de él recibido, las cuales se debían anteponer a los enojos, y que toda cosa que en tal caso se hiciese sería gran honra para él, contándose más a sobrada virtud que a poco esfuerzo. Y vio que muchos de los romanos llevaban a su señor haciendo gran duelo, y que la gente se esparcía. Y porque venía la noche acordó, aunque afrenta pasase de alguna vergüenza, de probar si podría servir a su señora en cosa tan señalada, y tomó consigo al conde Galtines, que cabe sí tenía, y fuese cuanto pudo por entre ambas las batallas a gran afán, porque la gente era mucha y la prisa grande, que los de su parte, como conocían la ventaja, apretaban a sus enemigos con gran esfuerzo, y en los otros ya casi no había defensa, sino por el rey Lisuarte y el rey Cildadán y los otros señalados caballeros, y llegaron a él, y el conde al rey Perión, su padre, y díjole:

—Señor, la noche viene, que a poca de hora no nos podríamos conocer unos a otros, y si más durase la contienda, sería gran peligro, según la muchedumbre de la gente, que así podríamos matar a los amigos como a los enemigos, y ellos a nosotros. Paréceme que sería bien apartar la gente, que según el daño que nuestros enemigos han recibido, bien creo que mañana no nos osarán atender.

El rey, que grande pesar en su corazón tenía en ver morir tanta gente sin culpa ninguna, díjole:

—Hijo, hágase como te parece, así por eso que dices como porque más gente no muera, que aquel Señor que todas las cosas sabe bien ve que esto más se deja por su servicio que por otra ninguna causa, que en nuestra mano está toda su destrucción, según son vencidos.

Agrajes estaba cerca del rey, y Amadís no lo había visto y oyó todo lo que pasaron y vino con gran furia a Amadís, dijo:

—¿Cómo, señor, primo, ahora que tenéis a vuestros enemigos vencidos y desbaratados y estáis en disposición de quedar el más honrado principe los queréis salvar?

—Señor primo —dijo Amadís—, a los nuestros querría yo salvar, que con la noche no se matasen los unos a los otros, que a nuestros enemigos por vencidos los tengo, que no hay en ellos defensa ninguna.

Agrajes, como muy cuerdo era, bien conocía la voluntad de Amadís, y díjole:

—Pues que no queréis vencer, no debéis señorear, y siempre seréis caballero andante, pues que en tal coyuntura os vence y niega la piedad; pero hágase como por bien tuviereis.

Entonces el rey Perión y don Cuadragante, a quien de esto no pesaba por el rey Cildadán, con quien tanto deudo tenía, y a quien él mucho amaba, por una parte, y Amadís y Gastiles por la otra, comenzaron a apartar la gente, e hiciéronlo con poca premia, que ya la noche los partía. El rey Lisuarte, que estaba en esperanza ninguna de poder cobrar lo perdido y determinado de morir antes que ser vencido, cuando vio que aquellos caballeros apartaban la gente mucho fue maravillado, y bien creyó que no sin un gran misterio aquello se hacía, y estuvo quedo hasta ver lo que de ello podría redundar. Y como el rey Cildadán vio lo que los contrarios hacían, dijo al rey:

—Paréceme que aquella gente no nos seguirá, y honra nos hace, y pues así es, recojamos, la nuestra y vamos a descansar, que tiempo es.

Así se hizo, que el rey Arbán de Norgales y don Guilán el Cuidador y Arquisil y Flamíneo con los romanos retrajeron toda la gente.

Así se partió esta batalla como oís, y por cuanto el comienzo de toda esta gran historia fue fundado sobre aquellos grandes amores por el rey Perión tuvo con la reina Elisena, y fueron causa de ser engendrado este caballero Amadís, su hijo, del cual y de los que él tiene con su señora Oriana ha procedido y procede tanta y tan gran escritura, aunque algo parezca salir de su propósito, razón es, que así para su disculpa de estos que tan desordenadamente amaron, como para los otros que como ellos aman se diga qué fuerza tan grande es sobre todas las de los amores que en una cosa de tan gran hecho como éste fue y tan señalado por el mundo, donde tales y tantas gentes de grandes estados se juntaron y tantas muertes hubo. Y la honra tan grandísima que ganaban los vencedores, que dejándolo todo aparte allí, entre la ira y la saña, y gran soberbia con tan antigua enemistad, de la menor de éstas es bastante para cegar y turbar a cualquiera que muy discreto y esforzado sea. Allí tuvo tanta fuerza el amor que este caballero tenía con su señora, que olvidando la mayor gloria que en este mundo se puede alcanzar, que es el vencer, pusiese tal embarazo por donde sus enemigos recibiesen el beneficio que habéis oído, que sin duda ninguna podéis creer que en la mano y voluntad de Amadís y de los de su parte estaba toda la destrucción del rey Lisuarte y de los suyos, sin se poder valer. Pero no es razón que se atribuya sino a aquel Señor que es reparador de todas las cosas, que bien se puede creer que así fue por Él permitido que se hiciese, según la gran paz y concordia que de esta tan grande enemistad redundó, como adelante os contaremos.

Pues la gentes apartadas y tornadas a sus reales, pusieron treguas por dos días, porque los muertos eran muchos. Y acordóse, que seguramente cada una de las partes pudiese llevar a los suyos; el trabajo que pasaron en los enterrar y los llantos que por ellos hicieron será excusado decirlo, porque la muerte del emperador, según lo que por ella se hizo, puso olvido en los restantes. Pero lo uno y lo otro se dejará contar, así porque sería prolijo y enojoso como por no salir del propósito comenzado.

Capítulo 112. Cómo el rey Lisuarte hizo llevar el cuerpo del emperador de Roma a un monasterio, y cómo habló con los romanos sobre aquel hecho en que estaba y la respuesta que le dieron

A su tienda llego el rey Lisuarte, y rogó al rey Cildadán que allí se apease y desarmase, porque antes de más reposo diesen orden cómo el cuerpo del emperador se pusiese donde convenía estar. Y como desarmados fueron, aunque muy quebrantados y cansados estaban, llegaron entrambos a la tienda del emperador, donde muerto estaba, y hallaron todos los mayores de sus caballeros en derredor de él haciendo gran duelo, que aunque este emperador de su propio natural fuese soberbio y desabrido, por la cual causa con mucha razón los que estas maneras tienen deben ser desamados, era muy franco y liberal en hacer a los suyos tantos bienes y mercedes que con esto encubría muchos de sus defectos. Porque, aunque naturalmente, todos tendrán mucho contentamiento de los que con gracia y cortesía reciben a los que a ellos llegan, mucho más lo tienen de los que, aunque con alguna aspereza, ponen por obra las cosas que les piden, porque el efecto verdadero está en obrar la virtud y no en la platicar.

Llegados estos dos reyes, quitaron aquellos caballeros de hacer su duelo y rogáronles que se fuesen a sus tiendas y desarmasen y curasen de sus llagas, que ellos no se quitarían de allí hasta que aquel cuerpo fuese puesto adonde se requería estar tan gran principe. Pues idos todos, que no quedaron sino los oficiales de la casa, mandó el rey Lisuarte que aparejasen al emperador como luego pudiesen caminar con él y lo llevasen a un monasterio que a una jornada de allí estaba, cabe una su villa que había nombre Luvania, porque desde allí se pudiese con más reposo a Roma llevar a la capilla de los emperadores. Esto así hecho, tornáronse los reyes a la tienda donde habían salido. Y allí les tenían aderezado de cenar, y cenaron, y, al parecer de los que allí estaban, con buen semblante. Pero alguno había que en lo secreto no era así, antes su espíritu estaba muy afligido y con mucho cuidado, el cual era el rey Lisuarte, porque salida la tregua no esperaba ningún remedio a su salud, que según la ventaja que sus enemigos le habían tenido en las dos batallas pasadas y la flaqueza grande que en sus gentes conocía, especial en los romanos, que era la mayor parte; y habiendo conocimiento del gran esfuerzo de los contrarios, por dicho se tenía que no era parte para sostener la tercera batalla, y no esperaba otra cosa salvo en ella ser deshonrado y vencido, aunque lo más cierto era muerto. Porque él no deseaba más la vida de cuanto la honra sostener pudiese. Y cuando hubo cenado, el rey Cildadán se fue a su tienda y el rey Lisuarte quedó en la suya.

Así pasaron aquella noche poniendo grandes guardas en su real, y venida la mañana, el rey se levantó, y desde que hubo oído misa llevó consigo al rey Cildadán y fuese a la tienda el emperador, el cual habían ya llevado, y a Floyán con él, al monasterio que os dije, e hizo llamar a Arquisil y a Flamíneo y a todos los otros grandes señores que allí de su compaña estaban, y, venidos ante él, hablóles en esta guisa:

—Mis buenos amigos, el doble pesar que yo tengo de la pérdida, que no la venida, y la gana y voluntad de la vengar, no otro alguno, sino Dios, lo sabe; pero como éstas sean cosas muy comunes en el mundo y que excusar no se pueden, así como cada uno de vos habrá visto y oído, no queda otro remedio sino que, dejando aparte los muertos, los vivos que quedan pongan tal remedio a sus honras que no parezca que de la muerte natural de ellos redunda otra muerte artificial en los que viven. Lo pasado es sin remedio, para lo presente y porvenir por la bondad de Dios, tantos quedamos, que si con aquel amor y voluntad a que los buenos son tenidos y obligados nos ayudamos, yo fío en Él, que con mucha honra y ventajas cobraremos aquello que hasta aquí se ha perdido y quiero que de mí sepáis que si todo el mundo en contrario tuviese y los conmigo están me dejasen, no partiré de este lugar sino vencedor o muerto. Así que, mis buenos amigos, mirad quién sois y del linaje donde venís, y haced en esto de manera que a todo el mundo se dé a conocer que en la muerte del señor no estaba la de todos los suyos.

Acabada el rey Lisuarte su habla, como Arquisil fuese el más principal de todos ellos, así en esfuerzo como en linaje, porque como muchas veces se os ha dicho a éste venía de derecho la sucesión del imperio, se levantó donde estaba y respondió al rey, diciendo:

—A todo el mundo es notorio, desde que Roma se fundó, las grandes hazañas y afrentas que los romanos en los tiempos pasados a su muy gran honra acabaron, de las cuales las historias están llenas, y en ellas señalados sus hechos famosos entre todos lo del mundo, así como el lucero entre las estrellas, y pues de tan excelente sangre venimos, no creáis vos, buen señor rey Lisuarte, ni otro ninguno, sino que ahora mejor que de primero y con más esfuerzo y cuidado, posponiendo todo el peligro y temor que nos avenir pudiese, seguiremos aquéllos que los nuestros famosos antecesores siguieron, por donde dejaron en este mundo fama tan loada con perpetua memoria. Y como los virtuosos lo deben seguir, y vos no os dejéis caer ni a vuestro corazón deis causa de flaqueza, que por todos estos señores me prefiero y por los otros que aquéllos y yo tenemos encargo de gobernar y mandar, que la tregua salida tomaremos la delantera de la batalla y con más esfuerzo y corazón resistiremos y apremiaremos a nuestros enemigos que si el emperador nuestros señor delante estuviese.

Mucho pareció bien a todos cuanto allí estaban lo que este caballero dijo, principalmente al rey Lisuarte, y bien dio a entender que con mucho derecho merecía la honra y gran señorío que Dios le dio, como adelante se dirá.

Con esta respuesta se fue muy contento el rey Lisuarte, y dijo al rey Cildadán:

—Mi buen señor, pues que tal recaudo hallamos en los romanos y con tan buena voluntad nos ayudan, lo cual de mí creído así no era, y teniendo tan buen caballero y tan esforzado caudillo como este Arquisil, gran razón es y cosa muy aguisada que nosotros, pospuesto todo peligro, tomemos este negocio según la razón nos obliga, y de mí os digo que, salida la tregua, no habrá otra cosa sino luego la batalla, en la cual, si Dios la victoria no me da, no quiero que me dé la vida, que la muerte me será más honra.

El rey Cildadán, como fuese muy buen caballero y de gran esfuerzo, aunque su corazón siempre llorase aquella tan gran lástima que sobre sí tenía en se ver tributario de aquel rey, mirando más a lo que su promesa y juramento era obligado que al contentamiento de su voluntad ni querer, le dijo:

—Mi señor, mucho soy alegre de lo que en los romanos se halla y mucho más en haber conocido el esfuerzo de vuestro corazón, que las cosas semejantes que son pasadas y las presentes que se esperan, son el toque donde se conviene descubrir su virtud. Y en lo que a mí toca, tened fucia que, vivo o muerto, donde vos quedéis quedará este mi cuerpo.

Cuanto el rey esto le oyó, mucho se lo agradeció, y lo tuvo en tanto que desde aquella hora, según después por él supo en su voluntad, que comoquiera que la fortuna próspera o adversa le viniese de le soltar el señorío que sobre él tenía, lo cual así se hizo, como adelante oiréis. Esta cosa es muy señalada y mucho de notar a quien la leyere, que solamente por conocer al rey Lisuarte con la gran afición que este rey se le profirió a morir en su servicio, aunque el efecto no vino, tuvo por bien de le dejar libre de aquel vasallaje que sobre él tenía, por donde se da a entender que la buena y verdadera voluntad, así en lo espiritual como en lo temporal, merece tanto galardón como si la propia obra pasase, porque de ella nace el efecto de lo bueno y de la contraria de lo malo.

Llegados estos dos reyes a sus tiendas, comieron y descansaron, dando orden en las cosas necesarias para dar fin en esta afrenta tan grande y tan señalada que sobre sus honras y vidas tenían.

Mas ahora dejaremos a los unos y otros en sus reales, como habéis oído, esperando que en la tercera batalla estaba la gloria, aunque la certidumbre de que una muy conocida y clara estuviese y contaros hemos lo que en este medio acaeció, por donde conoceréis que la soberbia y la gran saña y el peligro tan junto y tan cercano que estas gentes temían unas de otras no pudieron estorbar aquello que Dios poderoso en todas las cosas tenía prometido que le hiciese.

Capítulo 113. Cómo, sabido por el santo ermitaño Nasciano, que a Esplandián, el hermoso doncel, crió, esta gran rotura de estos reyes, se dispuso a los poner en paz y de lo que en ello hizo

Cuenta la historia que aquel santo hombre Nasciano que a Esplandián criara, como la tercera parte de esta historia lo cuenta, estando en su ermita en aquella gran floresta que ya oísteis, más había de cuarenta años que según era el lugar muy esquivo y apartado pocas veces iba allí ninguno, que él siempre tenía sus provisiones para gran tiempo, y no se sabe si por gracia de Dios o por las nuevas que de ello pudo oír, supo cómo estos reyes y grandes señores estaban en tanto peligro y afrenta así de sus personas como de todos aquéllos que en su servicio iban, de lo cual mucho dolor y gran pesar en su corazón hubo, y porque a la sazón estaba doliente que andar ni levantarse podía, siempre rogaba a Dios que le diese salud y esfuerzo para que él pudiese ser reparo de estos que eran en su Santa Ley, porque como él hubiese confesado a Oriana y de ella supiese todo el secreto de Amadís y ser Esplandián su hijo, bien conoció el gran peligro que se aventurara en haberla de casar con otro, y por aquí pensó que pues Oriana estaba en tal parte donde la ira de su padre no podía temer, que sería bien, aunque él muy viejo y cansado fuese, de se poner en camino y llegar a la Ínsula Firme, porque con su licencia de ella, que de otra manera no podía ser, pudiese desengañar al rey Lisuarte de lo que no sabía y tuviese tal manera que poniendo la paz y concordia allegase el casamiento de Amadís y de ella. Con este pensamiento y deseo, cuando algún poco aliviado se sintió, tomó consigo dos hombres de aquel lugar do su hermana vivía, que era la madre de Sargil, el que andaba con Esplandián, y encima de su asno se metió al camino, aunque con mucha flaqueza y con pequeñas jornadas y mucho trabajo anduvo tanto que llegó a la Ínsula Firme al tiempo que el rey Perión y toda la gente era ya partida para la batalla, de lo cual mucho pesar hubo. Pues allí llegado hizo saber a Oriana su venida y como ella lo supo fue muy alegre por dos cosas: la primera, porque este santo ermitaño había criado y dado, después de Dios, la vida a su hijo Esplandían, y la otra por tomar consejo con él de lo que a su alma y buena conciencia se requería, y luego mandó a la doncella de Dinamarca que saliese a él y lo trajese donde ella estaba, y así lo hizo.

Cuando Oriana le vio entrar por la puerta, fue para él e hincó los hinojos delante y comenzó de llorar muy reciamente y díjole:

—¡Oh, santo hombre, dad vuestra bendición a esta mujer malaventurada y muy pecadora, que por su malaventura y de otros muchos fue nacida en este mundo.

Al ermitaño le vinieron las lágrimas a los ojos de la piedad que de ella hubo, y lanzó la mano y bendijola y díjole:

—Aquel Señor que es emperador y poderoso en todas las cosas, os bendiga y sea en la guarda y reparo de todas vuestras cosas.

Entonces la tomó por las manos y alzóla suso y díjole:

—Mi buena señora y amada hija, con mucha fatiga y gran trabajo soy venido a os hablar, y cuando os pluguiere mandadme oír, porque yo no me puedo detener ni el estilo de mi vida y hábito me da licencia para ello.

Oriana, así llorando como estaba le tomó por la mano sin ninguna cosa le responder, que los grandes sollozos no le daban lugar, y se metió en su cámara con él y mandó que así solos los dejasen, y así fue hecho. Cuando el ermitaño vio que sin recelo podía decir lo que quisiese, dijo:

—Mi buena señora, yo estando en aquella ermita donde ha tanto tiempo que he demanado a Dios Nuestro Señor que haya piedad de mi ánima, poniendo en olvido todo lo mundanal, por no recibir algún entrevalo en mi propósito, fui sabedor cómo el rey vuestro padre y el emperador de Roma, con muchas gentes son venidos contra Amadís de Gaula y asimismo él con su padre y otros príncipes y caballeros de gran estado, va a les dar batalla. Lo que de aquí se puede seguir quienquiera lo conocerá, que por cierto, según la muchedumbre de las gentes y el gran rigor con que se demandan y buscan, no puede aquí redundar sino en mucha perdición de ellos y en gran ofensa de Dios, Nuestro Señor, y porque la causa, según me dicen, es el casamiento que vuestro padre quiere juntar de vos y del emperador de Roma, yo, señora, me dispuse a hacer este camino que veis, como persona que sabe el secreto de cómo vuestra conciencia en este caso está y el gran peligro de vuestra persona y fama, si lo que el rey vuestro padre quiere tuviese efecto, y porque de vos, mi buena hija, en confesión lo supe, no he tenido licencia de poner en ello aquel remedio que a tan gran daño como aparejado está convenía. Ahora que veo el estado en que las cosas están, será más pecado callarlo que decirlo. Vengo a que vos, amada hija, hayáis por mejor que vuestro padre sepa lo pasado y que no os puede dar otro marido sino el que tenéis, que no lo sabiendo pensando lo que él quiere justamente se puede cumplir, su porfía será tal que con gran destrucción de los unos y de los otros siguiese su propósito y al cabo sea publicado, así como el Evangelio lo dice, que ninguna cosa puede ocultarse que sabido no sea.

Oriana, que algún tanto más el espíritu reposo tenía, lo tomó por las manos y se las besó muchas veces contra su voluntad de él, y díjole:

—¡Oh, muy santo hombre y siervo de Dios! En vuestro querer y voluntad pongo y dejo todos mis trabajos y angustias para que hagáis aquello que más al bien de mi ánima cumple y a aquel Señor a quien vos servís y yo tengo tanto ofendido le plega por su santa piedad de lo guiar, no como yo muy pecadora lo merezco, más como Él por su infinita bondad lo suele hacer con aquéllos que mucho le han errado, si de todo corazón, como yo ahora lo hago, merced le piden.

El hombre bueno, con mucho placer, en este Señor que decís que a ninguno faltó en las grandes necesidades sin con verdadero corazón y contricción le llaman, tened mucha fucia y a mí conviene como aquél que con más honestidad lo puede y debe hacer poner aquel remedio que su servicio sea, y vuestra honra sea guardada con aquella seguridad que a la conciencia de vuestra ánima se requiere y porque le da dilación mucho daño y mal se puede seguir, conviene que luego por vos, mi buena señora, me sea dada licencia porque el trabajo de mi persona, si ser pudiere, alcance algo del fruto que yo deseo.

Oriana le dijo:

—Mi señor Nasciano, aquel doncel que después de Dios disteis la vida os encomiendo que le roguéis por él y si acá tornaseis, haced mucho por le traer con vos y a Dios vais encomendado que os guíe de manera que vuestro buen deseo se cumpla al su santo servicio.

Así el santo ermitaño se despidió y con mucha fatiga de su espíritu y grande esperanza de cumplir su buena voluntad entró en el campo por donde supo que la gente iba, pero como él fuese tan viejo como la historia lo cuenta y no pudiese andar sino en su asno, su caminar fue tan vagaroso que no pudo llegar hasta que las dos batallas ya dadas serán, como dicho es; así que, estando las huestes en treguas enterrando los muertos y cuidando de los heridos, llegó este muy santo hombre al real del rey Lisuarte y como vio tantas gentes muertas y otros muchos heridos de diversas heridas, por los cuales muy grandes cantos a todas partes hacían, fue mucho espantado y alzó las manos al cielo llorando con mucha piedad y dijo:

—¡Oh, Señor del mundo, a Ti plega por la tu santa Piedad y Pasión que por nosotros pecadores pasaste que no mirando a nuestros grandes yerros y pecados me des gracia como yo pueda quitar tan grande mal y daño que entre estos tus siervos aparejado está.

Pues entrando en el real preguntó por las tiendas del rey Lisuarte, a las cuales sin en otra parte reposar se fue. Y como allí llegó descabalgó de su asno y entró dentro donde el rey estaba. Cuando el rey lo vio, conociólo luego y fue mucho maravillado de su venida, porque según su edad grande, bien tenía creído que aún de la ermita no pudiera salir y luego sospechó que tal hombre como aquel tan pesado y de vida sin alguna causa grande, y fue a él a lo recibir y como a él llegó hincó las rodillas y díjole:

—Padre Nasciano, amigo y siervo de Dios, dadme vuestra bendición.

El ermitaño alzó la mano y dijo:

—Aquel Señor a quien yo sirvo y todo el mundo es obligado a servir os guarde y dé tal conocimiento que no teniendo en mucho las cosas perecederas de él, antes las despreciando, hagáis tales obras por donde vuestra ánima halle y alcance aquella gloria y reposo para que fue criada si por vuestra culpa no la pierde.

Entonces le dio la bendición y lo alzó por las manos y él hincó los hinojos para se las besar, mas el rey lo abrazó y no quiso, y tomándolo por la mano lo hizo sentar cabe sí y mandó que luego le trajesen de comer y así fue hecho, y desde que hubo comido apartóse con él en un retraimiento de la tienda y preguntóle la causa de su venida, diciéndole que se maravillaba mucho según su edad y gran retraimiento poder ser venido en aquellas partes a tan lejos de su morada. El ermitaño le respondió y dijo:

—Señor, con mucha razón se debe creer todo lo que decís, que por cierto, según mi vejez, así de cuerpo como de la voluntad y condición, no estoy ya más sino para salir de mi celda al altar, pero conviene a los que quieren servir a Nuestro Señor Jesucristo y desear seguir sus santas doctrinas y carreras que en ninguna sazón de su edad, por trabajos ni fatigas que les vengan, hayan de aflojar solo un momento de ello, que acordándose de cómo siendo Dios verdadero criador de todas las cosas, sin a ello ninguna cosa le constreñir, sino solamente su santa piedad y misericordia, quiso venir por nos dar el Paraíso que cerrado teníamos en este mundo, donde con tantas injurias y deshonras de tan deshonrada gente, recibió muerte y tan cruda Pasión. ¿Qué podemos hacer nosotros, por mucho que le sirvamos, que pueda llegar a la correa de su zapato, como aquél su grande amigo y servidor lo dijo? Y esto considerando, pospuesto el temor y peligro de mi poca vida, pensando que más aquí en la parte donde estaba podía seguir su servicio, me dispuse con mucho trabajo de mi persona y grande voluntad de mi deseo de hacer este camino, en el cual a Él plega de me guiar y a vos, mi señor, de recibir mi embajada, quitada aparte toda saña y pasión y, sobre todo, la malvada soberbia, enemiga de toda virtud y conciencia para que, siguiendo su servicio, se olvide de aquellas cosas que en este mundo, al parecer, de muchos vale algo y en el otro, que es más verdadero, son aborrecidas. Y viniendo, mi señor, al caso, digo que estando en aquella ermita donde la ventura os guió, metida en aquella espesa y áspera montaña donde conmigo hablasteis todas las cosas que tocaban a aquel muy hermoso y bien criado doncel Esplandián, supe de esta muy grande afrenta y cruda guerra donde os hallo, y también la razón y causa porque se mueve, y porque yo sé muy cierto que lo que vos, mi buen señor, queríais que es casar a vuestra hija con el emperador de Roma, por quien tanto mal y daño es venido, no se podía hacer solamente por lo que muchos grandes y otros menores de vuestro reino muchas veces os dijeron diciendo ser esta infanta vuestra legítima heredera y sucesora después de la fin de vuestros días, que era y es muy legítima causa para que con mucha razón y buena conciencia se debiera desviar, más por otra que a vos y a otros es oculta y a mi manifiesta, que con más fuerza seguir la ley divina y humana lo desvía, por donde en ninguna manera se puede hacer y esto es porque vuestra hija es junta al matrimonio con el marido que Nuestro Señor Jesucristo tuvo por bien y es su servicio que sea casada.

El rey, cuando esto oyó, pensó que como este hombre bueno era ya de muy gran edad que el seso y la discreción se le turbaba o que alguno le había informado muy bien de aquello que había dicho, y respondióle y dijo:

—Nasciano, mi buen amigo, mi hija Oriana nunca tuvo marido ni ahora tiene, salvo aquel emperador que le yo daba porque con él, aunque de mis reinos apartada fuese, en mucha más honra y mayor estado la ponía, y Dios es testigo que mi voluntad nunca fue de la desheredar por heredar a la otra mi hija, como algunos lo dicen, sino porque hacía cuenta de que este reino junto en tanto amor con el imperio de Roma, la santa fe católica podía ser mucho ensalzada que si yo supiera y pensara en las grandes cosas que de esto han redundado, con muy poca premia volviera mi querer y voluntad en tomar otro consejo; pero pues que mi intención fue justa y buena, entiendo que lo pasado ni porvenir no se puede ni debe imputar a mi cargo.

El buen hombre le dijo:

—Mi señor, y aún por eso os dije que lo que a vos era oculto a mí es manifiesto. Y dejando aparte lo que decís de vuestra sana y noble voluntad, que según vuestra gran discreción y la honra tan alta en que Dios os ha puesto, así se debe y puede creer, quiero que sepáis de mí lo que muy duro de otro saber podríais. Y digo que el día que por vuestro mandado llegué a las tiendas en la floresta donde la reina y su hija Oriana con muchas dueñas y doncellas y con vos muchos caballeros estabais; cuando llevé conmigo aquel bienaventurado doncel Esplandián que la leona por la trallla llevaba a quien el Señor tiene tanto bien prometido, como vos, mi buen señor lo habéis oído decir, la reina Oriana hablaron conmigo todo el secreto de sus conciencias para que en nombre de Aquél que las crió y las ha de salvar les diese la penitencia que la salud de sus ánimas convenía; supe de vuestra hija Oriana cómo, desde el día que Amadís de Gaula la tiró a Arcalaus el Encantador y a los cuatro caballeros que con ella llevaban presa, al tiempo que vos fuisteis encantado por la doncella que de Londres os sacó por el don que le prometisteis y fuisteis preso y en gran peligro de perder vuestro cuerpo y todo vuestro señorío, de lo cual don Galaor, su hermano, os libró, con gran peligro de su vida, que así por aquel gran servicio que le hizo, como aún más por el que su hermano os hizo a vos, que en galardón de ello ella prometió casamiento a aquel noble caballero reparador de muchos cuitados, flor y espejo de todos los caballeros del mundo, así en linaje como en esfuerzo y en todas las otras buenas maneras que caballero debe tener, donde se si-guió que por gracia y voluntad de Dios fuese engendrado aquel Esplandián que tan extremado y tan señalado le quiso hacer sobre cuantos viven, que con verdad podemos decir muchos y grandes tiempos pasados y en los por venir pasarán, que por hombres no se supo, que persona mortal fuese con tan maravilloso milagro criado. Pues lo que de sus hechos públicamente demuestra aquella gran sabedora Urganda la Desconocida, vos señor, mejor que yo lo sabéis, así que podemos decir que aunque aquello por accidente fue hecho según en lo que parece, no fue sino misterio de Nuestro Señor que le plugo así pasase, y pues que a Él tanto agrada a vos, mi buen señor, no debe pesar, antes considerando ser esta su voluntad y la nobleza y gran valor de este caballero, habed por bien de lo tomar con todo su gran linaje por su servidor e hijo, dando orden, como darse puede, que vuestra honra guardada se aparte el presente peligro, y en lo por venir se tenga tal forma, que personas de buena conciencia determinen lo que sea servicio de aquel Señor, para servicio del cual en este mundo nacimos y vuestro, que después de Él sois su ministro en lo temporal, y ahora, gran rey Lisuarte, quiero ver si es en vos bien empleado aquella gran discreción de que Dios os ha querido guarnecer y el crecido y gran estado en que más por su infinita bondad que por vuestros merecimientos os ha puesto, y pues Él ha hecho con vos más de lo que le merecéis, no tengáis en mucho servir algo de lo que las santas doctrinas os enseñan.

Cuando esto fue oído por el rey, mucho fue maravillado y dijo:

—Oh, padre Nasciano, ¿es verdad que mi hija es casada con Amadís?

—Por cierto, verdad es, que él es marido de vuestra hija y el doncel Esplandián es vuestro nieto.

—¡Oh, Santa María Val! —dijo el rey—. Qué mal recaudo tenerlo tanto tiempo secreto, que si yo lo supiera o pensara no fueran muertos y perdidos tantos cuitados como sin lo merecer lo han sido y quisiera que vos, mi buen amigo, en tiempo que remediarse pudiera me lo hicierais saber!

—Eso no pudo ser —dijo el hombre bueno—, porque lo que en confesión se dice no debe ser descubierto. Y si ahora lo fue, ha sido con licencia de aquella princesa de la cual yo ahora vengo, que le plugo que se dijese y yo fío en aquel Salvador del Mundo que si en lo presente se da tal remedio que su servicio sea, que con poca penitencia lo pasado perdonará, pues qué más la obra que la intención parece ser dañada.

El rey estuvo una gran pieza pensando sin ninguna cosa decir donde a la memoria le ocurrió el gran valor de Amadís y cómo merecía ser señor de grandes tierras así como lo era, y ser marido de persona que del mundo señora fuese y asimismo el grande amor que él había a su hija Oriana y cómo usaría de virtud y buena conciencia en la dejar por heredera, pues de derecho le venía, y el amor que él siempre tuvo a don Galaor y los servicios que él y todo su linaje le hicieron y cuántas veces después de Dios fue por ellos socorrido en tiempo que otra cosa sino la muerte y destrucción de todo su estado esperaba y, sobre todo, ser su nieto aquel muy hermoso doncel Esplandián en quien tanta esperanza tenía que si Dios le guardase y llegase a ser caballero, según lo que Urganda le escribió, no tendría par de bondad en el mundo y asimismo, como en la misma carta le escribió, que este doncel pondría paz entre él y Amadís, y también le vino a la memoria ser muerto el emperador y que si con él y con su deudo ganaba honra, que mucho más con el deudo de Amadís la tendría, así como por la experiencia muchas veces lo había visto y con esto demás de recibir descanso en su persona como en su reino crecería en tanta honra que ninguno en el mundo su igual fuese, y después que de su cuidado acordó, dijo:

—Padre Nasciano, amigo de Dios, comoquiera que mi corazón y voluntad de la soberbia sojuzgado estuviese y no desease otra cosa sino recibir muerte o darla a otros muchos porque mi honra fuese satisfecha, vuestras santas palabras han sido de tanta virtud que yo determino de retraer mi querer en tal manera que si la paz y concordia no viniere en efecto seáis vos testigo ante Dios no ser a mí culpa ni cargo, por ende, tío dejéis de hablar con Amadís y no le descubriendo nada de mi propósito tomad su parecer de lo que en este caso quiere y aquello me decid y si es tal que con el mío se conforme, poderse ha dar tal orden como lo presente y porvenir se ataje en aquella manera que a provecho y honra de ambas las partes se conviene.

Nasciano hincó los hinojos llorando ante él de gran placer que hubo, y díjole:

—¡Oh, bienaventurado rey, aquel Señor que nos vino a salvar nos agradezca esto que me decís, pues que yo no puedo!

El rey le levantó y le dijo:

—Padre, esto que os he dicho tengo determinado sin haber, y, ál.

—Pues conviéneme —dijo el buen hombre— partirme luego y antes que la tregua salga trabajar como en esto, en que tanto Nuestro Señor será servido se dé conclusión.

Así se salieron el rey y él a la tienda donde muchos caballeros y otras gentes estaban. Y queriendo el ermitaño despedirse de él entró por la puerta de la tienda aquel hermoso doncel, su criado Esplandián y Sargil con él, que la reina Brisena le enviaba por saber nuevas del rey, su señor. Cuando el buen hombre le vio tan crecido, entrado ya en talle de hombre, quién os podría contar el alegría que hubo; por cierto sería imposible. Pues así como estaba con el rey, se fue contra él lo más aprisa que pudo a lo abrazar. El doncel, aunque había muy gran tiempo que visto no le había, conociólo luego y fue a hincar los hinojos delante de él y comenzóle de besar las manos, y el hombre santo le tomó entre sus brazos y besóle muchas veces con tal grandísima alegría que casi del todo le tenía fuera de sentido, y así de esta manera lo tuvo gran rato, que no se podía apartar de él, diciéndole de esta manera:

—¡Oh, mi buen hijo! ¡Bendita sea la hora en que tú naciste, y bendito y alabado sea aquel Señor que por tal milagro te quiso dar la vida y llegarte a tal estado como mis ojos ahora te ven!

Y cuando en esto estaba, todos estaban mirando lo que el hombre bueno hacía y decía, y el gran placer que le daba la vista de aquél su criado. Y los corazones se les movía a piedad en ver tanto amor. Mas sobre todos, aunque no lo mostró, fue el placer que el rey Lisuarte hubo que aunque de antes en mucho lo tuviese y lo amase por lo que de él esperaba y por su gran hermosura, no era nada en comparación de saber cierto que su nieto fuese y no podía apartar los ojos de él, que tan grande fue el amor que súbito le vino que toda cuanta pasión y enojo que hasta allí de las cosas pasadas tenía, así fue de él partido y tornado al revés como en el tiempo que más amor a Amadís tuvo. Y luego conoció ser gran verdad lo que Urganda la Desconocida le había escrito, que éste pondría paz entre él y Amadís, y así creyó verdaderamente que sería cierto todo lo otro. Después que el hombre bueno con tanto amor lo tuvo abrazado, soltóle de los brazos con que lo tenía y el doncel fue hincar los hinojos ante el rey y diole una carta de la reina, por la cual le suplicaba mucho por la paz y concordia si a su honra hacerse pudiese y otras muchas cosas que no es necesario decirlas. El hombre bueno dijo al rey:

—Mi señor, mucha merced recibiré y gran consolación de mi espíritu que deis licencia a Esplandián que me haga compañía mientras por aquí anduviere, porque tenga espacio de lo mirar y hablar con él.

—Así se haga —dijo el rey—, y yo le mando que de vos no se parta en cuanto vuestra voluntad fuere.

El hombre bueno se lo agradeció mucho, y dijo:

—Mi buen hijo bienaventurado, id conmigo, pues el rey lo manda.

El doncel le dijo:

—Mi buen señor y verdadero padre, muy contento soy de ello, que gran tiempo ha que os deseaba ver.

Así se salló de la tienda con aquellos dos donceles, Esplandián y Sargil, su sobrino, y cabalgó en su asno y ellos en sus palafrenes y fue su camino donde Amadís tenía su real, hablando con él muchas cosas en que había sabor y rogando siempre a Dios que le diese gracia como pudiese dar cabo en aquello sobre que iba, tal que fuese su santo servicio. Pues con esta compaña que oís, llegó aquel santo hombre ermitaño al real y se fue derechamente a la tienda de Amadís, donde halló tantos caballeros y tan bien guarnidos que fue mucho maravillado. Amadís no lo conoció, que nunca le viera, y no pudo pensar qué demandaba hombre tan viejo y tan pesado, y miró a Esplandián, y violo tan hermoso que no podía creer que persona mortal tanto lo fuese y tampoco lo conoció, que aunque habló con él cuando lo demandó los dos caballeros romanos que tenía vencidos y se los dio, como esta historia lo ha contado, fue tan breve aquella vista que le hizo perder la memoria de él. Mas don Cuadragante, que estaba allí, conociólo luego y fue para él y díjole:

—Mi buen amigo, abrazaros quiero, y, ¿acuérdaseos cuando os hallamos don Brián de Monjaste y yo que nos disteis encomiendas para el Caballero Griego? Yo se las di de vuestra parte.

Entonces dijo a Amadís:

—Mi buen señor, veis aquí el hermoso doncel Esplandián, de quien don Brián de Monjaste, y yo os dijimos el mandado.

Cuando Amadís oyó nombrar a Esplandián, luego lo conoció, y si de verlo hubo placer, esto no es de contar, que así perdió los sentidos con la alegría que hubo que apenas pudo responder ni de sí mismo se acordaba, y si alguno en ello parara mientes, muy claro viera su alteración, mas no había sospecha en tal cosa, antes todos tenían creído que ninguno, si Urganda no, otro no sabía quién su padre fuese. Pues teniéndole don Cuadragante por la mano, Amadís le quiso abrazar, mas Esplandián le dijo:

—Buen señor, haced antes honra a este hombre santo Nasciano, que os demanda.

Y como todos oyeron decir ser aquel Nasciano, de quien tanta fama de su santidad y estrecha vida por todas las partes era manifiesta, llegáronse a él con mucha humildad y las rodillas en el suelo, le rogaron que les diese su bendición. El ermitaño dijo:

—Ruego a mi Señor Jesucristo que si bendición de tan pecador como yo soy puede aprovechar, que esta mía abaje la gran saña y soberbia que en vuestros corazones está y os ponga entero conocimiento de su servicio, que olvidando las cosas vanas de este mundo sigáis las verdaderas del que verdadero es.

Entonces alzó la mano y bendíjolos. Amadís se volvió a Esplandián y abrazóle, y Esplandián le hizo el acatamiento y reverencia, no como a padre, que no sabía que lo fuese, mas como al mejor caballero de quien nunca oyera hablar, y por esta causa le tenía en tanto y le contentaba su vista que los ojos no podía de él partir. Y desde el día que le vio vencer los romanos, siempre su deseo fue de andar en su compaña sirviéndole por ver sus grandes caballerías y aprender para adelante, y ahora que se veía en más edad y cerca de ser caballero, mucho más lo deseaba, y si no fuera por la gran división que el rey su señor con Amadís tenía ya le hubiera demandado licencia para se ir a él, mas esto lo detuvo hasta entonces. Amadís, que a duro los ojos de él podía partir, veía cómo el doncel le miraba tan ahincadamente y sospechó que algo debía saber, mas el buen hombre ermitaño que la verdad sabía, miraba al padre y al hijo, y como los veía juntos y tan hermosos, estaba tan ledo como si en el Paraíso estuviese y en su corazón rogaba a Dios por ellos y que fuese su servicio de le dar lugar a él como entre estos todos que eran la flor del mundo pudiese poner mucho amor y concordia. Pues estando así todos alderredor del santo hombre, dijo a don Cuadragante:

—Mi señor, yo tengo de hablar algunas cosas con Amadís, tomad con vos este doncel, pues más que ninguno de estos señores le habéis conocido y hablado.

Entonces tomó por la mano a Amadís y apartóse con él y bien desviado y díjole:

—Mi hijo, antes que la causa principal de mi venida se os manifieste, quiero traeros a la memoria en el cargo tan grande más que otro ninguno de los que hoy viven sois a Dios Nuestro Señor, que en la hora que nacisteis fuisteis echado en la mar, cerrado en una arca sin guardador alguno y Aquel Redentor del mundo habiendo de vos piedad milagrosamente os trajo a vista de quien tan bien os crió. Este Señor que os digo os ha hecho el más fuerte y más amado y honrado de cuantos en el mundo se saben, dándoos Él su gracia. Por vos han sido vencidos muchos valientes caballeros y gigantes y otras cosas fieras y desemejadas que en este mundo muy gran daño hicieron. Vos sois hoy en el mundo extremado de cuantos en él son. Pues quien tanto ha hecho por vos, ¿qué es razón que hagáis vos por Él? Por cierto, si el enemigo malo no os engañase, con más humildad y paciencia que otro alguno debéis mirar por su servicio, y si así no lo hacéis todas las gracias y mercedes que de Dios habéis recibido serían en daño y menoscabo de vuestra honra, porque así como su santa piedad es grande en aquéllos que le obedecen y conocen, así su justicia es mayor sobre aquéllos que de Él mayores bienes han recibido, no habiendo de ellos conocimiento ni agradecimiento. Y ahora, mi buen hijo, sabréis cómo poniendo este cansado y viejo cuerpo a todo peligro de su salud, queriendo seguir aquel propósito por donde quise dejar las cosas de este mundo perecedero, soy venido con gran trabajo y cuidado de mi espíritu con ayuda de Aquél que sin ella nada se pueda hacer que bueno sea a poner paz y amor donde tanta rotura y desventura está, como al presente parece. Y porque yo he hablado con el rey Lisuarte y en él hallo aquello en que todo buen rey ministro de Dios obedecer debe, quise saber de vos, mi buen señor, si tendréis conocimiento más a Aquél que os crió que a la vanagloria de este mundo. Y porque sin recelo ni temor alguno podáis hablar conmigo, os hago saber cómo antes que aquí viniese fui a la Ínsula Firme y con licencia de la infanta Oriana, de quien yo en confesión de todo su corazón y grandes secretos tomé este cuidado en que puesto me veis.

Amadís como esto le oyó decir, bien creyó que le decía verdad, porque éste era un hombre santo y por ninguna cosa diría sino lo cierto, y respondióle en esta manera:

—Amigo de Dios y santo ermitaño, si el conocimiento que tengo de los bienes y mercedes que de mi Señor Jesucristo he recibido hubiese de poner en obra los servicios a que obligado le soy, yo sería el más bienaventurado caballero que nunca nació, mas recibiendo de Él todo y mucho más de lo que dicho habéis, y yo no solamente no lo conocer ni pagar, mas ofenderlo cada día en muchas cosas, téngome por muy pecador y errado contra sus mandamientos, y si ahora en vuestra venida puedo enmendar algo de lo pasado, mucho alegre y contento seré en que se haga, por ende decid lo que es en mi mano, que aquello con toda afición se cumplirá.

—¡Oh, bienaventurado hijo! —dijo el buen hombre—, cuánto habéis esta muy pecadora ánima alegrado y consolado mi desconsuelo en ver tanto mal y aquel Señor que os ha de salvar os dé el galardón por mí y ahora sin ningún temor quiero que sepáis lo que yo tengo hecho después que a esta tierra vine.

Entonces le contó cuanto él había hablado con Oriana y cómo por su mandado vino al rey su padre y todas las cosas que con él habló y cómo claramente le dijo que Oriana estaba casada con él y que el doncel Esplandián y cómo el rey lo había tomado con mucha paciencia y que estaba muy llegado a la paz, y que pues él con la ayuda de Dios en tal estado lo había puesto, que él diese orden cómo quedando casado con aquella princesa se concertase la paz entre ellos ambos. Amadís cuando esto oyó, el corazón y las carnes le temblaban con la gran alegría que hubo en saber que por voluntad de su señora era descubierto el secreto de sus amores, teniéndola él en su poder donde peligro alguno no se aventuraba, y dijo al ermitaño:

—Mi buen señor, si el rey Lisuarte de ese propósito está y por su hijo me quiere, yo lo tomaré por señor y padre para le servir en todo lo que su honra sea.

—Pues que así es —dijo el buen hombre—, ¿cómo os parece que se pueden juntar del todo estas dos voluntades sin que más mal venga?

Amadís le respondió:

—Paréceme, padre, que debéis hablar con el rey Perión mi padre y decirle la causa y deseo de vuestra venida, y si tendrá por bien que viniendo el rey Lisuarte en lo que don Cuadragante y don Brián de Monjaste de parte de nosotros le demandaren sobre el hecho de Oriana de se llegar a la paz con él, y yo fío tanto en la su virtud que hallaréis todo el recaudo que deseáis y decirle que algo de ello me hablasteis, pero que yo lo remito todo a su voluntad.

El hombre bueno tuvo que decía bien y así lo hizo, que luego se partió de la tienda de Amadís con sus donceles y compaña y fuese a la del rey Perión, del cual sabido quien era fue con mucho amor y voluntad recibido.

Miró el rey a Esplandián, que le nunca viera, y fue mucho maravillado en ver criatura tan hermosa y tan graciosa y preguntó al santo hombre ermitaño quién era. El santo hombre le dijo cómo era su criado, que Dios se lo diera por muy gran maravilla. El rey Perión le dijo:

—Cuanto más, padre, si es éste el doncel que traía la leona con que cazaba y que vos criasteis en el bosque donde es vuestra morada de quien muchas cosas y extrañas la grande sabedora Urganda la Desconocida ha enviado decir que le avendrían, si Dios vivir los deja, y paréceme, según me dicen, que envió decir al rey Lisuarte por un escrito que este doncel pondría mucha paz y concordia entre él y mi hijo Amadís. Y si así es, todos le debemos mucho amar y honrar, pues que por su causa tanto bien puede venir como vos, padre, veis.

El santo hombre bueno Nasciano le dijo:

—Mi señor, verdaderamente éste es el que vos decís. Y si ahora tenéis razón de le amar, y mucho más le tendréis adelante cuando más de su hecho supiereis.

Entonces dijo a Esplandián:

—Hijo, besadle las manos al rey, que bien lo merece.

El doncel hincó los hinojos por le besar las manos, mas el rey le abrazó y le dijo:

—Doncel, mucho debéis agradecer a Nuestro Señor Dios la merced que os hizo en daros tanta hermosura y buen donaire, que sin conocimiento que de vos se tenga atraéis a todos, así los que os conocen que os amen y os precien, y pues a Él plugo de os dotar de tanta gracia y hermosura si le fuereis obediente mucho más os tiene prometido.

El doncel no le respondió ninguna cosa, antes con gran vergüenza de se oír loar de tal príncipe se le encendió el rostro en color, lo cual pareció muy bien a todos el lo ver con tanta honestidad como su edad lo demandaba. Y mucho se maravillaban de persona tan señalada que no se conocía padre ni madre. El rey preguntó al santo hombre Nasciano si sabía cuyo hijo fuese; el buen hombre le dijo:

—De Dios, que hace todas las cosas, aunque de hombre y mujer mortales nació y fue engendrado, pero según su comienzo y el cuidado que de guardarlo tuvo y criar bien parece que como a hijo lo ama. Y a él placerá por su santa clemencia y piedad que antes de mucho tiempo sabréis más de su hacienda.

Entonces le tomó por la mano y se apartó, y díjole:

—Rey bienaventurado en todas las cosas de este mundo y en el otro, si a Dios temiereis y miraseis por todas las cosas que sean de su servicio. Yo soy venido a estas partes con esta persona tan flaca y cansada de sobrada vejez, con propósito que Dios, mi Señor, me dará gracia que yo le pueda servir en quitar tanto mal como aparejado está, y mis dolencias y grandes fatigas no dieron lugar a que antes viniese y he hablado con el rey Lisuarte, el cual, como siervo de Dios, querrá venir en paz si con honra de las partes se puede hacer, y de él he venido a vuestro hijo Amadís y remitiéndome a vos y a seguir vuestro mandamiento se excusó de responder a lo que le dije, de manera que en vos, mi señor, queda la paz o la guerra, pues cuando seáis obligado a desviar las cosas contrarias al servicio de aquel muy alto señor, todos lo saben, según de los bienes de este mundo, así de mujer como hijos y reinos os ha proveído, y ahora es tiempo que él conozca cómo se lo agradecéis y deseáis servir.

El rey, como siempre estuviese inclinado a la paz y sosiego, por la parte del daño que de la guerra se podría seguir, así como aquél que allí tenía a Amadís, que era la lumbre de sus ojos y don Florestán y Agrajes y otros muchos caballeros de su linaje, le respondió y dijo:

—Padre Nasciano, Dios es testigo de la voluntad que en esta tan gran rotura yo he tenido, y cómo lo hubiera excusado si camino para ello pudiera hallar, mas el rey Lisuarte ha dado ocasión a que ningún medio en ella se pudiese hallar, porque mucho contra Dios y su conciencia quiso desheredar a su hija Oriana, como todo el mundo sabe, la cual, como habéis sabido, fue reparado. Y aun después ha sido amonestado y rogado, que quería venir en lo que justo sea y que todo se haría a su ordenanza, pero él, como príncipe poderoso y más en este caso soberbio que razonable, pensando que teniendo el emperador de Roma todo el mundo le había de ser sujeto, nunca quiso, no solamente ponerse en justicia, mas ni oírla; pues lo que de esto se le ha seguido y ganado Dios lo sabe y todos lo ven. Mas si ahora quiere haber el conocimiento que hasta aquí no ha tenido, yo fío en estos caballeros que de mi parte están que harán y seguirán mi parecer, que no es otro sino que estos males sean atajados. Y porque, vos, padre, veáis en cuán poco la porfía está, solamente que en lo de Oriana su hija se diese medio, era el remedio para todo.

El buen hombre le dijo:

—Mi buen señor, Dios le dará y yo en su nombre, por ende hablad con vuestros caballeros y nombrad personas que el bien quieran, que por el rey Lisuarte así será hecho y yo estaré con ellos como siervo de Jesucristo, Dios verdadero, para soldar y reparar lo que se rompiese.

El rey Perión lo tuvo por bien, y díjole:

—Eso luego se hará, que yo haré dos caballeros que con todo amor y voluntad se lleguen a lo que justo fuere.

El hombre bueno con esto se tornó muy contento y pagado al real del rey Lisuarte.

El rey Perión mandó llamar a su tienda todos los más principales caballeros, y juntos así les dijo:

—Nobles príncipes y caballeros, así como todos somos muy obligados en defendimiento de nuestras honras y estados a poner las personas en todo peligro por las defender y mantener justicia, así lo somos para sin toda saña y soberbia de nos volver y recoger en la razón cuando manifiesta nos fuera. Porque, aunque el comienzo con justa justicia sin ofensa de Dios las cosas se pueden tomar, pero procediendo en la causa si con fantasía y mal conocimiento no nos llegásemos a lo razonable, lo justo primero con lo postrimero injusto se haría igual, así que conviene que la honra y estima estando por la mayor parte en su perdición si camino de concordia como al presente parece se descubriese, que dejando las cosas pasadas aparte, se tome por servicios del alto Señor y reparo de nuestras ánimas, a quien tan tenidos somos. Ahora sabréis cómo a mí es venido este santo hombre ermitaño y siervo de Dios, y según dice, nuestros contrarios querrán paz, mas conforme a buena conciencia que a puntos de honra, si así la queremos: solamente demanda para el efecto de ellos se nombren personas de ambas las partes que con buena voluntad, apartada la injusta pasión, lo determinen. Parecióme cosa muy justa que lo sepáis y deis el voto que mejor os pareciere porque aquél se siga.

Todos callaron por una gran pieza. Angriote de Estravaus se levantó y dijo:

—Pues que todos calláis, diré yo mi parecer —y dijo al rey—: Señor, así por vuestra dignidad real y gran valor de vuestra persona y más por el muy gran amor que estos príncipes y caballeros tienen, tuvieron por bien de os tomar en esta jornada por su mayor, para que las cosas de la guerra y la paz sean por vuestro consejo guiadas, conociendo que ningún temor ni afición tendrá parte de os sojuzgar, y yo confío, por su virtud, que lo que por vos se determinase por ninguno de ellos sería contradicho, así que para lo uno y otro es vuestro poder bastante; pero pues que a vuestra merced place de oír lo que cada uno decir querrá, quiero que mi voto se sepa, el cual es que pues por nosotros se tiene la princesa Oriana con todo lo que con ella se hubo que sería gran sinrazón queriendo nuestros contrarios la paz, estando nuestras honras tan crecidas, habérsela de negar en esta demanda que tan poco aventuramos, y pues que al comienzo fueron nombrados don Cuadragante y don Brián de Monjaste, que así ahora lo deben ser, que su discreción y virtud es tan crecida que en la hora en que ahora lo tomaren en aquélla, y aun más allende lo dejaran, con asiento de paz o rotura de guerra.

Así como este caballero lo dijo se concertó por el rey y por aquellos señores, que estos dos caballeros, con acuerdo y consejo del rey, determinasen lo que habían de hacer en adelante.

Capítulo 114. Cómo el santo hambre Nasciano tornó con la respuesta del rey Perión al rey Lisuarte, y lo que se concertó

Tomó el hombre bueno Nasciano al rey Lisuarte, como oísteis, y díjole lo que había hablado con el rey Perión y cómo todos por él se mandaban, que le parecía que la obra debería seguir y concertar con las palabras tan buenas que le había dicho. Como ya el rey determinado estuviese y muy ganoso de no dar más parte al enemigo malo de la que hasta allí había tenido, donde tanto daño redundado había, díjole:

—Padre, pues por mí no quedará, así como lo veréis, y quedad vos aquí con vuestra compaña en esta mi tienda y yo iré a hablar con estos reyes que tanto mal y peligro han recibido por sostener mi honra.

Entonces se fue a la tienda de Gasquilán, rey de Suesa, que aún en la cama estaba de la batalla que con Amadís hubo, como ya oísteis, e hizo llamar al rey Cildadán y a todos los mayores caballeros, así de los suyos como de los romanos, y díjoles lo que aquel hombre bueno ermitaño le había dicho, así al comienzo de su venida como ahora en la respuesta que del rey Perión traía, guardando lo que tocaba de Amadís y su hija, que no quiso que por entonces fuese manifiesto. Y rogóles mucho que le dijesen su parecer, porque si la salida de aquel concierto buena fuese o al contrario a todos su parte alcanzase. En especial quería saber el voto de los romanos, porque según la gran perdida que en perder a su señor habían habido, mucho le obligaban a él negando su propia voluntad la suya seguir. El rey Cildadán le dijo:

—Mi señor, gran razón es que a estos caballeros de Roma se les dé la parte que decís y tenéis por bien y el buen comedimiento vuestro les obliga en la fin seguir lo que vuestra voluntad fuere, así como yo y todos los otros que somos en vuestra obediencia lo habemos de hacer, juntos con este noble rey de Suesa, que para esto su querer no será diverso del nuestro, y ahora dirán ellos lo que quisieren.

Entonces habló aquel buen caballero Arquisil, se levantó y dijo:

—Si el emperador mi señor fuese vivo, así por su grandeza como por haber sido a causa suya esta contienda, a él convenía según su querer y voluntad tomar la paz o dar la guerra, mas pues que nosotros, los que de su sangre somos, y todos sus vasallos, a quien mandar y gobernar habemos, no somos ya más parte de aquélla que vos, mi buen señor rey Lisuarte, como su igual en la misma causa quisiereis tomar, para lo cual ya se os dijo y ahora se os dice que hasta que uno de nosotros vivo no quede nunca dejaremos de seguir el propósito que vuestra voluntad fuere, así que para lo uno y lo otro a vos, como más principal y que ya más esto presente toca que a ninguno, dejamos el cargo que hacerse debe.

Mucho fue el rey pagado de este caballero y todos cuantos allí eran, porque su respuesta fue muy conforme a toda discreción con gran esfuerzo, lo cual pocas veces en una concuerda, y díjole:

—Pues que en mí lo dejáis, yo lo tomo; si en algo se errase, mía sea la parte mayor, así como acertando la de la honra.

Con esto se fue a una tienda y mandó al rey Arbán de Norgales y a don Guilán el Cuidador que ellos tomasen cargo de hablar con los que el rey Perión nombrase y con su consejo se diese orden en la determinación, y luego dijo al ermitaño:

—Padre, paréceme pues que el negocio es llegado a tal punto que será bueno que tornéis al rey Perión y le digáis cómo yo tengo señalados estos dos caballeros para que con los suyos contraten, y que sería bien, porque las cosas semejantes siempre traen dilación, y estando en estos reales los heridos no pueden ser curados ni los mantenimientos para las gentes y bestias habidos, que los reales a un punto se levanten y él con todos los suyos se retraiga una jornada por donde vino y yo otra, que será a la mil villa de Luvania para dar orden en el reparo de esta gente que maltratada está, y hacer llevar al emperador a su tierra y que nuestros mensajeros hablen en lo que hacerse debe, y él y yo vendremos en lo mejor, y que él diga su voluntad a los suyos, yo así haré a los míos, y vos estaréis en medio para ser testigo de aquél que a la razón no se llegare, y que si menester fuere él y yo, con mi gente, nos podremos ver donde a vos os pareciere.

Al ermitaño plugo mucho de esto, porque bien vio que, el peligro estaba más alejado estándolo las gentes, que comoquiera que este santo hombre fuese de orden y de tan estrecha vida en lugar tan esquivo, primero fue caballero, y muy bueno, en armas en la corte del rey Lisuarte, y después de su hermano, el rey Falangrís, de manera que así como en lo divino tan acabado fuese, no dejaba por ende de entender bien lo temporal, que mucho lo había usado, y dijo al rey:

—Mi buen señor, bien me parece lo que decís, solamente queda que a día cierto sean vuestros mensajeros y los suyos aquí en este lugar, que es el medio camino, y podrá ser que con ayuda de aquel Señor, que sin Él ninguna cosa puede ser ayudada, se dará tal forma entre ellos que vos y el rey Perión os veáis cómo habéis dicho y se atajen las dilaciones que por las terceras personas suelen acaecer, y yo me volveré luego y os enviaré decir a la hora y sazón que el real podéis mandar levantar, que por aquélla se levante el otro.

Así se tomó el buen hombre al rey Perión y le dijo el concierto, que nada faltó. Al rey plugo de ello, pues que a tan gran ventaja suya los reales se alzaban, y con acuerdo de don Cuadragante y de don Brián de Monjaste mandó a pregonar que otro día bien de mañana fuesen todos prestos en quitar sus tiendas y otros aparejos para levantar de allí. El buen hombre así lo envió decir al rey Lisuarte y a lo más presto que él pudiese sería con él.

Pues la mañana venida, las trompetas fueron sonadas por los reales y alzadas las tiendas, y con mucho placer de los unos y de los otros movieron los reales cada uno donde debía ir. Mas ahora los dejaremos ir por sus caminos y contaros hemos del rey Arábigo, que suso en la montaña estaba, como ya oísteis.

Capítulo 115. De cómo, sabida por el rey Arábigo la partida de estas gentes, acordó de pelear con el rey Lisuarte

Ya os hemos contado cómo el rey Arábigo y Barsinán, señor de Sansueña, y Arcalaus el Encantador y sus companas estaban metidos en lo más bravo y más fuerte de la montaña, aguardando el aviso de las escuchas que continuamente muy secreto sobre los reales tenían, las cuales vieron muy bien las batallas pasadas y asimismo la fortaleza de reales, donde ninguna de las partes podía recibir de noche ningún daño, y como hasta allí no hubiese vencimiento ninguno, antes siempre los reales parecían estar enteros, no se atrevió el rey Arábigo a salir de allí, pues que no había disposición para contentar a su deseo, y siempre su pensamiento fue de esperar a lo postrimero, que bien cuidaba que, aunque alguna pieza se detuviesen los unos con los otros, que al cabo la una parte había de ser vencida y mucho placer consigo porque de la primera no se mostraba el vencimiento, que durando la porfía más se acrecentaba el daño, que a la fin quedarían tales que con poco trabajo y menos peligro despacharía a los que quedasen, y quedaría señor de toda la tierra sin haber en ella quien se lo contradijese, y con mucho placer abrazaba a Arcalaus, loándole y agradeciéndole aquello que había pensado y prometiéndole grandes mercedes, diciéndole que ya no se podía errar de no ser restituido en los daños pasados con mucho más acrecentamiento que lo perdido. Pues así estando con mucho placer y alegría, vinieron las escuchas y dijéronle cómo las gentes habían alzado los reales y armados se volvían por los caminos que habían allí venido, que no podían pensar qué cosa fuese. Oído esto por el rey Arábigo, luego pensó que sobre alguna avenencia se podrían partir, acordó de antes acometer al rey Lisuarte que a Amadís, porque aquél, muerto o preso, Amadís tendría poco cuidado del bien ni del mal del reino, y que así lo podría todo ganar, pero dijo que no sería bien acometerlos hasta la noche, porque los tomarían más descuidados y a su salvo, y mandó a un sobrino suyo, que había nombre Esclavor, hombre muy sabido de guerra, que con diez de caballo muy encubiertamente siguiese el rastro y mirase bien dónde se aposentaban, el cual así lo hizo, que por lo más encubierto de aquella sierra iba mirando la gente que por el llano iba.

El rey Lisuarte, que iba por su camino, siempre tuvo recelo de aquella gente, aunque no sabía cierto dónde estuviese, mas de lo que algunos de los de la tierra le habían dicho, como siempre veían gente en aquella montaña a la parte de la mar, mas ninguno a ella acostarse osaba; ni el rey había tenido tiempo de proveer en ello lo que menester era, tanto tenía que hacer en lo que delante sí tenía. Y yendo por su camino, como dicho es, fue avisado de algunos de la comarca cómo habían visto gente de caballo ir encubiertos por encima de los cerros de aquella sierra. El rey, como fuese muy apercibido y de vivo corazón, luego pensó lo que vino, que no se podría partir de aquella gente si a su parte acostasen sin gran batalla, la cual por entonces temía, por ver su gente tan maltratada de las batallas pasadas; pero con su fuerte corazón no tardó de poner el remedio que cumplía, y llamando al rey Cildadán y a los capitanes todos, les dijo las nuevas que había sabido de aquellas gentes y que les rogaba tuviesen todas sus gentes armadas y en buena orden, porque si menester fuese los hallasen con aquel recaudo que convenía a caballeros. Todos le respondieron que así como lo mandaba se cumpliría por ellos y que creyese que antes que mengua ni daño recibiesen perderían las vidas. Algunos hubo que secretamente le dijeron que lo debía hacer saber al rey Perión, porque aquella gente era mucha y holgada y que había recelo que no se podría sin gran peligro de ellos partir, que mirasen que todos eran sus enemigos, que si la ventura contraria le fuese que no habría en ellos piedad ni dejarían de hacer el mal que pudiesen. Éstos fueron don Grumedán y Brandoibás, que hacían cuenta si esto se hiciese que el rey su señor no habría de quien temer y que por este camino la paz sería más firme y abreviada entre ellos. Mas el rey, que como muchas veces os hemos dicho, siempre temió más la pérdida de la honra que el aseguramiento de la vida, respondióles que las cosas no estaban tanto al cabo del bien que quisiese encargarse de sus contrarios, que podría ser que lo que ahora se les figuraba gran afrenta que al fin saldría al contrario y que no pensasen en él, sino en herir reciamente a los enemigos si viniesen, como siempre en las cosas de mayores afrentas que aquélla era en que se habían visto lo hicieran. Y luego mandó a Filispinel que con veinte caballeros se acostasen a la montaña y lo más cuerdamente que pudiese ser, de manera que no se perdiese tomase algún aviso, y así lo hizo como él lo mandó. Entretanto, hizo reposar la gente, que había ya andado hasta cuatro leguas, y que las bestias refrescasen porque si ser pudiese llegasen a Luvaina sin más reparar, porque él más temía de ser acometido de noche que de día, y si la gente reparase que no sería en su mano según estaban fatigados de los poder excusar que se no desarmasen y no durmiesen, de manera que asaz poca gente le podría desbaratar, y cuanto una pieza reposaron mandó que cabalgasen y llevó delante sí todo el fardaje y los heridos, aunque en aquellos días de la tregua había enviado todos los más a aquella villa.

Filispinel se fue derecho a la montaña y con gran recaudo que puso sintió luego las espías y la gente de Esclavor, y cuando él con los más de los que llevaba fue a vista de los contrarios envió el aviso al rey, haciéndole saber cómo había hallado aquellos pocos caballeros que siempre iban atalayando y que creía que la otra gente no estaría muy lejos. El rey no hacía sino andar su camino con harta prisa, porque la afrenta, si viniese, le tomase cerca de aquélla su villa, que hacía cuenta que, aunque bien cercada no estuviese, que mejor en ella que en el campo se podría reparar. Así que en poca de hora se alejó gran pieza de la montaña.

Esclavor, sobrino del rey Arábigo, como vio lo habían descubierto, enviólo hacer saber a su tío y que su parecer era que sin detenimiento alguno debería descender de la montaña a lo llano, que pues descubiertos eran que el rey Lisuarte no quería parar, sino en parte que a su ventaja fuese. Cuando este mensajero llegó al rey Arábigo, toda su gente estaba de buen reposo, aparejando para la noche, sin pensamiento alguno de acometer a sus enemigos de día, y no pudieron tan presto armarse y cabalgar que como la gente mucha fuese que gran pieza no tardase y lo que más embarazo les puso fue los malos pasos de la montaña, que así como para se defender habían escogido lo más áspero y fuerte, así para ofender lo hallaban muy contrario. Pues así como oís, esta gente comenzó a seguir al rey Lisuarte, pero antes que de la montaña saliesen él iba ya tan gran trecho que por mucho que, después que a lo llano salieron y aguijaron tras él, no lo pudieron alcanzar hasta bien cerca de la villa; mas Arcalaus, como sabía la tierra, iba dirigiendo al rey Arábigo que se no aquejase porque la gente no se fatigase, que pues a vista los llevan no era posible podérseles ir y que no tuviesen en nada que se le acogiesen a la villa, que él la sabía muy bien, y que más peligroso estaría en ellas que en el campo, según sus pocas fuerzas.

En este comedio acaeció que por voluntad de Dios, porque aquella mala gente su mal deseo no pusiese en efecto, que el buen hombre y santo ermitaño envió a Esplandián, su criado, y a Sargil, su sobrino, al rey Lisuarte a le hacer saber cómo el negocio estaba en buen estado y que lo más presto que él pudiese sería con él el Luvaina para dar orden cómo los cuatro caballeros de ambas partes se juntasen. Cuando estos donceles llegaron al real del rey, halláronlo partido pieza había, y ellos siguieron la vía que llevaba y anduvieron tanto que llegaron al lugar donde el rey había reposado y allí supieron cómo iba con recelo y con más prisa y apresuraron su camino por lo alcanzar, y antes que la hueste del rey viesen vieron descender la gente de la montaña a gran andar y luego pensaron que era la del rey Arábigo, que estando con la reina Brisena oyeron decir de aquella gente. Y vieron cómo la reina enviaba lagunas gentes de unos lugares a otros a la parte donde se decía estar aquella compaña, y como así lo viesen ir con tanto poder y el rey su señor con tan poco y tan fatigada su gente que los no podría sufrir y se vería en tan gran peligro, de lo cual Esplandián mucho dolor y pesar hubo. Dijo a Sargil:

—Hermano, sígueme y no holguemos hasta que si ser pudiere el rey mi señor sea socorrido, porque aquella mala gente no le puedan empecer.

Entonces volvieron las riendas a los palafrenes y tornaron por el camino, que venían al más andar que pudieron todo lo que del día les quedó y de la noche, que nunca pasaron, y otro día al alba llegaron al real del rey Perión, que aquel día no había andado más de cuatro leguas, y halló asentado su real en una ribera de muchos árboles y huertas y tenía a la parte de la montaña su guarda de muchos caballeros, porque también hubo nuevas de unos pastores de aquella gente, y como movían del lugar donde estaban recelóse de ellos, y por esta causa mandó poner gran guarda, y como allí llegaron fuese Esplandián derechamente a la tienda de Amadís y halló al buen hombre ermitaño que se levantaba y quería caminar, y cuando así, con tanta prisa, vio al doncel, díjole:

—Mi buen hijo, ¿qué venida tan apresurada es ésta?

Él le dijo:

—Mi señor padre, tanto es de prisa que hasta que con Amadís no hable no os lo puedo contar.

Entonces descabalgó del palafrén y entró a la cama donde Amadís estaba armado, que estuvo toda la noche en la guarda del campo y al alba se vino a dormir y reposar, y despertándole. le dijo:

—¡Oh, buen señor!, si en algún tiempo vuestro noble corazón deseó grandes hazañas, venida es la hora donde su grandeza mostrar puede, que aunque hasta aquí por muy grandes afrentas y muy peligrosas haya pasado, ninguna tan señalada como ésta ser pudo. Sabréis, buen señor, cómo la gente que se ha dicho estar en la montaña con el rey Arábigo va cuanto más puede sobre el rey Lisuarte mi señor, y creo, señor, que, según la muchedumbre de ella y a poca y mal reparada del rey, no se le puede excusar gran peligro. Así que, después de Dios, el solo remedio vuestro es el suyo.

Amadís, como aquello oyó, levantóse muy presto y dijo:

—Buen doncel, esperadme aquí, que si yo puedo vuestro trabajo no será en balde.

Entonces se fue luego a la tienda del rey Perión, su padre, y contándole aquellas nuevas le suplicó mucho que le diese licencia para hacer aquel socorro, del cual mucha honra y gran prez podría recibir y sería muy loado en todas las partes donde se supiese, y esto le pidió Amadís hincados los hinojos, que nunca levantarse quiso hasta que el rey, como era allegado a toda virtud y nunca su tiempo pasó sin en semejantes cosas de gran fama, le dijo:

—Hijo, hágase como tú lo quieres, y toma la delantera con la gente que te placerá, que yo te seguiré, que si con este rey Lisuarte hemos de tener paz, esto lo hará más firme. Y si la guerra, más vale que por nos sea destruido que por otros, que por ventura serían más nuestros enemigos que ahora lo es él.

Y luego mandó tocar las trompetas y los añafiles, y como la gente estaba toda armada y sospechosa de rebato, luego a caballo fueron cada uno con su capitán. El rey Perión y Amadís habían hecho cabalgar a Gasquiles, el sobrino del emperador de Constantinopla, y con sus señas se salieron del real, tras la cual salieron todas las otras, y como todos fueron en el campo el rey les dijo las nuevas que había sabido y rogóles mucho que no mirando lo pasado quisiesen mostrar su virtud en socorrer aquel rey con tan mala gente y tan gran necesidad estaba. Todos lo tuvieron por bien, y dijeron que como lo él mandaba se haría. Entonces Amadís tomó consigo a don Cuadragante y a don Florestán, su hermano, y a Angriote de Estravaus, y Gavarte de Val Temeroso, y Gandalín, y Enil, y cuatro mil caballeros, y al maestro Helisabad, que allí en esta jornada, como en las batallas pasadas, hizo cosas maravillosas de su oficio, dando la vida a muchos de los que haber no la pudieran sino por Dios y por él.

Con esta compaña tomó el camino y el rey, su padre, y todos los otros en sus batallas ordenadas tras él.

Mas ahora deja el cuento de hablar de ellos, que se iban a más andar, y torna a contar lo que los reyes en este medio tiempo hicieron.

Capítulo 116. De la batalla que el rey Lisuarte hubo con el rey Arábigo y sus compañas, y cómo el rey Lisuarte fue vencido y socorrido por Amadís de Gaula, que nunca faltó de socorrer al menesteroso

Contado os habemos cómo el rey Lisuarte fue avisado de los caballeros que a la montaña envió cómo habían visto ya las atalayas del rey Arábigo, y cómo él, con gran prisa, se iba por llegar a la su villa de Luvaina, porque si afrenta alguna le viniese así se pudiese reparar, que según la gente llevaba mal parada de las batallas pasadas que ya oísteis, bien tenía creído que aquel gran poder de sus enemigos no lo podía sufrir. Pues así fue que él, yendo su camino, las compañas del rey Arábigo le siguieron hasta que fue noche, y siempre llevaban a Esclavor con los diez de caballo y otros cuarenta que el rey su tío le envió junto consigo, y según la gente de la montaña anduvo después que al llano bajaron bien lo pudieron alcanzar, mas la noche hacía tan oscura que no se veían los unos a los otros, y por esta causa y también por lo que Arcalaus dijera de la poca fuerza de la villa donde ellos llevaban esperanza, no curaron de pelear con ellos, mas fueron todavía a sus espadas y sus corredores casi envueltos con los del rey Lisuarte. Así anduvieron hasta que vino al alba del día, que muy cerca unos de otros se vieron y a poco trecho de la villa. Entonces el rey Lisuarte, como esforzado príncipe, reposó con todos los suyos e hizo de su gente dos haces, la primera dio al rey Cildadán, y con él, Norandel, su hijo, y el rey Arbán de Norgales, y don Guilán el Cuidador, y Cendil de Ganota, y con ellos hasta dos mil caballeros. En la segunda fue Arquisil y Flamíneo, romanos, y Giontes, su sobrino, y Brandoibás, y otros muchos caballeros de su compaña, y con ellos hasta seis mil caballeros, que si estas dos batallas estuvieron separadas de armas y caballos holgados no tuvieran mucho que temer a sus enemigos, mas todo lo tenían al revés que las armas eran todas rotas por muchos lugares de las batallas pasadas, y los caballos muy flacos y cansados, así del trabajo grande pasado como del presente, que en todo aquel día y noche no habían parado sino muy poco, de lo cual mucho daño se les siguió, como adelante oiréis.

El rey Arábigo traía en su delantera a Barsinán, señor de Sansueña, que, como es dicho, era un caballero mancebo esforzado, ganoso de ganar honra y de vengar la muerte de su padre y de Gandalod, hermano, el que don Guilán venció y lo llevó preso al rey Lisuarte y lo mandó en Londres despeñar de una torre, al pie de la cual fue su padre quemado, como lo cuenta el primer libro de esta historia, y llevaba consigo dos mil caballeros y las otras batallas tras él, como dicho es.

Pues como fue el día claro y se viesen cerca unos de otros, fuéronse a acometer reciamente, de manera que de los encuentros primeros muchos caballos fueron sin señores, y Barsinán quebró su lanza y puso mano a su espada y dio grandes golpes con ella, como aquél que era valiente y estaba con gran saña. Norandel, que delante los suyos venía, encontróse con un tío de este Barsinán, hermano de su madre, que fue gobernador de la tierra después que su padre de Barsinán fue muerto, hasta que este su sobrino entró en la edad de la saber regir, y diole tan gran encuentro que le falsó el escudo y la loriga y pasó la lanza a las espaldas y dio con él muerto en tierra sin detenimiento alguno. El rey Cildadán derribó otro caballero que venía con éste, que era de los buenos de la compaña de Barsinán. Y así hirieron de grandes golpes don Guilán y el rey Arbán de Norgales y los otros que con ellos venían, todos muy señalados y escogidos caballeros, de manera que la haz de Barsinán fuera desbaratada sino porque Arcalaus socorrió, y aunque él tenía perdida la mitad de la mano derecha, que Amadís le cortó, llamándose Baltenebros, cuando mató a Lindoraque, su sobrino, con el grande uso de las armas se mandaba ya con la mano siniestra como con la otra, y en su llegada fueron los de su parte muy esforzados y tornaron a cobrar gran ardimiento en sus corazones, de manera que muchos de los del rey Lisuarte fueron muertos y mal llagados, derribados de los caballos. Arcalaus se metió entre ellos y hacía grandes cosas en armas, así como aquél que era valiente y esforzado, pero a esta hora viereis hacer maravillas al rey Cildadán, y Norandel, y don Guilán y a Cendil de Ganota, que éstos eran escudo y amparo de todos los suyos; pero todo no valiera nada si el rey Lisuarte no socorriera, que los contrarios, como fuesen más y más holgados, ya los traían de vencida, mas el rey Lisuarte, que nunca perdió punto en lo que hacer debía en las grandes afrentas que se halló, fue delante de los suyos más ganoso de recibir muerte que dejar de hacer lo que era obligado, y al primero que delante sí halló fue un hermano de Alumas, el que mató don Florestán sobre las doncellas que los enanos guardaban a la fuente de los olmos, que era primo, cohermano de Dardán el Soberbio, y encontróle y saltóle todas sus armas y dio con él muerto en tierra, y su gente hirió tan recio en los otros que les hicieron perder gran pieza del campo. El rey metió mano a su espada y daba tan grandes golpes con ella que a cualquiera que alcanzaba a derecho golpe no había menester maestro, y aquella hora tomó consigo tan gran saña que, olvidando todo peligro, se metió entre los enemigos, hiriendo y matando en ellos. Arcalaus, que de ante había sabido las armas que traía por le conocer y lucir en cualquiera manera que él mejor pudiese, que tales eran sus maneras, cuando así lo vio tan desviado de los suyos fue para Barsinán y díjole:

—Barsinán, ves delante ti tu enemigo, que si éste muere despachado es todo. ¿No miras lo que hace el rey Lisuarte?

Barsinán tomó diez caballeros de los suyos que le aguardaban y dijo a Arcalaus:

—Ahora, ¡a él!, y muera, o muramos todos.

Entonces fueron para el rey y encontráronle de todas partes, así que le derribaron del caballo. Filispinel andaba siempre junto con los veinte caballeros que ya oísteis, con que fue a tentar la sierra, y se habían prometido compaña en aquella batalla. Como así vieron derribar al rey, díjoles:

—¡Oh, señores, ahora es tiempo de morir con él!

Entonces movieron todos y llegaron donde el rey estaba, y hallaron que le tenían derribado sobre él antes que se levantase y le habían tomado la espada, e hirieron en Barsinán y en Arcalaus y los suyos, que mal de su grado los apartaron de allí, mas ya la gente cargaba tanto de los contrarios a las voces que Arcalaus daba llamando a los suyos, que si la ventura no trajera por allí al rey Cildadán, y a Arquisil, y Norandel, y Brandoibás, con pieza de caballeros que socorrieron, el rey fuera perdido, mas éstos mataron tantos que por fuerza de armas cobraron al rey, que Norandel como llegó se dejó derribar del caballo e hirió de duros golpes a los que le tenían y cobró la espada del rey y púsosela en la mano y díjole:

—A éste mi caballo os acoged.

Y el rey así lo hizo y no partió de allí hasta que Brandoibás dio otro caballo a Norandel y le hizo cabalgar, y luego fueron a ayudar a los suyos, que se combatían tan reciamente que los contrarios no los osaban esperar. Arcalaus dijo a un caballero de los suyos:

—Di al rey Arábigo que por qué me deja matar.

Este caballero llegó al rey Arábigo y díjoselo, y él le dijo:

—Bien veo que pieza ha que era razón de los socorrer, mas dejábalo porque los contrarios se apartasen más de la villa; pero pues que lo quiere, así se haga.

Entonces tocaron las trompetas y fue con toda su gente y con él los seis caballeros de la Ínsula Sagitaria, y como los halló revueltos y cansados hirió a su salvo e hizo gran estrago en ellos. Aquellos seis caballeros que os digo hicieron cosas extrañas en derribar y matar cuantos alcanzaban, así que con los que ellos hicieron, como con la mucha gente holgada que con el rey Arábigo llegó, los del rey Lisuarte no los pudieron sufrir y comenzaron a perder el campo así como gente vencida.

El rey Lisuarte, que su hecho vio perdido y que en ninguna manera se podía cobrar, tomó consigo al rey Cildadán, y a Norandel, y a don Guilán, y Arquisil y otros de los más escogidos y púsose ante los suyos y mandó a la otra gente que se retrajesen a la villa que tenían cerca. ¿Qué os diré? Que en esta huida y vencimiento hizo tanto el rey en defender los suyos que nunca tanto su bondad y esfuerzo se mostró después que caballero fue como entonces, y asimismo todos los caballeros que con él se hallaron, pero al cabo con gran menoscabo de su gente, así muertos como muchos presos y otros heridos, fueron por fuerza embarrados por las puertas de la villa dentro, y como la gente se comenzó a apretar y los enemigos ya como cosa vencida a cargar sobre ellos, fueron muchos más los que allí se perdieron, y allí fueron derribados de los caballos el rey Arbán de Norgales y don Grumedán, con la seña del rey Lisuarte, y presos de los contrarios, y así lo fuera el rey si no porque algunos de los suyos se abrazaron con él y por fuerza lo metieron dentro en la villa, y luego las puertas fueron cerradas y la gente que allí entró fue muy poca.

Las contrarios se tiraron afuera porque les tiraban con arcos y con ballestas y llevaron consigo al rey Arbán y a don Grumedán con la seña del rey. Arcalaus quisiera que luego fueran muertos, mas el rey Arábigo no lo consintió, diciéndole que se sufriese que presto habrían al rey Lisuarte y a todos los otros y que con acuerdo de él y de otros grandes señores que allí estaban se haría de ellos justicia, y mandólos llevar a ciertos hombres de los suyos que los guardasen muy bien.

Así como os digo fue el rey Lisuarte vencido y desbaratado y su gente toda la más perdida, muertos y presos, y él y los otros con él encerrados en aquella flaca villa, donde si la muerte no, otra cosa no esperaban. Pues, ¿qué diremos que lo hizo, Dios y su ventura? Por cierto no, salvó él mismo, por tener las orejas abiertas y aparejadas, más para recibir las palabras dañosas en creer lo que aquellos malos Brocadán y Gandandel le dijeron de Amadís

que lo que él con sus propios ojos veía, y más dio fe a las maldades de aquéllos que a las bondades de Amadís y de su linaje, por las cuales era puesto
en la mayor altura de fama que ningún príncipe del mundo, pues dejando a
Dios Nuestro Señor aparte, ¿quién le socorrerá? ¿Por ventura será reparado
su daño y su peligro por Brocadán y Gandandel y los de su linaje? ¿O de
aquéllos que tal oficio sin tener conciencia, como ellos tenían y tienen, que
es haber envidia de los virtuosos y de los esforzados que por seguir virtud
se ponen a los peligros y no envidia para desear de seguir lo que ellos siguen, sino para lo dañar y afear con todas sus fuerzas? Pues paréceme que
si a éstos esperasen que prestamente sería vengada la muerte de Barsinán,
señor de Sansueña, y la gran pérdida que el rey Arábigo hubo en la batalla
de los siete reyes y la saña de Arcalaus. Pues, ¿de quién será remediado y
socorrido? Por cierto, de aquel famoso y esforzado Amadís de Gaula, del
cual otras muchas veces lo fue, como esta grande historia lo ha contado.
Pues, ¿tenía mucha razón para ello, dejando el servicio de su señora aparte?
Antes digo que, según los grandes y provechosos servicios, le habían hecho
y el mal conocimiento que él hubo, con mucha razón y causa debiera ser en
su total destrucción. Mas como este caballero fuese nacido en este mundo
para ganar la gloria y la fama de él, no pensaba sino en actos nobles y de
gran virtud, así como oiréis que lo hizo con este rey vencido, encerrado,
puesto en el hilo de la muerte y su reino perdido.

Pues tornando al propósito, digo que después que el rey Lisuarte fue encerrado en aquélla su vida, el rey Arábigo se apartó en el campo donde estaba con aquellos grandes señores y demandándole su parecer para dar cabo
en aquel negocio. Entre ellos hubo muchos acuerdos, unos contra otros, así
como suele acaecer entre los que la ventura les es favorable, que tanto es
el bien que no saben escoger de lo bueno lo mejor. Algunos de ellos decían
que sería bueno descansar alguna pieza y hacer aparejos para el combate y
poner entretanto grandes guardas porque el rey no se fuese. Otros decían
que luego sería bien combatirlos antes que más remedios hacer pudiesen
para su defensa, y que como estaban perdidos y medrosos, que presto serían entrados y tomados. Oído todo por el rey Arábigo, todos esperaban de
seguir su determinación, porque él era el mayor y cabo de todos ellos, y dijo:

—Buenos señores y honrados caballeros, siempre oí decir que los hombres deben seguir la buena ventura cuando les viene y no buscar entrevalos ni achaques para lo dejar, antes con más corazón y diligencia tomar junto el trabajo, porque junto venga el placer, y por ende digo que sin más tardar Barsinán y el duque de Bristoya, con la gente que ellos querrán, se pasen luego de cabo de la villa, y yo y Arcalaus con el rey de la Profunda ínsula, y estos otros caballeros quedemos de esta otra, y con el aparejo que tenemos, que es este con que peleamos, sean luego acometidos nuestros enemigos antes que la noche venga, que no quedan dos horas del Sol. Y si de este combate no los entramos, quitamos hemos afuera y la gente podrá refrescar algún tanto, y al alba del día tornemos a combatir, y de mí os digo, y así lo diré a todos los míos y a los otros que me seguir querrán, que no holgaré hasta morir o los tomar antes que coma ni beba, y así lo prometo como rey que mi muerte o la suya de mañana no faltará.

Grande esfuerzo y placer dio el rey Arábigo a aquellos señores, y así como lo él dijo y prometió lo otorgaron todos, y luego mandaron traer de sus provisiones muchas que traían, e hicieron comer y beber todas sus gentes, esforzándolos para el combate y diciéndoles que al cabo tenían para ser ricos y bienaventurados si por su poco corazón no lo perdiesen. Esto hecho, Barsinán, señor de Sansueña, y el duque de Bristoya, con la mitad de la gente se pasaron del cabo de la villa, y el rey Arábigo y la otra quedó a la otra parte, y luego se apearon todos y aparejaron para combatir en oyendo el son de las trompetas.

El rey Lisuarte, así como en la villa fue, no quiso holgar, que bien vio su perdimiento, y aunque conocía estar en parte donde mucho tiempo defender no se podía, acordó de poner todas sus fuerzas hasta el cabo de la mala ventura, morir como caballero antes de ser preso de aquellos tantos sus enemigos y mortales, y cuanto comió algo que los de la villa le dieron y a los suyos, luego repartió todos los caballeros con los de la villa en las partes del mundo donde más flaqueza estaba, amonestándoles y diciéndoles que después de Dios la salud y vida estaba en el defendimiento de sus manos y corazones, pero ellos eran tales que no habían menester quien buenos los hiciese, que cada uno por sí esperaba morir, como el rey su señor. Pues así estando como oís, los enemigos se vinieron de rondón al combate con aquel esfuerzo que los vencedores suelen tener, y sin ningún temor, cubiertos de sus escudos y sus lanzas en las manos, las que sanas pudieron haber, y los otros con sus espadas y los ballesteros y arqueros a sus espaldas llegaron al muro. Los de dentro los recibieron con muchas piedras y saetas, así de ballesteros como de arqueros, y como la cerca era muy baja y en algunos lugares rota, así se juntaron los unos con los otros, como si en el campo estuviesen; mas con aquel poco de defensa que los de dentro tenían, y más con su gran esfuerzo, se defendieron tan bravamente que los contrarios, perdido aquel ímpetu y arrebatamiento con que llegaron luego los más comenzaron a aflojar y desviábanse; y otros se combatían reciamente de manera que de ambas las partes hubo muchos muertos y heridos. El rey Arábigo y todos los otros capitanes que a caballo andaban nunca cesaban de meter la gente delante, y ellos llegaban a la cerca sin ningún recelo porque los suyos llegasen, y desde los caballos daban con las lanzas a los de encima del muro, así que en muy poco estuvo el rey Lisuarte de ser entrado, mas quísole Dios guardar en que la noche vino con grande oscuridad. Entonces la gente se tiró afuera, porque les fue mandado, y curaron de los heridos, y los otros se repartieron al derredor de la villa y pusieron muy gran guarda, y bien se tenían por dicho que otro día al primero combate era despachado el negocio, como lo fue.

Mas ahora os contaremos lo que Amadís y sus compañeros hicieron después que del rey Perión se partieron en socorro de este rey Lisuarte.

Capítulo 117. Cómo Amadís iba en socorro del rey Lisuarte, y lo que le aconteció en el camino antes que a él llegase

Contado os habemos ya cómo aquel muy hermoso doncel Esplandián, con gran prisa, llegó al real del rey Perión e hizo saber a Amadís de Gaula la gran afrenta y peligro en que el rey Lisuarte, su señor, estaba, y cómo luego el rey Perión, con toda la gente, movió en su acorro trayendo la delantera Amadís con aquellos caballeros que ya oísteis, pues ahora os diremos lo que hicieron.

Amadís, después que de su padre se apartó, se aquejó mucho por llegar a tiempo que por él pudiese ser hecho aquel socorro y su señora conociese cómo con razón o sin ella siempre la tenía delante sus ojos para la servir. Y por gran prisa que a la gente dio, como el camino era largo, que desde donde él partió hasta el real donde el rey Lisuarte había estado cuando las grandes batallas hubieron, había cinco leguas, y desde allí hasta la villa de Luvaina ocho, así que eran por todas trece leguas, no pudo tanto andar que la noche no le tomase a más de tres leguas de la villa y con la gran oscuridad, y porque Amadís mandó a las guías que se acostasen, siempre a la parte de la montaña por atajar al rey Arábigo, que se le no pudiese acoger a algún lugar fuerte, erróse el camino que las guías desatinaron, y no sabía dónde ir ni si habían pasado la villa o si la dejaban atrás, lo cual dijeron luego a Amadís, y como lo oyó hubo tan gran pesar que se quería todo deshacer de congoja. Y comoquiera que él fuese el hombre del mundo más sufrido y que mejor sabía sojuzgar su saña en cualquier cosa de pasión, no se pudo entonces tanto refrenar que no se maldijese muchas veces a él y a su ventura, que tan contraria le era, y no había hombre que le hablar osase. Don Cuadragante, a quien también mucho pesaba por el rey Cildadán, que él mucho amaba y con quien tanto deudo tenía, se llegó a él y díjole:

—Buen señor, no toméis tanta congoja, que Dios sabe cuál es lo mejor, y si Él es servido por nosotros, este beneficio se haga a aquellos reyes y caballeros tanto nuestros amigos Él nos guiará, y si su voluntad no es, ninguno tiene poder de hacer otra cosa.

Y, ciertamente, según lo que después ocurrió, si aquel yerro no hubiera, no se diera tal salida ni tan honrosa para ellos, según se dio como adelante oiréis.

Pues así estando parado y que no sabían qué se hacer, preguntó Amadís a las guías si la montaña estaba cerca, y dijéronle que creían que si; según ellos, habían siempre guiado acostándose hacia ella como él les mandara; entonces dijo a Gandalín:

—Toma uno de éstos y trabaja por hallar alguna cuesta y sube en ella, que si la gente en real está, fuegos tendrán, y atina bien si algo vieres.

Gandalín así lo hizo, que como la sierra a la mano siniestra estuviese no hicieron sino andar todavía por aquella mano, y a cabo de una pieza halláronse al pie de la montaña, y Gandalín subió cuanto más pudo y miró ayuso a la parte de lo llano, y vio luego los fuegos de la gente, de que hubo muy gran placer, y llamó a la guía y mostróselos, y díjole si sabría atinar. Él dijo que sí. Entonces se tornaron a más andar sobre Amadís y la gente estaba, y contáronselo, de que hubo gran placer, y dijo:

—Pues que así es, guiad y andemos lo más presto que ser pueda, que ya gran pieza de la noche es pasada.

Así fueron todos tras la guía lo más ordenadamente que pudieron, que ellos no sabían del rey Perión ni él de ellos; mas de cuanto sería el rastro, tanto anduvieron y se acercaron a la villa que vieron los fuegos del real, que eran muchos, y si de ellos les plugo no es de contar, especialmente aquel esforzado de Amadís que en toda su vida nunca tanto en cosa se deseó hallar, porque el rey Lisuarte conociese que él era siempre el reparo de todas sus afrentas y que después de Dios por él se aseguraba su vida y todo su estado que bien cuidaba que de vencido o muerto de esto no podía escapar, según la poca gente suya y la mucha de sus contrarios, y que sin le ver ni hablar se tornaría, y a esta hora comenzaba a romper el alba y aún estarían de la villa una legua.

Pues el día venido, el rey Arábigo y todos aquellos caballeros se aparejaron para el combate con muy gran esfuerzo y placer, y como armados fueron, llegaron todos al muro y a los portillos de la cerca, mas el rey Lisuarte con los suyos se les defendía muy bravamente, mas al cabo, como la gente era mucha y esforzada con la próspera fortuna y los del rey pocos y los más de ellos heridos y desmayados, no pudieron tanto resistir ni defender que los contrarios no los entrasen por fuerza con muy grande alarido, así que el ruido era muy grande por las calles, por las cuales el rey y los suyos se defendían reciamente, y desde las ventanas les ayudaban las mujeres y mozos y otros que no eran para más afrenta de aquélla. La revuelta de las cuchilladas y lanzadas y pedradas era tan grande, y el sonido de las voces, que no había persona que lo viese que mucho no fuese espantado. Como el rey Lisuarte y aquellos caballeros sus criados se vieron perdidos, como ya en más tuviesen ser presos que muertos, no se os podrían decir las maravillas grandes que allí hicieron y los duros golpes que daban que los contrarios no osaban llegar a ellos, sino con la fuerza de las lanzas y piedras los iban retrayendo. Pues el rey Cildadán, y Arquisil, y Flamíneo, y Norandel, que a la otra parte del rey Arábigo se hallaron, podéis bien creer que no estarían de balde, y con éstos fue una brava batalla que el rey Arábigo entró en la villa y

Arcalaus con él, y llevaron consigo los seis caballeros de la Ínsula Sagitaria que ya decir oísteis, los cuales siempre el rey tenía cabe sí que le aguardasen, y como vio la cosa en tal estado envió los dos de ellos por una traviesa de una calle a la parte donde Barsinán y el duque de Bristoya peleaban, y los otros cuatro metió consigo por aquella parte del rey Cildadán, y díjoles:

—Ahora, mis amigos, es tiempo de vengar vuestras sañas y la muerte de aquel noble caballero Brontajar Danfania, que veis allí los que le mataron. Herid en ellos, que no tienen defensa ninguna.

Entonces estos cuatro caballeros, como se hallaron libres del rey ponen mano a sus cuchillos grandes y fuertes y con gran furia pasaron por todos los suyos, apartándolos y derribándolos por el suelo, hasta que llegaron a donde el rey Cildadán y sus compañeros estaban, el cual, como los vio tan grandes y desmesurados, no era tan ardid ni esforzado que mucho temor no hubiese, y luego dijo a los suyos:

—¡Ea, señores, que con éstos es la muerte bien empleada, pero sea de tal suerte que, si pudiere ser, ellos vayan ante nos!

Entonces van unos a otros tan cruda y bravamente como aquéllos que no deseaban otro medio sino morir o matar. El uno de éstos llegó al rey Cildadán y alzó el cuchillo por le dar por encima del yelmo, que bien pensó de hacerle dos pedazos la cabeza, y el rey, como vio el golpe venir, alzó el escudo en que lo recibió, y fue tan grande que la espada entró por él hasta en medio y le cortó el arco o cerco de acero, y al tirar del cuchillo no lo pudo sacar y llevó el escudo tras él. El rey Cildadán, como era de gran esfuerzo y muchas veces se había visto en tal menester, no perdió aquella hora el corazón ni el sentido, antes le dio con su espada en el brazo que con el peso del escudo no le pudo tan presto tirar a sí y cortóle la manga de la loriga y el brazo todo, sino en muy poco que quedó colgado, y cayó a sus pies el cuchillo metido por el escudo. Éste se tiró afuera como hombre tullido, y el rey ayudó a sus compañeros que con los tres se combatían bravamente, y así con el golpe que él dio como con su ayuda los otros desmayaron ya cuanto de manera que por aquella parte se defendía la calle muy bien sin recibir mucho daño, aunque el rey Arábigo estaba tras ellos dándoles voces que no dejasen hombre a vida. Los otros dos caballeros que por la otra parte fueron llegaron a la pelea; y en su llegada fuese el rey Lisuarte y los suyos retraídos hasta la traviesa de otra calle, donde algunas de sus gentes estaban sin pelear porque no cabían en la calle, y allí se detuvieron, mas todo no valía nada que tanta gente cargaba por todas partes sobre ellos y les tomaban las espaldas, que si Dios por su misericordia no socorriera con la venida de Amadís no tardaran media hora de ser todos muertos y presos, según las heridas tenían y las armas todas hechas pedazos, pero aunque todo estuviera sano y reparado, no montaba nada, que ya eran vencidos y muertos, que por tales ellos mismos se contaban; mas a esta hora llegó Amadís y sus compañeros con aquella gente que ya oísteis, que después que el día vino aguijó cuanto pudo porque antes que se apercibiesen los pudiesen tomar, y como llegó a la villa y vio la gente dentro y otros algunos que andaban de fuera, dio luego y tornó al derredor, e hirieron y mataron cuantos pudieron alcanzar, y él por una puerta y don Cuadragante por la otra entraron con la gente diciendo a grandes voces:

—¡Gaula, Gaula! ¡Irlanda, Irlanda! —y como hallaban las gentes desmandadas y sin recelo, mataron muchos y otros se les encerraron en las casas. Los delanteros que peleaban oyeron las voces y el gran ruido que con los suyos andaban y los apellidos, luego pensaron que el rey Lisuarte era socorrido y desmayaron mucho, que no sabían qué hacer, si pelear con los que tenían delante o ir a socorrer los otros. El rey Lisuarte, como aquello oyó y vio que sus contrarios aflojaban, cobró corazón y comenzó a esforzar los suyos, y dieron en ellos tan bravamente que los llevaron hasta dar en los que venían huyendo de Amadís y de los suyos, así que no tuvieron otro medio sino poner espaldas con espaldas y defenderse.

El rey Arábigo y Arcalaus, como vieron la cosa perdida, metiéronse en una casa, que no tuvieron esfuerzo para morir en la calle, mas luego fueron tomados y presos. Amadís daba tan duros golpes que ya no hallaba quien lo esperase, sino fueron aquellos dos caballeros de la Ínsula Sagitaria que ya oísteis que a aquella parte peleaban que vinieron para él; y él, aunque los vio tan valientes como la historia lo ha antes dicho, no se espantó de ello, antes alzó la suya buena espada y dio al uno de ellos tan gran golpe por encima del yelmo que aunque muy fuerte era no tuvo poder que no hincase las rodillas ambas en el suelo, y Amadís como así lo vio llególe recio y diole de las manos e hízole caer de espaldas, y pasó por él y vio cómo don Florestán, su hermano, y Angriote de Estravaus habían derribado al otro y dejado en poder de los que detrás venían, y pasando todos tres donde estaba Barsinán y el duque de Bristoya, los cuales fueran luego rendidos, que Barsinán se vino a abrazar con Amadís y el duque de Bristoya con don Florestán, porque el rey Lisuarte los apretaba de manera que ya no había en ellos sino la muerte y demandáronles merced. Amadís miró adelante y conoció al rey Lisuarte, y como vio que por allí no había con quien pelear, tornóse lo más que pudo por donde había venido y llevó consigo a Barsinán y al duque y quiso ir a la parte donde había entrado don Cuadragante, y dijéronle cómo ya había despachado el negocio y que tenía presos al rey Arábigo y a Arcaláus. Como esta nueva supo, dijo a Gandalín:

—Ve, di a don Cuadragante que yo me salgo de la villa y que pues esto es despachado que será bien que nos vayamos sin ver al rey Lisuarte.

Y luego fue por la calle hasta que llegó a la puerta de la villa por donde había entrado, e hizo cabalgar la gente que con él iba y él cabalgó en su caballo.

El rey Lisuarte, como tan presto vio el socorro de su vida y sus enemigos muertos y destrozados, estaba de tal manera que no sabía qué decir, y llamó a don Guilán, que cabe sí tenía, y dijo:

—Don Guilán, ¿qué será esto o quién son éstos que tanto bien han hecho?

—Señor —dijo él—, ¿quién puede ser sino quien suele? No es otro sino Amadís de Gaula, que bien oísteis cómo nombraban su apellido, y bien será, señor, que le deis las gracias que merece.

Entonces el rey dijo:

—Pues id vos delante, y si él fuere, detenerlo, que por vos bien lo hará, y yo luego seré con vos.

Y entonces fue por la calle, y cuando don Guilán llegó a la puerta de la villa luego supo que era Amadís, y ya había cabalgado y se iba con su gente, que no quiso esperar a don Cuadragante porque lo no detuviesen, y don Guilán le dio voces que tornase, que estaba allí el rey. Amadís como lo oyó hubo gran empacho, que conoció muy bien aquél que lo llamaba, a quien él apreciaba mucho y lo amaba, y vio al rey cabe él estar y volvió, y cuando fue más cerca miró al rey y tenía todas las armas despedazadas y llenas de sangre de sus heridas, y hubo gran piedad de así lo ver, que, aunque su discordia tan crecida fuese, siempre tenía en la memoria ser éste el más cuerdo y más honrado y más esforzado rey que en el mundo hubiese, y como fue más cerca descabalgó del caballo y fue para él e hincó los hinojos y quísole besar las manos, mas él no las quiso dar, antes lo abrazó con muy buen talante y alzó suso. Entonces llegó don Cuadragante, que tras Amadís venía, y el rey Cildadán, y otros muchos con ellos que salían por detener a Amadís que no se fuese hasta que viese al rey, y llegaron él y don Florestán y Angriote a la besar las manos. Amadís se fue al rey Cildadán y abrazáronse muchas, veces. ¿Quién os podría contar el placer que todos habían en se ver allí juntos con destrucción de sus enemigos? El rey Cildadán dijo a Amadís:

—Señor, tornaos al rey y yo quedaré con don Cuadragante, mi tío.

Y él así lo hizo.

Estando en esto llegó Brandoibás con gran afán, que muchas heridas tenía, y dijo al rey:

—Señor, los vuestros y los de la villa matan tantos contrarios que se metieron en las casas que todas las calles andan corriendo arroyos de sangre, y aunque sus señores aquello mereciesen, no lo merecen los suyos, y por ende mandad lo que se haga en tan cruel destrucción.

Y Amadís dijo:

—Señor, mandadlo remediar, que en las semejantes afrentas y vencimientos se muestran y parecen los grandes ánimos.

El rey mandó a Norandel, su hijo, y a don Guilán que fuese allá y no dejasen matar de los que vivos hallasen, pero que los tomasen a prisión y los pusiesen a buen recaudo, y así se hizo. Amadís mandó a Gandalín y a Enil que con Gandales, su amo, pusiesen recaudo en el rey Arábigo y Arcalaus y Barsinán y el duque de Bristoya, y que no partiesen de ellos, y así lo hicieron. El rey Lisuarte tomó por la mano a Amadís, y díjole:

—Señor, bien será, si a vos pluguiere, que demos orden de descansar y de holgar, que bien nos hace menester, y entremos a la villa y sacarán la gente muerta.

Y Amadís le dijo:

—Señor, sea la vuestra merced de nos dar licencia porque nos podamos con tiempo tornar yo y estos caballeros al rey Perión, mi señor, que con toda la otra gente viene.

—Por cierto, esa licencia no os daré yo, que aunque en virtud ni esfuerzo ninguno os pueda vencer, en esto quiero que seáis de mí vencido y que aquí esperemos al rey vuestro padre, que no es razón que tan brevemente nos partamos sobre cosa tan señalada como ahora pasó.

Entonces dijo al rey Cildadán:

—Tened este caballero, pues que yo no puedo.

El rey Cildadán le dijo:

—Señor, haced lo que el rey os ruega con tanta afición y no pase por hombre tan bien criado como vos tal descortesía.

Amadís se volvió a su hermano don Florestán y a don Cuadragante y a los otros caballeros, y díjoles:

—Señores, ¿qué haremos en esto que el rey manda?

Ellos dijeron que lo que él por bien tuviese. Don Cuadragante dijo que pues allí habían venido para le ayudar y servir, y en lo más lo había hecho, que en lo menos se hiciese:

—Pues que a vos, señor, os parece, así se haga como lo mandáis —dijo Amadís. Entonces mandaron a la gente que descabalgasen y pusiesen los caballos por aquel campo y buscasen algo de comer.

Estando en esto vieron venir al rey Arbán y a don Grumedán, que las guardas que los tenían los había dejado y traían atadas las manos, y fue maravilla cómo los no mataron. Cuando el rey los vio hubo gran placer, que por muertos los tenía, y así fuera sino por el acarro que vino. Ellos llegaron y besáronle las manos, y luego fueron a Amadís con aquel placer que podéis pensar que habrían los mayores amigos suyos que se podrían hallar. Todos dijeron al rey que tomase consigo aquellos caballeros y se aposentase en el monasterio, hasta que la villa fuese despachada de los muertos. Estando en esto llegó Arquisil, que había dado recaudo a Flamíneo, que estaba mal herido, y como vio a Amadís le fue a abrazar, y díjole:

—Señor, a buen tiempo nos acorristeis, que si alguno de los nuestros nos habéis muerto, otros muchos más habéis salvado.

Amadís le dijo:

—Señor, mucho placer recibo en os le dar a vos, que podéis creer y estar seguró de mi voluntad que sin engaños os amo.

Pues queriendo ir el rey Lisuarte al monasterio, vieron venir las batallas de la gente que el rey Perión traía, que venían a más andar, y don Grumedán dijo al rey:

—Señor, buen socorro es aquél, mas si el primero se tardara, tardárase nuestro bien de todo punto.

El rey le dijo riendo y de buen talante:

—Quien se pusiese con vos, don Grumedán, en debate sobre las cosas de Amadís, si son bien hechas o no, muy luenga demanda sería para él y mayor el peligro que dende le vendría.

Y Amadís dijo:

—Señor, gran razón es que todos los caballeros amemos y honremos a don Grumedán, porque él es nuestro espejo y guía de nuestras honras y porque sabe con qué obediencia haría yo lo que él mandase, me quiere bien, y no porque de mí haya recibido ninguna obra buena, sino la buena voluntad.

Así estaban con mucho placer, aunque algunos de ellos con hartas heridas, pero todo lo tenían en nada en ser escapados de aquella muerte tan cruel que ante sus ojos tenían. El rey Lisuarte demandó un caballo, y dijo al rey Cildadán que tomase otro y que irían a recibir al rey Perión. Amadís le dijo:

—Señor, por mejor habría, si por bien lo tuviereis, que descanséis y curen de vuestras heridas, que el rey mi señor no dejará de venir su camino hasta os ver.

El rey le dijo que en todo caso quería ir.

Entonces cabalgó en un caballo, y el rey Cildadán y Amadís en los suyos, y fueron contra donde el rey Perión venía. Amadís mandó a toda su gente que estuviesen quedos hasta que él volviese, y Durín que pasase adelante de ellos e hiciese saber a su padre la ida del rey Lisuarte. Así fueron como oís, y muchos de aquellos caballeros con ellos, y Durín anduvo más y llegó a las batallas, y en las delanteras le dijeron cómo el rey y Gastiles traían la rezaga. Entonces pasó por ellas y llegó al rey, y díjole el mandado de Amadís, y él tomó consigo a Gastiles y a Grasandor y a don Brián de Monjaste y a Trión, y rogó a Agrajes que él se viniese con la gente, y esto hizo por la saña que conocía tener él con el rey Lisuarte y por no le poner en afrenta. A Agrajes plugo de ello, y como el rey Perión pasó delante, fuese él deteniéndose con la gente por no haber razón de hablar al rey Lisuarte.

El rey Perión llegó con la compaña que os digo al rey Lisuarte, y como se vieron salieron entrambos adelante el uno al otro y abrazáronse con buen talante, y cuando el rey Perión le vio así llagado y mal parado y las armas despedazadas, díjole:

—Paréceme, buen señor, que no partisteis del real tan mal tratado como ahora os veo, aunque allá vuestras armas no estuvieran en las fundas ni vuestra persona a la sombra de las tiendas.

—Mi señor —dijo el rey Lisuarte—, así tuve por bien que me vieseis porque sepáis qué tal estaba a la hora que Amadís y estos caballeros me socorrieron.

Entonces le contó todo lo más de la gran afrenta en que ha estado. El rey Perión hubo muy gran placer en saber lo que sus hijos habían hecho, con la buena ventura y honra tan grande que de ello sé les seguía, y dijo:

—Muchas gracias doy a Dios porque así se paró el pleito y porque vos, mi señor, seáis servido y ayudado por mis hijos y de mi linaje, que ciertamente comoquiera que las cosas hayan pasado entre nosotros, siempre fue y es mi deseo que os acaten y obedezcan como a señor y a padre.

El rey Lisuarte dijo:

—Dejemos ahora esto para más espacio, que yo fío en Dios que antes que de en uno nos partamos quedaremos juntos y atados con mucho deudo y amor para muchos tiempos.

Entonces miró y no vio a Agrajes, a quien en mucho tenía, así por su bondad como por el deudo grande de aquellos señores, y porque ya en su voluntad estaba determinado de hacer lo que adelante oiréis, no quiso que rastro de enojo ninguno quedase, que bien sabía cómo Agrajes más que otro ninguno se agraviaba de él y publicaba quererlo mal, y preguntó por él, y el rey Perión le dijo cómo por ruego suyo había quedado con las batallas porque no hubiese el desconcierto que entre la gente mucha suele haber no habiendo persona a quien teman y que los rija.

—Pues hacedle llamar —dijo el rey—, que no partiré de aquí hasta lo ver.

Entonces Amadís dijo a su padre:

—Señor, yo iré por él —y esto hizo porque bien pensó que si por su ruego no viniese, que otro no le atraería. Y así lo hizo, que luego se fue donde la gente estaba y habló con Agrajes, y díjole todo lo que habían hecho y cómo habían desbaratado y destruido toda aquella gente y los presos que tenían y cómo viniéndose sin hablar al rey Lisuarte había salido tras él y lo que habían pasado, y que pues aquella enemistad iba tanto al cabo para ser amistad quedando su honra tan crecida, que le rogaba mucho se fuese con él, porque el rey Lisuarte no quería partir de allí sin le ver. Agrajes le dijo:

—Mi señor cohermano, ya sabéis vos que ni saña ni placer no ha de durar más de cuanto vuestra voluntad puede, y este acorro que habéis hecho a este rey quiera Dios que os sea mejor agradecido que los pasados, que no fueron pocos; pero entiendo que la pérdida y el daño sobre él ha venido, que así ha placido a Dios que sea, porque su mal conocimiento lo merecía, y así le acaecerá adelante si no muda su condición, y pues a vos place que le vea, hágase.

Y mandó a la gente que estuviesen quedas hasta que su mandado hubiesen.

Así se fueron entrambos, y llegando al rey, Agrajes le quiso besar las manos; mas él no se las dio, antes lo abrazó y túvole así una pieza, y dijo:

—¿Cuál ha sido para vos mayor afrenta, estar ahora conmigo abrazado o cuando estábamos en la batalla? Entiendo que ésta tendréis por mayor.

Todos rieron de aquello que el rey dijo, y Agrajes, con mucha mesura, le dijo:

—Señor, más tiempo será menester para que con determinada verdad pueda responder a esto que me preguntáis.

—Pues luego bien será, que nos vamos a reposar, y vos, mi buen señor —dijo al rey Perión—, iréis a ser mi huésped con estos caballeros que con vos vienen, y vuestra gente entre los que cupieren en la villa, y los otros por estos prados podrán albergar, y nosotros aposentarnos hemos en el monasterio y mandaré que todas las recuas de previsión que de mi tierra vienen al real se vengan aquí porque no falte lo que hubiéremos necesario.

El rey Perión se lo agradeció mucho, y díjole que le diese licencia, pues ya no los había menester, mas el rey Lisuarte no quiso, antes le ahincó tanto y el rey Cildadán con él, que lo hubo de hacer, y así juntos se volvieron al monasterio, donde fueron bien aposentados. Pues allí al rey Lisuarte curaron de sus heridas los maestros que él traía, pero todos no sabían ninguna cosa ante el maestro Helisabad, que éste así al rey como a todos los otros curó y sanó, que fue maravilla de lo ver, y también a Amadís y algunos de su parte que algunas heridas tenían, aunque no grandes. Pero el rey Lisuarte más estuvo de diez días que de la cama no se levantó, y cada día estaban allí con él el rey Perión y todos aquellos señores hablando en cosas de mucho placer, sin tocar a cosa que de paz ni de guerra fuese, sino solamente hablando y riendo de Arcalaus, y como siendo un caballero de baja condición y no de grande estado con sus artes había revuelto tantas gentes como habéis oído, y así se trajo a la memoria de cómo encantó a Amadís y cómo prendió al rey Lisuarte y hubo por grande engaño a su hija Oriana y murió por su causa Barsinán, señor de Sansueña, y cómo después hizo venir a los siete reyes a la batalla contra el rey Lisuarte y cómo tuvo al rey Perión y a Amadís y a don Florestán en la prisión, que fueron engañados por su sobrina Dinarda, y después cómo se escapó de don Galaor y de Norandel llamándose Branfiles, primo cohermano de don Grumedán, y ahora cómo había tomado a traer al rey Arábigo y aquellos caballeros y cómo tenía su hecho acabado si no se estorbara por tan gran ventura de se hallar tanto a mano aquel socorro y otras muchas cosas que de él contaban en burla, que en poco estuvieron de salir de verdad, de las cuales mucho reían. Entonces don Grumedán, que como en esta gran historia se os ha mostrado en todas sus cosas era un caballero muy entendido en todo, dijo:

—Veis aquí, buenos señores, por qué muchos se atreven a ser malos, porque mirando algunas buenas dichas que con sus malas obras el diablo les hace alcanzar con aquella dulzura que en ellas sienten no se curan ni piensan en las caídas tan deshonrosas y peligrosas que de ello a la fin les ocurre, que si mirásemos lo que de este Arcalaus habemos dicho que en su favor contarse puede, a estar ahora preso y viejo, y manco a la merced de sus enemigos, él solo bastaba para ser ejemplo que ninguno se desviase del camino de la virtud por seguir aquello que tanto daño y desventura trae; mas como las virtudes son ásperas de sufrir y hay en ellas muy ásperos senderos y las malas obras al contrario, y como todos naturalmente seamos más inclinados al mal que al bien, seguimos con toda afición aquello que más al presente nos agrada y contenta y descuidámonos de lo que, aunque al comienzo sea áspero, la salida y fin es bienaventurada y siguiendo más el apetito de nuestra mala voluntad que la justa razón, que es señora y madre de las virtudes, venimos a caer cuando más ensalzados estamos, donde ni el cuerpo ni el alma repararse pueden. Como este malo de obras Arcalaus el Encantador lo ha hecho.

Mucho pareció bien al rey Perión lo que este caballero dijo, y por hombre discreto le tuvo, y mucho preguntó después por él, que bien conoció que tal caballero como aquél digno y merecedor era de estar cabe los reyes.

En este medio tiempo llegó el hombre bueno santo Nasciano, con que todos hubieron gran placer, que así como hasta allí con la discordia todas las cosas a los unos y a los otros con grandes sobresaltos y fatigas del espíritu les habían venido, así ahora, tornando todo al revés, con la paz descansaban y reposaban sus ánimos con gran placer, cuando el buen hombre los vio juntas en todo amor donde no había tres días que se mataban con tanta crueldad, alzó las manos al cielo y dijo:

—¡Oh, Señor del mundo, que tan grande es la tu santa Piedad, y cómo la envías sobre aquéllos que algún conocimiento del tu santo Servicio tienen, que estos reyes enjuta de la heridas que se hicieron, causándolo el enemigo malo, y porque yo en el Tu nombre y con Tu gracia les puse en comienzo de buen camino, queriendo ellos haber conocimiento del yerro tan grande en que puestos estaban. Tú, Señor, lo has traído a tanto amor y buena voluntad cual nunca por persona alguna pensarse pudo. Pues así, Señor, te plega que permitiendo el cabo y la fin de esta paz, yo como tu siervo y pecador, antes que de ellos me parta les deje en tanto sosiego que dejando las cosas contrarias al su servicio entiendan en acrecentar en la Tu Santa Fe católica.

Este santo hombre ermitaño nunca hacía sino andar de los unos a los otros poniéndoles delante muchos ejemplos y doctrinas porque siguiesen y diesen buen cabo en aquello que él les había puesto, así que sus duros corazones ponía en toda blandura y razón.

Pues estando un día todos juntos en la cámara, el rey Lisuarte preguntó al rey Perión de quién habían sabido las nuevas de la gente que fue sobre él. El rey Perión le dijo cómo el doncel Esplandián lo había dicho a Amadís y que no sabía más. Entonces mandó llamar a Esplandián y preguntóle cómo fue él sabedor de aquella gente. Él le dijo cómo viniendo por mandado del buen hombre su amo, a él, al real, le halló partido, y que siguiendo su camino había visto descender toda la gente de la montaña a la parte donde él iba y que luego pensó, según la muchedumbre de ella y lo poco y mal parado que él llevaba, que se no podía quitar de ellos sin mucho peligro y que luego él y Sargil, a más correr de sus palafrenes, habían andado toda la noche sin parar y lo hicieron saber a Amadís. El rey Lisuarte le dijo:

—Esplandián, vos me hicisteis gran servicio y yo confío en Dios que de mí os será bien galardonado.

El hombre bueno dijo:

—Hijo, besad las manos al rey, vuestro señor, por lo que os dice.

El doncel llegó e hincó los hinojos y besóle las manos. El rey le tomó por la cabeza y llególe a sí y besóle en la faz y contra Amadís, y como Amadís tenía los ojos puestos en el doncel y en lo que el rey hacía, y vio que a tal sazón le miraba, embermejecióle el rostro, que bien conoció que el rey sabía ya todo el hecho de él y de Oriana y de cómo el doncel era su hijo, y tanto le contentó aquel amor que el rey a Esplandián mostró y así lo sintió en el corazón que le acrecentó su deseo de le servir mucho más, y eso mismo hizo al rey, que la vista y gracia de aquel mozo era tal para su contentamiento que mientras en medio estuviese no podría venir cosa que estorbase de se querer y amar.

Gasquilán, rey de Suesa, había quedado en el real maltratado de la batalla que con Amadís hubo y su gente con él, aquélla que de las batallas había escapado, y cuando el rey Lisuarte se partió de él rogóle mucho que se fuese en andas, y desviando por otro camino a la mano diestra lo más que pudiese de la montaña, y dejó con él personas que muy bien le guiasen, y así lo hizo, que tomó por una vega ayuso ribera de un río, el cual metió entre sí y la montaña, y albergó aquella noche so unos árboles, y otro día anduvo su camino, pero de grande espacio, así que con el rodeo que llevó no pudo ser en Luvaina de esos cinco días, y llegó al monasterio donde los reyes estaban, que no sabía nada de lo pasado, y cuando se lo dijeron fue muy triste por estar en disposición de no se hallar en cosa tan señalada, y como era muy follón y soberbio decía algunas cosas, quejándose con grande orgullo, que los que lo oían no le tenían a bien. Como el rey Perión y el rey Cildadán y aquellos señores supieron de su venida, salieron a él a la puerta del monasterio, donde en sus andas estaba y ayudáronle a descender de ellas y caballeros le tomaron en sus brazos y lo metieron donde el rey Lisuarte estaba echado, que así se lo envió él a rogar, y allí en la cámara donde el rey estaba le hicieron otra cama, donde le pusieron. Estando allí Gasquilán miró a todos los caballeros de la Ínsula Firme y violos tan hermosos y tan bien dispuesto y aderezados de atavíos de guerra que a su parecer nunca había visto gente que tan bien le pareciese, y preguntó cuál de aquéllos era Amadís vio que por él preguntaba, llegóse a él teniendo por la mano al rey Arbán de Norgales, y dijo:

—Mi buen Señor, vos seáis muy bien venido, y mucho me pluguiera de os hallar sano, más que así como estáis, que en tan buen hombre como vos sois mal empleado es el mal, mas placerá a Dios que presto habréis salud y lo que con desamor entre vos y mi hubo, con buenas obras será enmendado.

Gasquilán, como le vio tan hermoso y tan sosegado y con tanta cortesía, si no conociera tanto de su bondad, así por oídas como por le haber probado, no lo tuviera en mucho, que a su parecer más aparejado era para entre dueñas y doncellas que entre caballeros y actos de guerra, que como él fuese valiente de fuerza y corazón, así se preciaba de lo ser en la palabra, porque tenía creído que él muy esforzado había de ser, en todo era necesario que lo fuese, y si algo de ello le faltase, que lo menoscababa en su valor mucho, y por esto no tenía él por tacha ser soberbio, antes de ello se preciaba mucho, en lo cual, si engaño recibía, quien quiera lo pueda juzgar, y respondió a Amadís y díjole:

—Mi buen señor Amadís, vos sois el caballero del mundo que yo más ver deseaba, no para bien vuestro ni mío, antes para me combatir con vos hasta la muerte, y si como ahora con vos me avino os aviniera conmigo, y aquello que de vos recibí recibierais de mí demás de me tener por el más honrado caballero del mundo, cobrara por ello el amor de una señora que yo mucho amo, precio y quiero, por mandamiento de la cual os demandé hasta ahora y así me avino que no sé cómo ante ella parecer pueda, así que mi mal mucho más es lo que no se ve que lo que es claro y público a todos.

Amadís, que esto oyó, le dijo:

—De eso de vuestra amiga os debe mucho pesar asimismo; lo hace a mí, que de todo lo que se ganara en me vencer no debéis tener mucho cuidado, que según los vuestros hechos son tan grandes y famosos por todo el mundo y tan señalados en armas, no ganaréis mucho en cobrar a un caballero de tan poca nombraría como lo soy yo.

Entonces el rey Cildadán dijo al rey Lisuarte, riendo:

—Bien será que echéis el bastón entre estos dos caballeros.

Y fuese en placer para ellos y metiólos en otras burlas. Allí estuvieron estos reyes y caballeros en el monasterio muy servidos de todo lo que habían menester, que como el rey Lisuarte estuviese en su tierra hizo allí traer muchas viandas tan abastadamente que a todos daba grande contentamiento. El rey Perión le rogó muchas veces que le dejase con la gente ir a la Ínsula Firme y que luego haría allí venir los dos caballeros como estaba acordado entre ellos, mas el rey Lisuarte nunca lo quiso hacer, y díjole que pues Dios le había allí traído no le dejaría ir hasta que todo fuese despachado, así que el rey Perión hubo empacho de más se lo rogar y así aguardó a ver en qué pararía aquella tan buena voluntad que el rey Lisuarte mostraba. Arquisil habló con Amadís diciendo qué le mandaba hacer en su prisión, que presto estaba de cumplir la promesa que le tenía hecha. Amadís le dijo que él hablaría con él así en aquello como en otras cosas que había pensado, y que a la mañana, en oyendo misa hiciese traer su caballo, que en el campo le quería hablar; lo cual así hizo, que luego otro día cabalgaron en sus caballos, y saliéronse paseando al derredor de la villa, y cuando de todos fueron alongados, Amadís le dijo:

—Mi buen señor, todos estos días pasados que aquí he estado os quisiera hablar y con la ocupación que habéis visto no he podido; ahora que tenemos tiempo, quiero deciros lo que tengo pensado de vos. Yo sé que según la línea derecha de vuestra sangre, que muerto el emperador de Roma, como lo es, no queda en todo el imperio ningún derecho sucesor ni heredero sino vos, y también sé que de todos los del señorío sois muy amado, y si de alguno no lo erais no fue sino de aquel vuestro pariente emperador, que la envidia de vuestras buenas maneras le daban causa a que su mala condición os demandase, y pues el negocio es venido en tal estado, gran razón sería aue se tomase cuidado de una cosa de tan gran hecho como ésta. Vos tenéis aquí los más y los mejores caballeros del señorío de Roma, y yo tengo en la Ínsula Firme a Brondajel de Rosa y al duque de Ancona y al arzobispo de Talancia, con otros muchos que en la mar fueron presos. Y enviaré luego por ellos y hablemos en ello, y antes que de aquí partan se tenga manera cómo os juren por su emperador y si algunos os lo contrallaren yo os ayudaré a todo vuestro derecho, así que, buen amigo, pensar y trabajar en ello, conoced el tiempo que Dios os da y por vuestra culpa no se pierda.

Cuando Arquisil esto le oyó, ya podéis entender el placer que de ello habría, que no esperaba sino que le querría mandar tener prisión en algún lugar donde por gran pieza de tiempo salir no pudiese, y díjole:

—Mi buen señor, no sé por qué todos los del mundo no procuran por vuestro amor y conocencia y no son en crecer vuestra honra y estado, y de mí os digo que ahora pudiéndose hacer lo que decís y no se haciendo, comoquiera que la ventura lo traiga, nunca seré en tiempo que esta merced y gran honra que de vos recibo no la pague hasta perder la vida y si gracias y mercedes pudiesen bastar a tan gran beneficio darlas había, ¿pero cuáles pueden ser? Por cierto, no otras sino mi persona misma, como lo he dicho con todo lo que Dios y mi dicha me pudiere dar, y desde ahora dejo en vuestras manos todo mi bien y honra, y pues también lo habéis dicho dadle cabo, que más es vuestro que mío lo que se ganare.

—Pues yo lo tomo a mi cargo —dijo Amadís—, y con ayuda de Dios os iréis de aquí emperador, o yo no me tendría por caballero.

Con esto se partieron de su habla y Amadís le dijo:

—Antes que al monasterio volvamos entremos a la villa y mostraros he el hombre del mundo que peor me quiere.

Así entraron en Luvaina y fuéronse a la posada de don Gandales, donde tenía presos al rey Arábigo y Arcalaus y los otros caballeros que ya oísteis, y como en ella entraron, fuéronse luego a la cámara donde el rey Arábigo y Arcalaus solos estaban y halláronlos vestidos y sentados en una cámara, que desde que fueron presos nunca se quisieron desnudar, y Amadís conoció luego a Arcalaus y díjole:

—¿Qué haces, Arcalaus?

Y él le dijo:

—¿Quién eres tú que lo preguntas?

—Yo soy Amadís de Gaula, aquél que tú tanto deseabas ver.

Entonces Arcalaus le miró más que antes y díjole:

—Por cierto verdad dices, que aunque la distancia del tiempo ha sido larga en que no te he visto, la memoria no pierde de conocer ser tú aquel Amadís que yo tuve en mi poder en el mi castillo de Valderín y aquella piedad que de tu tierna juventud y de esa gran hermosura entonces hube, aquélla después por luengos tiempos me ha puesto en muchas y grandes tribulaciones, hasta que en el cabo me ha traído en tal estrecha que me conviene demandarte misericordia.

Amadís le dijo:

—Si ya lo hubiese de ti, ¿cesarías de hacer aquellos grandes males y crueldades que hasta aquí has hecho?

—No —dijo él—, que ya la edad tan luengamente habituada en ello por su voluntad no se podría retraer de lo que tanto tiempo por vicio ha tenido, más la necesidad que es muy dura y fuerte freno para hacer mudar toda mala costumbre de buena en mala y de mala en buena, según la persona y causa que viene, me haría hacer en la vejez. aquello que la juventud y libertad no quisieron ni pudieron.

—Pues, ¿qué necesidad te prodría yo poner —dijo Amadís— si libre y suelto te dejase?

—Aquella —dijo Arcalaus— que por la sostener y acrecentar ha hecho mucho mal a mi conciencia y fama, que es mis castillos, los cuales te mandaré dar y entregar con toda mi tierra y no tomaré de ellos más de lo que por virtud darme quisieres, porque al presente no me puedo en otra cosa poner, y podrá ser que esta tan gran premia y la bondad tuya grande harán en mí aquella mudanza que hasta aquí la razón no ha podido hacer en ninguna suerte.

Amadís le dijo:

—Arcalaus, si alguna esperanza tengo que tu fuerte condición será enmendada, no es otra salvo el conocimiento que tienes en te tener por malo y pecador; por ende, esfuérzate y toma consuelo, podrá ser que esta prisión del cuerpo en que ahora estás y tanto temes será llave para soltar tu ánima, que tan encadenada y presa tanto tiempo has tenido.

Y Amadís queriéndose ir, le dijo Arcalaus:

—Amadís, mira este rey sin ventura que poco ha que estaba muy cercano de ser uno de los mayores príncipes del mundo, y en un momento la misma fortuna que para ella le fue favorable, aquélla le ha derribado y puesto en tal cruel cautiverio. Séate ejemplo a ti y todos los que honra y grande estado tienen o desean, y quiérote traer a la memoria que en los fuertes ánimos y corazones consiste el vencer y perdonar.

Amadís no le quiso responder, pues que le tenía preso, que bien hacía contra él esta razón, que aunque por armas y sus encantamientos había vencido a muchos, nunca supo a ninguno perdonar, pero por eso no dejó de conocer que había dicho hermosa razón.

Así que salieron él y Arquisil de la cámara, y cabalgaron en sus caballos y fuéronse al monasterio, y luego Amadís mandó llamar a Ardián el su enano, y mandóle que fuese a la Ínsula Firme y dijese a Oriana y aquellas señoras todo lo que había visto, y diole una carta para Ysanjo que luego le enviase allí a buen recaudo a Brondajel de Roca, y al duque de Ancona y al arzo-bispo de Talancia con todos los otros romanos que allí presos estaban lo más presto que venir pudiesen. El enano mucho placer en llevar esta nueva, porque de ella esperaba gran honra y mucho provecho, y cabalgó luego en su rocín y anduvo de día y de noche sin mucho parar, tanto que llegó a la Ínsula Firme donde nada de esto postrimero se sabía, que Oriana no había habido otras nuevas sino de las dos batallas y de cómo Nasciano, el santo ermitaño, los tenía en tregua y cómo era muerto el emperador de Roma, de lo cual no poco placer hubo, más de las cosas de allí adelante no supo cosa alguna, antes siempre estaba con mucha angustia pensando que aquel hombre bueno Nasciano no bastaría a poner paz en tan gran rotura y nunca hacía sino rezar y hacer muchas devociones y romerías por las iglesias de la ínsula y rogar a Dios por la paz y concordia de ellos, y como el enano llegó fuese luego derechamente a la huerta donde Oriana posaba y dijo a una dueña que la puerta guardaba que dijese a Oriana cómo estaba allí y le traía nuevas. La dueña se lo dijo, y Oriana le mandó entrar, mas esperando que diría no tenía el corazón sosegado, antes con gran sobresalto, porque no las podía oír sino a provecho de la una parte y daño de la otra, y como de un cabo tuviese a su amigo Amadís y del otro al rey su padre, aunque el daño de Amadís temiese tanto que ser más no podría, de cualquiera que a su padre viniese habría mucho dolor, y como el enano entró dijo a Oriana:

—Señora, albricias os demando no cómo quién yo soy, sino más cómo quién vos sois y las grandes nuevas que os traigo.

Oriana le dijo:

—Ardián, mi amigo, según tu semblante bien va a la parte de tu señor, más dime si mi padre es vivo.

El enano dijo:

—¿Cómo, señora, si es vivo? Es vivo y sano, y más alegre que nunca lo fue.

—¡Ay, Santa María! —dijo Oriana—, dime lo que sabes, que si Dios me da algún bien yo te haré bienaventurado en este mundo.

Entonces el enano le contó todo el hecho como había pasado, y cómo el rey su padre estando en punto de perder la vida, vencido y encerrado de sus enemigos, sin ningún remedio, que el doncel muy hermoso Esplandián lo hizo saber a Amadís y cómo luego partió con la gente, y todas las cosas que le acaecieron en el camino, a lo cual el había sido presente, y cómo llegó Amadís a la villa y de la manera que el rey su padre estaba, y cómo en su llegada todos sus enemigos fueron destruidos, muertos y presos, y preso el rey Arábigo y Arcaláus el Encantador, y Barsinán, señor de Sansueña, y el duque de Bristoya, y después cómo el rey, su padre, salió tras Amadís aue si le ver se tornaba y cómo llegó el rey Perión. Finalmente le contó todo lo pasado y de cómo estaban en aquel monasterio con mucho placer todos juntos, como aquél que lo había visto. Oriana, que de oírlo como fuera de sentido de gran placer que había, hincó los hinojos en tierra y alzó las manos y dijo:

—¡Oh, Señor poderoso, reparador de todas las cosas, el Tu Santo Nombre sea bendito, y como Tú, Señor, seas el Justo Juez, y sabes la gran sin razón que a mí se me hace, siempre tuve esperanza en la tu misericordia que con mucha honra mía y de los de mi parte fuesen, se había de atajar este negocio. Y bendito sea aquel muy hermoso doncel que de tanto bien fue causa, y que así quiso hacer verdadera la profecía de Urganda la Desconocida que de él escribió, por donde se puede y debe creer todo lo al que se dijo y yo soy obligada de lo querer y amar más que ninguno pensar puede, y de le galardonar la buena ventura que por él me viene.

Todas pensaban que por haber sido causa de aquel socorro que a tu padre el rey hizo lo decía, pero lo secreto salía de las entrañas como de madre a hijo. Entonces se levantó y dijo al enano si se volvería luego. Él dijo que sí, que Amadís le había mandado que después que aquellas nuevas dijese a ella, y aquellas señoras que allí estaban, diese una carta a Ysanjo que le traía en que le mandaba que luego le enviase los romanos que allí tenía presos.

—Pues Ardián, mi amigo —dijo Oriana—, dime, ¿qué goces que se dice allá que querrán hacer?

—Señora —dijo él—, yo no lo sé por cierto, sino aue el rey vuestro padre detiene al rey Perión y a mi señor y a todos los señores y caballeros que de aquí fueron, y dice que no quiere que de allí vayan hasta que todo sea despachado con mucha paz que entre ellos quede.

—Así plega a Dios que sea —dijo Oriana.

Entonces le preguntaron la reina Briolanja y Melicia, que estaban juntas, que les dijese de aquel muy hermoso doncel Esplandián que tal era, y en qué había tenido el rey Lisuarte aquel gran servicio que le hizo, y él les dijo:

—Buenas señoras, estando yo con Amadís en la cámara del rey, vi llegar a Esplandián a le besar las manos por las mercedes que le prometía y vi cómo el rey lo tomó con sus manos por la cabeza y le besó los ojos, y de su hermosura os digo que aunque él es hombre y vosotras presumís de muy hermosas, si delante de él os hallaseis esconderos habíais y no os haríais aparecer.

—Por esto está bien —dijeron ellas— que estamos aquí encerradas donde no nos verá.

—No curéis de eso —dijo él—, que él es tal que aunque más encerradas estéis, vosotras y todas las que hermosas son, saldréis a lo buscar.

Mucho rieron todas con las buenas nuevas que oían y con lo que el enano respondió. Oriana miró a la reina Sardamira y díjole:

—Reina señora, alegraos, que aquel Señor que ha dado remedio a las que aquí estamos no querrá que vos quedéis olvidada.

La reina dijo:

—Mi señora, tal esperanza tengo yo en Él y en vos, que miraréis por mi reparo aunque no os lo merezca.

Entonces preguntó al enano qué tales habían quedado aquellos desdichados y sin ventura romanos que con el rey Lisuarte estaban; él dijo:

—Señora, así de ellos como de los otros faltan muchos, y los que son vivos, están mal llagados; más después de la muerte del emperador y Floyán y Constancio no falta ningún hombre de cuenta de ellos, que yo vi bueno a Arquisil y hablar mucho con mi señor Amadís, y Flamíneo, vuestro hermano, queda herido, pero no mal, según se decía.

La reina dijo:

—A Dios plega que pues en los muertos no hay remedio, que lo haya en los vivos y les dé gracia que no curando de las cosas pasadas, queden amigos y con mucho amor en lo presente y porvenir.

El enano dijo a Oriana si mandaba algo, que quería ir a recaudar el mandado de su señor. Ella dijo que pues no trajera carta que le encomendase mucho al rey Perión y Agrajes y a todos aquellos caballeros.

Con esto se fue a Ysanjo y le dio la carta de Amadís, y como vio lo que por ella mandaba, sacó luego de una torre aquellos señores de Roma por quien enviaba y dioles bestias y un hijo suyo y otras personas que los llevasen y guiasen y les hiciesen dar viandas y todas las cosas que hubiesen menester, y soltó todos los otros que estaban presos, que serían hasta doscientos hombres, y enviólos a Amadís.

Así anduvieron por su camino hasta que llegaron al monasterio donde el rey Lisuarte estaba, y besáronle las manos, y el rey los recibió con mucho placer, aunque otra cosa en lo secreto sintiese, por no les dar más congoja que si tenían. Mas cuando vieron a Arquisil no pudieron excusar que las lágrimas no les vinieran a los ojos, así a ellos como a él.

Amadís les habló con mucha cortesía y los alegró mucho y llevó a su aposentamiento, donde de él recibieron mucha honra y consolación. Pues allí llegados después que del camino algo descansaron, Amadís se apartó con ellos, sin Arquisil, y díjoles:

—Buenos señores, yo os hice aquí venir porque me pareció que según las cosas van a buen fin, que es cosa muy razonable que estuvieseis presentes a todo lo que se hará, que de hombres tan honrados con mucha razón se debe hacer cuenta y también que por os hacer saber cómo yo tengo palabra de Arquisil, como creo que habréis oído, que tendrá prisión donde por mí le fuere señalado, y conociendo el gran linaje donde viene y la nobleza suya, que le acarrea a merecer muy gran merecimiento acordé de os hablar; pues que en el imperio de Roma no os queda quien tanto con derecho como este caballero lo deba haber que se tenga manera, como así por vosotros como por todos los que aquí se hallan, sea jurado y tomado por señor, y en esto haréis dos cosas: la primera, cumplir con lo que obligados sois en dar bondades y que muchas mercedes os hará, y la otra, que en cuanto a la prisión suya y vuestra yo habré por bien de os dejar libres que sin entrevalo alguno os podáis ir a vuestras tierras, y siempre os seré buen amigo, mientras os pluguiere, que yo precio mucho a Arquisil y le tengo gran amor, tanto como a un hermano verdadero, y así se lo guardaré si por él no se pierde en esto que os he mandado y en todo lo al que le tocare.

Oído esto por aquellos señores romanos, rogaron a Brondajel de Roca, que era muy principal y muy razonador entre ellos, que le respondiese, el cual le dijo:

—En mucho tenemos, señor Amadís, vuestra graciosa habla y mucho os debe ser agradecida, pero como este hecho sea tan crecido y para ello es menester el consentimiento de muchas voluntades, no podríamos así al presente responder hasta que con los caballeros que así son se platique, porque aunque de muchos de los que aquí vienen no se hace cuenta, muy principales son para esto, señor, que nos decís, porque en nuestra tierra tienen muchas fortalezas y ciudades y villas del imperio, y otros oficios de comunidades que tocan mucho a la elección del imperio, y por esto, si os pluguiere, nos daréis lugar que veamos a Flamíneo, que es un caballero muy honrado, que nos han dicho que está herido, y en su presencia serán por nosotros todos llamados y se os podrá dar deliberadamente la respuesta.

Amadís lo tuvo por bien y les dijo que respondían como caballeros cuerdos y lo que debían y que les rogaba, porque creía que su partida de allí sería breve, no hubiese dilación. Ellos le dijeron que así se haría, que la tardanza sería para ellos más grave. Pues luego cabalgaron todos tres y se entraron en la villa, que ya de los muertos estaba desembarazada, que el rey Lisuarte mandó venir de esas comarcas muchas gentes que los enterraron.

Y como llegaron a la posada do Flamíneo estaba, descabalgaron y entraron en su cámara, y como se vieron fueron muy ledos en sus voluntades, aunque los continentes muy tristes por la gran desventura que le había venido, y luego le dijeron como era menester que hiciese llamar todos los alcaides y personas señaladas que habían quedado vivas de los que allí estaban, porque era necesario que supiesen una habla que Amadís le había hecho en que estaba su deliberación o prisión para siempre. Flamíneo los mandó llamar, y venidos los que venir pudieron estando juntos, Brondajel de Roca les dijo:

—Honrado caballero Flamíneo, y vosotros, buenos amigos: ya sabéis las grandes dichas y grandes fortunas que sobre todos los de Roma son venidas, después que por mandado de nuestro emperador, que Dios perdone, venimos en esta isla de la Gran Bretaña y porque tan notorias son a vosotros será excusado repetirlas ahora. Nosotros, estando presos en la Ínsula Firme, Amadís de Gaula tuvo por bien de nos hacer venir aquí donde nos veis, el cual con mucho amor y buena voluntad nos ha traído y hecho muchas honras, y nos ha hablado largamente diciendo que pues nuestro imperio romano está sin señor y de derecho más que a otro alguno le viene la sucesión de él a Arquisil, que él será agradable en que por vosotros y nosotros sea por señor y emperador tomado, y que no solamente nos dará libre de la prisión que sobre nosotros tiene, mas que nos será fiel amigo y ayudador en todo lo que menester le hubiéramos, y pareciónos según el afición a esto que os decimos mostró que tiene por dicho que si con voluntad de nosotros se hiciese, que nos dará las gracias que oísteis, y si no de ser poner con sus fuerzas para que por otra vía se haga. Así que, buen señor, y vos, buenos amigos, esto es para lo que aquí fuisteis llamados y porque vuestras voluntades se determinen sabiendo las nuestras, es mucha razón que se os declaren, lo cual es que hemos platicado entre nos mucho sobre esto y hallamos que lo que este caballero Amadís os pide y ruega es lo que nos habíamos con mucha afición de rogar y pedir a él, porque como sabéis aquel tan gran señorío de Roma no puede estar sin señor, ¿pues quien más por derecho, por esfuerzo, por virtudes, que este Arquisil lo merece? Por cierto, a mi ver ninguna. Éste es nuestro natural, criado entre nosotros, sabemos sus buenas costumbres y maneras. A éste sin empacho podemos pedir por fuero lo que siendo derecho otro por ventura que extraño fuese nos lo negaría. Demás de esto ganamos en amistad a este famoso caballero Amadís, que así como siendo enemigo tanto poder tuvo de nos dañar, siendo amigo con aquél mismo mucha honra y bien nos puede hacer y enmendar todo lo pasado. Ahora decid lo que os place, y no miréis a nuestra prisión ni fatiga, sino solamente a lo que la razón y la justicia os guiare.

Como las cosas justas y honestas tengan tanta fuerza que aún los malos sin gran empacho negar no la puedan, así estos caballeros, como personas discretas y de buen conocimiento, viendo ser muy justo y a lo que eran obligados lo que aquel caballero Brondajel de Roca dijo, no le pudieron contradecir, aunque como siempre acaece en las muchas voluntades haber diversas discordias, tantos hubo allí que a la razón miraron y siguieron que los que otra cosa quisieran no hubo lugar su deseo, y todos juntamente dijeron que así como Amadís lo demandaba se hiciese y con su emperador se tornasen a sus casas sin se más de tener en aquellas tierras donde malandantes habían sido, y que a ellos, como a muy principales, dejaban a cargo de lo que Arquisil había de jurar y prometer, y con este asiento se tornaron a Amadís al monasterio, y dijéronle todo lo que estaba concertado, de que hubo gran placer. Pues, finalmente, todos juntos los caballeros y grandes señores de los romanos y las otras gentes más bajas del imperio dentro en la iglesia juraron a Arquisil por su emperador y le prometieron vasallaje, y él les juró todos sus fueros y costumbres y les hizo y dio todas las mercedes que con razón le pidieron. Así que por esto podemos decir que algunas veces vale más ser sojuzgado y apremiados de los buenos fuera de nuestra libertad que con ella sirve y obedecer a los malos, porque de lo bueno no se espera en la fin sino bien, y de lo malo, aunque algún tiempo tenga flores, al cabo han de ser secas con las raices donde procede, que este Arquisil fue criado con hombre de su sangre que fue el emperador Patín, al cual muchos señalados servicios hizo en honra de su corona imperial y en lugar de haber conocimiento de ellos los trajo desviado, casi desterrado y maltratado de donde él estaba, temiendo que la virtud y buenas maneras de este caballero por donde había de ser querido y amado y hechas muchas mercedes le habían de quitar el señorío, y siendo preso de su enemigo, donde no esperaba gracia ni honra ninguna antes todos al contrario, de éste por ser tan diverso y acabado, en la virtud que al otro fallecía le vino aquella tan gran honra y tan gran estado como ser emperador de Roma, en lo cual deben tomar todos ejemplo y llegarse a los virtuosos y cuerdos, porque de lo bueno su parte les alcanza, y apartarse de los malos escándalos y envidiosos de poca virtud y de muchos vicios, porque así como ellos dañados no sean.

Capítulo 118. De cómo el rey Lisuarte hizo juntar los reyes y grandes señores y otros muchos caballeros en el monasterio de Luvaina, que allí con él estaban, y les dijo los grandes servicios y honras que de Amadís de Gaula había recibido y el galardón que por ello le dio

Así como habéis oído fue tomado por emperador de Roma este virtuoso y esforzado caballero Arquisil a causa de su buen amigo Amadís de Gaula.

Ahora cuenta la historia que todos estos reyes, príncipes y caballeros estuvieron muy viciosos a su placer en aquel monasterio y en la villa de Luvaina. hasta que el rey Lisuarte fue en mejor disposición de salud y se levantó de la cama, y otros muchos de sus caballeros que heridos habían estado, curando de él y de ellos aquel maestro gran Helisabad, y como así el rey Lisuarte se viese, hizo un día llamar a los reyes y grandes señores de ambas partes, y junto con ellos en la iglesia de aquel monasterio les dijo:

—Honrado reyes y famosos caballeros, muy excusado me parece traeros a la memoria las cosas pasadas, pues que así como yo las habéis visto, en las cuales si atajo no se diese, los vivos que somos de los muertos iguales nos haríamos, pues dejándolas aparte, conociendo el gran daño que así al servicio de Dios como a nuestras personas y estados ocurriría en ellas procediendo, he tenido al noble rey Perión de Gaula y a todos los príncipes y caballeros de su parte para que en presencia suya y vuestra os diga lo que oiréis.

Entonces, volviéndose a Amadís, le dijo:

—Esforzado caballero Amadís de Gaula, según la fin y propósito de mí, hablo fuera de mi condición, que es no loar a ninguno en presencia, y de vuestro querer, que siempre de ello empacho recibe, me será forzado delante de estos reyes y caballeros reducir a sus memorias las cosas pasadas entre vos y mí desde el día en que en mi corte quedasteis por caballero de la reina Brisena, mi mujer. Y aunque a todos ellos sean notorias, viendo que como ellas pasaron por mí son conocidas, tendrán bien y a honesta causa el galardón que a su merecimiento por mí se quiere dar, cierto estando vos en mi casa después que vencisteis a Dardán el Soberbio, y habiéndome traído para mi servicio a vuestro hermano don Galaor, que fue el mayor don que nunca a rey se hizo, y yo fui enartado y mi hija Oriana, por este malo Arcalaus el Encantador, y así ella como yo presos, sin que de todos mis caballeros pudiese ser defendido ni socorrido, constreñidos a guardar mi palabra que se lo defendí. Donde teníamos ella y yo en peligro de muerte y de cruel prisión las personas y mis reinos a ventura de ser perdidos, pues a este tiempo viniendo vos y don Galaor de donde la reina os había enviado, sabiendo en el estado que mi hacienda estaba, poniendo entrambos vuestras vidas en el punto de la muerte por remediar las nuestras, fuimos remediados y socorridos, y mis enemigos, los que presos nos llevaban, muertos y destrozados, y luego por vos socorrida la reina mi mujer y muerto Barsinán, padre de este señor de Sansueña, que la tenía cercada en la mi ciudad de Londres, de manera que así como con mucho engaño y gran peligro fue preso, así con mucha honra y seguridad mía y de mis reinos por vos fui restituido. Esto pasado dende ha algún espacio de tiempo, fue aplazada batalla entre mí y el rey Cildadán, que presente está, de ciento por ciento caballeros, y antes que a ella viniésemos vos me quitasteis de mi estorbo a este caballero don Cuadragante y a Famongomadán y Basagante su hijo, los dos más bravos y fuertes jayanes que en todas las ínsulas de la mar había, y les tomasteis a mi hija Leonoreta con sus dueñas y doncellas y diez caballeros de los buenos de mi corte que los llevaban presos en carretas, donde con todo mi poder nunca la pudiera cobrar, pues según la gente que el rey Cildadán a la batalla trajo, así de fuertes jayanes como de otros muy valientes caballeros, si por vos no fuera, que de un golpe matasteis al fuerte Sarmadán el León y de otro me librasteis de las manos de Madanfabul, el jayán de la Torre Bermeja, que desapoderado de todas mis fuerzas, sacándome de la silla debajo el brazo me la llevaba a meter en sus naos, y por otras muchas cosas famosas que en la batalla hicisteis, conocido es que no hubiera yo la victoria y grande honra que allí hube. Pues junto con esto vencisteis aquel muy valiente y famoso en todo el mundo Ardán Canileo el Dudado, por donde mi corte fue muy honrada en se hallar en ella, lo que en ninguna de las que él anduvo pudo hallar, que en ellas ni en todas las partes que él fue, uno, ni dos, ni tres, ni cuatro caballeros le pudieron ni osaron tener campo. Pues si queremos decir que a todo esto erais obligados, pues que vos hallabais en mi servicio y que la gran necesidad y la obligación que sobre nuestra honra teníais os constreñía a lo hacer, dígase lo que por mí habéis hecho, después que más a mi cargo por haber dado lugar a malos consejeros que al vuestro de mi casa más como contrario y enemigo que como amigo ni servidor os partisteis, que sabido por vos en el tiempo que más enemigos estábamos la gran batalla que con este rey Arábigo y otros seis reyes y otras muchas extrañas gentes y naciones yo hube que venían de propósito y esperanza de sojuzgar mis reinos, tuvisteis manera con el rey vuestro padre y don Florestán vuestro hermano cómo a ella vinieseis en mi ayuda, donde con más razón y justa causa según el rigor y saña nuestra me deberíais ser contrario. Y casi por la bondad de vos todos tres, aunque de mi parte hubo muy buenos y muy preciados caballeros, yo alcancé tan gran vencimiento que destruyendo todos mis enemigos aseguré mi persona y real estado, con mucha más honra y grandeza que la que de antes tenía. Ahora, viniendo al cabo yo sé que a vuestra causa en la segunda batalla que hubimos fue quitada y reparada la gran afrenta en que yo y todos los de mi parte estábamos, como ellos saben, que entiendo que cada uno sintió en sí lo que yo, pues en este socorro postrimero bien será excusado traerlo a la memoria, que aún la sangre de nuestras llagas corre y las ánimas no han tenido lugar de tornar a sus moradas, según ya de nosotros eran alejadas y despedidas. Ahora, buenos señores, me decid: ¿qué galardón se puede dar a que la igualeza de tan grandes servicios y cargos satisfacer pueda? Por cierto, ninguna, salvo que honrada y acatada está mi persona mientras que sus días duraren, que estos mis reinos y señoríos que juntos con ella tantas veces por la mano y bondad de este caballero han sido socorridos y amparados, los haya en casamiento con mi hija Oriana, y que así como por voluntad a ellos dos son juntos en matrimonio sin lo yo saber, así sabiéndolo quiero que queden por mis hijos sucesores herederos de mis reinos.

Amadís cuando oyó el consentimiento que el rey tan público daba para que a su señora hubiese, que en comparación de ella todas las otras cosas por él contadas y dichas no tenía tanto como en nada, fue al rey e hincó los hinojos, y aunque no quiso le besó las manos, y le dijo:

—Señor, si a la vuestra merced pluguiera, todo esto en loor mío se ha dicho se pudiera excusar, porque según las mercedes y honras que yo y mi linaje de vos recibimos, a mucho mayores servicios éramos obligados, y por esto, señor, no os quiero dar gracias ningunas, pero por lo postrimero, no digo de la herencia de vuestros grandes señoríos, mas darme por su voluntad a la princesa Oriana os serviré todos los días que viva con la mayor obediencia y acatamiento que nunca hijo a padre ni servidor a señor lo hizo. El rey Lisuarte lo abrazó con muy grande amor, y le dijo:

—Pues en mí hallaréis aquel amor tan entrañable como con vos lo tiene ese rey que os engendró.

Todos fueron mucho maravillados cómo el rey en su habla atajó aquellos grandes fuegos de enemistades que tan gran tiempo habían durado, sin quedar cosa alguna en que fuese necesario de entender, y si de ello les plugo excusado sería decirlo, porque con gran soberbia se demandasen, según las muertes de los suyos habían visto, y las suyas tan cercanas, mucho estaban ledos de haber paz, y preguntábanse unos a otros si sabían por qué el rey dijera que Amadís y Oriana estaban juntos en matrimonio; porque después que la tomaron en la mar y la llevaron a la Ínsula Firme, nunca en ellos tal cosa sintieron, pues de antes mucho menos. Mas el rey que lo sintió rogó al santo hombre Nasciano que así como a él se lo había dicho se lo dijese aquellos señores, porque supiesen el poco cargo que Amadís tenías en la haber tomado en la mar y también cómo él estaba sin culpa no lo sabiendo en la dar al emperador y cómo si su hija sin su licencia y sabiduría lo hizo, la gran causa y razón que a ella la obligó.

Entonces el hombre bueno se lo contó todo, como ya habéis oído, que al rey Lisuarte lo dijera en el real en su tienda.

Cuando el doncel Esplandián, que el hombre bueno por la mano cabe sí tenía, oyó cómo aquellos dos reyes eran sus abuelos y Amadís su padre, si de ello le plugo no es de preguntar, y luego el ermitaño se hincó con él de hinojos ante ambos reyes y ante su padre y le hizo que les besase las manos, y ellos que le diesen su bendición. Amadís dijo al rey Lisuarte:

—Señor, así como de aquí adelante me place y conviene que os sirva, así será forzado de vos demandar mercedes, y la primera sea que pues el emperador de Roma no tiene mujer y es en disposición de la haber, que os plega darle a la infanta Leonoreta, vuestra hija; y a él ruego yo que las reciba, porque sus bodas y mías sean juntas y juntos quedemos por vuestro hijos.

El rey lo tuvo por bien de lo tomar en su deudo, y luego le otorgó a Leonoreta por mujer, y el emperador la recibió con mucho contentamiento.

El rey Lisuarte preguntó al rey Perión si había sabido algunas nuevas de don Galaor, su hijo. Él le dijo que después de su venida viniera Gandalín, que lo dejara algo mejor y que estaba con mucho cuidado de su mal y con gran temor de algún peligro.

—Yo os digo —dijo el rey— que aunque él es vuestro hijo, que no lo tengo yo en menos si no fuera por las diferencias que a tal sazón vinieron, yo por mi persona lo hubiera visitado, y mucho os ruego que enviéis por él si estuviese en disposición de venir, porque yo me partiré luego a Vindilisora, donde la reina mandé venir, y quiero por honra de Amadís con ella y con Leonoreta, mi hija, volverme luego a vosotros a la Ínsula Firme, donde se harán las bodas suyas y del emperador, y veremos las cosas extrañas que allí Apolidón dejó y si a don Galaor ende hallo, mucho placer me dará su vista, que gran tiempo le he deseado.

El rey Perión le dijo que así se haría luego como lo quería. Amadís besó las manos al rey Lisuarte por la merced y honra que le daba, y Agrajes le pidió mucho ahincado que enviase por don Galvanes, su tío, y por Madasima y los trajese consigo. El rey Lisuarte dijo que le placía de ello y que así se haría sin falta, y que luego, de mañana se quería partir, por se tornar presto, que ya era tiempo que aquellos caballeros y sus gentes se volviesen a sus tierras a descansar que bien menester les era, según los trabajos por ellos habían pasado y que todos hiciesen llevar sus navíos al puerto de la Ínsula Firme porque de allí embarcasen todos para sus caminos. El emperador rogó mucho al rey Lisuarte que mandase venir su flota a la Ínsula Firme y que pues él y la reina habían de volver allí que le diese licencia que se quería ir con Amadís que le había de hablar mucho en su hacienda. El rey se lo otorgó que así lo hiciese.

Capítulo 119. Cómo el rey Lisuarte llegó a la villa de Vindilisora, donde la reina Brisena, su mujer, estaba, y cómo con ella y con su hija acordó de se volver a la Ínsula Firme

Consigo tomó el rey Lisuarte al rey Cildadán y a Gasquilán, rey de Suesa, y toda su gente y volvióse a la villa de Vindilisora, donde había enviado de mandar a la reina Brisena su mujer que le esperase. Pues no se cuenta más de cosa que le acaeciese, sino que a los cinco días llegó a la villa, mostrando mejor semblante que alegría llevaba en el corazón, que bien conocía que aunque Amadís quedaba por su hijo muy honrada su hija con él, y que así de él, como del emperador de Roma y del rey Perión y de todos los otros grandes señores quedaban por mayor y ellos todos a su ordenanza, no estaba en su voluntad satisfecho, porque toda esta honra y ganancia le vino sobre ser vencido y estrechado como se os ha contado y que Amadís contra quien él iba como contra enemigo mortal, se llevaba toda la gloria y tan gran tristeza se le había asentado en el corazón que en ninguna manera se podría alegrar, mas como ya en edad crecida fuese y estuviese muy cansado y enojado de ver tantas muertes y grandes males y todo entre cristianos y que las causas por donde venían eran mundanales perecederas y que a él como príncipe muy poderoso era dado de las quitar a su poder, aunque algo de su honra se menoscabase, lo cual había siempre seguido todo al contrario, teniendo en tanto la honra del mundo, que de todo punto le había hecho olvidar el reparo de su ánima y que con justa causa Dios le había dado tan grandes azotes, especial el postrimero que ya oísteis, consolábase y disimulaba como hombre de gran discreción, porque ninguno sintiese que su pensamiento estaba en al, sino en se tener por señor y mayor de todos y que con mucha honra lo había ganado. Pues con esta alegría fingida y con gesto muy apagado llegó donde la reina estaba con sus dueñas y doncellas muy ricamente vestidas, llevando por la mano al doncel Esplandián que las cosas pasadas así de peligro como de placer ya ella las sabía por Brandoibás, que de parte del rey del monasterio delante había venido a le dar placer. Como el rey entró en la sala, la reina vino a él e hincó los hinojos y quiso besar las manos, mas él las tiró a sí y levantándola con mucho amor la abrazó como aquélla a quien todo corazón amaba, y en tanto que las dueñas y doncellas llegaron a besar las manos al rey, la reina tomó entre sus brazos al doncel Esplandián que de hinojos delante de ella estaba y comenzóle de besar mucha veces y dijo:

—¡Oh, mi hermoso hijo bienaventurado! ¡Bendita sea aquella hora en que naciste! Y la bendición de Dios hayas y la mía que tanto bien por tu causa me ha venido y a Él plega por la su santa piedad que me dé lugar que este servicio tan grande, que al rey mi señor hiciste en ser causa después de Dios de la dar la vida yo lo pueda satisfacer.

Entonces llegaron el rey Cildadán y Gasquilán, rey de Suesa, a hablar a la reina, y ella los recibió con mucha cortesía, como aquélla que era una de las cuerdas y bien criadas dueñas del mundo y después a todos los otros caballeros que llegaron a le besar las manos. A esta sazón era ya tiempo de cenar y quedaron con el rey aquellos dos reyes y otros muchos caballeros a quien dieron en la cena muchos y diversos manjares, como en mesa de tal hombre y que tantas veces lo había dado y por costumbre lo tenía. Después que cenaron, el rey hizo quedar en su palacio aquellos reyes en muy ricos aposentamientos y él se acogió a la cámara de la reina y estando en su cama le dijo:

—Dueña, si por ventura os habéis maravillado de las nuevas que os ha dicho de Oriana vuestra hija y de Amadís de Gaula, también lo hago yo, que ciertamente bien creo que de vos y de mí estaba aquel pensamiento alejado y sin ninguna sospecha de ello, no me pesa sino porque antes no lo supimos, que excusarse pudieran tantas muertes y daños como de la causa de lo no saber han sucedido. Ahora que a nuestra noticia viene y ningún remedio se pudiera buscar ni dar, que con más deshonra no fuese, tomemos por remedio que Oriana quede con el marido que le plugo tomar, pues quitada la saña y pasión de medio, no hay hoy en el mundo emperador ni principe que a él se pueda igualar, y no solamente igualar mas que con su sobrada discreción y gran esfuerzo, él no pase, siendo la fortuna más favorable que a ninguno de los nacidos, que estando como un caballero andante pobre, tiene hoy a su mandar toda la flor de los grandes y pequeños que en el mundo viven, y Leonoreta será emperatriz de Roma, que es menester que pues yo de mi propia voluntad por honra de Amadís di palabra que seríamos vos y yo y Leonoreta en la Ínsula Firme, donde nos aguardan para dar cabo en todo, os aderecéis según que conviene y mostrando el rostro con tanta alegría dejando de hablar en las cosas pasadas como en los tales actos se conviene y debe hacer.

La reina le besó las manos porque así quiso forzar su saña y fuerte corazón y venir en lo asentado, y sin más replicar le dijo que como le mandaba se pondría en obra y que tales dos hijos le quedaban y todos los otros por causa de ellos a su servicio que lo tuviese por bien y diese muchas gracias a Dios, porque así lo quiso hacer aunque su fortuna de ello no hubiese sido conforme mucho a su voluntad:

—Así holgaron aquella noche y otro día se levantó el rey y mandó al rey Arbán de Norgales su mayordomo que hiciese aparejar muy prestamente todas las cosas necesarias para aquella ida y la reina así lo hizo, porque su hija fuese como convenía a emperatriz de tan alto señorío.

Capítulo 120. Cómo el rey Perión y sus compañas se tomaron a la Ínsula Firme, y de lo que hicieron antes que el rey Lisuarte así con ellos fuese

Ahora dice la historia que el rey Perión y sus compañas, después que el rey Lisuarte de ellos se partió a do Brisena su mujer estaba, se tornaron luego todos con sus batallas muy concertadamente como allí habían venido y con mucho placer y alegría de sus corazones se fueron camino de la Ínsula Firme.

El emperador de Roma siempre posó con Amadís en su tienda, y entrambos dormían en una cama, que nunca una hora eran partidos de uno, y toda su gente y tiendas y atavíos eran en guarda de Brondajel de Roca como su mayordomo mayor, así como lo fuera del emperador Patín, su antecesor. Las jornadas que andaban eran muy pequeñas y siempre hallaban sus posadas en lugares muy placenteros y apacibles, cuanto hacían algún poco de compaña al rey Perión en su tienda, y luego se recogían todos juntos a las tiendas de Amadís y otras veces a las del emperador. Y como todos los más fuesen mancebos y de gran guisa y crianza, nunca estaban sino jugando y burlando en cosas de placer, así que llevaban la mejor vida que tuvieran grandes tiempos había. Pues así llegaron a la Ínsula Firme, donde hallaron a Oriana y a todas las grandes señoras que allí estaban en la huerta, tan hermosas y tan ricamente vestidas que maravilla era de las ver, que no creáis que parecían personas terrenales ni mortales, sino que Dios las había hecho en el cielo y las había allí enviado.

La grande alegría que los unos y otros hubieron en se ver así juntos y sanos con tanta honra y concierto de paz, no se os podría en ninguna manera decir. El rey Perión iba delante, y todas le hicieron muy gran acatamiento y con mucha humildad le saludaron las que así les convenía hacer y las otras le besaron las manos. Amadís llevaba por la mano al emperador y llegóse a Oriana y díjole:

—Señora, hablad a este caballero y gran principe, que nunca os vio y mucho os ama.

Ella como ya sabía que era emperador y había de ser marido de su hermana, llegóse a él y quiso hincar los hinojos y besarle las manos, mas él se bajó con muy gran acatamiento y la levantó y dijo:

—Señora, yo soy el que me debo humillar ante vos y ante vuestro marido, porque él es señor de mi tierra y de mi persona, que podéis sin falta, señora, creer que de lo uno ni otro no se hará sino lo que su voluntad y vuestra fuere.

Oriana le dijo:

—Mi señor, eso consiento yo cuanto al buen agradecimiento vuestro, más al acatamiento que a la virtud y grandeza vuestra se debe, yo soy la que con mucha obediencia os debo tratar.

Él le dio muchas gracias por ello.

Agrajes y don Florestán y don Cuadragante y don Brián de Monjaste se fueron a la reina Sardamira y a Olinda y a Grasinda, que estaban juntas, y don Bruneo de Bonamar a la de su muy amada señora Melicia y los otros señores caballeros a las otras infantas y doncellas muy hermosas y de muy gran guisa que allí estaban, y con mucho placer hablaron con ellas en lo que más sabor habían.

Amadís tomó a Gastiles, sobrino del emperador de Constantinopla, y a Grasandor, hijo del rey de Bohemia, y llególos a la infanta Mabilia su prima y díjole:

—Mi buena señora, tomar estos príncipes y hacedles honra.

Ella los tomó por las manos y sentóse entre ambos. A Grasandor plugo mucho de esto, porque como os hemos contado, el día primero que la vio fue su corazón otorgado de la amar, y conociendo quién ella era, su grande bondad y gentileza y el gran deudo y amor que le tenía Amadís, determinado estaba de la demandar por mujer y esposa y deseaba mucho verla hablar y tratarla en alguna contratación y por esto hubo mucho placer de ser ver tan cerca de ella. Pero como esta infanta fuese una doncella tan extremada en toda bondad y honestidad y gracia con parte de hermosura, tan pagado fue Grasandor de ella que muy mayor afición que de antes tenía le puso. Y así como oís, estaban todos aquellos grandes señores razonando de aquello que más deseaban, sino Amadís que había gran deseo de hablar a su señora Oriana y no podía con el emperador, y como vio a la reina Briolanja que estaba cabe don Bruneo y su hermana Melicia fue para ella y trájola por la mano y dijo al emperador:

—Señor, hablad a esta señora y hacedle compañía.

El emperador volvió el rostro, que aun hasta allí nunca había quitado los ojos de Oriana que de ver su gran hermosura estaba espantado, y como vio la reina tan lozana y tan hermosa y a las otras señoras que con aquellos grandes caballeros estaban hablando, mucho se maravilló de ver personas de todas cuantas hubiese visto y dijo a Amadís:

—Mi buen señor, yo creo verdaderamente que estas señoras no son nacidas como las otras mujeres, sino que aquel gran sabedor Apolidón por su gran arte las hizo y, las dejó aquí en esta ínsula donde las hallastes, y no puedo pensar sino que ellas y yo estamos encantados, que puedo decir y es verdad, que si en todo el mundo tal compaña como esta se buscase, no sería posible poderse hallar.

Y Amadís le abrazó riendo y díjole si había en alguna corte por grande que fuese, visto otra tal compaña. Él le dijo:

—Por cierto yo ni otro alguno la pudo ver sino fuese en la del cielo.

Ellos así estando como oís, llegó a ellos el rey Perión, que había estado hablando gran pieza con la muy hermosa Grasinda, y tomó por la mano a la reina Briolanja y dijo al emperador:

—Buen señor, estemos vos y yo si a vos placerá con esta hermosa reina y Amadís hable con Oriana, que bien creo que con ella gran placer habrá.

Y así quedaron ambos con la reina Briolanja y Amadís se fue con grande alegría a su señora Oriana y con gran humildad se sentó con ella a una parte y díjole:

—¡Oh, señora! ¿Con qué servicio os puedo pagar la merced que me habéis hecho en que por vuestra voluntad sean descubiertos nuestros amores?

Oriana dijo:

—Señor, ya no es tiempo que por vos se me diga tanta cortesía ni yo la reciba, que yo soy la que os tengo de servir y seguir vuestra voluntad con aquella obediencia que mujer a su marido debe; de aquí adelante en esto quiero conocer el gran amor que me tenéis en ser tratada de vos mi señor como la razón lo consiente, y no en otra manera, y en esto no se hable más sino tanto quiero saber qué tal queda de mi padre y cómo tomó esto nuestro.

Amadís dijo:

—Vuestro padre es muy cuerdo, y aunque otra cosa en lo secreto tuviese, en lo que a todos pareció muy contento queda y así se partió de nosotros. Ya señora sabréis cómo ha de venir aquí y la reina y vuestra hermana.

—Ya lo sé —dijo ella—, y el placer que mi corazón siente no lo puedo decir; a Nuestro Señor plega que así como está asentado se cumpla sin que en ello haya alguna mudanza, que podéis mi señor creer que después de vos no hay en el mundo persona que yo tanto ame como a él, aunque su gran crueldad debiera dar causa que con mucha razón tuviera lo contrario. Y ahora me decid de Esplandián, qué tal queda, y qué os parece de él.

—Esplandián —dijo Amadís—, en su parecer y costumbres es vuestro hijo, que no se puede más decir y mucho quisiera el santo hombre Nasciano traérosle, el cual será ahora aquí, que no quiso venir con la gente, mas el rey vuestro padre le rogó que se lo dejase llevar a la reina para que lo viese y que él se lo traería.

En estas y en otras cosas estuvieron hablando hasta que fue hora de cenar. Que el rey Perión se levantó y tomó al emperador y fuéronse a Oriana y dijéronle:

—Señora, tiempo es que nos acojamos a nuestras posadas.

Ella les dijo que se hiciese como más les contentase. Así se salieron todos y ellas quedaron tan alegres y contentas que maravilla era.

Todos cenaron aquella noche en la posada del rey Perión, que Amadís mandó que allí lo aparejasen, donde fueron muy bien servidos y abastados de todo lo que a tal menester convenía, donde tantos y tan grandes señores estaban. Después que cenaron vinieron juglares, que hicieron muchas maneras de juegos, de que hubieron gran placer, hasta que fuera ya tiempo de dormir, que se fueron todos a sus posadas, salvo Amadís, a quien el rey su padre mandó quedar, porque le quería hablar algunas cosas. Pues todos idos, el rey se acogió a su cámara y Amadís con él, y estando solos le dijo:

—Hijo Amadís, pues que a Dios Nuestro Señor plugo que con tanta honra tuya estas afrentas y grandes batallas pasaseis, que aunque en ellas muchos príncipes de gran valor y grandes caballeros hayan puesto sus personas y estados, a ti por la bondad de Dios se refiere la mayor gloria y fama, así como de lo contrario tu honra y gran fama aventuraba el mayor peligro, como conocido lo tienes. Ya otra cosa no nos queda sino que con aquel cuidado y tan gran diligencia que al comienzo de esta tan crecida afrenta constriñéndote tan gran necesidad allegaste y animaste a ti todos estos honrados caballeros, que ahora estando fuera de ella lo tengas mayor para te mostrar a ellos muy agradecido, remitiendo a sus voluntades lo que hacer se debe; así en estos presos que son tan grandes príncipes y señores de grandes tierras como pues que tú ya tienes mujer que ellos las hayan juntamente contigo, porque parezca que como en los males y peligros te fueron ayudadores, que así en los bienes y placeres te sean compañeros, y para esto yo remito a tu querer mi hija Melicia, que la des a aquél en quien bien empleada sea su virtud y gran hermosura, y lo semejante hacer puedes de Mabilia tu cohermana, pues bien entiendo que la reina Briolanja no saldrá ni seguirá sino tu parecer, también te acordarás de poner con éstas a tu amiga Grasinda y aun a la reina Sardamira, pues aquí está el emperador que mandarla puede, si a ellas les agrada casar en esta tierra no faltará igualdad de caballeros a sus estados y linaje, y acuérdate de tus hermanos, que son ya en disposición de haber mujeres en que puedan dejar generación que sostenga la vida y remembranza de sus memorias, y esto se haga luego, porque las buenas obras que con pena y dilación se hacen, muy gran parte pierden de su valor.

Amadís hincó los hinojos ante él y besóle las manos por lo que le dijo, que así como lo él mandaba se haría. Con este acuerdo se fue Amadís a su posada, y en la mañana se levantó, e hizo juntar todos aquellos señores en la posada de su cohermano Agrajes, y así juntos les dijo:

—Mis buenos señores, las grandes fatigas pasadas y la honra y prez que con ellas habéis ganado os dan licencia para que con mucha causa y razón a vuestros afanados espíritus algún descanso y reposo deis, y pues Dios ha querido que con vuestro deudo y amor las cosas que yo más en este mundo deseaba alcanzase, así quería que los que por vosotros se desean si algo en mi mano se os fuesen restituidas, por ende mis señores no hayáis empacho que vuestra voluntad manifiesta me sea así en lo que a vuestros amores y deseos toca, si alguna de estas señoras amáis y por mujeres las queréis, como en lo que hacerse debe de estos presos que por la gran virtud y esfuerzo de vuestros corazones vencisteis, porque cosa muy aguisada es, que como por causa suya muchas heridas con gran afrenta recibisteis, que ahora ellos padeciendo gocéis y descanséis en aquellos grandes señoríos que ellos poseyeron.

Mucho agradecieron todos aquellos señores lo que por Amadís se les profería, y muy contentos fueron de él y en lo que a sus casamientos tocaba; luego allí se señalaron Agrajes el primero, que tomaría a Olimpia su señora. Y don Bruneo de Bonamar le dijo que bien creía que sabía él que toda su esperanza de buena ventura tenía en Melicia su señora. Grasandor dijo que nunca su corazón fuera otorgado a ninguna mujer de cuantas viera, sino a la infanta Mabilia, y que aquélla amaba y preciaba y la demandada por mujer. Don Cuadragante le dijo:

—Mi buen señor, el tiempo y la juventud hasta aquí me han sido muy contrarios a ningún reposo, ni tener otro cuidado sino de mi caballo y armas, mas ya la razón y edad me convidan a tomar otro estilo y si a Grasinda le pluguiere casa en estas partes, yo la tomaré por mujer.

Don Florestán le dijo:

—Señor, como quiera que mi deseo fuese acabadas estas cosas en que hemos estado de luego pasar en Alemania, donde de parte de mi madre natural soy, así por la ver como a todo mi linaje, que según el gran tiempo que de allá salí apenas los conocería, si acá se puede ganar la voluntad de la reina Sardamira, podríase mudar mi propósito. Los otros caballeros le dijeron que le agradecían mucho su voluntad, pero que así porque por entonces sus corazones estaban libres de ser sujetos a ningunas de aquellas señoras ni a otras algunas, como por ser mancebos y no de mucho nombre, que la edad no les había dado más lugar para ganar más honra, de propósito estaban de no se entrometer en otras ganancias ni reposo sino en buscar las venturas donde sus cuerpos ejercitar pudiesen, y que así en lo de aquellas señoras que aquellos caballeros demandaban como en lo que de los presos les decía ellos se desistían de todo ello y él lo repartiese por ellos, pues que ya vida de más reposo y costa les placía tomar, y a ellos en las cosas de las armas y afrentas los pusiese donde él pensase que más fama y prez podrían ganar.

Amadís les dijo:

—Mis buenos señores, yo confío en Dios que esto que pedís será su servicio, y con su ayuda se hará, y pues estos caballeros mancebos en vos todo lo dejan, yo quiero luego repartirlo como mi juicio lo tiene determinado, y digo que vos, señor don Cuadragante, que sois hijo de rey y hermano de rey, y vuestro estado no iguala con gran parte con vuestro linaje y gran merecimiento, que hayáis el señorío de Sansueña, que pues el señor en vuestro poder está, sin mucho trabajo lo podéis haber, y vos, mi buen señor don Bruneo de Bonamar, demás de os otorgar desde ahora a mi hermana Melicia, habréis el reino del rey Arábigo con ella, y el señorío que del marqués vuestro padre esperáis lo traspaséis en Branfil vuestro hermano. Don Florestán mi hermano habrá a esta reina que pide y de más de lo que ella posee, que es la isla de Cerdeña, el emperador a mi ruego le dará todo el señorío de Calabria que fue de Salustaquidio. Vosotros, mis señores Agrajes y Grasandor, contentaos por el presente con los grandes reinos y señoríos que después de las vidas de vuestros padres esperáis, y yo con este rinconcillo de esta Ínsula Firme, hasta que Nuestro Señor traiga tiempo en que podamos haber más.

Todos otorgaron y loaron mucho lo que Amadís determinó y mucho le rogaron que así se hiciese como lo señalaba y porque si se hubiesen de contar las cosas que sobre estos casamientos pasaron con aquellas señoras y con el emperador en lo de la reina Sardamira, sería a la escritura gran prolijidad. Solamente sabréis que así como aquellos caballeros lo dijeron así a Amadís, lo cumplió todo, y el emperador lo que para don Florestán le pidió, y mucho más adelante, como la historia lo contará y fueron luego desposados por mano de aquel santo hombre Nasciano, quedando las bodas para el día que Amadís y el emperador las hiciesen.

Capítulo 121. Cómo don Bruneo de Bonamar y Angriote de Estravaus y Branfil fueron en Gaula por la reina Elisena y por don Galaor, y la ventura que les avino a la venida que volvieron

Amadís dijo al rey su padre:

—Señor, bien será que enviéis por la reina, mi señora, y por don Galaor, mi hermano, para el cual tengo yo guardada a la hermosa reina Briolanja, con que siempre será bienaventurado, porque cuando el rey Lisuarte venga, como queda acordado, se hallen aquí.

—Así se haga —dijo el rey—, y yo escribiré a la reina y envía tú los que quisieres.

Don Bruneo se levantó y dijo:

—Yo quiero este viaje, si la vuestra merced pluguiere, y llevaré conmigo a mi hermano Branfil.

—Pues ese camino no se hará sin mí —dijo Angriote de Estravaus.

El rey Perión dijo:

—En vos, Angriote, Branfil, consiento, que don Bruneo no lo dice de verdad, que bien de cabe su amiga le quitare; no sería su amigo, y porque yo siempre lo he sido por no le perder no le daré la licencia.

Don Bruneo le respondió riendo:

—Señor, aunque ésta es la mayor merced de cuantas de vos he recibido, todavía quiero servir a la reina mi señora, porque de allí viene el contentamiento a todo lo otro.

—Así sea —dijo el rey—, y quiera Dios, mi buen amigo, que halléis a don Galaor, vuestro hermano, en disposición de poder venir.

Ysanjo, que allí estaba, dijo:

—Señor, bueno está, que yo lo supe de unos mercaderes que venían de Gaula e iban a la Gran Bretaña y por se asegurar vinieron por aquí, que hubieron miedo de la guerra que a la sazón había y yo les pregunté por don Galaor y me dijeron que lo vieron levantado y andar por la ciudad, pero harto flaco.

Todos hubieron mucho placer con aquellas nuevas, y el rey más que ninguno, que siempre su corazón traía afligido y acongojado con el mal de aquel hijo y tenía gran temor según la dolencia era larga de. le perder.

Pues luego otro día estos tres caballeros que oísteis mandaron aderezar una nao de todo lo que hubieron menester para aquel camino e hicieron en ella meter sus armas y caballos, y con sus escuderos y marineros que los guiasen se metieron en la mar, y como el tiempo hacía bueno y enderezado, y en poco espacio pasaron en Gaula, donde fueron de la reina muy bien recibidos, mas de don Galaor os digo que cuando los vio, tan grande fue el placer, que así flaco como estaba fue corriendo a los abrazar a todos tres, así los tuvo una pieza y las lágrimas le vinieron a los ojos y díjoles:

—¡Oh, mi señores y grandes amigos! ¿Cuándo querrá Dios que yo ante en vuestra compañía tornando a las armas, que tanto tiempo por mi desventura tengo desamparadas?

Angriote le dijo:

—Señor no os acongojéis, que Dios lo cumplirá todo como vos lo deseáis, y dejaos de todo sino solamente de saber las grandes nuevas y de mucha alegría que os traemos.

Entonces contaron a la reina y a él todas las cosas que habéis oído que pasaron, así el comienzo como la buena fin que en ello se daba. Cuando don Galaor lo oyó fue muy turbado y dijo:

—¡Ay, Santa María! ¿Y es verdad que todo eso ha pasado por el rey Lisuarte mi señor, sin que yo con él me hallase? Ahora puede decirse que Dios me ha hecho señalada merced en me dar en tal sazón tan gran dolencia, que por cierto aunque de la otra parte estaba el rey mi padre y mis hermanos, no pudiera excusar de no poner por su servició este mi cuerpo hasta la muerte, y cierto que si hasta aquí lo supiera, según mi flaqueza de congoja fuera muerto.

Don Bruneo le dijo:

—Señor, mejor está así, que con honra de todos y vos, ganando por mujer aquella muy hermosa reina Briolanja que vuestro hermano Amadís os tiene; está la paz hecha como lo veréis cuando allá llegaréis.

Entonces dieron la carta a la reina y dijéronle cómo su venida era para la llevar, porque fuese presente a las bodas de todos sus hijos y viese a la reina Brisena y a Oriana y a todas aquellas grandes señoras que allí estaban. Como esta reina fuese muy noble y amase a su marido y a sus hijos, y de tan grande afrenta y peligro los viese en tanto sosiego de paz, dio muchas gracias a Dios y dijo:

—Mi hijo don Galaor, mira esta carta y toma esfuerzo y ve a ver al rey tu padre y a tus hermanos, que según me parece allí hallarás al rey Lisuarte con más honra de tu linaje que él deseaba.

Angriote le dijo:

—Señora, eso podéis vos muy bien decir, que vuestro hijo Amadís es hoy toda la flor y fama del mundo, y en su voluntad y querer está la de todos los grandes que en el mundo viven y más valen, lo cual, buena señora, veréis por vuestros ojos, que en su casa y a su mandar son juntos emperadores y reyes y otros príncipes y grandes caballeros, que muchos le aman y le tienen en aquel grado que su valor merece, y por esto es menester que lo más presto que ser pueda sea vuestra ida que bien creemos que ya será allí el rey Lisuarte y la reina Brisena, su mujer, con su hija Leonoreta, para la entregar por mujer al emperador de Roma; al cual vuestro hijo Amadís ha puesto en aquel gran señorío que ya por suyo tiene.

Ella le dijo con muy grande alegría:

—Mis buenos amigos, luego se hará como lo decís y mandaré aderezar naos en que vaya.

Así se detuvieron aquellos caballeros con la reina ocho días, en cabo de los cuales las fustas fueron aparejadas de todas las cosas necesarias al viaje, y luego entraron en ellas con muy grande alegría de sus amigos, y comenzaron a navegar la vía de la Ínsula Firme.

Pues yendo por la mar, como os digo, con muy buen tiempo que les hacía, al tercero día vieron venir a su diestra un navío a vela y remos, y acordaron de lo esperar por saber quién dentro venía y también porque derechamente venía a la parte donde ellos iban, y cuando cerca llegó salió a ella un escudero de don Galaor en un batel y preguntó quién venía en el navío; uno de los que dentro estaban le dijo muy cortésmente, que una dueña que iba a la Ínsula Firme con muy gran prisa. El escudero cuando esto oyó, díjole:

—Pues decid a esa dueña que decís que esta flota que aquí veis va allá, y que no haya recelo de se llegar a ella, que en ella van tales personas con que habrá mucho placer de ir en su compaña.

Cuando esto oyó aquel hombre, muy prestamente fue y muy alegre y díjole a su señora y ella mandó echar un batel en el agua y un caballero en él, y que supiese si era verdad lo que aquél decía. Éste llegó a la nao donde la reina estaba y dijo a aquellos caballeros:

—Señores, por la fe que a Dios debéis, que me digáis si aquella nao que allí está, en que una dueña viene de gran guisa que va a la Ínsula Firme si podrá seguramente llegarse aquí, por que este escudero dijo que vosotros ibais este mismo camino.

Angriote le dijo:

—Amigo, verdad os ha dicho el escudero, y esa dueña que decís puede venir segura, que aquí no va ninguna de quien daño reciba, antes de quien habrá toda la ayuda que justamente se le hacer pudiere, contra quien mal le querrá hacer.

—A Dios merced —dijo el caballero—, ahora os pido por cortesía que la atendáis, y yo luego le haré venir a vos, que pues sois caballeros, gran dolor habréis cuando supiereis su hacienda.

Luego se tornó a la nao, y como dijo lo que había hallado, derechamente se fueron a la nao donde la reina estaba, que aquélla les pareció de más rico aparato, pues allí llegados salió una dueña toda cubierta de un paño negro la cabeza y el rostro, y preguntó quién venía en aquellas naos. Angriote le dijo:

—Dueña, aquí viene una reina señora de Gaula, que va a la Ínsula Firme.

—Pues señor caballero —dijo la dueña—, mucho os pido por lo que sois a virtud obligado, que tengáis manera como yo con ella hable.

Angriote le dijo:

—Esto luego se hará, y entrad en esta nao, que ella es tal, señora, que habrá placer con vos, así como lo ha con todos los otros que la demandan.

La dueña entró en la nao y Angriote la tomó por la mano y la metió a la reina y dijo:

—Señora, esta dueña os quiere ver.

—Ella sea muy bien venida —dijo la reina—, y pregúntoos, Angriote, que me digáis quién es.

Entonces la dueña se llegó a ella y la saludó y dijo:

—Señora, a eso no sabrá responder ese buen caballero, porque no lo sabe, mas de mí lo sabréis y no será poco de contar, según la desastrada ventura y gran fatiga que sin lo merecer es sobre mí venida. Pero quiero, mi buena señora sacar fianza de vos si seré segura y toda mi compañía si lo que dijere por ventura os mueva antes a saña que piedad.

La reina respondió que seguramente podía decir lo que quisiese. Entonces la dueña comenzó a llorar muy agriamente y dijo:

—Mi buena señora, aunque de aquí no llevo otro reparo sino descansar en contar mis desdichas a tan alta señora como vos, será algún descanso a mi atribulado corazón. Vos sabréis que yo fui casada con el rey Dacia y en su compañía me vi muy bienaventurada reina, del cual hube dos hijos y una hija, pues esta hija que por mi mala ventura fue por mí engendrada, el rey su padre y yo la casamos con el duque de la provincia de Suecia, un gran señorío que con nuestro reino confina, las bodas de los cuales, así como con mucho placer y grandes fiestas y alegría fueron celebradas, así después muy grandes llantos y dolores han traído, y como este duque sea mancebo y codicioso de señorear, como quiera que lo haber pudiese y el rey mi marido entrado en días hizo cuenta que matando a él, tomando a los dos mis hijos que son mozuelos, que el mayor no pasa de catorce años, prestamente podría por parte de su mujer ser rey del reino, y así como lo pensó lo puso en obra, que fingiendo que se venía a holgar a nuestro reino y que nuestra honra era venir muy acompañado, saliendo el rey mi marido con mucho placer a lo recibir y con sana voluntad, el malo traidor lo mató por su mano, y Dios que quiso guardar a los mozos como venían detrás en sus palafrenes se acogieron a la ciudad donde habían salido, y con ellos todos los más de nuestros caballeros y otros que después con mucha afrenta y peligro, asimismo entraron, porque aquel traidor luego los cercó y así los tiene, pues a la sazón yo había ido a una romería que tenía prometida, que es una iglesia muy antigua de Nuestra Señora, que está en una roca cuanto media legua metida en la mar; allí fui avisada de la mala ventura que tenía sin la saber, y como me viese sola no tuve otro remedio sino que en este navío en que allí me había pasado, me acogí como señora vengo, con intención de me ir a la Ínsula Firme a un caballero que se llama Amadís, y a otros muchos de gran cuenta que me dice ser allí con él, y contarles he esta tan grande traición, donde tanto mal me viene y pedirles he que hayan piedad de aquellos infantes y no los dejen matar a tan gran tuerto que solamente algunos que fuesen que esforzasen los míos y los acaudillasen, aquel malo no osaría estar allí mucho tiempo.

La reina Elisena y aquellos caballeros fueron maravillados de tan gran traición y hubieron mucha piedad de aquella reina, y luego la reina la tomó por la mano y la hizo sentar cabe sí, y díjole:

—Mi buena señora, si no os he hecho el acatamiento que vuestro real estado merece, perdonadme, que os no conocía ni sabía el estado de vuestra hacienda como ahora lo sé, y podéis creer, que vuestra pérdida y fatiga me ha puesto gran piedad y congoja, en ver que la contraria fortuna a estado ninguno perdona por grande que sea, y aquél que más contento y ensalzado se vea, aquél debe más temer sus mudanzas. Porque cuando más seguros a su parecer están, entonces les viene aquello que a vos, mi buena señora, le ha venido, y pues Dios aquí os trajo, tengo por bien que vayáis en mi compañía hasta la Ínsula Firme y allí hallaréis el recaudo que vuestra voluntad desea, como lo hallan cuantos lo han habido menester.

—Ya lo sé, mi buena señora —dijo la reina de Dacia—, que al rey mi señor contaron unos caballeros que pasaban en Grecia las cosas que son pasadas sobre que Amadís tomó la hija del rey Lisuarte, que la desheredaba por otra hija menor y la enviaba al emperador de Roma por mujer, y esto me dio causa de buscar este bienaventurado caballero, socorredor de los cuitados que tuerto reciben.

Cuando Angriote y sus compañeros oyeron lo que la reina Elisena dijo, todos tres se le hincaron de rodillas delante y la suplicaron mucho que les diese licencia para que por ellos fuese aquella reina socorrida y vengada, si la voluntad de Dios fuese, de tan gran traición, y que esto se podía muy bien hacer, porque ya estaba muy cerca de la Ínsula Firme, donde embarazo alguno por razón no se esperaba. La reina quisiera que primero llegaran donde estaba el rey su marido, mas ellos la ahincaron tanto que lo hubo de otorgar. Pues luego se metieron en su nao con sus armas y caballos y servidores y dijeron a la reina de Dacia que les diese quién los guiase y que ella se fuese con la reina Elisena a la Ínsula Firme. Ella les respondió que no quedaría, antes quería ir con ellos, que su vista valdría mucho para reparar y remediar el negocio. Así se fueron de consuno, pues vieron su voluntad, y la reina Elisena y don Galaor fueron su camino, y sin cosa que les acaeciese llegaron una mañana al puerto de la Ínsula Firme, y cuando fue sabida su venida, cabalgaron el rey, su marido, y sus hijos, con el emperador y con todos los otros caballeros para la recibir. Oriana quisiera con aquellas señoras ir con ellos, mas el rey la envió a rogar que no lo hiciese ni tomase aquel trabajo, que él la llevaría luego para ella, y así quedó.

Pues la reina y don Galaor salieron de la mar a tierra, y allí fueron con mucho placer recibidos. Amadís, después que besó las manos a su madre, fue a abrazar a don Galaor, y él le quiso besar las manos, mas no quiso, antes estuvo una pieza preguntándole por su mal, y don Galaor diciendo que ya estaba mucho mejorado y que más lo estaría de allí adelante, pues que los enojos y señas de entre él y el rey Lisuarte eran atajados.

Después que el emperador y todos los otros señores saludaron a la reina, pusiéronla en un palafrén y fuéronse al castillo, al aposentamiento de Oriana, que estaba ella y las reinas y grandes señoras, con muy ricos atavíos, para la recibir a la puerta de la huerta. El emperador la llevaba de rienda y no quiso que descabalgase sino en sus brazos. Pues cuando entró donde Oriana estaba, ella tenía por las manos a las reinas Sardamira y Briolanja, y con ellas llegó a la reina Elisena, y todas tres se le hincaron de hinojos delante, con aquella obediencia que a verdadera madre se debía. La reina las abrazó y besó y las levantó por las manos. Entonces llegaron Mabilia, y Melicia, y Grasinda, y todas las otras señoras y besáronle las manos, y tomándola en medio se iban con ella a su aposentamiento. En esto llegó don Galaor, y no se os podría decir el amor que Oriana le mostró, pues después que Amadís no había en el mundo caballero que ella más amase, así por la parte de su amigo, que sabía que mucho lo amaba, como por el amor tan grande que el rey Lisuarte, su padre, le tenía tan verdadero, y el deseo de don Galaor de le servir contra todos los del mundo, así como por la obra muchas veces había parecido. Todas las otras señoras le recibieron muy bien. Amadís tomó a la reina Briolanja por la mano y díjole:

—Señor hermano, esta hermosa reina os encomiendo, que ya otras veces visteis y la conocéis.

Don Galaor la tomó consigo, sin ningún empacho, como aquél que no se espantaba ni turbaba en ver mujeres, y dijo:

—Señor, a vos tengo en gran merced, que me la dais, y a ella, porque me toma y quiere por suyo.

La reina no le dijo nada, antes le embermejó el rostro, que la hizo muy más hermosa. Galaor la miraba, que desde que se partió de Sobradisa, cuando allá trajo a don Florestán, su hermano, y después un poco tiempo en la corte del rey Lisuarte, cuando vino a buscar a Amadís, nunca la había visto, y aquella sazón era muy moza, más ahora estaba en su perfección de edad y hermosura, y pagóse tanto de ella y tan bien le pareció, que aunque muchas mujeres había visto y tratado, como esta historia donde de él habla lo cuenta, nunca su corazón fue otorgado en amor verdadero de ninguna, sino de esta muy hermosa reina, y asimismo ella lo fue de él, que sabiendo su gran amor, así en armas como en todas las otras buenas maneras que el mejor caballero del mundo debía tener, todo el grande amor que a su hermano Amadís tenía puso con este caballero, que ya por marido tenía, y como así sus voluntades tan enteramente entonces se juntaron, así permaneciendo en ello, después que a su reino se fueron, tuvieron la más graciosa y honrada vida y con más amor que se os no podría enteramente decir, y hubieron sus hijos, muy hermosos y muy señalados caballeros, que acabaron grandes cosas y peligrosas en armas y ganaron grandes tierras y señoríos. Así como lo contaremos en un ramo de esta historia que se llama las Sergas de Esplandián, porque hay enteramente esto será contado, con el cual gran compañía tuvieron antes que emperador de Constantinopla fuese y después que lo fue.

Pues hecho este recibimiento a esta noble reina Elisena y aposentada con aquellas señoras donde otro ninguno entraba sino el rey Perión, que así estaba acordado hasta que el rey Lisuarte y la reina Brisena y su hija viniesen y se hiciesen los acatamientos dé Oriana y de todas las otras en su presencia. Todos se fueron a sus posadas a holgar en muchos pasatiempos que en aquella ínsula tenían, especialmente los que eran aficionados a monte y a caza, porque fuera de la ínsula, en la tierra firme, cuanto una legua había muy hermosas arboledas y matras de montes muy espesos, que como la tierra estaba muy guardada, todo era lleno de venados, y puercos, y conejos, y otras bestias salvajes, de las cuales muchas mataban, así con canes y redes como corriéndolas a caballo en sus paradas.

Había también para cazar con aves muchas liebres y perdices y otras aves de ribera, así que en aquel rinconcillo tan pequeño era junta toda la flor de la caballería del mundo y quien en mayor alteza la sostenía, y toda la hermosura que en él se podría hallar, y después grandes vicios y deleites, que os habemos dicho y otros infinitos que no se pueden contar, así naturales como artificiales, hechos por encantamientos de aquel muy gran sabidor Apolidón, que allí los dejó.

Mas ahora deja el cuento de hablar de estos señores y señoras que estaban esperando al rey Lisuarte y a su compaña por contar lo que acaeció a don Bruneo, y a Angriote, y a Branfil, que se iban con la reina de Dacia, como ya oísteis.

Capítulo 122. De lo que aconteció a don Bruneo de Bonamar y a Angriote de Estravaus y a Branfil en el socorro que iban a hacer a la reina de Dacia

Dice la historia que Angriote de Estravaus, y don Bruneo de Bonamar y Branfil, su hermano, después que de la reina Elisena se partieron, que fueron por la mar adelante por donde los guiaban aquéllos que el camino sabían. Y la reina, con su turbación como con el placer de haber hallado ayudadores para su prisa, nunca les preguntó de dónde ni quién eran. Y yendo, así como os digo, un día les dijo:

—Buenos señores y amigos, aunque en mi compaña os llevo, no sé más de vuestra hacienda de lo que antes que os hallase ni viese sabía, mucho os ruego que, si os pluguiere, me lo digáis, porque sepa trataros en aquel grado que a vuestra honra y mía conviene.

—Buena señora —dijo Angriote—, comoquiera que el saber nuestros hombres —según el poco conocimiento de nosotros tenéis, no acrecienta ni mengua en vuestro descanso ni remedio, pues que os place saberlo, decíroslo hemos. Sabed que estos dos caballeros son hermanos, y al uno llaman don Bruneo de Bonamar y al otro Branfil, y don Bruneo es en deudo de hermandad, por su esposa, con Amadís de Gaula, a quien ibais demandar, y yo he nombre Angriote de Estravaus.

Cuando la reina oyó decir quiénes eran, dijo:

—¡Oh, mis buenos señores!, muchas gracias doy a Dios porque a tal tiempo os hallé, y a vosotros, por el descanso y placer que a mi afligido espíritu habéis dado en me hacer sabedora de quién erais, que, aunque no os conozco, que nunca os vi, vuestras grandes nuevas suenan por todas partes, que aquellos caballeros de Grecia que a la reina Elisena dije que por mi tierra habían pasado, al rey, mi marido —dijeron y contaron las grandes batallas pasadas entre el rey Lisuarte y Amadís, y aquéllos, contándole las cosas que habían visto, le dijeron los nombres de todos los más principales caballeros que en ellas fueron y muchas de las grandes caballerías por ellos hechas, y acuérdome que entre los mejores fuisteis allí contados, lo cual mucho agradezco a Nuestro Señor, que ciertamente con mucho cuidado he venido en vos ver tan pocos, y no saber el recaudo que para esta gran necesidad traía, mas ahora iré con mayor esperanza que mis hijos serán remediados y defendidos de aquel traidor.

Angriote dijo:

—Señora, pues que esto está ya a nuestro cargo, no se puede en ello más poner de todas nuestras fuerzas con las vidas.

—Dios os lo agradezca —dijo ella— y me llegue a tiempo que mis hijos y yo lo paguemos en acrecentamiento de vuestros estados.

Así fueron por la mar sin entrevalo alguno hasta que llegaron en el reino de Dacia.

Pues allí llegados, tomaron por acuerdo que la reina quedase en su navío dentro en la mar hasta ver cómo les iba, y ellos hicieron sacar sus caballos y armáronse, y sus escuderos consigo y dos caballeros desarmados que con la reina se hallaron al tiempo que en la mar entró, que los guiaron y fueron su camino derecho a la ciudad donde los infantes estaban, que de allí sería una buena jornada, y mandaron a sus. escuderos que les llevasen de comer y cebada para los caballos porque no entrarían en poblado. Así como os digo fueron estos tres caballeros y anduvieron todo el día hasta la tarde y reposaron en la falda de una floresta de matas espesas, y allí comieron ellos y sus caballos, y luego cabalgaron y anduvieron tanto de noche que llegaron una hora antes que amaneciese al real, y acercáronse lo más encubierto que pudieron por ver dónde estaba el mayor golpe de la gente, por se desviar de ella y pasar por lo más flaco hasta entrar en la villa, y así lo hicieron, que mandaron a sus escuderos y a los caballeros que con ellos iban que en tanto quedaban en la guarda pugnasen de se pasar a la villa. Todos tres juntos dieron sobre hasta diez caballeros que delante sí hallaron, y de los primeros encuentros derribó cada uno el suyo y quebraron las lanzas y pusieron mano a las espadas, y dieron en ellos tan bravamente que así por los grandes golpes que les daban como porque pensaron que era más gente, comenzaron a huir dando voces que los socorriesen. Angriote dijo:

—Bien será que los dejemos y vamos a esforzar los cercados.

Lo cual así se hizo, que con su compaña se llegaron a la cerca, donde al ruido de su rebato se habían llegado algunos de los de dentro. Los dos caballeros que allí venían llamaron y luego fueron conocidos, y abrieron un postigo pequeño por donde algunas veces salían a sus enemigos, y por allí entraron Angriote y sus compañeros. Los infantes acudieron allí, que al alboroto se levantaron, y supieron cómo aquellos caballeros venían en su ayuda y cómo la reina, su madre, quedaba buena y a salvo, que hasta entonces no sabían si era presa o muerta, de que hubieron muy gran placer, y todos los del lugar fueron mucho esforzados con su venida cuando supieron quiénes eran e hiciéronles aposentar con los infantes en su palacio, donde se desarmaron y descansaron gran pieza.

En el real del duque se hizo gran revuelta a las voces que los caballeros que huyendo iban dieron, y con mucha prisa salió toda la gente, así a pie como a caballo, que no sabían qué cosa fuese, y antes que se apaciguasen vino el día. El duque supo de los caballeros lo que les aconteció, y como no habían visto sino hasta ocho o diez de a caballo, aunque habían pensado que más fuesen y que se entraran en la villa. El duque dijo:

—No será sino algunos de la tierra, que se habrán atrevido a entrar dentro; yo lo mandaré saber, y si sé quién son perderán todo cuanto acá de fuera dejan.

Y luego mandó a todos que se desarmasen y se fuesen a sus posadas, y él así lo hizo. Angriote y sus compañeros, desde que hubieron dormido y descansado, levantáronse y oyeron misa con aquellos donceles que los aguardaban, y luego les dijeron que mandasen venir allí los más principales hombres de los suyos, y así se hizo, y de ellos quisieron saber qué gente tenían, por ver si había copia para salir a pelear con los contrarios, y rogáronles mucho que los hiciesen armar a todos, y juntos en una gran plaza que allí había los verían, y así lo hicieron. Pues salidos allí todos y sabido por cierto la gente que el duque tenía bien, vieron que no estaba la cosa en disposición de se sufrir con ellos, si por alguna manera de las que de guerras se suelen buscar no fuese, y habido todos tres su consejo acordaron que esa noche saliesen a dar en los enemigos con mucho tiempo y que don Bruneo, con el infante menor, que había hasta doce años, pugnase de salir por otra parte y no entendiese en al, sino en pasarse por los contrarios y se ir a algunos lugares que cerca en esa comarca estaban, que como habían visto muerto al rey, cercados sus señores y la reina huida no osaban mostrarse; antes, mucho contra su voluntad, enviaban viandas al real del duque, y que allí llegados, viendo al infante y el esfuerzo que don Bruneo les daría, allegarían alguna gente para poder ayudar a los cercados, y que si tal aparejo hallasen que de noches les hiciesen ciertas señales, y que saliendo ellos a dar en el real, don Bruneo vendría con la gente que tuviese por otra parte donde ningún recelo tenían, y que así podrían hacer gran daño en sus enemigos. Esto les pareció buen acuerdo, y consultáronlo con algunos de aquellos caballeros que más valían y en quien se tenía y ponía mayor confianza que servirían a los infantes en aquella afrenta y peligro tan grande como estaban, todos lo tuvieron por bien que así se hiciese. Pues venida la noche y pasada gran parte de ella, Angriote y Branfil, con toda la gente del lugar, salieron a dar en sus enemigos, y don Bruneo salió por otra parte con el infante, como os dijimos. Angriote y Branfil, que delante todos iban, entraron por una calle de unas huertas que ese día habían mirado, la cual salía a donde el real estaba, en un gran campo, y allí no había estancia ninguna de día, salvo que de noche guardaban en ella hasta veinte hombres, en los cuales dieron tan bravamente ellos y su compaña que luego fueron desbaratados y pasaron adelante tras ellos, y algunos quedaron muertos y otros heridos, que como fuesen gente de baja manera y éstos caballeros tan escogidos, muy presto fueron tullidos y destrozados todos, y las voces fueron muy grandes y el ruido de las heridas; mas Angriote y Branfil no hacían sino pasar adelante y dar en los otros que así acudían del real y de las otras estancias, y dejaban muchos de ellos en poder de los suyos, que no hacían sino prender y matar, hasta que salieron al campo donde el real estaba. Aquella hora ya el duque estaba a caballo, y como vio los suyos destrozados por tan pocos de sus enemigos hubo en sí gran saña y puso las espuelas en su caballo y fue herir en ellos y toda su gente, la que allí halló con él, tan reciamente que como era de noche no parecía sino que todo el campo se hundía, de manera que la gente de la ciudad fueron puestos en gran espanto y todos se acogieron al callejón por donde habían entrado, así que no quedaron de fuera sino aquellos dos caballeros. Angriote y Branfil, que toda la furia del duque esperaron, mas tanta gente dio sobre ellos que por mucho que en armas hicieron, y dieron señalados golpes a los delanteros y derribaron al duque del caballo, por fuerza les convino de se retraer a la calle donde los suyos se acogieron, y allí, como el lugar era angosto, se detuvieron. El duque no fue herido, aunque cayó, y luego de los suyos fue muy presto socorrido y puesto en el caballo, y vio a sus contrarios metidos en las calles, y como llegó a ellos hubo gran pesar que dos caballeros solos a tanta gente como él traía se defendiesen y tuviesen aquel paso, y dijo en una voz, que todos lo oyeron:

—¡Oh, malandantes caballeros a quien yo doy lo mío, qué vergüenza es esta que vuestro poder no baste para vencer dos caballeros solos, que no lo habéis con más!

Entonces arremetió, y otros muchos con él, y llegaron tantos y con tan gran prisa que a mal de su grado de Angriote y Branfil, a todos los suyos metieron una pieza por el callejón adelante. El duque pensó que ya iban de vencida y que allí, con la prisa, podría matar muchos, y entraron a vuelta de los otros en la villa y como vencedor adelantóse de los suyos y llegó con su espada en la mano a Angriote, que delante halló, y diole un gran golpe por encima del yelmo, mas no tardó de llevar el pago, que como Angriote siempre por él miraba, desde que oyó denostar a los suyos, alzó la espada y de toda su fuerza lo hirió en el yelmo, de tal golpe que le desapoderó de toda su fuerza y dio con él a los pies de su caballo, y como así lo vio dio voces a los suyos que lo tomasen, que el duque era, y Branfil y él salieron adelante contra los otros e hiriéronlos de grandes golpes y pesados, de manera que los no osaban esperar, que como aquel lugar donde se combatían era angosto no les podían herir sino por delante. En este comedio fue el duque tomado y preso de los de la villa, pero tan desacordado y fuera de sentido que no sabía si lo llevaban los suyos o los contrarios. Como los suyos así lo vieron, que pensaron que muerto era, retrajéronse hasta salir de aquella angostura. Angriote y Branfil, como aquello vieron, así porque el duque era muerto o preso, como porque los contrarios eran muchos y no era razón de los cometer en tan gran plaza, acordaron de se tornar y haber por bien lo que en la primera salida habían recaudado, y así lo hicieron, que muy paso se volvieron a los suyos, muy contentos de cómo había el negocio pasado, aunque con algunas heridas, pero no grandes, y sus armas mal paradas, mas los caballos a poco rato fueron muertos de las llagas que tenían, y recogida su gente se volvieron a la villa y hallaron a la puerta al infante Garinto, que así había nombre, el cual, cuando los vio venir sanos y al duque, su enemigo, preso, ya podéis entender el placer que sentiría en ello.

Entonces se acogieron todos al lugar haciendo grandes alegrías, porque así lo llevaban a su enemigo mortal, el cual, como dicho es, aún no estaba en su acuerdo, ni en todo lo que quedó de la noche ni otro día hasta mediodía lo estuvo.

Don Bruneo, que por la otra parte salió, no supo nada de esto, sino solamente las voces y el gran ruido que oía, y como toda la más de la gente de fuera así acudió no quedaron a aquella parte sino pocos y de pie, de los cuales, según andaban derramados, no había quién los rigiese. Él pudiera matar algunos, mas dejólos por no perder al infante que a su cargo llevaba y pasó por ellos sin embargo alguno, y anduvieron todo lo que quedó de la noche tras un hombre que los guiaba, que iba en un rocín, y venida la mañana vieron a ojo una villa a donde la guía los llevaba, que era asaz buena, que se llamaba Alimenta, y venían de ella dos caballeros armados que el duque había enviado a saber quién fueran los que habían entrado en la villa, y así lo habían hecho a otras partes, y no habían hallado rastro ni razón alguna de ello y tornábanselo a decir, y asimismo mandaron de parte del duque, so grandes penas, a los de la villa que enviasen toda la más vianda que pudiesen al real, y don Bruneo, que los vio, preguntó aquel hombre si sabía quién fuesen aquellos dos caballeros y de cuál parte.

—Señor —dijo el hombre—, de la parte del duque son, que yo los he visto con aquellas armas muchas veces andar al derredor de la villa en compaña de los otros sus compañeros.

Entonces dijo don Bruneo:

—Pues vos mirad por este doncel y no os partáis de él, que yo ver quiero qué tales son los caballeros que a tan mal señor aguardan.

Entonces se adelantó ya cuanto y fue al encuentro de ellos, que de él no se curaban, pensando que de los del real fuese, y como llegó cerca dijo:

—Malos caballeros que con aquel duque traidor vivís y sois sus amados, guardados de mí, que yo os desafío hasta la muerte.

Ellos le respondieron:

—Tu gran soberbia te dará el pago de tu locura, que pensando que eras de los nuestros te queríamos dejar; pero ahora pagarás con esa muerte que dices lo que como hombre de poco seso osas acometer.

Luego se fueron unos contra otros al más correr de sus caballos e hiriéronse reciamente en los escudos, así que las lanzas fueron en piezas; mas el uno de los caballeros que don Bruneo encontró fue en tierra sin detenimiento alguno y dio tan gran caída en el campo, que era duro, que no bullía con pie ni mano, antes estaba tendido como si muerto fuere, y puso mano a su espada con muy vivo corazón que él tenía y fue para el otro, que asimismo con la espada en la mano estaba y bien cubierto de su escudo atendiéndole, y diéronse muy grandes y duros golpes; pero como don Bruneo fuese de más fuerza y que más aquel hecho había usado, cargóle de tantos golpes que le hizo perder la espada de la mano y ambas las estriberas, y abrazóse al cuello del caballo y dijo:

—¡Oh, señor caballero, por Dios, no me matéis!

Don Bruneo se sufrió de lo herir y dijo:

—Otorgaos por vencido.

—Otórgolo —dijo él—, por no morir y perder el ánima.

—Pues apeaos del caballo —dijo don Bruneo— hasta que os mande.

Él así lo hizo, mas tan desatentado estaba que no se pudo tener y cayó en el suelo, y don Bruneo lo hizo mal su grado levantar y díjole:

—Id a aquél vuestro compañero y mirad si es muerto o vivo.

Él así como mejor pudo lo hizo, y llegóse a él y quitóle el yelmo de la cabeza, y como el aire le dio cobró huelgo y acordó ya cuanto. En esto miró don Bruneo por el doncel y violo un rato de sí, que el hombre, no teniendo tanta fucia en su bondad, habíase alejado de ellos con él, y llamólos con la espada que se viniesen a él, y así lo hicieron, y como el doncel llegó estuvo espantado de lo que don Bruneo había hecho, y como era niño y nunca cosa semejante viera, estaba demudado, y díjole don Bruneo:

—Buen doncel, haced matar estos vuestros enemigos, aunque será pequeña venganza a la gran traición que su señor a vuestro padre hizo.

El doncel le dijo:

—Señor caballero, por ventura éstos están sin culpa de aquella traición, y mejor será, si os pluguiere, que los llevemos vivos que matarlos.

Don Bruneo lo tuvo por bien y pagóse de lo que el infante dijo y pensó que sería hombre bueno si viviese. Entonces mandó aquel hombre que con ellos venía que ayudase al otro caballero y pusiesen aquél que más desacordado estaba atravesado en la silla de su caballo y que el otro cabalgase y se iría a la villa, y así lo hizo, y cuando allá llegaron salieron muchos por los ver y maravillábanse cómo así traían aquellos dos caballeros que de allí habían partido esa mañana.

Así fueron por la rúa del lugar hasta la plaza, donde mucha gente se llegó, vinieron a él a le besar las manos llorando y decíanle:

—Señor, si nuestros corazones osasen poner en obra lo que las voluntades desean y viésemos aparejo para ello, todos seríamos en vuestro servicio hasta morir; mas no sabemos qué remedio tomar, pues que no hay entre nos caudillo ni mayor que mandarnos sepa.

Don Bruneo les dijo:

—¡Oh, gente de poco esfuerzo, aunque hasta que hayáis sido honrados, ¿no se os acuerda que sois vasallos del rey, su padre de este doncel, y del infante que rey será, su hermano? ¿Cómo le pagáis aquello que como súbditos y naturales les debéis, viendo muerto a traición tan grande a vuestro señor y a sus hijos encerrados y cercados de aquel duque traidor, su enemigo?

—Señor caballero —dijo uno de los más honrados de la villa—, vos decís gran verdad; mas como no tengamos quién nos guíe y nos mande y seamos todos gentes que más por las haciendas que por las armas vivamos, no nos sabemos dar el recaudo que a nuestra lealtad conviene, pero ahora que aquí está este nuestro señor y vos en su guarda, ved lo que debemos hacer y luego se pondrá en obra a todo nuestro poder.

—Vos lo decís como bueno —dijo don Bruneo—, y es gran razón que el rey os haga mercedes y a todos los que de este vuestro voto y parecer siguieren, y yo vengo a os guiar y a morir o vivir con vosotros.

Entonces le dijo el recaudo que en la villa con el otro infante dejaba y cómo había venido con la reina su señora y dónde la dejaban y cómo yendo a la Ínsula Firme la habían hallado en la mar y que no temiesen, que con poca de su ayuda sus enemigos serían muy presto destruidos y muertos. Cuando esto oyó aquella gente, tomaron en sí gran esfuerzo y corazón y alborotáronse todos y dijeron:

—Señor caballero de la Ínsula Firme, que allí nunca hubo caballero que bienaventurado no fuese después que aquel famoso Amadís de Gaula la ganó. Mandad y ordenad de nos todo lo que debemos hacer y luego se pondrá en obra.

Don Bruneo se lo agradeció mucho e hizo al infante que se lo agradeciese, y díjoles:

—Pues mandad luego cerrar las puertas de este lugar y poned guardas, que de ninguno de aquí sean avisados nuestros enemigos, y yo os diré lo que hacerse debe.

Esto fue luego hecho, y díjoles:

—Pues id a vuestras casas y comed y aderezad vuestras armas, cualesquiera que sean, y estad prestos y guardad vuestra villa y no hayáis miedo de aquella mala gente, que allá tienen harto en que entender, según el recaudo con el infante queda, y cuando comamos y descansen nuestros caballos, el infante y yo nos pasaremos a otra villa, que esta guía que traigo me dice que es a tres leguas de ésta, y tomaremos toda aquella gente y, vendremos por aquí, y yo os llevaré de manera que vuestros enemigos, si esperan, serán perdidos y maltratados y en vuestro poder.

Ellos le dijeron que así lo harían, y luego fueron todos con mucha gana a lo hacer como él lo mandaba, y al infante y a don Bruneo dieron de comer muy bien en un palacio, que del rey era, y desde que hubieron comido, que pasaba ya el mediodía, queriendo cabalgar para se ir, llegaron dos peones que venían a más andar a la puerta de la villa y dijeron a las guardas que los dejasen entrar, que traían nuevas de su placer; los guardas los llevaron al infante y a don Bruneo y preguntáronles qué decían. Ellos dijeron:

—Señores, nosotros no veníamos sino a los de esta villa, que no sabíamos de la venida del infante, ni de vos, que nunca os vimos, y las nuevas que traemos son tales que así vosotros como ellos habréis gran placer de las saber. Ahora sabed que esta noche pasada salieron de la villa mucha gente, dieron en las guardas y mataron y prendieron muchos de los del duque, y como el duque lo supo acudió allí, y, halló dos caballeros extraños que maravillas dicen de ellos, que mataban los suyos, y él, por los socorred, combatióse con el uno de ellos, y de un golpe solo derribó al duque del caballo y quedó en poder de los de la villa, no saben si muerto o vivo. Toda la gente del real no

saben qué hacer sino andar a corrillos en consejos y parecían que apareja-
ban para levantar de allí, de gran temor que tienen de aquellos extraños que
os decimos, y nosotros somos de una aldea de aquí cerca, que teníamos en
el real provisión, y como vimos esto acordamos de lo decir a estos señores
de esta villa, porque se pongan a recaudo, que como gente que va huyendo
no les hagan mal o algún robo.

Don Bruneo como esto oyó, salió cabalgando, y el infante con él, a la
plaza e hizo a los peones que contasen las nuevas a todos los que allí se
juntaron, porque tomase en sí el esfuerzo y corazón y díjoles:

—Mis buenos amigos, yo acuerdo que no debo de pasar más adelante,
que según estas nuevas bien bastamos vosotros y yo para lo que dejé concertado, por ende, conviene que seáis todos armados en anocheciendo y
partamos de aquí, que gran sinrazón sería que los de la villa llevasen la gloria
de este vencimiento sin que nuestra parte nos quepa.

—Todo se hará luego como vos, señor, lo mandáis —dijeron ellos.

Así estuvieron todo el día aderezando sus armas, con tanta voluntad que
no veían la hora de estar envueltos con ellos, porque ya los tenían por desbaratados y querían vengarse de los males y daños que de ellos habían
recibido.

Venida la noche, don Bruneo se armó y cabalgó en su caballo y sacó
toda la gente al campo y rogó al infante que le esperase allí, mas él no quiso
sino ir con él. Pues así fueron todos, como oís, la vía del real, y don Bruneo,
después que pieza de la noche pasó, mandó a la guía que con él viniera
que hiciese la señal a los de la villa desde donde la viesen, como quedó
acordado, y él así lo hizo, y tanto que por ellos fue vista luego, cuidaron que
buen recaudo tenía don Bruneo y luego se aparejaron para salir antes que
amaneciese a dar en el real; mas del real acordaron otra cosa, que como
vieron al duque su señor en poder de sus enemigos y vieron hacer aquellas
señales de juegos de noche y porque tenían perdida la esperanza de lo
cobrar, antes si más allí se detuviesen les sería grande peligro. En pasando
parte de la noche recogieron toda la gente y fardaje y los heridos y muy secreto, sin que sentidos fuesen, alzaron el real y movieron camino de su tierra,
de manera que antes que su ida fuese sentida anduvieron gran pieza, pues
venida la hora que los de la villa salieron y don Bruneo llegó por el otro cabo,

no hallaron nada, antes no se conociendo, como era de noche, hubiera de haber entre ellos gran revuelta, cada uno pensando por los otros que fuesen los contrarios, de que ninguna gente en medio se hallaba; pero después que se conocieron hubieron muy gran pesar porque así se les habían ido, y luego siguieron el rastro, mas mucho a duro, que con la noche no podían y andaban a tiento hasta que el alba vino, y entonces los vieron muy claros, por lo cual los de caballo mucho se apresuraron y alcanzaron todo el fardaje y los peones y heridos, que la otra gente, como ya iban de vencida, no quisieron aguardar desde que el día vino porque aún iban por tierra de sus enemigos. De éstos, pues, mataron muchos y otros prendieron y cobraron muy grande haber, y con mucha alegría y gloria se volvieron a la villa y luego enviaron caballeros que trajesen a la reina, y como vino y vio sus hijos sanos y buenos y a su enemigo preso, quién puede decir el placer grande que sintió.

Angriote y sus compañeros, como sabían el concierto de la Ínsula Firme que los habían de esperar aquellos grandes señores, demandaron licencia a la reina, diciéndole que a día señalado habían de ser en la Ínsula Firme, que pues ya no era menester que querían andar su camino. La reina les rogó que por su amor se detuviesen dos días, porque quería en su presencia alzar a su hijo Garinto por el rey y hacer justicia de aquel traidor del duque muy cruel; ellos le dijeron que a lo de su hijo les placía estar, pero que a la justicia del duque no. Que pues en su poder quedaba, que después de ellos idos hiciese de la su guisa. La reina mandó hacer luego a la plaza una gran cadalso de madera, cubierto de muy ricos y graciosos paños de oro y de seda, y mandó venir allí todos los mayores de su reino que más cerca se hallaron y subieron allí al infante Garinto y a los tres caballeros y trajeron al duque así mal parado como estaba encima de un rocín sin silla, y delante de él tocaron muchas trompetas, llamando al infante rey de Dacia, y Angriote y don Bruneo le pusieron en la cabeza una muy rica corona de oro con muchas perlas y piedras.

Así estuvieron en aquellas fiestas gran parte del día, con mucho dolor y angustia de aquel duque que lo miraba, al cual la gente decían muchas injurias y denuestos; pero aquellos caballeros rogaron a la reina que lo mandase llevar allí o que ellos se irían, que no querían ver que ningún hombre preso y vencido en su presencia recibiese injuria. La reina mandó llevar a la prisión, pues vio que les pesaba en estar allí y rogóles que tomasen joyas ricas que allí hizo traer para les dar; mas ellos, por ruegos que les hiciesen, ninguna cosa quisieron tomar, sino solamente porque sabían que en aquella tierra había muy hermosos lebreles y sabuesos, que su merced fuese de les mandar dar algunos para los montes de la Ínsula Firme. Luego les trajeron allí más de cuarenta en que escogiesen los más hermosos que más les agradasen. Cuando la reina vio que se querían ir, díjoles:

—Mis amigos y buenos señores, pues que de mis joyas no queréis llevar, forzado es que llevéis una, que es la que yo más en este mundo amo, y éste es el rey, mi hijo, que de mi parte le deis a Amadís, porque en su compaña y de sus amigos cobre la crianza y buenas maneras que a caballero conviene, que de los bienes temporales asaz es abastado, y si Dios a edad cumplida le llega, mejor de su mano que de otra alguna podrá ser caballero, y decidle que así por sus nuevas como por la bondad de vosotros, que este reino me hicisteis ganar, que para él y para vos se ganó.

Ellos se lo otorgaron de que vieron que con tanta afición lo quería y porque mucha honra era tener en su compaña un rey tal como aquél que siendo de tan gran estado procuraba su compaña por valer más. La reina le hizo guarnecer una fusta muy ricamente, como a rey convenía, así de grandes atavíos como de joyas muy ricas y preciadas, para que las diese a los caballeros y a otras personas que él quisiese, y su ayo, con otros servidores, y fuese con ellos hasta la mar y de allí se tornó, y llegada a la villa, con mucha deshonra mandó ahorcar al duque porque todos viesen el fruto que las flores de la traición llevan.

Ellos entraron en sus fustas y caminaron tanto hasta que llegaron a aquel gran puerto de la Ínsula Firme, donde con mucho deseo los esperaban. Llegados al puerto enviaron decir a Amadís cómo traían consigo al rey de Dacia y la razón por qué, que' viese lo que se debía hacer en la venida de tal príncipe.

Amadís cabalgó y no llevó consigo sino a Agrajes, y la mitad de la cuesta del castillo encontraron con los caballeros y con el rey, el cual ricamente vestido venía y en un palafrén guarnido a maravilla. Amadís se fue a él y lo saludó, y el niño a él, con mucha cortesía, que ya le habían dicho cuál era. Después se abrazaron todos, con gran risa y placer que de sí hubieron, y así juntos se fueron al castillo, donde aquel rey fue aposentado en compaña de don Bruneo hasta que otros donceles viniesen que esperaban. Así estaban aquellos señores en aquella ínsula esperando al rey Lisuarte, que por contar de él dejaremos éstos hasta su tiempo.

Capítulo 123. Cómo el rey Lisuarte y la reina Brisena, su mujer, y su hija Leonoreta vinieron a la Ínsula Firme, y cómo aquellos señores y señoras les salieron a recibir

Como es dicho, el rey Lisuarte, después que llegó a Vindilisora, mandó a la reina que se aderezase de las cosas necesarias a ella y a su hija Leonoreta y al rey Arbán de Norgales, su mayordomo mayor, de lo que a él convenía, y todo hecho y aparejado según su grandeza, partió con su compaña, y no quiso llevar sino al rey Cildadán, y a don Galvanes, y a Madasima, su mujer, que entonces allí, por su mandado, llegaron de la Ínsula de Mongaza, y otros algunos de sus caballeros ricamente vestidos, que Gasquilán, rey de Suesa, desde allí se tornó en su reino. Pues con mucho placer fueron por sus jornadas hasta que llegaron a dormir a cuatro leguas de la Ínsula, lo cual fue sabido luego por Amadís y por todos los otros príncipes y caballeros que con él estaban, y acordaron que todos juntos y aquellas señoras con ellos los saliesen a recibir a dos leguas de la Ínsula, y así se hizo, que otro día salieron todos y todas las reinas tras la reina Elisena. Los vestidos y riquezas que sobre sí y sobre sus palafrenes llevaban no bastaría memoria para lo contar, ni menos para lo escribir, tanto os digo, que antes ni después nunca se supo que una compaña de tantos caballeros de tan alto linaje y de tanto esfuerzo y tantas señoras reinas, infantas y otras de gran guisa, tan hermosas y bien guarnidas hubiese habido en el mundo. Así juntos fueron por aquella vega hasta que llegaron a la vista del rey Lisuarte, el cual, cuando vio tanta gente que contra él iba, luego pensó lo que era, y con toda su compaña anduvo tanto que se encontró con el rey Perión y el emperador y todos los otros caballeros que delante venían, allí pararon todos para se abrazar. Amadís venía detrás, hablando con don Galaor, su hermano, que aún estaba muy flaco que apenas podía andar cabalgando, y como llegó cerca del rey apeóse de su caballo y el rey le dio voces que no lo hiciese, mas él no le dejó por eso, y llegó a pie y, aunque no quiso, le besó las manos y pasó a la reina, que Esplandián, aquel hermoso doncel, de rienda traía, y la reina se bajó del palafrén para le abrazar, mas Amadís le tomó las manos y se las besó. Don Galaor llegó al rey Lisuarte, y cuando le vio tan flaco fuelo a abrazar y las lágrimas le vinieron a entrambos a los ojos, y túvolo así el rey un rato, que se nunca pudieron hablar tanto que algunos dijeron que este sentimiento fue del placer que de se ver hubieron; pero otros lo juzgaron diciendo que teniendo en las memorias las cosas pasadas y no se haber en ellas hallado juntos, como sus corazones deseaban, había traído aquellas lágrimas. Esto se eche a la parte que os pluguiere, pero de cualquier manera que fuese era porque mucho se amaban. Oriana llegó a la reina, su madre, después que la reina Elisena la saludó, y como su madre la vio, que era la cosa que más amaba, se fue a ella y tomóla entre sus brazos, y cayeran ambas a tierra sino por caballeros que las sostuvieron, y comenzóla a besar por los ojos y por el rostro, diciendo:

—¡Oh, mi hija, a Dios plega por la su santa Merced que los trabajos y fatigas que esta tu gran hermosura nos ha dado, que ella sea causa de lo remediar con mucha paz y alegría de aquí adelante!

Oriana no hacía sino llorar de placer, y ninguna cosa le respondió; en esto llegaron las reinas Briolanja y Sardamira y quitáronsela de entre los brazos y hablaron a la reina, y después todas las otras, con mucha cortesía, que a esta dueña tenían por una de las mejores y más honradas reinas del mundo. Leonoreta llegó a besar las manos a Oriana y ella la abrazó y besó muchas veces, y así lo hicieron todas las dueñas y doncellas de la reina, su madre, que la amaban de corazón, más que a sí mismas, que, como se os ha dicho, esta princesa fue la más noble y más comedida para honrar a todos que en su tiempo fue, y por esta causa era muy amada y querida de todos y todas cuantas la conocían.

Hecho el recibimiento, no como fue, que sería imposible decirlo, mas como a la orden del libro conviene, movieron todos juntos para la Ínsula. Cuando la reina Brisena vio tantos caballeros y tantas dueñas y doncellas de tan alta guisa, a quien ella muy bien conocía y sabía do llegaba su gran valor, y que todos estaban a la voluntad y ordenanza de Amadís, fue tan espantada que no sabía qué decir, y hasta allí bien pensaba que en el mundo no hubiese igual casa ni corte a la del rey, su marido; pero visto esto que os digo, no figuraba su estado sino de un bajo conde, y miraba a todas partes y veía que todos andaban tras Amadís y lo acataban como a señor, y el que más cerca de él iba se tenía por más honrado, y do quiera que él iba, iban todos. Maravillábase cómo pudo ganar tal alteza un caballero que nunca alcanzó sino armas y caballo, y comoquiera que por marido de su hija lo tuviese y muy entero en su servicio, no pudo excusar de no haber de ello a gran envidia, porque aquel gran estado quisiera ella para su marido, y de allí lo heredara Amadís con su hija; pero como lo veía ser al revés no se podía alegrar con ello, mas como era muy cuerda hizo que no lo miraba ni entendía, y con rostro alegre y corazón turbio hablaba y reía con todos aquellos caballeros y señores que alrededor de sí llevaba; que el rey, después que habló a don Galaor, nunca de él se apartó en todo aquel camino hasta que a la Ínsula llegaron.

Pues yendo por el camino, Oriana no podía partir los ojos de Esplandián, que mucho lo amaba, así como la razón lo mandaba, y la reina, su madre, que lo vio, dijo:

—Hija, tomad este doncel que os lleve.

Oriana estuvo queda y el doncel llegó, con muy gran humildad, a le besar las manos. Oriana tenía gran deseo de le besar, mas el grande empacho que hubo le hizo sufrir. Mabilia se llegó a él y díjole:

—Mi buen amigo, también quiero yo parte de vuestros abrazos.

Él volvió el rostro con su semblante tan gracioso que maravilla era de le mirar y conocióla y habló con mucha cortesía. Así lo llevaron en medio entrambas, hablando con él, en lo que más les contentaba y agradábanse mucho de cómo él respondía, que la graciosa habla y donaire suyo las hacía a ellas alegrar, y mirábanse Oriana y Mabilia una a otra y miraban al doncel, y Mabilia dijo:

—Pareceos, señora, si era esta preciosa vianda para la leona y para sus hijos.

—¡Ay, mi señora y amiga —dijo Oriana—, por Dios, no me lo traigáis a la memoria, que aún ahora se me aflige el corazón de lo pensar!

—Pues entiendo —dijo Mabilia— que menos peligro pasó su padre, tan pequeño como él, en la mar; mas Dios le guardó para esto que veis y así lo hará si le pluguiere a éste, que pasará de bondad a él y a todos los del mundo.

Oriana se rió muy de corazón y dijo:

—Mi verdadera hermana, no parece sino que me queréis tentar por ver a cuál de ellos otorgaré, pues no quiero decir que así plega a Dios, sino que entrambos los haga tales que no tengan par, como hasta aquí, cada uno en su edad, no lo han tenido.

En esto y en otras cosas de mucho placer hablando todos llegaron al castillo de la Ínsula Firme, donde al rey Lisuarte y a la reina su mujer aposentaron muy bien donde Oriana posaba, y al rey Perión y a su mujer donde la reina Sardamira.

Oriana con todas las novias que habían de ser tomaron lo más alto de la torre. Amadís había mandado poner las mesas en aquellos portales muy ricos de la huerta, y allí hizo comer a toda aquella compaña muy ricamente, con tanta abundancia de viandas y vinos y frutas de todas maneras que muy gran maravilla era de lo ver, cada uno según su estado lo merecía, y todo era hecho muy por orden.

Don Cuadragante llevó consigo al rey Cildadán, que él mucho amaba, y así lo hicieron todos los otros caballeros cada uno de los del rey según lo amaban. Y Amadís llevó consigo al rey Arbán de Norgales y a don Grumedán y a don Guilán el Cuidador. Norandel posó con su gran amigo don Galaor. Así pasaron aquel día, con el placer que pensar podéis. Mas lo que Agrajes hizo con su tío y con Madasima no se podrá contar en ninguna manera ni pensar, que a éste tenía en tanto acatamiento y reverencia como al rey, su padre, siempre tuvo, e hizo quedar a Madasima con Oriana y con aquellas reinas y señoras grandes que allí estaban, y él llevó a don Galvanes consigo a su posada. Esplandián se llegó luego al rey de Dacia, que era de su edad y le pareció muy bien, y tan grande amor se les siguió desde la hora que se vieron que todos los días de su vida les duró, así que por muy grandes tiempos anduvieron juntos en compaña después que caballeros fueron y pasaron muy grandes hechos de armas en muy gran peligro de sus personas, como caballeros muy esforzados. Este rey fue todo el secreto de los amores de Esplandián y por sus consejos buenos fue quitado muchas veces de grandes angustias y mortales cuidados que de su señora le venían hasta le llegar al hilo de la muerte. Este rey que os digo se puso a muy grandes afanes por hablar a esta señora y le decir lo que por su amor este caballero padecía y que hubiera piedad de su dolorosa muerte. Estos dos príncipes que os cuento, por amor de esta señora, tomando consigo a Talanque, hijo de don Galaor, y a Manelí, el mesurado hijo del rey Cildadán, que en las sobrinas de Urganda los hubieron cuando estaban presos, como el segundo libro de esta historia más largo lo cuenta, y Ambor, hijo de Angriote y de Estravaus, todos noveles caballeros, pasaron la mar por la parte de Constantinopla a la tierra de los paganos y hubieron grandes requestas, así con fuertes gigantes como con otras naciones extrañas de muchas maneras, las cuales pasaron a su gran honra, por donde sus altas proezas y grandes caballerías fueron por todo el mundo sonadas, así como más largo os lo contaremos en aquel ramo que de Esplandián es llamado, que de esta historia sale que habla de los sus grandes hechos y de los amores que con la flor y hermosura de todo el mundo tuvo, que fue aquella estrella luciente que ante ella toda hermosura oscurecía, Leonorina, hija del emperador de Constantinopla, aquélla que su padre, Amadís, dejó niña en Grecia cuando allá pasó y mató al fuerte Endriago, como os ya contamos.

Pero dejemos esto ahora hasta su tiempo y tornemos al propósito de nuestra historia.

Pues pasado aquel día que llegaron y otro para descansar del camino, los reyes se juntaron para dar orden en los casamientos, como se hiciesen con mucho placer y se tornasen a sus tierras, que mucho les quedaba de hacer: los unos en ir a ganar los señoríos de sus enemigos y los otros en les dar ayuda para ello, y estando juntos debajo de unos árboles, cabe las fuentes que ya oisteis, oyeron grandes voces que las gentes daban de fuera de la huerta y sonaba gran murmullo, y sabido qué cosa fuese, dijéronles que veía la más espantable cosa y más extraña por la mar de cuantas habían visto. Entonces los reyes demandaron sus caballos y cabalgaron y todos los otros caballeros y fueron al puerto, y las reinas y todas las señoras se subieron a lo más alto de la torre, donde gran parte de la tierra y de la mar se parecía, y vieron venir un humo por el agua más negro y más espantable que nunca vieron. Todos estuvieron quedos hasta saber qué cosa fuese, y desde a poco rato que el humo se comenzó a esparcir vieron en medio de él una serpiente mucho mayor que la mayor nao ni fusta del mundo, y traía tan grandes alas que tomaba más espacio que una echadura de arco y la cola enroscada hacia arriba, muy más alta que una gran torre; la cabeza y la boca y los dientes eran tan grandes, y los ojos tan espantables, que no había persona que la mirar osase, y de rato en rato echaba por las narices aquel muy negro humo, que hasta el cielo subía, y desde que se cubría todo daba los roncos y silbidos tan fuertes y tan espantables que no parecía sino que la mar se quería hundir, echaba por la boca las gorgozadas del agua tan recio y tan lejos que ninguna nave, por grande que fuese, a ella se podría llegar que no fuese anegada. Los reyes y caballeros, comoquiera que muy esforzados fuesen, mirábanse unos a otros y no sabían qué decir, que a cosa tan espantable y tan medrosa de ver no hallaban ni pensaban qué resistencia alguna podía bastar, pero estuvieron quedos.

La gran serpiente, como ya cerca llegase, dio por el agua al través tres o cuatro vueltas, haciendo sus bravezas y sacudiendo las alas tan recio que más de media legua sonaba el crujir de las conchas. Como los caballos en que aquellos señores estaban la vieron, ninguno fue poderoso de tener el suyo, antes con ellos iban huyendo por el campo hasta que de fuerza les convino apearse, y algunos decían que sería bueno armarse para atender; otros decían que como fuese bestia fiera de agua que no osaría salir en tierra, y puesto caso que saliese que espacio había para se meter en la ínsula y que ya ella de que veía la tierra comenzaba a reparar. Pues estando así todos maravillados de tal cosa, cuan nunca oyeran ni vieran otra semejante, vieron cómo por el un costado de la serpiente echaron un batel cubierto todo de un paño de oro muy rico y una dueña, en el que a cada parte traía un doncel muy ricamente vestido y sufríase con los brazos sobre los hombros de ellos, y los enanos muy feos, en extraña manera, con sendos remos, que el batel traían a tierra. Mucho fueron maravillados aquellos señores de ver cosa tan extraña, mas el rey Lisuarte dijo:

—No me creáis si esta dueña no es Urganda la Desconocida, que bien se os debe acordar —dijo a Amadís— del miedo que nos puso estando en la mi villa de Fenusa, cuando con los fuegos vino por la mar.

—Yo lo he pensado así –dijo Amadís– después que el batel vi, que de antes no creía sino que aquella serpiente era algún diablo con que tuviéramos harto que hacer.

En esto llegó el batel a la ribera, y como cerca fue conocieron ser la dueña Urganda la Desconocida, que ella tuvo por bien de se les mostrar en su propia forma, lo cual pocas veces hacía, antes se demostraba en figuras extrañas, cuando muy vieja demasiado, cuando muy niña, como en muchas partes de esta historia se ha contado. Así llegó con sus donceles, muy hermosos y muy guarnidos, que sus vestiduras eran en muchos lugares guarnecidas y labradas de piedras preciosas de gran valor.

Los reyes y grandes señores se fueron así a pie como estaban acostando en la' parte donde ella salía, y como llegada fue salió del batel, teniendo por las manos a sus hermosos donceles se fue luego al rey Lisuarte por le besar las manos, mas el rey la abrazó y no se las quiso dar, y así lo hicieron el rey Perión y el rey Cildadán. Entonces se volvió ella al emperador y díjole:

—Buen señor, aunque no me conocéis, ni yo os haya visto, mucho sé de vuestra hacienda, así de quién sois y el valor de vuestra noble persona como de vuestro grande estado, y por esto y por algún servicio que antes de mucho tiempo de mí recibiréis, junto con la emperatriz, quiero quedar en vuestro amor y buen conocimiento para que se os acuerde de mí, cuando en vuestro imperio estuviereis, en me mandar algo en que le pueda servir, que, aunque os parece estar esta tierra donde mi habitación es muy lejos de la vuestra, no sería para mí gran trabajo andar el camino todo en un día natural.

El emperador le dijo:

—Mi buena amiga señora, por más contento me tengo de haber ganado vuestro amor y buena voluntad que gran parte de mi señorío, y pues por vuestra virtud a ello me habéis convidado, no se os olvide lo que me prometisteis, que si en mi corazón y voluntad está asentado se lo agradecer con todas mis fuerzas, vos muy mejor que yo lo sabéis.

Urganda le dijo:

—Mi señor, yo os veré en tiempo que por mí os será restituido el primer fruto de vuestra generación.

Entonces miró contra Amadís, que no había habido tiempo de le poder hablar, y díjole:

—Pues de vos, noble caballero, no se debe perder el abrazo, aunque, según la favorable fortuna, en tanta grandeza os ha ensalzado y puesto en la cumbre, ya no tendréis en mucho los servicios y placeres de los que poco podemos, porque estas mundanales cosas muy prestamente siguiendo la orden del mundo con pequeña causa, y aun sin ella, podrían variar. Ahora que os parece que más sin cuidados podréis pasar vuestra vida, especial teniendo la cosa del mundo por vos más deseada en vuestro padre, sin la cual todo lo restante os fuera causa de dolorosa soledad, ahora es más necesario sostenerlo con doblado trabajo, que la fortuna no es contenta cuando en semejantes alturas hiere y muestra sus fuerzas, porque muy mayor mengua y menoscabo de vuestra gran honra sería perder lo ganado, que sin eso pasar antes que ganado fuese.

Amadís le dijo:

—Según los grandes beneficios que de vos, mi señora, yo tengo recibidos con el gran amor que siempre me tuvisteis, aunque para la satisfacción de mi voluntad muy poderoso me hallase, muy pobre me sentiría para lo poner en las cosas que vuestra honra tocasen, que por vos me fuesen mandadas que no puede ser ello tanto, aunque el mundo fuese, que mucho más no sea razón de lo aventurar en lo que digo.

Urganda le dijo:

—El gran amor que os tengo me causa decir desvaríos y dar consejo donde menester no es.

Entonces llegaron todos aquellos caballeros y la saludaron, y dijo a don Galaor:

—A vos, mi buen señor, ni al rey Cildadán no digo ahora nada, porque yo moraré aquí con vos algunos días y tendremos tiempo de hablar.

Y volviéndose a sus enanos les mandó que se tomasen a la gran serpiente y trajesen en una barca un palafrén y sendos para sus donceles, lo cual fue luego hecho.

Los reyes y señores tenían sus caballos alejados de allí, que el temor de aquella fiera bestia no les daba lugar que a ellos se llegasen, y dejaron allí hombres que las pusiesen en el palafrén y ellos se fueron a pie a tomar los suyos, y ella les dijo que les rogaba mucho que hubiesen por bien que ninguno la llevase sino aquellos dos donceles sus enamorados, y así se hizo, que todos fueron delante al castillo y ella a la postre con su compaña, y anduvieron hasta llegar a la huerta donde las reinas estaban y señoras grandes, que no quiso posar en otra parte, y antes que con ellas entrase dijo a Esplandián:

—A vos, muy hermoso doncel, encomiendo yo este mi tesoro que lo guardéis, que en gran parte no se hallaría tan rico.

Entonces le entregó los donceles por la mano y entróse en la huerta, donde fue de todas tan bien recibida cual nunca mujer en ninguna parte lo fuera. Cuando ella vio tantas reinas, tantas princesas e infinitas otras personas de gran estima y valor, mirólas a todas con mucho placer y dijo:

—¡Oh, corazón mío!, qué puedes de aquí adelante ver que causa de gran soledad no te sea, pues en un día has visto los mejores y más virtuosos caballeros y más esforzados que en el mundo fueron y las más honradas y hermosas reinas y señoras que nunca nacieron, por cierto puedo decir que lo uno y otro es aquí la perfección, y aún más digo, que así como aquí es junta toda la gran alteza de las armas y la beldad del mundo, así es mantenido amor con la mayor lealtad que nunca fue en ninguna sazón.

Así se metió en la torre con ellas y demandó licencia a las reinas para que pudiese posar con Oriana y con las que con ella estaban, las cuales la subieron luego a su aposentamiento, pues metidas en su cámara no podía partir los ojos de mirar a Oriana y a la reina Briolanja y Melicia y Olinda, que a la hermosura de éstas ninguna se igualaba, y no hacía sino abrazar a la una y a la otra. Así estaban con ellas como fuera sentido de placer y ellas le hacían tanta honra como si señora de todas fuese.

Capítulo 124. Cómo Amadís hizo casar a su primo Dragonís con la infanta Estrelleta y que fuese a ganar la Profunda Ínsula donde fuese rey

Dice ahora la historia que Dragonís, primo de Amadís y de don Galaor, era un caballero mancebo muy honrado y de gran esfuerzo, así como lo mostró en las cosas pasadas, especialmente en la batalla que el rey Lisuarte hubo con Galvanes y sus compañeros sobre la Ínsula Mongaza, donde este caballero, después que don Florestán y don Cuadragante y otros muchos caballeros fueron tullidos y presos por don Galaor y el rey Cildadán y Norandel y por toda la gran gente de su parte que sobre ellos cargó, y don Galvanes, llevando a la dicha Ínsula muy mal heridos, quedó con los pocos que de su parte quedaron, y con los caballeros que su padre allí tenía por escudo y amparo de todos ellos, donde por causa de su discreción y buen esfuerzo fueron reparados, así como más largo el tercero libro de esta historia lo cuenta.

Éste no se halló en la Ínsula Firme al tiempo que Amadís hizo los casamientos de sus hermanos y de los otros caballeros que ya oísteis porque desde el monasterio de Luvaina se fue con una doncella a quien de antes había prometido un don y combatióse con Ángrifo, señor del valle del Fondo Piélago, que preso tenía el padre de ella por haber de él una fortaleza que a la entrada del valle tenía y Dragonís hubo con él una cruel y gran batalla, porque aquel Angrifo era el más valiente caballero que en aquellas montañas donde él moraba se podría hallar, pero al cabo fue vencido por Dragonís, como hombre que por derecho se combatía, y sacó de su poder al padre de la doncella y mandó a Angrifo que dentro de veinte días fuese en la Ínsula Firme y se pusiese en la merced de la princesa Oriana, y porque se halló cerca de la Ínsula de Mongaza, y estando con ellos llegó el mensajero del rey Lisuarte a los llamar para llevarlos a la Ínsula Firme, así como lo prometiera a Agrajes, y fuese con ellos a Vindilisora, donde fueron con mucho amor y grande honra recibidos, y desde allí se fueron con el rey y con la reina a la Ínsula Firme, como ya oísteis, donde halló Dragonís el concierto de los casamientos y el repartimiento de los señoríos como es contado, de que hubo gran placer, y loaba mucho lo que Amadís, su primo, había hecho, y aparejábase cuanto podía para ser en aquella conquista, que bien creído tenía que se no podía acabar sin grandes hechos de armas. Pero Amadís, como le amase de todo su corazón, consideró que mucha sin razón sería y gran vergüenza suya si tal caballero quedase sin gran parte de lo que él había ayudado con tanto trabajo a ganar, y un día, apartándole por aquella huerta, así le dijo:

—Mi señor y buen primo, aunque vuestra juventud y gran esfuerzo de corazón, deseando acrecentar honra en las grandes afrentas, os quite deseo de más estado y reposo del que hasta aquí tuvisteis, la razón a quien todos obligados somos de nos allegar como fuente principal donde la virtud mana y el tiempo que se os ofrece, quieren que vuestro propósito mudado sea y sigáis el consejo de mi poco saber y gran voluntad que así como a mi propio corazón os amo. Yo he sabido cómo al tiempo que socorrimos en Luvaina al rey Lisuarte, con los que de los contrarios al principio huyeron, fue el rey de la Profunda Ínsula que herido estaba. Ahora sé por un escudero del rey Arábigo que aquí es venido cómo entrando en la mar luego fue muerto. Pues aquella ínsula donde él fue señor tengo yo por bien que sea vuestra, y de ella seáis llamado rey, y a Polomir, vuestro hermano, se le quede el señorío de vuestro padre y seáis casado con la infanta Estréllela, que como sabéis viene de ambas partes de reyes, y a quien Oriana mucho ama, y esto tengo por bueno y me place que se haga, porque más quiero forzar vuestra voluntad sometiéndola a la razón que yo pasar tal vergüenza en no haber vos, mi buen primo, parte del bien que Dios me ha dado, así como vos más que otro alguno de él mal habido lo ha.

Dragonís, comoquiera que su deseo fuese de ir con don Bruneo y don Cuadragante a les ayudar con su persona hasta que aquellos señoríos hubiesen, y si de allí vivo quedase de se pasar a las partes de Roma buscando algunas venturas y estar alguna temporada con el rey de Cerdeña, don Florestán, por le ver y saber si le había menester para alguna cosa, como hombre que en tierra extraña se hallaba, y de allí tornarse a ver a Amadís a la Ínsula Firme, o donde estuviese, y pensaba que en estos caminos mucha honra y gran fama podría ganar, o morir como caballero, viendo con el amor tan grande que Amadís aquello le dijo, hubo gran empacho de le responder otra cosa sino que lo remitía todo a su voluntad, que en aquello y en todo lo que le mandase le sería obediente. Así que luego fue desposado con aquella infanta, y señalada para él la Profunda Ínsula que ya oísteis, desde que luego se llamó rey y lo fue con muy gran honra como adelante se dirá.

Esto así hecho como oís, Amadís demandó al rey Lisuarte el ducado de Bristoya para don Guilán el Cuidador, que él mucho amaba, y así se casase con la duquesa, que él tanto amaba, y que él le entregaría al duque que allí tenía preso. El rey, así por su amor de Amadís como porque tenía muchos cargos y grandes de don Guilán y porque el duque le había sido traidor, otorgólo de buena voluntad. Amadís le besó las manos por ello, y don Guilán se las. quiso besar a él, mas Amadís no quiso, antes lo abrazó con grande amor, que éste fue el caballero del mundo de su tiempo que más comedido y más manso y humano fue con sus amigos.

Capítulo 125. Cómo los reyes se juntaron a dar orden en las bodas de aquellos grandes señores y señoras, y lo que en ello se hizo

Los reyes se tomaron a juntar como de antes y concertaron las bodas para el cuarto día y que durasen las fiestas quince días, en cabo de los cuales todas las cosas despachadas fuesen para sé tomar a sus tierras.

Venido el día señalado, todos los novios se juntaron en la posada de Amadís y se vistieron de tan ricos paños como su gran estado en tal acto demandaba, y asimismo lo hicieron las novias, y los reyes y grandes señores los tomaron consigo, y cabalgando en sus palafrenes, muy ricamente guarnidos, se fueron a la huerta, donde hallaron las reinas y novias asimismo en sus palafrenes, pues así salieron todos juntos a la iglesia donde por el santo hombre Nasciano la misma aparejada estaba. Pasado el acto de los matrimonios y casamientos con las solemnidades que la santa Iglesia manda, Amadís se llegó al rey Lisuarte, y díjole:

—Señor, quiero demandaros un don que no os será grave de lo dar.

—Yo lo otorgo —dijo el rey.

—Pues, señor, mandad a Oriana que antes que sea hora de comer pruebe el arco encantado de los leales amadores y la cámara defendida que hasta aquí con su gran tristeza nunca con ella acabar se pudo por mucho que ha sido por nosotros suplicada y rogada, que yo fío tanto en su lealtad y en su gran beldad que allí donde ha más de cien años que nunca mujer, por extremada que de las otras fuese, pudo entrar, entrará ella sin ningún detenimiento, porque yo vi a Grimanesa en tanta perfección como si viva fuese donde está hecha por gran arte con su marido Apolidón, su gran hermosura no iguala con la de Oriana, y en aquella cámara tan defendida a todas se hará la fiesta de nuestras bodas.

El rey le dijo:

—Buen hijo señor, liviano es a mi cumplir lo que pedís, mas he recelo que con ella pongamos alguna turbación en esta fiesta, porque muchas veces acontece y todas las más la grande afición de la voluntad engañar los ojos que juzgan lo contrario de lo que es, y así podría acaecer a vos con mi hija Oriana.

—No tengáis cuidado de eso —dijo Amadís—, que mi corazón me dice que así como lo digo se cumplirá.

—Pues así os place, así sea —dijo el rey.

Entonces se fue a su hija, que entre las reinas y las otras novias estaba, y díjole:

—Mi hija, vuestro marido me demanda un don y no se puede cumplir sino por vos; quiero que mi palabra hagáis verdadera.

Ella hincó los hinojos delante de él y besóle las manos, y dijo:

—Señor, a Dios plega que por alguna manera venga causa con que os pueda servir, y mandad lo que vos pluguiere, que así se hará por mí, cumplirse puede.

El rey la levantó y la besó en el rostro, y dijo:

—Hija, pues conviene que antes de comer sea por vos probado el arco de los leales amadores y la cámara defendida, que esto es lo que vuestro marido me pide.

Cuando esto fue oído de toda aquella gente, a muchos plugo de ver que la prueba se hiciese, y a otros puso gran turbación, que como la cosa tan grave de acabar fuese y tantas y tales en ellas habían fallecido, bien pensaban que la gloria que acabándola se alcanzaba que así en ella falleciendo se venturaba menoscabo y vergüenza, mas pues que vieron que el rey lo mandaba y Amadís lo demandaba, no quisieron decir sino que se hiciese, pues así como estaban salieron de la iglesia y cabalgando llegaron al marco donde de allí adelante a ninguno ni a ninguna era dada licencia de entrar si dignos para ello no fuesen. Pues allí llegados Melicia y Olinda dijeron a sus esposos que también querían ellas probar aquella ventura, de lo cual gran alegría en los corazones de ellos vino por ver la gran lealtad en que se atrevían, pero temiendo algún revés que venir les pudiese, dijéronles que ellos estaban bien contentos y satisfechos en sus voluntades, y por lo que a ellos tocaba no tomasen en sí aquel cuidado; mas ellas dijeron que lo habían de probar, que si en otra parte estuviesen con alguna razón se podrían excusar de ello, mas allí donde ninguna bastaba no querían que pensasen que por lo que en sí habían sentido lo habían dejado.

—Pues que así es —dijeron ellos—, no podemos negar que no recibimos en ello la mayor merced que de ninguna otra cosa que venir pudiese.

Esto dijeron luego al rey Lisuarte y a los otros señores.

—¡En el nombre de Dios! —dijeron ellos—, y a él plega que sea en tal hora que con mucho placer se acreciente la fiesta en que estamos.

Así descabalgaron todos y acordaron que entrasen delante Melicia y Olinda, y así se hizo que la una tras la otra pasaron el marco, y si ningún entrevalo fueron so el arco y entraron en la casa donde Apolidón y Grimanesa estaban, y la trompeta que la imagen encima del arco tenía tañó muy dulcemente, así que todos fueron muy consolados de tal son que nunca otro tal vieran, sino aquéllos que ya lo habían visto y probado. Oriana llegó al marco y volvió el rostro contra Amadís, y paróse muy colorada y tornó luego a entrar, y en llegando a la mitad del sitio, la imagen comenzó el dulce son, y como llegó so el arco, lanzó por la boca de la trompa tantas flores y rosas en tanta abundancia que todo el campo fue cubierto de ellas, y el son fue tan dulce y tan diferenciado del que por las otras se hizo, que todos sintieron en sí gran deleite que en tanto que duraba tuvieran por bueno de no partirse de allí; mas como pasó el arco cesó luego el son. Oriana halló a Olinda y a Melicia que estaban mirando aquellas figuras y sus nombres que en jaspe hallaron escritos, y como la vieron fueron con mucho placer a ella y tomáronla entre sí por las manos y volviéronse a las imágenes, y Oriana miraba con gran afición a Grimanesa, y bien veía claramente que ninguna de aquéllas ni de las que fuera estaban era tan hermosa como ella, y mucho dudó en la prueba de la cámara que para haber de entrar en ella la había de sobrar en hermosura, y por su voluntad dejárase de la probar, que de lo del arco nunca en si puso duda, que bien sabía el secreto enteramente de su corazón como nunca fue otorgado de amar, sino a su amigo Amadís. Así estuvieron una pieza, y estuvieran más sino por ser el día tal que las esperaban, y acordaron de salirse así todas tres juntas como estaban tan contentas y tan lozanas que a los que las atendían y miraban les pareció que habían gran pieza acrecentado en sus hermosuras, y bien cuidaron que alguna de ellas era bastante para acabar la ventura de la cámara y esto causó, como digo, la gran alegría que en sí traían, que así como con ella toda hermosura es crecida, así al contrario con la tristeza se aflige y abaja. Sus tres maridos,

Amadís, Agrajes y don Bruneo, que aquella ventura habían acabado, como ya el segundo libro de esta historia os ha contado, fueron a ellas, lo cual ninguno de los que allí estaban pudieran hacer, y como a ellas llegaron la trompeta comenzó el son y a echar las flores que les daban sobre las cabezas, y abrazáronlas y besáronlas, y así todos seis se salieron.

Esto hecho, acordaron de ir a la prueba de la cámara, mas algunas había que gran recelo llevaban de lo no poder acabar. Pues llegando al sitio que en la sala del castillo estaba, Grasinda se llegó a Amadís. y díjole:

—Mi señor, comoquiera que mi hermosura no me ayude tanto que el deseo de mi corazón cumplirse no pueda, no puedo forzar mi locura que no desee probarse en esta entrada que ciertamente nunca esta lástima de mí en ningún tiempo será partida, si se acaba sin que la pruebe, y comoquiera que avenga todavía me quiero aventurar.

Amadís, que en tal no estaba pensando, sino. en que todas la probasen antes que su señora porque cumplida gloria sobre todas llevase que de él la duda ninguna tenía de la no poder acabar, como las otras tenía, le respondió y le dijo:

—Mi buena señora, no lo tengo yo esto que decís sino a grandeza de corazón en querer acabar lo que tantas hermosas han faltado, y así se haga.

Entonces la tomó por la mano y la pasó adelante, y dijo:

—Señoras, esta señora muy hermosa se quiere aquí probar, y así lo debéis hacer vosotras, señoras Olinda y Melicia, que a gran poquedad se debería tener habiendo Dios repartido sobre vosotras tan extremada hermosura que en cosa tan señalada por ningún temor la dejasen de emplear, y podrá ser que por alguna de vos será acabada y quitaréis a Oriana del gran sobresalto que tiene.

Esto decía él en lo público, mas todo era fingido, que bien sabía él, como dicho es, que por ninguna de ellas se podía acabar sino por su señora, que nunca Grimanesa en su tiempo, ni después otra ninguna con muy gran parte pudo llegar a la hermosura suya. Todas dijeron que así se hiciese, y luego Grasinda se encomendó a Dios y entró en el sitio defendido, y con poca premia llegó al padrón de cobre y pasó adelante, y llegando cerca del padrón de mármol fue detenida; mas ella con premia y gran corazón que allí mostró mucho más que de mujer se esperaba llegó al de mármol, mas allí fue tomada sin ninguna piedad por los sus muy hermosos cabellos y echada fuera del sitio tan desacordada que no tenía sentido. Don Cuadragante la tomó consigo, y aunque sabía cierto no ser de peligro aquel mal, no podía excusar de no le pesar mucho de ello y haber gran piedad que este caballero, como ya fuese en más edad que mozo y nunca su corazón hubiese cautivado en amor de ninguna, de ésta estaba tan contento y tan enamorado que pensaba que ninguno más que él lo podía ser que lo olvidado de antes con lo presente habían sobre él cargado de golpe en tal manera que no diera ventaja a ninguno de los que allí estaban en querer y amar a su señora.

Pues luego llegó Olinda, la mesurada, trayéndola Agrajes por la mano, que le daba gran esfuerzo, aunque no con mucha esperanza que en sí tuviese que el gran amor ni afición de él a ella no le quitaba el conocimiento de ver que no igualaba a la hermosura de Grimanesa, pero bien pensó que llegaría con las más delanteras y llegando al sitio dejóla de la mano, y ella entró y fuese derechamente al padrón de cobre, y de allí pasó al de mármol, que nada sintió, mas como quiso pasar, la resistencia fue tan dura que por mucho que porfió no pudo más de una pasada pasar más adelante, y luego fue echada fuera como la otra.

Melicia entró con gentil continencia y lozano corazón, que así era ella muy lozana y muy hermosa, y pasó por los padrones ambos tanto que cuidaron todos que entraría en la cámara, y Oriana, que así lo pensó, fue toda demudada de pesar, mas llegando un paso más que Olinda, luego fue tullida y sacada sin ninguna piedad como las otras, tan desacordada como si fuera fuese, que así como más adelante entraba mucho más la pena, les era dada a cada uno en su grado, y así se hacía a los caballeros antes que a Amadís lo acabase. Las rabias que don Bruneo por ella hacía a muchos movía a piedad, mas a los que sabían el poco peligro que de allí redundaba reíanse mucho de lo ver.

Esto así hecho llevó Amadís a Oriana, en quien toda la hermosura del mundo ayuntada era, y llegó ella al sitio con pasos muy sosegados y rostro muy honesto, y santiguóse y encomendóse a Dios, y entró adelante, y sin que nada sintiese pasó los padrones, y cuando a una pasada de la cámara llegó, sintió muchas manos que la empujaban y tornaban atrás, tanto que tres veces la volvieron hasta cerca del padrón de mármol, mas ella no hacía con las sus muy hermosas manos desviarlos a un cabo y a otro, y parecióle que tomaba brazos y manos, y así con mucha porfía y gran corazón y sobre todo su gran hermosura, que muy más extremada era que la de Grimanesa, como dicho es; llegó a la puerta de la cámara muy cansada y trabó de uno de los umbrales. Entonces salió aquel brazo y mandó que Amadís tomase a ella por la una mano, y oyó más de veinte voces que muy dulcemente cantando dijeron:

—Bien venga la noble señora que por su gran beldad ha vencido la hermosura de Grimanesa y hará compaña al caballero que por ser más valiente y esforzado en armas que aquel Apolidón que en su tiempo par no tuvo, ganó el señorío, y de su generación será señoreada grandes tiempos con otros grandes señoríos que desde ella ganarán.

Entonces el brazo y la mano tiró y entró Oriana en la cámara, donde se halló tan alegre como si del mundo fuera señora, y no tanto por su hermosura como porque siendo su amigo Amadís señor de aquella ínsula, sin empacho alguno le podía hacer compaña en aquella hermosa cámara, quitando la esperanza desde allí adelante de se venir a probar ninguna por hermosa que fuese.

Ysanjo, el caballero gobernador de aquella ínsula, dijo entonces:

—Señores, los encantamientos de esta ínsula en este punto son todos deshechos sin ninguno quedar, que así fue establecido por aquél que aquí los dejó, que no quiso que más durasen de cuanto se hallasen señor y señora, que estas aventuras acabasen como estos señores lo han hecho, y sin embargo alguno pueden allí entrar todas las mujeres, así como lo hacen los hombres después que por Amadís acabada fue.

Entonces entraron los reyes y reinas y todos los otros caballeros y dueñas y doncellas cuantas allí estaban, y vieron la más rica y más sabrosa morada que nunca fue vista, y todas abrazaron a Oriana, como si por luengo tiempo no la hubieran visto. Era tanto el placer y alegría de todos, que no tenían memoria de comer ni de otra alguna cosa sino de mirar aquella cámara tan extraña. Amadís mandó que luego fuesen en aquella gran cámara traídas las mesas, y así se hizo, y finalmente los novios y novias y los reyes y los que allí cupieron holgaron y comieron en la cámara donde de muchos y diversos manjares y frutas de muchas maneras y vinos fueron muy bien servidos.

Pues venida la noche después de cenar, en aquel muy hermoso destajo de la cámara que ya os dijimos en el libro segundo que era muy más rico que todo lo otro y era apartado de la pared de cristal, hicieron la cama para Amadís y Oriana donde albergaron, y al emperador y a los otros caballeros con sus mujeres por las otras cámaras, que muchas y muy ricas las había, donde cumpliendo sus grandes y mortales deseos por razón de los cuales muchos peligros y grandes afanes habían sufrido, hicieron dueñas a las que no lo eran, y las que lo eran no menos placer que ellas hubieron con sus muy amados maridos.

Capítulo 126. Cómo Urganda la Desconocida juntó todos aquellos reyes y caballeros cuantos en la Ínsula Firme estaban, y las grandes cosas que les dijo, pasadas y presentes y por venir, y cómo al cabo se partió

Cuenta la historia que pasadas estas grandes fiestas de las bodas que en la ínsula se hicieron, Urganda la Desconocida rogó a los reyes que mandasen juntar todos los caballeros y dueñas y doncellas, porque delante de ellos les quería decir la causa y razón de su venida, lo cual mandaron que se hiciese. Pues todos juntos en una gran sala del alcázar, Urganda se sentó aparte, teniendo por las manos aquellos dos sus donceles, y cuando todos callaban estando esperando lo que diría, dijo:

—Mis señores, yo supe sin que me fuese dicho esta tan gran fiesta sobre tantas muertes y pérdidas que por vos han pasado, y Dios es testigo si algo o todo de aquellos males por mí pudieran ser remediados, que por ningún trabajo de mi persona dejara de poner en ella mis fuerzas; mas como de aquel alto señor permitido estuviese, fue en mí con su gracia de lo saber, mas no de lo remediar, porque lo que por Él es ordenado sin Él ninguno es poderoso de lo desviar, y pues con mi presencia el mal excusar no se podía, acordé con ella de creer en el bien como yo cuido, según el gran amor que con mucho de vosotros tengo y el que me tenéis, y también por declarar algunas cosas que antes de ahora os dije por encubiertas veía, así como lo acostumbro hacer, y creáis que verdad os dije como en otras cosas que de mí algunas veces de antes habéis oído.

Entonces miró contra Oriana, y dijo:

—Mi buena señora y hermosa novia, bien se os debe acordar que estando yo con el rey vuestro padre y la reina vuestra madre en la su villa de Fenusa me rogasteis que os dijese lo que os había de acaecer, y yo rogué que saber no lo quisieseis, pero como porque conocí vuestra voluntad os dije cómo el león de la Ínsula Dorada había de salir de sus cuevas y de sus grandes bramidos se espantarían vuestros guardadores, así que él se apoderaría de las vuestras carnes, con las cuales daría a su gran hambre descanso. Pues esto claro se debe conocer que este vuestro marido, más fuerte y más bravo que ningún león, salió de esta ínsula, que con mucha razón Dudada se puede llamar, donde tantas cuevas y tan escondidas tiene, y con sus fuerzas y grandes voces fue su nota de los romanos, que os aguardaban, desbaratada y destrozada, así que os dejaron en sus fuertes brazos y se apoderó de esas vuestras carnes, como todos vieron, sin las cuales nunca su rabiosa hambre se pudiera contentar ni hartar, y así conoceréis que en todo os dije verdad.

Entonces dijo contra Amadís:

—Pues vos, buen señor, bien claro conoceréis ser verdad todo lo que a esta sazón os dije que vuestra sangre daríais por la ajena cuando en la batalla de Ardán Canileo el Dudado la disteis por vuestros amigos el rey Arbán de Norgales y Angriote de Estravaus, que presos estaban, pues vuestra espada, cuando la visteis en manos de vuestro enemigo con que revolvía vuestra carne y huesos, bien la quisierais antes ver en algún lago donde nunca pareciera, pues el galardón que de esto se os siguió, ¿cuál fue? Por cierto no otro sino saña y gran enemistad, que redundó en la Ínsula de Mongaza, que a la sazón ganasteis entre vos y el rey Lisuarte, que presente estaba, como todos muy claro han visto que esta ganancia os dije que sacaríais de ello. Pues las cosas que os escribía vos muy virtuoso rey Lisuarte al tiempo que ese muy hermoso doncel Esplandián, vuestro nieto, en la Floresta hallasteis cazando con la leona, bien las tendréis en la memoria, y de lo que dije que es ya pasado veréis que lo supe, porque fue criado de tres amas muy desvariadas, así como la leona, oveja y la mujer, que todas leches le dieron, también os hice saber que este doncel pondría paz entre vos y Amadís; esto dejo que se juzgue por vos y por él, cuánta saña, cuánto rigor y enemistad ha quitado de vuestras voluntades la su graciosa y gran hermosura, y cómo por su causa y gran discreción fuisteis de Amadís socorrido en el tiempo que otra cosa sino la muerte esperabais. Pues si tal servicio como éste fue digno de quitar enemistad o atraer amor, déjolo a estos señores que lo juzguen, pues en las otras cosas que en su tiempo sucederán, así como la carta, os muestro queden para los que vinieren que las juzguen que por lo pasado podrán creer lo porvenir como cosa antes de mí sabida.

—Otra profecía os dije muy mayor que ninguna de éstas en que se contiene todo lo que os acaeció en el entregar de vuestra hija Oriana a los romanos y los grandes males y crueles muertes que de ello se siguió, la cual por vos no traer a la memoria en días que tanto placer se debe tomar, cosa de que congoja y enojo hayáis, la dejo para que los que la ver quisieren en el libro segundo por ella verán claramente ser acaecidas todas las cosas en ella contenidas y dichas por mí primero. Ahora que os he dicho las cosas pasadas quiero que sepáis lo presente de que sabiduría no habéis.

Entonces tomó por las manos a los hermosos donceles Talanque y Maneli el Mesurado, que así había nombre, y dijo a don Galaor y al rey Cildadán:

—Mis buenos señores, si algunos servicios y socorros para vuestras vidas de mí recibisteis, yo me doy por contenta del galardón que tengo, que harta gloria será para mí, pues que en mi propia persona ninguna generación engendrarse puede, que fuese yo causa que de las ajenas tan hermosos donceles naciesen como aquí veis, que tengo que sin duda podréis creer si Dios los deja llegar a edad de ser caballeros y lograr su caballería, ellos harán tales cosas en su servicio y en mantener verdad y virtud, que no solamente serán perdonados aquéllos que contra el mandamiento de la Santa Iglesia los engendraron y a mí que lo causé, mas sus méritos y merecimientos serán tan crecidos, que así en este mundo como después en el otro alcanzarán gran descanso en sus personas y ánimas, y porque las cosas que de estos donceles sucederán por mucho que yo dijese, no les hallaría cabo, dejólas para su tiempo, que no será muy tardío según en la disposición que la edad de sus personas está.

Entonces dijo a Esplandián:

—Tú, muy hermoso y bienaventurado doncel Esplandián, que en gran fuego de amor fuiste engendrado, por muchos de quien muy grande parte de ello heredaste, sin que de lo suyo solo un punto les falleciese que la tu tierna y simple edad ahora encubierto tiene. Toma este doncel Talanque, hijo de don Galaor, y este Maneli el Mesurado, hijo del rey Cildadán, y ámalos así al uno como al otro, que aunque por ellos a muchas afrentas peligrosas serás puesto, ellos te socorrerán en otras que ninguno otro para ello bastaría, y esta gran sierpe que aquí me trajo dejo yo para ti, en la cual serás armado caballero con aquel caballo y armas que en sí ocultas y encerradas tiene, con otras cosas extrañas que en la orden de tu caballería al tiempo que se hiciere manifiestas serán. Esta sierpe será guía en la primera cosa que el tu muy fuerte corazón dará señal de tu alta virtud; ésta entre grandes tempestades y fortunas sin peligro, alguno pasará a ti y a otros muchos de tu gran linaje por la gran mar, donde con grandes afrentas y trabajos pagaréis al Señor del mundo algo de la gran merced que de Él recibís, y en muchas partes el tu nombre no será conocido sino por Caballero de la Gran Serpiente, y así andarás por largos días sin ningún reposo haber, que de más de las afrentas peligrosas que por ti pasarán tu espíritu será en toda afición y gran cuidado, puesto por aquélla que las siete letras de la tu siniestra parte encendidas como luego serán leídas y entendidas y aquel gran entendimiento y ardor que hasta allí han poseído traspasará sus entrañas de tanto fuego que nunca será matado hasta que las grandes nubadas de los cuervos marinos pasen de la parte de oriente por encima de las bravas ondas de la mar y pongan en tan gran estrechura al gran aguilucho que aún en el su estrecho albergue guarecer no se atreva, y el orgulloso halcón neblí, más preciado y hermoso que todas las cazadoras aves junte así muchos de su linaje y otras aves que no lo son y venga en su socorro y haga tan gran destrucción en los marinos cuervos que todo aquel campo quede cubierto de su pluma y muchos de ellos padezcan con sus muy agudas uñas, y otros sean ahogados en el agua donde del fuerte neblí y de los suyos serán alcanzados. Entonces el gran aguilucho sacará la mayor parte de sus entrañas y ponerlas ha en las agudas uñas del su ayudador, con que le hará perder y cesar aquella rabiosa hambre que de gran tiempo muy atormentado le ha tenido, y haciéndole poseedor de todas sus selvas y grandes montañas será retraído en el alcandara de árbol de la santa huerta. A este tiempo esta gran serpiente, cumpliéndose en ella la hora limitada por la mi gran sabiduría, delante todos será sumida en la gran mar, dando a entender que a ti más en la tierra firme que la movible agua te conviene pasara el tiempo por venir.

Esto dicho, dijo a los reyes y caballeros:

—Buenos señores, a mi conviene ir a otra parte donde excusar no me puedo, pero al tiempo que Esplandián será en disposición de recibir caballería, y todos estos donceles que junto con él la tomaren, bien sé que aquella sazón, por un caso que a vos es oculto, seréis aquí juntos muchos de los que ahora aquí estáis, y aquel tiempo yo vendré, y en presencia se hará aquella gran fiesta de los noveles, y os diré muy grandes y maravillosas cosas de las que adelante vendrán. Y a todos amonesto que ninguno en si tome tal osadía de se llegar a la serpiente hasta que no vuelva, sino todos los del mundo no le quitaran de perder la vida y porque vos, mi señor Amadís, tenéis aquí preso a aquel malo y de malas obras Arcalaus, que se llama el Encantador, y con su mala sabiduría, que nunca fue sino para dañar, os podría empecer, tomar estos dos anillos: uno será vuestro y otro de Oriana, que mientras en las manos los trajereis, ninguna cosa que por él se haga os podrá empecer ni a otro alguno de vuestra compaña, ni sus encantamientos tendrán fuerza ninguna mientras preso lo tuviereis, dígoos que no lo matéis, porque con la muerte no pagaría nada de los males por él hechos; mas que lo pongáis en una jaula de hierro donde todos los vean y allí muera muchas veces, que muy más dolorosa es la muerte que a la persona viva deja que no con la que del todo muere y fenece.

Entonces dio los anillos a Amadís y a Oriana, que eran los más ricos y más extraños que nunca fueron vistos. Amadís le dijo:

—Mi señora, ¿qué puedo yo hacer que vuestra voluntad sea en pago, tantas de honras y mercedes que de vos recibo?

—No, nada —dijo ella—, que todo cuanto he hecho e hiciere de aquí adelante me lo pagasteis al tiempo que mi saber aprovechar no me podía, y me restituisteis aquel muy hermoso caballero, que es la cosa del mundo que yo más amo, aunque él lo hace a mí al contrario, cuando por fuerza de armas vencisteis los cuatro caballeros en el castillo de la calzada donde me lo tenían, y después al señor del castillo, en la sazón que hicisteis caballero a don Galaor, vuestro hermano, y así como aquél gran beneficio está mi vida, que sin él sostener no se pudiera, fue reparada, así será puesta todos los días que el Señor muy poderoso en este mundo la dejare por las cosas de vuestro acrecentamiento.

Entonces mandó que le trajesen su palafrén, y todos aquellos señores la pusieron en la ribera de la mar, donde sus enanos y batel halló. Pues despedida de todos entró en él y viéronla cómo a la serpiente se tornó, y luego el humo fue tan negro que por más de cuatro días nunca pudieron ver ninguna cosa de lo que en él estaba; mas en cabo de ellos se quitó y vieron la serpiente como antes; de Urganda no supieron qué se hizo.

Esto así hecho, tomáronse aquellos señores a la ínsula a sus juegos y grandes alegrías que en aquellas bodas se hicieron. Finalmente, todas las cosas despachadas, el emperador demandó licencia a Amadís, porque si le pluguiere quería con su mujer tomarse a su tierra a reformar aquel gran señorío, que después de Dios él le había dado, y que se fuese con él don Florestán, rey de Cerdeña, y que luego le entregaría todo el señorío de Calabria como lo él mandó, y de lo otro partiría con él como con hermano verdadero. Lo cual así se hizo, que después que este Arquisil, emperador de Roma, llegó a su imperio, de todos con mucho amor fue recibido, y siempre tuvo en su compaña aquel esforzado y valiente caballero don Florestán, rey de Cerdeña y principe de Calabria, por el cual así él como todo el imperio fue acrecentado y honrado, así como adelante os contaremos. Despedido este emperador de Amadís, ofreciéndole su persona y señorío a su querer y mandado, llevando consigo a su mujer, que más que a sí mismo amaba, y aquel muy noble y esforzado caballero don Florestán, que en igual de hermano le tenía, y a la muy hermosa reina Sardamira, y haciendo llevar el cuerpo del emperador Patín y de aquel muy esforzado caballero Floyán, que en el monasterio de Luvaina estaban, que por mandado del rey Lisuarte allí habían puesto, y el del príncipe Salustanquidio, que al tiempo que Amadís y sus compañeros trajeron allí a la Ínsula Firme a Oriana lo mandó muy honradamente poner en una cajilla, para en su tierra les dar las sepulturas que a su grandeza convenía, y a todos los romanos que presos en la Ínsula Firme habían estado. Entrado en la gran flota que el emperador Patín en el puerto de Vindilisora había dejado que allí mandó venir, se volvió a su imperio.

Todos los otros reyes y señores aderezaron para se ir a sus tierras. Pero antes de su partida acordaron de dar orden cómo aquellos caballeros de Sansueña y del rey Arábigo y la Profunda Ínsula fuesen con tal recaudo que sin contraste alguno acabasen lo que les convenía. Amadís habló con el rey Lisuarte, diciéndole que creía según el tiempo había estado fuera de su tierra que recibía alguna congoja, que si así era le pedía por merced que por él más no se detuviese. El rey le dijo que antes allí había descansado con mucho placer, pero que ya era razón de se hacer como lo él decía, y que si para aquello que aquellos caballeros iban su ayuda fuese menester, que de grado se la daría, y Amadís se lo agradeció mucho, y le dijo que pues los señores estaban presos, que no sería menester más aparejo de la gente que con el rey Perión, su señor, allí quedaba, y que si caso fuese que lo suyo fuese necesario, que como de su señor, a quien todos habían de servir y para ello aquello se ganara lo tomaría.

El rey le dijo que pues así le parecía, que luego acordaba de se partir, pero antes hizo juntar aquellos señores y señoras en la gran sala, porque les quería hablar. Pues estando todos juntos, el rey Lisuarte dijo al rey Cildadán:

—La gran lealtad vuestra que en las cosas pasadas de muchos peligros y congojas me sacó, aquélla me atormenta y aflige por no saber alcanzar en qué satisfacer se pueda, y si la igualeza del galardón que su gran merecimiento merece se hubiese de dar, en balde sería buscarlo, pues que hallar no se podría, y viniendo a lo posible, que es en mi mano, digo que así como vuestra noble persona por lo que a mi servicio tocó fue puesta en más afrentas, así esta mía, con todo lo que debajo de su señorío está, será con voluntad entera presta a cumplir las cosas que a vuestra honra sean, dejándoos desde hoy en adelante el vasallaje que la contraria fortuna vuestra a mi señorío sometió para que aquello que hasta aquí con premia se hacía, de aquí adelante, si vuestro placer fuese sin ella, como entre buenos hermanos se haga.

El rey Cildadán le dijo:

—Si esto se debe agradecer o no, dejo que lo juzguen aquéllos que tuvieron por alguna premia causa de seguir más la voluntad ajena que la suya, por donde siempre congoja y suspiros le acompañaron, y podéis, mi señor, creer que la voluntad que hasta aquí con desamor por fuerza teníais, que de aquí adelante con amor y mucha más gente y más obediencia y acatamiento os servirá en las cosas que más agradables os fueren, y esto quede para el tiempo en que la experiencia lo pueda mostrar.

Todos aquellos grandes señores tuvieron a gran virtud lo que el rey Lisuarte hizo, y mucho se lo loaron; mas sobre todos fue don Cuadragante, que nunca en al pensaba, sino en cómo aquella lástima y desventura tan grande que sobre aquel reino estaba donde él natural era, y en otros tiempos muy honrado y señoreador sobre otros fuera, fuese quitado de aquella tan grande y deshonrada servidumbre. El rey Lisuarte le preguntó qué era su voluntad de hacer, porque él acordaba de se volver a su tierra. Él le respondió que si pluguiese quedaría allí para dar orden cómo su tío don Cuadragante fuese a ganar el señorío de Sansueña, y aun que si menester fuese que iría con él. El rey le dijo que decía bien, y que le placía que se hiciese, y si alguna de su gente hubiese menester que luego se la enviaría. Él se lo agradeció mucho y dijo que bien creía que bastaba la que de allí podían enviar, pues que Barsinán estaba preso.

Con esto se partió el rey Lisuarte y su compaña. Amadís y Oriana fueron con él, aunque él no quiso, cerca de una jornada, donde se volvieron a dar orden en aquello que habéis oído, lo cual se concertó en esta manera, que por cuanto el reino del rey Arábigo era comarcano al señorío de Sansueña, que don Cuadragante y don Bruneo fuesen juntos y luego al comienzo ganasen lo que estaba en mayor disposición y menos fuerte, y que lo otro sería más ligero de conquerir. Y don Galaor dijo que él se quería ir, y que Dragonís, su primo, se fuese con él, pues que ya a poco tiempo podría tomar armas, que él con todo lo más que de su reino haber pudiese quería ayudarle a ganar aquella Profunda Ínsula, y don Galvanes le dijo que también quería él hacer aquel mismo viaje, y que de la Ínsula de Mongaza sacaría para ello buena gente.

Con este acuerdo se partió don Galaor con aquella muy hermosa reina Briolanja, su mujer, y Dragonís con ellos, y don Galvanes y Madasima, a su tierra, por aderezar lo más presto que pudiesen para aquel camino.

Agrajes, aunque mucho fue rogado que quedase en la Ínsula Firme con Amadís, no lo quiso hacer, antes dijo que iría con don Bruneo con la gente del rey su padre, y que no se partiría de él hasta que en paz rey lo dejase, y así lo hizo.

Don Brián de Monjaste, con don Cuadragante y todos los otros caballeros que allí se hallaron, en especial el bueno y esforzado de Angriote de

Estravaus, que nunca por cosas que Amadís le dijo, porque se fuese a reposar a su tierra, le pudo quitar de no ir con don Bruneo de Bonamar. Todos éstos con armas nuevas y corazones esforzados, llevando consigo la gente de España, y la de Escocia, y de Irlanda, y del marqués de Troque, padre de don Bruneo; y la de Gaula, y la del rey de Bohemia, y otras muchas compañas que allí de otras partes les vinieron, entraron en una gran flota, rogando todos mucho a Grasandor que con Amadís quedase para le hacer compaña, el cual contra su voluntad quedó, que más quisiera hacer aquel camino, pero no estuvo acá de balde, ni Amadís tampoco, que muchas veces salieron y acabaron grandes cosas en armas, quitando muchos desafueros y agravios que a sus dueñas y doncellas se hacían ya otras personas que por sus manos ni facultad no se podían valer, desde que fueron requeridos, así como la historia os lo contará adelante.

El rey Cildadán, como mucho amase a don Cuadragante, porfió de ir con él cuanto pudo, mas él no lo consintió en ninguna guisa, antes le rogó que por su amor luego se fuese a su reino por dar alegría y consolar a la reina su mujer y a todos los suyos con las buenas nuevas que llevaba, que bien podía decir que si haciendo enteramente su deber había su libertad perdido, que así cumpliendo con su honra a lo que obligado era por la promesa y jura que hizo la había ganado.

Gastiles, sobrino del emperador de Constantinopla, había enviado toda su gente con el marqués Saluder, y quedó él por ver el cabo de aquel negocio en qué paraba, porque al emperador su señor contarlo supiese por entero, y como esto vio que se hacía, habló con Amadís y díjole que mucho le pesaba por no tener aparejo de gente para ayudar aquéllos en tal jornada, pero que si él por bien lo tuviese, que él iría con su persona y con algunos de los que le habían quedado.

Amadís le dijo:

—Mi señor, bastar debe lo hecho, que por causa de vuestro tío y vuestra soy puesto en tanta honra como veis, y a Dios plega por la su merced que me llegue a tiempo que se lo sirva, y vos, mi señor, partíos luego y besadle las manos por mí, y decidle que todo cuanto se ganó en esto paso lo ganó él, y que siempre será a su servicio y de quien él mandare, y también os encomiendo que beséis las manos por mí a la muy hermosa Leonorina y a la reina Menoresa, y decidles que yo cumpliré lo que les prometía y les enviaré un caballero de mi linaje de que muy bien se podrán servir.

—Eso creo yo bien —dijo Gastiles—, que tantos hay en el mundo que para todo el mundo podrían bastar.

Con esto se despidió y se metió en su nao, donde por ahora no se cuenta más de él hasta su tiempo.

Concertado y aparejado lo que oído habéis, movió la gran flota del puerto por la mar con todos aquellos caballeros con aquel esfuerzo que sus grandes corazones les solía dar en las otras afrentas. Amadís quedó en la Ínsula Firme, y Grasandor con él, como dicho es, y con Oriana quedaron Mabilia y Melicia y Olinda y Grasinda, rogando a Dios que ayudase a sus maridos. El rey Perión y la reina Elisena, su mujer, se tornaron a Gaula. Esplandián y el rey de Dacia y los otros donceles quedaron con Amadís esperando el tiempo de ser caballeros, y a Urganda la Desconocida que lo había de ordenar como lo prometió y lo dijo, mas ahora deja la historia de hablar de aquellos caballeros que iban a ganar aquellos señoríos y todas las otras cosas por contar lo que le avino a Amadís al cabo de algún tiempo que allí estuvo.

Capítulo 127. Cómo Amadís departió solo con la dueña que vino por la mar por vengar la muerte del caballero muerto que en el barco traía, y de lo que avino en aquella demanda

Así como habéis oído, quedó en la Ínsula Firme Amadís con su señora Oriana, en el mayor vicio y placer que nunca caballero estuvo, de lo cual no quisiera él ser apartado porque del mundo le hiciesen señor, que así como estando ausente de su señora las cuitas y dolores y congojas de su apasionado corazón sin comparación le atormentaban no hallando en ninguna parte reparo ni descanso alguno, así extremadamente se tornaba todo al contrario estando en su presencia, viendo aquélla su gran hermosura que par no tenía, y así se le fueron todas las cosas pasadas de la memoria que en otra cosa no tenía mientes, salvo en aquella buena ventura en que entonces se veía. Pero como en las otras perecederas de este mundo no haya ni se puede hallar ninguno acabado bien, pues que Dios no lo quiso ordenar que cuando aquí pensamos ser llegados al cabo de nuestros deseos, luego en punto somos atormentados de otros tamaños o por ventura mayores, al cabo de algún espacio de tiempo, Amadís tornando en sí, conociendo que ya aquello por cuyo fin ningún contraste lo tenía, comenzó a acordarse de la vida pasada cuanto a su honra y prez hasta allí había seguido las cosas de la armas, y como estando mucho tiempo en aquella vida se podría oscurecer y menoscabar su fama, de manera que era puesto en grandes congojas no sabiendo qué hacer de sí, algunas veces lo habló con mucha humildad con Oriana, su señora, rogándola muy ahincadamente le diese licencia para salir de allí e ir a algunas partes donde creía menester su socorro, más ella como se viese en aquella ínsula apartada de su padre y madre y de toda su naturaleza, y otra consolación ni compaña que viese sino a él para satisfacer su soledad, nunca otorgárselo quiso, antes siempre con muchas lágrimas rogaba que diese descanso a su cuerpo de los trabajos que hasta allí había pasado, y allí mismo diciéndole que se le acordase cómo aquéllos sus amigos eran idos a tan gran peligro de sus personas y gentes como por ganar aquellos señoríos se les podría recrecer, y que si algún contraste allá hubiesen que estando allí muy mejor que de otra parte les podría socorrer, y con esto y otras cosas muchas de grandes amores trabajaba por le detener.

Mas como muchas veces se os ha dicho en esta grande historia que las entrañas de este caballero desde su niñez fueron encendidas de aquel gran fuego de amor que desde el primer día que la comenzó a amar le vino, junto con el gran temor de en ninguna cosa la enojar ni pasar su mandamiento por bien ni por mal que le avenir pudiese con muy poca premia, aunque su deseo gran congoja pasarse era detenido. Pues ya determinado a cumplir lo que su señora le mandaba acordó con Grasandor que en tanto que algunas nuevas de la flota les venía que de allí fueran, saliesen a correr monte, a andar caza, por dar algún ejercicio a sus personas, lo cual luego fue aparejado, y salía con sus monteros y canes fuera de la ínsula, que como se os ha dicho en este libro había los mejores montes y riberas llenos de osos y puercos y venados y otras muchas animalias y aves de río, que en otro tanta parte hallarse pudiesen y cazaban mucho de ello con que a las noches se acogían a la ínsula con gran placer, así de ellos como de ellas, y esta vida tuvieron por algún espacio de tiempo.

Pues así acaeció que estando un día Amadís en una armada en la falda de aquella montaña cerca de la ribera de la mar esperando algún puerco o bestia fiera, teniendo por la traílla un muy hermoso can, que él mucho amaba, miró contra la mar y vio de lueñe venir un batel la vía donde él estaba y cuando más cerca fue vio en él una dueña y un hombre que lo remaba, y porque le pareció que debía ser alguna cosa extraña, dejó la armada donde estaba y fuese con su can por la cuesta abajo colando entre las grandes matas sin que alguno de su compaña le viese, y llegando a la ribera halló que la dueña y aquel hombre que con ella venían sacaban arrastrado del batel un caballero muerto armado de todas armas y le pusieron en tierra y su escudo cabe él. Amadís como a ellos llegó dijo:

—Dueña, ¿quién es ese caballero y quién lo mató?

La dueña volvió la cabeza y aunque con paños de monte lo vio como los caballeros en tal acto andar y suelen y solo luego conoció que era Amadís y comenzó a romper sus tocas y vestiduras haciendo gran duelo y diciendo:

—iOh, señor Amadís, acorred a esta triste sin ventura por lo que debéis a caballería y porque estas mis manos os sacaron del vientre de vuestra madre e hicieron el arca en que en la mar fuisteis echado, porque la vida se salvase de aquélla que os parió, acorredme, señor, pues que para acorrer y remediar las atribulados y corridos en este mundo nacisteis, en tanta amargura como sobre mí es venida!

Amadís hubo muy gran duelo de la dueña, y como le oyó aquella palabra miróla más que antes y luego conoció que era Darioleta la que se halló con la reina su madre al tiempo que él fue engendrado y nacido, de lo cual mucho más el dolor le creció y llegóse a ella y quitándole las manos de los cabellos, que la mayor parte de ellos eran blancos, le preguntó qué cosa era aquella porque así lloraba, y tan duramente sus cabellos mesaba que se lo dijese luego y que no dejaría de poner su vida al punto de la muerte porque su gran pérdida reparada fuese. La dueña cuando esto le oyó hincóse delante de él de hinojos y quísole besar las manos, mas él no se las quiso dar y ella le dijo:

—Pues, señor, cumple que sin a otra parte ir donde algún estorbo halláis entréis luego conmigo en este batel y yo os guiaré donde mi cuita remediarse puede y por el camino la mi desventura os contar.

Amadís, como tan aquejada la vio y con tanta pasión, bien creyó que la dueña había pasado por gran afrenta y como desarmado se viese sino solamente de la su muy buena espada y que si por sus armas enviase Oriana lo detendría de manera que no podría ir con la dueña, acordó de se armar de las armas del caballero muerto, y así lo hizo, que mandó aquel hombre que lo desarmase y armase a él, lo cual luego fue hecho, y tomando la dueña consigo se metió prestamente en el batel, y queriendo partir de la ribera acaso llegó un montero de los de su compaña que iba tras un venado que iba herido y se le acogiera aquella parte que las matas era muy espesas, al cuando Amadís lo vio, llamóle y díjole:

—Di a Grasandor como yo me voy con esta dueña que aquí ahora aportó y que le demando perdón, que la gran pérdida y prisa suya me cuenta que no lo pueda hablar ni ver y que le ruego que haga enterrar este caballero y me gane perdón de Oriana, mi señora, porque sin su mandado hago este viaje, crea que no he podido hacer al que gran vergüenza no me fuese.

Y dicho esto partió el batel de la ribera a la más prisa que llevarse pudo y anduvieron todo aquel día y la noche por la vía que allí la dueña había venido. En este comedio preguntó Amadís a la dueña que le dijese la prisa y afrenta en que estaba, para que su acorro tanto había menester, la cual llorando muy agriamente le dijo:

—Mi señor, vos sabréis que al tiempo que la reina vuestra madre partió de Gaula para ir a esta ínsula vuestra, a las bodas vuestras y de vuestros hermanos, ella envió un mensaje a mi marido y a mí a la Pequeña Bretaña, donde por su mandado estamos por gobernadores, por el cual nos mandó que en viendo su carta nos viniésemos tras ellos a la Ínsula Firme, porque no era razón que tales fiestas sin nosotros pasasen, y esto lo causó la su gran nobleza y el mucho amor que nos tiene más que nuestros merecimientos. Pues habido este mandamiento luego mi marido y aquel desventurado de mi hijo que allá dejamos muerto, cuyas son esas armas que lleváis, y yo entramos con buena compaña de servidores en la mar, en una nao asaz grande y navegando con buen tiempo, el cual por nuestra contraria fortuna se mudó, de tal manera que nos hizo desviar de la vía que traíamos gran parte, y nos trajo a cabo de dos meses, y de muchos peligros que con aquella gran tormenta nos sobrevinieron, una noche por gran fuerza del viento a la Ínsula de la Torre Bermeja, donde es señor de ella el gigante llamado Balán, más bravo y más fuerte que ningún gigante de todas las ínsulas, y como al puerto llegamos, no sabiendo en qué parte éramos arribados, cuanto alguna pieza nos detuvimos por guarecer allí en aquel puerto, luego en la hora, gentes de la ínsula en otras fustas nos cercaron, de manera que fuimos todos presos y allí tenidos hasta la mañana que al gigante nos llevaron, el cual como nos vio preguntó si venía entre nos algún caballero. Mi marido le dijo que sí, que él lo era y aquel otro que cabe él estaba que era su hijo.

—Pues —dijo el gigante— conviene que paséis por la costumbre de la ínsula.

—¿Y qué costumbre es? —dijo mi marido.

—Que os habéis de combatir conmigo uno a uno —dijo el gigante—, y si cualquier de vos os pudiereis defender una hora seréis libres y toda vuestra compaña, y si fueren vencidos en aquella hora, seréis mis presos, pero quedaros ha alguna esperanza a vuestra salud, si como buenos probaseis vuestras fuerzas, mas si por ventura vuestra cobardía fue tan grande que en esta ventura de tomar la batalla no os deje poner, seréis metidos en una cruel prisión, donde pasaréis grandes angustias en pago de haber tomado orden de caballería, teniendo en más la vida que la honra, ni las cosas que para la tomar jurasteis. Ahora os he dicho toda la razón de lo que aquí se mantiene, escoged lo que más os agradare.

Mi marido le dijo:

—La batalla queremos, que de balde traeríamos armas si por espanto de algún peligro dejásemos de hacer con ellas aquello para que fueron establecidas, mas, ¿qué seguridad tendremos si fuéremos vencedores que nos será guardada la ley que decís?

—No hay otra —dijo el gigante— sino mi palabra, que por mal ni por bien, nunca a mi grado quebrada será, antes me consentiré quebrar por el cuerpo, y así lo tengo hecho jurar a mi hijo que aquí tengo y a todos mis servidores y vasallos.

—¡En el nombre de Dios! —dijo mi marido—, hacedme dar mis armas y mi caballo y a este mi hijo también y aparejos para la batalla.

—Eso —dijo el gigante— luego será hecho.

Pues así fueron armados ellos y el gigante y puestos a caballo en una gran plaza que está entre unas peñas a la puerta del castillo, que es muy fuerte. Entonces el malaventurado de mi hijo rogó tanto a su padre que a mal de su grado le otorgó la primera justa, en la cual fue del gigante tan duramente encontrado que así a él como al caballo derribó tan crudamente que el uno y el otro a un punto perdieron la vida. Mi marido fue para él, y encontróle en el escudo, más no fue sino dar en una torre, y el gigante llegó a él y trabóle tan recio por el un brazo, que como quiera que él sea dotado de harta fuerza según su grandeza de cuerpo y de edad, así lo sacó de la silla como si un niño fuera. Esto hecho mandó dejar a mi hijo muerto en el campo, y a mi marido y a mí y una hija que traíamos para que sirviese a Melicia, vuestra hermana, nos hizo llevar suso al alcázar, y a nuestra compaña mandó meter en una prisión. Cuando yo esto vi comencé como mujer fuera de sentido que así lo estaba en aquella hora, a dar gritos muy grandes y decir:

—¡Oh, rey Perión de Gaula! Ahora fueses tú aquí o alguno de tus hijos que bien me cuidaría contigo o con cualquier de ellos salir a esta tan gran tribulación.

Cuando el gigante esto oyó dijo:

—¿Qué conocimiento tienes tú con ese rey? ¿Es éste por ventura el padre de uno que se llama Amadís de Gaula?

—Sí es, por cierto —dije yo—, y si cualquier de ellos aquí estuviese no serías poderoso de me hacer ningún desaguisado, que ellos me ampararían, como aquélla que todos mis días gasté y dependí en su servicio.

—Pues si tanta confianza en ellos tienes —dijo él—, yo te daré lugar a que llames aquél que más te agradare, y más me placería que fuese Amadís, que tan preciado es en el mundo, porque éste mató a mi padre Madanfabul en la batalla del rey Cildadán y del rey Lisuarte, cuando so el brazo fuera de la silla al mismo rey Lisuarte llevaba y se iba con él a las barcas, y este Amadís, que a la sazón Beltenebros se llamaba, lo siguió, y comoquiera que en defensa de su señor y de los de su parte pudo herir sin que mi padre le viese a su salvo, no se le debe contar a gran esfuerzo ni valentía, ni a mi padre a gran deshonra, y si de este que tan famoso es y tanto has servido te quieres valer, toma aquel barco con un marinero, que yo te daré para le guiar y buscarlo, y porque más su saña y gana de te vengar se encienda, llevarás aquel caballero tu hijo armado y muerto como está, y si él te ama como tú piensas y es tan esforzado como todos dicen, viendo esta tu gran lástima no se excusará de venir.

Cuando yo esto le oí díjele:

—¿Si yo hago lo que dices y traigo aquel caballero así a tu ínsula por dónde será cierto que le mantendrás verdad?

—De eso —dijo— no tengas ni él tenga cuidado, que aunque a mí haya otras cosas de mal y de soberbia, esto he mantenido y mantendré todo el tiempo de mi vida, de antes la perder que mi palabra fallezca de aquello que prometiere, la cual yo te doy para cualquier caballero que contigo viniere, y mucho más entera si fuese Amadís de Gaula que no haya de qué se temer sino de mi persona sola, a mi grado.

—Pues yo, señor, viendo esto que el gigante me dijo, y a mi hijo muerto, y mi marido y mi señor y mi hija presos con toda nuestra compaña, heme atrevido a venir en esta manera, confiado en Nuestro Señor, y en la buena ventura vuestra y en la crueldad de aquel diablo que tanto contra su servicio es, que me dará venganza de aquel traidor con gran prez de vuestra persona.

Amadís cuando esto oyó mucho le pesó de la desventura de la dueña, que mucho de su padre el rey Perión y de la reina su madre, y de todos ellos era amada y tenida por una de las buenas dueñas de todo el mundo de su manera, y asimismo tuvo por grande afrenta aquella, no tanto por el peligro de la batalla, aunque grande era, según la fama de aquel Balán, como por entrar en la ínsula y entre gente donde le convenía estar a toda su mesura, pero poniendo su hecho todo en la mano de Aquel Señor que sobre todos la tiene, y habiendo gran piedad de aquella dueña y de su marido, la cual nunca de llorar cesaba, pospuesto todo temor, con muy gran esfuerzo la iba consolando y diciéndole que muy presto sería reparada y vengada su pérdida, si Dios por bien lo tuviese que por Él se pudiese acabar.

Pues así como oís anduvieron dos días y dos noches, y al tercero día vieron a su siniestra una ínsula pequeña con un castillo que muy alto parecía. Amadís preguntó al marinero si sabía cuya fuese aquella ínsula. Él dijo que sí, que era del rey Cildadán y que se llamaba la Ínsula del Infante.

—Ahora nos guía allá —dijo Amadís—, porque tomemos alguna vianda, que no sabemos lo que acaecer podrá.

Entonces volvió el barco y a poco rato llegaron a la ínsula, y cuando fueron al pie de la peña, vieron descender por la cuesta ayuso un caballero, y como a ellos llegó saludólos y ellos a él, y el caballero de la ínsula preguntó quién era. Amadís le dijo:

—Yo soy un caballero de la Ínsula Firme que vengo por dar derecho a esta dueña, si la voluntad de Dios fuere, de un tuerto desaguisado que acá delante en otra ínsula recibió.

—¿En qué ínsula fue eso? —dijo el caballero.

—En la Ínsula de la Torre Bermeja —dijo Amadís.

—¿Y quién le hizo ese tuerto? —dijo el caballero.

Amadís dijo:

—Balán el gigante que me dicen que es señor de aquella ínsula.

—¿Pues qué enmienda le podéis vos solo dar?

—Combatirme con él —dijo Amadís— y quebrantarle la soberbia que a esta dueña ha hecho y a otros muchos que se lo no merecieron.

El caballero se comenzó a reír como en desdén y dijo:

—Señor caballero de la Ínsula Firme, no se ponga en vuestro corazón tan gran locura en querer de vuestra voluntad buscar aquél de quien todo el mundo huye, que si el señor de esa ínsula donde venís, que es Amadís de Gaula y sus dos hermanos, don Galaor y Florestán, que hoy son la flor y el cabo de los caballeros del mundo, todos tres viniesen a se combatir con este Balán, les sería tenido a grande locura de aquéllos que le conocen. Por eso yo os aconsejo que dejéis este camino que de vuestro mal y daño habría pesar por ser caballero y amigo de aquéllos a quien tanto ama y precia el rey Cildadán, mi señor, que me han dicho que él y el rey Lisuarte son ya concertados con Amadís y no sé en qué forma si no tanto que soy certificado que quedaron en mucho amor y concordia, y si como lo habéis comenzado lo seguís, no es otra cosa salvo iros conocidamente a la muerte.

Amadís le dijo:

—La muerte o la vida en mano de Dios está, ya los que quieren ser loados sobre nosotros conviene que se pongan y acometan cosas peligrosas y las que los otros no osaban acometer, y esto no lo digo yo por me tener por tal, más porque lo deseo ser, por esto os ruego caballero señor que no me pongáis más miedo del que yo traigo, que no es poco. Y si os pluguiere por cortesía me socorráis con alguna vianda de que nos podamos ayudar si algún entrevalo viniere.

—Esto haré yo de buen grado —dijo el caballero de la ínsula—, y más haré que por ver cosa tan extraña quiero teneros compaña hasta que vuestra ventura, buena o mala, pase con aquel bravo gigante.

Capítulo 128. Cómo Amadís se iba can la dueña contra la ínsula del gigante llamado Balán, y fue en su compaña el caballero gobernador de la Ínsula del Infante

Aquel caballero que la historia dice, mandó traer viandas cuanto vio que cumplía y metióse así desarmado como estaba en una barca con hombres que le guiaban, y partieron de aquel puerto juntos contra la Ínsula de Balán. Y yendo por la mar adelante, el caballero preguntó a Amadís si conocía al rey Cildadán. Amadís le dijo que sí, que muchas veces lo viera, y sus grandes caballerías en las batallas que el rey Lisuarte hubo con Amadís y que él bien podía decir con verdad que era uno de los esforzados y buenos reyes del mundo.

—Por cierto —dijo el caballero de la Ínsula del Infante—, es él, sino que la su contraria fortuna les ha sido más adversa que nunca lo fue a hombre del mundo que tanto valiese, en le poner so el señorío y vasallaje del rey Lisuarte que tal rey más era para mandar y ser señor que para ser vasallo.

—Ya es fuera de ese tributo —dijo Amadís— que el gran esfuerzo de su corazón y el valor de su persona quitaron de su gran estado aquella lástima que no a su cargo tenía.

—¿Cómo lo sabéis vos eso, caballero?

—Señor —dijo él—, yo lo sé que lo vi.

Entonces le contó lo que el rey Lisuarte había hecho en le dar por quito, así como este libro lo ha contado. El caballero cuando esto oyó hincó los hinojos en la barca y dijo:

—Señor Dios, loado seas Tú por siempre jamás, que quisiste dar a aquel rey lo que su gran virtud y nobleza querían.

Amadís le dijo:

—Buen señor, ¿conocéis vos este Balán?

—Muy bien —dijo él.

—Mucho os ruego, si os pluguiere, pues en al no hay necesidad de hablar, me digáis lo que de él sabéis especial en lo que de su persona conviene saber.

—Así lo haré —dijo el caballero—, y por ventura no hallaréis otro que por tan entero os lo pueda decir. Sabed que este Balán es hijo del bravo Madanfabul, aquel gigante que Amadís de Gaula mató llamándose Beltenebros, en la batalla que el rey Cildadán hubo con el rey Lisuarte de los ciento por ciento donde murieron otros muchos gigantes y fuertes caballeros de su linaje que por esta comarca tenían muchas ínsulas de muy gran valor, los cuales con el grande amor y afición que al rey Cildadán, mi señor, tuvieron, quisieron ser en su servicio donde poco menos todos fueron perdidos, y este Balán por quien me preguntáis quedó harto mancebo cuando su padre murió, y quedóle esta ínsula, que es la más fructífera de todas las cosas, así frutas de todas naturas, como de todas las más preciadas y estimadas especias del mundo, y por esta causa hay en ella muchos mercaderes y otros infinitos que seguros a ella vienen, de las cuales redundan al gigante muy grandes intereses, y dígoos que después que éste fue caballero se ha mostrado más fuerte que su padre en toda valentía y esfuerzo, y su condición y maneras de que vos saber queréis es muy diversa y contraria a la de los otros gigantes, que de natura son soberbios y follones, y éste no lo es, antes es muy sosegado y muy verdadero en todas sus cosas, tanto que es maravilla que hombre que de tal linaje venga pueda ser apartado de la condición de los otros, y esto piensan todos que le viene de parte de su madre, que es hermana de Gromadaza, la brava gitana, mujer que fue de Famongomadán, el del Lago Ferviente, no sé si lo oísteis decir, y así como ésta pasó de muy gran hermosura a Gromadaza, su hermana, y a otras muchas que en su tiempo hermosas fueron, así; fue muy diferente en todas las otras maneras de bondad, que la otra era muy brava y corajosa en demasía y ésta muy mansa y sometida a toda virtud y humildad, y esto debe causar que así como las mujeres que feas son tomando más figura de hombre que de mujer les viene por la mayor parte aquella soberbia y desabrimiento varonil, que los hombres tienen que es conforme a su calidad, así las hermosas que son dotadas de la propia naturaleza de las mujeres lo tienen al contrario, conformándose su condición con la voz delicada, con las carnes blandas y lisas, con la gran hermosura de su rostro que la ponen en todo sosiego y la desvían de gran parte de la braveza, así como esta gigante mujer de Madanfabul, madre de este Balán, lo tiene, de la cual redunda aquella mansedumbre y reposo a este su hijo. Ésta se llama Madasima, y por causa suya pusieron este nombre mismo a una muy hermosa hija que quedó de Famongomadán, que casó con un caballero que se llama don Galvanes, hombre de tan alto lugar, y todos los que la conocen dicen que así es de muy noble condición y con todos muy humilde. Ahora os quiero decir cómo yo sé todo esto que digo y mucho más del hecho de estos gigantes. Sabed que yo soy gobernador de aquella Ínsula Infante, donde me hallasteis, desde el tiempo que el rey Cildadán era infante, que el señorío de ella tenía, sin tener otro heredamiento alguno, y más por su gran esfuerzo y buenas maneras que por su estado, envió por todo el reino de Irlanda para lo casar con la hija del rey Aviés, que aquel reino heredó al tiempo que lo mató Amadís de Gaula, y a mí siempre me dejó en esta gobernación que tengo, y como estoy aquí entre estas gentes que todas tienen mucha afición al rey mi señor, tengo yo mucha contratación con ellos y sé que los hijos de aquellos gigantes que en aquella batalla que os dije murieron, que son ya hombres, están con mucho deseo de vengar la muerte de sus padres y parientes, si razón para ello hubiesen.

Amadís, que estas razones oía, le dijo:

—Buen señor, muy gran placer he habido de lo que me habéis contado; solamente me pesa de la muy buena condición de este a quien yo voy a buscar, que más me pluguiera que todo fuera al revés, con mucha bravura y soberbia, porque a estos tales no tarda mucho que no les alcance la ira y el castigo de Dios, y no quiero negaros que llevo más temor que hasta aquí. Pero comoquiera que sea, no dejaré de dar enmienda a esta dueña, si puedo, del gran mal y sin razón que sin lo merecer ha recibido, y tanto quiero saber de vos y es este Balán casado El caballero de la ínsula le dijo que sí, con una hija de un gigante que se llama Gandalac, señor de la Peña de Galtares, de la cual tiene un hijo de hasta quince años que si vive será heredero de este señorío.

Cuando Amadís esto oyó, turbóse ya cuanto y pesóle mucho por lo haber sabido, por el grande amor que él había a Gandalac y a sus hijos, que era amo de su hermano don Galaor, y todas sus cosas tenía él para las guardar como las suyas propias. Y dijo al caballero:

—Cosas me habéis dicho que más que de ante me hacen dudar.

Y esto era por lo que le dijo de Gandalac. Y el caballero sospechó que dudaba con temor de la batalla, mas no era así, que aunque con el mismo su hermano don Galaor, a quien más que al gigante dudaría, hubiera de ser, no se partiera de ella en ninguna guisa sin dar derecho y enmienda a aquella dueña o perder la vida, porque siempre fue su costumbre acorrer a quien con razón se lo pidiese.

Pues así hablando en esto que habéis oído y en otras muchas cosas anduvieron todo aquel día y la noche, y otro día, a hora de tercia, vieron la Ínsula de la Torre Bermeja, de que mucho placer hubieron, y anduvieron tanto hasta que llegaron cerca de ella. Amadís la miraba y parecíale muy hermosa, así la tierra de espesas montañas a lo que divisarse podía, como el asiento del alcázar con sus muy hermosas y fuertes torres, especial aquélla que llamaban Bermeja, que era la mayor, y de más extraña piedra hecha que en el mundo se podría hallar. Y en algunas historias se lee que en el comienzo de la población de aquella ínsula y el primer fundador de la torre y de todo lo más de aquel gran alcázar, que fue Josefo, el hijo de Josef ab Aritmatia que el Santo Grial trajo a la Gran Bretaña, y porque a la sazón todo lo más de aquella tierra era de paganos, que viendo la disposición de aquella ínsula la pobló de cristianos e hizo aquella gran torre donde se reparaban él y todos los suyos cuando en alguna gran prisa se veían, pero después a tiempo fue señoreada de los gigantes hasta venir en este Balán; mas la población siempre quedó de cristianos, como ahora lo era, los cuales vivían allí muy sojuzgados y apremiados de los señores, porque todos los más de ellos tenían la secta de los paganos, pero todo lo sufrían y pasaban con la gran riqueza de la tierra, y si en algún tiempo algún descanso tuvieron, no fue sino en este de Balán, por la su buena condición, que para con ellos tenía y porque por amor de su madre era más llegado a la ley de Jesucristo que ninguno de los otros, y mucho más lo fue adelante, como la historia lo contara.

Pues allí llegados, Amadís dijo al caballero de la Ínsula del Infante:

—Mi buen señor, si a vos pluguiere, pues con este Balán tenéis conocimiento, que por cortesía vayáis a él y le digáis cómo la dueña a quien él mató el hijo y prendió el marido y la hija, trae consigo un caballero de la Ínsula Firme para le demandar enmienda del daño que le ha hecho, y si no la diere para se combatir con él y a mal su grado hacérsela dar y que saquéis de él confianza, que el caballero será seguro de todos, sino solamente de él solo, comoquiera que de bien o de mal le avenga.

El caballero le dijo:

—Contento soy de lo hacer así, y podéis ser cierto que la promesa que él diere no habrá otra cosa.

Entonces el caballero entró con sus hombres en su barca y se fue al puerto, y Amadís quedó con su dueña algo desviado. Pues llegado aquel caballero, luego fue conocido de los hombres del gigante y ante él llevado, el cual lo recibió con buen talante, que asaz veces lo había hablado, y díjole:

—Gobernador, ¿qué demandas en mi tierra? Dilo que ya sabes que te tengo por amigo.

El caballero le dijo:

—Así lo tengo yo, y mucho te lo agradezco, pero mi venida no es por cosa que a mi toque, mas por una cosa extraña que he visto, y esto es que un caballero de la Ínsula Firme se viene por su voluntad a se combatir contigo, de lo cual me hago mucho maravillado a tal cosa se atrever.

Cuando esto oyó el gigante, díjole:

—Ese caballero que dices, ¿trae una dueña consigo?

—Sí —dijo el caballero.

—Sin falta entiendo —dijo el gigante— que será aquel Amadís de Gaula, el que de tanto loor y fama por el mundo es loado, o alguno de sus hermanos, que para traer uno de ellos partió ella de aquí, para lo cual yo le di lugar que ella fuese.

Entonces dijo el caballero:

—No sé quién será, mas dígote que es un caballero muy hermoso y muy bien tallado de su grandeza y sosegado en sus razones, y no puedo entender si su simpleza o gran esfuerzo de corazón le han puesto en esta locura. Véngote a demandar seguridad por él, que no se temerá sino de ti solo.

El gigante le dijo:

—Ya tú sabes que mi palabra a mi grado nunca será quebrada; tráelo seguramente, y viniendo conocerás por experiencia de cuál de esas dos cosas que dijiste toca.

El caballero se tornó a su barca y se fue para Amadís, y como la respuesta oyó sin ningún recelo, se vino luego al puerto y salieron luego de sus bateles en tierra, y Amadís apartó primero aquel hombre que a la dueña había guiado en el barco, y díjole:

—Amigo, yo te ruego que no digas mi nombre a ninguno, que si aquí tengo de morir eso se descubrirá; si tengo de ser vencedor yo te haré mucho bien por ello.

El marinero se lo prometió.

Entonces subieron al castillo y hallaron al gigante desarmado en aquella gran plaza que delante de la puerta estaba, y como llegaron, el gigante lo miró mucho, y dijo a la dueña:

—¿Es éste alguno de los hijos del rey Perión que habías de traer?

La dueña le dijo:

—Éste es un caballero que te demandará el mal que me hiciste.

Entonces Amadís dijo:

—Balán, no es necesario a ti saber quién yo soy; bástate que vengo a te demandar que hagas enmienda a esta dueña del mal tan grande que sin te lo haber merecido le hiciste en le matar a su hijo, y prender a su marido con otra su hija, y si la hicieres quitarme he de haber contigo debate y si no aparéjate para la batalla.

El gigante le dijo riendo:

—La mejor enmienda que yo pueda dar es darte a ti por quite y quitarte la muerte, que pues que tú viniste con tan buena voluntad a remediar su pérdida, en tanto se debe tener tu vida como la suya, y aunque esto no acostumbro a hacer a ninguno, sin que primero pruebe el filo de mi espada, hacerlo he a ti, porque con ignorancia has venido a demandar tu daño no lo conociendo.

—Si estas amenazas que me das —dijo Amadís— yo las temiese tanto como tú lo piensas, excusado me fuera buscarte de tan lueñe tierra. No creas, Balán, que por ignorancia te demando, que bien sé que eres uno de los gigantes del mundo más nombrado, pero como vea que la costumbre que aquí mantienes sea tanto contra el servicio del muy alto Señor, y la razón que traigo es conforme a su Santa Ley, no tengo en mucho tu valentía, porque él cumplirá lo que en mí faltare, y porque yo tengo en mucho, y te amo por otros que te aman, yo te ruego que hagas enmienda a esta dueña como sea justa.

Cuando esto oyó el gigante dijo:

—También demandas esto que dices, que si a vergüenza no me fuese reputado, yo haría todo lo que hallar se pudiese para el contentamiento de esta dueña, pero primero probar y ver qué tales son los caballeros de la Ínsula Firme. Y porque ya es tarde yo te enviaré de comer, y dos caballos muy buenos en que escojas a tu voluntad, con dos lanzas, y aparéjate con todo tu esfuerzo, que lo has bien menester para la batalla de aquí a tres horas, y por te hacer complacer si otras armas quisieres yo te las daré mejores, que cree que asaz tengo, de los caballeros que he vencido.

—Tú lo haces como buen caballero, y mientras más cortesía en ti veo más me pesa que no tengas conocimiento ninguno de lo que hacer debes; un caballo y una lanza tomaré, y no otras armas más de las que traigo, que la sangre de aquél que tan sin causa mataste, que en ellas viene, me dará más esfuerzo de lo vengar.

El gigante se acogió al castillo sin le responder más, y Amadís y su compaña y el caballero de la Ínsula del Infante que de él partir no se quiso, por mucho que el gigante le rogó que fuese con él al castillo, quedaron debajo de un portal de un templo que al cabo de aquella plaza estaba, y desde a poco espacio les trajeron de comer.

Así holgaron hablando en algunas cosas que más les contentaban, esperando al plazo que el gigante saliese. Aquel caballero miraba mucho a menudo el semblante de Amadís, por ver si con aquella grande afrenta le mudaba, y a su parecer siempre le veía con más esfuerzo, de lo cual mucho era maravillado.

Pues venida la hora por el gigante señalada, trajeron a Amadís dos caballos muy grandotes y hermosos con ricos atavíos para tal menester, y él tomó el que más y mejor le pareció, y después de lo mirar cómo venía ensillado, cabalgó en él y puso su yelmo y echó su escudo al cuello, y puesto en aquella gran plaza mandó al hombre que los caballos le había traído que el otro tornase y dijese al gigante que lo esperaba, y que no dejase ir el día en vano. Toda la más de la gente de la Ínsula que allí pudo venir estaban alrededor de la plaza por ver la batalla, y los adarves y finiestras del alcázar llenos de dueñas y doncellas, y estando así como oís vio sonar en la gran Torre Bermeja tres trompetas muy acordadas que habían dulce son, que era señal que el gigante salía a batalla y así lo acostumbraba hacer cada que se había de combatir.

Amadís preguntó a los que allí estaban qué era aquello; ellos le dijeron la causa por lo que se hacía, lo cual muy bien le pareció, y acto de gran señor, y vínole en mientes que si estando en la Ínsula Firme con su señora le viniese ocasión de hacer alguna batalla con alguno que allí se la demandase, que él lo mandaría hacer, porque a su parecer aquel son era cosa para crecer el esfuerzo del caballero por quien se hiciese.

Pues cesando las trompetas abrieron las puertas del alcázar y salió el gigante encima del otro caballo que había enviado a Amadís, y su lanza en su mano, y armado de unas armas de acero muy limpio como el espejo, así el yelmo como el escudo a su mesura, y unas hojas que todo lo más del cuerpo le cubrían, y como vio a Amadís, díjole:

—Caballero de la Ínsula Firme, ahora que me ves armado, ¿osarme has atender?

—Ahora quiero —dijo él— que enmiendes a esta dueña del mal que le hiciste, si no guárdate de mí.

Entonces el gigante movió contra él cuanto el caballo lo pudo llevar, e iba tan grande que no había caballero en el mundo por esforzado que fuese que no le pusiese gran pavor, y como iba muy recio y con gran codicia de lo encontrar, bajó tanto la lanza por no errar el golpe, así que encontró el caballo de Amadís por mitad de la frente y metió la lanza por la cabeza del caballo y por el pescuezo gran pieza, pero Amadís, a quien su grandeza ni valentía no turbaban, como aquél que ya sabía qué cosa eran los semejantes, lo encontró en el grande y fuerte escudo tan reciamente, que por fuerza hizo salir al gigante de la silla y cayó en el campo, que era muy duro, gran caída, de que fue quebrantado mucho y el caballo de Amadís cayó muerto con él en el suelo, del cual Amadís salió lo más presto que pudo, aunque a gran afán que le tomó la una pierna debajo y levantóse y vio al gigante que se levantaba y estaba algo desacordado, pero no tanto que no pusiese luego mano a una espada de muy fuerte acero que traía, con la cual pensaba que no había en el mundo tan fuerte caballero que dos golpes le osase esperar que le no tulliese o matase. Amadís puso mano a la su muy buena espada y cubrióse de su escudo y fuese para él, y el gigante asimismo vino contra él, el brazo alto por lo herir con tan gran desatiento, así como la su gran soberbia, como porque el encuentro de la lanza que Amadís le dio fue en derecho del corazón, y por tan gran fuerza dado, que le juntó el escudo con el pecho tan reciamente que la carne fue magullada y las ternillas quebradas, de manera que le daban gran dolor y le quitaban mucho de la fuerza del aliento. Amadís como así lo vio venir conoció que perdido venía, y alzó el escudo cuanto más pudo por recibir en él el golpe, y el gigante descargó tan recio y la espada cortó tan livianamente que desde el brocal hasta ayuso le llevó el un tercio del escudo que no le alcanzó más, así que si más en lleno le alcanzara también fuera el brazo con ello a tierra. Amadís, como mucho aquel menester había usado y en casos tan peligrosos se supiese librar, no perdiendo ni olvidando cosa de lo que hacer debía, antes que el gigante el brazo contra sí tirase, hirióle de tal golpe cabe el codo que como quiera que la manga de la loriga muy fuerte y de muy gruesa malla era, no le pudo prestar ni estorbar que la su muy buena espada no se la tajase hasta la cortar gran parte de la carne del brazo y la una de las canillas. El gigante sintió mucho aquel golpe, y tiróse ya cuanto afuera, pero Amadís fue luego a él y diole otro golpe por cima del yelmo de toda su fuerza, que la llama salió tan grande como si con otra cosa así se lo encendiera y torcióle el yelmo de la cabeza, así que la vista le quitó.

Cuando el caballero gobernador de la Ínsula del Infante que con Amadís allí había venido, vio los golpes que Amadís daba, así el encuentro de la lanza, con el cual había sacado de la silla una cosa tan valiente y tan pesada como era aquel gigante, como los que con la espada le daba, comenzóse a santiguar muchas veces, y dijo a la dueña que cabe sí tenía:

—Dueña, ¿dónde hallasteis aquel diablo que tales cosas hace, cual nunca otro caballero hizo que mortal fuese?

La dueña le dijo:

—Si de tales diablos como éste muchos por el mundo anduviesen, no habría tantos cuitados y corridos de los soberbios y malos como hay.

El gigante fue muy prestamente con sus manos al yelmo por lo enderezar, y sintió que del brazo derecho había perdido mucha fuerza que apenas la espada podía tener en la mano y tiróse más afuera, mas Amadís juntó luego con él como de comienzo, y diole otro gran golpe encima del brocal del escudo, pensando darle en la cabeza, y no pudo, que el gigante como el golpe vio venir tan recio, alzó el escudo para lo recibir en él, y la espada entró tanto por él que cuando Amadís la pensó sacar no pudo y el gigante lo pensó herir, mas no pudo levantar el brazo, sino poco de manera que el golpe fue flaco. Entonces Amadís tiraba por la espada cuanto podía y el gigante por el escudo, así que con la gran fuerza del uno y del otro, convino que las correas con que lo tenía al cuello quebrasen, y llevó Amadís el escudo con su espada, lo cual le pudiera hacer y traer a gran peligro, porque en ninguna guisa de ella se podía ayudar. El gigante, como así lo vio y se vio sin escudo, tomó la espada con la mano izquierda y comenzó a dar a Amadís golpes con ella, pero él se guardaba con mucha ligereza cubriéndose de su escudo, mas no en tal forma que excusar pudiese que los golpes del gigante no le rompiesen en algunas partes la loriga y le llegasen a la carne, y ciertamente si el gigante pudiera herir con la diestra mano él se viera en gran peligro de muerte, mas con la izquierda, aunque los golpes grandes y de gran fuerza fuesen, eran muy desvariados que lo más de ellos faltaban e iban en vano. Amadís comoquiera alzar la espada para lo herir subía con ella el escudo en que metida estaba, así que no entendía en al sino en se defender, pero como se viese embarazado y en tanto peligro, acordó en se remediar lo más presto que pudo, y tiróse ya cuanto afuera, y sacó del cuello su escudo y echólo en el campo entre él y el gigante y puso el un pie encima del escudo del gigante y tiró con ambas manos por la espada tan recio que la sacó de él. En este comedio el gigante tomó con la mano derecha el escudo de Amadís, y aunque harto liviano era, apenas lo podía levantar ni sostener con el brazo, que la herida fue grande y cabe la coyuntura del codo y con la mucha sangre que se le había ido, tenía el brazo casi muerto, que apenas lo podía alzar ni trabar con la mano sino muy flacamente, y lo que más le impedía y fatigaba era la carne magullada y los huesos quebrados que sobre el corazón tenía del encuentro de la lanza que ya oísteis, que le quitaba tanto del aliento que apenas podía resollar, pero como él fuese muy valiente de fuerza y de corazón y se viese en aventura de muerte sufríase con gran trabajo, y esto fue porque después que la espada de Amadís con el gran golpe quedó metida en el escudo nunca con ella le había podido herir ni hacer estorbo, mas como la sacó y se halló libre de aquel embarazo, tomó por las embrazaduras del escudo del gigante que apenas le podía levantar según su grandeza y pesadumbre, y fuelo a herir de muy grandes golpes, probando todo su poder de manera que el gigante fue tan aquejado así con la prisa que Amadís le daba como por se defender y herir, que se le cerró el corazón de dolor que en él tenía y cayó como muerto en el campo.

Cuando los hombres que en el alcázar estaban mirando esto vieron, dieron muy grandes voces, y las dueñas y doncellas grandes gritos, diciendo:

—Muerto es nuestro señor, muera el traidor que lo mató.

Amadís en cayendo el gigante fue luego sobre él y quitóle el yelmo y púsole la punta de la espada en el rostro y díjole:

—Balán, muerto eres si a la dueña no satisfaces el daño que le hiciste.

Mas él no le respondió ni entendió lo que le dijo, que estaba como muerto. Entonces llegó el caballero de la Ínsula del Infante, que con Amadís allí había venido, y dijo:

—Señor caballero, ¿es muerto el gigante?

—Entiendo que no —dijo Amadís—, mas el grande ahogamiento lo tiene tal como veis, que yo no le veo golpe mortal ninguno.

Y decía verdad, que el golpe que en el pecho tenía que el aliento le quitó, no lo había él visto ni sentido. El caballero le dijo:

—Señor, por cortesía os pido que no le matéis hasta que sea en su acuerdo y tenga juicio para enmendar a esta dueña a su voluntad, y también porque si él muere, ninguno será poderoso de os dar la vida.

—Por eso —dijo Amadís— no dejaré yo de él de hacer mi voluntad, mas por amor vuestro y por el deudo que con Gandalac tiene me sufriré de lo matar, hasta que de él sepa si querrá venir en lo que yo le pediré.

Estando en esto vieron salir del castillo al hijo del gigante con hasta treinta hombres armados, y venían diciendo;

—¡Muera, muera el traidor!

Cuando Amadís esto oyó, ya podéis entender qué esperanza tenía en su vida, viéndolos todos de rondón venir a lo matar, pero acordó de no se poner a su mesura, y que la muerte le viniese sobre haber hecho todo su poder sin faltar cosa de lo que hacer debía y miró a un cabo y a otro alrededor y vio una quiebra entre aquellas peñas de que la plaza era cerrada, que aquella plaza fue allí hecha a mano quitando todos los roquedos y peñas y alrededor quedaron muchas de ellas y fuese yendo hacia allá y llevó el escudo del gigante, que muy grande y fuerte era, y púsose a la entrada de aquella quiebra que por ninguna parte le podían nucir sino por delante ni tampoco por encima que se hacía allí una solapa.

Pues la gente llegó los unos al gigante por ver si era muerto y los otros contra Amadís y tres hombres que delante llegaron echaron en él las lanzas, mas no le hicieron mal, que como el escudo era como se os ha dicho muy grande y muy fuerte, todo lo más del cuerpo le cubría y de las piernas, lo cual después de Dios le dio la vida y de estos tres llegó el uno con su espada para lo herir, y como Amadís lo vio cerca salió para él y diole tal golpe por encima de la cabeza que le hendió hasta el pescuezo y derribólo muerto a sus pies. Cuando los otros le vieron fuera de aquella guarida llegaron todos por lo matar, mas él se tornó luego allí y al primero que llegó diole un golpe en el hombro que las armas no le tuvieron ninguna pro, que el brazo cayó en el suelo y el hombre muerto del otro cabo. Estos dos golpes los escarmentaron tanto que ninguno fue osado de se a él acostar y cercáronlo allí por delante y por los lados, que por otra parte no podían y tirábanle lanzas y saetas y piedras tantas que hasta la mitad del cuerpo estaba cubierto, pero ninguna cosa le nucía, que el escudo le amparaba de todo ello.

En este comedio llevaron el gigante al castillo haciendo gran duelo y pusiéronlo en su lecho tal como muerto, sin sentido alguno, y tornáronse luego aquéllos que lo llevaron a ayudar a sus compañeros, y como llegaron vieron que ninguno a él se llegaban, y como tenía los dos hombres muertos cabe sí y como venían holgados y con gran saña y no sabían ni habían visto sus golpes tan esquivos, llegáronse a lo herir con las lanzas, mas Amadís estuvo quedo bien cubierto de su escudo, y al uno que llegó más delantero que la lanza le dio a maniente en el escudo diole tal golpe que la cabeza le hizo volar lejos, y luego se desviaron aquéllos con los otros que ninguno se osaba a él llegar, pues así estando sin más hacer, salvo tirándole muchas saetas y piedras infinitas, el caballero de la Ínsula del Infante hubo gran piedad de lo así ver y bien cuidó que si lo matasen que moría el mejor caballero que nunca armas trajo, y fuese luego al hijo del gigante que desarmado estaba por su tierna edad y díjole:

—Bravor, ¿por qué haces esto contra la palabra y verdad de tu padre, la cual nunca hasta hoy se halla ser quebrada?; mira que eres su hijo y le has de parecer en las buenas maneras, y mira que tu padre lo aseguró de todos los suyos salvo de él solo, y que si sobre esto le haces matar, nunca te cumple parecer ante hombres buenos que siempre serás aviltado y en gran menosprecio tenido.

El mozo le dijo:

—¿Cómo sufriré yo ver a mi padre muerto delante de mí y que no tome venganza del que lo hizo?

—Tu padre —dijo él— no es muerto ni tiene golpe de que, morir deba, que yo lo miré estando en el suelo y aquel caballero, a mi ruego, y porque me dijo que le preciaba mucho por el deudo que con Gandalac tiene, lo dejó de matar, que en su mano estaba de lo hacer.

—¿Pues qué haré? —dijo el mozo.

—Yo te lo diré —dijo el caballero—. Hazlo tener cercado así como lo está, toda esta noche sin que daño reciba, y de aquí a la mañana se verá la disposición de tu padre, y según él estuviere así tomarás el acuerdo que en tu mano y voluntad está la vida o la muerte suya, que de aquí no puede salir si tú no lo mandas.

El mozo le dijo:

—Mucho te agradezco lo que me aconsejas, que si éste muriese y mi padre vivo quedase, no me cumplía parar en todo el mundo donde él lo supiese, que bien cierto soy que me buscaría para me matar.

—Pues eso conoces —dijo él—, haz lo que te aconsejo: déjame hablar primero con mi madre y abuela, y hágase con su consejo.

—Por bien lo tengo —dijo el caballero—, y entretanto manda a tus hombres que no hagan más de lo que han hecho.

El mozo dijo:

—Por demás será ese mandamiento, que según me parece que aquel caballero defiende su vida, que si de hambre no, de otra manera, según veo, no hay quien matarle puede, pero por lo que me aconsejas, haré lo que me dices.

Entonces les mandó que estuviesen allí y guardasen bien, que aquel caballero no saliese de donde estaba, sin le hacer mal ninguno, en tanto que allí estaban hicieron su mandado, y él se fue y habló con aquellas dueñas, y como quiera que su pasión y tristeza de ellas grande fuese, considerando que el caballero no se podría ir, y viendo cómo el gigante iba cobrando huelgo y algún acuerdo, y temiendo pasar su verdad, dijéronle que así se hiciese como aquel caballero de la Ínsula del Infante se lo había aconsejado, a lo cual mucho ayudó cuando su madre de este mozo sabedora, que aquel caballero amaba a su padre Gandalac, que temió no fuese don Galaor, aquél que su padre había criado y le restituyó en el señorío de la Peña de Galtares, matando Albadán el gigante bravo que forzado se lo tenía, como más largo lo cuenta el primer libro de esta historia, el cual ella mucho bien conocía, y lo amaba de corazón porque su marido en tal punto estaba, que a gran deshonestidad le fuera contado, ella misma por su persona supiera si el caballero era don Galaor o alguno de sus hermanos, que a todos ellos había visto en casa del rey Lisuarte, donde estuvo algún tiempo en la sazón que fue la batalla del rey Lisuarte con el rey Cildadán, en la cual su padre y sus hermanos fueron e hicieron cosas extrañas en armas en servicio del rey Lisuarte por amor de don Galaor, como el segundo libro de esta historia más largo lo cuenta. Con este acuerdo tomó el mozo a tal hora que era ya noche cerrada y mandó poner un fuego grande delante donde Amadís estaba, que de su concierto ninguna cosa sabía, y allí hizo a sus hombres que armados velasen a buen recaudo, porque el caballero no saliese y les hiciese mal, que lo temían como a la muerte.

Amadís estuvo en aquel lugar que antes estaba puesto el canto del escudo en el suelo y la mano sobre el brocal, y la espada en la otra, esperando de morir antes que se dejar prender, que bien pensaba que pues sobre tal seguro como de Balán tenía aquellos hombres le acometieron queriéndole matar, que ninguna otra palabra que le diese le sería guardada, pues pensar demandar merced, esto no lo haría él, aunque supiese pasar mil veces por la muerte, si a Dios no a quien él siempre en todas sus cosas se encomendó de gran corazón, y en aquella más, donde otro remedio si el suyo no tenía ni esperaba.

Capítulo 129. Cómo Darioleta hacía duelo por el gran peligro en que Amadís estaba

Darioleta, la dueña que allí lo hizo venir, cuando así vio cercado a Amadís de todos sus enemigos, sin tener ni esperar socorro alguno de ninguna parte, comenzó a hacer muy gran duelo y a maldecir su ventura, que a tanta cuita y dolor la había traído, diciendo:

—¡Oh, cautiva desventura! ¿Qué será de mí? Por mi causa el mejor caballero que nunca nació, muere. ¿Cómo osaré parecer ante su padre y madre y sus hermanos, sabiendo que yo fui ocasión de la su muerte? Que si a la sazón de su nacimiento yo trabajé por le salvar la vida, haciendo y trabajando con mi sabiduría el arca en que escapar pudiese, de lo cual he habido mucho galardón, que si entonces muriera, moría una cosa sin provecho. Ahora no solamente he perdido los servicios pasados, mas antes soy digna de morir con las mayores penas y tormentos que ninguna persona lo fue, porque siendo la flor y fama del mundo le he traído la muerte. ¡Oh, cuitada de mí! ¿Por qué no le di lugar al tiempo que en la ribera de la mar a mí llegó para que pudiera tornar a la Ínsula Firme y trajera algunos caballeros que fueran en su ayuda, o a lo menos pudieran con razón morir en su compaña; mas, ¿qué puedo decir sino que mi liviandad y arrebatamiento fue de propia mujer?

Así como oís estaba Darioleta haciendo su duelo debajo de los portales de aquel templo con muy gran angustia de su corazón, y no con otra esperanza sino de ver morir muy presto a Amadís, y ella su marido y su hija ser metidos en prisión donde nunca saliesen. Amadís estaba a la boca de aquella quiebra de las peñas como os hemos contado y vio lo que la dueña hacía que con el gran fuego que delante de él estaba, toda la plaza se parecía, aunque asaz grande era, y hubo gran pesar en verla cómo estaba llorando, y alzando las manos al cielo cómo demandaba piedad; así que la saña le creció tan grande que le sacó de su sentido, y pensó que muy más peligro le podría recrecer venido el día que con la noche, porque entonces toda la más de la gente de la ínsula estaba sosegada, y solamente se había de guardar de aquéllos que delante tenía, y que la mañana venida, que podría cargar mucha más gente sobre él, de manera que no podría escapar de ser muerto, y puesto caso que allí a donde estaba no le pudiesen nucir, que el sueño y el hambre le cargaría y se habría de poner en sus manos, y con esta saña de lo poner todo en aventura y embrazó su escudo y con la espada en la mano enderezó para dar en sus enemigos, mas el caballero de la Ínsula del Infante a quien mucho pesaba de su daño por le haber asegurado de parte del gigante y así le haber quebrado la promesa, estaba en medio de ellos con mucho cuidado que la gente a él no llegase hasta ver la disposición del gigante, que bien tenía creído que cuando en su juicio fuese que pondría tal remedio y castigo en ello, que su palabra fuese guardada, y como vio que Amadís movía para salir contra aquéllos, fue lo más que pudo contra él y díjole:

—Señor caballero, ruégoos por cortesía que me oigáis un poco antes que de aquí salgáis.

Amadís estuvo quedo y el caballero le contó todo lo que había hablado con Bravor, hijo del gigante, y cómo lo tenía por entonces todo amansado hasta que la mañana viniese, y que en aquel espacio de tiempo el gigante sería muy mejorado y metido en su acuerdo, y que sin duda creyese que cumpliría con él todo lo que fuese obligado, aunque le viniese peligro de muerte, y que quisiere sufrirse tanto que él fiaba en Dios de lo remediar todo y lo que tomaba a su cargo. Amadís como así lo vio hablar, bien pensó que verdad le decía, porque en aquello poco que le había tratado lo tenía por hombre bueno, y díjole:

—Por amor vuestro, yo me sufriré esta vez, mas dígoos, caballero, que toda afán que en esto pongáis será partido si lo primero no es que la enmienda de la dueña se haga.

El caballero le dijo:

—Eso se hará y mucho más, y yo no me tendría por caballero, ni este gigante por quien siempre le he tenido, que creo que en él se halla mucha verdad y virtud.

Amadís estuvo quedo en su lugar como antes. Pues así como oís, estaba cercado de sus enemigos, metido entre aquellas bravas peñas, esperando así él como ellos a la mañana.

Ahora dice la historia que después que al gigante llevaron sus hombres al castillo tan desacordado como si muerto fuese, y lo echaron en su lecho, que así estuvo todo lo más de la noche sin que hablar pudiese, y no hacía sino poner la mano en derecho del corazón y señalar que de allí le venía el dolor, y como su madre y su mujer aquello vieron hicieron a los maestros que le catasen, y luego hallaron el mal que tenía en el cual pusieron tantos remedios de medicinas y otras cosas que en él obraron, que antes del alba fue en todo su acuerdo, y cuando hablar pudo, preguntó que dónde estaba. Los maestros le dijeron que en su lecho.

—Pues la batalla que hube con el caballero —dijo él—, ¿cómo pasó?

Ellos le dijeron toda la verdad, que no le osaron mentir en cosa alguna, como es razón que se diga a los hombres verdaderos, contándole todo como había pasado, y cómo teniéndole el caballero de la Ínsula Firme en el suelo, que su hijo Bravor, pensando que era muerto, había salido con sus hombres del castillo y lo tenían cercado entre las peñas de la plaza, donde la batalla fuera, y esperaban en lo que él mandase. Cuando el gigante esto oyó, díjoles:

—¿Es vivo el caballero?

—Sí —dijeron ellos.

—Pues haced —dijo— venir aquí a mi hijo y a todos los hombres que con él están, y dejen al caballero en su libertad.

Esto fue hecho, y como el gigante vio a su hijo, díjole:

—Traidor, ¿por qué has quebrantado mi verdad? ¿Qué honra o qué ganancia de esto que hiciste se te podría seguir? Que si yo muerto fuera ya, con otra cosa ninguna restituirme podías, y mucho más muerta tu honra quedaba, y con más pérdida de mi linaje en quebrar y pasar lo que hiciste, que la muerte que yo, como caballero sin faltar alguna cosa de lo que hacer debía había recibido, pues si vivo quedase no sabes que en ninguna parte me podías escapar que matar no te hiciese, así que tú y todos aquéllos que verdad no mantienen, van muy lejos de su propósito, que pensando vengar injurias caen en ellas, con mucha más vergüenza y deshonra que de antes, pero yo haré que como malo lo laceres.

Entonces lo mandó tomar e hízole atar las manos y los pies y mandó que lo llevasen a poner delante del caballero de la Ínsula Firme, y que le dijesen que aquel malo de su hijo había quebrantado su promesa, que tomase de él la enmienda que le pluguiese. Así lo llevaron ante Amadís y se lo pusieron a sus pies. La madre de aquel mozo, cuando esto vio, hubo recelo que el caballero como hombre lastimado le hiciese algún mal, y como madre se fue sin que el gigante lo sintiese, y lo más aína que pudo llegó donde Amadís estaba, y Amadís tenía a aquella sazón el yelmo en]a mano, que hasta allí, en tanto que la gente lo tenía cercado, nunca de la cabeza lo quitó, y la espada en la vaina, y estaba desatando al hijo del gigante para lo soltar, y como la dueña llegó y le vio el rostro, conociólo luego que era Amadís, y fue para él llorando sin otra persona alguna y díjole:

—Señor, ¿conocéisme?

Amadís, aunque luego vio que era la hija de Gandalac, amo de don Galaor su hermano, respondióle y dijo:

—Dueña, no os conozco.

—Pues —dijo ella—, mi señor Amadís, bien sé yo que sois hermano de mi señor don Galaor, y si por bien tuviereis que vuestro nombre se encubre, así lo haré, y si queráis que se sepa, no temáis del gigante, pues que os aseguro, y en esto que hace veréis si ha talante de guardar su palabra, que aquí os envía este su hijo mío que la quebró para que de él toméis toda la venganza que os pluguiere, del cual os demando piedad.

—Mi buena señora —dijo Amadís—, ya sabéis vos cuán obligados somos todos los hermanos y amigos de don Galaor a las cosas de vuestro padre y de sus hijos, y en otra cosa que a nos mucho fuese, lo quisiera mostrar, que en ésta no hay que me agradecer, porque sin vuestro ruego ya lo soltaba, que yo no tomo venganza sino de aquéllos que con las armas quieren defender sus malas obras. Y en esto que decís de mi nombre, si tendré por bien que se diga o se encubra, digo que antes me place que el gigante sepa quién yo soy, y que le digáis que de aquí no partiré en ninguna guisa hasta que la enmienda que yo mandare se haga a la dueña que aquí me trajo, y si él es tan verdadero como todos dicen, débese poner así como yo lo tenía vencido en este campo para que de él haga toda mi voluntad, que si el no tener sentido cuando de aquí le llevaron algo le excusa, que ahora sí lo tiene con ninguna cosa que honesta sea se puede excusar.

La dueña se lo agradeció con mucha humildad y díjole:

—Mi señor, no pongáis duda en mi marido, que él se pondrá como lo decís, o cumplirá lo que le mandareis, y sin ningún recelo vos id conmigo donde él está.

—Mi buena amiga señora —dijo él—, de vos sin recelo fiaría yo mi vida, mas temo me dé la condición de los gigantes que muy pocas veces son gobernados y sometidos a la razón, porque su gran furia y saña en todas las más cosas los tiene enseñoreados.

—Verdad es —dijo la dueña—, mas por lo que éste conozco, os ruego que sin recelo alguno os vayáis conmigo.

—Pues que así os place —dijo Amadís—, por bien lo tengo.

Entonces puso su yelmo en la cabeza y tomó su escudo y la espada en la mano y fuese con ella considerando que aquello le podría ser más seguro que estar como estaba esperando la muerte, sin tener ni esperar socorro alguno, que aunque él matara a todos aquellos hombres que le habían tenido cercado, no se pudiera por eso salvar, que antes que él pudiera haber navío para se poder ir, que todos estaban en poder de los hombres del gigante, la misma gente de la ínsula lo matarían porque comoquiera que en las otras partes donde los gigantes tenían señoríos por sus soberbias y grandes crueldades eran desamados, no lo era este Balán de los suyos, porque a todos los tenía amparados y defendidos, sin les tomar cosa alguna de lo suyo. Pues pensar de se poder sostener a sí solo era imposible y por estas causas se aventuró sin más seguro del primero que le habían dado y del que la dueña le daba de se meter en aquel grande alcázar así armado como estaba, y que si lo acometiesen queriéndole burlar, que él haría cosas extrañas antes que lo matasen.

Pues así como la historia os cuenta, fue Amadís con la giganta, mujer de Balán, al castillo, y como dentro fue, hiciéronlo saber al gigante, cómo allí estaba el caballero que con él se combatiera, que le quería hablar. Él mandó que lo trajesen donde él estaba en su lecho, y así se hizo. Entrado Amadís en la cámara, dijo:

—Balán, mucho soy quejoso de ti, que viniendo yo a te buscar y ponerme en tu poder, confiando en tu palabra para me combatir contigo, sobre el seguro que me diste a la dueña que por mí fue y después al caballero de la Ínsula del Infante, tus hombres, quebrantando tu verdad, me han querido matar malamente. Bien creo que a ti no place ni lo mandaste, que no estabas en tal disposición, pero esto no me quitó a mí el peligro, que fui bien cerca de la muerte, mas comoquiera que sea, yo me doy por contento por lo que de tu hijo hiciste, ruégote, Balán, que quieras enmendar a esta dueña que aquí me trajo, si no te puedo quitar la batalla hasta que haya cima, aunque ya la hubo, que en mí fue de te matar o salvar. Yo te amo y precio más que piensas por el deudo que don Gandalac el gigante de la Peña de Gallares tienes, que he sabido que eres con su hija casado, mas aunque esta voluntad te tenga, no puedo excusarme de dar derecho a esta dueña de ti.

El gigante le respondió:

—Caballero, aunque el dolor y pesar que yo he de me ver vencido de un caballero solo, sea tan grande y tan extraña cosa para mí que nunca, hasta hoy, lo fue y me sea más que la muerte no lo siento tanto como nada en comparación de lo que mi hijo y mis hombres te hicieron, si mis fuerzas lugar me diesen que por mi persona lo pudiese ejecutar tú verías la fuerza de mi palabra a qué se extendía. Pero no pude más hacer de te entregar aquél que lo hizo, aunque éste solo sea el espejo en que su madre y yo nos miramos, y si más quisieres, demanda, que tu voluntad sea satisfecha.

Amadís le dijo:

—Yo soy contento con lo que hiciste. Ahora me di qué harás en esto de la dueña.

—Lo que tú vieres que puedo hacer —dijo el gigante—, que su hijo de esta dueña no se puede remediar, pues es muerto. Ruégote mucho que me pidas lo posible.

—Así lo haré —dijo Amadís—, que lo ál sería locura.

—Pues di lo que quieres —dijo él.

—Lo que yo quiero —dijo Amadís—, es que luego hagas soltar al marido de aquella dueña y a su hija, con toda su compaña, restituyéndoles todo lo suyo y su nao y por el hijo que le mataste que le des el tuyo, que sea casado con aquella doncella, que aunque tú eres gran señor yo te digo que de linaje y de toda bondad no te debe nada, pues aun de estado y grandeza no están muy despojados, que demás de sus grandes posesiones y rentas, gobernadores de uno de los reinos de mi padre son.

Entonces el gigante le miró más que de antes cuando esto le oyó y díjole:

—Ruégote por cortesía que me digas quién eres, que en tanto me has puesto, y quién es tu padre.

—Sabed —dijo Amadís— que mi padre es el rey Perión de Gaula y yo soy su hijo Amadís.

Cuando esto oyó el gigante luego levantó la cabeza como mejor pudo y dijo:

—¿Cómo es eso? ¿Es verdad que eres tú aquel Amadís que a mi padre mató?

—Yo soy —dijo él—, el que por socorrer al rey Lisuarte que en punto de muerte estaba, maté a un gigante, y dicen que fue tu padre.

—Ahora te digo, Amadís —dijo el gigante—, que esta tan gran osadía en venir a mi a tierra yo no sé a la parte que la eché: o al tu gran esfuerzo, o la fama de ser mi palabra tan verdadera. Pero tu gran corazón lo ha causado que nunca temió ni dejó de acometer y vencer todas las cosas peligrosas, y pues que la fortuna te es tan favorable, no es razón que yo de aquí adelante procure de contradecir tus fuerzas, pues que ya me mostró lo que las mías para te nucir bastaban, y en esto que me dices de mi hijo, yo te lo doy que hagas de él a tu voluntad, y no por bueno, como yo lo esperaba, mas por malo, porque el que no guarda su palabra, ninguna cosa que de loar sea le puede quedar, y asimismo doy por quito al caballero y a su hija con su compaña como lo mandas, y quiero quedar por tu amigo para hacer tu mandado en las cosas que menester me hubieres.

Amadís se lo agradeció y le dijo:

—Por amigo te tengo yo, pues lo eres de Gandalac, y como amigo te ruego que de aquí adelante no mantengas esta mala costumbre en esta ínsula, que si no te conformas con el servicio de Dios, siguiendo sus santas doctrinas, todas las otras cosas, aunque alguna esperanza de honra y provecho te acarrea, en la fin no te podrán quitar de caer en grandes desventuras, y por esto lo verás que Él quiso guiarme aquí, lo que yo no pensaba y darme esfuerzo para te sobrepujar y vencer, que según tu grandeza de tu cuerpo y demasiado esfuerzo de corazón y valentía, no bastaba yo sin la su merced para te hacer ningún daño. Mas ahora dejemos esto, que yo pienso que lo harás como yo lo pido; perdona a tu hijo, así por su tierna edad que fue causa de su yerro, como por amor de su madre que como hermana la tengo, y hazle venir aquí a la doncella y luego sean casados.

—Pues que yo estoy determinado —dijo el gigante— de ser tu amigo, todo lo que por bien tuvieres haré.

Entonces mandó allí venir al caballero de la dueña y a su hija y a toda su compaña, que Darioleta con ellos estaba con tan gran placer de lo ver así aventajado como si del mundo la hiciera señora, y delante de ellos y de la madre y abuela del mozo los desposaron, y Amadís les mandó que luego hiciesen sus bodas. Ahora os quiere mostrar la historia la razón de este casamiento. Lo primero por haceros saber cómo Amadís acabó aquella tan grande ventura a su honra y a la satisfacción de aquella dueña que allí lo trajo, venciendo aquel fuerte Balán, atreviéndose, aunque su enemigo era por el padre que le matara, a se meter en su ínsula, donde pasó tan gran peligro como oído habéis. Lo otro porque sepáis que de este Bravor, hijo de Balán y de aquella hija de Darioleta, nació un hijo, que hubo nombre Galeote, que éste tomó de la madre, y no fue tan grande ni tan desmejado de talle como lo eran los gigantes. Este Galeote fue señor de aquella ínsula, después de la vida de Bravor, su padre, y casó con una hija de don Galvanes y de la hermosa Madasima, su mujer, y de éstos nació otro hijo, que hubo nombre Balán, como su bisabuelo, así que vinieron sucediendo unos en pos de otros, señoreando siempre aquella ínsula tantos tiempos, hasta que de ellos descendió aquel valiente y esforzado don Segurades, primo cohermano del caballero anciano que a la corte del rey Artús vino habiendo ciento veinte años, y los cuarenta postrimeros, que había por su gran edad dejado las armas y sin lanza derribó a todos los caballeros de gran nombradía que a la sazón en la corte se hallaron. Pues ese Segurades fue, en tiempo del rey Uter Padragón, padre del rey Artús y señor de la Grande Bretaña, y éste dejó un hijo y señor de aquella ínsula a Bravor el Brun, que por ser demasiado bravo le pusieron aquel nombre, que en el lenguaje de entonces por bravo decían brun. A este Bravor mató Tristán de Leonís en batalla en la misma ínsula, donde la fortuna de la mar echó a él y a Iseo la Brunda, hija del rey Languines de Irlanda, y a toda su compaña, trayéndola para ser mujer del rey Mares de Cornualla, su tío, y de este Bravor el Brun quedó aquel gran príncipe muy esforzado Galeote el Brun, señor de las Luengas Ínsulas, gran amigo de don Lanzarote del Lago. Así que por aquí podréis saber si habéis leído o leyereis el libro de don Tristán y de Lanzarote, donde se hace mención de estos Brunes, de dónde vino el fundamento de su linaje, y porque sucedieron de aquel jayán hijo de Balán siempre los llamaron gigantes, aunque en sus cuerpos no se conformasen con la grandeza de ellos por la parte de la mujer, así como os lo hemos contado, y también porque todos los de aquel linaje fueron muy fuertes y valientes en armas y con mucha parte de la soberbia y follonía donde descendían.

Mas ahora dejaremos a Amadís en aquella ínsula, donde reposó algunos días por se hacer curar las llagas que Balán le había hecho en la batalla y porque el gigante y su mujer mucho se lo rogaron, donde fue muy bien servido, y contaros ha la historia lo que Grasandor hizo, después que por el montero le fue dicho el mandado de Amadís y supo cómo se iba con la dueña en el batel por la mar.

Ya la historia os ha contado cómo el tiempo que Amadís se partió de la ribera de la mar con la dueña en el batel y se armó de las armas del caballero muerto, que mandó a un hombre de los suyos que dijese a Grasandor cómo él se iba y que hiciese enterrar a aquel caballero y le ganase perdón de su señora Oriana. Pues este hombre se fue luego a la parte donde andaba cazando Grasandor, que de la ida de Amadís nada sabía, antes pensaba que, como todos los otros, estaba con su perro en la armada donde le habían puesto, y díjole el mandado de Amadís. Y cuando Grasandor le oyó maravillóse mucho que causa tan grande hizo a Amadís partirse de él y mucho más de su señora Oriana sin que primero los viese, y dejó luego la caza y mandó al montero que le guiase donde el caballero muerto estaba, y allí viole yacer en el suelo, mas por la mar no vio cosa alguna, que ya el barco en que Amadís iba traspuesto era, y luego hizo cargar el caballero en un palafrén, y recogida toda su compaña se tornó a la Ínsula Firme, pensando mucho en lo que haría, y llegado al pie de la peña mandó a aquellos hombres que con él venían que enterrasen a aquel caballero en el monasterio que allí estaba, que Amadís mandara hacer al tiempo que de la Peña Pobre salió, en reverencia de la Virgen María, como el segundo de esta historia lo cuenta, y él se fue donde Oriana y Mabilia, su mujer, y aquellas señoras estaban, y como solo le vieran preguntáronle dónde quedaba Amadís; él les contó todo lo que le aviniera y de él sabía que nada faltó, pero con alegre semblante por no la poner en algún sobresalto. Cuando Oriana lo oyó estuvo una pieza que no pudo hablar, con gran turbación que hubo, y cuando en sí tornó dijo:

—Bien creo que pues Amadís se fue sin vos y sin que yo lo supiese que no sería gran causa.

Grasandor le dijo:

—Mi señora, yo así lo creo; pero demándoos perdón por él, que así me envió decir que lo hiciese, con el montero que lo vio ir.

—Mi buen señor —dijo Oriana—, mas es menester de rogar a Dios que le guarde por la su merced que me de rogar a mí que le perdone, que bien sé que nunca me hizo yerro en ningún tiempo que fuese, no de aquí adelante lo hará, que tal fianza tengo yo en el grande y verdadero amor que me tiene. Mas, ¿qué os parece que se debe hacer?

Grasandor le dijo:

—Paréceme, señora, que será bien de lo ir yo a buscar, y si le hallar puedo, pasar aquel bien o mal que él pasare, que yo no holgaré día ni noche hasta que lo halle.

Todas aquellas señoras se otorgaron en esto que Grasandor partiese luego, mas Mabilia toda aquella noche nunca cesó de llorar con él, pensando que de aquel viaje no se le podrían excusar grandes peligros y afrentas; pero en la fin, queriendo más la honra de su marido que satisfacer su deseo, tuvo por bien que así lo hiciese.

Pues venida la mañana, Grasandor se levantó y oyó misa, y despidiéndose de Oriana y de Mabilia y las otras dueñas entró en una barca, y llevando consigo sus armas y caballo y dos escuderos con la provisión necesaria y un marinero que lo guiase se metió a la mar, por aquella misma vía que Amadís había ido. Grasandor anduvo por la mar adelante sin saber a cuál parte pudiese ir, sino donde la ventura lo llevase, que otra certidumbre ninguna no tenía, sino tan solamente saber que aquella vía Amadís había llevado. Pues yendo, como oís, todo aquel día y la noche y otro día, navegaron sin hallar persona alguna que nuevas le pudiese decir, y su desdicha que lo hizo que a la segunda noche pasó bien cerca de la Ínsula del Infante y con la gran oscuridad no la vieron, que así allí aportara no pudiera errar de no hallar a Amadís, porque supiera cómo allí aportara y cómo el caballero gobernador de aquella ínsula fuera en su compañía y luego le guiaran a la Ínsula de la Torre Bermeja pero de otra manera le avino, que aquella noche no pasó mucho adelante, y anduvo otro día y a la noche se halló en la ribera de la mar en una playa, y allí mandó Grasandor parar el navío hasta la mañana, por saber qué tierra era aquélla. Así estuvieron hasta que el día vino, que pudieron divisar la tierra y parecióles que debía ser tierra firme y muy hermosa de grandes arboledas. Grasandor mandó sacar su caballo y armóse y dijo al marinero que no se partiese de aquel lugar hasta que él tornase a su mandado, porque él quería ver dónde había arribado y procurar de saber alguna nueva de aquél que demandaba. Entonces cabalgó en su caballo y sus escuderos a pie, que no traían palafrenes porque la barca más liviana anduviese.

Así anduvo muy gran parte del día que no halló persona ninguna, y maravillóse mucho que le pareció aquella tierra: despoblada y descabalgó en una falda de la floresta por donde iba, cabe una fuente que halló, y los escuderos le dieron de comer y a su caballo, y desde que hubieron comido dijéronle:

—Señor, tornaos a la barca que esta tierra yerma debe ser.

Grasandor le dijo:

—Quedad aquí vosotros, que no podréis tener conmigo, y lo andaré hasta que sepa algunas nuevas, y si no las hallo, luego me tornaré a vosotros, y si viereis que tardo, tornaos a la barca, que si puedo allí seré yo.

Los escuderos, que ya de cansados no podían andar, lo encomendaron a Dios, y dijéronle que así lo harían, como él lo mandaba.

Pues Grasandor se fue por aquella floresta, y a cabo de una pieza halló un valle hondo y muy espeso de árboles y al cabo de él vio un monasterio pequeño metido en lo más espeso de él, y fue luego allá, y llegando a la puerta hallóla abierta, y descabalgó de su caballo y arrendólo a las aldabas y entró dentro y fuese derechamente a la iglesia e hizo su oración lo mejor que él supo, rogando a Dios que lo guiase en aquel viaje, como las cosas de Él fuesen a su honra y le enderezase donde pudiese hallar a Amadís.

Así estando de rodillas vio venir a la iglesia un monje de los blancos, y llamóle y díjole:

—Padre, ¿qué tierra es ésta y de qué señorío es?

El monje le dijo:

—Ésta es del señorío de Irlanda, mas no está ahora mucho a su mandar del rey, porque aquí cerca está un caballero que se llama Alifón, y con dos hermanos, caballeros muy fuertes, así como él, y un castillo de gran fortaleza en que se acoge, ha sojuzgado toda esta montaña de muy buena tierra y lugares asaz y ricos, y hace mucho mal a los caballeros andantes que por aquí pasan, que ellos andan todos tres de consuno y cuando hallan algún caballero escóndense los dos y el uno solo lo acomete, y si el caballero del castillo vence estanse quedos, y si le va mal en la batalla salen los dos y ligeramente vencen o matan al uno que es solo. Y ayer acaeció que viniendo dos monjes de esta casa de pedir limosnas por estos lugares, vieron cómo todos tres hermanos vencieron un caballero y lo llagaron muy mal, y aquellos dos padres se lo pidieron, rogándoles que, por amor de Dios no lo matasen y se lo diesen, pues que en él ya defensa ninguna no había, y tanto les ahincaron que lo hubieron de hacer, y trajéronle en un asno y aquí lo tenemos, y luego a poco rato llegó otro su compañero, y como esto supo, partió de aquí poco antes que vos llegaseis con intención de morir o vengar a éste que está herido, y ciertamente él va a gran peligro de su persona.

Cuando esto oyó Grasandor, dijo al monje que le mostrase el caballero herido, y él así lo hizo, que le metió a una celda, donde estaba en un lecho, y como le vio conociólo, que era Eliseo, hermano de Landín, el. sobrino de don Cuadragante, y asimismo el caballero conoció a él, que muchas veces se vieran y hablaran en la guerra de entre el

rey Lisuarte y Amadís, y cuando Eliseo lo vio, díjole:

—¡Oh, mi buen señor Grasandor, ruégoos por mesura que socorráis a Landín, mi cohermano, que va a gran peligro, y después os diré mi ventura cómo me avino, que si os detuviese en lo contar no le prestaría nada vuestra ayuda.

Grasandor dijo:

—¿Dónde lo hallaré?

—En pasando este valle —dijo Eliseo— veréis un gran llano y en él un fuerte castillo, y allí lo hallaréis, que va a demandar a un caballero que es señor de él, de quien yo este mal recibí.

Grasandor vio luego que era verdad lo que el monje le dijera, y encomendándolo a Dios y cabalgó en su caballo y fue lo más presto que pudo, en aquel derecho que el monje le mostró, donde mejor podría ver el castillo, y como hubo el valle pasado violo luego en un otero más alto que la otra tierra de alrededor, y yendo contra él, llegando al cabo de un monte por do iba, vio a Landín, que estaba delante de la puerta del castillo dando voces, pero no entendía él lo que decía, que estaba algún tanto alejado, y detuvo el caballo entre las matas espesas, que no quiso parecer hasta que viese si Landín había menester socorro. Pues así estando, a poco rato vio salir por la puerta del castillo a la parte donde Landín estaba un caballero asaz grande y bien armado, y habló un poco con Landín y luego se apartaron uno de otro una pieza y fuéronse herir al más correr de sus caballos y diéronse tan grandes encuentros con las lanzas y con los caballos uno con otro, que ambos les convino caer en tierra grandes caídas, mas el caballero del castillo dio muy mayor caída, así que fue desacordado, pero levantóse lo más presto que pudo y metió mano a su espada para se defender. Landín se levantó como aquél, que muy ligero era y valiente, y vio cómo su enemigo estaba guisado de lo recibir y metió mano a su espada y puso el escudo ante sí y fuese para él, y el otro asimismo movió contra él, y diéronse muy grandes golpes de las espadas por cima de los yelmos, así que el fuego salía de ellos, y rajaban sus escudos y desmayaban las lorigas por muchas partes, de guisa que las espadas llegaban a su carnes, y así anduvieron una gran pieza haciéndose todo el mal que podían; más a poco rato Landín comenzó a mejorar, de tal forma que traía al caballero del castillo a su voluntad y que ya no entendía salvo en se guardar de los golpes, sin él poder dar ninguno, y cuando así se vio comenzó a llamar con la espada a los del castillo que lo socorriesen, que mucho tardaban. Entonces salieron dos caballeros a más correr de sus caballos, con las lanzas en las manos y diciendo:

—¡Traidor, malo; no lo mates!

Cuando Landín así los vio venir, púsose para los esperar, como buen caballero, sin ninguna alteración de su voluntad, porque ya se tenía él por dicho que yéndole mal al primero que había de ser socorrido de los dos, y díjoles:

—Vosotros sois los malos y traidores, que a mala verdad matáis a traición los buenos y leales caballeros.

Grasandor, que todo lo miraba, cuando así los vio venir, puso las espuelas a su caballo lo más recio que pudo y fue contra ellos, diciendo:

—Dejad el caballero, malos y aleves —e hirió a uno de ellos de la lanza de tan gran encuentro en el escudo, que sin detenimiento alguno lo lanzó por encima de las ancas del caballo y dio en el campo, que era duro, tan gran caída que el brazo diestro, sobre que cayó fue quebrado, y tan desacordado fue que no se pudo levantar. El otro caballero fue por dar una lanzada a sobremano a Landín, o lo atropellar con el caballo, mas no pudo, que él se desvió con tanta ligereza y buen tiento que el otro no le pudo coger, y tan recio pasó con el caballo que Landín no le pudo herir, maguer que él cuidó cortarle las piernas del caballo. Grasandor le dijo:

—Quedad con ése que está a pie y dejad a mí a este de caballo.

Cuando Landín esto vio mucho fue alegre, y no pudo entender quién sería el caballero que a tal sazón le había socorrido, y tornó luego para el caballero con quienes antes se combatía, y diole con su espada muy grandes y pesados golpes, y aunque el caballero pugnó cuanto más pudo de se defender no le prestó nada que Landín le traía a toda su voluntad. Grasandor se hería con el de caballo, dándose grandes golpes de las espadas que Grasandor le había cortado la lanza y le había herido en la mano, y así estaban todos cuatro haciendo todo el mayor mal que ellos podían. Mas a poco rato, Landín derribó el suyo ante sus pies y cuando esto vio el otro, que aún a caballo estaba, comenzó a huir contra el castillo cuanto más podía, y Grasandor tras él, que no lo dejaba, y como iba desatentado erro el tino de la puente levadiza y cayó con el caballo en la cava, que muy honda era y llena de agua, así que con el peso de las armas a poco rato fue ahogado, que los del castillo no lo pudieron socorrer, porque Grasandor se puso al cabo de la puente, y Landín, que llegó luego encima de otro caballo de los que en el campo habían quedado, y como vieron el pleito parado y que no había qué hacer tornáronse entrambos a donde habían dejado los caballeros por ver si eran muertos, y Landín dijo:

—Señor caballero, ¿quién sois que a tal sazón me socorristeis habiéndolo tanto menester?

Grasandor le dijo:

—Mi señor, yo soy Grasandor, vuestro amigo, que doy muchas gracias a Dios que os hallé en tiempo que menester me hubieseis.

Cuando Landín esto oyó fue mucho maravillado qué ventura lo pudo traer a aquella tierra, que bien sabía como quedara en la Ínsula Firme con Amadís al tiempo que de allí la flota se partió para ir a Sansueña y al reino del rey Arábigo, y díjole:

—Buen señor, ¿quién os trajo en esta tierra tan desviada de donde con Amadís quedasteis?

Grasandor le contó todo lo que habéis oído, por donde le convenía salir a buscar a Amadís, y preguntóle si sabía algo de él. Landín le dijo:

—Sabed, señor Grasandor, que Eliseo, mi cohermano, y yo vinimos de donde queda don Cuadragante, mi tío, y don Bruneo de Bonamar con aquellos caballeros que de la Ínsula Firme visteis partir, con mandado de mi tío para el rey Cildadán a le demandar alguna gente, que allá hubimos una batalla con un sobrino del rey Arábigo, que se apoderó de la tierra cuando supo que el rey, su tío, era vencido y preso. Y comoquiera que nosotros fuimos vencedores e hicimos gran estrago en los enemigos, recibimos mucho daño, que perdimos mucha gente, y por esta causa vinimos para llevar más, y hará tres días que aportamos a la Ínsula del Infante, y así supimos cómo un caballero de una dueña traía y un hombre solo venían en un batel y que dijeron que iban a la Ínsula de la Torre Bermeja a se combatir con Balán el Gigante, y no me supieron decir por qué causa, sino tanto que el gobernador de aquella ínsula fue con el caballero a ver la batalla, porque, según se dice, aquel jayán es el más valiente que hay en todas las ínsulas, y según vos decís que Amadís se partió por la mar con la dueña, creer que no es otro sino éste, que a él convenía tal empresa.

—Mucho me habéis hecho alegre —dijo Grasandor— con estas nuevas, mas no me puedo partir de ser muy triste por no me hallar con él en tal afrenta como aquélla.

—No os pese —dijo Landín—, que aquél no lo hizo Dios sino para le dar por sí solo la honra y gran fama que todos los del mundo juntos no podrían alcanzar.

—Ahora me decid —dijo Grasandor— cómo os avino que yo hallé en un monasterio acá ayuso, en un hondo valle a vuestro cohermano Eliseo mal llagado, del cual no pude saber qué cosa fuese, sino tan solamente que me dijo cómo os veníais a combatir con este caballero, y los monjes de aquel monasterio me dijeron la mala orden que él y sus hermanos tenían para vencer y deshonrar a los caballeros que con ellos se combatían, y no supe otra cosa por no me detener.

Landín le dijo:

—Sabed que nosotros salimos ayer de la mar por nos ir por tierra a donde el rey Cildadán está, que estábamos muy enojados de andar sobre agua, y llegando cerca de aquel monasterio que visteis, encontramos con una doncella que venía llorando y demandándonos ayuda. Yo le pregunté la causa de su llanto, y que si era cosa que justamente la pudiese remediar que lo haría. Ella me dijo que un caballero tenía preso a su esposo contra razón, por le tomar una heredad muy buena que tenía en su tierra, y lo tenía en una torre en cadenas, que era a la diestra parte del monasterio bien dos leguas, y yo tomé fianza de la doncella si me decía verdad, la cual me la hizo luego, y dije a mi cohermano Eliseo que se quedase en aquel monasterio, porque venía más enojado de la mar, en tanto que yo iba con la doncella, y que si Dios me enderezase con bien que luego me tomaría para él. Mas él porfió tanto conmigo que no pude excusar de no le llevar en mi compañía, y yendo por aquel valle entre aquellas matas espesas, y la doncella que nos guiaba con nosotros, vimos ir un caballero que ya lo llano encumbraba en un caballo. Entonces Eliseo me dijo:

—Cohermano, id vos con la doncella y yo iré a saber de aquel caballero.

Así se partió de mí y yo fui con la doncella y llegué a la torre donde su esposo estaba preso y llamé al caballero que lo tenía, el cual salió desarmado a hablar conmigo, y como el rostro me vio conocióme luego y preguntóme qué demandaba; yo le dije todo lo que la doncella me había dicho, y le rogaba que hiciese luego soltar a su esposo y no le hiciese mal de allí adelante contra derecho, y él lo hizo luego por amor de mí, porque en ninguna manera se quería combatir conmigo, y me prometió de lo hacer como yo lo pedía, y maltrajéle mucho que para hombre de tan buena suerte no convenía hacer semejantes cosas, y pude lo hacer, porque este caballero era mi amigo, y anduvimos cuando noveles caballeros algún tiempo en uno buscando las aventuras.

—Pues esto despachado volvíme al monasterio como quedo y hallé a Eliseo mal herido, y preguntéle qué fuera de él, y él me dijo que yendo tras aquel caballero, cuando de mí se partió, dándole voces que tomase, que a cabo de una pieza tornara a él, y que hubieran una brava batalla, y que a su padecer le tenía mucha ventaja y casi vencido, y que salieron otros dos caballeros de la floresta y le encontraron tan fuertemente que le derribaron a él y al caballo y le hirieron muy mal, que si Dios no trajera a la sazón por allí dos monjes de aquel monasterio, que mucho les rogaron por su vida, que todavía lo acabaran de matar, y por amor de ellos lo dejaran, y aquellos monjes lo llevaron.

—Todo eso sé yo de lo de vuestro cohermano, que los monjes me lo dijeron —dijo Grasandor—, mas de lo vuestro no supe otra cosa sino como os partisteis del monasterio para os combatir con estos malos y desleales caballeros; mas, ¿qué acordáis que hagamos con ellos si muertos no fueren?

Landín le dijo:

—Sepamos en qué disposición están, y así tomaremos el acuerdo.

Entonces llegaron donde Galifón, el señor del castillo, estaba tendido en el suelo, que nunca tuvo poder de se levantar; pero ya con algo más de aliento y más acuerdo que de antes, y asimismo hallaron a su hermano, que no era muerto, pero que estaban muy maltratados, y Landín llamó a dos escuderos, uno suyo y otro de su cohermano, que con ellos venían, e hízoles descender de sus palafrenes y pusieron aquellos dos caballeros en las sillas, atravesados, y los escuderos en las ancas, y fuéronse contra el monasterio con pensamiento si Eliseo fuese muerto o herido de peligro de los hacer matar y si estuviese mejorado en salud que tomarían otro consejo.

Así como oís, llegaron al monasterio y hallaron a Eliseo sin peligro ninguno, que un monje de aquéllos, que sabía de aquel menester, le había curado y remediado mucho.

A esta sazón aquel Galifón, señor del castillo, estaba en todo su acuerdo y como vio a Landín desarmado conociólo, que así éste como sus hermanos todos eran del rey Cildadán. Mas cuando vieron que se iba a ayudar al rey Lisuarte a la guerra que con Amadís tenía, estos tres hermanos quedaron en la tierra, que no los pudo llevar consigo, y en tanto que él se detuvo en aquella cuestión hicieron ellos mucho daño en aquella comarca, teniendo al rey

Cildadán en poco en le ver so el señorío del rey Lisuarte, que cuando la fortuna se muda de buena en mala, no solamente es contraria y adversa en la causa principal, mas en otras muchas cosas que de aquella caída redunda, que se pueden comparar a las circunstancias del pecado mortal, y díjoles:

—Señor Landín, ¿podría yo alcanzar de vos alguna cortesía?, y si pensáis que mis malas obras no lo merecen, merézcanlo las vuestras buenas, y no miréis mis yerros, mas a lo que vos, según quien sois y del linaje donde venís, debéis hacer.

Landín le dijo:

—Galifón, no se esperaba de vos tan malas hazañas, que caballero que se crió en casa de tan buen rey y en compañía de tantos buenos mucho estaba obligado a seguir toda virtud, y soy maravillado de así ver estragada vuestra crianza, siguiendo vida tan mala y tan desleal.

—La codicia de señorear —dijo Galifón— me desvió de lo que la virtud me obligaba, así como lo ha hecho a otros muchos que más que yo valían y sabían, pero en vuestra mano y voluntad está todo el remedio.

—¿Qué queréis que haga? —dijo Landín.

—Que me ganéis perdón del rey mi señor —dijo él—, y yo pondré en la su merced de vuestra parte cuando pueda cabalgar.

—Será así como lo decís —dijo Landín—, que de aquí adelante tomaréis el estilo que conviene a la orden de caballería.

—Así será —dijo Galifón—, sin duda ninguna.

—Pues yo os dejo libre —dijo Landín— y a vuestro hermano, tanto que seáis de hoy en veinte días delante del rey Cildadán mi señor, y en este comedio yo os ganaré perdón.

Califón se lo agradeció mucho, y así como él lo mandaba se lo prometió.

Pues hecho esto quedaron allí aquella noche todos juntos, y otro día de mañana Grasandor oyó misa y despidióse de Landín y de su cohermano para se tornar a su barca, donde la había dejado en la playa del mar y con mucho placer en su corazón por las nuevas que Landín le dijera, que por cierto tenía ser Amadís el caballero que aportó a la Ínsula del Infante con la dueña e iba para se combatir con el gigante Balán. Así se tornó por el mismo camino por donde viniera y llegó a la barca antes que anocheciese, donde halla a sus escuderos, con que mucho le plugo, y a ellos con él. Grasandor preguntó al marinero si sabría guiar a la ínsula que se llamaba del Infante. Él dijo que sí, que después que allí llegaron había atinado bien dónde estaban, lo cual luego que allí llegaron no sabían y que él los guiaría a aquella ínsula.

—Pues vamos allá —dijo Gransador. Así movieron de la playa y anduvieron toda aquella noche, y otro día a horas de vísperas llegaron a la ínsula y Grasandor salió en tierra y subió suso a la villa, donde le dijeron todo lo que le había acaecido a Amadís con el gigante, que lo supieron del gobernador que allí era llegado, y Grasandor habló con él por más ser certificado, el cual le contó todo cuanto viera de Amadís, así como la historia lo ha contado. Grasandor le dijo:

—Buen señor, tales nuevas me habéis dicho con que he habido gran placer, y esto no lo digo por que tenga en mucho haber salido Amadís tanto en su honra de esta aventura que, según las grandes cosas y peligrosas que por él han pasado, a los que las sabemos no nos podemos maravillar de otras ningunas por grandes que sean, mas por le haber hallado que ciertamente yo no pudiera recibir descanso ni holganza en ninguna parte en tanto que de él no supiera nuevas.

El caballero le dijo:

—Bien creo que, según las grandes cosas suenan de este caballero por todas las partes del mundo, que muchas de ellas habrán visto aquéllos que alguna sazón en su compañía han andado; pero yo os digo que si esta porque pasó todos la pudieran ver como yo la vi, que bien la contarían entre las más peligrosas.

Entonces se dejaron de hablar más en aquello, y Grasandor le dijo:

—Ruégoos, caballero, por cortesía, que me deis alguno vuestro que me guíe a la ínsula donde Amadís está.

—De grado lo haré —dijo él—, y si alguna provisión habéis menester para la mar, luego se os dará.

—Mucho os lo agradezco —dijo Grasandor—, que yo traigo todo lo que me cumple.

El caballero de la ínsula dijo:

—Ved aquí uno que os guiará, que ayer vino de allá.

Grasandor se lo agradeció y se metió en su fusta con aquel hombre que le guiaba y fue por la mar adelante, y tanto anduvieron que llegaron sin contraste alguno al puerto de la Ínsula de la Torre Bermeja, donde Amadís estaba. Y luego fue tomado por los hombres del jayán y le preguntaron qué demandaba. Él les dijo que venía a buscar un caballero que se llamaba Amadís de Gaula, que le dijeron que estaba en aquella ínsula.

—Verdad decís —dijeron ellos—. Subid con nos al castillo, que allí lo hallaréis.

Entonces salió de la barca armado como estaba y subió suso al castillo con aquellos hombres, y cuando a la puerta fue dijeron a Amadís cómo estaba allí un caballero que le demandaba. Amadís pensó luego que sería alguno de sus amigos y salió a la puerta. Y cuando vio que era Grasandor fue el más alegre del mundo, y abrazólo con mucha alegría, y Grasandor asimismo a él, como si mucho tiempo pasara que no se hubieran visto. Amadís le preguntó por su señora Oriana qué tal quedaba y si recibieron mucho enojo por su venida. Grasandor le dijo:

—Mi buen señor, ella y todas las otras quedaban muy buenas, y de Oriana os digo que recibió grande afrenta y mucha turbación cuando por mí lo supo, mas como su discreción sea tan sobrada, bien cuidó que no sin gran causa hicisteis este camino, y no tengáis creído que ningún enojo ni saña le queda sino en pensar tan solamente que os no podrá ver tan cedo como lo desea, y comoquiera que yo vengo a os llamar, placer habré que por mí os detengáis aquí cuatro o cinco días, porque vengo enojado de la mar.

—Por bien lo tengo —dijo Amadís—, que así se haga, que yo también lo he menester, porque aún me siento flaco de unas heridas que hube, de que no soy bien sano, y mucho me hicisteis alegre de lo que me decís de mi señora, que en comparación de su enojo todas las cosas que me podrían venir de grandes afrentas, ni aun la misma muerte, no las tengo en tanto como nada.

Capítulo 130. Cómo estando Amadís en la Ínsula de la Torre Bermeja, sentado en unas peñas sobre la mar, hablando con Grasandor en las cosas de su señora Oriana, vio venir una fusta de donde supo nuevas de la flota que era ida a Sansueña y a las ínsulas de Landas

Así como oís estaban en aquella Ínsula de la Torre Bermeja Amadís y Grasandor con mucho placer, y Amadís siempre preguntaba por su señora

Oriana, que en ella eran todos sus deseos y cuidados, que aunque la tenía en su poder no le fallecía un solo punto del amor que siempre le hubo, antes ahora mejor que nunca le fue sojuzgado su corazón, y con más acatamiento entendía seguir su voluntad, de lo cual era causa que estos grandes amores que entrambos tuvieron no fueron por accidente como muchos hacen, que más presto que aman y desean aborrecer, mas fueron tan entrañables y sobre pensamiento tan honesto y conforme a buena conciencia que siempre crecieron, así como lo hacen todas las cosas armadas y fundadas sobre la virtud, pero es al contrario lo que todos generalmente seguimos, que nuestros deseos son más al contentamiento y satisfacción de nuestras malas voluntades y apetitos que a la bondad y razón nos obliga, lo cual en nuestras memorias y ante nuestros ojos deberíamos tener, considerando que si todas las cosas dulces y sabrosas fuesen en nuestras bocas puestas y en fin de la dulzura un sabor amargo quedase, no tan solamente lo dulce se perdía, mas la voluntad sería tan alterada que con lo postrimero grande enojo de lo primero sentiría, así que bien podemos decir que en la fin es lo más de la gloria y perfección. Pues si esto es así, porque dejamos de conocer que aunque las cosas deshonestas, así amores como de otra cualquiera cualidad, traían al comienzo dulzura y al fin amargura y arrepentimiento, que las virtuosas y de buena conciencia que al comienzo pasen con aspereza y amargura, la fin da siempre contentamiento y alegría; pero en lo de este caballero y de su señora no podemos apartar lo malo de lo bueno ni lo triste de lo alegre, porque desde que su comienzo siempre su pensamiento fue en seguir la honesta fin en que ahora estaban, y si cuidados y angustias uno por otro pasaron, que no fueron pocas, como esta grande historia lo cuenta, no creáis que en ellas recibían pena ni pasión, antes mucho descanso y alegría, porque mientras más veces traían a la memoria sus grandes amores, tantas eran causas de se tener el uno al otro delante de sus ojos, como si en efecto pasara, lo cual les daba tan gran remedio y consuelo a sus alegres congojas que por ninguna guisa quisieran de si partir aquella sabrosa membranza.

Mas dejemos de hablar en esto de estos leales amores, así porque no tienen cabo como porque muy grandes tiempos pasaron y pasarán antes que otros semejantes se vean, ni de quien con tan grande escritura memoria quede.

Pues así hablaba Amadís con Grasandor en aquellas cosas que más les agradaban, y avínoles que estando entrambos sentados en unas peñas altas sobre la mar, vieron venir una fusta pequeña derechamente a aquel puerto y no quisieron de allí partir sin que primero supiesen quién en ella venía. Llegada la fusta al puerto mandaron a un escudero de los de Grasandor que supiese qué gente era la que allí arribara, el cual fue luego a lo saber, y cuando volvió dijo:

—Señores, allí viene un mayordomo de Madasima, mujer de don Galvanes, que pasa a la Ínsula de Mongaza.

—Pues ¿de dónde viene? —dijo Amadís.

—Señor —dijo el escudero—, dice que de donde está don Galvanes y don Galaor, y no supe de ellos más.

Cuando Amadís esto oyó, descendiéronse él y Grasandor de las peñas y fuéronse al puerto donde la fusta estaba, y como llegaron conoció Amadís a Nolfón, que así había nombre el mayordomo, y díjole:

—Nolfón, amigo, mucho soy alegre con vos, porque me diréis nuevas de mi hermano don Galaor y de don Galvanes, que después que de la Ínsula Firme partieron nunca las he sabido.

Cuando el mayordomo lo vio y conoció que era Amadís mucho fue maravillado por le hallar en tal parte, que bien sabía él cómo aquella ínsula era del gigante Balán, el mayor enemigo que Amadís tenía, por le haber muerto a su padre, y luego salió en tierra e hincó los hinojos él por le besar las manos, mas Amadís lo abrazó y no se las quiso dar.

El mayordomo dijo:

—Señor, ¿qué ventura fue aquélla que aquí os trajo en esta tierra tan desviada de donde os dejamos?

Amadís le dijo:

—Mi buen amigo, Dios me trajo por un caso que después sabréis; mas decidme todo lo que de mi hermano y de don Galvanes y Dragonís habéis visto.

—Señor —dijo él—, Dios loado, yo os lo puedo decir muy bien y cosas de vuestro placer. Sabed que don Galaor y Dragonís partieron de Sobradisa con mucha gente y bien aderezada, y don Galvanes, mi señor, se juntó con ellos, con toda la más gente que haber pudo de la Ínsula de Mongaza, en la alta mar a una roca que por señal tenían, que se llama la Peña de la Doncella Encantadora, no sé si la oísteis decir.

Amadís le dijo:

—Por la fe que a Dios debéis, mayordomo, que si algo de las cosas que en esa peña son sabéis, que me las digáis, porque don Gavarte de Val Temeroso me hubo dicho que siendo él mal doliente, viniendo por la mar pasó al pie de esta peña que decís y que su mal le estorbaba de subir suso y ver muchas cosas que en ella son, y que le dijeron los que las han visto que entre ellas había una gran ventura en que fallecían de la acabar los caballeros que la probaban.

El mayordomo le dijo:

—Todo lo que pude aprender, que quedó en memoria de hombres, os diré de grado. Sabed que a aquella peña quedó este nombre porque tiempo fue que aquella roca fue poblada por una doncella que de allí fue señora. La cual mucho trabajo de saber las artes mágicas y nigromancia y aprendiólas de tal manera que todas las cosas que a la voluntad le venían acababa, y el tiempo que vivía allí hizo su morada, la cual tenía la más hermosa y rica que nunca se vio, y muchas veces acaeció tener alrededor de aquella peña muchas fustas que por la mar pasaban desde Irlanda y Noruega y Sobradisa a las Ínsulas de Landas y a la Profunda Ínsula, y por ninguna guisa de allí se podían partir, si la doncella no diese a ello lugar desatando aquellos encantamientos con que ligadas y apremiadas estaban, y de ellas tomaba lo que le placía, y si en las fustas venían caballeros teníalos todo el tiempo que le agradaba y hacíalos combatir unos contra otros hasta que se vencían y aun mataban, que no habían poder de hacer otra cosa, y de aquello tomaba ella mucho placer. Otras cosas muchas hacía que serían largas de contar, pero como sea cosa muy cierta los que engañan ser engañados y maltratados en este mundo y en el otro, cayendo en los mismos lazos que a los otros armaron, a cabo de algún tiempo que esta mala doncella con tanta riqueza y alegría sus días pasaba, creyendo penetrar con su gran saber los grandes secretos de Dios fue permitiéndolo Él, traída y engañada por quien nada de esto no sabía, y esto fue que entre aquellos caballeros que así allí trajo, fue uno natural de la isla de Creta, hombre hermoso y asaz valiente en armas, de edad de veinticuatro años, de éste fue la doncella con tanta afición enamorada que de su sentido la sacaba, de manera que su gran saber ni la gran resistencia y freno que a su voluntad tan, desordenada y vencida ponía no la pudieron excusar que a este caballero no hiciese señor de aquello que aún hasta allí ninguno poseído había, que era su persona, con el cual algún tiempo con mucho placer de su ánimo pasó y él asimismo con ella, más por el interés que de allí esperaba que por su hermosura de ella, de la cual muy poco la natura la había ornado. Así estando en esta vida aquella doncella y el caballero su amigo, él considerando que en tal parte como aquella tan extraña y apartada, siendo del mundo señor muy poco le aprovechaba, comenzó a pensar qué haría porque de aquella prisión salir pudiese, y pensó que la dulce palabra y el rostro amoroso con los agradables actos que en los amores consisten aun siendo fingidos tenían mucha fuerza de turbar y trastornar el juicio de toda persona que enamorada fuese, y comenzó mucho más que antes a se le mostrar sojuzgado y apasionado por sus amores, así en lo público como en lo secreto, y rogarla con mucha afición que diese lugar a que no pensase que aquello le venía por causa de las fuerzas de sus encantamientos, sino solamente porque su voluntad y querer en ello le inclinaban. Pues tanto la ahincó, que creyendo ella tenerlo enteramente, y juzgando por su sojuzgado y apremiado corazón que tan sin engaño como ella lo amaba así lo hacía él, dejóle libre que de sí pudiese hacer a su guisa. Como él así se vio, deseando más que antes dejar aquella vida, estando un día hablando con la doncella a la vista de la mar, como otras muchas veces abrazándola, mostrándole mucho amor, dio con ella de la peña ayuso tan gran caída que toda fue hecha piezas. Como el caballero esto hubo hecho tomó cuanto allí halló y todos los moradores, así los hombres como mujeres, y dejando la isla despoblada se fue a la isla de Creta; pero dejó allí, en una cámara del mayor palacio de la doncella, un gran tesoro, según dicen, que no lo pudo tomar él ni otro alguno por estar encantado, hasta el día de hoy, y algunos que en el tiempo de los grandes fríos, cuando las serpientes se encierran, que se han atrevido a subir en la peña, dicen que han llegado a la puerta de aquella cámara, pero que no han poder de entrar dentro y que están letras escritas en la una puerta tan colocadas como sangre, y en la otra, otras letras que señalan el caballero que allí ha de entrar y ha de ganar aquel tesoro, sacando primero una espada que está metida hasta la empuñadura por las puertas y luego serán abiertas; esto es, señor, lo que sé de lo que me preguntasteis.

Amadís, desde que le hubo oído, estuvo un poco pensando cómo podría ir él a acabar aquello que en tantos había fallecido, y calló, que no dijo nada de ello, mas preguntó a Nolfón lo de sus hermanos y amigos; él le dijo:

—Señor, pues juntas las flotas allí, al pie de aquella peña que oís, tomaron la vía de la Profunda Ínsula, mas no pudo ser tan secreta su llegada que antes no les fuese a todos manifiesta por algunas personas que por la mar venían, y toda la ínsula se alborotó con un primo hermano del rey muerto, y como al puerto llegamos ocurrió allí toda la gente, con la cual hubimos una grande y peligrosa batalla, ellos de la tierra y nosotros de los navíos, mas al cabo don Galaor y Dragonís y don Galvanes saltaron en tierra a mal su grado de los enemigos e hicieron tal estrago en ellos con otros muchos de los nuestros que les ayudaron que apartaron por aquel cabo la gente de la ribera, así que hubimos lugar de salir de las naos, y luego todos de consuno herimos en ellos tan recio que no nos pudiendo sufrir volvieron las espaldas; pero las cosas que don Galaor hizo no las podría hombre ninguno contar, que allí cobró todo lo que en tanto tiempo con su gran dolencia había perdido, y entre los que mató fue aquel capitán primo del rey que dio más aína causa a que toda su gente fuese por nosotros en la villa encerrada, donde los cercamos por todas partes, mas como todos fuesen hombres de poca suerte y no tuviesen caudillo, que los más principales de aquella ínsula murieron con el rey su señor en él socorro de Luvaina y otros muchos presos y nos vieron señorear el campo y a ellos sin remedio de ser socorridos, movieron trato luego que les asegurasen lo suyo y los dejasen en ello, como lo tenían y se darían, y así se hizo, que no ocho días después de aquí llegamos fue ganada toda la isla, y alzado Dragonís por rey y porque don Galvanes mi señor y don Galaor fueron heridos, aunque no mal, acordaron de me enviar a mi señora Madasima y a la reina Briolanja a les decir las nuevas, y yo, señor, vine por aquí por ver a Madasoma, tía de mi señora, a quien ella mucho precia y ama, porque es una señora muy noble y de gran bondad, y con no pensamiento de os hallar en esta parte.

Amadís hubo placer de aquellas nuevas y dio muchas gracias a Dios porque tal victoria había dado a su hermano y a aquellos caballeros que él tanto amaba, y preguntóle si sabían allá algo de lo que don Cuadragante y don Bruneo de Bonamar y los caballeros que con ellos fueron habían hecho.

—Señor —dijo él—, después que la isla ganamos hallamos en ella algunas personas que huyeron de las Ínsulas de Landas y de la ciudad de Arabia, pensando que allí estaban más a salvo no sabiendo nada en nuestra ida, y dijeron que antes que de allá partiesen habían habido una gran batalla con un sobrino del rey Arábigo y con la gente de la ciudad y de la isla, pero al cabo los de las ínsulas fueron desbaratados y maltratados y que los demás no sabían cosa alguna.

Con estas nuevas, todos con gran placer subieron al castillo, y Amadís habló con Balán el Gigante, que aún del lecho no era levantado, y díjole que le convenía partir de allí en todo caso y que le rogaba que mandase dar a Darioleta y su marido todo lo que les había tomado y la fusta en que allí vinieran, porque se fuesen a la Ínsula Firme, y que también habría placer que con ellos enviase a su hijo Bravor y a su mujer, porque los viese Oriana y estuviese con otros donceles de gran guisa que allí estaban hasta que fuese sazón de lo armar caballero, y que él se lo enviaría tan honrado como a hombre de tal alto lugar convenía. El gigante le dijo:

—Señor Amadís, así como mi voluntad hasta aquí ha estado con deseo de te hacer todo el mal que pudiese, así ahora, de revés de aquel pensamiento, yo te amo de buen amor y me tengo por honrado en ser tu amigo, y esto que mandas se hará luego, y yo, cuando me levante y esté en disposición de trabajar, quiero ir a ver tu casa y esa ínsula y estar en tu compaña todo el tiempo que te agradare.

Amadís le dijo:

—Así cómo lo dices se haga, y cree que siempre en mi tendrás un hermano por lo que tú vales y por quien eres y por el deudo que con Gandalac, al cual mis hermanos y yo en lugar de padres tenemos, y danos licencia, que mañana nos queremos ir, y no pongas en olvido lo que me prometes.

Pero quiero que sepáis que este Balán no hizo aquel camino tan presto como él cuidaba, antes sabiendo que don Cuadragante y don Bruneo tenían cercada la ciudad de Arabia y estaban en alguna necesidad de gente, tomó la más que pudo haber de la ínsula y de las otras de sus amigos y fueles ayudar con tal aparejo que dio ocasión que aquello que comenzado estaba con gran honra se acabase, y nunca de ellos se partió hasta que aquellos dos señoríos de Sansueña y del rey Arábigo fueron ganados, como adelante lo contará la historia.

Ahora dice la historia que Amadís y Grasandor se partieron un lunes por la mañana de la gran ínsula llamada de la Torre Bermeja, donde aquel fuerte gigante llamado Balán era señor, y Amadís rogó a Nolfón, mayordomo de Madasima, que le diese un hombre de los suyos que le guiase a la Peña de la Doncella Encantadora. Nolfón le dijo que le placía y que si él quisiese subir a la peña, que entonces tenía buen tiempo, por ser invierno y en lo más frío de él, y que si le mandaba ir con él que de grado lo haría. Amadís se lo agradeció y le dijo que no era menester que él dejase lo que le había mandado, que a él le bastaba solamente una guía.

—¡En el nombre de Dios! —dijo el mayordomo—, y él os guíe y enderece en esto y en todo lo otro que le comenzareis como hasta aquí lo ha hecho.

Entonces se despidieron unos de otros, y el mayordomo fue su camino de Anteina, y Amadís y Grasandor movieron por la mar con la guía que llevaban y bien anduvieron cinco días que la peña no pudieron ver, aunque el tiempo les hacía bueno, y el sexto día una mañana viéronla, tan alta que no parecía sino que a las nubes tocaba. Pues así anduvieron hasta ser al pie de ella y hallaron allí un barco en la ribera, sin persona que lo guardase, de que fueron maravillados; pero bien creyeron que alguno que a la peña era subido lo dejara allí. Amadís dijo a Grasandor:

—Mi buen señor, yo quiero subir en esta roca y ver lo que el mayordomo nos dijo si es así verdad como él contó y mucho os ruego, aunque alguna congoja sintáis que me aguardéis aquí hasta mañana en la noche, que yo podré venir o haceros señal desde arriba cómo me va, y si en este comedio o al tercero día no tornare, podréis creer que mi hacienda no va bien y tomaréis el acuerdo que os más agradare.

Grasandor le dijo:

—Mucho me pesa, señor, porque no me tengáis por tal que mi esfuerzo basta para sufrir cualquier afrenta que sea, hasta la muerte, en especial hallándome en vuestra compañía, que lo que a vos sobra de esfuerzo podrá suplir lo que en mí faltare, y el mal o bien que de esta subida se podrá seguir quiero que mi parte me quepa.

Amadís lo abrazó riendo y dijo:

—Mi señor, no le toméis a esa parte lo que yo dije, que ya sabéis vos muy bien si soy testigo de lo que vuestro esfuerzo puede bastar, y pues así os place, así se haga como lo decís.

Entonces mandaron que les diesen algo de comer, y así fue hecho, y desde que hubieron comido lo que les bastaba para tan gran subida y a pie, que a caballo era imposible, tomaron sus armas todas sino sus lanzas y comenzaron su camino, el cual era todo labrado por la peña arriba, pero muy áspero de subir, y así anduvieron una gran pieza del día, a las veces andando y otras muchas descansando, que con el peso de las armas recibían gran trabajo, y a la mitad de la peña hallaron una casa como ermita, labrada de canto, y dentro en ella una imagen como ídolo de metal, con una gran corona en la cabeza, del mismo metal, la cual tenía arrimada a sus pechos una gran tabla cuadrada dorada de aquel metal y sostenía la imagen por las manos ambas, como que la tenía abrazada y estaban en ellas escritas unas letras asaz grandes, muy bien hechas, en griego, que se podían muy bien leer, aunque fueron hechas desde el tiempo que la Doncella Encantadora allí había estado, que eran pasados más de doscientos años, que esta doncella fue hija de un gran sabio en todas las artes, naturales de la ciudad de Argos, en Grecia, y más en las de la mágica y nigromancia, que se llamaba Finetor, y la hija salió de tan sutil ingenio que se dio a aprender aquellas artes y alcanzólas de tal manera que muy mejor que su padre ni que otro alguno de aquel tiempo la supo, y vino a probar aquella peña, como dicho es, la forma de cómo lo hizo por ser muy prolijo, y por no salir del cuento que conviene lo deja la historia de contar.

Cuando Amadís y Grasandor entraron en la ermita sentáronse en un poyo de piedra que en ella hallaron por descansar y a cabo de una pieza levantáronse y fueron a ver la imagen, que les parecía muy hermosa, y miráronla gran rato y vieron las letras, y Amadís las comenzó a leer, que en el tiempo que anduvo por Grecia aprendió ya cuanto del lenguaje y de la letra griega y mucho de ello le mostró Helisabad cuando por la mar iba y también le mostró el lenguaje de Alemania y de otras tierras, los cuales él muy bien sabía, como aquél que era gran sabio en todas las artes y había andado muchas provincias, y las letras decían así:

—En el tiempo que la gran ínsula florecerá y será señoreada del poderoso rey y ella señora de otros muchos reinos

y caballeros por el mundo famosos serán juntos en uno la alteza de las armas y la flor de la hermosura, que en su tiempo par no tendrán, y de ello saldrá aquél que sacará la espada con que la orden de su caballería cumplida será y las fuertes puertas de piedra serán abiertas, que en sí encierran el gran tesoro.

Cuando hubo leído las letras le dijo a Grasandor:

—Señor, ¿habéis leído estas letras?

—No —dijo él—, que no entiendo.

—¿En qué lenguaje son escritas?

Amadís le dijo todo lo que decían, y le semejaba profecía antigua y que a su pesar no se acabaría por ninguno de ellos aquella aventura comoquiera que bien pensó que él y Oriana, su señora, podrían ser estos dos de quien se había de engendrar aquel caballero que la acabase, mas de esto no dijo nada, y Grasandor le dijo:

—Si por vos no se acaba, que sois hijo del mejor caballero del mundo y aquél que en todo su tiempo en mayor alteza ha tenido y sostenido las armas, y de la reina que, según he sabido, fue una de las más hermosas que en su tiempo hubo, muchos tiempos pasarán antes que haya fin, por eso vamos suso a la peña y no nos quede cosa alguna por ver y por probar, que así como a otros es cosa extraña acabar una grande aventura, así lo será, y mucho más a vos, de la acabar, y si tal acaeciere veré yo lo que ninguno hasta hoy pudo ver en vuestro tiempo.

Amadís se rió mucho y no le respondió ninguna cosa, pero bien vio que su dicho valía poco, porque ni la bondad de su padre en armas ni la hermosura de su madre no igualaba gran parte a lo de él y de Oriana, y díjole:

—Ahora subamos, y si ser pudiere lleguemos suso antes que esa noche.

Entonces salieron de la ermita y comenzaron a subir con gran afán, que la peña era muy alta y agra, y tardaron tanto que antes que a la cumbre llegasen les tomó la noche, así que les convino quedar debajo de una peña, en la cual toda la noche estuvieron hablando en las cosas pasadas, todo lo más en sus amigas y mujeres que allí tenían sus corazones y en las otras señoras que con ellas estaban. Y Amadís dijo a Grasandor que si la ira y saña de su señora no temiese, que en bajar de la peña se iría donde estaban don Cuadragante y don Bruneo y Agrajes y los otros sus amigos para los ayudar. Grasandor le dijo:

—Así lo quería yo; pero no conviene que a tal sazón se haga, porque según os partisteis de la Ínsula Firme con tanta prisa y yo con ella os vine a demandar, si acá nos tardásemos gran tristeza y dolor se causaría de ello a vuestra amiga, especialmente no sabiendo cómo os halle, así que tendría por bien que aquella ida a la ver primero que a otra parte que excusar se pueda se cumpliese y entretanto sabremos más nuevas de aquellos caballeros que decís y tomaremos el mejor acuerdo, y si menester fuere nuestra ayuda hagámosla con más compaña que con nos vaya.

—Así se haga —dijo Amadís—, y sea nuestro camino por la Ínsula del Infante y allí tomaremos un barco para uno de estos vuestros escuderos, en que lleve mi carta a Balán el Gigante, por la cual le rogaré que desde su ínsula envíe tal recaudo a donde ellos están, que presto podremos ser avisados de lo que hacen en la Ínsula Firme, donde lo atenderemos.

—Mucho bien será —dijo Grasandor.

Así estuvieron debajo de la peña, a las veces hablando y a las veces durmiendo, hasta que el día vino, que comenzaron a subir aquello poco que les quedaba, y cuando fueron en la cumbre miraron a todas partes y vieron un llano muy grande y muchos edificios de casas derribadas, y en medio del llano estaban unos palacios muy grandes y gran parte de ellos caídos, y luego fueron por los ver y entraron debajo de un arco de piedra muy hermoso, encima del cual estaba una imagen de doncella de piedra hecha en mucha precisión, y tenía en la mano diestra una péndola, de la misma piedra, tomara con la mano, como si quisiese escribir, y en la mano siniestra un rótulo con unas letras en griego que decían en esta manera:

—La cierta sabiduría es aquélla que ante los dioses, más que ante los hombres, aprovecha, y la otra es vanidad.

Amadís leyó las letras y dijo a Grasandor lo que decía. Y asimismo les dijo:

—Si los hombres sabios tuviesen conocimiento de la merced que de Dios reciben en les dar tanta parte de su gracia que con ellos sean regidos, aconsejados y gobernados otros muchos si quisiesen ocupar su saber en haber cuidado de apartar de su ánima aquellas cosas que apartarla pueden ir con aquella claridad y limpieza como en el mundo venir la hizo aquél su muy Alto Señor. ¡Oh, cuán bienaventurados serían los tales y cuán fructuoso y provechoso su saber! Pero siendo al contrario, como comúnmente por nuestra mala inclinación y condición nos acaece, empleamos aquel saber que para nuestra salvación nos fue dado en las cosas que prometiéndonos honras, deleites, provechos mundanales perecederos de este mundo, nos hacen perder el otro eterno sin fin. Así como lo hizo esta sin ventura doncella, que en estas pocas letras tan grandes sentencias y doctrinas muestra, y tanto su juicio fue dotado y cumplido de todas las más sutiles artes y de tan poco de su gran saber tuvo conocimiento ni se supo aprovechar. Pero dejemos ahora de hablar en esto, pues que errando como los pasados no hemos de seguir lo que siguieron y vamos adelante a ver lo que se nos ofrece.

Así pasaron por aquel arco y entraron en un gran corral en que habían unas fuentes de agua, cabe las cuales parecía haber habido grandes edificios, que ya estaban derribados, y las casas que alrededor otro tiempo allí fueron no parecía de ellas, sino tan solamente las paredes de canto, que eran quedadas, que las aguas no habían podido gastar y asimismo hallaron entre aquellos casares, cuevas muchas de las serpientes que allí se acogían, y bien cuidaron que no podrían ver lo que buscaban sin alguna gran afrenta, pero no fue así que ninguna de ellas ni otra cosa que estorbo les hiciese pudieron ver. Así entraron por las casas adelante, embarazados sus escudos y los yelmos en las cabezas y las espadas desnudas en las manos, y pasado aquel corral entraron en una gran sala que era de bóveda, que la fortaleza del betún y del canto pudieron defender que en cabo de tantos años se pudiesen ver gran parte de su rica labor, en cabo de esta sala vieron unas puertas cerradas de piedras tan juntas que no parecía cosa que dentro entuviese, y por donde se juntaban estaba metida una espada por ellas hasta la empuñadura, y luego vieron que aquélla era la cámara encantada donde estaba el tesoro. Mucho miraron al guarnecimiento de ella, mas no pudieron saber de qué fuese, tan extraño era hecho, especialmente la manzana y la cruz, que lo que el puño cerró semejóles que era de hueso tan claro como el cristal y tan ardiente y colorado como un fino rubí, y asimismo vieron a la parte diestra de la una puerta siete letras muy bien tajadas, tan coloradas como viva sangre, y en la otra parte estaban otras letras mucho más blancas que la piedra, que eran escritas en latín, que decían así:

—En vano se trabajará el caballero que esta espada de aquí quisiese sacar con valentía ni fuerza que en sí haya, si no es aquél que las letras de la imagen figuradas en la tabla que ante sus pechos tiene señala y que las siete letras de su pecho encendidas como fuego con éstas juntará, para éste se ha guardado, por aquélla que con su gran sabiduría alcanzó a saber que ni en su tiempo ni después muchos años vendría otro que igual le fuese.

Cuando Amadís esto vio y miró las letras coloradas luego le vino a la memoria ser tales aquéllas como las que su hijo Esplandián tenía en la parte siniestra, y creyó que para él como mejor de todos, y que a él mismo de bondad pasaría estaba aquella aventura guarda, y dijo contra Grasandor:

—¿Qué os parecen estas letras?

—Paréceme —dijo él— que entiendo bien lo que las blancas dicen, pero las coloradas no las alcanzo a leer.

—Ni yo tampoco, aunque ya a mi parecer en otra parte vi otras semejantes que ellas, y pienso que vos las visteis.

Entonces Grasandor las tornó a mirar más que antes, y dijo:

—¡Santa María Val!, éstas son las mismas que vuestro hijo tiene, y a él es otorgada esta aventura; ahora os digo que iréis de aquí sin la acabar y quejaos de vos mismo que visteis otro que más que vos vale.

Amadís le dijo:

—Creed, mi buen amigo, que cuando leímos las letras de la tabla que la imagen de la ermita por donde pasamos tiene, pensé esto que me decís, y porque no me tengo yo por tan bueno como allí dice que será el que engendrare aquel caballero, no os lo osé decir, y estas letras me hacen creer lo que habéis dicho.

Grasandor le dijo riendo y de buen semblante:

—Descendamos de aquí y tornemos a nuestra compana, que según me parece por un aparejo llevaremos de aquí las honras y la historia de este viaje, y dejemos esto para aquel doncel que comienza a subir donde vos descendéis.

Así se salieron entrambos, haciendo placer el uno con el otro, y cuando fueron fuera de los grandes palacios dijo Amadís:

—Miremos si aquella cámara encantada tiene otro lugar alguno por donde a ella con algún artificio la pudiesen entrar.

Entonces anduvieron a la redonda de los palacios a la parte donde la cámara estaba, y hallaron que era toda de una piedra sin haber en la juntura ninguna.

—A buen recaudo —dijo Grasandor— está esta hacienda. Bien será que la dejemos a su dueño y que en su fucia de esta espada que vinisteis a ganar no dejéis esa vuestra que con tantos suspiros y cuidados y grande afición de vuestro espíritu ganasteis.

Esto decía Grasandor porque la ganó como el más alto y leal enamorado que en su tiempo hubo, que no se pudo aquello alcanzar sin que en muchas y fuertes congojas su ánimo puesto fuese, como la parte segunda de esta historia cuenta.

Entonces se fueron por aquel llano, donde les parecía que había más población, y hallaron unas albercas muy grandes cabe unas fuentes y unos baños derribados y unas casillas pequeñas muy bien hechas con algunas imágenes de metal, y otras de piedra, y así otras muchas cosas antiguas. Pues estando así como oís vieron venir adonde ellos estaban un caballero armado de todas armas blancas y su espada en la mano, que subiera por el camino mismo que ellos, que no había otra subida, y como a ellos llegó saludólos, y ellos a él, y el caballero les dijo:

—Caballeros, ¿sois vosotros de la Ínsula Firme?

—Sí —dijeron ellos—, ¿por qué lo demandáis?

—Porque hallé acá, suso al pie de esta peña, unos hombres en una barca que me dijeron que era acá suso dos caballeros de la Ínsula Firme, y no pudo de ellos saber sus nombres, y porque yo así mismo lo soy, no quería haber con ninguno que de allí fuese ninguna contienda si de paz no fuese, que yo vengo en demanda de un mal caballero y traigo nuevas cómo aquí se acogía con una doncella que forzada trae.

Amadís cuando esto oyó dijo:

—Caballero, por cortesía os demando que me digáis vuestro nombre o vos quitéis el yelmo.

—Si vosotros —dijo él— me decís y aseguráis en vuestra fe que sois de la Ínsula Firme, yo os lo diré; de otra manera, excusado será preguntármelo.

—Yo os digo —dijo Grasandor— sobre nuestra fe que somos de allí donde os dijeron.

Entonces el caballero quitó el yelmo de la cabeza y dijo:

—Ahora me podéis conocer, si así es como he dicho.

Como así lo vieron conocieron que era Gandalín. Amadís fue para él, los brazos abiertos, y díjole,

—¡Oh, mi buen amigo y hermano, qué buena ventura ha sido para mí hallarte!

Gandalín estuvo muy maravillado, que aún no le conocía, y Grasandor le dijo:

—Gandalín, Amadís os tiene abrazado.

Cuando él esto oyó hincó los hinojos y tomóle las manos y besóselas muchas veces, mas Amadís lo levantó y lo tornó a abrazar como aquél a quien de todo corazón amaba. Entonces se quitaron los yelmos Amadís y Grasandor, y preguntáronle qué ventura lo trajera allí. Buenos señores, eso mismo os podría yo preguntar según donde os dejé y el lugar en que ahora os hallo tan apartado y esquivo, pero quiero responder a lo que me preguntáis. Sabed que estando yo con Agrajes y con otros caballeros que con él estaban en aquellas conquistas que sabéis, después de haber vencido una gran batalla en que mucha gente padeció que con un sobrino del rey Arábigo hubimos y los encerramos en la gran ciudad de Arabia. Un día entró por la tienda de Agrajes una dueña del reino de Noruega, cubierta toda de negro, que se echó a los pies de Agrajes demandándole muy ahincadamente que la quisiese socorrer en una gran tribulación en que estaba. Agrajes la hizo levantar y la sentó cabe sí, y demandóle que le dijese qué cuita era la suya, que le daría remedio si con justa causa hacer se pudiese. La dueña le dijo:

—Señor Agrajes, yo soy del reino de Noruega, donde mi señora Olinda, vuestra mujer, y por ser yo natural y vasalla del rey su padre, vengo a vos por el deudo y amor que aquellos señores tenéis a os demandar ayuda de algún caballero bueno que me haga tornar una doncella, mi hija, que por fuerza me tomó un mal caballero, señor de la gran torre de la Ribera, porque no se la quise dar por mujer, que él no es del linaje ni sangre, que mi hija, antes de poca suerte, sino que alcanzó a ser señor de aquella torre, con que sojuzga mucha de aquella parte donde vive, y mi marido fue primo hermano de don

Grumedán, el amo de la reina Brisena de la Gran Bretaña, y nunca por cosa que he hecho me la ha querido tornar, y dice que si por fuerza de armas no, que de otra manera no la espere ver en mi compaña.

Agrajes le dijo:

—Dueña, ¿cómo el rey vuestro señor no os hace justicia?

—Señor —dijo ella—, el rey es muy viejo y doliente, de forma que ni a sí ni a otro puede gobernar.

—¿Pues es lejos de aquí —dijo Agrajes— donde este caballero está?

—No —dijo ella—, que en un día y una noche con buen tiempo pueden llegar allá por la mar. Como yo esto vi, rogué mucho a Agrajes que me diese licencia para ir con la dueña, que si Dios me diese victoria, luego me volvería para él. Agrajes me la dio y mandóme que en otra ventura no me entrometiese salvo en esta; yo así se lo prometí. Entonces tomé mis armas y mi caballo y metíme con la dueña en una nao en que allí había venido, y anduvimos todo lo que de aquel día quedó y la noche, y otro día a mediodía salimos en tierra, y la dueña salió conmigo, y me guió a la parte donde era la torre del caballero, y como a ella llegamos yo llamé a la puerta, y respondióme un hombre de una finiestra diciendo qué demandaba. Yo le dije que dijese al caballero señor de aquella torre que diese luego una doncella que había tomado a aquella dueña que conmigo traía, o diese razón por qué la podía y debía tener, y si no lo hiciese que fuese cierto que no saldría persona de aquella torre que no matase o prendiese.

El hombre me respondió y dijo:

—Por lo que tú puedes hacer, muy poco haremos acá, pero espera, que aína habrás lo que pides.

Entonces me aparté de la torre, y desde a una pieza abrieron las puertas, y salió un caballero asaz grande, armado de unas armas jaldes y en un gran caballo, y díjome:

—Caballero amenazador con poco seso, ¿qué traes, qué es lo que demandas?

Yo le dije:

—No te amenazo ni desafío hasta saber la razón que tienes para tener por fuerza una doncella hija de esta dueña que me dice que le tomaste.

—Pues aunque la dueña diga verdad —dijo él—, ¿qué puedes tú hacer sobre ello?

—Tomar de ti la enmienda —dije yo— si la voluntad de Dios fuere.

El caballero dijo:

—Pues por esta punta de la lanza te la quiero dar.

Y vínose luego de rondón para mí y yo para él, y tuvimos nuestra batalla, que duró gran pieza del día; mas a la fin, como yo demandaba la verdad y aquél defendía lo contrario, quiso Dios darme la victoria, de manera que le tenía tendido a mis pies para le cortar la cabeza, y él me pidió merced que no le matase y que haría en todo mi voluntad, y yo le mandé que diese la doncella a su madre y que jurase de nunca tomar mujer ninguna contra su voluntad, y él así lo otorgó. Pues esto así hecho soltéle, y demandóme licencia para entrar en la torre y que él mismo me traería la doncella, y yo tomé de él fianza y dejéle ir, y desde ha poco que en la torre entró y salió por otra puerta, que es contra la mar tenía, y metióse en un batel con la doncella así armado como estaba, y díjome:

—Caballero, no te maravilles si no te mantengo verdad, que gran fuerza de amor me lo causa hacer, que sin esta doncella no viviría solo una hora, pues que a mí mismo no me puedo sojuzgar ni gobernar, no me pongas culpa, yo te ruego de cosa que en mí veas, y porque pierdas esperanza de la nunca haber ni su madre tampoco, veisme cómo con ella me voy por esta mar a tal parte donde gran tiempo pase, que ninguno de mí ni de ella sepa —y como esto dijo, con un remo que en sus manos llevaba partió de la ribera a más andar y fuese por la mar adelante, y la doncella llorando con él muy dolorosamente. Cuando yo esto vi hube tan gran dolor y pesar que quisiera más la muerte que la vida, porque la dueña que allí me trajo rompió sus tocas y vestiduras delante de mí, haciendo el mayor duelo del mundo, que era muy gran dolor de la ver, diciendo que mayor mal había de mí recibido que del caballero, porque estando en aquella torre su hija, siempre tenía esperanza de la cobrar, la cual ahora del todo cesaba, pues que la veía ir a parte donde nunca sus ojos la podrían ver, de lo cual había yo sido causa, que comoquiera que supe vencer al caballero, no fue mi discreción bastante para dar de él el derecho que ella esperaba, y que no solamente no me agradecía lo que por ella había hecho, mas que a todo el mundo se quejaría de mí. Yo la consolé lo más que pude y le dije: «Dueña, yo me tengo por muy culpado, pues que no supe dar cabo en esto para que me trajiste. Que debiera pensar que caballero que con tanta deslealtad tenía por fuerza vuestra hija, que así en todas las otras cosas fuera de poca virtud, pero pues que así es, yo os prometo que nunca huelgue ni haya descanso hasta que por la mar o por la tierra lo halle y os traiga la doncella o muera en esta demanda; solamente os ruego, pues, quedéis en vuestra tierra, me socorráis con la barca en que venimos y con uno de vuestros hombres que la guíe». La dueña algo con esto consolada dijo que la tomase, y mandó a un hombre de los suyos que conmigo fuese y mirase bien lo que le prometía y lo que haría en ello con esto, me despedí de ella y torné por el camino que allí había venido, y cuando a la barca llegué era ya noche cerrada, así que hube de esperar a la mañana, la cual venida tomé la vía que el caballero con la doncella vi llevar, y anduve aquel día todo sin de él saber nuevas algunas, y así he andado otros cinco días navegando a todas partes donde la ventura me llevaba, y esta mañana hallé unos hombres que andaban pescando, y dijéronme que habían visto venir un caballero en un batel armado y que traía consigo una doncella, y que llevaban la vía de esta peña que se llama de la Doncella Encantadora. Como esta nueva supe, mandé al hombre que me guiaba que aquí me trajese, y cuando fui al pie de la peña hallé vuestra compaña y un barco desviado de ellos, y preguntéles por nuevas del caballero y de la doncella. Dijéronme qué no lo habían visto, sino solamente aquel batel vacío que allí estaba, y por esa causa subí acá encima, que creo sin duda que así se acogió este desleal caballero, y también por probar una ventura que aquellos pescadores me dijeron que en esta peña había una cámara encantada si la pudiese acabar, y si no que supiese decir nuevas de ella a los que de ella no saben.

Grasandor le dijo riendo:

—Mi buen amigo Grandalín, en lo del caballero y de la doncella se ponga remedio, que en esto que decís de esta aventura quedará para más despacio, que no es tan ligero, de acabar.

Entonces le contaron todo lo que les aconteciera, de lo cual Gandalín fue mucho maravillado. Amadís le dijo:

—Nosotros hemos andado gran parte de este llano y de estas casas, pero no hemos visto persona alguna más, pues así es, busquémoslo todo porque satisfagan tu voluntad —y luego todos tres comenzaron a buscar todas aquellas casas derribadas y hallaron a poco rato dentro, en un baño, al caballero con la doncella, el cual como los vio salió luego fuera trayéndola por la mano, y dijo:

—Señores caballeros, ¿a quién buscáis?

—A vos, don mal hombre —dijo Gandalín—, que ya no os podrán prestar vuestros engaños ni mentiras que no me paguéis la burla que me hicisteis y el trabajo que tomé en os hallar.

El caballero le conoció luego en las armas blancas que aquél era el que lo tenía vencido, y díjole:

—Caballero, ya te dije que el gran amor que a esta doncella tengo me hace que no sea señor de mí, y si tú o alguno de estos caballeros sabe qué cosa es amor verdadero, no me culpará de cosa que haga. Tú has de mí lo que la voluntad te diere en tal que si la muerte no otra cosa me parta de esta mujer.

Amadís cuando esto le oyó decir bien conoció por su corazón y por los grandes amores que siempre tuviera a su señora que el caballero era sin culpa, pues que su poder no bastaba para se las forzar, y dijo:

—Caballero, como quiera que eso que decís algo excuse vuestra gran culpa, ni por eso este que os demanda debe dejar de dar derecho de vos a la madre de esta doncella, que si así lo hiciese. Con mucha razón sería culpado entre los hombres buenos.

El caballero le dijo:

—Buen señor, así lo conozco yo, y si a él le pluguiere, yo me pongo en su poder para que me lleve a la dueña que decís, a cuya requesta se combatía conmigo, que de mí haga su voluntad y me sea ayudador, pues que la hija está de mí contenta con que lo esté la madre y me la dé por mujer.

Amadís preguntó a la doncella que si decía verdad el caballero. Ella respondió que sí, que aunque hasta allí había estado en su poder contra toda su voluntad, que viendo el gran amor que le tenía y a lo que por ella se había puesto que ya era otorgado su corazón de lo querer y amar y le tomar por marido. Amadís dijo a Gandalín:

—Llévalos entrambos y mételos en la mano de aquella dueña y en lo que pudieres adereza como lo haya por mujer, pues que a ella le place.

Con esto se descendieron todos de la peña abajo y durmieron aquella noche en la ermita de la imagen de metal, y allí cenaron de lo que el caballero y la doncella para sí tenían. Otro día se bajaron donde sus barcas tenían, y Gandalín se despidió de ellos y se fue con el caballero y con la doncella, pero antes hablaron Amadís y Grasandor con él y le dijeron que les encomendase mucho a Agrajes y a aquéllos sus amigos, y que si necesidad de gente tuviesen que se lo hiciesen saber en la Ínsula Firme, que ellos irían o se lo enviarían luego. Así se partieron unos de otros, y Gandalín llegado a la casa de la dueña puso en su mano al caballero y a su hija, y así como aquella doncella con el amor que aquel caballero le mostró, fue su propósito mudado, como las mujeres acostumbran hacer. Así la madre por ventura siendo de la misma naturaleza que su hija mudó el suyo, con lo que Gandalín le dijo y otros algunos que en ello aderezar quisieron, de manera que a placer y contentamiento de todos fueron casados en uno.

Esto hecho, Gadalín se tornó donde Agrajes estaba, que mucho con él le plugo por las nuevas que de Amadís le dijo, y halló que todos estaban muy alegres por las buenas venturas que en aquel cerco les habían venido, porque después que a sus enemigos encerraron en aquella ciudad, como ya oísteis, habían habido grandes peleas en que los más y mejores caballeros que dentro estaban eran muertos y tullidos, y también con la venida de don Galaor y de don Galvanes, que como dejaron en la Profunda Ínsula por rey a Dragonís, sin ningún entrevalo muy prestamente entraron en su flota, y fuéronles a ayudar, que así como acaece que los dolientes cuando de gran dolencia se levantan y van cobrando salud nunca piensan sino en las cosas más conformes a su querer y voluntad y con aquello creen desechar del todo lo que del mal les queda. Así este rey de Sobradisa, don Galaor, viéndose escapado de aquella gran dolencia en que muchas veces al punto de la muerte llegado se vio, no pensaba él de dar contentamiento a su voluntad ni reformar su salud, sino con aquellas cosas que su bravo y fuerte corazón le demandaba, que en esto era todo su vicio y gran placer como aquél que desde el día que su hermano Amadís le armó caballero delante del castillo de la calzada, siendo presente Urganda la Desconocida, nunca de su memoria se apartó de querer saber todo lo que a la orden de caballería tocaba y lo poner en obra, porque como en todas las partes que en esta gran historia de él hace mención, lo cuenta no mirando ahora el se ver rey poderoso con aquella tan hermosa reina Briolanja, y que según las proezas que por el pasado habían con mucha causa y razón, pudiera por gran espacio de tiempo reposar y dar holganza a su espíritu, mas considerando que la honra no tiene cabo y que es tan delicada que con mucho poco olvido se puede oscurecer, en especial a los que en la cumbre de ella la fortuna les ha puesto, dejándolo todo aparte quiso este esforzado rey tomar la empresa de ayudar a Dragonís su cohermano como ya oísteis y no ser contento con el cabo de aquella afrenta ni trabajo, sino luego se ir a la mayor prisa que pudo ayudar a aquellos caballeros sus grandes amigos. ¡Oh!, cómo deberían esto considerar aquéllos que en este mundo fueron nacidos para seguir el acto de la caballería y cómo deberían pensar que aunque algún tiempo de su honra den buena cuenta, que dejando aquella gran obligación que sobre sí tienen olvidar, no solamente las armas se toman de orín, mas la fama de ellos tan cubierta que por muchos tiempos no lo puede de sí desechar, que así como los oficiales de cualquier oficio tratándolo con diligencia son según sus estados en honra sin necesidad puesto, que olvidándolo con flojura y poco cuidado pierden lo ganado viniendo en pobreza y miseria, así los caballeros por el semejante perdiendo el cuidado de lo que hacer deben sus honras, su fama y virtudes de gran mengua en miseria son combatidos y derribados Y este noble rey, don Galaor, por caer en este yerro teniendo siempre al rey Perión su padre delante y a sus hermanos, que eran los que habéis oído, en la hora que fue lo de la Profunda Ínsula despachado se partió como se os ha dicho con don Galvanes a ayudarle a que lo otro de ganar se acabase, y su venida puso tan gran esfuerzo a los de su parte y a los contrarios tal espanto que desde el día que allí llegaron nunca más tuvieron osadía de salir de los muros afuera, de forma que en poco espacio de tiempo todo aquel reino esperaban ganar. Mas ahora los dejaremos en sus reales acordando de combatir a sus enemigos, pues que a ellos no osaban, y contaros ha la historia de Amadís y Grasandor que de Gandalín se partieron de la Peña de la Doncella Encantadora y se iban a la Ínsula Firme.

La historia dice que después que Amadís y Grasandor se partieron de Gandalín al pie de la Peña de la Doncella Encantadora, que navegaron tanto por la mar que sin contraste ni estorbo alguno llegaron al gran puerto de la

Ínsula Firme una mañana, y saliendo de la barca cabalgaron en sus caballos. Así armados como iban y antes que al castillo subiesen, entraron a hacer oración en el monasterio que al pie de la peña estaba, que Amadís mandó hacer a la sazón que de la peña sobresalían, así como lo había prometido delante de la imagen de la Virgen María, que en la ermita estaba entonces, y llegando a la puerta hallaron allí una dueña vestida de paños negros y dos escuderos con ella, sus palafrenes cerca de sí. Ellos la saludaron y ella asimismo saludó a ellos, y en tanto que Amadís y Grasandor estuvieron de hinojos ante el altar, la dueña supo de alguno del monasterio cómo aquél era Amadís, y atendiéndolo a la puerta de la iglesia, y como lo vio venir fue contra él llorando e hincó los hinojos en tierra y díjole:

—Mi señor Amadís, ¿no sois vos aquel caballero que a los atribulados y mezquinos socorre, en especial a las dueñas y doncellas? Ciertamente si así no fuese no sería vuestra gran fama por todas las partes del mundo con tanta prez divulgada. Pues yo como una de las más tristes y sin ventura os demando misericordia y piedad.

Entonces le trabó por la falda de la loriga con las manos ambas tan fuertemente que solo un paso no lo dejaba andar. Amadís la quiso levantar, mas no pudo, y díjole:

—Buena amiga quién sois y para qué queréis mi socorro, que según la gran tristeza vuestra aunque a todas las otras dueñas falleciese por vos sola pondría mi persona a todo peligro y afrenta que me venir pudiese.

La dueña le dijo:

—Quien yo soy no lo sabréis hasta tanto que de vos tenga certidumbre que haréis mi ruego, pero lo que yo demando es que siendo casada con un caballero de mucho amo, su gran desventura y mía lo ha traído estar en prisión del mayor enemigo que en este mundo él tiene, y de ella no puede salir ni me puede ser restituido si por vuestra persona no, y creed que estas mis rodillas nunca de este suelo serán levantadas ni quitadas mis manos de esta loriga si con gran desmesura y descortesía no me las hacéis quitar hasta que por vos me sea otorgado esto que demando.

Cuando Amadís así la vio estar y oyó lo que decía, no sabía qué le responder, que había miedo de cautivar su palabra en cosa que después a gran vergüenza se le tornase, pero como tan fieramente la vio llorar y trabada tan recio de su loriga, y las rodillas en tierra, fue a tan gran piedad movido, que olvidando de sacar la fianza de le socorrer con justa causa le dijo:

—Dueña, decidme quién sois vos, y yo os prometo de sacar a vuestro marido de donde está preso y os le dar si por mi acabarse puede.

Entonces la dueña lo trabó de las manos, y a fuerza se las besó, y dijo contra Grasandor:

—Señor caballero, mirar lo que Amadís me promete —y luego dijo—: Sabed, mi señor Amadís, que yo soy mujer de Arcalaus el Encantador, el cual vos tenéis preso; demándoos que me lo deis y me lo pongáis en tal parte que no tema de lo perder esta vez, que vos sois el mayor enemigo que él tiene, y como a enemigo mortal para lo hacer amigo si puedo, le demando.

Cuando Amadís esto oyó fue muy turbado en se ver engañado de aquella dueña con tal arte, y si camino honesto hallara para no lo cumplir de grado lo hiciera, temiendo más el peligro y el daño que de aquel mal caballero podría redundar a muchos que se lo no merecían que a lo que de él le podría venir. Pero viendo la gran causa que aquella dueña tuvo y que ninguna razón siendo tan obligada a la salvación de su marido la podían culpar, y sobre todo querer que su palabra y verdad que ninguna guisa por dudosa se juzgase, acordó de hacer lo que le pedía, y díjole:

—Dueña, mucho me habéis pedido, que podéis ser bien cierta que por mayor afrenta tengo el doblar mi voluntad a que en lo que me demandéis consienta que en esforzar mi corazón para sacar a vuestro marido por fuerza de armas de dondequiera que él estuviese, por peligro que en ello se aventurase, y bien puedo decir que desde la hora que caballero fui nunca servicio ni socorro que a dueña ni doncella hiciese fue contra mi voluntad si este no.

Entonces cabalgaron él y Grasandor en sus caballos, y Amadís dijo a la dueña que en pos de ellos se fuese, y subiéronse al castillo. Cuando Oriana y Mabilia supieron su venida, el gran placer y gozo que de ello hicieron no se puede decir, y luego ellas y todas aquellas señoras que allí estaban los salieron a recibir a la entrada de la huerta donde ellas posaban. Los actos y cortesías con que Amadís y su señora se recibieron será excusado de decirlo, porque comoquiera que hasta aquí como de enamorados se hacía de ellos mención, ahora ya como de casados se deben poner en olvido.

Olinda la mesurada y Grasinda abrazaron a Amadís y a Grasandor, y juntos todos se acogieron a sus aposentamientos que en la gran torre ya oísteis tenían que en aquella huerta estaba, donde holgaron con mucho placer como aquéllos que de todo su corazón se amaban.

Amadís mandó aposentar la dueña y que le diesen todo lo que hubiese menester, y otro día de mañana oyeron todos misa con Grasinda en su aposentamiento, y luego que fue dicha, la mujer de Arcalaus demandó a Amadís que cumpliese su promesa. Él le dijo que lo tenía por bien. Entonces fueron todos juntos como allí estaban al alcázar, donde Arcalaus preso estaba en la jaula de hierro, que desde que Amadís habló con él en la villa de Luvaina, cuando lo prendieron, nunca más lo quiso ver, ni aquellas señoras lo habían visto, porque si cuando salieron a recibir al rey Lisuarte no, y el día de las bodas, nunca de aquella vuelta habían salido, y como llegaron halláronle vestido de una aljuba forrada en pieles de unas animalias que en aquella ínsula se tomaban, que era muy preciada, que don Gandales su amo de Amadís le hiciera dar por ser invierno, y leyendo en un libro que le envió de muy buenos ejemplos y doctrinas contra las adversidades de la fortuna, y tenía la barba muy luega y cana, y como era muy grande de cuerpo y feo de rostro y siempre lo tenía muy sañudo, y en aquella sazón cuando lo vio venir contra sí mucho más, aquellas señoras fueron muy espantadas de lo ver, especialmente Oriana, que le vino a la memoria de cuando por fuerza la llevaba y la quitó de sus manos Amadís a él y a otros cuatro caballeros como lo cuenta el primero libro de esta historia. Y cuando llegaron él dejó de leer y levantóse en pie y vio a su mujer, mas no dijo nada. Amadís le dijo:

—Arcalaus, ¿conoces esta dueña?

—Sí, conozco —dijo él.

—¿Has habido placer con su venida?

—Si es por mi bien —dijo él—, tú lo puedes juzgar, pero si otro fruto no trae más de él que parece, es al contrario, que como yo esté en mi voluntad determinado de sufrir todo el mal que venirme puede y ya mi corazón tengo a ello sojuzgado, si no fuese que su vista me pusiese esperanza de algún descanso es causa para mí de mayor dolor.

Amadís le dijo:

—Si con su venida eres libre de esta prisión, agradecérmelo has y conocerlo has para adelante.

—Si de tu propia voluntad —dijo él— enviaste por ella para hacer lo que dices, siempre lo tendré en mucho. Mas si ella se vino si tu placer ni sabiduría y si algo le has prometido, no te puedo yo dar gracias, porque las buenas obras que más constreñido la necesidad que caridad se hacen no son dignas de mucho mérito. Y por eso te ruego mucho que me digas, si por bien lo tuvieres, ¿qué causa le movió a ella y a ti con estas dueñas de me venir a ver?

Amadís le dijo:

—Yo te diré verdad de todo cómo ha pasado, y mucho te ruego que así me la digas en tu respuesta.

Entonces le contó cómo su mujer, por engaño, le había demandado un don, y cómo le había pedido que le soltase, y todo lo otro que él le respondió, que no faltó ninguna cosa, Arcalaus le dijo a Amadís:

—Comoquiera que de mi hacienda avenga, yo te diré la verdad entera de lo que en la voluntad tengo, pues que la deseas saber. Si cuando en Luvaina te pedí piedad y misericordia la hubierais de mí, restituyéndome en mi libre poder, cree verdaderamente que todo el tiempo de mi vida te fuera obligado y siempre hallarás en mis obras verdadero amigo; más haciéndolo ahora no lo deseando, ni lo pudiendo excusar, así como con enemiga me haces esta buena obra, así con ella yo la recibo para la tener en aquel grado que merece, que aun tú me vendrías en poco y de muy flaco corazón si por lo que te debo querer mal te diese gracias.

—Gran placer he habido —dijo Amadís— de lo que has dicho, y dices verdad, que por te sacar de aquí no me debes ser encargo ninguno, que ciertamente determinado estaba de tenerse mucho tiempo creyendo que más convenible cosa era darte la pena que merecías que no que tú la vieses a muchos que la no merecieron, pero por la promesa que a esta dueña hice, yo te mandaré sacar de esa prisión y pondrete en salvo. Una cosa te ruego, que aunque a mí tu voluntad mi obra no perdone y me trates con aquella enemistad que siempre en los tiempos pasados me tuviste, que perdones a los otros que nunca mal te hicieron, y esto hazlo por aquel señor, que cuando más sin esperanza estabas en su deliberación y yo te la otorgar, tuvo por bien de poner remedio a tus males, que así lo hace con su sobrada misericordia con los malos después de los haber tentado, porque con semejantes azotes y fatigas pongan fin a las obras que contra su servicio son, y cuando han este conocimiento, dales en este mundo buena postrimería y en el otro bienaventurado placer que es sin fin, y si así al contrario lo hacen, al contrario se lo da ejecutando la justicia con la pena que merecen sin les dar esperanzas alguna ni remedio a sus ánimas después que de estos desventurados cuerpos son salidas.

Arcalaus le dijo:

—En lo que a ti toca conocido está que por ninguna manera te podría querer bien ni te dejar hacer el mal que pudiere en los otros que dices. No sé lo que haré, porque según mi costumbre tan envejecida y con ella haya hecho tantos males poca esperanza me queda en Aquel Señor que dices que me dará su gracia sin se lo merecer, porque sin ella no podría mi condición resistir ni contrastar una cosa tan dura y tan fuera de su querer, y puesto que bastase no lo haría por tu consejo porque conmigo no ganases la gloria que con todos los otros has ganado, y si alguna merced de Dios he recibido no es otro salvo no te dar gracia ni te poner en el corazón, que cuando yo con tanta humildad te demandé me soltases antes quiso que fuese a pesar tuyo y tanto contra tu voluntad que no quedase cosa alguna en que en cargo te pudiese ser.

Mucho fueron espantadas aquellas señoras de oír lo que Arcalaus le dijo, y mucho rogaron a Amadís que no lo soltase, porque más erraría contra Dios en dar causa que aquel mal hombre estando libre, libremente pudiese ejecutar sus malos deseos, que teniéndolo preso de su promesa faltase. Amadís les dijo:

—Mis señoras, así como muchas veces acaece que con las grandes adversidades las personas son corregidas y enmendadas teniendo los ánimos muy fuertes y firmes en la esperanza y misericordia de Dios, así los que de esto carecen aquéllas mismas son causa de su desesperación por donde sin ningún remedio son dañados, y así podría acaecer a este Arcalaus si aquí lo tuviese conociendo que en él no cabe de ser enmendado ni corregido por esta vía, yo guardaré mi palabra y verdad y lo ál déjolo a Aquel Señor que en un momento le puede traer a su santo servicio, como a otros más pecadores lo ha hecho.

Con esto se partieron de su habla, y la dueña, por mandado de Amadís, fue metida en la jaula de hierro con su marido, porque le hiciese compaña aquella noche, y él con aquellas señoras se tornó a la torre de la huerta y otro día de mañana mandó Amadís llamar a Ysanjo, gobernador de la ínsula, y rogóle que sacase a Arcalaus y a su mujer de la prisión y le diese un caballo y armas y mandase a sus hijos que con diez caballos le pusiesen en salvo donde él fuese contento y su mujer satisfecha de lo que le había demandado, lo cual así se hizo, que los hijos de Ysanjo fueron con él hasta el su castillo de Valderín que le dejaron, y queriéndose despedir díjoles Arcalaus:

—Caballeros, decid a Amadís que a las bestias bravas y a las animalias brutas suelen poner en las jaulas, que no a los tales caballeros como yo, y que se guarde bien de mí, que yo espero presto vengarme de él, aunque tenga en su ayuda aquella mala puta Urganda la Desconocida.

Ellos le dijeron:

—Por este camino presto tomaréis donde salisteis —y con esto se tornaron.

Puédese creer aquí que como esta dueña, mujer de este Arcalaus, fue muy piadosa y muy temerosa de Dios y de todas las cosas de muertes y crueldades que su marido hacía hacia ella gran pesar y dolor en su corazón, expulsando de ellas todas las que podía, que por sus méritos alcanzó esta gracia de sacar a su marido de donde todos los del mundo no lo pudiera hacer. Así que la buena dueña y devota mujer debe ser muy preciada y en mucho tenida, porque por ellas muchas veces Nuestro Señor permite que la hacienda, hijos y marido, sean de grandes peligros guardados.

Pues como oís, estaban Amadís y Grasandor en la Ínsula Firme con sus mujeres a gran placer de sus corazones, donde a poco tiempo llegó Darioleta y su marido e hija con su marido Bravor, que acrecentaron mucho en su alegría.

Mas ahora dejará la historia de hablar de ellos y contará de lo que Galán el Gigante, señor de la Ínsula de la Torre Bermeja, hizo. Dice la historia que a los quince días después que Amadís y Grasandor partieron de la Ínsula de la Torre Bermeja, donde dejaron maltratado al gigante Balán, que el gigante se levantó de su lecho y mandó dar a Darioleta y a su marido y a su hijo muchas joyas preciadas y una fusta muy buena en que se fuesen, y envió con ellos a Bravor, su hijo, así como lo había prometido a Amadís, y luego que de allí partieron él hizo aparejar una flota asaz de grande así de sus fustas, que muchas tenía, como de otras que había tomado a los que por allí caminaban, y guarnecióla de armas y gentes y viandas cuantas haber pudo, y metióse a la mar con muy buen tiempo enderezado, y tanto anduvo sin contraste alguno, que a los diez días llegó al puerta de una villeta pequeña que había nombre Licrea, del señorío del rey Arábigo, y allí supo cómo aquellos señores tenían cercada a la gran ciudad de Arabia y el cerco muy apretado, especialmente después que allí llegó el rey de Sobradisa, don Galaor, y don Galvanes, y luego hizo que toda su gente saliesen en tierra y sacasen sus caballos y armas, y los ballesteros y arqueros y todos los otros aparejos de real, y dejando en la flota tal recaudo con que segura quedase se fue derechamente a la parte donde supo que el rey don Galaor y don Galvanes tenían su aposentamiento, y como ellos supieron su venida por sus mensajeros del gigante, cabalgaron con gran compaña y salieron a recibirlo. El gigante llegó asimismo con su muy buena compaña, y él armado de muy ricas armas encima de un muy hermoso y gran caballo, así que pocos pudiera haber que tan bien y tan apuestos como él pareciese de su grandeza; ellos ya sabían lo que le aviniera con Amadís, que Gandalín se lo contó como había pasado, y don Galaor puso adelante a don Galvanes, que aunque el señorío no era su igual, era en mucha más edad crecido que no él, y por esta causa y también por el su gran linaje donde venía y por las buenas maneras de su condición, siempre Amadís y sus hermanos y Agrajes le cataron mucha cortesía. El gigante no lo conocía, que nunca lo viera, aunque sabía muy bien por menudo todo su hecho porque Madasima, madre de este Balán, como ya se os ha contado, y como él llegó dijo el gigante:

—Mi buen señor, ¿sois vos don Galaor?

—No —dijo él—, sino don Galvanes, que mucho os ha deseado.

Entonces el gigante lo abrazó y díjole:

—Señor don Galvanes, según el deudo tenemos no hubiera pasado tanto espacio de tiempo sin que me vierais, mas la enemistad que yo tenía con quien vos tan gran amistad tenéis dio causa a la tardanza de ello, pero está ya fuera por la mano de aquél que en discreción ni esfuerzo no tiene par.

El rey Galaor llegó riendo y de buen talante a lo abrazar, dijo:

—Mi buen amigo y señor, yo soy aquél por quien preguntabais.

Balán lo miró y dijo:

—Verdaderamente, buen testigo es de ello ese vuestro gesto, según se parece, por quien yo os deseaba conocer.

Esto decía el gigante porque Amadís y don Galaor se parecían mucho, tanto que en muchas partes tenían al uno por el otro, salvo que don Galaor era algo más alto de cuerpo y Amadís más espeso.

Esto hecho tomaron al rey Galaor en medio y fuéronse a su real, y don Galvanes llevó a don Balán a su tienda en tanto que su aposentamiento se hacía, donde fue servido como al uno y al otro lo requería debía ser.

Capítulo 131. De cómo Agrajes y don Cuadragante y don Bruneo de Bona-mar, con otros muchos caballeros, vinieron a ver al gigante Balán, y de lo que con él pasaron

Agrajes y don Cuadragante y don Bruneo de Bonamar, como supieron la venida de aquel gigante, tomaron consigo a Angriote de Estravaus y a don Gavarte de Val Temeroso y a Palomir y don Brián de Monjaste y otros muchos caballeros de gran prez que allí con ellos estaban para les ayudar a ganar aquellos señoríos que habéis ido, y fueron todos al real del rey don Galaor y de don Galvanes, donde el gigante aposentado estaba, y halláronlo en la tienda de don Galvanes, que era la más rica y bien obrada que ningún emperador ni rey podría tener, la cual hubo con Madasima, su mujer, que le quedó de Famongomadán, su padre, en esta tienda después que cada año la hacía armar en una vega que delante del castillo Ferviente estaba, hacía sentar en un rico estrado a su hijo Basagante y todos sus parientes, que muchos eran y le obedecían como a su señor por su gran fortaleza y riqueza, y sus vasallos y otras muchas gentes que sojuzgadas por fuerza de armas tenía le besaban la mano por rey de la Gran Bretaña, y con este pensamiento envió demandar al rey Lisuarte a Oriana para la casar con aquél su hijo Basagante y porque no se la quiso dar le hacía muy cruda guerra al tiempo que Amadís los mató a entrambos cuando les quitó a Leonoreta, hermana de Oriana, y a los diez caballeros que con ella presos llevaban, como el segundo libro de esta historia más largo lo cuenta.

Pues al tiempo que estos caballeros llegaron, el gigante estaba desarmado y cubierto de una capa de seda jalde con unas rosas de oro bien puestas por ella, y con él era grande y hermoso y en edad floreciente, parecióles a todos muy bien, y mucho más después que le hablaron, porque según ellos conocían la condición tan fuerte de los gigantes, y como a natura eran todos desabridos y soberbios sin se sojuzgar a ninguna razón, no pensaban que en ninguno de ellos podría ser todo esto al contrario como este Balán lo tenía, y por esta causa lo preciaron mucho más que por su gran valentía, aunque muchos de ellos sabían grandes cosas que en armas había hecho, teniendo que aquel grande esfuerzo sin buena condición y discreción muchas veces es aborrecido.

Pues estando todos juntos en aquella gran tienda, el gigante los miraba y parecíanle también que no pudiera creer que en ninguna parte pudiera haber tantos y tan buenos caballeros, y como los vio sosegados dijoles:

—Si por yo venir tan sin sospecha en vuestra ayuda de ello os maravillaseis como cosa de que muy poca esperanza ni cuidado teníais, así lo hago yo, porque ciertamente no pudiera creer que por ninguna guisa pudiera venir causa que estorbarme pudiera, de no ser como mortal enemigo en vuestro estorbo hasta la muerte. Pero como la ejecución de los pensamientos sea más en la mano de Dios que en la de aquéllos que con gran rigor las querían obrar, entre muchas fuertes y ásperas batallas que a mi honra pasé, me sobrevino una de la cual constreñido al comienzo en la fin de ella por mi propia voluntad fue mi propósito mudado en tener por honra lo que todos los días de mi vida por deshonra tener pensaba, hasta haber alcanzado la venganza de ello, y cuando la cosa que yo en este mundo más deseaba fue a mí voluntad cumplida, entonces se acabó y cumplió el término de mi gran saña y rigor no por el camino que yo tendía más por aquél que a la mi contraria fortuna más le plugo. Ya habéis sabido cómo yo soy hijo de aquel valiente y esforzado gigante Madanfabul, señor de la Ínsula de la Torre Bermeja, al cual Amadís de Gaula llamándose Beltenebros, en la batalla que hubieron el rey Lisuarte y el rey Cildadán mató, y yo, como hijo de tan honrado padre y que tanto a la venganza de esta muerte obligado era, nunca de mi memoria se partía cómo este gran deseo fuese ejecutado, quitando la vida a aquél que a mi padre la quitó, y cuando más sin esperanza de ello estuviese, la fortuna, junto con el gran esfuerzo de aquel caballero, me lo trajo a mis manos dentro en el mi señorío, solo, sin persona que ayudarle pudiese, del cual con mucha fortaleza fui vencido y con mayor cortesía tratado, así como de aquél que lo uno y lo otro más cumplido que ninguno de los que viven tiene, de lo cual redunda que aquella grande y mortal enemistad que yo le tenía se tornó en mayor grandeza de amistad y verdadero amor que ha dado causa de venir como veis sabiendo que en alguna necesidad de gente esta hueste estaba, creyendo que de la honra y provecho de vosotros ocurre a él la mayor parte.

Entonces les contó desde el comienzo todo lo que con Amadís le acaeciera y la batalla que en uno hubieron y todas las otras cosas que pasaron, que nada faltó, así como la historia lo ha contado, y en la fin les dijo que hasta tanto que aquella guerra se partiese, él no partiría de su compaña, y que, aquello acabado, se quería ir luego a la Ínsula Firme como lo prometiera a Amadís. Todos aquellos señores hubieron gran placer de le oír lo que les dijo, porque comoquiera que de Gandalín habían sabido cómo Amadís se combatiera con este gigante y lo venciera, no supieron la causa de ello así como él lo contó, y mucho les plugo de su venida, así por el valor de su persona como por la grande y muy buena gente de guerra que consigo traía, la cual había gran menester según la que en las afrentas pasadas perdido habían, y agradeciéronle mucho su buena voluntad con la obra que por amor de Amadís les ofrecía.

Capítulo 132. Que habla de la respuesta que dio Agrajes al gigante Balán sobre la habla que él le hizo

Agrajes respondió y dijo:

—Mi buen señor Balán, quiero yo responderos en lo que a la enemistad de mi señor primo Amadís toca, pues que estos señores y yo con ellos os hemos dado las gracias a lo que por vos se nos promete, y si mi respuesta no fuere conforme a vuestra voluntad, tomadla como de caballero, que aunque en las cosas de las armas no sea igual, por ventura por la edad que más tengo y las haber tratado más sabré más cumplidamente que vos lo que para cumplir con ellas se requiere. Y digo que los caballeros que con justa causa las afrentas toman y en ellas hacen su deber sin que algo de lo que la razón les obliga mengüe, aunque en ello cumplen lo que juraron, mucho son de loar, pues que la voluntad y la obra quedaron sin deuda alguna. Pero los que el límite de la razón con fantasía salir quieren, a estos tales, los que más el cabo de la honra alcanza más por soberbios y por desvariados que por fuertes ni esforzados los juzgan. Muy notoria es a todos, y a vos, señor, no debe ser oculto, la manera de la muerte de vuestro padre, que así como si la fortuna lo consintiera dando fin a su atrevimiento en llevar al rey Lisuarte como lo llevaba, fuera de gran loor y fama hasta el cielo, así la deshonra y menoscabo de los que a este rey servían y ayudaban fuera puesta en los abismos, y por esto no os debéis maravillar que Amadís, habiendo gran envidia de la gloria que vuestro padre alcanzar esperaba para si la quisiese, como todos los buenos lo hacen o deberían hacer. Y tal muerte como está considerando cada uno quererla haber hecha y con ella pensar haber alcanzado gran prez, no debería por ninguno ser demandada como aquéllas que feamente se haciendo muy gran parte de la honra se aventura en las perdonar.

Así que, mi señor, en lo que vuestro padre toca y en lo que con Amadís os avino, no se podría hablar justa causa de queja, pues que vosotros y él cumplisteis muy enteramente todo lo que caballeros cumplir debían, y si algún cargo imputarse puede es a la fortuna que con más favor a él que a vosotros ayudar y favorecer le plugo. Así que, mi buen amigo, tener vos por bien, que quedando entera y sin ninguna falta vuestra honra hayáis ganado aquel tan noble caballero y todos señores y esforzados caballeros que allí veis, con otros muchos que ver podríais, si causa es que menester los hubieseis viniese.

Cuando esto hubo oído, el gigante Balán le dijo:

—Mi señor Agrajes, aunque para la satisfacción de mi voluntad ningún amonestamiento necesario era, mucho os agradezco lo que me habéis dicho, porque aunque en este caso excusarse pudiera no es razón que para los venideros se excuse, y dejando de hablar más en esto como cosa olvidada y pasada, será bien que entendamos el dar fin en esta afrenta con aquel esfuerzo y cuidado que deben tener aquéllos que dejando en recaudo sus tierras quieren conquistar las ajenas.

Don Galvanes le dijo:

—Mi buen señor, váyanse estos caballeros a sus tiendas que es hora de cenar, y descansaréis esta noche y mañana, y en tanto serán vuestras tiendas armadas y aposentada vuestra gente, y luego con vuestro consejo se dará la orden de lo que hacerse debe.

Así se fueron aquellos señores a sus reales y quedaron con el gigante don Galvanes y el rey don Galaor, que con ellos aquella noche cenó en aquella grande y rica tienda que ya oísteis, con gran placer, y la cena acabada el rey se fue a sus tiendas y ellos quedaron y durmieron en sus ricos lechos, y venida la mañana, el gigante dijo a don Galvanes que quería cabalgar y dar una vuelta a la ciudad por ver en qué disposición estaba y por dónde mejor combatir se podría. Don Galvanes lo hizo saber al rey don Galaor, y entrambos se fueron con él y rodearon aquella gran ciudad, la cual así como de mucha gente era poblada, así de muy grandes torres y muros fortalecida, que como ésta fuese cabeza de todo aquel reino y de las Ínsulas de Landas que con ellas se contenían y la más principal morada de los reyes, así como unos en pos de otros venían así trabajaban de la acrecentar el mayor número de pueblos y de fortaleza lo más que podían, de manera que grandeza y fortaleza era muy señalada. Pues que visto la hubieron díjole Balán:

—Mis señores, ¿qué os parece que se podría hacer a tan gran cosa como ésta?

Don Galaor le dijo:

—No hay en el mundo más fuerte ni mayor cosa que el corazón del hombre, y si los que dentro están esfuerzo tienen, mucho dudaría yo si por fuerza tomarse pudiesen; pero como en los muchos haya gran discordia, especialmente siéndoles la fortuna contraria, y con ella les sobrevenga la flaqueza, no pongo duda de poderse tomar, así como otras cosas impugnables por esta causa se perdieron.

Pues hablando en esto y en otras cosas se fueron todos tres de consuno a los reales de don Cuadragante y don Bruneo y de los otros sus compañeros, que en aquella parte que ellos iban estaban mirando por dónde mejor el darse podría, y cuando cerca de las tiendas de donde Agrajes posaba llegaron vino a ellos el bueno y el esforzado Enil y dijo:

—Mi señor Balán, Agrajes os ruega que veáis al rey Arábigo que yo en mi tienda preso tengo, que él os quiere hablar de cómo vuestra venida le dijeron envió con mucha afición y grande amor a rogar a Agrajes que a él diese licencia y a vos rogase que le vieseis.

El gigante le dijo:

—Buen caballero, contento soy de la hacer, y podría ser que de esta vista se saque más fruto que de otras grandes afrentas donde mayor se esperase.

Así fueron todos hasta llegar a la tienda de Enil, y el rey don Galaor y don Galvanes se fueron a don Bruneo, y el gigante descabalgó de su caballo y entró en un apartamiento donde el rey Arábigo estaba, el cual de ricos tapetes y paños, donde por mandado de Agrajes como a rey le servían, pero tenía unos tan pesados y fuertes grillos que le quitaban de dar un solo paso, y como el gigante así lo vio hincó los hinojos ante él y quísole besar las manos, mas el rey las tiró a sí y abrazóle llorando y díjole:

—Mi amigo Balán, qué te parece de mí, soy yo aquel rey que tu padre y tú muchas veces visteis, o hallasme en aquella corte acompañado de tan altos príncipes y caballeros y otros reyes mis amigos como muchas veces hallaste esperando de conquistar y señorear muy gran parte del mundo, por cierto, antes creo que me juzgarás por un hombre bajo, preso, cautivo deshonrado puesto en poder de mis enemigos como tú bien ves, y lo que más dolor a mi triste corazón acarrea es que aquéllos de quien yo más remedio esperaba, así como tú y otros muy fuertes gigantes que por mis buenos amigos tenía, los vea venir a dar fin y cabo en mi total destrucción.

Esto dicho no pudo más hablar con las muchas lágrimas que le sobrevinieron. Balán le dijo:

—Manifiesto es a mí cómo mis ojos lo vieron ser verdad lo que tú, buen rey Arábigo, has dicho en te ver muy acompañado y honrado con grandes aparejos y esperanza de conquistar grandes señoríos, y si ahora lo veo tan mudado y trocado, no creas que mi ánimo en ello no siente gran alteración, porque aunque mi estado muy diferente en grandeza del tuyo sea, no dejo por eso de sentir los crueles y duros golpes de la fortuna que ya sabes tú, buen rey, cómo aquel muy esforzado Amadís de Gaula a mi padre Madanfabul mató y cuando más la venganza yo de su muerte esperaba vengar, la mi adversa y contraria fortuna quiso que de este mismo Amadís fuese vencido y sojuzgado por fuerza de armas, siendo en su libertad de me dar la muerte o la vida y porque según la congoja y gran tristeza suya en tanto grado te sojuzgan que no te darían lugar a oír relación tan larga, como sobre ello contarte podría bástete saber que como vencido de aquél a quien yo tanto vencer deseaba, y matar por mis manos si ser pudiera, soy aquí venido donde con legítima causa podría pagarte con otras tantas o por ventura más lágrimas que mi presencia te dieron causa de derramar. Así que no menos que tú yo habría menester consuelo, pero conociendo las grandes y diversas vueltas del mundo y cómo la dirección sea dada para seguir la razón, tomé por partido de ser amigo de aquel tan mi mortal enemigo que más ser no podía, pues que con justa causa no quedando cosa alguna por flaqueza de lo que obligado era lo pude hacer. Y si tú, noble rey, mi consejo tomas, así lo harás, porque muy conocido tengo te será que le tomes y yo como aquél que en el rigor y discordia te tengo de ser enemigo podría ser que en la concordia te seré leal amigo.

Y cuando esto le oyó, díjole:

—¿Qué concordia puedo hacer perdiendo mi reino?

—Contentarte —dijo el gigante— con lo que buenamente sacar pudieres.

—No vale más —dijo— el morir que verme menguado y deshonrado.

—Como la muerte —dijo Balán—, quite toda la esperanza y muchas veces con la vida y largo tiempo se satisfagan los deseos y las grandes pérdidas se remedien, mucho mejor partido es procurar la vida que desear la muerte a aquéllos que con más pérdida de intereses que con deshonra hacerlo pueden.

—Balán, mi amigo —dijo el rey—, por tu consejo quiero ser guiado y en tu mano dejo todo lo que vieres que hacer debo y ruégote mucho que aunque allá fuera en mis cosas enemigo te muestres en ausencia que viéndome en esta prisión en mi presencia como amigo me aconsejes.

—Así lo haré —dijo el gigante— sin falta.

Entonces, despidiéndose de él y tomando consigo a Enil, se fue a la tienda de don Bruneo de Bonamar, donde halló al rey don Galaor y Agrajes y don Galvanes y otros asaz caballeros de gran cuenta, los cuales le recibieron y tomaron entre sí con mucho placer y él les dijo, que por cuanto había hablado con el rey Arábigo algunas cosas que debían saber, que viesen si era necesario que a ello otros algunos estuviesen. Agrajes le dijo que sería bueno que don Cuadragante y don Brián de Monjaste y Angriote de Estravaus fuesen llamados y así se hizo, los cuales vinieron y con ellos otros caballeros de gran nombre.

Entonces el gigante les dijo todo lo que con el rey Arábigo había pasado que nada faltó y que en su parecer era, dejando aparte que a muerte o a vida los había de seguir y ayudar, que si el rey Arábigo con alguna de aquellas Ínsulas de Landas, la más apartada, se contentase y sin más pérdida de gentes lo restante mandase entregar, que la concordia y atajo sería bueno, especialmente quedando aún por ganar el señorío de Sansueña, que así de gentes como de fortalezas era muy áspero. Mucho le agradecieron aquellos señores al gigante lo que dijo y por muy cuerdo lo tuvieron que no pudieron pensar ni creer que en hombre de aquel linaje tanta discreción hubiese, y así era razón de lo pensar, porque la su grande y demasiada soberbia no dejaba ningún lugar donde la razón y la discreción aposentarse pudiesen, pero la diferencia que este Balán tenía a los otros gigantes era que como su madre Madasima fue tal y de tan noble condición, como la historia os la ha contado, no teniendo de su marido Madanfabul si este solo hijo no, trabajó mucho, aunque contra la voluntad de su marido, que era malo y soberbio de lo criar, so la disciplina de un gran sabio que de Grecia trajo, con la crianza del cual y con la de su madre tomó, que era muy noble en todas las cosas, salió tan manso y tan discreto que pocos hombres había mejor razonados que él lo era ni de tanta verdad.

Y habido acuerdo aquellos señores entre sí, hallaron que si lo que el gigante les decía pudiese haber efecto que les sería buen partido y mucho descanso, aunque alguna parte de aquel reino al rey Arábigo le quedase, y respondiéronle que conociendo el amor y voluntad con que allí había venido y hablando en aquello que estaban, que antes por él que por otro alguno lograrían sus voluntades a dar asiento con aquel rey. Donde aquí se puede notar que faltando en las grandes roturas personas que con buena intención se muevan a poner remedio, vienen y se recreen muertes, prisiones, robos y otras cosas de infinitos males. Pues oído esto por el gigante habló con el rey Arábigo y sobre muchos acuerdos y hablas que excusar de decir se deben, así por su prolijidad como de no salir del propósito comenzado. Fue acordado que el rey Arábigo entregase aquella gran ciudad que en tierra comarcana que debajo de su señorío estaba, y de las tres ínsulas de Landas tomase para sí la una más apartada, que Liconia se llamaba, que era a la parte del cierzo, y de allí se llamase rey, y las otras fuesen asimismo con lo otro entregadas, y don Bruneo se llamase rey de Arabia. Esto hecho y consentido por el sobrino del rey Arábigo, que el rey defendía, como ya oísteis, y por todos los más principales de la ciudad, entregóse todo como señalado estaba, y fue suelto el rey Arábigo, el cual con harta fatiga y angustia de su corazón a la Ínsula de Liconia, y don Bruneo fue alzado por el rey con mucho placer y grandes alegrías, así de su parte como de los contrarios, porque conociendo su bondad y gran esfuerzo con él esperaban ser muy honrados y defendidos. Acabado esto como la historia lo ha contado, a poco tiempo que aquí descansaron y holgaron con el rey don Bruneo, ordenaron sus batallas y todas las otras cosas necesarias a su camino y partieron de allí a la villa Califán, que era la más cercana de donde ellos habían el real tenido; mas los sansones, como supieron que la ciudad de Arabia era tomada y concertado el rey Arábigo con aquellas gentes, temiendo lo que fue, juntáronse todos, así caballeros como peones, en muy gran número de gentes, que aquel señorío era grande y las gentes de él muchas y bien armadas y sabedores de guerra como aquéllos que siempre habían tenido los señores muy soberbios y escandalosos y cuando así se vieron juntos en tanta cantidad creciéronle los corazones y con gran soberbia y osadía ordenadas sus haces, llevando por capitanes los más principales del señorío, salieron al encuentro de sus enemigos antes que a la villa de Califán llegasen, donde. los unos y los otros se juntaron y hubieron una muy cruel y brava batalla, que mucho de ambas, las partes fue herida, en la cual pasaron cosas muy extrañas en armas y muertes de muchos caballeros y de otros hombres; pero lo que allí los caballeros señalados y aquel bravo y valiente gigante hicieron no se podría en ninguna guisa acabar de contar, sino tanto que por sus grandes hechos y esfuerzo de sus bravos corazones fueron los de Sansueña vencidos y destruidos de tal manera que los más de ellos quedaron muertos y heridos en el campo y los otros tan quebrantados que aun en los lugares que fuertes eran no se atrevieron defender. Así que don Cuadragante con todos aquellos señores y las gentes que de la batalla fincaron, aunque muchos fueron muertos y heridos, señorearon el campo sin hallar defensa ni resistencia alguna. Y si la historia no os cuenta más por extenso las grandes caballerías y bravos y fuertes hechos que en todas aquellas conquistas y batallas sobre ganar estos señoríos pasaron, la causa de ello es porque esta historia es de Amadís y los sus grandes hechos, y no es razón que los de los otros sea, sino casi en suma contados, porque de otra manera no solamente la escritura de larga prolija daría a los leyentes enojo y fastidio, mas el juicio no podría bastar a cumplir con ambas las partes, así que con mayor razón se debe cumplir con la causa principal que es este esforzado y valiente caballero Amadís, que con las otras que por su respecto a la historia le convino de las hacer mención, y por esto no se dirá más, salvo que vencida esta tan grande y peligrosa batalla, a poco espacio de tiempo, fue aquel gran señorío de Sansueña sojuzgado de manera que los lugares flacos de su propia voluntad, no esperando remedio alguno y los más fuertes constreñidos por grandes combates, a todos les convino tomar por señor a don Cuadragante. Mas ahora los dejaremos muy contentos y pagados de las victorias que hubieron y contaros ha la historia del rey Lisuarte, que ha gran pieza que de él no se hizo mención.

Capítulo 133. Cómo después que el rey Lisuarte se tornó desde la Ínsula Firme a su tierra fue peso por encantamiento, y de lo que sobre ello acaeció

La historia cuenta que después que el rey Lisuarte con la reina Brisena, su mujer, partió de la Ínsula Firme al tiempo que dejó casadas sus hijas y las otras señoras que con ellas casaron, como ya oísteis, que él se fue derechamente a su villa de Fenusa porque era puerto de mar y muy poblada de florestas en que mucha caza se hallaba, y era lugar muy sano y alegre, donde él solía holgar mucho, y como allí fue luego al comienzo por dar algún descanso y reposo a su ánimo de los trabajos pasados, diose a la caza y a las cosas que más placer le podían ocurrir, y así pasó algún espacio de tiempo, pero como ya esto le enojase, así como todas las cosas del mundo que hombre mucho sigue lo hacen, comenzó a pensar en los tiempos pasados y en la gran caballería de que su corte abastecida fue, y las grandes venturas que los sus caballeros pasaban de que a él redundaba mucha honra y tan gran fama que por todas las partes del mundo era nombrado y ensalzado su loor hasta el cielo, y comoquiera que ya su edad reposo y sosiego le demandase, la voluntad criada y habituada en lo contrario de tanto tiempo envejecida no lo consentía, de manera que teniendo en la memoria la dulzura de la gloria pasada y el amargura de no la tener ni poder haber al presente, le pusieron en tan gran estrecho de pensamiento que muchas veces estaba como fuera de todo su juicio, no se pudiendo alegrar ni consolar con ninguna cosa que viese, y lo que más a su espíritu agravaba era tener en su memoria cómo en las batallas y cosas pasadas con Amadís fue su honra tanto menoscobada y que en voz de todos más constreñido con necesidad que con virtud dio fin a aquel gran debate.

Pues con estos tales pensamientos hubo la tristeza lugar de cargar sobre él de tal forma que éste que era un rey tan poderoso, tan gracioso, tan humano y temido de todos fue tomado triste y pensativo, retraído, sin querer ver a persona alguna, como por la mayor parte acaece a aquéllos que con las buenas venturas sin recibir contrastes ni entrevalos que mucho les duelan, pasan sus tiempos y amollentadas sus fuerzas no pueden sufrir ni saben resistir los duros y crueles golpes de la adversa fortuna.

Este rey tenía por estilo cada mañana, en oyendo misa, de tomar consigo un ballestero y encima de su caballo, solamente la su muy buena y preciada espada ceñida, irse por la floresta gran pieza cuidando muy fieramente y a las veces tirando con la ballesta, y con esto le parecía recibir algún descanso. Pues un día acaeció que siendo alongado de la villa por la espesura de la floresta que vio venir una doncella encima de un palafrén corriendo a más andar por entre las matas y dando voces demandando a Dios ayuda, y como la vio fue contra ella y díjole:

—Doncella, ¿qué habéis?

—¡Ay, señor! —dijo ella—, por Dios y por merced acorred a una mi hermana que acá dejó con un mal hombre que la forzar quiere.

El rey hubo de ella duelo y díjole:

—Doncella, guiadme, que yo os seguiré.

Entonces volvió por el mismo camino por donde allí viniera cuanto el palafrén aguijar pudo, y anduvieron tanto hasta que el rey vio cómo entre unas espesas matas un hombre desarmado tenía a la doncella por los cabellos y tirábala reciamente por la derribar, y la doncella daba grandes gritos.

El rey llegó en su caballo dando voces que dejase la doncella, y cuando el hombre cerca de sí lo vio soltóla y huyó por entre las más espesas matas. El rey siguiólo con el caballo, mas no pudo pasar mucho adelante con el estorbo de las ramas, y como esto vio apeóse lo más presto que pudo con gran gana de lo tomar por le dar el castigo que tal insulto merecía, que bien cuidó que de su tierra podría ser, y corriendo tras él cuanto pudo llamándolo siempre muy cerca y pasada la espesura de aquel gran monte halló un prado que desenvuelto y sin embarazo estaba, en el cual vio armado un tendejón donde el hombre tras que él iba a gran prisa fue metido. El rey llegó a la puerta del tendejón y vio una dueña, y el hombre que huía tras ella, como que allí pensaba guarecer. El rey le dijo:

—Dueña, ¿es ese hombre de vuestra compaña?

—¿Por qué lo preguntáis? —dijo ella.

—Porque quiero que me lo deis para hacer de él justicia, que si por mí no fuera forzara acá donde yo lo hallé una doncella.

La dueña dijo:

—Señor caballero, entrad y oiré lo que diréis, que si es así como decís yo lo daré, que pues yo doncella fui y en mucha estima tuve mi honra, no daría lugar a que otra ninguna deshonrada fuese.

El rey fue luego adonde la dueña estaba, y al primero paso que dio cayó en el suelo tan fuera de sentido como si muerto fuese. Entonces llegaron las doncellas que tras él venían, y la dueña con ellas, y con el hombre que allí tenía tomaron al rey así desacordado como estaba en sus brazos y salieron otros dos hombres de entre los árboles que tiraron el tendejón y fuéronse todos a la ribera de la mar que muy cerca estaba, donde tenían un navío enramado y tan cubierto que apenas nada de él se parecía, y metiéronse dentro y pusieron en un lecho al rey y comenzaron a navegar. Esto fue tan prestamente hecho y tan encubierto y en tal parte que persona Otra alguna no lo pudo ver ni sentir. El ballestero del rey, como andaba a pie, que no le pudo seguir, porque el rey se aquejó mucho por socorrer la doncella y cuando llegó adonde había el caballo quedado mucho se maravilló de lo hallar así solo, y metióse cuando más pudo por las espesas matas buscando a todas partes, mas no halló nada, y a poco rato hallóse en el prado donde el tendejón había estado, y desde allí tornóse al caballo y cabalgó en él y anduvo gran pieza a un cabo y a otro buscando por la floresta y por la ribera de la mar, y como no hallase nada acordó de se tornar a la villa, y cuando cerca de ella llegó y algunos que por allí andaban lo vieron cuidaron que el rey le enviaba por alguna cosa, mas él no decía nada sino andar hasta donde la reina estaba, y descabalgó del caballo y entró en el palacio con gran prisa, y como la vio díjole todo lo que del rey viera y cómo lo buscara con mucha diligencia sin lo poder hallar. Cuando la reina esto oyó fue muy turbada, y dijo:

—¡Ay, Santa María!, ¿qué será del rey, mi señor, si le he perdido por alguna desventura?

Entonces hizo llamar al rey Arbán, su sobrino, y a Cendil de Ganota, y díjole aquellas nuevas. Ellos mostraron buen semblante, dándole esperanza que no temiese, que no era aquello cosa de peligro para el rey, porque muy presto se podría perder por aquella floresta con codicia de dar venganza a la doncella, y pues él sabía aquella tierra por donde muchas veces a caza anduviera, que no tardaría de venir, que si él el caballo dejó no sería sino porque con la espesura de los árboles no se podría de él aprovechar, pero teniéndolo en la verdad en más de lo que mostraban, fueron luego a se armar y cabalgar en sus caballos e hicieron salir toda la gente de la villa, y lo más presto que ser pudo se metieron por la floresta, llevando consigo el ballestero que los guiase y la otra gente que mucha era se derramó a todas partes, pero ni ellos ni aquellos caballeros, por mucho afán que tomaron en lo buscar, nunca de él nuevas supieron. La reina estuvo todo aquel día alguna nueva esperando con mucha turbación y alteración de su ánimo, pero ninguno fue tan osado que con tan poco recaudo como hallaban volviesen antes, así los que de allí salieron como todos los de la comarca que las nuevas oían nunca cesaban de buscar con mucha diligencia. Venida la noche, acordó de enviar mensajeros a más andar y cartas a los más lugares que ella pudo, y en esto pasó toda la noche sin sueño dormir.

Al alba del día llegaron don Grumedán y Giontes, y cuando la reina los vio preguntóles si sabían algo del rey su señor. Don Grumedán les dijo:

—No sabemos más de cuanto nos dijeron a Giontes y a mí en la casa donde estábamos cazando cómo mucha gente lo buscaba, y pensando hallar aquí alguna nueva, acordamos de no ir antes a otra parte, pero pues que no la hallamos, meternos hemos luego en su demanda.

—Don Grumedán —dijo la reina—, yo no puedo sosegar ni hallo descanso ni remedio ni puedo pensar qué haya sido esto, y si aquí quedase de gran congoja sería muerta, y por esto acuérdome de ir con vos, porque si buena nueva viniere allá más aína, que acá las habré, y si al contrario, no dejaré hasta la muerte de tomar el trabajo que con razón tomar debo.

Luego mandó que le trajesen un palafrén, y tomando consigo a don Grumedán y a don Giontes y una dueña, mujer de Brandoibás, se fue por la floresta lo más presto que pudo y anduvo por ella tres días, que siempre albergaba el despoblado en los cuales si por don Grumedán no fuera no comiera solo un bocado, mas él, con gran fuerza, hacía que algo comiese.

Todas las noches dormía vestida debajo de los árboles, que aunque algunas aldeas pequeñas hallaba no quería entrar en ellas, diciendo que su gran congoja no lo consentía.

Pues en cabo de estos días acaeció que entre las muchas gentes que por la floresta encontraron halló al rey Arbán de Norgales que venía muy triste y muy fatigado y su caballo tan laso y cansado que ya no le podía traer. Cuando la reina lo vio díjole:

—Buen sobrino, ¿qué nuevas traéis del rey, mi señor?

A él le vinieron las lágrimas a los ojos y dijo:

—Señora, no otras ningunas más de las que sabía cuando de vuestra presencia me partí, y creed, señora, que tantos somos en su demanda y con tanto trabajo y afición le hemos buscado, que sería imposible si de esta parte de la mar estuviese no le hallar, pero yo entiendo que si algún engaño recibió que no fue para lo dejar en su reino, y ciertamente, señora, siempre me pesó de este apartamiento suyo con tanta esquiveza y mal recaudo de su persona, porque los príncipes grandes señores que a muchos han de gobernar y mandar, no pueden usar de ello tan justamente y con tanta clemencia que no sean de ellas más temidos, y de este tal temor faltando el amor luego viene el aborrecimiento, y por esta causa debe poner tal recaudo en sus personas que los menores no se atrevan a su grandeza, que muchas veces los tales dan ocasión de recordar a otros lo que no tenían pensado y a Dios plega por la su merced de le poner en parte donde le vea y le diga eso y otras muchas cosas en el cual yo tengo esperanza que el lo hará y vos, señora, así lo tened.

Cuando la reina esto oyó salió de todo su sentido y amortecida cayó del palafrén ayuso. Don Grumedán se derribó de su caballo lo más presto que pudo y tomóla en sus brazos; así la tuvo por una gran pieza que más por muerte que por viva la juzgaba, y cuando acordó dijo muy dolorosamente con gran abundancia de lágrimas:

—Engañosa y espantable fortuna, esperanza de los miserables, cruel enemiga de los prosperados, trastornadora de las mundanales cosas, ¿de qué me puedo loar de ti?, que si en los tiempos pasados me hiciste señora de muchos reinos, obedecida y acatada de muchas gentes y sobre todo junta al matrimonio de tan poderoso y virtuoso rey, en un solo momento a él me quitando lo llevaste y robaste todo, que si a él perdiendo los bienes mundanos me dejas, no causa ni esperanza de recobrar descanso ni placer, mas de muy mayor dolor y amargura me serán ocasión, porque si de mí preciados eran y en algo tenidos, no era salvo por aquél que los mandaba y defendía. Por cierto con mucha más causa te pudiera agradecer así como una de estas simples mujeres sin fama, sin pompa, me dejaras, porque yo olvidando los flacos y livianos males míos así como ella, por los ásperos y crueles ajenos derramara mis lágrimas. Mas porque me quejare de ti pues que los engañados y fuertes mudanzas tuyas, derribando los que ensalzaste son tan manifiestos a todos que no de ti más de sí mismos, en ti confiando se deben quejar.

Así estaba esta noble reina haciendo su duelo en la tierra sentada, y su amo don Grumedán los hinojos hincados teniéndole las manos con palabras muy dulces la consolando, como aquel en quien toda virtud y discreción moraba, con aquella piedad y amor que en la cuna lo hiciera; mas consuelo no era menester, que ella se amortecía tantas veces que sin ningún sentido y casi muerta quedaba, que era causa de gran dolor a los que la veían, y cuando algún tanto su espíritu algunas fuerzas fue cobrando, dijo a don Grumedán:

—¡Oh, mi fiel y verdadero amigo!, yo te ruego que así como estas tus manos en los mis primeros días fueron causa de los crecer que ahora en los postrimeros en ellas mismas reciba la mi suerte.

Don Grumedán, viendo ser su respuesta excusada según su disposición, calló que no dijo nada. Antes acordó que sería bueno de la llevar a algún poblado donde se procurase algún remedio. Así lo hicieron, que él y aquellos caballeros que allí estaban la pusieron en su palafrén, y don Grumedán en las ancas, teniéndola abrazada, la llevaron a unas casas de monteros del rey que en la floresta para la guardar vivían, y luego enviaron por camas y otros atavíos donde descansase, pero ella nunca quiso estar sino en la más pobre cama que allí se halló. Así estuvo algunos días sin saber dónde ir ni sé que de sí hiciese, y cuando don Grumedán más reposada la vio díjole:

—Noble y poderosa reina, ¿dónde es huida vuestra gran discreción en el tiempo que más menester la hubisteis? Que tan fuera de consejo la muerte procuráis y demandáis, no teniendo en la memoria fenecer con ellas todas las mundanales cosas, ¿y qué remedio era para aquel vuestro tanto amado marido ser vuestra ánima de esas carnes salida? ¿Por ventura compráis con ello su salud o ponéis remedio a sus males? Antes, por cierto, es todo al contrario de lo que los cuerdos deben hacer, que el corazón y discreción para semejantes afrentas fueran establecidos y dotados de aquel muy Alto Señor, y más con grande esfuerzo y diligencia que con sobradas lágrimas a las fortunas de los amigos se han de socorrer. Pues si aparejo a esto que digo se os ofrece, quiero que como yo lo conozco lo sepáis. Bien sabéis, señora, que demás de los caballeros y muchos vasallos que en vuestros señoríos viven, que con gran afición y amor seguirán y cumplirán vuestros mandamientos, de la sangre de vuestra real casa, pende hoy casi toda la cristiandad, así en esfuerzo como en grandes imperios y señoríos, sobre todo como el cielo sobre la tierra, pues, ¿quién duda que esto sabiendo esta gran fatiga no quieran como vos misma ver en el remedio de ella? Y si el rey vuestro marido en estas partes está, nosotros que suyos somos daremos el remedio, y si por ventura a la mar lo pasaron, ¿ven qué tierra tan áspera ni qué gente tan brava podría resistir que habido no sea? Así que, mi buena señora, dejando aparte las cosas que más daño que pro traen, tomando nueva consuelo y consejo, sigamos aquéllas que a la salud y remedio de este negocio aprovechar puedan.

Pues oído por la reina esto que don Grumedán dijo, así como de muerte a vida la tornó, y conociendo que en todo verdad decía, dejando las lágrimas y grandes querellas, acordó de enviar un mensajero a Amadís, que más a la mano estaba, confiando en su buena fortuna, que así como, en las otras cosas, en ésta pondría remedio, y luego mandó a Brandoibás que lo más apresuradamente que él pudiese buscase a Amadís y le diese una carta suya que decía así:

CARTA DE LA REINA BRISENA A AMADÍS

Si en los tiempos pasados, bienaventurado caballero, esta real casa por vuestro gran esfuerzo fue defendida y amparada, en estos presentes constreñida más que lo nunca fue con mucha afición y aflicción os llama, y si los grandes beneficios de vos recibidos no agradecieron como vuestra gran virtud lo merecía, contentaos pues aquel justo juez en todo poderoso en defecto nuestro lo quiso pagar ensalzando vuestras cosas hasta el cielo y las nuestras abatiendo debajo de la tierra, sabréis, mi muy amado hijo y verdadero amigo, que así como el relámpago en la oscura noche redobla la vista de los ojos en que hiere y súbitamente se partiendo en mayor tenebregura y oscuridad que antes los deja, así teniendo yo ante los míos la real persona del rey Lisuarte, mi marido y mi señor, que era la luz y lumbre de ellos y de todos mis sentidos, siéndome en un momento arrebatado los dejó en tanta amargura y abundancia de lágrimas que muy presto con la muerte perecer esperan, y porque el caso es tan doloroso que las fuerzas ni el juicio podrían bastar a lo escribir, remitiéndome al mensajero doy fin en ésta y en mi triste vida si el remedio de él presto no viere.

Acabada la carta mandó a Brandoibás que él por extenso le contase aquellas malaventuradas nuevas, el cual fue luego partido con aquella voluntad, que muy fiel criado como él lo era lo debía hacer.

Pues esto hecho con aquellos caballeros se puso luego en el camino de Londres, porque aquella ciudad era la cabeza de todo el reino, y allí mejor que en otra parte si algún movimiento hubiese se hallaría, pero no fue así, antes extendiéndose las nuevas a todas partes, la alteración de las gentes fue de tal manera que grandes y pequeños, hombres y mujeres desampararon los lugares, y como si fuera de sentido estuviesen, andaban dando voces por los campos, llorando y llamando al rey su señor, en tanto número de gente que las florestas y montañas todas de ellas eran llenas, y muchas de las dueñas y doncellas de gran guisa, descabelladas, haciendo grandes llantos por aquél que en su defensa y socorro siempre hallaron. ¡Oh, cómo se deberían tener los reyes por bienaventurados si sus vasallos con tanto amor y tan gran dolor se sintiesen de sus pérdidas y fatigas, y cuándo asimismo lo serían los súbditos que con mucha causa lo pudiesen y debiesen hacer, siendo sus reyes tales para ellos como lo era este noble rey para los suyos! Pero mal pecado los tiempos de ahora mucho al contrario son de los pasados, según el poco amor y menos verdad que en las gentes contra sus reyes se halla, y esto debe causar la constelación del mundo ser más envejecida, que perdida la mayor parte de la virtud no puede llevar el fruto que debía, así como la cansada tierra, que ni el mundo labrar ni la escogida simiente pueden defender los cardos y las espinas con las otras hierbas de poco provecho que en ella nacen. Pues roguemos a Aquel Señor poderoso que ponga en ello remedio, y si a nosotros, como indignos, oír no le place, que oiga a aquéllos que aun dentro en las fraguas sin de ellas haber salido se hallan, que los haga nacer con tanto encendimiento de caridad y amor como en aquestos pasados había, y los reyes que, apartadas sus iras y sus pasiones, con justa mano y piados los traten y sostengan. Pues tornando al propósito, cuenta la historia que estas nuevas volaron muy presto a todas partes por aquéllos que grandes tratos en la Gran Bretaña tenían, los cuales todo lo más del tiempo por la mar navegaron, así que muy presto fue sabido en aquellas tierras donde don Cuadragante, señor de Sansueña, y don Bruneo, rey de Arabia, y los otros señores sus amigos estaban, los cuales, considerando la gran parte que de esto a Amadís tocaba en reparar la pérdida del rey o del reino si en él algunos escándalos se levantasen, acordaron, pues ya en aquellas conquistas no había que hacer, y todo estaba señoreado, de se ir juntos como estaban a la Ínsula Firme por se hallar con Amadís y seguir lo que él mandase, pues con este acuerdo, dejando don Bruneo en su reino a Branfil, su hermano, y don Cuadragante a Landín, su sobrino, que poco antes era allí llegado con gente del rey Cildadán en su señorío de Sansueña, llevando la más gente que pudieron y dejando con ellos lo que necesario habían para guardar aquellas tierras. Se metieron en sus fustas por la mar, y el gigante Balán con ellos, que de todos muy amado y preciado era. Tanto anduvieron y con tan próspero viento, que a los doce días que de allí partieron llegaron al puerto de la Ínsula Firme. Cuando Balán vio la gran sierpe que allí Urganda había dejado, como la historia os lo ha dicho, mucho fue maravillado de cosa tan extraña, y mucho más lo fuera si no le contaran la causa de ella aquéllos que con él venían.

Al tiempo que estos señores allí arribaron, Amadís estaba con su señora Oriana, que de ella no se osaba partir, que como Brandoibás llegase de parte de la reina Brisena con la carta que ya oísteis y Oriana supiese lo de su padre, fue su dolor y tristeza tan sobrada, que en muy poco estuvo de perder la vida, y como le dijeron la venida de aquella flota en que aquellos señores venían, rogó a Grasandor que los recibiese y les dijese la causa por qué a ellos no podía salir. Grasandor así lo hizo, que en su caballo llegó al puerto y halló que ya salían de la gran mar.

El rey de Sobradisa, don Galaor, y el rey de Arabia, don Bruneo, y don Cuadragante, señor de Sansueña, y el gigante Balán, y don Galvanes, y Angriote de Estravaus, y Gavarte de Val Temeroso, y Agrajes, y Palomir, y otros muchos caballeros de gran prez en armas que sería enojo contarlos.

Grasandor les dijo de la forma que Amadís estaba y que se aposentasen y descansasen esa noche, y que otro día saldría para ellos a dar orden en aquel caso que ya a ellos manifiesto sería. Todos lo tuvieron por bien que así se hiciese y luego subieron al castillo y se aposentaron en sus posadas, y Agrajes y su tío don Galvanes llevaron consigo a Balán por le hacer toda la honra que ellos pudiesen.

Pasada, pues, aquella noche, habiendo oído misa, fuéronse todos a la huerta donde Amadís estaba, y como él lo supo, dejando a su señora con más sosiego y a su prima Mabilia y Melicia, su hermana, y Grasinda con ella, salió de la torre y vínose para ellos. Cuando juntos los vio hechos reyes y grandes señores, escapados de tantas afrentas y peligros como habían pasado con tanta salud, aunque en el continente tristeza mostrase por lo del rey Lisuarte, en su corazón sintió tan gran alegría mucho más que si para él solo todo aquello se hubiera ganado, y fuelos abrazar, y todos a él, mas al que él más amor mostró fue a Balán el Gigante, que a éste abrazó muchas veces, honrándole con mucha cortesía.

Pues estando así juntos, el rey don Galaor, como aquél que en tanto grado la pérdida del rey Lisuarte sintiese, como la del rey Perión, su padre, les dijo que sin poner dilación de ningún tiempo se debía tomar acuerdo de lo que hacer debían en lo del rey Lisuarte, porque él, si Amadís lo otorgase, luego quería entrar en aquella demanda sin holgar ni haber reposo día ni noche hasta perder la vida o salvar la suya si vivo fuese. Amadís le dijo:

—Buen señor hermano, sin razón sería que aquel rey que tan bueno fue y tan honrado y socorredor de los buenos, que los buenos en tan extrema necesidad no le socorriesen, que dejando aparte el gran deudo que yo con él tengo, que a todos obliga hacer lo que decís, por suso la virtud y gran nobleza merecía ser servido y ayudado en sus afrentas de todos aquéllos en quien virtud y buen conocimiento hubiese.

Entonces mandaron venir ante ellos a Brandoibás por saber lo que se había hecho en buscar al rey y que les dijese con qué la reina sería más servida y contenta. Él les dijo todo lo que viera y la gran gente que luego, en la hora que el rey fue perdido, salió a lo buscar, y que creyesen que si en aquella floresta y aun en todo su reino fuera preso y en algún lugar detenido que no era cosa que encubrir se pudiera, mas que el pensamiento de la reina y de todos los otros no era salvo creer que por la mar lo llevaron o en ella lo habían ahogado, que según el socorro fuera presto aun para lo soterrar no tuvieran tiempo, y que su parecer era, pues, que todo aquel reino había tanto sentimiento hecho y con tanto amor y voluntad todos al servicio de la reina quedaban no se esperando de otro ninguna parte lo contrario, que ellos en aquella gran flota que allí tenían se deberían partir en muchas partes, que según en todas las cosas por ellas comenzadas siempre la fortuna les había sido muy favorable, que en ésta que con tanto afán y afición se ponían no querría en otro estilo mudarse. A todos aquellos señores les pareció muy buen consejo el que Brandoibás les daba, y en aquello se otorgaron que se hiciese, y rogaron a Amadís que tomase cuidado de les señalar la parte de la mar y de las tierras que buscasen, porque ninguna cosa quedase de lo uno ni de lo otro, y que luego los llevase ante Oriana, que en sus manos querían jurar y prometer de nunca cesar la demanda hasta tanto que del rey, su padre, nuevas de vivo o de muerto le trajesen, que con esto pensaba de dar consuelo a su tristeza. Pues yendo todos para entrar en la torre llegó un hombre, que les dijo:

—Señores, una dueña sale de la gran serpiente, y créese que es Urganda la Desconocida, que otra no fuera poderosa de allí entrar ni salir.

Cuando Amadís esto oyó, dijo:

—Si ella es, sea muy bien venida, que a tal sazón más con ella que con otra ninguna persona nos debe placer.

Luego enviaron por sus caballos para la recibir, pero no se pudo hacer tan presto que antes Urganda de la mar salida no fuese, y en su palafrén, trayéndola sus dos enanos por las riendas, a la puerta de huerta llegada. Cuando aquellos señores allí la vieron fueron contra ella, y el rey don Galaor fue el primero y la tomó con sus brazos del palafrén y la puso en tierra. Todos la saludaron y la honraron con mucha cortesía, y ella les dijo:

—Bien creeréis, mis buenos señores, que de hallaros así juntos no lo tendré por extraña cosa, pues que cuando por aquí partí os lo dije que sobre un caso, a vosotros oculto, lo seríais. Mas dejemos ahora de hablar en ello, y antes que más os diga quiero ver y consolar a Oriana, porque sus angustias y dolores más que los míos propios los siento.

Entonces se fueron todos con ella hasta el aposentamiento de Oriana. Cuando Oriana la vio por la puerta entrar comenzó a llorar muy agriamente y a decir:

—¡Oh, mi buena amiga señora!, ¿cómo sabiendo vos todas las cosas antes que vengan no pusisteis remedio en esta tan gran desventura venida sobre aquel rey que tanto os amaba? Ahora conozco yo que pues vos le fallecisteis, que todo el mundo le fallece —y dando con sus palmas en el rostro se dejó caer en su estrado.

Urganda se llegó a ella, e hincadas las rodillas, tomándola por la mano, le dijo:

—Amada señora hija, no os acongojéis ni aflijáis tanto, pues que los imperios y grandes estados de que vos tan ornada y abastada sois, traen siempre consigo las semejantes tribulaciones, y sin esta condición poseer los puede, que con mucha razón nos podríamos quejar los que poco tenemos de aquel poderoso Señor si de otra manera pasase, pues que siendo todos de una masa y de una naturaleza, obligados a los vicios y pasiones, y al cabo iguales en la muerte, nos hizo tan diversos en los bienes de este mundo: a los unos señores, a los otros vasallos, con tanta sujeción y humildad que con razón o sin ella nos convenga sufrir prisiones, muertes, destierros y otras cosas de innumerables penas, así como la voluntad y querer de los mayores lo mandan, y si algún consuelo estos así sojuzgados y apremiados al su gran desconsuelo sienten, no es al salvo ver estos juegos de la fortuna que traen estas caídas peligrosas, y como esto sea ordenado y permitido de la su real majestad, así son todas las otras cosas que por el mundo se rodean, sin ser a ninguno poder dado por discreción ni sabiduría que en sí haya de solo un punto remover de ello. Así que, muy amada señora, compensando lo malo con lo bueno y lo triste con lo alegre, daréis mucho descanso a vuestra fatiga, y en lo que me decís del rey vuestro padre, verdad es que a mí antes manifiesto fue, como por palabras encubiertas al tiempo que de aquí partí lo dije, pero no fue en mí tal poder que desviar pudiese lo que ordenado estaba; mas lo que a mí es otorgado en esta venida se pondrá en obra, lo cual con la ayuda del Mayor Señor será causa de traer el remedio a esta gran tristeza en que os hallo.

Entonces la dejó y se tomó a los caballeros, que juntos estaban, por dar orden en el viaje que cada uno debía de hacer, y díjoles:

—Mis buenos señores, bien se os acordará cómo al tiempo de mi partida de esta ínsula, cuando juntos quedasteis, os dije que a la sazón que el doncel Esplandián hubiese de recibir caballería, por un caso a vosotros oculto, todos los más seríais aquí tornados, pues si así se cumplió, la presencia vuestra da de ello testimonio. Ahora que soy venida como lo prometí, así para aquel acto como por os quitar de las afrentas y grandes trabajos que de esta demanda en que todos puestos estáis o pueden venir sin que de ellas remedio ninguno de lo que deseáis os alcance, que si todos los que en el mundo son nacidos, con los que por nacer están que vivos fuesen, procurasen con toda diligencia de hallar al rey Lisuarte sería imposible poderlo acabar, según es la parte donde lo llevaron, por ende, mis señores, no entre en vuestros corazones tan gran follía, que con poca discreción, siendo primero por mí avisados, queráis alcanzar a saber aquello que la voluntad del más poderoso Señor defiende que sabido no sea, y dejando a aquél a quien por su especial gracia le es permitido y porque de la dilación grande daño se podría causar, es menester para el efecto de lo que conviene que así como estáis, llevando con vosotros al hermoso doncel Esplandián, y a Talenque, y a Manelí el Mesurado, y al rey de Dacia, y a Ambor, hijo de Angriote de Estravaus, seáis mis buenos huéspedes esta noche, con alguna parte del día siguiente, dentro en aquella gran fusta que serpiente parece.

Cuando aquellos señores oyeron esto que Urganda les dijo, todos callaron, que ninguno supo qué responder, porque, según las cosas pasadas de ella dichas tan verdaderas habían salido, bien creyeron que así aquella presente sería, y por esta causa, sin más le decir, acordaron de cumplir lo que mandaba, considerando lo poner mejor, y luego, cabalgando en sus caballos y ella en su palafrén, llevando consigo a Esplandián y a los otros donceles, se fueron a la marina donde Urganda les dijo, que en una de aquellas fustas pasasen con ella hasta se meter en la gran serpiente, lo cual así fue hecho.

Pues llegados y entrados en aquella gran nao, Urganda se metió con ellos en una grande y rica sala, donde les hizo poner mesas en que cenasen, y ella con los donceles se metió a una capilla que en cabo de la sala estaba guarnecida de oro y piedras de muy gran valor, y allí cenó con ellos, con muchos instrumentos que unas doncellas suyas muy dulcemente, tañían. Acabada la cena, Urganda, dejando los donceles en la capilla, salió a la gran sala donde aquellos señores estaban y rogóles que a la capilla se fuesen e hiciesen compaña a los noveles. A cabo de una pieza de tiempo tornó Urganda, y traía en sus manos una loriga, y tras ella venía su sobrina Solisa, con un yelmo, y Julianda, su hermana de esta Solisa, con un escudo, y estas armas no eran conformes a las de los otros noveles que acostumbraban en el comienzo de su caballería de las traer blancas, mas eran tan negras y tan oscuras que ninguna otra cosa tanto lo podía ser. Urganda se fue a Esplandián y díjole:

—Bienaventurado doncel más que otro alguno de tu tiempo, viste estas armas conforme a la mancilla y negrura del tu fuerte y bravo corazón que por el rey, tu abuelo, tienes, que así como los pasados que la orden de la caballería establecieron tuvieron por bueno que o la nueva alegría nuevas armas y blancas se diesen, así lo tengo yo que a tan gran tristeza negras y tristes se te den, porque viéndolas hayas memoria de remediar la causa de su triste color.

Entonces se vistió la loriga, que muy fuerte y bien labrada era. Solisa le puso el yelmo en la cabeza y Julianda el escudo al cuello. Entonces miró Urganda contra Amadís y díjole:

—Con mucha razón estos caballeros podían preguntar la causa por qué en estas armas la espada falte; mas vos, mi buen señor, que sabéis dónde la hallasteis y de tan grandes tiempos le está guardada por aquélla que en su tiempo par de sabiduría no tuvo en todas las artes, sino solamente en la del engañoso amor de aquél que ella más que a sí mismo amaba, por quien la desastrada y dolorosa fin hubo. Pues con aquella encantada espada que fuerza tiene de desatar y disolver todos los otros encantamientos, puesta en el puño del su muy fuerte brazo, hará tales cosas por donde los que hasta aquí mucho resplandecían en mucha oscuridad y menoscabo serán puestos.

Armado Esplandián como oís, entraron en la capilla cuatro doncellas, cada una con un guarnecimiento de caballero, de unas armas tan blancas y tan claras como la Luna, orladas y guarnecidas de muchas piedras y preciosas, con unas cruces negras, y cada una de ellas armó uno de aquellos donceles, y teniendo a Esplandián en medio, hincados de rodillas delante del altar de la Virgen María, velaron las armas, así como era en aquel tiempo costumbre, todos tenían las manos y las cabezas desarmadas, y Esplandián estaba entre ellos tan hermoso que su rostro resplandecía como los rayos del Sol, tanto que hacía mucho maravillar a todos aquéllos que lo veían hincado de hinojos con mucha devoción y grande humildad, rogándola que fuese su abogada en el su glorioso Hijo, que le ayudase y enderezase en tal manera que siendo su servicio pudiese cumplir con aquella tan gran honra que tomaba, y le diese gracia por la su infinita bondad, como por él, antes que por otro alguno, el rey Lisuarte si vivo era, en su honra y reino restituido fuese. Así estuvo toda la noche, sin que en cosa alguna hablase, sino en estas tales rogarías y en otras muchas oraciones, considerando que ninguna fuerza ni valentía, por grande que fuese, tenía más facultad de la que allí otorgada le fuese. Así pasaron aquella noche, como habéis oído, velando todos y todas aquellos noveles, y venida la mañana apareció encima de aquella gran serpiente un enano muy feo y muy laso, con una gran trompeta en la mano, y tañóla tan reciamente que el su fuerte son fue oído por la mayor parte de aquella ínsula, así que toda la gente hizo alborotar y salir encima de los adarves y torres del castillo y otros muchos por las peñas y alturas donde mejor pudiesen mirar, y las dueñas y doncellas que en la gran torre de la huerta estaban subieron suso a la más prisa que pudieron por mirar qué sería aquello que tan fuertemente había sonado. Cuando Urganda así los vio hizo aquellos señores que allí donde su enano se subiesen, y luego ella tomó ante sí a los cuatro noveles y a Esplandián por la mano y subió tras ellos, y en pos de ella iban seis trompetas doradas, y cuando fueron suso, Urganda dijo al gigante Balán:

—Amigo Balán, así como la natura te quiso extremar de todos aquéllos que de tu linaje fueron en te hacer tan diverso de sus costumbres, allegándote a conocer razón y virtud, la cual hasta ahora en ninguno de tus antecesores hallar se pudo, en que se puede decir que este don o gracia de la divinal esencia te vino, así por aquel amor entrañable que en ti conozco que a Amadís tienes, quiero yo que otra temporada te sea otorgada entre estos tan señalados caballeros, la cual ninguno antes que nos ni presentes y por venir alcanzaron, ni alcanzar podrían, y ésta es que de tu mano sea armado este doncel caballero, que los sus grandes hechos serán testimonio de ser mi palabra verdadera y harán estable la gloria que tú alcanzas en dar esta orden a aquél que tan señalado y aventajado sobre tantos buenos será.

El gigante, cuando esto oyó, miró a Amadís sin nada responder, como que dudaba de cumplir lo que aquella dueña le decía. Amadís que así lo vio, conoció luego que su consentimiento era necesario, y díjole con gran humildad:

—Mi buen señor, haced lo que Urganda os dice, que todos hemos de obedecer sus mandamientos sin que en ninguna cosa contradichos sean.

Entonces el gigante tomó por la mano a Esplandián y díjole:

—Hermoso doncel, ¿quieres ser caballero?

—Quiero —dijo él.

Luego le besó y le puso la espuela diestra, y dijo:

—Aquel Poderoso Señor que tanta de su forma y de su gracia en ti puso más que en ninguno que jamás se viese, Aquel te haga tan buen caballero, que con mucha razón pueda yo desde ahora guardar la cuarta promesa que hago, de nunca ser este acto en otro alguno hecho.

Esto así acabado, Urganda dijo:

—Amadís, mi señor, si por ventura hay algo en vuestra memoria que a este novel caballero queráis mandar, sea luego, porque presto le conviene de vuestra presencia ser partido.

Amadís, sabiendo las cosas de Urganda y cómo aquel amonestamiento sin gran causa no se hacía, dijo:

—Esplandián, hijo, al tiempo que yo pasé por las ínsulas de Romanía y llegué en Grecia, yo recibí de aquel grande emperador muchas honras y mercedes, y después que de su presencia me partí, mucho más, así como estos señores en mis necesidades y suyas vieron, por donde le soy obligado servir todo el tiempo de mi vida, pues entre aquellas grandes honras que allí alcancé fue una al que yo en mucho tener debo, y ésta es que la muy hermosa Leonorina, hija de aquel emperador, más graciosa y hermosa que en todo el mundo doncella hallar se podría, y la reina Menoresa, con otras dueñas y doncellas de gran guisa, me tuvieron en sus aposentamientos con tanto gozo y alegría y cuidado de a mí lo dar como si hijo de un emperador del mundo yo fuera, no habiendo al presente otra noticia de mí sino de un pobre caballero, las cuales al tiempo de mi partida me demandaron un don que si hacer lo pudiese las tornase a ver, y si ser no pudiese, las enviase un caballero de mi linaje de que servir se pudiesen; yo les prometí de así lo hacer, y porque yo no estoy en disposición de lo cumplir, a ti lo encomiendo, que si Dios por su merced te dejara acabar esto que todos deseamos, tengas memoria de quitar mi palabra donde presa en poder de tan alta señora quedó, y porque puedan creer ser tú aquél que de mi parte va, toma este hermoso anillo, que de su mano tirado fue para lo poner con ella en la mía.

Entonces le dio el anillo que aquella infanta le diera, con la piedra preciada compañera de la que en la rica corona estaba, como lo cuenta la tercera parte de esta historia. Esplandián hincó los hinojos ante él y besóle las manos, diciendo que como se lo mandaba lo cumpliría, si Dios por bueno lo tuviese. Pero esto no se cumplió tan presto como el uno y el otro lo cuidaban, antes este caballero pasó por muchas cosas peligrosas por amor de esta infanta hermosa, solamente por la gran fama que de ella oyó, como adelante os será contado.

Esto así hecho, Urganda dijo a Esplandián:

—Hijo hermoso, haced vos caballeros estos donceles, que muy presto os pagarán esta honra que de vuestra mano reciben.

Esplandián así como ella lo mandó lo hizo, de manera que en aquella hora todos cinco recibieron aquella orden de caballería. Entonces las seis doncellas que ya oísteis tocaron las trompetas, con tal dulce son y tan sabroso de oír que todos aquellos señores cuantos allí estaban y los cinco caballeros noveles cayeron dormidos sin ningún sentido les quedar y la gran serpiente echó por sus narices el humo tan negro y tan espeso que ninguno de los que miraban pudieron ver otra cosa salvo aquella grande oscuridad, mas a poco rato, no sabiendo en qué forma ni manera, todos aquellos señores se hallaron en la huerta, debajo de los árboles donde Urganda los había hallado al tiempo que allí llegó, y esparcido aquel gran humo no pareció más aquella gran serpiente ni supieron de Esplandián ni de los otros noveles caballeros, de que fueron todos muy espantados.

Cuando aquellos señores así se vieron unos a otros y parecíales que lo pasado fuera como en sueños, mas Amadís halló en su mano diestra un escrito que decía así:

—Vosotros, reyes y caballeros que aquí estáis, tornad a vuestras tierras, dad holganza a vuestros espíritus, descansen vuestros ánimos, dejad el prez de las armas, la fama de las honras a los que comienzan a subir en la muy alta rueda de la movible fortuna, contentaos con lo que de ella hasta aquí alcanzasteis, pues que más con vosotros que con otros algunos de vuestro tiempo le plugo tener queda y firme la su peligrosa rueda, y tú, Amadís de Gaula, que desde el día que el rey Perión, tu padre, por ruego de tu señora Oriana, te hizo caballero, venciste muchos caballeros y fuertes y bravos gigantes, pasando con gran peligro de tu persona todos los tiempos hasta el día de hoy, haciendo tremer las brutas y espantables animalias habiendo gran pavor de la braveza del tu fuerte corazón, de aquí adelante da reposo a tus afanados miembros, que aquélla tu favorable fortuna, volviendo la rueda a éste, dejando a todos los otros debajo, otorga ser puesto en la cumbre. Comienza ya a sentir los jaropes amargos que los reinados y señoríos atraen, que presto los alcanzarás, que así como con tu sola persona y armas y caballo, haciendo vida de un pobre caballero, a muchos socorriste y muchos menester te hubieron, así ahora, con los grandes estados que falsos descansos prometen, te convendrá ser de muchos socorrido, amparado y defendido, y tú, que hasta aquí solamente te ocupabas en ganar prez de tu sola persona creyendo con aquello ser pagada la deuda a que obligado eras, ahora te convendrá repartir tus pensamientos y cuidados en tantas y diversas partes, que por muchas veces querrías ser tornado en la vida primera y que solamente te quedase el tu enano a quien mandar pudieses: Toma ya vida nueva, con más cuidado de gobernar que de batallar, como hasta aquí hiciste, deja las armas para aquél a quien las grandes victorias son otorgadas de aquel alto Juez que superior para ser, su sentencia revocada no tiene, que los tus grandes hechos de armas por el mundo tan sonados muertos ante los suyos quedarán, así que por muchos que más no saben será dicho que el hijo al padre mató, mas yo digo que no de aquella muerte natural a que todos obligados somos, salvo de aquélla que pasando sobre los otros mayores peligros, mayores angustias, ganando tanta gloria que las de los pasados se olvide, y si alguna parte les deja, no gloria ni fama se puede decir más la sombra de ella.

Acabado de leer aquel escrito hablaron mucho entre sí qué debían o podían hacer. Así que los consejos eran muy diversos, aunque a un efecto se reduciesen, mas Amadís les dijo:

—Buenos señores, comoquiera que a los encantadores y sabios de estas tales artes sea defendido de les dar ninguna fe, las cosas de esta dueña pasadas y vistas por nosotros en experiencia, nos deben poner en verdadera esperanza de las venideras, no por tanto que sobre todo no quede el poder a aquel Señor que lo sabe y puede todo, del cual puede ser permitido que antes por esta Urganda sea reparado y manifiesto lo que tan apenas por otras vías podríamos saber, así como hasta aquí se ha mostrado en otras muchas cosas, y por esto, buenos señores, yo tendría por bueno que así como ella lo aconseja y manda así por nosotros se cumpla, tornándoos a vuestros señoríos, que nuevamente habéis ganado, y mi hermano el rey don Galaor y don Galvanes, mi tío, tomando consigo a Brandoibás, se vayan a la reina Brisena, porque de ellos sepa con qué voluntad queríamos poner en efecto sus mandamientos y la causa porque cesó de se hacer, y de ella sabrán lo que más le placerá que sigamos, y yo quedaré aquí, con mi primo Agrajes, hasta tanto que algunas nuevas nos vengan, y si nuestra ayuda y acorro para ellos fuere menester mucho más apartados que juntos lo sabremos, y a donde vinieren, aquéllos tengan cargo haciéndolo saber a los otros de acudir.

A todos aquellos señores y caballeros pareció ser buen acuerdo este que Amadís les dijo; y así lo pusieron por obra, que el rey don Bruneo y don Cuadragante, señor de Sansueña, se tornaron a sus señoríos, llevando consigo aquéllas sus muy hermosas mujeres, Melicia y Grasinda, y el rey don Galaor y don Galvanes, con Brandoibás, se fueron a Londres, donde la reina Brisena estaba, y Amadís, y Agrajes, y Grasandor se quedaron en la Ínsula Firme, y con ellos aquel fuerte gigante Balán, señor de la Ínsula de la Torre Bermeja, con voluntad de no se partir de Amadís hasta tanto que del rey Lisuarte nuevas algunas se supiesen, y si fuesen tales que socorro de gente menester fuese de pasar por aquella ventura y trabajo que dar le quisiesen.

A DIOS SEAN DADAS GRACIAS.

ACÁBANSE AQUÍ LOS CUATRO LIBROS DEL ESFORZADO Y MUY VIRTUOSO CABALLERO AMADÍS DE GAULA, HIJO DEL REY PERIÓN Y DE LA REINA ELISENA, EN LOS CUALES SE HALLAN MUY POR EXTENSO LAS GRANDES VENTURAS Y TERRIBLES BATALLAS QUE EN SUS TIEMPOS POR ÉL SE ACABARON Y VENCIERON, Y POR OTROS MUCHOS CABALLEROS, ASÍ DE SU LINAJE COMO AMIGOS SUYOS.

Libros a la carta

A la carta es un servicio especializado para

empresas,

librerías,

bibliotecas,

editoriales

y centros de enseñanza;

y permite confeccionar libros que, por su formato y concepción, sirven a los propósitos más específicos de estas instituciones.

Las empresas nos encargan ediciones personalizadas para marketing editorial o para regalos institucionales. Y los interesados solicitan, a título personal, ediciones antiguas, o no disponibles en el mercado; y las acompañan con notas y comentarios críticos.

Las ediciones tienen como apoyo un libro de estilo con todo tipo de referencias sobre los criterios de tratamiento tipográfico aplicados a nuestros libros que puede ser consultado en Linkgua-ediciones.com.

Linkgua edita por encargo diferentes versiones de una misma obra con distintos tratamientos ortotipográficos (actualizaciones de carácter divulgativo de un clásico, o versiones estrictamente fieles a la edición original de referencia).

Este servicio de ediciones a la carta le permitirá, si usted se dedica a la enseñanza, tener una forma de hacer pública su interpretación de un texto y, sobre una versión digitalizada «base», usted podrá introducir interpretaciones del texto fuente. Es un tópico que los profesores denuncien en clase los desmanes de una edición, o vayan comentando errores de interpretación de un texto y esta es una solución útil a esa necesidad del mundo académico.

Asimismo publicamos de manera sistemática, en un mismo catálogo, tesis doctorales y actas de congresos académicos, que son distribuidas a través de nuestra Web.

El servicio de «libros a la carta» funciona de dos formas.

1. Tenemos un fondo de libros digitalizados que usted puede personalizar en tiradas de al menos cinco ejemplares. Estas personalizaciones pueden ser de todo tipo: añadir notas de clase para uso de un grupo de estudiantes,

introducir logos corporativos para uso con fines de marketing empresarial, etc. etc.

2. Buscamos libros descatalogados de otras editoriales y los reeditamos en tiradas cortas a petición de un cliente.